김시종, 어긋남의 존재론

김시종, 어긋남의 존재론

이진경 지음

도서출판 b

김시종 선생께

서문

1

"슬픔을 함께 하고자, 희미해져가는 기억에 휘감기는 시의 인광(燐光). 전설적인 시인의 집념"

2018년 출간된 시집 『등(背)의 지도』 띠지에 씌어진 문구다. '전설적인 시인', 그렇다, 김시종(金時鐘)은 전설적인 시인이다. 살아서 전설이 된 시인이고, 그 삶으로, 그가 살아낸 시로 전설이 된 시인이다. 그 전설은 내게 반복되는 질문의 형식으로 도착했다. 조금 친해졌다 싶으면 묻던 일본인 친구들의 질문, 김시종을 아는지, 읽어보았는지 묻는 질문들이 그것이다. 대체 어떤 분이기에, 문학을 하는 것도 아닌 내게 이리들 묻는 것일까? 내가 한국인이어서 묻는 것도 아니었고, 그가 재일조선인이어서 묻는 것도 아니었다. 진지한 문제의식을 갖고 공부하는 이라면 의당 알아야 하고 읽어야 한다는 양 묻는 질문들이었다.

"동아시아 최고 시인 중 한 명"이라는 한 재일 문학연구자의 평가는 의아해하는 눈을 설득해야 하니 슬쩍 흘려보낸다 해도, 많은 사람들에게 그는 일본의 현존하는 최고 시인 중 한 사람이라는, 누군가에게 들었던 말은 그 이름이 낯설 한국인을 위해선 적어두고 싶다. 『김시종 컬렉션』이라는 제목으로 그의 저작집이 십여 권으로 출판되고 그의 시에 대한 심포지움, 그에 대한 문학지들의 반응 등이 크게 이어진 2018년은 이를 확인해주는 해였다고 하겠다. 하지만 '전설'은 사실 이런 확인을 필요로 하지 않는다. 전설은 그저 여기저기서 말해지고 전해진다는 사실만을, 알고 보니 정말 그럴만하다는 감응을 존재이유로 한다. 저렇게 책 표지에 감히 '전설'이라고 씌어졌다면, 그것은 전설이라 하기에 충분하다.

아무것이나 전설이 되지는 못한다. 훌륭한 시인도 많고 위대한 시인도 많지만, '전설적 시인'은 드물다. '전설적 시인'이라는 표현은 아무에게나 쓸 수 있는 말이 아니다. 전설이 된 것은 전설이 될 이유를 갖는다. 누군가 전설이 된다는 것은, 천재가 되는 것과는 아주 다른 종류의 일이다. 천재는 재능만 있으면 충분히 될 수 있지만, 전설은 재능만으론 되지 않는다. 전설은 재능보다는 차라리 재능을 포위한 어둠과 더 가까이 있다. 전설이란 재능을 둘러싼 어둠 속에서 파종되고 자라나는 검은 나무다. 그 나무의 가지 끝을 스치는 바람소리로 발화(發話)되고, 그 뒤에 부는 바람들에 실려 오는 전언들이다. 천재는 부러움의 대상이지만, 전설은 경탄의 대상이다. 나는 김시종이 전설적 시인이란 말이 진실임을 믿는다. 그의 삶, 그의 시 속으로 들어가면서 느꼈던 경탄 때문이다. 이런 삶이, 이런 시가 어떻게 전설이 되지 않을 수 있을 것인가!

그러나 그의 '고국'이라는 한국에 그 전설은 아직 도래하지 않은 듯하다. 그 전설은 오지-않은 시간 속에 있다는 점에서 미래(未來)의 전설이다. 하지만 경탄스런 삶으로 탄생한 전설이기에, 그 전설은 필경 도래할 것이다. 나는 지금 그 도래하지 않은 전설을 불러내고자 이 책을 쓴다. 그 전설적인 시인을 내 삶 속에 불러들이기 위해, 그럼으로써 그와 하나의 시간을 살기 위해 이 책을 쓴다. 또한 내가 경탄했던 그 시와 삶을 누군가에게 전하고 싶어 이 책을 쓴다. 그의 시와 삶이 누군가의 삶 속으로 불려들어갔으면 하는 바람 속에서 쓴다.

김시종의 시에는 심연을 본 자의 눈에 스민 깊은 어둠이 있다. 그 어둠 속에는 헛된 아우성으로 공중에 흩어져버린, 작은 운모조각으로 남은 삶의 조각들이 박혀 있다. 그 어둠은 과도한 노출로 사물들의 형상을 지워버리는 할레이션의 눈부신 대낮이기도 하며, 그 삶의 조각은 바래진 순간 속에 응결된 멈춘 시간이기도 하다. 지층의 균열을 닫힐 수 없는 '틈새'로 벌려두고, 지층의 압력을 파고들어 뜻밖의 곳에서 멍든 잡초의 머리를 내미는 돌덩어리다. 그러나 올라가도 시야는 열리지 않고 내려서려 해도 발 디딜 곳 없는 삶의 장소이고, 결코 가벼울 리 없었을 삶의 무게였을 텐데도, 원한이나 미움 대신 놀라운 긍정의 힘이, 유머의 여유가, 결코 모면할 수 없었을 슬픔과 회한에마저 배어 있다.

그렇게 자신의 몸으로 살아낸 시는 역으로 그것을 읽는 이들 앞에 '어떤' 삶을 불러낸다. 시로 응결된 삶을, 어쩌면 시보다 더 매혹적이라 할 시적인 삶을. 그렇게 불려나온 삶은 읽는 이의 삶에 감겨든다. 그 삶을 다른 어딘가로 끌고 간다. 이런 경험 속에서 나는 알게 되었다. 시를 읽는다는 것은 시에 말려드는 것이고, 시인의 영혼에 사로잡히는 것임을. 그것은 시인이 던지는 수수께끼에 말려들어서 시인의 말들에 이끌려 어둠 속으로 들어가는 것이다. 그 어둠 속에서 길을 잃으며, 손으로 보고 코로 들으며 더듬더듬 출구를 찾는 것이다. 자신이 살던 그 친숙한 세계 바깥으로 나가는 문을 찾는 것이다. 시와 더불어, 삶 속에서, 자신의 타자가 되는 것이다.

이 책은 내가 그렇게 김시종의 시에 휘말려 끌려들어간 사건의 기록이다. 그의 말들에 사로잡힌 채 따라갔던 곳을 탐색하여 그린 하나의 지도(地圖)다. 그렇게 내게 다가온 것을 나의 신체 속에 새겨 넣기 위한 '에크리튀르'다. 내가 살아온 시간과 내가 새로이 대면하게 된 시간을 식별불가능하도록 하나의 연속체로 섞는 혼합의 실험이다. 또한 내가 경탄했고 감동했던 풍경들로 다른 이들을 불러들이기 위한 시도이고, 그로부터 다른 풍경들이 탄생하기를 소망하는 기다림이다.

2

김시종이란 이름을 알게 된 건 2006년경이었다. 〈수유+너머〉를 통해 닿은 인연으로 일본 친구들과 교류를 하면서였다. 많은 이들이 의당 알아야 할 것처럼 물었기에 대단한 분인가 보다 했지만, 사실 시를 읽는 것은 내 인생과 거리가 멀다고 믿고 있던 때였기에, 더구나 일본어로 시를 찾아 읽을 생각은 하지 못했다. 그러다가 〈수유+너머〉의 누군가가 번역해 준 「클레멘타인의 노래」(『재일의 틈새에서』)라는 글을 읽게 되었다. 감동적인 글이었다. 얼마 후 세이케이대학의 이정화 선생의 초대로 도쿄에 두 달 정도 체류할 기회가 있었는데, 그때 『재일의 틈새에서』를 사서 몇 편의 글을 읽어볼 수 있었다. 시적 사유가 철학적 사유와 만나는 지점을 보여주는 멋진 책이었지만, 쫓기는 일들 속에서 김시종 선생의 만만치 않은 일본어로 읽어야 한다는 부담 때문에, 충분히 읽지 못한 채 접어두고 말았다.

그래도 언젠가 다시 읽어야지 하는 마음이 사라지지 않고 남았음인지, 2008년인가, 유숙자 선생이 번역한 시집 『경계의 시』가 나왔을 때, 얼른 사서 다시 읽어보았다. 물론 '논리적인, 너무나 논리적인' 사고방식을 갖고 있었기에, 그 시를 읽고 이해하기는 쉽지 않았다. 그래도 몇 개의 시가, 특히 하나의 시가 가슴에 들어와 박혔다. 「화석의 여름」이 그것이다. 돌이 된 시커먼 체념 속에 박아 넣은 한 장 꽃잎, 피아니시모의 강렬함을 갖는 무언가 아득한 감응의 파토스가, 시를 이해하지 못하는 미련한 심장에 핀처럼 박혀버렸다. 그래도 시는 아직 내게 아주 멀리 있었다. 하지만 가슴에 박힌 시의 존재감은 아마 사라지지 않고 거기 있었을 것이다.

그리고 2008년 〈수유+너머〉 국제워크숍에서 김시종에 대한 우카이 사토시 선생의 강연을 들었다. 일본어에 없는 것을 일본어에 돌려주어 일본어를 일본어에 낯설게 만드는 것이 '일본어에 대한 복수'라는 말은 경이롭다 해야 할 감동이었다. 복수마저 무언가를 산출하고 되돌려주는 방식으로 하려는 이 놀라운 긍정의 영혼을 어디서 다시 볼 수 있을 것인가!

그러다가 2016년 9월, 〈수유+너머〉의 한 친구가 일본 니이가타(新潟)에 가지 않겠냐고 했다. '니이가타에서 『니이가타』을 읽는다'는 행사가 있다는 것이다. 니이가타 출신인 아티스트가 니이가타에서 김시종 선생의 장편시로 작품을 만들고, 그것을 빌미로 김시종 선생의 강연과 시 낭송, 전시들을 함께 하는 행사였다. 마침 그 아티스트는 전 해에 오키나와에서 강연을 청하며 초대해주었던 친구였다. 사실 나는 음악을 좋아해도 공연장에는 가지 않는 게으른 신체를 갖고 있기에, 어떤 행사에 '참석'하기 위해 외국에 간다는 건 생각도 못할 일이었지만, 무엇에 이끌려서인지 그러자고 했다.

하지만 일본어도 서툰 처지에 그냥 가서 읽는 시를 듣고 있을 수만은 없었다. 읽고 가야 했다. 다행히 시집이 번역되어 있어서 이번엔 일삼아 붙들고 읽었다. 한두 번 읽는 것으론 이해하기 힘든 시였으나 번역되어 나온 다른 시집(『광주시편』)도 읽고, 더불어 호소미 가즈유키가 쓴 김시종에 대한 책(『디아스포라를 사는 시인 김시종』)도 찾아 읽었다. 그러다가 『광주시편』의 「바래지는 시간 속」과 『니이가타』가 내 안에서 공명하며 시를 따라갈 단서가 불쑥 솟아올랐다. '어긋남', '존재론적 어긋남'이란 말이 시집을 읽는 내 시야를 맴돌았다. 그리고 그 말을 따라 김시종 선생의 시가, 시적 사유가 내게 밀려들어왔다. 그가 빠져 들어간 심연이, "뒤돌아보면 정말 미치지 않고 잘도 살아왔구나 싶다"는 그의 삶이, 그 삶 속에서 그를 사로잡은 깊은 어둠이 시커멓게 입을 벌리며 다가왔다.

그 어둠은 '존재'의 어둠이었다. 규정성의 빛이 닿지 않는 어둠, 예측불가능한 힘으로 존재자의 삶을 바꾸어 놓으며 다른 삶으로 가는 출구를 여는 어둠, 어떤 세계 안에 살면서도 항상 그 바깥에 살게 하는 어둠.

존재론의 장소는 빛이 드는 숲속이나 세계가 아니라 그 캄캄한 어둠 속에 있다는 생각이 마치 깨달음처럼 왔다. 그 어둠에 단숨에 끌려들어간 것은 이전에 내가 보았던 어둠 때문이기도 할 것이다. 삶을 걸었던 한 세계의 몰락 속에서 빠져 들어갔던 어둠. 생각해보면, 허무의 심연이었던 그 어둠으로 인해, 그 속에서 얻은 물음들 덕에 그동안 다른 삶을 찾아 헤매며 살아왔던 것인데, 존재론을 하겠다고 하면서도 여전히 눈에 보이는 것만 따라다니고 있었던 것이다. 물론 그런 시도가 헛되었다고는 생각하지 않는다. 하지만 『불온한 것들의 존재론』이나 『코뮨주의: 공동성과 평등성의 존재론』을 통해 시도했던 '존재자'의 사유는 '존재'를 향해 나아가야 했다. '존재자'의 존재론은 '존재'의 존재론을 향해 나아가야 했다. 그것은 존재를 사유하려는 것이란 점에서 연속적이지만, 어둠 속을 더듬고 다니며 사유해야 한다는 점에서 세계성을 따라가던 사유와는 상반되는 것이고, 따라서 적지 않은 불연속성을 갖는 것이라 해야 한다. 그런 점에서 이 책은 김시종의 시에 대한 책인 것 못지않게 내가 밀고 가고 있는 존재론적 사유의 새로운 변곡점을 담고 있는 책이다.

3

'어긋남'이란 빛이 비추는 세계에서 어둠으로 들어가는 입구다. 거절의 형태로든 배신의 형태로든, 추락의 형태로든 침몰의 형태로든 어긋남에 말려들어가 그 어긋남을 살아내지 않는다면, 우리는 어둠의 세계로 들어갈 수 없다. 존재의 사유는 세계와 그 바깥, 빛과 어둠이 어긋나는 지점에서 시작된다. 존재론에 '고향' 같은 것이 혹시 있다면, 그것은 지리학적 사고가 지정하는 어떤 장소가 아니라 바로 이 어긋남이라 해야 한다. 이런 이유에서 합치와 통일, 모아들임과 조화 같은 것을 통해 존재를 사유하려는 시도는 결코 존재에 도달할 수 없으리라고 나는 믿는다.

김시종 선생의 시들을 읽으며 반복하여 보았던 것은 바로 이 어긋남이었다. 이 어긋남을 통해 들어가게 되는 어둠이었다. 그 어긋남을 어긋남으로서 살아내고, 그 어긋남 속의 삶을 자긍하며, 그 어긋남을 통해 다른 삶을 창안하는 놀랍고도 희소한 '영혼'이 거기 있었다. 이런 '영혼'은 스피노자 『에티카』의 잘 알려진 마지막 문장을 불러낸다. "모든 고귀한 것은 어렵고도 드물다(Omnia præclara tam difficilia, quàm rara sunt)."

남도 아니고 북도 아닌, 그렇다고 일본도 아닌 곳, 그렇다고 그 어디와도 무관하지 않은 곳을, 그가 '재일의 틈새'라고 명명한 곳을 그는 산다. 그가 시를 쓰는 것도 그곳이다. 사실 이는 둘이 아니다. 그에게 문학이란 '시를 사는' 것이었으니. 아니, 그가 살아야했던 삶이 그를 그 특이한 문학적 공간으로 밀어 넣었다 해야 한다. 황국소년으로서 당혹스레 맞아야 했던 '해방'. 그 해방의 사건이 닥쳐온 '거기'에 그는 없었다. 이 어긋남이 일찍이 그를 심연 속에 밀어 넣었다. 이 어긋남을 그는 반복하여 체험한다. 그는 이를 '존재' 자체에 대한 사유로 밀고 간다. '어긋남의 존재론', 그것이 김시종 시인이 보낸 시를 수신하기 위한 나의 주소다.

내가 읽은 김시종은 탁월한 시인일 뿐 아니라 분명 심오하고 독창적인 사상가였다. '어긋남의 존재론'이란 제목으로 이 책에서 그리는 김시종의 초상은 어쩌면 시인의 얼굴보다는 철학자의 얼굴에 더 가까운 것일지도 모른다. 사실 일본어를 외국어로 읽는 나로서는 그가 만들어낸 "까칠까칠한 일본어"를 만져볼 수 없고, '낯설지만 어느새 다시 읽고 싶게 만드는' 그 일본어의 특이한 매력을 감지할 수 없음이 안타깝다. 그럼에도 나는 번역된 시로도 충분히 감지할 수 있는 시적 상상력에 경탄했고, 둔한 언어감각 속으로마저 진하게 스며들어오는 아득하고 강렬한 시적 감응에 휘말렸으며, 그 경탄과 휘말림 속에서 가슴에 파고드는 사유의 깊이에 감동했다. 정말 기뻤던 것은, 이렇게 더듬대는 머리로 수신한 철학적 해석이 그저 일방적인 것은 아닐까 싶기도 하여, '존재론적'이라 할 수 있는 문제의식을 혹시 시인 자신이 스스로 의식하고 있는지 니이가타에서 만나 물었을 때 그렇다는 답을 들은 일이다. 그것이 반가웠던 것은 작가의 의도를 확인하여 내 해석이 '근거'를 얻었다는 미욱한 감정 때문이 아니라, '존재론'이라는 결코 흔치 않은 사유와 생각하지 못했던 곳에서 뜻밖의 방식으로 만나고 공명할 수 있었다는 사실 때문이었다.

그가 시로 그리는 사유의 궤적은 존재의 사유에 선명하게 표시되어 있는 하이데거의 영토를 스쳐가지만, 어긋남의 틈새를 사이에 두고 멀어져 아주 다른 존재론에 이른다. 빛의 존재론과 어둠의 존재론의 거리가 거기에 있다. 시와 시인을 사유할 때, 나는 블랑쇼와 아주 가까운 곳에 그를 두려 했지만, '살다'라는 동사를 통해, '시를 살다', '재일을 살다'라는 개념을 통해 그는 블랑쇼와 엇갈리며 다른 지점으로 나를 끌고 간다. '진실성'이라 명명해야 할 '때 아닌' 장소로. 사건에 대한 사유는 바디우와 비슷해 보이지만 사건을 존재로, 미규정적 존재로 다룸으로써, 존재와 사건을 대비했던 그와 멀어진다. 공백이 아니라 물질성마저 갖는 '사건의 장소'를 거기서 발견한다. '있어도 보이지 않는 것'을 통해 있음과 없음의 어긋남을 다룰 때 그는 랑시에르와 아주 가까이 있지만, 재일을 사는 자 자신을 '있어도 없는 자'가 아니라 '없어도 있는 자'라고 표명함으로써 아주 다른 색조의 존재론적 정치학을 제안한다. '그들'의 시선에 자신을 맡기지 않고 스스로의 존재를 자긍하는 '아무것도 아닌 자'가, 그런 삶을 둘러싼 감응(affect)의 연속체가 거기서 모습을 드러낸다. 스피노자와 니체, 들뢰즈 등을 아는 이라면, 김시종이 언급한 적이 없는 이들 철학자가 자주 그의 시 속에서 슬며시 얼굴을 내미는 것을 보게 되겠지만, 그 또한 틈새의 공간에서 발아한 김시종의 사유가 그때마다의 대기 속에서, 그 대기의 습기와 거기 부는 바람과 섞이며 빚어진 구름 같은 것이라 해야 한다. 이런 차이들을 통해 우리는 김시종 선생이 살아낸 시가 창조한 독자적이고 독창적인 사유의 장(場)을 볼 수 있을 것이다. '어긋남의 존재론'은 그 사유의 장에 내가 붙이고자 하는 이름이다. 물론 '하나의' 이름일 뿐이다.

이 책을 쓰는 데는 이미 앞서 언급한 많은 분들이 도움을 주셨지만, 따로 감사의 인사를 해야 할 분들이 있다. 먼저, 김시종 선생의 시집 『이카이노 시집』, 『화석의 여름』, 『계기음상(季期陰象)』, 『잃어버린 계절』을 함께 읽고 번역해준 가게모토 츠요시, 심아정, 와다 요시히로, 세 분이 그들이다. 2년 넘는 시간 동안 그들과 같이 읽고 번역하고 수정하고 다시 읽고 하면서 김시종 선생의 시 속으로 깊숙이 들어가 볼 수 있었다. 『니이가타』로 우리를 유혹했던 아티스트 사카다 기요코 씨에게는, 그가 알고 있는 것보다 많은 것을 이 책에 주었음을 알려드리고 싶다. 우카이 사토시 선생의 책과 강연은 김시종의 시 속으로 끌어당기는 또 하나의 중요한 어트랙터(attractor)였음 또한 적어두고 싶다. 송승환 시인은 번역된 시를 검토하고 수정해주었는데, 이 과정에서 시적 언어에 대한 감각을 다듬을 수 있었다. 무엇보다도 감사드려야 할 것은 아름다운 시와 시만큼 경이로운 삶의 감응으로 존재론의 새로운 길로 끌어당겨준 김시종 선생이다. 존재의 존재론을 시도하는, 이 책과 자매편이라 할 『예술, 존재에 휘말리다』(문학동네, 2019)는 그로 인해 시작될 수 있었다. 특히 이 책은 '존재를 건' 그의 삶이 있었기에 가능했던 것이니, 그의 '존재'를 기념하며, 그에게 바치고자 한다.

2019년 여름

이진경

| 차 례 |

제1장

시인에게 오는 시는 어디서 오는가?
: 귀먹고 눈먼 자들의 진실에 대하여

1. 화석의 눈짓

돌인들 마음속에선 꿈을 꾼다.
사실 내 가슴 깊은 곳에는
여름날 터져 나온 저 아우성
운모 조각으로 응어리져 있다.
돌이 된 의지가 부서진 세월이다.
양치식물이 음각을 새긴 것은
돌이 품어 안은 고생대의 일이다.
군사경계선처럼 잘록한 지층에는
지금도 양치식물이 태고의 모습으로 휘감겨 있다.
꿈마저도 거기에서는
화석 속 곤충처럼 잠들어 있다.
그 돌에도 스치는 바람은 스쳐간다.

그리하여 어느 날 그야말로 뜻밖에
탄화한 씨앗이 싹틔운 가시연꽃의 살랑거림이 되어
오랜 침묵을 한 방울 목소리로 바꾸는 바람이 된다.
그늘진 계절은 그렇게
바람 속에서 번져나간다.

가장 멀리 서 있는 한 그루 나무에
하루는 소리 없이 꼬리를 끌며 사라져갔다.
새가 영원의 비상을 화석으로 바꾼 날도
그처럼 저물어 덮히었으리라.
몇 만 날이나 되는 태양의 그늘에서
만날 수 없는 손(手)이 아쉬운 석양을 사투리로 가리우고
말더듬는 자의 등 뒤에서
바다는 하늘과 가만히 만났다.
더 이상 입멸(入滅)의 때를 우리는 갖지 않는다.
일체의 반목이 불에 타올라
연홍색으로 엷어지는 어둠의 침잠을 우리는 알지 못한다.
체념은 시커멓게 돌로 돌아가
바로 그 돌에 소망은
한 장 꽃잎으로 들어가 박혀야 한다.
생각해보면 별인들 돌의 가상(假想)에 불과한 것.
화구호(火口湖)처럼 내려선 하늘 깊숙이
홀로 남몰래 가슴의 운모를 묻으러 간다.

–「화석의 여름」, 전문

언제였던가, 「화석의 여름」이[1] 아득히 먼 곳에서 보내는 아련한 전언이 내게 찾아왔던 것이. 바람 속에서 번지며 실려 온 것이었기에 그것은

미미하게 감기는 희미한 목소리였다. 체념의 돌에 새겨진 꽃잎 한 장이었기에 그 감동은 밀물로 덮쳐오는 파도라기보다는, 오는 건지 흘러가는 건지 알 수 없는 아득한 잔향이었다. 하지만 그 꽃잎은 "여름날 터져 나온 저 아우성"이 응어리져 있는 운모조각이었기에, 그리고 "온갖 반목이 불에 타 연홍색으로 엷어지는 어둠의 침잠"을 나 또한 알지 못하기에, 그 잔향은 화석에 스며든 시간만큼 지속될 것이었다. 비록 거기서 읽은 것은 시커멓게 된 체념 속에서 간신히 한 장 꽃잎처럼 남은 아슴한 소망이었지만, 절망마저 휘발되어 사라진 세상이라면, 그 절망적 몸짓이야말로 마지막 남은 어떤 희망 같은 것 아닐까? 그래도 누군가 체념한 사람이 하나 있었다는 것이 체념할 무언가가 있었음을 알려줄 최소 흔적이라면, 그 체념 속에 간신히 남은 소망은 그 체념으로 무언가를 불러들일 수 있는 최소 자력(磁力) 같은 것이다. 그것은 존재를 지속할 수 있는 최소치이기에, 최대치로 올라갔다가 금세 사라져버릴 목소리와 반대로, 어쩌면 최대의 시간을, '화석'을 둘러싼 지질학적 시간을 버티며 존재를 지속할 그런 시간 아닐까? 나도 그렇게 또 하나의 돌이 될 수 있다면, 돌 속에 숨어 누군가를 기다리는 작은 비밀일 수 있다면…….

2. 파멸의 순간을 아름다움으로 오인하는 자들이여!

시가 노래였던 시절이 있었다. 아니, 시가 노래를 낳던 시절이 있었고, 역으로 노래를 따라 시가 생성되던 시절이 있었다. 그 시절, 시는 언제나 노래였다. 신을 찬양하고, 애달픈 사랑을 노래하고, 몰락마저 아름다운 위대한 영웅을 노래하고, 작고 소란스런 일상의 삶을 기쁨과 웃음으로 증폭시키는 노래를 부르던 시인들이 있었다. 그런 시절, 시란 나로부터

1. 김시종, 『化石の夏』, 海風社, 1998, 24-27쪽.

멀리 떨어진 거대한 무엇을 내 삶의 일부로 끌어들이고, 내게 너무 가까이 있는 작은 것들로부터 슬쩍 거리를 두며, 내게 갑자기 다가온 이들을 조심스레 끌어안는, 서로를 하나로 묶는 리듬의 언어였다. 하나로 묶어주는 리듬을 통해 '하나가 되는' 방식으로 나를 나의 외부로 이끌어주던 것이 그 노래들이었고 그런 시들이었다.[2]

물론 지금도 그런 시들이 있다. 노래인 시들이 있다. 그러나 지금 진지하게 시를 읽는 이들은 시에게서 노래를 기대하지 않는다. 운율과 리듬이 있다고는 하지만, '노래불리는 것'은 더 이상 시가 아니다. 보들레르부터였을까? 시점을 뚜렷하게 지정할 수 없지만, 19세기 언제인가부터 시는 노래와 이별했다. 시는 더 이상 노래가 아니게 되었다. 권력에 아부하는 비겁한 자들이 아니라면 대체 어떤 시인이 지금 신이나 영웅을 찬양하는 시를 쓸 것인가? 소소한 일상에 예쁜 빛을 비추는 말들이나 만나고 이별하는 순간의 사랑을 묘사하는 말들은 시인들이 꺼림칙한 거리감 없이는 말하지 못하는 '노래가사'가 되었다. 이제 시인은 사랑을 말할 때도 흔한 사랑의 감정과는 아주 먼 말들로 말하고, 일상을 말할 때도 일상의 감각으로는 이해할 수 없는 말로 말한다. 너무 먼 것은 당기고 너무 가까운 것은 밀어내며 적절한 거리를 두고 하나로 묶어주던, 노래와 뗄 수 없던 시 대신, 하나로 묶여 있던 것들을 멀리 떼어주고 공유된 감각에 균열을

2. 플라톤의 『국가(Politeia)』에 따르면, 소크라테스는 인간의 육체와 영혼에 대응하여, 국가에서 행해야 하는 두 가지 교육에 대해 이렇게 말한다. "몸을 위한 교육으로는 체육(gymnastike)이 있겠으며, 영혼(psyche)을 위한 교육으로는 시가(mousike)가 있겠네만."(플라톤, 『국가(개정증보판)』, 박종현, 역, 서광사, 2005, 165쪽) 시가로 번역된 mousike란 말이 잘 보여주는 것은 시와 음악은 하나였다는 사실이다. 가령 호메로스의 서사시야말로 영혼의 교육을 위해 가르쳐야할 시가/음악이었던 것이다. 중국의 『시경(詩經)』 또한 시와 노래의 기원적 동일성을 보여준다. 총 305편인 시경은 여러 지역의 토속적인 민요를 모은 풍(風) 160편, 중원 일대의 왕조에서 사용되던 정악(正樂)을 모은 아(雅) 105편, 춤을 겸한다는 뜻을 포함하는 제의음악 송(頌) 40편으로 구성되어 있다(이기동 역, 『시경강설』, 성균관대출판부, 2004).

만들지 않고선 말하지 못하는 말들이 시가 되었다. 이전의 시들이 공동의 세계를 만들거나 그 속으로 들어가며 씌어졌다면, 지금의 시들은 공동의 세계를 깨거나 그로부터 벗어나고 빠져나가면서 씌어진다.

그렇기에 반복하여 물어지는 것 같다. "지금 시대에 시란 대체 무엇인가?" '지금'이란 말이 우리가 사는 현대를 가리키는 한, 시란 소통의 공간으로부터 벗어나는 말들이고, 그 공간을 채우는 언어로부터 이탈하는 말들이다. 빗겨나고 벗어나는 말들, 벗어나고 빠져나가며 떠도는 말들이다. 또한 그 말들에 실려 공유된 양식(良識)의 세계로부터 빠져나가는 사물들의 기호다. 그런 이탈의 흔적으로 인해 다른 얼굴을 갖게 되는 사물들이다. 그래서 시는 본질적으로 '어렵다'. 공유된 의미에서 빗겨나고 벗어나는 것이기에, 이해할 수 없음은 차라리 시의 본성에 속한다. 시는 소통의 언어가 아니라 그것을 교란시키는 언어고, 소통하기 위해 발화된 말들이 아니라 그것을 정지시키는 말들이다. 말하는 자와 듣는 자를 하나의 지점에 이르게 해주는 말이 아니라 서로 다른 곳에 이르게 해주는 매체다. 소통의 언어를 잠식하며 지워가는 공백이다. 누구나 알 수 있고, 누구나 이해할 수 있는 말들은 시가 아니다. 누구나 생각할 수 있고 누구나 그렇게 생각하기 마련인 것이 사유가 아닌 것처럼. 상식적으로 생각할 때 우리는 사유하지 않는다. 상식이 '사유'할 뿐이다. 뒤집어 말하면, 사유가 상식을 파괴하듯, 시는 공유된 의미를 밀쳐내고 공유된 감각을 마비시킨다.

그렇게 이탈하는 말은 어떻게 포착되고 씌어지는가? 이해할 수 없는 말들을 시로 쓴다는 건, 생각하지 못한 것을 책으로 쓰는 것만큼이나 불가능한 것 아닌가? 그 말들이 씌어질 수 있는 것은 시가 시인에게 '오기' 때문이다. 블랑쇼는 이렇게 쓴다. "펜을 들고 있는 자가 정말 펜을 놓아버리고 싶어도 손이 절대로 놓아주지 않는 경우가 있다. 이런 경우, 손은 벌려지기는커녕 점점 더 꽉 조여진다. 다른 손이 개입하면 펜을 놓게 할 수 있다……. 어떤 순간에 이 손은 잡고 싶다는 아주 강렬한 욕구를 느낀다. 손은 펜을 잡아야 한다. 그래야만 한다. 이건 명령이다."[3]

반대로 써도 좋을 것 같다. 시란 시인의 머릿속에 있는 생각들을 지우고, 시인의 혀를 멈추게 하며, 펜을 든 시인의 손을 마비시키며 오는 것이라고. 시인의 글이 보지 못하던 스타일로 씌어지는 것은 이 때문이다. 블랑쇼는 스타일/문체(style)란 "작가의 목소리가 아니"라면서, 그것은 작가가 쓰지 않고는 견딜 수 없던, "이 끊임없는 말들에 강요한 침묵의 내밀성"이라고[4] 멋지게 정의했지만, 실은 작가가 강요한 침묵이라기보다는 그가 강요당한 침묵이라고 해야 더 적절할 것이다.

그래도 벗어난 말, 빠져나간 말이 아니라 벗어나는 말, 빠져나가는 말인 것은, 이탈하는 순간에서도 이전에 자리 잡고 있던 소통의 언어들과 맺고 있던 어떤 연계가 흔적처럼 남아 있기 때문이다. 가죽처럼 질긴 통상적인 용법, 중력처럼 완고한 양식이나 상식의 힘이 소멸되지 않은 채 남아 있기 때문이다. 그것은 그 빠져나가는 말들을 따라가며 이해할 계기이기도 하다. 우리는 그것들을 간신히 붙잡고 저 빠져나가는 말들을 따라간다. 그렇지만 바로 그렇기에 그것은 또한 그렇게 빠져나가는 말들, 이미 빠져나간 말들을 오해하게 하는 계기, 이해하지 못하면서도 이해했다고 착각하게 하는 계기이기도 하다. 다르게 이해하고 다르게 해석하게 하는 계기이기도 하다.

시인이란 저 빠져나가는 말들이 덮쳐오는 이 두려운 순간을 아름다움의 시간으로 오인하는 자들이다. 그 오인 속에서 두려움을 잊는 자들이다. 혹은 알 수 없는 어떤 매혹의 힘을 지칭할 뿐인 어떤 '아름다움'에 홀려져 두려움을 안간힘으로 견디며, 자기에게 온 그 말들을 받아 적는 자들이다. 가령 산책하는 도중 세차게 부는 바람 사이로 '들려오는' 어떤 말들을 듣고서 적기 시작했다는, 그리고 이후 10년을 다시 고쳐 썼다는 시 『두이노의 비가』의 릴케가 그렇다. 첫째 비가는 이렇게 시작한다.

3. 블랑쇼, 『문학의 공간』, 박혜영 역, 책세상, 1990, 23쪽.
4. 블랑쇼, 『문학의 공간』, 27쪽.

> 내가 이렇게 소리친들, 천사의 계열 중 대체 그 누가
> 내 목소리를 들어줄까? 한 천사가 느닷없이
> 나를 가슴에 끌어안으면 나보다 강한 그의
> 존재로 말미암아 나 스러지고 말 텐데. 아름다움이란
> 우리가 간신히 견디어내는 무서움의 시작일 뿐이므로
> 우리 이처럼 아름다움에 경탄하는 까닭은, 그것이 우리를
> 파멸시키는 것 따윈 아랑곳하지 않기 때문이다. 모든 천사는 무섭다.
> 나 이러한 심정으로 어두운 흐느낌의 유혹의 소리를
> 집어삼키는데, 아, 대체 우리는 그 누구를
> 필요로 하는가? 천사들도 아니고 인간들도 아니다.[5]

천사의 목소리가 들려오는 순간, 자신의 기억 속에서 끊임없이 무언가를 끄집어내며 자신의 삶을 지속하던 시인의 존재는, 자기보다 강한 그 힘으로 인해 스러지고 만다. 귀로 들어와 몸을 가득 채운 천사의 목소리는 어느새 입으로, 손가락 끝으로 새어나간다. 그 목소리를 내는 입, 그것은 더 이상 '그의' 입이 아니고, 그 목소리를 적는 손가락은 더 이상 '그의' 손가락이 아니다. 그걸 음성으로 밀어내는 신체 또한 '그의' 신체가 아니다. 자신의 신체를 빼앗기는 이 순간이란 얼마나 두려운 것일지! 그러나 그 목소리의 경이로움을 감지할 수 있기에, 그는 이 두려움을 아름다움으로 오인한다. 그렇게 자신을 사로잡은 그것이 아름답다고 경탄하며 그로 인해 스러지는 두려움을 간신히 견디는 자, 그로 인한 자신의 파멸에 아랑곳하지 않는 자, 그 치명적인 유혹을 어느새 집어삼켜버리는 자, 그들이 시인이다. 3째 연, 릴케는 다시 스스로 외친다. "목소리, 목소리들, 들어라 내 가슴아."

5. 릴케, 「두이노의 비가, 제1비가」, 『릴케 전집 2: 두이노의 비가』, 김재혁 역, 책세상, 443쪽.

물론 "신의 목소리야, 견디기 어려"울지도 모른다. "그러나 바람결에 스치는 소리를 들어라. 정적 속에서 만들어지는 끊임없는 메시지를."[6]

벗어나는 말, 빠져나가는 말들에 사로잡힌 자들, 파멸의 유혹에 말려들어간 자들, 그들은 이미 공유된 의미의 세계, 충분히 이해가능한 세계, 하이데거 같은 철학자들이 '해석'이란 말로 테두리지은 세계에서 빠져나가는 자들이다. 그 해석된 세계에서 편안할 수 없게 된 이탈자들이다. 해석의 지평에서 벗어나, 아무것도 안 보이는 어둠 속으로 들어가는 자들이다. 두렵게도 말이다. 그렇게 빠져나간다 해도 어제까지 존재하던 세계는, 그 세계를 직조하고 유지하는 과거의 습관들은 사라지지 않는다. 그가 빠져나가도 나무와 강, 집들이 있는 세계는 그대로 있을 것이고, 그의 말이 빠져나가도 사람들이 익숙해져 있는 친근한 습관의 세계는, 저 편안한 의미의 공동체는 그대로 존속할 것이다. 자신에게 온 말들을 들은 자들은, 그렇게 그대로 있는 세상을 슬그머니 등지고 그 공동의 세계를 떠나며 시인이 되는 것이다. 그렇게 나를 지우고, 나를 침식하며 오는 저 '우주의 바람'은, 그것을 보는 자의 얼굴을 파먹고 그것을 듣는 자의 귀를 뜯어먹으며 밤의 어둠 속으로, 모든 소통과 이해의 언어를 먹어치우는 자들의 세계로 끌고 간다. "진정 새로운 밤이 기다리고 있다."[7] 그런 점에서 시인은 '세계-바깥의-존재'다. 앞서 1연의 시는 이렇게 계속된다.

> 영리한 짐승들은 해석된 세계 속에 사는 우리가
> 마음 편치 않음을 벌써 느끼고 있다. 우리에게 산등성이
> 나무 한 그루 남아 있어 날마다 볼 수 있을지 모르지.
> 하지만 우리에게 남은 건 어제의 거리와 우리가 좋아하는
> 습관의 뒤틀린 맹종, 그것은 남아 떠나지 않았다.

• •

6. 같은 책, 445쪽.

7. 김시종, 「자서(自序)」, 『지평선』(1955), 곽형덕 역, 소명출판, 2018, 11쪽.

오 그리고 밤, 밤, 우주로 가득 찬 바람이
우리의 얼굴을 파먹어 들어가면, 누구에겐들 밤만 남지 않으랴.[8]

그렇기에 시는 시인의 손과 입을 빌어 소통의 공간 속으로 되돌아온 경우에조차, 이해될 수 없고 소통될 수 없는 말들인 채 남아 있다. 이해를 거부하는 말들, 눈에서 겉돌다 빠져나가는 문자들이길 고집한다. 그러나 그 고집스런 말들, 고립을 자처하는 문자들에 매혹되는 이들이 나타난다. 사실 본질적인 의미에서 매혹이란 이유를 알지 못한 채 휘말리고 끌려가는 것이다. 그렇게 우리는 알지 못할 말들에 매혹되고 이해하지 못하는 말들에 휘말린다. 이유도 알지 못한 채 무인가에 끌려가고 의미도 알지 못한 채 무언가에 휘말리는 사태란 점에서 매혹이란 일종의 맹목이다. 눈이 머는 것이다.

매혹이란 그 맹목의 어둠 속으로 들어가는 것이다. 그 어둠 속에 시선을 잃은 눈을 주는 것이고, 그 침묵의 공간에 고막을 잃은 귀를 기울이는 것이다. 어둠 속에서 오는 것들, 그 알 수 없는 것들에 사로잡혀 뭔지 알 수 없는 것을 보게 되고, 들리지 않는 소리를 듣게 되며, 이해할 수 없는 것을 생각하게 된다. 우리의 눈과 귀, 생각을 벗어난 곳으로 우리를 끌고 가는 그 말들, 아니 우리의 눈과 귀, 생각에 침입하여 들어오는 그 말들이 우리의 생각과 감각, 우리의 언어를 깨는 균열의 틈새로 그 바깥에 있던 것들의 한 끝이 힐끗 스며든다. 어둠 속에 있는 것들이 보낸 암흑의 파동들이 우리의 눈과 귀에, 생각 속에 슬며시 젖어든다. 어쩌면 암흑의 입자라고 해야 할 그것들을 통해 어둠 속에 있던 것들이 감지되게 될 것이다. 보이지 않던 것들이 보이지 않던 모습으로 우리의 감각과 사유의 문을 두드릴 것이다. 지식의 스크린에 낸 칼자국을 통해 무한한 속도로 변하는 무상한 세계, '카오스'라고 불리는 세계의 일부가 슬쩍

8. 『릴케 전집 2: 두이노의 비가』, 443쪽.

그 모습을 드러내듯이.[9]

3. 시는 어디서 오는가?

블랑쇼 말대로, 시인이 시를 쓰는 게 아니라 시가 시인에게 오는 것이다. 시인이 시를 쓴다는 말과 반대로 시가 시인에게 시를 쓰게 하는 것이다. 시인은 자신의 눈을 잃고 손을 잃은 채 시를 '적는다'. 이런 점에서 "시는 기원에 가깝다." 시인은 "들은 자"다. 자기에게 오는 어떤 말들을 들은 자이고, 그렇게 들은 것을 적는 자이며, 그가 들은 "말과의 공모관계 속에 들어가서 그 말의 요구를 지키고 그 안에서 자기를 상실한 자"이다.[10] 시가 올 때 시인은 죽는다. 시인 안의 '누군가'가 죽는다. 그 시인이 '나'라고 명명했던 누군가가. 블랑쇼는 이런 죽음을 '비인칭적 죽음'이라고 명명한 바 있다.[11]

그러나 시가 시인에게 온다고 할 때, 그 시는 어디서 오는 것일까? 오해를 무릅쓰고 좀 더 속된 말로 표현하면, 그렇게 오는 시는 대체 '누가' 보내는 것일까? 이런 질문을 던지는 것은 '주체의 죽음'을 알지 못하는 낡은 시대에 속한다 해야 할까? 시를 고안하고 창안하는 주체로서의 시인이란 개념을 애써 지운 그간의 철학적 노력을 허사로 만드는 촌스런

9. "격렬하기 그지없는 한 시학 텍스트에서 로렌스는 시가 행하는 바를 다음과 같이 기술하고 있다. 인간은 [카오스로부터] 그들을 가려줄 작달막한 양산을 끊임없이 만들어내고 있다. 그리고 양산의 안쪽 면 위에 천상을 그려내고, 그들의 관습들, 견해들을 끄적인다. 그러나 시인인 예술가는 양산에다가 틈을 내고 천상마저도 찢어버린다. 그것은 다소나마 자유롭고 바람을 일으키는 카오스를 지나가도록 하기 위해서다."(들뢰즈·가타리, 『철학이란 무엇인가』, 이정임·윤정임 역, 현대미학사, 1995, 293쪽.)

10. 블랑쇼, 『문학의 공간』, 41쪽.

11. 같은 책, 176쪽.

질문이라고 해야 할까?

그러나 이 질문은 시인을 주체로 되돌리는 낡은 질문도 아니고, 시인 안에서 발생하는 '비인칭적 죽음'을 삭제하는 질문도 아니다. 그렇게 시인 안의 누군가를 죽이며 오는 그 시는 대체 어디서, 어떻게 탄생하는 것인지를 묻는 것이니까. 물론 이를 두고 기원을 찾는 형이상학적 질문이라 비난할 수도 있을 게다. 그러나 '기원'에 대한 그런 관심과 달리, 어떤 것의 '발생'을 묻는 것은 모든 형이상학과 맞붙어 싸우던 니체조차 잊지 않았던 질문 아닌가? 사실 이런 질문을 던지지 않는다면, 시는 어떻게 씌어지는지의 문제를 오래된 낭만주의적 '천재론'처럼 시인 안의 어떤 또 다른 재능이라는 숨은 '주체'에게 넘겨주거나, 아니면 암묵적으로 '신'과 유사한 어떤 것(숨은 신!)에 넘겨주는 게 되지 않을까? 신의 죽음 이후 신의 자리를 대신했던 많은 것들이 그랬듯이.

물론 블랑쇼처럼 답할 수도 있다. 그렇게 시가 오는 것은 그것이 "존재하는 까닭"이라고. 존재하는 것이니 따로 올 이유도, 발생할 까닭도 없다. 듣지 못해서 그렇지 언제나 존재하는 것이다. 듣는 이가 있는 순간, 그것은 '온다'. 그렇기에 시는 시인의 손으로 씌어지며 시작하지만 사실 그것은 시작이 아니라 이미 있던 것이 재시작된 것이다. 그러므로 시란 "중단될 수 없는 말"이다. 중단된 적 없는 말이다. 따라서 그에게는 시란 누가 보내는 게 아니다. 항상 거기 있는 것이고, 시인에게 올 때마다 다시 시작하는, 중단된 적 없는 말이다.[12]

마치 "산이 있어서 산을 오른다"는 등산가의 잘 알려진 대답 같은 이 말이 이해하기 어려운 것은, 산과 달리 시가 항상 존재한다는 걸 믿을 수 없어서일 게다. 보이지 않고 들리지 않는 것, 어떤 감각으로도 확인할 수 없는 어떤 것이 항상 존재한다는 말처럼 믿기 어려운 것은 없을 테니까. 이 말을 이해하려면 차라리 하이데거가 말하는 '존재의 목소리'에 대한

12. 같은 책, 41쪽.

얘기를 떠올리는 게 좋을 듯하다. 그에 따르면 존재란 정의상 항상 '존재하는' 것이고 따라서 존재의 목소리 또한 항상 존재한다. 다만 우리가 거기에 귀 기울이지 않기에 듣지 못할 뿐이다. 귀 기울여 듣게 될 때마다 그 말은 '비로소' 들리게 되지만, 그것은 항상 있는 것이 들리는 것이니 그때 들리기 시작한 것이어도 사실은 항상 존재하던 말이 다시 들리기 시작한 것이다. 즉 시작 아닌 '재시작'일 뿐이다. 결국 블랑쇼가 말한 시는 하이데거가 말하는 존재의 목소리가 되고 마는 것 같다.

이렇게 말한다면, 시인에게 오는 시는 누가 보내는가라는 질문은 던져질 이유가 없다. 그러나 이는 어쩌면 시란 어디서 오는가라는 질문을 지우기 위한 답 아닐까? '존재의 목소리', 시란 존재가 보내주는 말이라는 대답으로 질문을 닫아버리는 것 아닐까? 시가 존재로부터 온다고 해도, 시는 존재가 아니다. 존재하는 것과 그것이 말해지고 씌어지는 것은 같지 않다. 시는 소통의 언어로 포위된 존재를, 그 포위로부터 벗어나게 하는 말들이다. 그렇기에 차라리 공유된 세계로부터 빠져나갈 때마다 존재하기 '시작'하는 말들, 그렇게 빠져나갈 때에만 존재하는 말들이다. 기존의 말들로 만들어지지만, 언제나 새로이 탄생하는 말들, 언제나 새로 '시작'하는 말들이다.

시는 시인에게 오지만, 아무 시인에게, 아무렇게나 오지 않는다. 물론 각자 제멋대로 빠져나간다고 해야 하겠지만, 음악이나 미술작품이 그러하듯 시 또한 그저 홀로 외떨어진 것만으로 빠져나오진 않는다. 이런저런 방식으로 묶을 수 있는 시들이 있다. 이상의 시, 김수영의 시, 김춘수의 시 등등. 그렇게 묶을 수 있는 방식으로 오는 것이다. 우리가 한 시인의 이름으로 그가 적은 시들을 묶는 것을 두고, '시인'이란 주체의 환상이 작용한 것이라고만 할 수 있을까? 비록 작품의 '기원'으로서 시인이 기능하는 경우가 너무도 빈번하다는 건 부정할 수 없다고 해도 말이다. 가령 푸가, 소나타 등 아주 다른 형식으로 씌어진 음악작품들을 우리는 '바흐'나 '브람스', '라벨' 같은 이름으로 하나로 묶을 수 있다. 이를 두고, 작품을 그 '작가'라는 주체에 귀속시키는 오래된 관습이라고만 말할 순 없다.

그것들은 하나의 이름으로 묶을 충분한 이유를 갖는다. '바흐 풍'으로, '베토벤 풍'으로 작품을 만들거나 편곡할 수 있는 것은 이 때문이다.

시 또한 그렇다. 시가 시인에게 온다고 하지만, 시인에게 올 때 그 시는 대충이나마 그 시인의 이름으로 묶을 수 있는 것으로 온다. 약간 달리 말하면 자신이 하나로 묶일 수 있는 곳을 찾아, 그런 시인을 찾아오는 것이다. 어떤 시를 다른 시들과 연결해주는 어떤 인접성이나 유사성 같은 것들이 그 시들을 하나로 묶어주도록 하는 것이다. 이런 의미에서 시인의 이름은 시들을 산출한 '저자'의 이름이라기보다는, 어떤 유사성이나 인접성에 의해 여러 시들을 하나로 묶어주는 끈 같은 것이다. 즉 시인이란 시를 쓰고 발송하는 저자나 시를 적는 손이 귀속되어야 할 생물학적 유기체, 혹은 사회적 동일성을 갖는 주체가 아니라, 그의 손을 빌어 씌어진 시들이 하나로 묶이며 만들어진 공동체의 이름이다. 시 하나하나를 너무 멀리 흩어져 외롭게 만들지 않을 문학적 우정의 이름이고, 그 우정에 의해 각각인 시들을 보이지 않게 하나로 엮어 협-조(協-調)하게 만드는 모호한 연대의 이름이다.

그렇기에 우리는 다시 미련한 질문을 던져야 한다. 이 시들은 어디서 오는 것이기에, 이렇게 그럴 듯한 공동체를 이루며 찾아오는 것일까? 시가 그저 시인에게 오는 것일 뿐이라면, 무작위(random)적으로 오는 것일 텐데, 시인은 단순히 그걸 받아 적은 것에 불과하다면, 상이한 시들이 한 사람의 이름으로 묶일 수 있는 일관성을 가질 리 없다. 한 시인의 이름 주변에 상대적이지만 유사성과 인접성이 큰 시들이 모여들 이유가 없고, 다른 시인의 시들과 상대적으로 거리가 있는 시들이 모여들 이유도 없다. 시인의 이름은 그저 받아 적은 이의 신체적 위치를 표시하는 자의적 기호에 지나지 않을 것이다.

쓰는 주체의 동일성에 귀속시키지 않는데도 불구하고 그가 수신한 시들이 일관성을 갖는다면, 하나로 묶이며 공동체가 될 수 있다면, 시란 그저 아무 시인에게나 임의발송된 것이라고 말할 수 없다. 언제 어디에나 존재하는 '목소리'나 '언어' 같은 것이라고도 할 수 없다. 그렇다면 시는 어디서 어떻게 탄생하고 발송되기에, 하나로 묶일 수 있는 공동성을 갖는 방식으로 시인에게 모여드는 것일까? 정말, 시인에게 오는 시는 대체 어디에서 오는 것일까?

시는 그저 하늘에서, 아무것 없는 허공에서 오지 않는다. 시는 필경 그 시인이 만나고 부딪치는 것들로부터 생겨나온다. 그가 사랑한 사람들과 그와 다툰 사람들, 그가 겪은 수많은 '사건'들 속에서 생겨나 온다. 시인 자신이 살았고 또 살고 있는 삶에서 온다. 생겨나는 줄도 모르는 채 싹이 트고 발생하여 온다. 그렇게 생겨난 것이 먼 곳을 떠돌다 뜻밖의 시간에 뜻하지 않은 곳으로 찾아온다. 요컨대 시란 시인의 삶이 시인 자신에게 보낸 편지다. 먼 곳을 떠돌다 뜻밖의 시간에 도착한 편지다.

앞서 인용한 김시종의 시 「화석의 여름」은 이 '편지'로서의 시에 대한 시이기도 하다.

> 돌인들 마음속에선 꿈을 꾼다.
> 사실 내 가슴 깊은 곳에는
> 여름날 터져 나온 저 아우성
> 운모 조각으로 응어리져 있다.
> 돌이 된 의지가 부서진 세월이다.
>
> ㅡ「화석의 여름」, 부분

언제였는지, 어디서였는지는 모른다. 이미 기억에서 사려졌을지도 모른다. 혹은 여러 시간이 섞여 들어갔을 수도 있다. 시인이 섞여 들어갔을 터인 '터져 나온 여름날의 저 아우성'이, 그 아우성이 맴돌던 어떤 사건이 보낸 시가 바로 이 시 「화석의 여름」이다. 그 사건은 아마 아무것도 얻지 못한 채 '무위'로 끝나버렸을지도 모른다. 필경 그랬을 것이다. 그러나 그 아우성이 진실이었다면, 거기에 무언가를 걸었던 사람이라면, 그 아우성이 어떻게 잊혀지고 지워질 것인가. 그렇게 지워질 수 없는 것들은 응어리진다. 응어리진다는 것은 사라지지 않고 남는 것이다. 망각될지언정 소멸하지 않는 것이다. 언제 누가 읽어줄지 모르지만, 그 사건 인근에 있던 것들이 응결되어 문장들로 씌어지는 것이다. 물론 읽기 힘든 문장들로 응축되고 뒤엉킨 문장들이 될 것이다. 그래도 언젠가 누군가 읽어주었으면 하는 소망이 있기에 소멸되지 않고 남아 응고되고 누군가 읽도록 기록되는 것이리라. 아우성은 공중에 흩어져 사라져가도 소망은 남는다. 남기는 것이다. 그것은 부서지고 조각나며 응어리진 사건의 전언이다. 조그만 운모 조각처럼. 그렇게 그것은 일종의 화석이 된다. 그래도 그것은 화석처럼 응고된 돌이 되어 가슴에 남을 것이다. 그리고 가슴에 남은 그것은 무언가를 쓰게 할 것이다.

시란 바로 그렇게 응어리진 운모 조각이, 그 속에 응결된 삶이 시인에게 보내는 편지다. 수신자를 적지 않은 편지, 알 수 없는 문장들로 씌어진 편지다. 작은 운모 조각처럼 잘 보이지도 않고, 보여도 무언지 알아보기 쉽지 않은 편지다. 자신이 겪었던 사건, 자신이 살았던 삶이, 그 속에서 겪은 체념과 그래도 버리지 못한 소망이 화석이 되어, 언젠가 누군가에게 발견되어 읽히게 될 편지로 발송되는 것이리라. 어느 날, 생각지 못한 시기에 돌에 스쳐가는 바람이 배달해주는 뜻밖의 편지가 되어. 그 사이에 끼어든 수많은 것들이 뒤섞이며 변형되어 쉽게 읽어낼 수 없는 화석이 되어, 발송의 절차도 없이 발송되는 편지. 그러니 그것을 처음 받아든 수신자는 필경 시인 자신이었을 것이다. 마치 오래 전부터 거기 있었으나 있는지도 모르는 채 잊고 있다가 갑자기 눈에 걸려든 책상 구석의 메모조각처럼. 그렇게 온 전언을 받아 적은 것이 바로 시라고 해야 할 것이다.

그렇기에 사실 시인은 결국 자신이 써서 보낸 편지를 받는 자다. 자신이 쓴 적 없는 편지를, 썼다는 것을 알지도 못한 채, 수신처도 적지 않고 보낸 편지를. 시인은 그렇게 뜻하지 않은 시간에, 뜻밖의 곳에서 자신이 보낸 편지를 받는다. 그것은 그가 산 삶이 보낸 것이지만, 아직 살지 않은 삶을 적어 보낸 편지이기도 하다. 그렇기에 그가 살았던 삶과 무관해 보이기도 할 것이다. 하지만 그렇다 해도 "우리는 우리 안에 이미 표명된 모든 시를 지니고 있다."[13] 결국은 자기 삶이 보낸 것이니까. 하체를 관통한 총탄에 의해 삶이 완전히 뒤바뀌어버린 사건을 살아내야 했던 시인 조에 부스케의 말이다.

4. 멀리, 지평선 바깥을 돌아

시는 삶이 보낸 편지지만, 좋은 시라면 아마 곧바로 오지 않을 것이다. 주소 없이 보내진 것이니 이곳저곳을, 어쩌면 시인이 가보지 못한 곳들마저 돌고 돌아 올 것이다. 그저 쓸쓸한 바람만이 부는 벌판을 돌아올 수도 있고, 저녁 뉴스 시간에 본 팔레스타인의 전장이나 아프리카 난민 캠프를 들렀다 올 수도 있으며, 또 다시 "여름날 터져 나온 저 아우성"으로 넘쳐나는 광장을 한 바퀴 돌고 올 수도 있고, 몸을 움직일 수 없어 뻔히 보이는 화재에 불타 죽은 장애인의 시커멓게 탄 집, 슬픈 연기에 그을린 채 올 수도 있다. 시인의 눈과 귀에 비쳐든 곳, 시인의 상상력이 달려갈 수 있는 곳이라면, 푸른 하늘의 허공에서부터, 거기 줄긋고 서 있는 전선, 녹슨 물 흐르는 낙동강, 동계올림픽을 위해 시뻘겋게 깎여나간 강원도의 산, 혹은 실연한 친구의 눈물에서 월면에 남아 있을 인간의 무람한 발자국까지 어디든지 다녀올 수 있다. 그렇게 지나가며 섞여든 그 많은 사건의 흔적들이, 그렇게 통과한 다양한 대기들이 섞여 들어가며 시인에게 도달한 편지가 씌어질 것이다. 그런 점에서 그것은 '여러' 사건들의 전언이기도 하다. 직접 겪은 것이든 보고 듣고 안 것이든, 큰 것이든 작은 것이든, 중요한 것이든 사소한 것이든, 시인의 삶 속으로 밀려들거나 스며들어온

13. 조에 부스케, 『달몰이』, 류재화 역, 봄날의책, 22쪽.

많은 사건들의 전언이다.

「화석의 여름」에서 김시종의 가슴속에 있는 운모 조각들은 지워질 수 없는 반목의 세계를, 고요한 입멸과는 거리가 먼 세계들을 돌아서 온 것들이다. 어느 날 불어온 뜻밖의 바람을 타고. 군사경계선이란 많은 이들처럼 시인 또한 넘고자 했던 절단의 상징이지만, 단지 그것만은 아닐 것이다. 군사경계선 없이도 반목으로 절단된 세계야 도처에 있지 않은가? 그걸 넘어서려는 자였다면 시커먼 체념을 피할 수 없었을 것이다. 그러나 체념의 반복 속에서도 결코 사라지지 않는 소망이 있어, 그것이 시를 보냈을 것이다.

그런 소망을 가진 이에게 군사경계선은 단지 절단과 절망의 상소만은 아니다. 아무도 갈 수 없는 곳이기에 양치식물이 태고의 모습으로 얽혀 있는 곳이다. 시작 이전의 시작, 그렇기에 무엇이든 다시 시작할 수 있는 곳이다. 시커먼 체념 속에서도 끝내 소멸되지 않았던 꿈이 "화석 속 곤충처럼 잠들어 있"는 곳이다. 그 꿈을 품어 안은 "그 돌에도 스치는 바람은 스쳐간다. / 그리하여 어느 날 그야말로 뜻밖에 / 탄화한 씨앗이 싹틔운 가시연꽃의 살랑거림이 되어 / 오랜 침묵을 한 방울의 목소리로 바꾸는 바람이 되는" 것이다. 그 여름날의 아우성 소리와 군사경계선 철책을 휘감은 양치식물, 곤충처럼 잠든 채 기다린 시간, 그리고 그 긴 간극의 허공에 끼어든 많은 것들이 섞이며 탄화된 씨앗을 틔워낸다. 오랜 침묵이 한 방울 목소리로 되어, 시가 되어 나오는 것이다.

시란 삶이 보내는 편지라고 했지만, 이를 삶이나 사건들의 기록이나 재현이라고 해선 안 된다. 이미 '죽은 개'가 되었다고들 하는 '리얼리즘'을 굳이 예거할 것도 없이, 재현은 먼 곳을 돌아올 줄 모르는 성급한 편지다. 운모 조각으로 응어리질 시간은 물론 멀리 떨어진 곳을 돌아올 시간도 갖지 못한 채, 조각난 아우성을 다시 모아 급하게 뜯어 맞춘 고함소리다. 멀리 돌아올 줄 아는 편지라면, 역사 속에 들어간 명확한 사건조차 먼 거리와 큰 허공을 섞어 아주 다른 것으로 바꾸어 전해줄 것이다. 그렇지 않다면 사건이란 그저 지나가버린 과거에 속할 것이기 때문이다. 어떤 특이성이 증폭되며 변형될 때, 사실에서 벗어나 '허구'가 될 때, 사건은 과거의 무덤에서 벗어나 도래할 반복의 가능성 속으로 들어간다. 그렇기에 쓰는 이도 읽는 이도 사건 옆에 다른 무언가가 섞여들어 갈 수 있는 넓은 여백을 잊지 않을 것이다.

또한 동시에 광주사태처럼 거대한 사건조차 '겨자씨'처럼 아주 작은 것으로 단단하게 응결시킬 수 있고, 스쳐지나가던 얼굴 속의 깊은 그늘조차 높이 솟아 펄럭이는 만장으로 바꾸어놓을 수 있을 것이다. 그렇듯 접었다 펼쳤다 하며 수신자의 감각을 바꾸는 강밀한 것으로 바꾸어 적을 수 있어야 한다. 그렇게 씌어질 때 편지는 그것이 거쳐 돌아온 곳의 이것저것이 섞여, 발생한 사태에서 보이지 않던 것을 보게 해주고 살아온 삶 속에서 생각지 못한 것을 생각하게 해준다. 그것은 자신이 거쳐 간 것들마저 공유된 의미로부터 벗어나고 공유된 감각에서 이탈하는 어떤 것들로 바꾸어 쓸 줄 아는 편지일 것이다. 그럼으로써 부재하는 감각을, 부재하는 세계를 불러낼 줄 아는 편지일 것이다.

김시종이 '서정'에 대해 거리를 두고자 했던 것을 우리는 이런 맥락에서 이해할 수 있다. 그는 50년대 일본시의 자연주의적 서정에 대해서 명확한 거부의 의사를 표명한 바 있고, 이후에도 사람들이 익숙하고 편안하게 느끼는 서정을 거스르며 시를 쓰고자 했다. 심지어 당시까지 출간되었던 시집을 모은 『벌판의 시(原野の詩)』라는 두꺼운 '집성(集成)시집'을 냈을 때, 매우 비싼 값의 시집을 사준 '동포'들이 출간을 축하해주면서 "다음엔 우리도 읽을 수 있도록 쉽게 써 줘"라는 부탁에 대해서 그러겠다고 대답은 했지만 실은 전혀 그렇게 할 수 없으리라 생각했던 것 역시 이런 이유에서였다고 말한다.[14] 이는 무조건 항복을 선정하는 천황의 '옥음방송'을 들으며

• •

14. 김시종·쓰루미 슌스케, 「전후문학과 재일문학」, 정기문 역, 『오늘의문예비평』 102호, 2016년 가을, 105-107쪽.

우는 '황국소년'에게 덮쳐온 '해방'의 당혹 속에서, 그때까지 자신이 좋아하던 일본 노래와 시들, 그 서정의 세계와 대결해야 했던 전환적인 체험 때문이기도 하지만, 단지 개인적인 경험으로 귀속되지 않는, 훨씬 근본적인 이유 때문이기도 하다. 김시종이 자주 언급하듯, 서정이란 사람들이 '자연스럽게' 받아들이는 어떤 정서들이고 그렇게 정서화된 세계다. 자연스럽게 받아들이게 된 정서란 사람들이 공유하고 있는 감각이다. 그것은 자신이 살아온 과거의 시간에 속한 감각이고, 자신이 살고 있는 세계에 자연스레 귀속시키는 정서다. 세상을 바꾸기를 바라는 한, 시인이든 혁명가든, 그것은 기대야 할 토대가 아니라 대결하고 바꾸어야 할 대상이다. 그것의 편안함과 익숙함에 기대려 하는 한, 문학은 기존의 세계와 한 편이 되고, 혁명은 애써 획득한 '성공'의 결과마저 어느새 상실하게 된다. 우리는 이를 미래주의자, 구축주의자 같은 아방가르드가 리얼리즘이라는 '고전적' 감각의 승리 선언 뒤편에서 매장되어 버렸던 1930년 전후의 러시아에서 안타깝게 확인할 수 있다.[15]

시는 시인의 삶이 시인에게 보낸 편지이지만, 그냥 받아선 시가 되지 않는 편지다. 진정 시라고 한다면, 그것은 머나먼 허공을 떠돌다 온다. 어디를 떠돌다 오는가? 지평선의 바깥을 떠돌다 온다. 지평선이란 무엇인가? 눈으로 보이는 것의 한계선이다. 우리의 삶은 그 지평 안에서 이루어진다. 공동의 세계, 그것은 해석학에서 흔히 말하듯 공유된 '지평' 안에 존재하는 세계다. 시가 보는 지평은 우리의 시선이, 아니 시인 자신의 시선이 닿는 지평선 저편이다. 시는 그렇게 멀리 가 지평선 바깥을 돌아와야 한다. 멀리 돌지 않는 시들, 지평선 안에서만 돌다 온 시들은 바깥을 보지 못한 시들이다. 빠져나가보지 못한 말들, 벗어날 줄 모르는 말들이다. 시라고 할 수 없는 말들이다. 굳이 시인의 말을 통하지 않아도 다들 알고

15. 이에 대해서는 이진경, 「구축주의와 감각의 혁명」, 『다시 돌아보는 러시아 혁명 100년 1』, 정재원·최진석 편, 문학과지성사, 2017, 참조.

있는 것들, 굳이 시가 아니어도 다들 보고 들을 수 있는 것들이다. 어려움 없이 이해하고 금방 수긍되며 쉽게 소통하는 것을 주워 담은 말들이다.

그러나 이와 반대로 "시는 영혼 속의 지평선이다. 죽음에 와서야 흡입하게 될 것들"이다. 다시 말해 시란 죽지 않고선 결코 볼 수 없는 어떤 외부를 "미리 보는 일이다."[16] 그렇게 지평선 바깥을 떠돌다 오지 않은 것은, 외부를 보지 않고 그냥은 보이지 않는 것을 보지 않은 채 오는 것은 시라고 하기에 충분하지 않다. 지평선 밖을 보고 돌아온 시 또한 시인 자신의 삶이 보낸 편지다. 지평 안에 균열을 만들며 오는 사건이 보낸 편지일 수도 있고, 지평 안에서 시작했으나 어딘가 끝까지 밀고 가면서 지평의 경계를 넘어갔다 온 편지일 수도 있다. 이런 편지는 지평 안에서는 보기 어렵고 읽기 힘든 글로 씌어질 것이다. 알 수 없는 편지, 이해할 수 없는 편지. 그러나 그래도 그것은 시인의 삶이, 시인 자신이 보낸 편지다.

그렇기에 우리는 시에 대해서 '진실성'이라는, 어쩌면 극히 낡고 고풍스러워 보일 개념을 사용할 수 있다. 단순하게 말하면, 시가 진실성을 갖는다 함은 자신의 삶이 보내는 것을 받은 것임을 뜻한다. 반대로 진실성을 갖지 않는다 함은 삶이 보낸 적 없는 것을 '받은' 것임을 뜻한다. 삶이 보낸 적 없는 것을 받은 척 하는 것임을 뜻한다. 물론 시는 먼 곳을 돌아오기에, 더욱이 쉽게 알아들을 수 없는 말들이고 재현과는 거리가 먼 것이기에, 삶이나 사건과 고지식하게 비교하여 따질 순 없을 것이며, 유사성의 정도로 진실성의 등급을 매길 수는 더더욱 없을 것이다. 시인의 삶과 아주 멀어 보이는 진실성도 있을 것이고, 아주 가까워 보이는 허위성도 있을 것이다.

시의 진실성이란 어쩌면 시인 자신조차 확실하게는 알 수 없는 것일지도 모른다. 그러나 또한 시인 자신이 전혀 알지 못하는 것이라고는 결코 말할 수 없으며, 시를 읽는 이들이 결코 알 수 없는 것이라고도

16. 부스케, 『달몰이』, 22쪽.

말할 수 없다. 그것은 말할 수 없고 입증할 수 없을지언정, 막연하게나마 느끼고 감지할 수 있는 어떤 감응으로 온다. 진실성이 결여되어 있다 함은 있지 않은 것을 쓰는 것이 아니다. 더구나 시나 문학은 운명적으로 허위를 피할 수 없는 허구를 창조하는 작업 아닌가. 진실성 없는 작품이란 차라리 '남의 시선'을 겨냥해 쓴 것과 가깝다. 이렇게 쓰면 사람들이 좋아하리라는 영리한 예측 속에서 씌어지고, 사람들이 쉽게 받아들일 준비가 되어 있는 스타일로 씌어진다. 이미 지배적인 감각, 이미 충분히 알고들 있는 생각, 이미 충분히 짐작할 수 있는 남들의 기대에 충실하게 씌어진 것은, 비록 자신이 직접 보고들은 사실, 자신이 겪은 경험을 적은 것일지라도, 진실성과는 거리가 멀다. 시뿐만 아니라 모든 것이 그렇다.

시인 또한 그렇지 않을까? 자신에게 온 시를 제대로 받아 적은 것이라면, 블랑쇼 식으로 말하자면, 그 시인 안의 누군가가, 그때까지의 시인의 언행을 이끌던 누군가가 죽고 다른 누군가가 그 시와 함께 태어났을 게다. 그 비인칭적인 죽음과 탄생이 진실할 때, 시인의 삶이 그가 쓴 시와 어떻게 일관성을 갖지 않을 수 있을 것인가. 그가 시를 적으며 불러낸 삶과 어떻게 일관성을 갖지 않을 수 있을 것인가.

중요한 것은 시란 소통에서 이탈하는 말들로 씌어질지라도 삶이 보낸 것이고, 삶을 준거로 하는 진실성의 장 안에 있다는 사실이다. 시에게도, 시인에게도 언제나 문제는 '삶'인 것이다. 이를 바디우가 사용한 말을[17]

17. 바디우는 "사건에 대한 충실성"으로 진리를 정의한다. 그에게 사건이란 이전에 없었던 것, 혹은 있어도 셈해지지 않은 것이란 점에서 단독적(singulière)인 것이다(알랭 바디우, 『존재와 사건』, 조형준 역, 새물결, 2013). 나는 뒤에서 '사건'이란 개념을 사용하겠지만, 바디우가 말하는 것처럼 전에 없던 것이나 있어도 셈해지지 않은 것이 아니라, 빈번하게 발생하는 것일 수도 있으며 유별나고 단독적인 게 아니라 일상이나 자연 속에서도 발생할 수 있는 것이다. 『이카이노 시집』이 '나날'의 일상 속에서 결코 지워질 수 없는 사건들을 반복하여 보여준다면, 『잃어버린 계절』은 아무 일 없어 보이는 자연 속에서 그런 사건들의 흔적을 보여준다. 또한 사건은 특별한 것이 아니라 어쩌면 매우 사소하여 '아무것도 아닌 것'처럼 보이는 것일

빌어 '충실성'이란 말로 다시 정의할 수도 있을 것이다. 즉 시의 진실성이란 시를 보낸 삶에 대한 시의 '충실성'을 뜻하고, 시인의 진실성이란 시를 통해 불러낸 삶에 대한 시인의 삶의 '충실성'을 뜻한다고. 최대치로 확장하여 말한다면, 시인의 충실성이란 자신이 불러낸 삶에 시인 자신의 존재를 거는 것이고, 시의 충실성이란 자신을 발송한 삶에 그 시의 존재를 거는 것이다. 삶에 자신의 존재를 거는 것, 그것이 시의 진실성이고 시인의 진실성이다. 역으로 그렇게 존재를 걸고 살았던 삶, 그것은 시적인 삶이다. 삶의 양상으로 씌어진 시다.

삶이 보내는 편지는 자신이 살았던 삶이 자신에게 주는 선물이다. 선물로 보내지지 않은 선물이고, 선물인 줄 모르는 채 받는 선물이다. 삶에 존재를 거는 자에게 주어지는 선물이다. 그러나 우리는 주는 것을 선물로 받지 못하는 이들이 있음을 알고, 반대로 주지 않은 선물을 받는 이들이 있음을 안다. 선물은 보내는 이 이상으로 받는 이의 능력에 따라 선물이 된다. 삶이 보내는 저 선물 또한 그렇다. 그것을 알아듣고 받아 적는 이의 시적인 능력이 없다면 시가 되지 못한다. 능력이 '지나쳐' 보내지 않은 것을 '받아 적는' 이들 또한 있을 것이다. 시인이란 삶이 보낸 편지를 받아서 시로 적을 수 있는 능력에 의해 정의된다. 삶은 시인들에게만 선물을 보내지 않는다. 모든 사람들에게 선물을 보낸다. 그 선물은 수신자에 따라, 그의 능력에 따라 삶이 보내는 편지는 소설이 되어 나올 수도 있을 것이고, 그림이 되어 나올 수도 있을 것이며, '사상'이 되어 나올 수도 있을 것이다.

수신자가 없다면, 수신능력이 없다면 그것은 그저 허공을 떠돌고 있을 것이다. 편지는 받았으나 그것을 시나 소설로 바꾸어 적을 수 없는 경우, 종종 그것을 대신 받아 적는 누군가와 만나 시가 되기도 한다. 영화가

● ●

수도 있다. 이 또한 『이카이노 시집』의 여러 인물들을 통해서 보게 될 것이다. 마찬가지로 진실성 또한 그런 '유별난' 사건의 개념을 굳지 전제하지 않고도 사용할 수 있는 개념으로 이해하고자 한다.

되기도 하고 소설이 되기도 한다. 가령 황석영은 이동철이 수신한 편지를 소설로 변환해주는 '변환기'의 역할을 했고(『어둠의 자식들』) 광주사태에 대한 여러 사람들의 편지를 모아 르포를 쓰기도 했다(『죽음을 넘어, 시대의 어둠을 넘어』). 또 위안부들이 수신한 편지를 사진이나 영화로 '변환'해 준 많은 이들이 있음을 우리는 안다. 하지만 여기에서도 삶이 보내지 않은 것을 받아 적으려는 유혹은 결코 작지 않음을 우리는 안다. 스스로 받아 적는 경우든, 대신 받아 적는 경우든, 진실성이란 그 유혹과 스스로 대결하려는 태도의 지속성을 뜻하고, 충실성이란 그 유혹과의 긴장이 갖는 일관성을 의미한다 하겠다.

제2장

재일을 살다, 시를 살다
: 심연의 삶이 보낸 편지들

1. 삶의 대기, 시의 분위기

멋진 시가 언제나 멋진 삶으로 이어지지는 않는 것처럼, 경탄스런 삶이 언제나 경이로운 시로 이어지지는 않는다. '진실성'이나 '충실성'이란 말로 연결을 할 때조차 삶과 시는 순진한 대응성을 갖지 않으며, 사이좋은 평행선을 그리지 않는다. 그렇기에 시인의 삶을 말하는 것으로 그의 시, 그의 문학을 말할 수 있으리라는 생각은 정작 중요한 것을 놓치게 한다. 시는 삶이 보낸 것이지만, 그것이 발송된 삶으로 귀속시키는 방식으로 해석될 때, 시는 사라지고 삶만 남게 된다. 그렇기에 지금처럼 한 시인의 시세계에 들어가기 위해 삶을 말하는 것을 피할 수 없는 경우라면, 더더욱 시인의 삶에 대해 말함으로써 그의 시에 대해 말할 수 있으리라는 생각은 접어두는 것이 좋다. 어쩌면 시를 위해선 삶을 지우는 것이 더 나을지도 모른다. 시의 아름다움이나 탁월성은 시 자신이 말하게 해야 한다.

이런 믿음에도 불구하고 시 못지않게 시인의 삶이 '아름다운' 경우라면,

그리고 시의 아름다움이 삶의 아름다움과 뗄 수 없이 얽혀 있는 경우라면, 나아가 '시를 쓰다'보다는 '시를 살다'란 말이 훨씬 더 본질적이라고 믿는 시인이라면, 시인의 삶을 삭제하고 시의 아름다움을 포착한다는 것은 불가능하거나 부적절할 것이다. 이런 경우 우리는 시인의 삶과 시 사이를 반복하여 오가면서 시를 읽는 것을 피할 수 없다. 거기서 우리가 읽어야 하는 것은 어쩌면 삶과 시가 교직되며 짜여지는 직물이라 해야 할 것 같다. 그러나 이런 시도가 시 속에 언급된 것들의 지시체나 대응물을 그의 삶에서 찾아내는 해석이 된다면, 필경 시를 삶으로 귀속시키는 환원론을 모면하기 힘들 것이다. 삶과 시가 교직된 직물을 풀어 실로 되돌리는 이런 해석의 방법은 시를 잃고 삶을 읽는 오래된 우(愚)로 우리를 인도한다.

이보다는 오히려 시인의 삶을 미리 드러내고 풀어헤쳐 모호한 대기(atmosphere)로 만들고, 그 대기가 시를 둘러싸거나 시 속에 스며들게 함으로써 시로 펼쳐지는 문자들 사이에서 숨 쉬게 하는 것이 좋을 법하다. 이로써 삶이 때론 어떤 문자나 시구에 달라붙고 응결되어 잊지 못할 감응을 낳고, 때론 어떤 시구 뒤에 숨어 시구의 분위기(atmosphere)를 형성하며, 때론 어떤 문자와 멀리 떨어진 다른 문자를 연결하는 보이지 않는 끈이 되어주도록 하는 것. 또한 시와 관련된 사건을 끌어들일 때조차 그 사건이 문자들과 얽혀 새로운 허구를 구성한다는 사실을 잊지 말아야 한다. 문제는 시 안에 있는 사건을 시 바깥의 실증적 대응물로 끌고 나가는 것이 아니라, 시 바깥에 있는 사건을 시 안의 문학적 허구 속으로 끌고 들어오는 것이다. 시와 사건이 그렇게 얽혀 새로이 탄생하는 것이 무언지를 읽어내는 것이다.

이제 여기서 시인의 삶에 대해 쓰며 시작하는 것은 단지 김시종을 모르는 이를 위한 소개의 기능을 위해서만은 아니다. 이렇게 미리 앞에 삶을 적어두는 것이 책을 읽는 동안 내내 퍼져갈 향불을 피우는 것이 되었으면 하는 기대 때문이고, 그 향훈(香薰)이 내가 읽고자 하는 시들 속에 스며들어 갔으면 하는 바람 때문이다.

2. 오, 나는 눈멀고 귀먹었도다!

김시종의 시는 심연의 어둠이 보낸 편지들이다. 모든 빛이 사라지며 심연 속으로 추락해야 했던 극히 곤혹스런 '해방'의 경험, 혹은 자신을 던져 넣었던 세계로부터의 '배신', 희망이 있으리라고 생각했던 곳에서 다시 발견해야 했던 절망, 그럼에도 거기서 해야 할 것이 있으리라는 믿음 속에서 절망적 상황을 버티며 출구를 찾던 시도와 좌절, 그리고 여럿 있지만 하나도 없던 '조국들' 사이에서, 또한 살아야 할 곳이지만 편하게 반아들여주지 않는 '재일'의 땅, 어느 것 하나도 '길을 찾도록 해줄 별'이라곤 없는 짙은 어둠이었을 것이다. 그는 그 어둠 속을 살고 또 산다. 그의 시는 그 어둠 속에서 오고 또 온다.

가장 먼저 찾아온 어둠이 가장 어두웠다고 해야 할까? 그럴지도 모른다. 자신의 삶 전체를 근본에서 뒤집어버린 어둠의 습격은, 평생을 어둠 속을 '지렁이'처럼 기어 다니며 살게 했기에. 그러나 그것은 역으로 반복되어 덮쳐오는 어둠을 살아내는 능력을 주었던 것이기도 했다. 그냥 선 채로는 생존할 수 없다는 사실이 동물들에게 운동능력을 주었던 것처럼. 김시종이 반복해서 말하는 '황국소년에게 찾아온 해방'이 바로 그것이다. 이는 그의 삶 전체를 사로잡은 사건이었고, 평생 그에게 끝없이 반복하여 편지를 보내는 사건이었으며, 이후 발송된 많은 편지들이 통과해가던 '먼 곳'이었으며, 그때마다 그의 삶에 다른 색조로 스며들던 안개 같은 대기였다. 이는 그의 시와 사유를 이해하는 데 중요하기에, 좀 길게 읽어보는 게 좋겠다.

> 천황폐하가 직접 말씀하시는 귀한 방송이 있다기에 집 안마당에는 동네사람 스무 명 정도가 라디오 주위에 모여 있었습니다. 여름방학이라서 고향에 있던 나도 예닐곱 명 되는 청년단원들 사이에서 한구석에

나란히 서서 듣고 있었는데, 그게 패전수락의 방송임을 알고는 천황폐하에 대한 죄스러움으로 가슴이 메어 어깨를 떨며 흐느꼈습니다. 결코 과장이 아니라 선 채로 땅바닥에 박히는 것 같았습니다. ……그런데도 나는 이제라도 가미카제(神風)가 불면 패전의 사태도 뒤집힐 것이라며 몇날며칠을 스스로 타일렀을 만큼 구제할 길 없는 정체불명의 조선인이었습니다.

나는 태어나면서부터 쇼와천황의 '성세(御代)'에 은혜를 입은 사람이었기에 당연히도 일본인이 되기 위한 공부만 해왔습니다. 조선에서 태어나 조선의 부모가 계신 곳에서 자랐으면서도 자신의 나라에 대해서는 도통 아무것도 몰랐습니다. ……말도 토착어인 제주방언밖에 못하고 글자도 가나다라의 가 하나 한글로는 받아쓰지 못하는 나였습니다. ……망연자실한 가운데 조선인으로 되밀려난 나는 산천도 뒤흔들 만큼 마을마다 '만세! 만세!'로 들끓던 그때, 마치 집 잃은 강아지처럼 항구의 제방에 우두커니 서서 「우미유카바」나 「고지마 다카노리」 노래 등을 흥얼거렸습니다. 아는 게 그것밖에 없는 나였습니다.[18]

이날의 해방이 흔히 말하는 빛이고 광명이었다면, 김시종에게 그것은 그의 기억 속에 있는 모든 것, 그가 편안히 볼 수 있던 모든 것을 새하얗게 지워버리는 할레이션(halation)의 빛이었다. 하얀 어둠이었다. 그가 서 있던 발밑의 지반이 붕괴되는 사건이었고, 바닥을 알 수 없는 깊은 심연에 빠져 한없이 가라앉는 사태였다. "햇빛에 노출된 필름처럼 내 모든 것이 새까맣게 어두워지고, 힘쓰고 노력해 가까스로 몸에 익힌 일본어가 이날을 경계로 더 이상 의미를 만들지 못하는 어둠의 언어가 되고 말았습니다."[19]

옳다고 믿었던 모든 것이 사라져버린 순간, 삶을 이끌던 모든 방향이

18. 김시종, 『조선과 일본에 살다』, 윤여일 역, 돌베개, 18-19쪽.
19. 같은 책, 18쪽.

소멸해버리는 순간, 그리하여 암흑 같은 어둠 말고는 아무것도 남은 게 없게 되어버린 순간. 살기 위해 최선을 다하는 것이란 말을 강한 의미로 사용한다면, 그건 바로 그 순간 시작되는 것이라고 해야 한다. 삶을 이끌던 단서가 모두 사라진 그 칠흑 같은 어둠이기에, 계속 살아남으려는 자는 그 최대치로 자신을 끌어올려야 한다. 존재를 건다는 말의 최댓값은 그 심연의 경험 속에서 시작된다.

그가 겪은 이 경험은 이전에 존재의 의미를 이해하게 해주던 빛이 일시에 사라진 사태였고, 그런 점에서 그런 빛이 되어 주던 언어가, 이른바 '존재의 집'이 와해된 사태였다. 자신의 존재 자체가 와해되는 이런 경험을 통해 그는 존재가 소멸해버린 심연 속으로 들어갔던 것이다. 무의 심연. 그 어둠 속에서 벗어나기 위해선 정말 존재를 걸지 않으면 안 되었을 게다. 강한 의미에서 '존재를 건 삶'이, 이제까지와 다른 삶을 위한 고투가 여기서 시작된다. 이런 경험 때문인지 그는 일찍부터 잘 보이는 곳이 아니라 보이지 않는 곳을 보고자하고, 빛이 아닌 어둠 속에 시선을 돌리고, 낮이 아닌 밤을 기다린다. 가령 첫 시집 『지평선』의 자서(自序)가 그렇다.

> 다다를 수 없는 곳에 지평이 있는 게 아니다.
> 네가 서 있는 그 곳이 지평이다.
> (중략)
> 새로운 밤이 기다린다.[20]

그는 아침이 아니라 밤을 기다린다. 아니 밤이 그를 기다린다고 한다. '다다를 수 없는 곳'과 대비하여 '서 있는 그 곳'을 말하기에, 그가 말하는 지평은 발 딛고 선 땅을 뜻하는 것으로 읽힐지도 모른다. 해석학에서

20. 김시종, 「자서」, 『지평선』, 곽형덕 역, 소명출판, 11쪽(유숙자 편역, 『경계의 시』, 소화, 13쪽).

자주 말하는 지평이란 그런 지평선의 안쪽, 우리의 시야가 가 닿고 우리가 말하는 것이 이해가능한 지반이다. 그러나 이 시에서처럼 '다다를 수 없는 곳에 지평이 있는 게 아니라'고 할 때의 지평은 지평선의 바깥, 발길도 시선도 다다를 수 없는 곳을 뜻한다. 아무리 가도 다다를 수 없는 것, 우리 시야의 한계, 그 바깥을 볼 수 없는 곳이 지평선이기에. 그런 점에서 우리가 발 딛고 있는 지반, 모든 의미가 기대고 있는 해석의 지반을 뜻하는 통상의 '지평'과 의미를 달리한다. 의미를 알려주고 갈 곳을 알려주는 빛이 비추는 땅이 아니라, 그것이 사라져버린 곳, 그저 어둠만이 있는 곳을 뜻한다.

"네가 서 있는 그 곳이 지평이다"라고 함은 그런 지평을 멀리서가 아니라 발밑에서 찾으란 말이다. 시야에서 벗어나 아무것도 보이지 않는 어둠을, 자기가 편히 서서 말하고 이해하고 사고하는 것의 바깥을, 멀리 지평 바깥이 아니라 바로 자기 발밑에서 찾으라는 말이다. 자신의 발밑이 꺼지며 나타났던 어둠을 보았기에, 그 어둠 속에 빠져 들어갔던 경험이 있었기에 이처럼 말할 수 있었을 것이다. 그렇기에 그는 모든 게 명료하고 뚜렷하게 드러나는 빛의 아침이 아니라, 모든 것이 보이지 않게 되는 밤을 기다린다. 그것은 자신이 뜻하는 것과 다른 시간, 다른 장소에서 오기에 '기다린다'란 동사의 주어마저 '나' 아닌 '밤'으로 바꾸어 썼을 것이다.

마찬가지 이유에서 그는 볼 수 없는 것만큼이나 말할 수 없는 것을 주시한다. 나중에도 반복해서 등장하는 벙어리매미가 그 중 하나이다. 이는 첫 시집 『지평선』에 실린 「먼 훗날」에 이미 등장한다.

> 이 좁은 세상에 소리조차 낼 수 없는 것이 있음이
> 마음에 걸려 곤혹스러웠다.
>
> 나는 이제 겨우 26년을 살아왔을 뿐.

그런 내가 벙어리매미의 분노를 알기까지
백년은 더 걸린 느낌이다.

—「먼 훗날」, 부분[21]

『니이가타』 1부 1편에서 빛을 거부한 채 지렁이가 되어 "광감세포의 말살을 건 / 환형운동을 / 개시"한[22] '나'는 종결부인 3부 4편에서 마이크로웨이브 안테나 옆에 달라붙어 죽은 벙어리매미를 보며, 벙어리매미가 되기를 선택한다. "소리가 소리가 되지 못하는 세상"에서 차라리 침묵 속으로 들어가려는 것이다.[23] 칠흑의 어둠을 보았기에, 말해도 들리지 않는 침묵 속에 들어가 보았기에, 그는 안다. 그 어둠이 아무것도 없음이 아니며, 그 침묵이 아무 할 말 없음이 아님을. 오히려 하나 아닌 많은 것이 존재하는 곳이 어둠이며, 하나 아닌 많은 말이 있는 곳이 침묵임을 안다. 그래서 그는 빛이 아니라 어둠으로 눈을 돌리려 한다. 보이지 않는 것을 보고자 하고, 들리지 않는 것을 듣고자 한다.

모든 빛이 사라지게 하는 사건, 거기서 본 새까만 어둠, 무엇보다 그것이 김시종으로 하여금 순간순간의 삶에 존재를 걸게 했을 것이다. 바로 그것이 검은 어둠의 편지를 끊임없이 보냈을 것이다. 그의 시는 모두 이 시커먼 먹지 위에 씌어진 것이다.

3. 심연, 혹은 지하에서 보낸 편지

절망적인 사태 앞에서 제대로 절망하는 일은 얼마나 희소한가. 그 시커먼 심연을 가리기 위해 우리는 너무도 빨리 희망의 보자기를 펼친다.

21. 김시종, 『지평선』, 47쪽(『경계의 시』, 14쪽). 번역은 수정.
22. 김시종, 『니이가타』, 곽형덕 역, 글누림, 30, 33쪽.
23. 같은 책, 176, 173쪽.

마치 그것으로 심연을 견디어낼 수 있기라도 한 양, 마치 그것으로 자기 몸의 무게를 버티어낼 수 있기라도 한 듯. 하지만 우리는 안다. 그렇게 얼른 절망을 지워버리는 것이야말로 진정 절망해야 할 이유임을. 결별의 시간이 다가왔을 때 제대로 결별하는 일은 또 얼마나 희소한가. 문을 두드리는 그 시간의 손짓을 뿌리치며 우리는 서둘러 발등에 말뚝을 박는다. 마치 그것으로 흘러가는 시간의 배를 멈출 수 있기라도 한 듯. 이제 떠나야 한다고 알려주는 시간의 손짓을 자신의 무능력이나 실패로 오인하며, 그러나 우리는 잘 안다. 떠나야 할 때 떠나지 않기 위해 모든 능력을 다하는 것이야말로 나 아닌 모든 것을 떠나보내는 이유가 된다는 것을. 상실의 사건이 닥쳐왔을 때 제대로 잃어버리는 일 또한 얼마나 희소한가? 그 흩어지는 것들을 하나라도 붙잡기 위해 우리는 부지런히 팔을 움직이고 손을 움켜쥔다. 마치 그 작은 손 두 개로 멀어지는 모든 것을 다 움켜질 수 있기라도 한 것처럼. 그러나 부여잡고 놓지 않기 위해 움켜쥔 손이야말로 진정 붙잡아야 할 것을 붙잡을 수 없는 이유 아닌가? 혹은 잃어버리게 된 것이 별것 아니었다는 식으로 얼른 생각을 돌려, 그것을 대신할 다른 것을 붙잡기도 한다. 그래, 붙잡고자 한다면 붙잡을 것이야 얼마나 많은가?

진정한 절망은 희망을 진심으로 믿고 따라갔던 이들에게만 찾아온다. 때가 된 결별은 최선을 다했던 이들과만 눈을 맞추어준다. 모든 것을 잃어버리는 사건은 모든 것을 걸 줄 아는 이들에게만 온다. 제대로 절망할 수 있을 때, 우리는 진정 삶을 걸 만한 물음을 얻는다. 제대로 결별할 줄 알 때, 우리는 진정 새로운 세계와 만날 수 있다. 모든 것을 잃을 줄 알 때, 모든 것을 다시 생각할 수 있다. 모든 것을 다시 시작할 수 있다.

모든 것을 잃어버리고, 함께 있던 모든 것들과 결별해야 했기에, 그 절망적인 어둠과 피하지 않고 대면할 수 있었기에, 김시종이 조선어를 배우기 시작하고, 해방 이후의 '해방된 사회'를 위해 활동을 하기 시작한 것은 당연해 보이는 것과 아주 다른 발본성(拔本性)을 갖고 있었을 것이다.

미군정이 들어선 제주도, 조병옥의 '육지경찰'이 현지 경찰마저 밀쳐내곤 북녘에서 토지를 잃은 원한으로 미친 서북청년단과 함께 유린하던 제주도에서 지하당 활동가가 되고 결국은 무장투쟁으로까지 나아갔던, 아주 빠른 속도의 변화는 그가 보았던 저 어둠의 강도와 무관하지 않을 것이다. 해방과 함께 어둠 속에 밀려들어간 그는 이제 일상의 삶에서도 어둠 속을 기어 다니는 지하생활자가 된 것이다. 빛이 사라지면 하나의 빛에서 다른 빛으로 얼른 옮겨가는 흔한 경로를 그대로 밟을 순 결코 없었을 것이다.

그러나 알다시피 4·3봉기는 거대한 피의 살육으로 이어졌고, 우체국 폭파사건으로 수배된 그는 아버지의 필사적인 노력으로 밀항선을 타고 일본으로 숨어 들어간다. "설령 죽더라도 내 눈이 닿는 곳에서는 죽지 마라. 어머니도 같은 생각이다."라며 고개를 돌리는 아버지를 뒤로 하고,[24] 그래서 그는 떠난다. 간신히 찾아낸 빛과, 애써 얻은 친숙함과, 자신의 지평이 되어줄 거라 믿었던 '세계'와 다시 결별한다. 캄캄한 '해방'과 함께 간신히 떠나왔던 일본으로, 일본어의 세계로 되돌아간다.

'해방'으로 잃어버렸던 빛 속으로, 다시 빛의 세계로 돌아간 것일까? 그럴 리 없다. 심연의 어둠은 그런 식의 이동이나 변화로는 결코 벗어날 수 없다. 일본의 말과 서정 속에서 편안했던 자신과 결별해야 했던 그였기에, 그가 다시 찾아간 그 말과 서정에 편히 머물 수 없었다. 거기서 그는 그 편안한 빛을 찾는 대신, 다시 어둠 속으로 들어간다. 지하로 들어간다. 제주도에서 죽은 동료들에 대한 미안함, 그 학살의 땅에 대한 분노, 거기로부터 다시 일본으로 도망쳐온 자신에 대한 자탄 등이 없었을 리 없다. 그러니 안온한 빛의 세계는 그에게 주어진다 해도 받아들일 수 없었을 것이다.

일본에서 거처가 마련되자 곧바로 공산당에 입당한 것은 떠나면서도

24. 김시종, 『조선과 일본을 살다』, 223쪽.

떨칠 수 없었던 미안함과 분노 등과 무관하지 않다. "저는 50년 4월 공산당에 입당했습니다. 고난 속에 있는 고향을 내버리고 왔다는 떳떳치 못함도 있어서 공산당 입당만은 가장 먼저 했습니다." 그때는 미군정청과 일본정부에 의해 재일조선인연맹('조련')이 해산되어 재일조선통일민주전선('민전')으로 전환되던 시기였는데, 김시종은 여기에 들어가 문선대 활동과 문화서클 만들기에 주력한다.[25] 그리고 곧바로 한국전쟁이 터지고, 그것을 저지하려는 투쟁에 들어간다. 전쟁 물자를 실어 나르는 기차를 정지시키려는 스이타(吹田) 히라카타(枚方) 투쟁이 그것이다. 또한 병기 제조에 관계된 부품들을 만들고 있던 동포들의 마치코바를 돌면서 그걸 그만두도록 설득하고, 설득에 실패하면 공장을 파괴하는 일을 한다. 자신이 얹혀살며 밥을 얻어먹으면서, 그걸 제공해주는 동포들의 일터를 짓뭉개는 일을 해야 했던 것이다. 그러나 그걸 하지 않는 것도 편치 않기는 마찬가지였다. 밥 먹고 살기 위해 동포들의 머리 위에 떨어질 폭탄 부품을 만드는 것을 어찌 모르는 척 두고 볼 수 있을 것인가. 그렇게 먹고살기 위해 고국 땅에 퍼부을 폭탄을 만드는 동포와 그들에게 밥을 얻어먹으면서 그들의 공장을 부수고 다니는 자신, 대체 어떤 것을 수긍할 수 있고 어떤 것을 부정할 수 있을 것인가! 이 난감한 딜레마 속에서 그는 "민족심이든 애국심이든 조직운동의 일이 단일하게 명문화되는 것이 아님을 깨닫게" 된다.[26] 새로 도착한 세계 또한 편안할 수 없는 세계, 친숙하게 안주할 수 없는 세계, 명확하게 호오(好惡)를 말할 수 없고 분명하게 선택할 수 없는 세계였던 것이다.

동포들의 머리 위에 떨어질 폭탄의 부품을 만드는 동포들이라지만 환영받지 못하는 땅 일본에서 먹고살아야 하는 이들이고, 자신 또한 그에 호구를 기대고 있으니, 쉽게 수긍하기도 쉽게 비난하기도 어려운 일이다.

25. 김석범·김시종, 앞의 책, 112-113쪽.

26. 쓰루미 슌스케·김시종, 「전후문학과 재일문학」, 『오늘의문예비평』, 104-106쪽.

쉽게 안주할 수도 없지만, 또한 쉽게 떠나갈 수 없는 세계였을 것이다. 그곳이 바로 그가 '살아야' 했던 세계인 것이다. '살아야' 하는 세계란 어쩌면 다 그럴지도 모른다. 동의할 수 없지만 떠날 수 없는 근본적인 궁지, 비난받아 마땅한 일이지만 결코 비난할 수 없는 당착, 이 궁지와 당착이 야기하는 불편함, 이게 바로 우리가 살아야 하는 세계인 것이다.

4. 결별하고 결별하며 가다

그러나 김시종이 그마저 그대로 살아내기 힘들게 했던 것은 그런 삶의 당착을 받아들이기보다는 선명하게 어느 하나에 기대어 다른 것을 비판하고 제거하도록 요구하던 힘이었던 것 같다. 난감하고 중요한 전환이 1955년 일어난다. 한덕수 등이 주도하는 상층세력이 김시종 말로 '쿠데타'를 일으켜[27] 민전의 상부를 장악하고는 이전의 노선을 '극좌모험주의'라고 비난하면서 북조선의 지도를 받는 재일조선인총연합회('총련')로 바꾸어버린다. 그 결과 중 하나로, 1953년부터 김시종 주도 하에 나오던 문학잡지 『진달래』는 정치적 및 문학적 등 모든 면에서 비판을 받게 되고, 결국 1958년 3월, 20호를 끝으로 종간되고 만다.

어쩌면 자신의 문학적 삶 자체의 종결이기도 했을 이 사태로 인해 그는 다시 희망이 절망의 다른 이름이었음을 발견하게 되었을 터이다. 또 다시 그의 발밑에서 그 어두운 입을 크게 벌린 심연을 보았을 것이다. 덕분에 한 동안 동료 정인, 양석일 등과 밤새도록 술을 퍼마시고 사고를 쳐 경찰서에 드나들게 된다.[28] 그리고 그해 6월 동료들과 함께 새로운 동인지 『카리온』을 창간한다. 또 한 번의 결별이 서서히 시작되고 있는

27. "실제로는 기습적인 쿠데타였습니다. 대중토의 한 번이라도 하고 바뀐 게 아닙니다." (김석범·김시종, 앞의 책, 124쪽.)

28. 野口豊子, 「金時鐘年譜」, 『原野の時』, 立風書房, 1991, 841쪽.

것이었다. 그러나 그것은 빠르지만 '서서히' 진행되었다. 이미 결별해야 할 세계임이 드러났지만, 그래도 존재를 걸었던 것이기에 김시종은 얼른 밖으로 나가지 않고 안에서 최대치의 힘으로, 그 예비된 결별을 연기시키며 그 난감한 세계를 떠안고 견디어낸다.

이런 사태는 스스로 인정하고 있듯이, 어쩌면 상부의 권력자들과 타협할 줄 모르고, 자신의 문제의식을 일관되게 밀고 나갔던 김시종 자신이 '자초'한 것이기도 하다. 즉 삶에 대한 충실성 속에서, 편한 삶의 유혹을 결코 받아들일 수 없는 자, 위대한 지도자에 대한 믿음이나 조직화된 세력에 기대는 식으로는 결코 살아갈 수 없는 자의 피할 수 없는 운명 같은 것이다. 심연의 어둠을 본 자, 하나의 끝을 본 자들에게 속하는 어떤 정직성이나 '근성(곤조!)' 같은 것인지도 모른다. 이미 심연을 살아낸 자에게 더 두려워 할 게 무엇이란 말인가. 그리하여 그는 수긍할 수 없는 조직을 떠나는 결별의 방식이 아니라, 그 수긍할 수 없는 세계 안에서 그것과의 싸움을 지속하는 '결별'의 방식을 이후 10년 이상 지속한다. 친구 두세 명과 더불어 시와 글로 조선총련 조직 전체와 맞서는 '바보짓'을 감행한다. '동포'나 '동료'들의 비난을 사는 일을 우직하게 밀고 나간다. 난감한 세계를 떠나는 게 아니라 곤혹스런 세계를 떠나보내려는 것이었을 게다. '성공'의 가능성이라곤 전혀 보이지 않았을 테지만, 결코 포기할 수 없었던 무모함이었을 것이다.

『진달래』의 마지막 몇 호에는 이 투쟁의 기록이 선연하게 남아 있다. 가령 1957년 『진달래』 17호에 실린 시 「로봇의 수기」에선 자신에게 회의통지서가 날아들어 왔다며 이렇게 쓰고 있다. "나는 로봇일족을 대표하는 / 총련의 집행위원이기도 하다."[29] 18호에는 아예 은유도 접어버린 채 직접 겨누어 쓴 시 「오사카 총련」을 발표한다. 이 작품은 '알림(告示)'과 '동원'이란 두 작품으로 이루어져 있다. 고시문의 형식으로 쓴 '알림'은

29. 재일에스닉연구회 역, 『진달래 가리온 4』, 지식과교양, 2016, 106쪽.

사람들의 삶과는 멀어져버린 채, 단체의 유지 자체가 목적이 되어버린 총련 조직에 대한 기지 넘치는 풍자다.

급한 용무가 있으시면
서둘러 가주세요
총련에는
전화가 없습니다.

급하시다면
소리쳐주세요.
총련에는 접수처가 없습니다.

볼일이 급하시다면
다른 곳으로 가 주세요.
총련에는 화장실이 없습니다.

총련은 여러분의 단체입니다.
애용해주신 덕분에 전화요금이
쌓여 멈춰버렸습니다.

(중략)

그러나 새로운 손님은 초대하지 않겠습니다.
그러니 새로운 손님은 보내지 않겠습니다.
2층 홀은 예약제입니다.
오늘밤은 창가학회가 사용합니다.

—「오사카 총련: 알림」, 부분[30]

뒤의 시 '동원'에서는 과로와 영양실조로 쓸쓸히 죽은 동지와, 그렇게 죽을 때까지 동지의 삶은 외면하다가 죽은 뒤에 성대하게 장례위원회를 결성해 장례를 치러주는 총련이 대비된다.

동지가 죽었습니다.
동지가 죽었습니다.
과로가 쌓여 죽었습니다.
영양실조로 죽었습니다.

모두가 한창 투쟁 중이어서,
병문안 갈 틈도 없이
혼자 쓸쓸히 죽었습니다.
불타오르는 애국심을
가슴에 묻고 죽었습니다.

애국자입니다.
거울입니다.
여러분
장례식은
인민장으로
성대하게
성대하게
장례위원회를 결성합니다.

30. 같은 책, 173-174쪽.

(중략)

마을사람은 총출동입니다.
애국자를 지켜봐 주었습니다.
총련인들은 한마음으로
모두가 지켜봐 주었습니다.

그래서 동지는 영면합니다.
죽어서 꽃을 피운 것입니다.
이제 곧 굴뚝에서
즐거운 천국으로 올라갑니다.
지켜봐 주십시오.

—「오사카 총련: 동원」, 부분[31]

여기서 총련이란 조직은 재일조선인 활동의 거점이다. '조련'에서 '민전'으로 이어지며 난감한 딜레마 속에서조차 삶과 투쟁이 교착되는 활동을 해왔던 조직의 연속이고, 밀항 이후 자신이 속한 과거와 현재가 오롯이 담긴 조직이다. 그러나 이제 그것은 사람들의 삶의 고통과는 결별한 채 기록되고 기념될 '행사'들을 할 뿐이며, 조직의 유지가 조직을 운용하는 목표가 되어버린 조직이 되고 말았다. 그것은 그 활동에 그때그때마다의 삶을 걸고 그 조직에 자신의 존재를 건 채 살고자 했던 시인에겐 그냥 두고 볼 수 없는 것이었을 게다.

이는 진실성 속에서 시를 쓰는 문제이기도 하다. 조직이 시인의 시에 방향을 주고 '당파성'이란 개념으로 창작을 규제하려 했기에, 이는 "시냐 자살이냐"라는 배타적 선택지 속으로 시인을 밀어 넣는다. 여기서 김시종

31. 같은 책, 175-176쪽.

은 '명목적 자살'을 선택한다. 그는 『진달래』 18호에 「맹인과 뱀의 입씨름」이라는 글을 쓰면서, 자신의 시적 유서를 제시하며 "시에 있어 자살자가 왜 생기는지"를 규명하고자 한다. 무엇보다 그것은 시에 대해 사상성과 애국심을 요구하는 조직과 그 요구에 맞추어 정형화되고 식상한 시를 쓰는 시인들에 기인한다. 그런 요구에 따라 씌어진 시, 김시종 자신에게 쓰도록 요구되는 시의 전범은 가령 이런 것이다.

> 영광을 바칩니다.
> 신년의 영광을
> 조국의 국기이며 승리이신
> 우리들 수령 동지 앞에!

그에게 이런 '시'란 시인의 진실성과 무관한 것일 뿐 아니라, 혐오스런 것이다. 이런 시를 쓰는 시인으로 살기보다는 차라리 시를 포기하고 시인으로서의 삶을 끝내는 것이 낫다는 생각에서 그는 유서를 쓴다.[32] "결혼식 축사마저 일제 36년으로 시작해 국내외 정세보고로 끝나는 민족적 지향의 경로"가 자신이 보기엔 시라고는 할 수 없는 저 상투적이고 식상한 '시의 정형성'과 무관하지 않다고 명시적으로 말한다.[33] 재일조선인이 만든 '자주학교'에서 상연하는 아동극도 그렇다. 주인공은 소년이지만 그의 입에서 나오는 것은 소년의 얘기가 아니라 "훌륭한 공화국 간부의 의견"이다. "사소한 것에 경이를 느끼고 기뻐하고 슬퍼하는 소년의 꿈은 자취를 감추어버렸다."[34]

32. 김시종, 「맹인과 뱀의 입씨름」, 『진달래』 18호, 앞의 책, 177-178쪽. 그는 시뿐 아니라 방송에 대해서도 이렇게 말한다. "동떨어진 속에서 조국을 의식하려는 내게 조국 방송프로는 전적으로 1인 수긍이라고 밖에는 할 수 없다."(같은 책, 179쪽.)
33. 같은 책. 184쪽.
34. 같은 책, 180쪽.

시인으로서의 생활을 접을 정도는 아니라 생각해서였는지, '유서'라고 명명된 부분에 넣지는 않았지만, 그가 동의할 수 없는 또 하나 핵심적인 논점은 시에 대한 이른바 '공감'의 요구다. 대중이 쉽게 공감하는 시. "대중을 위해 알기 쉬운 시를 쓰"는 것이 그토록 중요하다면, 시보다 훨씬 더 훌륭하게 공감에 기반하고 있고 또 성공하고 있는 유행가를 쓰는 게 더 나으리라는 게 그의 생각이다.[35]

이러한 시나 글이 오사카 총련 문화부의 기관지에 실렸다는 것이 어쩌면 놀랍다 싶다. 그건 김시종이 그 잡지의 책임자였기에 가능했을 것이지만, 그렇기에 조직으로선 그 잡지를 제거할 이유로 보였을 터이다. 시나 글로 항의했던 것만은 아니었다. 그가 「맹인과 뱀의 입씨름」이란 글을 쓰게 된 동기에 대해 하는 말은, 그 이전에 이미 조직의 상층부와 화해하기 힘든 대립을 시작했음을 보여준다. 먼저 1957년, '민족학교' 초급교과서에 들어가 있는 「무지개를 쫓는 소년」이란 작품—원래는 한설야가 쓴 것인데—에 대한 것이다. 이 작품은 자신이 황국소년이었을 때 읽은 코르시카의 소년 나폴레옹 얘기와 완전히 같은 것이었기에, "불손한 모작"이라고 비판하는 글을 재일작가동맹 사무국장에게 제출했다고 한다. 민족반역자로 몰리게 된 또 하나의, 아마도 결정적인 원인은 1959년 『김일성 전집』의 권두에 실린 백마 탄 김일성 장군의 사진 풍 그림이었다고 한다. 그 그림을 보고, 그것이 소년시절 걸핏하면 보아야 했던 히로히토의 '영자(英姿)'와 완전히 똑같은 것이라면서 이런 걸 싣는 것이야말로 김일성 장군을 모독하는 일이라는 건의서를 총련 오사카 본부의 교육문화부장에게 제출했다는 것이다. 덕분에 이후 그는 에세이나 시를 쓰는 것이 거의 불가능한 상황에 몰리게 되고, 『진달래』는 폐간되며, 제작 중이던 시집 『일본풍토기 II』는 해판되어 망실된다. 장편시집 『니이가타』를 10년 동안 출판하지 못한 것도 이 때문이다. "그러한 가운데 잘도 미치지 않았구나 하는 생활을

35. 같은 책, 185-186쪽.

해왔습니다."[36]

이러한 그의 궤적을 조금 따라가 보는 것만으로도 어느새 다음과 같은 생각이 그의 삶 전체로부터 나온 것임을 이해하게 된다. 운동도 문학도, 혹은 삶도 활동도 선의나 대의에 의해 명확하게 하나로 말할 수 없는 딜레마를 갖고 있다는 것; 운동도 운동의 대의도, 혹은 '조국'이나 희망도 기성의 것, 이미 나 있는 길을 그저 따라가는 것이라면 그건 삶을 걸만한 것이 될 수 없다는 것; 그리고 자신이 혼신의 힘을 다해 하는 활동조차 종종 자신의 '동포'나 '동지'들에 의해 비난받거나 버림받을 수 있다는 것; 때로는 그것마저 감수하면서 가야할 길을 가야한다는 것. 이런 생각이 『카리온』 창간호의 창간사 바로 뒤에 게재된 뒤 이후 약간 고쳐져서 『니이가타』에 다시 실은 시 「종족검정」을 쓰게 했을 것이다. 『니이가타』는 이 시를 받아서 북송선의 귀국심사장에서 고향에 돌아가기 위해 누군가의 '심사'를 받아야 하는 '나'를 더 멀리 밀고 간다.

위에 요약된 생각은 이후 그의 많은 작품들의 밑바닥에서 울려나오는 통주저음이 된다. 그럼에도 그는 운동이나 조직을 버리는 것 말곤 출구가 없어 보이는 투쟁을 쉽게 그만두지 않는다. 인쇄 직전의 시집 『일본풍토기 II』를 망실하고, 장편시집 『니이가타』의 출간을 언제 올지 모르는 시간 속에 맡겨둔 채, 그는 결코 짧다고 할 수 없는 시간을 그 조직 안에서 버틴다. 그러다 결국 1964년과 65년, 두 번에 걸쳐서 "소련 수정주의를 비판하고 김일성 유일사상을 받드는 결의 정도를 시험하는 시험"인 '통일시범'을 거부하고 '문예동'(재일조선문학예술가동맹) 오사카지부 사무국장을[37] 스스로 그만둠으로써 이후 총련의 조직활동과 절연하게 된다. 그리고도 5년을 더 기다려 망실의 두려움으로 방화금고에 넣어 보관해오던 장편시집 『니이가타』를 드디어, 쓴 지 10년 만에 출간하게 된다. 1970년이었

36. 김석범·김시종, 앞의 책, 125-126쪽.

37. 모든 창작활동은 문예동상임중앙위원회의 비준을 사전에 받는다는 게 취임 조건이었다고 한다.(野口, 앞의 글, 845쪽).

다. 간략하게 좀 더 덧붙이면, 1966년 오노 토자부로(小野十三郎) 추천으로 오사카문학학교 강사 생활을 시작했고, 1973년에는 효고현립(兵庫縣立) 미나토가와고등학교에서 일본 최초로 조선어 교사가 된다.

요약하면, 4·3사건으로 인해 '해방' 이후 찾았던 자신의 세계와 결별했던 김시종은 55년에서 70년 사이 또 한 번 자신이 속해 있던 세계와 결별한다. 밀항자로 숨어들어와 일종의 지하운동으로 시작된 일본에서의 삶과, 동포들 속에서의 삶과 결별한다. '해방'이나 4·3사건에 의한 이전의 결별이 뜻하지 않게 찾아온 사건에 의해 자기 의사에 반해 이루어진 것이었다면, 이번에는 뜻밖의 사건('쿠데타')이 시작된 것이었지만 일관되고 굳건한 자기 의사에 따라 이루어진 결별이었다. '해방'에 의한 결별이 지극히 친숙했던 일본어와의 결별이었다면, 4·3사건에 의한 결별이나 총련과의 결별은 역시 친숙했을 동포들과의 결별이었다. '해방'으로 온 최초의 결별이 일본과의 결별이고, 4·3으로 인한 두 번째 결별이 남한과의 결별이었다면, 이번의 결별은 총련, 혹은 북한과의 결별이었다. 4·3으로 인한 결별이 밀항으로 도망치며 일본으로 되돌아가는 것이었다면, 이번의 결별은 문학과 정치, 조직과 운동에 대한 신념 속에서 저항으로 대결하며 자신이 살아야 할 '일본'으로 다시 한 번 되돌아가는 결별이었던 셈이다.

'미치지 않고 잘도 살아왔구나 싶은' 삶은 단지 그의 말대로 조직 내부에서의 결별에만 해당되지 않을 것이다. 삶을 건 자들에게 쉬운 결별이 어디 있을 것인가. 그럼에도 그는 결별을 반복하고 상실을 반복하며 떠나고 또 떠난다. 그가 살고자 하는 세계를 찾아서. 삶을 걸고 살려는 자들에게 그와 다른 삶의 방식이 어떻게 있을 수 있을 것인가. 그리고 이렇게 반복하여 떠나보내는 삶은, 반복하여 시를 보냈을 것이다. 그가 속한 세계와 결별하는 사건들은, 그가 속한 소통과 의미의 세계로부터 떠나고 벗어나는 시들을 반복하여 보냈을 것이다. 그것이 그가 적어낸 시들이, 시집들이 되었던 것일 게다.

5. 살다, 재일을 살다

김시종의 시는 심연의 어둠이 보낸 편지들이다. 그 어둠 속에서 자신이 쓴 줄도 모르는 채 보낸 편지들이다. 먼 곳에서 온 편지다. 지평선 밖, 시선이 닿지 않는 곳에서 온 편지다. 그는 그렇게 온 편지들을 받아 적는다. 그렇게 자신이 받아 적은 삶에 충실하게 산다. 아니 삶에 대한 충실성 속에서 시를 쓴다. 그렇기에 그의 시는 강한 의미에서 진실성을 갖는다. 그것은 시에 재일의 삶이 충실히 재현되어 있어서도 아니고, 그가 겪는 사건을 시 속으로 불러내기 때문도 아니다. 차라리 내던지고 떠났어야 마땅할 조직을 떠나지 않고, 수직으로 누르는 권력을 견디며 그 조직 안에 불편한 존재로 남기를 지속했기 때문이고, 조국의 하늘에서 터질 폭탄 부품을 만드는 동포들의 마치코바를 부수면서도 그들의 그런 삶이 그저 비난할 수만은 없는 것임을, 자신의 삶 또한 그 안에 있음을 정직하게 직시했기 때문이다. 그 역설과 당착의 긴장을 기꺼이 수긍하며, 그것들이 보낸 시를 받아 적었기 때문이다. 사건이 사라지고 사실들이 뒤섞여도 결코 사라지지 않았던 그 곤혹과 긴장의 팽팽함 때문이다.

'저자의 죽음'이 선언된 지 이미 50년 이상 지났건만, "가면이 얼굴이다"라는 니체의 말조차 새삼스러울 정도로 시뮬라크르(simulacre)의 세상이 되었다고 알려진 지금, 이처럼 '진실성'이란 말로 시와 시인에 대해, 삶에 대해 말하려는 것은 일종의 시대착오(anachronism) 아닌가? 그럴지도 모른다. 그러나 '저자의 죽음'이란 이제 저자 없이 독자 스스로 읽어내야 하고 독자 스스로 작품의 힘과 무게를 감당해야 한다는 선언임을 안다면, 그것은 블랑쇼가 말한, '작품 앞에서 저자의 고독'만큼이나 작품 앞에서 독자의 고독을, 작품과 대면했을 때 요구되는 어떤 고투를 함축함을 볼 수 있을 것이다. 그렇기에 이제 작품은 저자 없이도 독자를 촉발할 수 있는 힘을 가져야 한다. 시의 진실성이란 '진리'라는 속 편한 개념에 기댄 문학적 윤리학의 정언명령이 아니라, 그 고독한 독자에 대해 작품으로서의 시가 갖는 힘의 표현이고, 그러한 힘으로 시에 응결되어 들어갈 어떤 감응(affect)의 이름이다.

가면이 얼굴이라면, 이제 그 가면은 얼굴에 기대지 않은 채 자기 자신이 있는 그대로의 '진실'임을 보여줄 수 있어야 함을 뜻한다. 원본 없는 시뮬라크르가 원본 이상의 현실성을 갖는 시대라면, 시뮬라크르 자신이 원본 이상의 설득력을, 원본 없이도 충분히 자립할 수 있는 진실성을 가져야 한다. 원본 없이 자립할 수 없는 것은, 스스로의 독자적인 진실성을 갖지 않는 것은 시뮬라크르라고 하기에 충분하지 않다. 그런 점에서 우리는 이제 '진리' 없이 진실을 말할 수 있어야 한다. 진리로 되돌아가지 않는 진실을 볼 수 있어야 한다. 시는 진리 없는 진실의 존재를 증언한다. 시의 진실성은 확인가능한 진리 없이도 감지가능한 삶으로 우리를 불러들인다.[38] 시란 이미 오래전에 플라톤이 비난했듯이 원본에 대한 충실성을 포기하고 원본 없는 자립성을 선택한 시뮬라크르다. 시의 진실성은 원본 없는 시뮬라크르의 진실성이다. 즉 진정한 의미의 시뮬라크르는 원본 이상의 진실성을 갖는, 그렇기에 원본 없이 그 자체로 충분한 존재이유를 갖는 시뮬라크르다. 원본에서 멀어지는 길을 선택한 시는 원본 없는 진실의 길을 선택한 시뮬라크르다. 이념(idea)도 진리도 없이, 스스로의 존재 안에서 진실을 추구하는 과묵한 시뮬라크르다.

시뮬라크르를 예찬하는 것으론 플라톤주의에서 벗어나기에 충분하지 않다. 그것은 '거꾸로 선 플라톤주의'고 플라톤주의의 대칭적 거울상에 지나지 않는다. 이데아나 원본 없는 시뮬라크르가 자립할 수 있도록 해주는 시뮬라크르의 진실성, 거기까지 갈 수 있을 때 비로소 우리는 플라톤주의와 제대로 결별할 수 있다. 따라서 중요한 것은 시뮬라크르를 원본과 대비하는

38. 사실 많은 감응이나 감각, 행동은 진리 없이, 인식 이전에 작동한다. "호랑이를 왜 좋아하는지 몰라요. / (……) / 이 시를 몰라요 너를 몰라요 좋아요."(가는, 「인식론」, 『훔쳐가는 노래』, 창비, 2012.)

것이 아니라 시뮬라크르의 진실성을 알아보는 것이고, 진실한 시뮬라크르와 그렇지 못한 시뮬라크르를 알아보는 것이다. 숱한 시뮬라크르들 속에서 진실한 시뮬라크르를 알아보는 것이다. 가면의 진실성을 알아보아야 한다. 제대로 된 가면과 어설픈 가면을, 진실한 가면과 과시용 가면을 알아볼 수 있어야 한다.

시뮬라크르의 시대에 시와 시인의 진실성을 말하는 '시대착오'를 더 밀고 가야 한다. 시대의 대세를 뜻하는 '시대정신(Zeitgeist)'에 반하여, 그런 말을 빌려 언제나 대세를 따라가는 안목 없는 영혼에 반하여, 우리는 '시간에 반하는' 시대착오를, 아나크로니즘을 실행해야 한다. 시간을 표현하는 오래된 신화적 단어(Chronos) 앞에 달라붙는 그 짧은 접두사 아나(ana)의 저주에 놀라 크로노스(Chronos)에 충실하라는 요구를 따라가는 대신, 그 신의 이름 속에 허수(虛數)를 표시하는 글자 *i* 를 쑤셔 넣어 신의 이름으로 방사되는 명령문을 해체하고 그 저주의 시간성을 부수어야 한다. 크로노스와 그 기원적인 신의 이름으로 정당화되는 원리(arche)를 혼합하여 혼동해주고, 그렇게 뒤섞인 것에 허구의 문자, 허상의 시간을 쑤셔 넣어 시대의 힘에 대항하는 시대착오적인 힘을 불러내야 하다. 모든 '아르케'에 반하는 다른 종류의 시간감각을 창안해야 한다. 아나키로니즘(anarch*i*ronism)의 시간감각을.[39] 진실한 아나키로니즘을.

『비극의 탄생』에 나중에 붙인 서문에서, 니체는 이렇게 쓴 적이 있다. "나는 모든 학문을 예술의 광학으로 보고, 모든 예술을 삶의 광학으로 본다." 어떤 사상이나 어떤 작품에서도 그것에 실려 온 삶에 대한 전언을 읽어내고자 했고, 어떤 말을 할 때든 '삶을 사랑하라!(Amor fati!)'는 명령어를, 좀 더 정확하게 말하자면 '사랑할 만한 삶을 살라!', '긍정할 만한 삶을 살라!'는 명령어를 얹어 말했던 게 니체였음을 안다면, 이 말이

39. 우리는 나중에 7장에서 김시종의 시에서 이 아나키로니즘적 시간의 개념을 보게 될 것이다.

겨냥하는 바가 무언지 아는 것은 아주 쉬운 일이다. 시나 시인에 대해서 진실성을 말한다는 것은 바로 이런 니체의 명령어를 상기시키는 것이다.

김시종만큼 이런 요구에 충실한 시인은 없을 것 같다. 그가 말하고자 하는 바를 한 단어로 요약하라 한다면, 그건 틀림없이 '살다(生きる)'라는 동사가 될 것이다. 2015년에 출간된 그의 '자전(自傳)' 제목은 『조선과 일본에 살다』이다. 그 이전에 이미 '조선을 살다'는 말은 가령 『이카이노 시집』에서 보인다. '재일을 산다'는 말은 그가 자신의 삶을 설명하는 가장 잘 알려진 말이다. 이는 어쩌면 아주 쉽지만 사실은 결코 쉽지 않은 어떤 삶의 방식을 수면 위로 떠오르게 한다.

그가 '재일을 산다'고 할 때, 그것은 그저 일본 땅에서 생존을 지속함을 뜻하는 말이 아니다. '재일(在日)'이란 일본에 있음이다. 이게 별도로 칭할 말이 되는 것은 일본에 있는 게 당연하거나 편치 않은 이들에게다. 당연치 않고 편치 않기에 대개는 당연한 곳, 편한 곳으로 돌아가고자 한다. 재일조선인은 '조선'으로, 재일한국인은 '한국'으로, 재일오키나와인은 오키나와로……. 그러나 이는 일본에 있음을 받아들이는 게 아니다. 일본을 떠나야 할 곳으로 받아들이는 것이고, 돌아가지 못해도 돌아가야 할 곳에 마음을 묶고 사는 것이다. 재일을 산다는 것은 그 당연하지 않고 편하지 않음을 떠안고 '일본에 있음'을 받아들이는 것이다. 돌아갈 곳을 찾지 않고 살아야 할 지금 여기를 사는 것이다.

이 경우 '재일'이란 조선인의 '조선'도 아니고 한국인의 '한국'도 아닌, 그렇다고 일본인의 일본도 아닌 독자적인 삶의 장이다. 재일을 산다는 것은 그런 삶의 장을 있는 그대로 받아들이는 것이다. 그 어디에서도 볼 수 없는 독자적인 삶의 지대(地帶)로서 적극적으로 긍정하는 것이다. 재일을 사는 이에게 일본이란 언젠가 떠나야 할 잠정적 체류지가 아니라, 삶이 지속되는 한 달라붙어 살아야 할 삶의 조건이다. 재일을 산다 함은 편할 리 없고, 많은 경우 고통스럽기도 한 그 조건을 자기 삶의 지반으로 긍정하고 받아들임이다. 그것을 바탕으로 느끼고 생각하고 행동함이다.

반면 '재일'을 '조국'과 격리되어 사는 존재의 약점이라고 생각하게 되면, 자신이 살아야 하는 땅을 떠나 자꾸 '본국'으로 떠나게 한다고, 그럼으로써 정치적 희생양이 된다.[40]

그렇기에 예컨대 '조선인은 조선어로 창작을 해야 한다'는 북로당과 총련의 방침처럼 재일을 사는 것과 반하는 게 없다. 재일을 산다는 말은 무엇보다 "일본에서 태어나고 자란 조선인들"처럼 일본에서 일본어로 말하고 생각하는 생활을 있는 그대로 긍정하며 시작함을 뜻하기 때문이다.[41] 일본인의 일본과도 재일조선인의 조선과도 다른, 출신과 거주의 장소 사이에 존재하는 어긋남 내지 틈새를 떠안고 긍정하며 사는 것이기 때문이다. 재일조선인에게 조선어 창작을 요구하는 것은 일본에서 일본어로 생각하고 말하며 살아야 하는 사람이 아니라 일본어 아닌 조선어가 익숙한 사람, 일본어를 안 써도 좋은 조건에 있는 사람의 관념이다. 다시 말해 그건 재일의 현재를 사는 사람의 생각이 아니라 조선이라는 과거로 '돌아갈' 것을 생각하는 사람, 현재의 삶의 조건을 받아들이지 못하고 부정하는 사람의 관념일 뿐이다. 더구나 일본어가 사유와 행동의 대기가 된 이들에게 조선어로 문학을 하라는 말은 문학을 하지 말라는 말과 다를 바 없다. 그건 "양석일처럼 일본에서 자란 사람에게는 문학을 해선 안 된다는 말"이 되고 만다.[42]

40. 김시종(金時鐘), 「連帯ということについて」, 『在日のはざまで』, 平凡社, 2001, 195쪽(「연대에 대하여」, 『재일의 틈새에서』, 149쪽. 이하에서는 번역본으로 인용한다).

41. 이런 이유에서 그는 자기 스스로도 재일 관계의 주인공이 되어선 안 된다고 말한다. 조선에서 태어났고, 조선어를 할 수 있기 때문이다. 그런 그가 자신 또한 재일이라고 생각하게 되었던 것은, "나도 결국 일본으로 되돌려진 인간"이라는 자각 속에서 "재일이란 일본에서 태어나고 자란 것만이 아니며, 과거 일본과의 관계에서 어쩔 수 없이 일본으로 되돌아온 사람도" 재일의 인자라는 인식에 도달함으로써였다(김석범·김시종, 『왜 계속 써왔는가, 왜 침묵해왔는가』, 문경수 편, 이경원·오정은 역, 제주대출판부, 163쪽).

42. 같은 책, 133쪽.

반대로 김시종은 생활어가 일본어이기 때문에 발생하는 '모국어'와의 괴리 속에서 오히려 하나의 언어에 갇힌 사태가 아니라 어떤 '미지의 가능성'을 본다.[43] 모국어 안에서 모국어를 더듬거리게 하고, 생활어 안에서 생활어를 더듬거리게 하는 것,[44] 그것은 새로운 언어를 창조할 조건이 되리라는 것이다. 그것을 창조하는 것이 '재일'의 과제 중 하나라고 말한다.

> 악착같이 몸에 들러붙은 교활한 일본어의 아집을 어떻게 하면 떼어낼 수 있을까? 더듬더듬하는 일본어를 철저하게 철거하여, 숙달된 일본어에 익숙하지 않은 자기 자신이 되는 것. 그것이 내가 품었던 내 일본어에 대한 나의 보복입니다. 나는 일본에 보복을 하고 싶다고 늘 생각했습니다. 일본에 익숙한 자신에 대한 보복이 도달한 곳은 일본어의 폭을 조금이나마 넓히고, 일본어에 없는 언어 기능을 가져오는 것인지도 모릅니다. 그때 나의 보복이 완수된다고 생각합니다.[45]

재일을 산다 함은, 일본을 독자적인 삶의 장으로 긍정한다 함은 그저 주어진 현실에 순응하는 삶을 뜻하지 않는다. 그건 일본인이 아니기에, 소수자이기에 감수해야 하는 차별과 고통을, 견디기 쉽지 않은 억압과

43. 김시종, 「연대에 대하여」, 『재일의 틈새에서』, 152쪽.
44. 이를 두고 들뢰즈·가타리라면 소수적인 언어, 소수적인 문학이라고 말할 것이다. 가령 풍요로운 괴테의 멋진 독일어와 달리, 단순하고 거칠고 뭔가 이상한 카프카의 독일어가 그렇다. 프라하에 거주하는 유대인이 사용하는 독일어. 그러나 독일어가 아니라고 치워버릴 수도 없고, '틀린' 독일어라고 지워버릴 수도 없는 독일어. 그런 점에서 카프카는 독일어를 미숙하게 더듬거리는 게 아니라, 외부자의 감각으로 독일어를 더듬거리게 하고 있는 것이다(Deleuze·Guattari, 『카프카: 소수적인 문학을 위하여』, 이진경 역, 동문선, 54-62쪽). 김시종의 말로 바꾸어 쓰면, 까칠까칠하고 이상한 독일어라고 할 것이다.
45. 김시종의 1995년 강연, 「내 안의 일본과 일본어」, 우카이 사토시(鵜飼哲), 『応答する力』, 青土社, 2003, 218쪽에서 재인용.

불편함을 받아들이고, 그것을 살아내는 것이다. 그 고통을 피하기 위해 조선인의 자취를 지우는 것도 아니고, 그 고통의 이유를 여기저기서 찾아 탓하고 원망하는 것도 아니다. 그건 어느 것도 재-일을, 일본에 있음을, 일본에서 사는 것을 '긍정하는' 것이 아니다. 재일을 산다는 것은 틈새나 간극의 고통이나 불편함을 오히려 긍정적인 공간으로 바꾸는 것이다. 그렇기에 그는 자신이 일본에서 태어나지 않았음에도 재일을 산다는 말을 하기에 충분하다고 느낀다. 어쩌면 그 불편한 간극을 더욱 크고 예민하게 느껴야 하기에 재일을 산다는 말에 더욱 강한 힘이 실릴 수 있는 처지라고도 할 것이다. 그렇게 그는 '재일의 틈새에서' 살아온 것이다.

"제가 말하기 시작해서 '재일을 산다'는 말이 나온 지 벌써 사오십 년이 지났지만, 지금은 대부분 가짜 관용구로 통용되고 있"다는[46] 말은 이런 어려움과 무관하지 않다. 재일을 산다는 말은 그저 생존을 지속하는 것과 다른 어떤 '충실성'을, 존재를 거는 어떤 진실성을 요구한다는 말일 것이다. 김시종이 말하는 '살다'라는 동사, 그것은 사는 행위 자체에 대해서도 어떤 진실성을 요구한다. 그것이 단지 '재일을 살다'로 국한될 이유는 없다. 가령 그는 '조선을 산다'는 것이 '재일을 산다'만큼이나 거짓된 경우를 본다.

통일까지도 국가에 내맡기고
조국은 완전히
구경하는 위치에 모셔두었다.
그래서 향수는
감미로운 조국에 대한 사랑이며
재일을 사는

46. 김시종·쓰루미 슌스케, 「전후문학과 재일문학」, 정기문 역, 『오늘의문예비평』, 102호, 2016년 가을, 108쪽.

일인독점의 원초성이다.

일본인에 대해서가 아니면

조선이 아닌

그런 조선이

조선을 산다!

그래서 나에게 조선은 없다.[47]

―『이카이노 시집』, 「나날의 깊이에서 1」, 부분

"조국일랑 완전히 / 구경하기 좋은 위치에 모셔"두고, 그런 조국에 대한 향수를 조국에 대한 사랑이라고 주장하며, 그런 향수를 선점하여 독차지한 자 또한 '재일을 산다'고 말한다. 그들이 말하는 '조선'이란 일본인에 대한 부정을 통해 하나가 된 집단일 뿐이고, 따라서 일본 없이는 존재할 수 없는 조선이다. 일본에 대한 원한의 감정, 그것이 '조국'에 대한 향수와 손을 잡고 조국에 대한 사랑을, 그 사랑에 대한 '해석'을 독점한다. 거기엔 긍정적인 어떤 조선도 없다. 그런 조선이 '조선을 산다'고 하니, 시인은 차라리 "나에겐 조선이 없다"고 말한다. 그런 조선이라면 살고 싶지 않다는 말일 게다. 재일을 산다, 조선을 산다고 말을 하지만, 그 모두가 거짓이다. 거기엔 무언가 긍정할 현재, 긍정할 삶을 가질 때에만 가능한 '진실성'이 없다. 덧붙이면, 이 시의 제목이 일상을 뜻하는 '나날', 그 나날의 '깊이에서'임을 주목하는 것이 좋겠다. 재일을 사는 것, 김시종에게 그것의 요체는 무엇보다 나날의 일상, 일상적 삶의 깊이에 있다. 그것은 불편함과 고통마저 포함하는 그 일상을 껴안고 거기에 자신의 존재를 거는 것이다.

그는 시 또한 '살다'라는 동사로 포위한다. 그의 강연이나 대담, 산문을 읽으면 '시를 살다'라는 말을 빈번하게 발견하게 된다.[48] 그에게 시란

47. 김시종, 『猪飼野詩集』, 岩波書店, 2013, 54-55쪽.

48. 가령 김시종, 「시는 현실인식의 혁명」, 『제주작가』 60호, 2018년 봄, 32-37쪽 참조.

'쓰는 것'일 뿐 아니라 '사는 것'이다. 시를 산다는 것은 무엇인가?

> 사람은 모두 각자 자신의 시를 껴안고서 살아가고 있습니다. 있는 그대로가 아니라 다른 방식으로 골똘히 생각하는 사람, 또는 언어가 통하지 않는 관계에 있는 것, 예를 들어 동식물이나 부기물 등 인간이 아닌 것과 마음이 통하는 사람은 이미 그 마음속에 시가 살아 숨 쉬고 있습니다. ……요컨대 자신이 살아가는 방식이 '있는 그대로 살아가고 싶지 않다. 놓여 있는 그대로 있고 싶지 않다'고 하는 마음을 거듭하면서 의지 깊게 간직하며 살고 있는 사람의 마음속에는 시가 반드시 싹트고 있습니다. ……모두가 시를 지니고 있으며 자신의 시를 사는 사람은 허다히 있습니다. 그러므로 쓰이지 않은 소설은 존재하지 않지만 시는 쓰지 않아도 존재합니다.[49]

현행의 세계와 다른 세계를 힘껏 찾는 사람, 자기 아닌 것, 인간 아닌 것 등의 삶에 진지하게 귀 기울이는 사람, 한 마디로 다른 삶의 가능성을 찾는 데 삶을 거는 사람은 시를 쓰지 않아도 시를 사는 사람이다. 마찬가지로 그런 사람들의 삶은 그 자체로 시다. 씌어지지 않은 시다. "인간이라면 누구나 자기의 '시'를 갖고 있다고 생각합니다. 시라는 걸 말로 표현할 수 있는 사람도 있지만, 말로 발하지 않아도 살아가는 모습으로써 만들어내는 사람도 많습니다. 시는 말로만 나타낼 수 있다는 사고는 역시 우쭐한 교만이 아닐까요. 시는 살아가는 방식 자체라는 쪽이 내게는 소망스럽습니다."[50]

그런 한에서 인간이란 누구나 자기의 시를 갖고 있다. 글로 씌어지지 않은 시들이 시를 사는 많은 이들에게 있다. 그들의 삶, 그들이 사는

49. 같은 글, 35-36쪽.
50. 김시종, 「내가 만난 사람들」, 『재일의 틈새에서』, 47-48쪽.

행위로서. 시인은 다만 그것을 시적 언어로 받아 적을 수 있는 사람일 뿐이다. "씌어지지 않은 시는 시를 사는 행위로서 존재한다고 생각한다. 씌어지지 않은 시를 사는 이 다양한 사람들에 의해 세상은 많은 활력을 얻고 있는 것이다. ……사람은 각자 자신의 삶을 살고 있는 것이고, 시인은 어쩌다가 말에 의해 시를 골라낸 것에 지나지 않는다."[51]

시보다 시인이 일차적이라고 믿는 이들이 있다. 그들에게 시란 시인이 쓰는 것이다. 시인이 쓰는 것이 시다. 반면 블랑쇼처럼 시인보다 시가 일차적이라고 믿는 이들도 있다. 시인이란 그걸 받아 적는 이다. 김시종은 '시를 산다'는 말로 시보다도 차라리 '살다'라는 동사가, 그것에서 나온 동사적 명사로서 '삶'이 시보다 일차적이라고 말하려는 것 같다. 하지만 이때 '살다'라는 동사가 그 말의 '주어'인 시인의 일차성으로 되돌아가지는 않는다. '살다'란 차라리 시인을 넘어서고 시인의 의지나 생각 바깥에서 다가오는 삶을 시인 앞에 불러들인다. 산다는 것은 사람들 앞에, 또한 시인 앞에 그렇게 '덮쳐오는' 삶을 온전히 수긍하고 받아들이는 것이다. 자주 인용되는 김수영 말처럼 '온몸으로' 그것을 살아내는 것이다. 그리고 그 속에서 다른 삶의 가능성을 찾는 것이다. 그런 살아냄이 시를 보내고, 그 살아냄이 누군가를 시인으로 만든다. '살다'라는 행위가 시인에 선행하고, 그가 살아내는 삶이 시보다 일차적이다.

'시를 산다'는 말은 삶에 대한 충실성을 말한다. 충실성을 요구한다. 시에 삶을 걸라는 요구이기도 하다. 그런데 이는 누구보다 그 말을 하는 자신에게 하는 요구다. 김시종은 스스로 이 '충실성'의 바위를 등에 지고 일어선다. 그 돌의 무게에 눌려 누차 구르고 넘어진다. 그래도 그는 내던지지 않고 다시 지고 일어선다. 그렇게 그는 '시를 산다'는 말로 스스로의 삶에 진실성의 빗장을 지르려는 것이다. 그렇게 그는 시를 살고자 했고, 시에 삶을 걸고자 했던 것이다. 그의 삶을 조금 들여다본 사람이라면,

51. 金時鐘, 「扉ことば-詩が書けるということ」, 『原野の詩』, 立風書房, 1991, 7쪽.

그가 쓴 것 이상으로 그가 살아낸 것이 시였음을 쉽게 수긍할 수 있다. 내게 그것은 실로 경탄스런 시였다. 이 경탄이, 시대정신을 거슬러 시에 대해서 '진실성'을 말하고 시를 살아야 한다고 요구하는 촌스러운 우행을 하게 한다. 진지하게 듣는다 해도 과거의 시간 속에 흘려보내기 십상인 바보 같은 요구를, 이 가볍고 발 빠른 시뮬라크르의 시대에 되뇌게 한다. 혼자, 속으로 되뇌게 한다.

6. 존재를 건다는 것

삶의 진실성이 '존재를 거는 것'이라고 했지만, '존재를 건다'는 건 대체 무엇인가? 흔히 말하듯 목숨을 건다는 말인가? 그럴 수도 있다. 그러나 목숨을 걸 줄 모르는 자, "죽음으로 미리 달려가 보"지 못하는 자들을 삶의 진실성에서 배제하는, 이 가슴을 찌르지만 협소하기 짝이 없는 영웅적 관념으로 존재와 삶을 제한해선 안 된다. 사실 '많은 생각을 하면' 목숨을 걸기 어렵다. 논리적으로 동치인 명제로 뒤집어 말하면, 목숨을 거는 자들은 많은 생각을 하지 않는다. 오직 하나만을 생각한다. 그렇다면 '쉽게' 목숨을 거는 자들은, 그 하나도 '쉽게' 생각하는 건 아닐까? 모를 일이다. 속을 모르니 뭐라 단언할 수 없다. 다만 분명한 건 쉽게 목숨을 걸라고 요구하는 자들에 대해선 그들이 정말 많은 생각을 하고 그런 요구를 하는 것인지, 삶을 깊이 생각하고 그런 말을 하는 것인지 의심해보아야 한다는 사실이다. 많은 생각을 한다면, 결코 쉽게 목숨을 걸라는 말을 할 수 없다.

목숨을 거는 것도, 목숨을 걸라 하는 것도 결코 쉬운 일은 아니라 할 것이다. 하지만 전쟁의 시기에 어느 국가든 '목숨을 걸라'는 말을 그토록 쉽게들 하는 것을 보면, 목숨을 걸라고 하는 말은 별로 어렵지 않은 것 같다. 적어도 그런 말을 전혀 어렵지 않게 하는 이들이 아주 많은 것은 분명하다. 목숨을 거는 것은 누구에게도 쉬운 일이 아니겠지만, 국가의 깃발 아래 기꺼이 죽어가는 병사들이 적지 않은 것을 보면, 그 또한 흔히 생각만큼 어려운 것은 아닐지도 모른다.

존재를 건다는 건, 삶을 거는 것이다. 목숨을 건다는 건 생명을 거는 것이지만, 삶을 거는 것이 아니라 죽음을 거는 것이다. 죽음의 순간으로 미리 달려가 볼 때 등 뒤에 따라붙는 두려움과 공포를 견디는 것이다. 그 두려운 순간을, 두 눈을 질끈 감고 감내하는 것이다. 누구는 살아온 생 전체를 건다고 말하겠지만, 그것은 걸고 싶어도 걸 수 없다. 이미 지나가버린 것이기 때문이다. 그럼에도 목숨을 거는 것이 모든 것을 거는 것인 양 무겁게 다가오는 것은 그때 견디어야 할 두려움이 그토록 크기 때문일 터이다. 또 미리 달려가 본 자에겐 그 기다림의 시간이 더 없이 길게 여겨지기 때문일 터이다. 에피쿠로스 말대로 죽음의 고통이란 산 자는 감지할 수 없는 것이고 죽어선 감지할 능력이 없기에 누구도 경험할 수 없는 것이다. 다만 미리 달려가 보는 자로선, 누구도 알지 못하는 죽음 이후의 시간에 대한 공포와 불안을 죽음의 시간까지 견뎌야 한다. 그것이 그토록 무거운 것이다. 두려운 것이다.

존재를 거는 건 죽음이 아니라 삶을 거는 것이다. 삶 전체를 거는 것이다. 삶을 건다는 것은 살아 있는 시간의 지속을 견딤이고, 그 지속되는 시간 동안 다가오는 모든 사태를 견딤이다. 삶을 부정하려는 많은 반동적(reactive) 힘들과 맞서 삶을 밀고 나감이다. 살아 있기에 결코 피할 수 없고 모든 감각을 통해 감지할 수밖에 없는 순간들의 무게를 딛고 일어서길 반복함이다. 그렇기에 한 순간의 무게로 환원될 수 있는 죽음의 순간을 견디는 게 아니라 살아 있는 한 지속될 수밖에 없는 모든 순간의 지속을, 그 무게의 지속을 견딤이다. 그 무게의 마찰을 넘고 또 넘으며 삶을 밀고 가는 것이다.

2017년 7월, 텐트연극으로 유명한 사쿠라이 다이조(櫻井大造)의 워크숍에 참석하기 위해 제주도 강정마을에 갔다. 해군기지를 만들기 위해 마을 사람들을 속이고 분열시켰던 이들에 대항하여, 경찰과 군대의 폭력을 '견디어내며' 거기 살고 있는 '지킴이'들도 몇 명 워크숍에 참여했다. 아무것이나 자신이 표현하고 싶은 걸 표현하라는 요구에 그들 또한 일인극을 했는데, 놀랍게도 그들은 존재에 대한 질문을 던졌고(!), 자신의 존재를 사유하고 있음을 보여주었다. 20대 중반의 한 여성은, "여기 있다 보면, 내가 여기 있다는 게 무슨 의미인지를 계속 묻게 된다"고 했다. '멸치'라는 별명을 쓰는 40대 정도의 여성은 '그들'과 싸우면서 "멧부리에는 멧부리가 있다"는 동료의 외침에 "멧부리에는 멸치가 있다"는 외침으로 대답했다고 한다. 그러면서 '있다'는 것이 자신의 힘이고, '있다'는 것이 자신이 여기 사는 이유라고 했다.

그들은 거기에 투쟁하기 위해 있는 게 아니다. 그들은 거기에 있었고, 거기서 살고 있었다. 그런데 거기 있는 그들에게 군대와 경찰이 밀고 들어온 것이고, 그들은 거기에 그대로 계속 '있기' 위해, 거기서 계속 '살기' 위해 싸울 수밖에 없었다. 거대한 폭력과 막대한 돈, 그리고 끝없이 때려대는 판사의 벌금선고를 견디며, 그대로 '거기에 있는' 방식의 투쟁을 하고 있는 것이다. 이미 해군기지가 '완성'되었다는 국가의 선언에도 불구하고, 남들 눈에는 '패배'가 기정사실이 된 것 같은 상황에서도, 그들은 '끝난 게 아니라 시작'이라며 계속 싸우고 있었다. 계속 그대로 살기 위해서, 계속 거기 '있기' 위해서. 기지를 만드는 군대의 입장에서 거슬리고 불편한 것은 바로 그들이 거기 계속 '있다'는 사실 자체다. 밀쳐내도 가려 하지 않고 몰아내도 그대로 거기 있으려 한다는 사실 자체다. 존재가 바로 투쟁이고 존재가 바로 투쟁하는 힘의 원천인 것이다. 이런 투쟁이라면 분명 '존재론적 투쟁'이라고 해야 하지 않을까?

'있다'는 말과 '살다', '행동하다/작용하다'라는 말이 같은 말임을 명시했던 것은 스피노자였지만,[52] 강정의 '지킴이'들처럼 그 말을 정확하게 이해하

52. 스피노자, 『에티카』, 4부 정리 21 및 24.

고 있는 이들이 있을까 싶다. 그들이 거기 '있다'는 것은 거기 '산다'는 것이다. 거기 산다는 것은 무언가 '행동한다'는 것이다. 바로 그것을 위해 그들은 거대한 국가권력에 맞서 싸우고 힘겨운 모든 것을 견디어내고 있는 것이다. 그렇다고 그것을 목숨을 걸고 싸우는 것이라고 할 순 없다. 그들의 투쟁은 말 그대로 '삶을 건 것'이고, '존재를 건 것'이었다. '존재를 건다는 건 삶을 거는 것'이란 말을 이처럼 선명하게 보여주는 사례를 나는 알지 못한다.

강정의 지킴이들만은 아닐 것이다. 파고들어오는 송전탑과 대결하며, "여기 그대로 살겠다"며 투쟁하던 밀양의 할머니들 또한 그랬다. 그들이 싸우는 방법은 송전탑이 파고들어오는 자리, 자신의 삶이 지속되던 바로 그 자리를 지키고 앉아 그대로 '있는' 것이었다. 그에 맞서 경찰들이 한 것은 그들을 들어내어 그 자리를 비우는 것, 그들이 더는 그 자리에 '있지 않게' 하는 것이었다. '있음'을 둘러싼 투쟁, 존재를 둘러싼 존재론적 투쟁이 벌어지고 있었던 것이다.

삶을 건다는 건 '건다'는 말에서 얼른 떠올리게 되는 투쟁에 국한된 것이 아니다. 삶을 지속하기 위해 죽음보다 더한 고통을 견디어내야 하는 이들 또한 삶을 걸고 산다. '건다'는 말에 부합하는 결연함 없이, 버티고 견디는 방식의 삶이 거기 있다. 사는 것보단 차라리 죽는 게 속편할 거 같은 고통스런 상황을 감수하며, 언제 끝날지 알 수 없는 그 고통의 시간을, 그것의 지속을 견디며 살아야 했던 소위 '일본군 위안부'들이 그렇다. 가령 '위안부'가 되어 일본군의 아이를 임신했지만 뱃속에서 아이를 군의관들이 꺼내주지 않자, 송신도는 살기 위해 손가락에 '삿쿠'(콘돔)를 끼고 삼십 분 동안 혼자 선 채 가랑이 사이에서 죽은 아이를 꺼내야 했다고 한다.[53] 그렇게 아이를 꺼내며 그는 어떤 마음이었을까? 아이를 꺼내고 난 뒤, 그 여인은 밥을 먹었을 것이다. 밥을 먹으며 그는 무슨 생각을

53. 안해룡, 〈나의 마음은 지지 않았다〉.

했을까? 그리고 그 상처가 채 아물기도 전에 다시 일본군에게 아기의 죽음이 관통한 몸을 내주어야 했을 것이다. 그 군인의 배 아래 깔려 그는 어떤 심정이었을까? 그래도 살아야 했을 것이다. 그렇게 해서라도 살아야 했을 것이다. 그것이 삶이다. 그것이 삶을 견뎌내는 것이다. 삶을 걸고 사는 것이다.

거기에는 어떤 대의를 위해 목숨을 거는 자와 달리, 두려움을 지워줄 찬란한 빛도 없고, 고통을 가려줄 멋진 위로도 없다. 흐느끼는 신체를 부여잡고 비겁(卑怯)을 씻는 눈물을 흘리며 모욕 같은 몰락을 견디는 질긴 목숨이 있을 뿐이다. 죽음보다 고통스런 그 모진 삶의 시간을 견디어내야 하는 목숨이. 존재를 건다는 건 종종 이런 것이다. 그 더할 수 없는 고통의 시간 전체를 온몸으로 느끼며 버티어내는 것이고, 그걸 견디어내는 삶 전체를 거는 것이다. 그렇기에 '존재를 건다'는 게 목숨을 거는 것보다 쉽다고 믿는다면, 그건 단지 죽음에 대한 공포 속에서 '세인(世人)'의 삶을 지속하는 것이라고 말한다면, 존재에 대해, 삶에 대해 아무것도 모르는 것이다.

일본을 떠날 수도 없고 속 편하게 '일본인'이 될 수도 없는 '재일'의 조선인, 평생의 시간을 쉽게 어느 한쪽으로 발을 내디딜 수도 없는 상황을 감수하며 최선을 다해 살았던 김시종 또한 그렇다고 해야 한다. 김시종의 부친 또한 그랬던 것 같다. 사랑하는 자식이 조선어를 잃어버리고 일본인이 되어가는 것이 지독히도 싫었지만, 그 자식의 생존을 위해 일본어에 빠져드는 걸 집어치우라고 말하지도 못해 그저 침묵으로 견뎌야 했던 것이[54] 일본어를 비난하며 조선어를 권하는 민족주의적 결단보다 쉬웠을 거라고 누가 말할 수 있을까? 자식의 안전을 한 맺힌 그 일본에 맡기고선 "돌아오지 마라, 거기서 살아라"라고 했던 것을, "죽더라도 내가 볼 수 없는 곳에서 죽어라"라며 떠나보내는 것을 두고, 목숨을 걸고 이승만 정부와 싸울

54. 김시종, 「클레멘타인의 노래」, 『재일의 틈새에서』, 22-25쪽.

일이지 어찌 밀항을, 그것도 과거의 지배자 일본으로 밀항을 하느냐고 비판하는 것보다 쉬울 것이라고 누가 말할 수 있을까?

이런 삶은 필경 '운모 조각으로 응어리져' 남을 것이고, 한숨 같은 바람에 실어 누군가 있겠지 싶은 저편 허공으로 무언가 전하고 싶은 말을 보낼 것이다. 증발된 눈물의 습기 속에 녹아 안개처럼 그걸 살아낸 신체 주위를 보랏빛으로 맴돌고 있을 것이다. 어찌 그렇지 않을 수 있을 것인가! 그렇게, 받아줄 누군가가 있는지조차 알 수 없는 편지를 반복하여 발송하고 있을 것이다. 잘 받아 적으면 분명 시가 될 씌어지지 않은 편지들이 그의 신체 인근에 모여들어 있을 것이다. 그걸 받아 적을 때, 그는 시인이 되고, 그렇게 글이 되어 적혀져 나올 때 그것은 시가 된다. 이미 충분히 '공동체'라 할 수 있는 그런 시들이 된다.

물론 누구나 그걸 받아 적진 못한다. 그 잠재적 편지들이 현행화되려면 그걸 받아 적는 능력과 만나야 하기 때문이다. 그래서 가령 김시종의 부친은 그걸 받아 적어 시로 쓰지 못했다. 그래도 그런 삶은 이미 충분히 시적이라 할 수 있는 삶이다. 삶의 대기(atmosphere) 속에 떠돌고 있는 시들이 있는 것이다. 충분히 시적이라 할 그 편지들은 그런 부친의 고통과 죽음을 평생 안고 살아갔을 아들에게 뒤늦게 당도한 것 같다. 부모와 자식이 감정에서나 생각에서나 결코 대칭적이지 않지만, 아버지의 삶은 그 아들 또한 어떤 식으로든 함께 살았던 삶이기에 아들 손에 의해 시가 되었던 것일 게다. 그런 점에서 김시종이 뒤늦게 멀리 국경 너머에서 받은 그 편지들은 사실 김시종 자신이, 그의 삶이 보낸 편지이기도 하다.

'존재를 건다'는 건 목숨을 거는 게 아니라 최선을 다해 사는 것이다. 죽음을 향해 달려가 보는 게 아니라, 차라리 죽는 게 편할 것 같은 상황 속에서도 최선을 다해 '사는' 것이다. 살기 위해 감수해야 할 고통을 견디어내며 계속 사는 것이고, 계속 행동하는 것이며, 계속 존재를 지속하는 것이다. 이는 사실 투쟁의 형태를 취하지 않을 때에도, 삶의 고통을 견디며 살아내야 하는 모든 사람이 사실은 대개 하고 있는 일이기도 하다. 있음을 중단시키고 존재를 밀쳐내려는 권력이 없으면, 혹은 견디어내야 할 고통이 죽음의 고통보다 큰 곳 아니면 잘 드러나지 않기에 어디나 있는 줄 모를 뿐이다. 이리 갈 수도 없고 저리 갈 수도 없는 딜레마와 역설 속에서 살기 위한 출구를, 있다고 믿겨지지 않는 출구를 최선을 다해 찾는 것, 그것이 존재를 건 삶이다. 더럽고 추한 세계를 환멸하며 고귀한 이상의 세계를 향한 비상만을 꿈꾸는 것보다, 그 더럽고 추한 세계 속에서 더러워지고 추해져가는 자신과 대결하며 다른 삶에 대한 불가능한 꿈일지언정 하나 움켜쥐고 삶을 지속하는 것, 이를 위해 어쩌면 몰락 같은 삶마저 받아들이는 것, 그것이 삶을 거는 것이다.

그렇게 존재를 건 삶은, 최선을 다해 사는 삶은 그 자체로 시요 문학이라 하기에 충분하다. '시를 산다'는 것은 아름다운 시적 세계의 꿈을 글로 펼치는 게 아니라 고통스럽고 추한 세계를 살아내는 것이다. '그래도……'라는 부사와 함께, 반복되는 실패 앞에서 '자, 다시 한 번!'이라고 시작하기를 반복하는 것이다. 그렇기에 존재를 건다는 것은 간극에서 태어나는 아이러니를 사는 이들, 대지와 신체의 어긋남을 견뎌야 했던 이들에게만 해당되지 않는다. 어쩌면 '삶을 견디어야' 하는 모든 사람들이, 건다는 생각도 없이 삶을 걸고 사는 것이라 해야 한다.

제3장

바다의 한숨과 귀향의 지질학
:『니이가타』에서 어긋남의 존재론

1. '거기에는 언제나 내가 없다'

김시종의 장편시 『니이가타』는 알레고리와 역사가 뒤섞이고 희극과 비극, 유머와 비감, 자신이 속한 세계에 대한 풍자와 자기 자신에 대한 비판적 성찰이 교차하고 혼합되며, 때론 급속히 때론 천천히 하나의 감정에서 다른 하나의 감정으로 이행하길 계속하는 장편시다. 지렁이와 거머리야 그렇다고 쳐도, 똥을 빨리 싸는, 나의 분신인 '그놈'과 변비를 배에 담고 사는 '나'가 반전(反戰)투쟁 와중에 배설로 갈라서고, 바다에서 폭침한 배 우키시마마루(浮島丸)와 4·3에서 죽은 이들이 매장된 바다와 그걸 생활의 장으로 삼아 채취하는 '동포'들이 대비되며, 일본형사를 피하려다 동포들에게 '개'가 되어 매를 맞는 아주 다른 이야기들이 서정시도 아니고 서사시도 아닌 기이한 양상으로 뒤얽혀 있는 '장편시'이다. 이 모든 것이 마치 '변비처럼' 그의 신체에 쌓이고 응결된 시인의 삶의 '화석'이었을 것이다.

화석의 흔적을 읽는 능력이 부족한 눈에게, 그저 부분적인 이야기와 아득한 잔향만을 간신히 감지할 수 있는 귀에게 그 시는 무언지 모르는 채 그저 감지할 수만 있는 목소리들이었다. 거기에 다가가기 위해선 가던 길을 바꾸어야 하고, 감지된 것이 무엇인지 알기 위해선 감각기관을 바꾸어야 하지만, 그게 어디 쉬운 일인가. 더구나 『니이가타』는 책 한 권 분량의 장시다. 어떤 서사를 따라가며 이해하면 되는 종류의 서사시도 아니나. 이런 시를 이해하기 위해선 여러 주어와 이질적인 모티프, 상이한 스타일로 여러 사건의 시간을 넘나드는 시들을 어떤 하나의 실로 꿸 수 있어야 했다. 그러질 못하니 이해했다 싶은 문장들이 손에 쥔 모래처럼 흘러내리고 흩어졌다. 그러다 가슴에 꽂혔던 『광주시편』의 인상적인 시구 하나가 갑자기 튀어나왔다. "거기에는 언제나 내가 없다." 「바래지는 시간 속」의 첫 문장이다.[55]

> 거기에는 언제나 내가 없다.
> 있어도 상관없을 만큼
> 주위는 나를 감싸고 평온하다.
> 일은 정한 듯 내가 없는 사이 사건으로 터지고
> 나는 나 자신이어야 할 때를 헛되이 보내고만 있다.

그 시구가 그 시와는 적지 않은 거리를 두고 있는 이 『니이가타』를 읽어내도록 해줄 것 같다는 막연한 느낌이 있었다. 무엇보다 그건 『니이가타』나 『광주시편』을 읽으면서 자주 눈에 걸리던 '있다'라는 말 때문이었다. 그리고 반복되어 등장하는 '어둠'에 대한 문장들이 있었다. 심연(Abgrund)에 대해 말하면서도 실제로 존재를 말할 때는 '빛(Licht)'이나 '숲속의 빈터(Lichtung)' 같은 말을 따라갔던 하이데거에 대한 반감이, 그와 다른 존재론에 대한 나의 생각이 또한 거기 얽혀들었을 것이다. 실제로 시인이

55. 김시종, 『광주시편』, 김정례 역, 푸른역사, 2014, 31쪽.

의식하고 쓴 것인지는 알 수 없다. 하지만 그의 시에는 존재에 대한 사유가 두텁게 배어 있었다. 그것이 강력한 통주저음이 되어 수많은 아우성 소리들에 대위적인 선율이 되어주고 있었다. 어쩌면 시인의 생각과 거리가 멀 수도 있을 존재론적 해석에 동의할 수 없는 분이라면, 그것 말고는 나로선 따로 읽을 능력이 없음을 탓해주길 바랄 뿐이다.

2. 사건적인 어긋남

존재론적 해석이라고 했지만, 사실 「바래지는 시간 속」의 저 강렬한 문장이 우리를 직접 존재론으로 인도하지는 않는다. "거기에는 언제나 내가 없다." 하이데거 존재론의 중심적인 개념 중 하나가 '거기에-있음(Dasein)'임을 안다면,[56] 그 개념에 명시적으로 반하는 이 문장은 분명 하나의 존재론적 입장을 표명하는 선언으로 읽을 수 있다. 그러나 그렇게 시작한다면 너무 성급한 것이다. 왜냐하면 그 문장은 그것만으론 사실 그런 존재론적 의미를 담고 있다고 보기 어렵기 때문이다. '거기에-있다'의 하이데거도, '거기에는 언제나 내가 없다'의 김시종도 모두 그렇게 단순하지 않다.

그런 점에서 김시종의 시를 하나의 존재론으로 읽어낸다는 것은 쉬운 일이 아니다. 명시된 단어나 관련된 문장 몇 개를 쫓아가 조합하는 것으론 도달할 수 없기 때문이다. 그러나 그것은 충분히 가능한 것이기도 하다. 있음을 표시하는 단어가 아니어도 사실 그의 사유는 '있다'란 말을 수많은 단어들의 흐름 속에서 솟아나듯 부각시키는 어떤 특이한 힘과 방향을

56. "인간의 본질에 대한 존재의 연관뿐만 아니라 동시에 존재 그 자체의 개방성에 대한 인간의 본질관계를 하나의 낱말로 적절하게 표현하기 위해, 인간이 인간으로서 그 안에 들어서 있는 본질 영역을 가리키기 위한 명칭으로 '거기-있음(Dasein)'이란 용어를 선택했다."(하이데거, 「'형이상학이란 무엇인가'의 들어가는 말」, 『이정표 1』, 신상희 역, 한길사, 135쪽. Dasein 번역어는 수정했음.)

갖고 있기 때문이다. 그 '있다'를 '살다'라는 동사와 뗄 수 없이 엮고, 그 '살다'에 자신을 실었던 시인이기에. 김시종은 "시를 살았던" 시인이고, 그의 사유는 그런 시에 실려 떠다니는 주소 없는 편지 같은 것이었기에, 그의 시와 사유에 '존재론'이란 게 있다면, 그건 그 편지에 직접 실려 있는 전언이 아니라 그 편지를 받을 수 있는 하나의 주소일 것이다.

「바래지는 시간 속」의 문장 "거기에는 언제나 내가 없다"는 일단 어떤 사실을 명시하는 문장이다. '광주사태'라는[57] 사건이 발생했을 때, 거기엔 내가 없었다는 사실을. 자신이 있는 곳, '거기'와 대비하여 '여기'라고 해도 좋을 그곳에 대해선 그 문장 바로 뒤에 이렇게 쓴다.

> 있어도 상관없을 만큼
> 주위는 나를 감싸고 평온하다.

이 두 문장의 대비 속에서 드러나는 것은, 아우성 가득한 '거기'에 없고 평온한 여기에 있다는 사실에 대한 안타까움이다. 다다를 수 없는 거리 저편에서 많은 이들이 싸우고 있고 또 죽어가고 있다. 반대로 여기는 내가 있든 없든 별 상관이 없는 평온함, 그렇기에 '있다'는 존재감을 느끼기 어려운 평온함 속에 있다. 그렇게 시인은 사건의 장소인 '거기'와 자신이 있는 '여기'를 최대치로 벌려놓는다.

그런데 앞의 문장이 단지 사실만을 서술하는 것이라면, 약간 다르게 적었어야 한다. "거기에는 내가 없었다"라고. 그러나 그저 이렇게 적었다면, 저편, 일본 아닌 한국, 포위되고 고립된 도시 광주에서 벌어진 일을 멀리서 관찰하는 자의 거리감이나 내가 보지 못한 일을 쓰는 자의 한탄 말고

57. '광주사태'는 1980년 광주에서 일어난 사건을 지칭하는데, 통상 '광주항쟁'이나 '광주민주화운동' 등으로 명명된다. 그에 따르지 않고 '광주사태'라고 표현하는 이유는 사건과 사태에 대한 나름의 개념 때문인데, 이에 대해서는 『광주시편』을 다루는 5장을 참조.

어떤 걸 쓸 수 있었을까? 그래서일 것이다. 시인은 동사를 현재형으로 쓴다. 이 변형을 통해 이 문장은 과거의 어떤 사실을 서술하는 문장이 아니라 자신의 있고 없음에 대한 시적인 문장이 된다. 거기에 내가 없었음에 대한 안타까움이 이 변형을 통해 표현된다. 그러나 그것만은 아니다. '거기에는 내가 없다'에 그치지 않고 '언제나'라는 부사를 그 문장 안에 끼워 넣는다. 왜 시인은 '언제나'라고 적었을까? '광주사태'는 단 한 번뿐이었는데. 이는 문제가 되는 게 광주사태만이 아님을 뜻한다. '언제나'라는 부사는 이 문장을, 그리고 이 시를 역사적으로 존재했던 광주사태로부터 분리하여, 아직은 드러나지 않은 어떤 반복을 따라 비약하게 한다. 광주사태 같은, 자신이 있었어야 할 사건의 '거기'에 언제나 자신이 없었음을, 그런 점에서 사건의 '거기'와 자신이 선 장소의 항상적인 어긋남을 표현한다.

이처럼 사건의 '거기'와 나의 존재의 어긋남을 '사건적인 어긋남'이라고 명명하자. 이 시에서 "거기에는 언제나 내가 없다"가 표현하는 어긋남은 존재론적인 게 아니라 사건적인 것이고, '거기'는 존재론적 '거기'가 아니라 사건적인 '거기'다. 이는 그 뒤에 바로 이어지는 다음 시구에서 더욱 분명해진다.

> 일은 정한 듯 내가 없는 사이 사건으로 터지고
> 나는 나 자신이어야 할 때를 그저 헛되이 보내고만 있다.[58]

'내가 나 자신이어야 할 때'란 자신이 자신의 삶에 충실할 때다. 자신의 존재를 산다고 할 때다. 여기서 그것은 '광주사태' 같은 사건이 벌어진 때 바로 사건의 '거기'를 사는 것일 터이다. 그런 사건이 누가 정해놓기라도

58. 앞 문장 번역문은 "일은 언제나 내가 없을 때 터지고"인데, 원문은 "ことはきまって私がいない間の出来事としておこり"다. 첫 문장의 '언제나'는 'いつも'인데 여기선 'きまって'이고, 사건(出来事)이란 단어가 빠졌기에 다시 수정하여 번역했다.

한 듯 내가 없는 사이에만 벌어지니, 내가 나 자신일 수 없다는 것이다. 나와 나 자신 사이의 어떤 어긋남이나 간극이 안타까운 한숨 속에 드러난다. 이 어긋남은 아직 모호하긴 하지만 나의 존재에 대한 것이다. 여기서 어긋남은 사건적 어긋남에서 한 걸음 나아가 존재론적 어긋남을 향해 간다. 존재론적 어긋남의 '전조' 같은 것이다. 하지만 이 시는 다시 사건적 어긋남으로 되돌아간다는 점에서 이는 아직 '전조'에 머문다. 그 뒤의 문장에서 곧바로 시곗바늘의 미끄러짐을 통해 다시 사건적 어긋남으로 돌아가기 때문이다.

> 누군가가 속인다는 것도 아니다.
> 잠깐 눈을 돌린 순간
> 시곗바늘은 째깍 소리도 없이 미끄러져 버린다.

여기서 "누가 속인 것도 아니다"란 문장은 앞의 '정한 듯'이란 문구를 받는다. 일부러 속이려는 것도 아닌데, 정해놓기라도 한 듯 언제나 나 없는 사이에 사건이 발생한다는 것이다. 사건적 어긋남이 그에겐 단지 일회적인 것이 아니라 '운명적인 것' 같다는 말이다.

3. 존재론적 어긋남

그의 삶은 이런 어긋남의 반복이었다. 무엇보다 김시종이 1945년에 맞아야 했던 '해방'이란 사건이 그랬을 터이다. 해방이란 사건이 도래했을 때, 그는 '거기'에 있었다. 그러나 앞장에서 인용한 바 있듯이, 또한 그의 자전적인 글들에서 반복하여 보이듯이, 당시의 그는 일본의 식민통치란 말도 알지 못했고, 일본어 노래에 담긴 정서에 편안해 하던 황국소년이었다. 해방을 뜻하는 천황의 패전수락 방송을 듣고 "근대화로부터 뒤쳐진

내 나라 조선을 개명하게 해준 대일본제국으로의 귀속, 이른바 '내선일체'를 자부로 여기고 있던" 그는 "천황폐하에 대한 죄스러움으로 가슴이 메어 어깨를 떨며 흐느꼈"다고 한다.[59] 만약 그가 있던 그때의 '거기'가 사건적인 거기라면, 거기에 온 사건은 '패전'이었던 셈이다. 남들에겐 '해방'으로 온 사건이, 그에게는 '패전'으로 온 것이다. '사건의 어긋남'이 발생한 것이다.

하지만 이는 '거기에는 언제나 내가 없다'고 썼던 광주사태 때의 어긋남과 같지 않다. 그에게 '해방'이란 사건은, 앞서의 광주사태와 달리 그가 '물리적으로' 있는 거기에 왔다. 그 사건의 시공간적 좌표 상에 그는 분명히 '있었다.' 그러나 그는 해방이란 사건과 만나지 못했다. 그러니 그는 해방이란 사건의 거기에 없었다고 해야 한다. 자신이 있던 '거기'에 그는 없었던 것이다. 광주사태의 경우 그는 사건이 발생한 거기에 없었고, 자신이 있는 곳에 사건은 오지 않았다. 그의 존재와 사건이 어긋난 것이다. 반면 '해방'의 경우 사건은 자신이 있는 '거기'에 왔지만, 그는 그 사건 속에 없었다. 그의 존재와 사건이 어긋나는 대신, 사건의 거기에서 그의 있음과 없음이 어긋나버린 것이다. 전자가 사건적 어긋남이라면, 후자는 있음과 없음의 어긋남이다. 존재의 어긋남이다.

그 어긋남의 당혹 속에서 자신이 이제까지 존재하던 거기, 또한 지금 서 있는 거기에 자신이 존재하고 있지 않았음을 자각하게 된다. 뜻밖의 사건이 덮쳐온 거기, 자신이 서 있던 거기는 밝은 빛이 드는 곳이고, 명료한 존재자의 규정이 주어진 곳이다. 그 규정에 동의하든 말든, 명료한 규정의 존재자들이 서로 관계 맺고 사는 곳이란 점에서 '세계'고, 그 관계 속에서 내가 '누구'로서, 하나의 존재자로서 살아가는 곳이다. 삶의 의미를 언어가 밝혀주는 곳이다. 내가 존재하는 '거기'다. 그런데 거기로 찾아온 사건은 그 '거기'로부터 나를 멀어지게 한다. 거기에 있는 나는 내가 아니라

59. 김시종, 『조선과 일본을 살다』, 윤여일 역, 돌베개, 2016, 17-18쪽.

고 느끼도록 만든다. 그리하여 "거기에 나는 없다"고 느끼게 하는 깊은 수직의 거리를 만들어낸다. 빛이 드는 장소에서 빛이 사라진 어둠 속으로 밀려들어간다. 이렇게 존재의 어둠 속으로 밀려들어갈 때 '존재의 어긋남'은 '존재론적 어긋남'이 된다.

'해방'의 사건에서 체험했던 어긋남이 존재론적 어긋남으로 이어지는 이러한 사태에 대해 김시종은 다음과 같이 쓰고 있다. "어둠을 비추는 빛처럼 언어가 닿는 범위가 빛의 영역입니다. 이것을 하이데거는 '언어는 존재의 집'이라고 했습니다만, 의식의 존재로서 자리를 잡은 최초의 말이 나에게는 '일본어'라는 타국의 말이었습니다."[60] 그러한 언어 안에서, 그 빛이 드는 존재의 집, 혹은 '거기'는 "너무도 다정한 일본의 노래, 소학교 창가와 동요, 서정가라고 불리는 그리운 노래로 다가왔"다고 한다. '거기'는 "범하는 자의 교만함을 풍기지 않는 그 '노래'"가 익숙하고 편안하게 느껴지던 장소였다. 그렇게 그는 '거기'에 있었던 것이다. 그러나 해방의 사건이 덮쳐옴으로써, "햇빛에 노출된 필름처럼 내 모든 것이 새카맣게 어두워지고, 힘쓰고 노력해 가까스로 몸에 익힌 일본어가 이날을 경계로 더 이상 의미를 만들지 못하는 어둠의 언어가 되고 말았습니다."[61]

존재론적 어긋남이란 바로 이런 것이다. 내가 존재하고 있는 곳, 삶의 의미를 통해 존재의 기꺼움을 주는 곳에 대해 느끼게 되는 어떤 불편함과 거북함, 누군가 나를 부르는 이가 있고, 나를 걱정해주는 이가 있는 곳으로부터, 혹은 나로 하여금 무언가를 향해 달려가게 하는 곳으로부터 갑자기 나를 멀리 떼어놓는 어떤 거리감, 나를 이끌어주는 명료한 빛이 있던 곳으로부터 빛이 사라진 어둠 속으로 밀려들어가는 어떤 당혹감. 그리하여 자신이 있던 거기에 대해 "거기에는 내가 없다", 심지어 "거기에는 언제나 내가 없다"고 느끼게 하는 어긋남. 이 어긋남이 거기-있음(Dasein)의 존재론

60. 김시종, 「내가 만난 사람들」, 『재일의 틈새에서』, 27쪽.
61. 김시종, 『조선과 일본을 살다』, 18쪽.

이 아니라 거기-없음의 존재론을 시작하게 만든다. 거기에-있는 세계 속에서 자신의 존재를 보는 게 아니라, 거기에-없는 세계 속에서, 아니 세계를 등진 '거기'에서 자신의 존재를 보는 존재론을. 빛이 드는 거기가 아니라 칠흑 같은 '거기'에서 존재를 보는 존재론을.

사건적인 어긋남에서 사건은 '거기'에 있고 나—존재자—는 '거기'에 없지만, 존재론적 어긋남에서 나—존재자—는 '거기'에 있고 존재는 '거기'에 없다. 사건적인 어긋남에서 "거기에는 언제나 내가 없다"는 말은 사건이 있는 '거기'에 내—존재자—가 없음을 표현하지만, 존재론적 어긋남에선 같은 문장이 내가 있는 '거기'에 나의 존재가 없음을 표현한다. 사건적인 어긋남은 내가 사건의 '거기에 없음'을 안타까워하는 감응을 담고 있지만, 존재론적 어긋남은 내가 사건의 '거기에 있음'에도 거기에 없다고 느끼는 당혹감을 담고 있다. 사건적인 어긋남은 '거기'로 나를 불러들이지만, 존재론적 어긋남은 '거기'로부터 나를 멀어지게 한다. 사건적 어긋남은 '거기'에 없어도 사건의 거기로 가며 사건화할 수 있는 힘을 불러낸다면, 존재론적 어긋남은 내가 있던 '거기'에서 벗어나 어둠 속으로 추락하게 하는 힘을 불러낸다.

존재론적 어긋남을 통해 우리는 비로소 자신의 존재에 눈을 돌리게 된다. 가령 프란츠 파농이 기차 안에서 "어머 흑인이야!"라는 아이의 외침에 놀랐던 것이 그렇다. 물론 그는 흑인이다. 흑인이란 대상이다. 그가 좋아하든 말든 흑인이란 규정을 틀렸다 할 순 없다. 그러나 그 규정에 의해 포착되는 한, 더구나 백인들이 만들어놓은 그 규정성에 사로잡히는 한, 그는 그저 한 사람의 흑인일 뿐이다. 그들이 규정한 대상일 뿐이다. 흑인이란 규정에 그가 놀라며 당혹하는 것은 자신이 그 규정으로, 자신의 존재가 그렇게 규정된 대상으로 환원된다는 사실 때문이다. 흑인이라는 규정, 그가 사는 세계 속에서 그에게 주어진 그 규정에 대해 이렇게 말하고 싶었을 것이다. "거기에 나는 없다." 세계성의 빛이 비추는 거기, 흑인으로 규정되는 거기에 나는 없다고. 그래서 그는 그런 자각 뒤에, 자신과 비슷한 사람들을 그저 흑인으로만 규정하는 "식민화되거나 문명화된 사회에서 모든 존재론은 실현불가능하다"고 말한다.[62] 그가 말하는 존재론이란 말을 심각하게 받아들인다면, 존재론이란 흑인이라는 규정에 대해, "거기에는 내가 없다!"라며 시작되는 항의로 시작된다.[63] 존재란 이런 식으로 어떤 대상적 규정성을 지우는 힘이란 점에서 미규정성이고, 그와 다른 규정성을 향해 열어 놓는 힘이란 점에서 무수한 규정가능성이다.

흑인이라는 규정만 그런 것은 아니다. 의사라는 규정, 남자라는 규정, 민족해방전사라는 규정 모두 하나의 규정일 뿐이다. 그것은 각각 파농을 그렇게 규정된 대상으로 보도록 할 뿐이다. 심지어 자신의 소망에 따라 사르트르가 호의를 갖고 써준 자기 책(『대지의 저주받은 사람들』) 서문에 대해서도 파농은 "거기에는 내가 없다"고 느꼈던 것 같다.[64] 특정한 규정을 갖는 이런저런 대상에 대해, 그렇게 자기가 불려나가는 모든 '거기'에 대해 그는 이렇게 말할 것이다. "거기에는 언제나 내가 없다." 그 규정을 모두 합치면 파농의 존재가 드러날까? 그럴 리 없다. 존재는 그 모든 규정 바깥에 있다. 그 모든 규정을 가능하게 해주지만, 그 어떤 규정에서도 벗어난 바깥에 있다.

파농만 그렇다고 할 것인가? 황국소년이라는 존재규정, 재일조선인이

• •

62. 프란츠 파농, 『검은 피부, 하얀 가면』, 노서경 역, 문학동네, 2014, 107쪽.
63. 이는 흑인이란 규정의 불충분성, 그 규정으로 환원되지 않는 나의 잠재성을 환기시키는 말이다. 명시적으로는 반대로 보이는 "그래, 나는 흑인이야!"라는 응수 또한 이와 다르지 않다. 그 말은 그가 말하는 흑인과는 다른 의미의 흑인임을 뜻하기 때문이다. 네가 아는 흑인(대상)과 다른 흑인, 네가 말하는 흑인과 다른 존재로서의 흑인, 네가 알지 못하는 잠재성을 갖고 있는 흑인이라는 말이다. 이 또한 존재론적 어긋남을, 반어적 수긍의 형태로 표현하는 것이다.
64. "파농은 사르트르의 서문을 읽었지만 아무런 토를 달지 않았다. 평소와 달리 그는 깊이 침묵했을 뿐이다. 하지만 파농은 프랑수아 마스페로에게 보낸 편지에서, 때가 온다면 자신의 입장을 변명할 기회를 갖고 싶다고 말했다."(알리스 셰르키, 「2002년판 서문」, 『대지의 저주받은 사람들』, 남경태 역, 그린비, 2004, 16쪽.)

라는 존재규정, 공산당원이나 총련의 활동가라는 존재규정에 대해 김시종 또한 "거기에는 언제나 내가 없다"라고 하지 않았을까? 존재란 언제나 어떤 규정에 저항하는 '거기에-없다'를 통해, 하나의 규정 안에 가두는 동일성에 대한 거절의 침묵을 통해 말한다. 이런 점에서 존재론은 모든 규정에 대한 저항이고, 모든 '거기'를 벗어나는 이탈이며, 모든 동일성을 횡단하는 운동이다.

존재론적 어긋남, 그것은 근본적으로 존재자와 존재 간의 차이, 하이데거가 '존재론적 차이'라고 명명했던 차이에 기인하지만, 그것과 동일한 것은 아니다. 존재론적 차이, 다시 말해 존재자와 존재의 차이는 존재하는 모든 것에 내재한다. 더 정확하게 말하자면, 존재자는 그에게 부여된 대상적 규정과 존재의 미규정성 간의 차이가 공존하는 '장소'다. 존재론적 차이란 존재의 미규정성에도 불구하고 존재자가 언제나 대상적 규정성을 가지며 존재할 수밖에 없다는 사태에서 연원한다. 여기서 존재와 대상, 존재와 존재자는 다르지만 어긋나 있지는 않다. 존재론적 차이란 어긋남이 없는 곳에도 있다. 존재론적 어긋남이란 어떤 대립이나 적대, 혹은 '반목'이나 '거절'로 인해 그 차이가 불화와 불일치, 대립으로 분열되는 경우에 발생한다. 존재론적 어긋남이 있는 곳에서 존재와 존재자는 하이데거 말처럼 서로에 기대어 서로를 떠받치며, 서로를 향해 건너가고 서로를 품어주며 사이좋게 공속(Zusammengehören)하지[65] 않는다. 거기서 양자는 '없다'나 '아니야'라는 거부와 거절의 언사로 표명되는 대립, 거기에 있는 나와 거기에 없는 나 사이의 분열 속에 있다. 대상적 규정성을 거부하며 자신의 존재로 향하는 존재자의 운동을 우리는 존재론적 어긋남에서 발견한다.

이러한 어긋남이 없다면, 존재자가 존재를 드러나게 하고 존재가 존재자를 근거지어 주는 사이좋은 공속성 속에 있다면 우리는 존재자에 눈

65. 마틴 하이데거, 『동일성과 차이』, 신상희 역, 민음사, 2000, 56-57, 63-64쪽.

돌리지 않는다. 그 말 없는 공속성에 안주할 뿐이다.[66] 존재가 존재자에게 등을 돌리고, 존재의 빛이 비추이는 편안한 '거기'로부터 아무것도 보이지 않는 어둠 속으로 추락할 때(하이데거가 말한 '경악'이란 이런 경우에나 합당한 말이다), 우리는 존재에 눈을 돌리기 시작한다. 그렇기에 역으로 존재론적 어긋남이야말로 존재론적 사유가 시작되는 계기라고 해야 한다. 존재론적 어긋남은 존재를 향한 운동, '존재론적 저항'의 출발점이다. 따라서 존재론적 어긋남을 경험하는 자들만이 존재론이란 말에 값하는 사유를 시작할 수 있다.

이런 이유에서, 존재와 존재자를 조화롭게 잘 모아주고 싸안는 보기 좋고 듣기 좋은 공속 속의 공허한 '이행'보다는 때로는 강한 분열의 양상을 취하기도 하고, 때론 경악스런 놀람의 형식을 취하기도 하고, 때론 팽팽한 긴장 속의 대결이 될 수도 있는 '어긋남'의 운동을 따라 존재론을 밀고

66. 하이데거조차 스스로 피할 수 없었던 거북함과 불편함으로 인해 존재에 눈을 돌리기 시작했음이 분명하다고 나는 믿는다. 예컨대 나를 둘러싼 존재자 전체가 내게 등을 돌려 모든 무의미하게 되는 '불안'의 경험에 대해, 그로 인해 비로소 존재망각을 알게 되며 존재에 눈을 돌리게 되는 경악에 대해 쓸 때(「형이상학이란 무엇인가」, 『이정표 1』, 신상희 역, 한길사, 160-161쪽), 그는 바로 이런 사태를 말하고 있는 것이다. 그는 이를 '무(無)의 밀어닥침', '무화하는 무'라는 말로 표현한다(같은 책, 162-163쪽). 그러나 그는 존재를 다룰 때면 언제나 어긋남이 아니라 합치로 사태를 보려 하고, '거기'를 어긋남의 장소가 아니라 합치의 장소로 다룬다. 존재와 무가 다르지 않다는 말은 일차적으론 무화하는 무를 통해 존재로 눈 돌리게 되는 사태를 표현하지만, 존재가 빛을 따라가는 한 무는 존재의 빛에 따라다니는 은닉의 그림자에 지나지 않게 된다. 결국 존재는 무의 어둠이 아니라 존재의 빛이 드는 '거기'를 벗어나지 못한다. 사방세계의 합일을 말하는 후기에 이르면, 존재는 빛(Licht)이 드는 따사로운 '숲속의 빈터(Lichtung)'에 편안하게 자리 잡게 된다. 이는 '무'나 심연 등에 대한 그의 모든 언급이 결국은 실질적으로 무의미해지게 되면서 존재의 빛에 자리를 내주게 되는 이유다. 그래서 그는 지평 바깥의 보이지 않는 세계가 아니라 지평 안에서 이미 다들 알고 있으나 망각되어 있을 뿐인 존재의 의미를 찾는다. 존재의 의미가 은닉된 언어의 기원적 자리를 찾아간다. 이는 모두 어떤 식으로든 '거기'야말로 존재가 거하는 곳이라는 오인과 무관하지 않다.

가야 한다고 나는 믿는다. 갑자기 덮쳐온 '무'에 놀라 존재에 눈 돌려 존재의 빛을 찾아가는 '돌아온 탕자' 식 귀환의 서사가 아니라, 덮쳐온 '무' 속에 빠져 들어가 그 어둠 속에서 살아가는 탈선의 서사가 존재론에 더 가깝다고 생각한다.[67] "언어는 존재의 집"이라며 기원적 언어로 반복하여 거슬러 올라가는 하이데거의 시도가 아니라, 그 익숙하던 언어로부터 어둠으로 추락하는 어긋남의 경험 속에서 "다감한 소년기를 뒤틀어가며 길러낸 저 일본어의 정감, 운율을 내가 끊어내고…… 자신이 짜올리는 어색한 일본어를 가지고서 나를 길러낸 일본어에 보복"하겠다고 다짐하는 김시종의 시도야말로 존재에 다가갈 수 있는 길이라고 믿는 것은 이 때문이다.

4. 어긋남의 사유: 시집 『니이가타』의 편성

『니이가타』에는 매우 다른 감각으로 채색된 이질적인 요소들이 섞여 있어서, 어떤 각도로 절단하는가에 따라 아주 다른 층상의 지층이 나타날 것이다. 내가 선택한 각도에서 가장 먼저 눈에 띄는 것은 지렁이와 번데기, 벙어리매미 같은 미분화된 상태에 가까운 동물들이다. 이 동물들에 머물지 않고 시인은 분화를 거슬러 올라가는 프로세스를 지질학적 단층 속에 가라앉은 자갈로까지 밀고 간다. 비취옥의 꿈 대신 용광로 속에서 녹는 용암의 길을 가고자 한다. 돌이라는 이 무기물과 생명을 하나의 연속체로 이어주는 것은 화석이다. 이는 김시종의 다른 시들에서 '화석'이나 실러캔스 같은 지질학적 생명체들이 자주 등장하는 것과 무관하지 않을 터이다. 이런 지질학적 사유가 『니이가타』에선 '고향'이나 '귀향'마저 근본에서

67. 랠프 앨리슨의 소설 『보이지 않는 인간』(조영환 역, 민음사, 2008)은 이러한 존재론적 서사를 탁월하게 보여준다. 이에 대해서는 이진경, 『예술, 존재에 휘말리다』(문학동네, 2019) 5장 참조.

다시 생각하게 해주는 놀라운 힘을 갖고 펼쳐진다. 들뢰즈와 가타리의 개념에 익숙한 내 눈에는 소수적인 언어와 더불어, 동물-되기, 자갈-되기를 거쳐 '기관 없는 신체'로 밀고 올라가는 잠재화의 선이 아주 선명하게 보인다. 하지만 『니이가타』 전체를 관통하며 수많은 시구들을 꿰며 일관성을 부여하는 것은 역시 존재론적 어긋남을 통해 존재 자체로까지 밀고 내려가는 존재론적 사유의 운동이다. 따라서 나는 이 존재론적 사유를 따라가며 이 시를 읽고자 한다. 이를 통해서만 다른 해석의 요소들 또한 제자리를 찾을 것이다.

시가 길고, 다뤄지는 소재나 내용의 편폭이 아주 크기 때문에 전체적인 구도를 그려놓고 그걸 지도삼아 가지 않으면 길을 잃기 십상이다. 전체는 3부로 되어 있고, 각부는 모두 4편으로 나뉘어 있다. 이러한 편성도, 각 부 안에서 편들의 배치도 매우 잘 짜여져 있다. 1부는 귀국센터가 있는 니이가타(新潟)에[68] 이르기 전의 '나'의 행적을 다루고, 2부는 제주 4·3항쟁의 기억과 우키시마마루(浮島丸) 사건의[69] 기억을 다루며, 3부는 귀국운동이나 귀국심사를 둘러싼 일들을 다룬다. 1부, 3부는 귀국운동과 직접 이어지는 반면, 2부는 그렇지 않아서, 왜 중간에 넣은 것일까 의문이 든다면, 우키시마마루가 일본의 패전 직후 고향으로 돌아가려는 조선인들을 실은 채 폭파되

68. 귀국운동이란 재일조선인을 북한으로 '귀국'시키는 운동이다. 1959년 2,942명을 시작으로 1984년까지 총 93,340명의 재일조선인이 북한으로 건너갔다. 귀국을 담당하던 귀국센터와 북한을 오가던 귀국선('만경봉호')이 출발하는 항구가 니이가타에 있었다. 귀국운동과 귀국선은 이 시 전체와 관련된 중심 소재다(맞춤법에 따르면 '니가타'로 표기해야 하지만, 시인은 말의 리듬을 위해 원래 발음대로 장음을 살려 '니이가타'로 표기해 달라고 하여, 출간된 시집 제목을 『니이가타』로 표기했다고 한다. 여기서도 출간된 시집 표기를 그대로 원용한다).

69. 일본의 패전 직후 징용 내지 강제연행되었던 조선인 3,735명을 태우고 조선으로 돌아가려던 군용선. 부산으로 갈 예정이었으나, 보급을 위해 마이즈루 앞바다에 세웠다가 8월 24일 폭발사고로 침몰했다. 1950년 3월 재활용을 위해 인양을 시도했으나 중도 포기했고, 4년 후 다시 인양을 시도했다. 우키시마마루의 폭발사고와 고철 재활용을 위한 인양은 2부 1편, 4편에서 다루어지는 중요 소재다.

어 바다에 묻힌 배의 이름임을 상기하면 좋을 것이다. 그렇다면 4·3항쟁에서 죽어 바다에 매장된 사람들이 그와 함께 묶여 다루어지는 것도 쉽게 납득할 수 있을 터이다.[70] 바다를 건너지 못하고 바다에 매장되어 버린 사람들의 기억, 그 과거를 '지금' 다시 고향으로 돌아가는 귀국운동이 한참인 니이가타로 불러들인 것은 단지 바다와 침몰의 유사성 때문이었을까? 아니면 그 귀국운동의 귀착점에 대한 어떤 불길한 예감 때문이었을까?

다음으로 각부의 내용. 1부에서 다루어지는 사실들을 보면 일본 밀항, 한국전쟁에 쓰일 무기의 제작공장에서 일하는 노동자, 그 일본에서 했던 6·25에 대한 반전투쟁의 에피소드, 그리고 귀국센터 등이다. 편별로 보면,

1편은 정해진 길을 가는 게 아니라 지렁이가 되어 없는 길을 내며 가는 '간기(雁木)의 노래'다.[71]

2편은 그 지렁이가 생존의 압력 속에서 남의 피를 빠는 거머리가 되는 변신을 다룬다.

3편은 거머리와 지렁이의 두 극이 재빠르게 똥을 싸 내장의 안위를 추구하는 자신과 똥을 싸지 못한 채 배에 간직하고 있는 자신, 빠르게 적응하는 자와 그렇지 못한 자라는 분신 이야기로 치환되어 다시 다루어진다.

4편에서는 번데기로 변신한 '내'게 열린 두 개의 상반되는 길이 '여자'와 '아내'라는 인물과 짝지어져 그려진다.

간단히 도식화하면, '지렁이→거머리→똥을 둘러싼 분신→여자와 아내'로 요약된다. 헤겔식 변증법에 익숙한 독자라면, 첫째 화살표에선 '대립물로의 전화'를 읽고 두 번째 화살표에선 '외적 대립의 내적 대립으로

• •

70. 그러나 이는 또한 그가 여기서 다루는 게 단순히 바다를 건너가려는 귀국운동만은 아님을 또한 시사한다.

71. 간기길이란 적설량이 많은 니이가타 등에서 많은 눈이 쌓인 상태에서도 보행자의 통행을 확보하기 위해 고안해 낸 길이다. 있던 길이 사라진 조건에서 새로운 길을 만들어가는 것에 착목하여 사용한 이미지라 하겠다.

전화'를 떠올릴지도 모른다. 그러나 그 다음이 난감하다. 그런 내적 대립을 지양하는 어떤 화해나 종합이 등장하지 않기 때문이다. 『니이가타』 어디에도 그런 종합은 없다. 대립을 지양(止揚)하는 속편한 변증법 같은 건 없다. 시의 전개에서 발견되는 것은 종합을 향해가는 운동이 아니라 차라리 분열을 향해가는 운동이다. 지렁이와 거머리, 쉽게 싸는 자와 싸지 못하고 간직하는 자라는 분열된 형상은 어긋남을 포함하는 '나'의 분신이다. 이런 분열이나 '분단'을 넘어서기 위해 '나'는 분화 이전의 상태로 거슬러 올라간다. 그것은 좀 더 높은 차원으로 상승하는 어떤 화해나 종합이 아니다. 출구를 찾기 위해 분화의 과정을 거슬러가는 하강운동이다.

1부에서 팽팽한 긴장 속에서 솟아오르는 존재자의 어긋남을 다루었다면, 2부에서는 두 가지 종류의 바다를, 그 바다의 '분열' 내지 어긋남을 다룬다. 그 하나가 존재자의 개체성이 지워지며 되돌아가는 존재 자체로서의 바다, 심연으로서의 바다라면, 다른 하나는 생활과 생존의 세계로 불려나온 바다다. 세계 바깥의 어둠인 바다와 세계 내부의 바다다. 세부적으로 보면,

1편은 우키시마마루가 침몰된 바다, 그 어두운 심연에 대한 시이다.

2편은 4·3항쟁 때 사람들이 죽어서 매장된 바다, 밤에 연결된 심연으로서의 바다를 다룬다.

3편은 생존을 위해 거대한 활어조가 되어버린 제주도의 바다를 다룬다.

4편은 침몰된 우키시마마루 인양작업으로 소란스러워진 바다를 다룬다. 이 역시 생계의 장이 되어버린 바다란 점에서 3편의 바다와 동일하다.

한 마디로 말해, 네 편 모두 '바다'에 대한 것이다. 우키시마마루(浮島丸)의 바다와 4·3의 바다가 각각 두 번 반복되어 다루어진다. 이 반복을 통해 두 종류의 바다가 대비된다. 하나의 사건을 둘러싼 아주 상이한 바다로 분열된다. 2편과 3편을 가르는 선을 축으로 세계로부터 잘려나간 심연으로서의 바다(1, 2편)와 세계 속으로 끌어올려진 바다(3, 4편) 간의 대립이 뚜렷하다. 심연으로서의 바다와 세계로서의 바다, 잠재성(기억) 속에 머문

채 현실 속에 존재하고 있는 사건의[72] 바다와 생활의 장으로 깨어난 바다, 어둠 자체로서의 바다와 '세계'로서의 바다, 가라앉는 바다와 끌어올려진 바다가 뚜렷하게 대비되고 있다. 이런 대비와 동시에 이 대비를 각각의 바다 모두에 쟁여 넣기 위해 시인은 네 편의 배열에 '포옹운(抱擁韻)'을 연상시키는 기하학적 대칭성을 도입한다. 제주의 바다–우키시마마루의 바다 : 우키시마마루의 바다–제주의 바다.

여기서 네 편을 크게 둘로 나누는 선은 존재와 존재자의 어긋남을 표시한다. 존재자의 개체성이 사라져 들어가는 존재 자체로서의 바다와 생존경쟁이 지배하는 세계의 일부가 된 바다 사이의 어긋남을. 바다 자체에서 우리는 다시 존재와 존재자의 어긋남을 보게 된다. 이 두 바다 사이의 간극에서, 그 어긋남의 틈새에서 "바다의 깊은 한숨"이 바람이 되어 새어나온다(102).[73] '바다의 울음소리'(2부의 제목이다)가 새어나온다. 세계 속으로 끌어올려진 바다를 보고, 바다 속에 잠든 사자(死者)들이, 아니, 바다가 "거기에는 내가 없다"라며 내쉬는 한숨일 것이다.

다음으로 3부. 1부와 2부에서 잠재적인 것의 층위에서 다루어지던 귀국의 문제가 현행적인 것으로 전면화되는 것은 바로 이 3부다. 각 편을 보면,

1편은 귀국선을 타려는 이들의 마음을 진지하게 긍정적으로 서술하고 있다.

2편은 '종족검정'을 통해 일본형사와 '내'가 '개'라는 동형성을 갖고 있음을 확인하는 사건을 다룬다.

72. 베르그손은 『물질과 기억』에서 기억이란 현행의 시간 '저편'에 있지만 언제나 그것과 접한 채 현실의 일부로서 존재하는 잠재적인 것(le vituel)의 세계를 형성하고 있다고 말한다. 잠재적인 것, 그것은 흘러가는 시간과 함께 사라져간 게 아니라, 현행적인 것(l'actuel)과 다른 방식으로 현실(le réel) 속에 존재하며 현실을 직조하는 현실의 일부다.

73. 이 장에서 『니이가타』의 인용은 본문 중에 쪽수를 나타내는 숫자만으로 표시한다.

3편은 귀국심사장에서 내가 보는 '나'와 그들이 보는 '나' 사이의 간극을, '북의 직계'임을 믿는 나와 '개'로 간주되는 나의 비대칭성을 다룬다.

4편은 "소리가 소리가 되지 못하는 세계에서" 벙어리매미가 되기를 선택하는 '나'의 생각을 펼쳐놓고 있다.

여기서 먼저 눈에 띄는 대비는 1편과 2편의 문체상의 간극이다. 1편에서는 귀국선을 타려는 이들의 심정이 시종 우수 어린 문체로 진지하게 서술되고 있다. 반면 2편에서는 귀국운동과 무관해 보이는 에피소드가 마치 한 편의 콩트같이 드라마틱한 이야기를 따라 씁쓸함을 남기는 유머러스한 문체로 묘사된다. 이러한 문체상의 대비는 '비약'으로 보일 정도로 확연한데, 이로 인해 진지하고 무겁던 시의 분위기가 갑자기 뒤집어지는 느낌조차 든다. 그러나 1편에서 귀국하려는 동포나 귀국운동에 대해 진지하게 쓴 것을 두고, 2편에서 이렇게 뒤집기 위해서라고 할 수는 없다. 1편의 진지함은 귀국선을 둘러싼 세계가 바로 그 자신이 속한 세계임을 보여주는 것이다. 2편 역시 '내'가 속해 있다고 믿었던 동포들의 세계에서 벌어진 일이다. 그러나 그 에피소드는 자신이 속해 있던 세계로부터의 거절을, 그 세계와 '나'의 어긋남을 보여준다. 이는 '내'가 속한 세계를 깊이 믿었기에(1편의 진지함!) 더욱 리얼한 어긋남이다.

3편 또한 자신이 속해 있다고 믿었던 세계와 '나'의 어긋남을 다룬다. 하지만 여기서는 그것이 '나'와 세계의 어긋남보다는 내가 믿었던 세계의 분열을 통해 그것이 서로 어긋난 두 세계였음을 보여준다. 그것은 내가 상상하던 세계와 현실 세계의 어긋남이고, 내가 스스로 믿고 있던 '나'와 내가 선택한 세계의 어긋남이기도 하다. 2편과 3편의 대립도, 약간 다른 의미에서지만 흔한 말로 하면 '외면'과 '내면'의 대립이라고 할 수도 있을 것 같다. 남의 시선에 의해 규정된 나와 내 자신이 보는 나의 비대칭성. 그러나 이는 2편, 3편 모두에서 동일하게 반복된다.

3부 전체에서 자신이 서 있는 자리, 동포들과 함께 자신이 거기-있다고 믿었던 자리에서 동포들에게 '개'가 되어 두들겨 맞는 경악스런 에피소드는 중요하다. '거기'에는 내가 없음을 체감하는 이 강렬한 경험이, 3편에서 '그놈'과 '나'의 분신이 다시 등장하는 것이나 4편에서 벙어리매미가 되길 선택하는 것에 강력한 설득력을 부여한다. 내가 있다고 믿었던 '거기'에, 내가 속한다고 믿었던 세계 속에 내가 없다고 느끼는 존재론적 어긋남으로까지 나아갈 수 있었던 것은 이와 무관하지 않다. 이것이 시인으로 하여금 '그놈'과 '나'라는 존재자의 어긋남보다 더 나아가고, '그놈'이 따라가는 세계와 그걸 따라가지 않는 '나'의 어긋남을 넘어서 사유를 밀고 가게 했을 것이다. 이는 분단이나 분단을 넘는 것을 존재론적 문제로 이해해야 할 이유이기도 하다.

5. 지렁이에서 번데기로

『니이가타』 1부 1편에서 '나'는 지렁이가 된다. 아니 그 이전에 그는 표범 같은 야행성 동물이 되었지만, "들이밀 어금니를 갖지 못한 채 / 수족이 비틀려 뜯겨 / 설설 기"다가(29), 결국 "고향이 / 배겨낼 수 없어 게워낸 / 하나의 토사물로 / 일본 모래에 / 숨어들었다."(32) 그리곤 거기서 지렁이가 되었다.

> 밝은 빛에 대한
> 두려움은
> 태양마저도
> 질색해
> 그늘에 사는 자로 바꿔놓았다.(30)

'나'는 왜 지렁이가 되었나? 그건 눈에 보이는 길, 고개 숙이고 걸어야 하는 길을 벗어나기 위해서다. "카빈 총 아래를 / 앞으로 구부리고 / 걸어야 한다면 / 그러한 길은 / 개에게나 던져주면 그만이다!"(24) 또한 "달러문명을 / 비추기 시작"한(27) 빛을 피하기 위해서다. 그렇게 빛이 환하게 비추는 길 아닌 다른 길을 찾기 위해서다. 표범이 된 이유도 우선 그렇다. "야행성 동물로의 변신은 / 그 어떤 길을 필요로 하지 않았"기 때문이다(24). 지렁이도 야행성 동물도 모두 밝은 빛에 대한 거부, 그런 빛이 비추는 문명에 대한 거부를 표현한다. 그 빛에 반응하는 눈마저 버리고, 기는 배로 느끼는 감촉으로 '더듬거리며' 사는 자, 온몸으로 어둠 속을 기는 자가 된다.

시인은 시가 시작하자마자 "눈에 보이는 길을 / 길이라고 / 단정해서는 안 된다. / 누군가가 알지도 못한 채 / 밟고 다니던 / 곳을 / 길이라 / 불러서는 안 된다"(21)고 명확하게 표명한다. 눈에 보이는 길, 그건 돈에, 문명에 길든 이들의 길이고, 고개 숙인 삶에 길든 이들의 길이다. "이미 마련된 / 길"이다. 그는 그런 길을 믿지 않는다. 그렇게 "고개를 숙인 / 백주의 활보보다 / 날뜀을 간직한 / 벌판(原野)이 / 보여주는 밤의 / 배회를"(25) 선택하여 표범 같은 야행성 동물이 되고, "광감세포의 말살을 건 / 환형(環形) 운동을 개시"하며(33) 지렁이가 된다.

이를 두고, 잘 알려진 것처럼, 4·3 당시 제주도에서 표범처럼 게릴라가 되어 살았고, 그 뒤 작은 배에 숨어 일본으로 밀항해야 했던 김시종 시인 자신의 삶을 은유적으로 표현한 것이라고 할 수도 있다. 그러나 단지 그것만은 아니다. 이 시에서 '나'나 '소년'의 행적은 시인의 과거와 정확히 일치하지 않는다. 즉 '나'나 소년은 김시종 시인의 삶을 자원으로 삼지만, 다른 행적이 섞여 들어가며 그의 개인적 행적에서 충분히 벗어난 어떤 '누군가'가 되어 우리에게 다가온다. 즉 시에서의 '나'는 시인의 경험을 재현하는 인물이 아니라, 시인과 인접한 '어떤 누구', '이러저러한 누구'라는 비인칭적 특이성을 갖는 인물이다. 그렇기에 시인의 삶에 인접한다고는 해도 '나'는 허구에 속한다. 하지만 이때 '허구'란 현행의 현실 이상으로 현실적인 허구고, 실증적 진리 이상으로 진실한 허구다. 현실에 없는 허상이 아니라 어떤 특이성을 응결시키기 위해 증폭되고 변형되며 창조된 문학적 실재다.[74] 시인 이상으로 강한 실재성을 갖는 현실의 일부다. 원본을 초과하는 설득력을 갖는 진실한 허상이다. 그 '나'는 시인과 나란히 가지만, 때론 멀어지고 때론 겹쳐지기도 하며 하나의 문학적 삶을 창조해낸다. 이는 다른 모든 시들에 대해 마찬가지다.

시인은 이 시를 쓰며 지렁이가 된다. 지렁이가 된다는 것은 보기 위해 눈을 감는 것이고, 듣기 위해 귀를 막는 것이다. 이럼으로써 보이는 것들의 세계, 쉽게 보이고 쉽게 우리를 사로잡은 것들에서 벗어나, 낯선 세계, 보이지 않는 지하세계, 지질학적 흙 속의 세계로 들어간다. 쉽게 보는 대신 어렵게 온몸으로 감지하며 사는 것이다. 만약 시인이란 보이지 않는 것을 보이게 하고 들리지 않는 것을 들리게 하는 자라고 한다면, 지렁이가 된다 함은 시인으로선 피할 수 없는 숙명 같은 것이기도 하다. 다음의 시구처럼 지렁이가 되려는 시인의 이런 숙명과 정확하게 공명하는 것은 없다.

> 시 – 암중모색
> 더듬거리기 위해 눈감기
>
> – 가는, 「modification」. 부분[75]

이로써 '나'는 분단을 넘어서는 새 길을 찾아 나선다. 지도상에 그어진 경계선이 아니라 "지층의 두께에 / 울었던 / 숙명의 위도"(33)를 눈 아닌 몸으로 더듬어 찾고자 한다. 배(舟)를 타고 멀리 돌아 38선을 넘는 게 아니라 배(腹)로 기어 자신이 지금 살고 있는 "이 나라에서 넘"겠다고 한다. '황국소년'이었던 시인에게 빛을 피하는 "지렁이의 습성을 / 길들여 준 / 최초의 나라"(32)에서, 지렁이가 되어, 땅 속에 길을 내며 지층의 두께를

74. 들뢰즈·가타리, 『철학이란 무엇인가』, 이정임 외 역, 현대미학사, 1995, 246-247쪽.
75. 진은영, 『우리는 매일매일』, 문학과지성사, 2008.

갖는 위도를 넘겠다는 것이다.

그러나 지렁이로 사는 것은 결코 쉽지 않다. 지렁이도 먹고살아야 하기에 그저 길을 찾아 땅 속을 다닐 수만은 없고, 시인도 먹고살아야 하기에 눈을 감고 더듬거리고 있을 수만은 없다. 좋든 싫든 먹고살기 위해 비용과 이득을 계산하고 고용주가 시키는 일을 해야 한다. 이는 분열된 삶으로 이어지게 된다.

1부 2편은 생존을 위해 무기 부품을 만드는 재일조선인의 노동을 묘사하며 시작한다. 거기서 만들어지는 무기는 자신들이 떠나온 나라, 전쟁 속의 조선에서 사용될 것들이란 점에서 아이러니하다. “이까짓 / 것[폭탄]으로 / 작렬 / 하는 / 조선 / 의 / 하늘 / 은 / 묘한 / 하늘 / 이다.”(36) 그러나 흔히 그렇듯 자신이 만든 것이 누구를 죽일 것인지 고심하지 않으며, 그런 이유 때문에 노동을 중단하지는 않는다. 그게 어떻게 쓰일 것인지는 노동하는 이에겐 별 관심사가 아니다. 오직 하나의 관심은 얼마를 생산하고 얼마를 버는가다. 그런 점에서 “그이는 / 아주 / 심기가 좋으시다. / 정도가 심한 근시안”이다. “그 눈이 / 계산을 / 깎고 있다. / 이것으로 / 300개 / 이제 두 시간만 버텨내면 / 그놈의 몫은 / 이윤이 남는 / 계산이다.”(36-37)

그들만 그렇다고 할 수 있을까? 그렇지 않다. 먹고살기 위해 계산하고 노동을 해야 하는 건, 지렁이가 되기로 결심한 ‘나’도, 시를 쓰는 시인도 피할 수 없는 일이다. “광감세포를 / 도려낸다 하여 / 오랜 세월의 습벽을 / 어찌하란 말이냐!”(38) 그래서 ‘그놈’은 “늘 / 몸차림을 바로잡고 / 내게서 / 빠져나간다.”(39) 아니 그보다 먼저, ‘그놈’은 ‘그이’와 마찬가지로 이미 이윤을 계산하며 일하고 있다. “끝없는 숫자의 / 포로”가 되어(41). 그런 식으로 스스로 지렁이로부터 벗어난다.

내
지렁이로부터의

탈피는

거머리로의

변신인지도 몰라!(43)

먹고살기 위한 노동이라고 하겠지만, 그것이 다른 이의 머리 위에서 터질 폭탄이라면, 그 생존은 남의 피를 대가로 유지되는 것이다. 더구나 그게 조선의 하늘에서 터질 것이라면. 그렇게 그는 자신이 남의 피를 빨아 생존하는 자, 자본주의적 흡혈의 세계에 참여하는 또 하나의 흡혈자로서 그 세계에 존재하고 있는 것이다.

질퍽대는

습기 속에서

엎드려 기어 돌아다니는

것이 있다!

있다,

있다.

(중략)

검게 빛나는

거머리가

있다!

근시안의

불안스런

시력에

전신

거머리로 변해서

꾀어든

내

가
있다!(44)[76]

여기서 시인은 '있다'라는 동사를 의식적으로 독립시켜 반복하여 쓴다. 질퍽대는 습한 세계 속에 돌아다니는 것이 '있다, 거머리가 있다, 근시안의 시력으로 거머리로 변해서 꾀어든 자신이 있다'고. 중간에 반복되는 두 번의 '있다'는 앞의 문장에도, 뒤의 문장에도 모두 작용하며, '있다'를 아주 두드러지게 한다. 그렇게 곤혹스럽게 자신은 거머리가 되어 '거기에 있다'. 세계 안의 '거기'에, 생존의 세계 속에 그런 식으로 존재하고 있는 것이다. 물론 그는 거기에만 있는 것은 아니다. 여전히 거머리 아닌 지렁이로서, 땅 속의 어둠 속을 온몸으로 기며 살고 있다. 거머리가 '있다'고 강조하며 반복하는 말은 자신이 거기에-있음에 대한 강한 거리감의 표현이며, 자신이 있는 '거기'에 대한 강한 위화감의 표현이다. '그놈'은 '거기'에 거머리가 되어 있고, '나'는 지렁이로서 '여기'에 있다. 여기서 '거기'는 동의할 수 없는 거리 저편을 표시한다. '나'와 그놈 간의 거리를 표현한다, 이는 한 사람의 '내'가 경험하는 어긋남의 표현이다. 한 존재자의 두 규정 간의 어긋남이다. 이를 '존재자의 어긋남'이라 명명하자.

3편에서는 자본주의가 아니라 그에 대항하는 운동, 구체적으로 말하면 '스이타(吹田) 투쟁'이라는 조선전쟁 반대 투쟁을 하는 과정에서 다시 분신의 형상으로 분열된 '나'를 다룬다. 존재자의 어긋남을. 먹고살기 위해 체제에 적응해 사는 영역뿐만 아니라 반체제적 운동을 하는 과정에서 다시 '나'와 그놈의 분열과 직면한다. '나'와 그놈의 어긋남이 단지 생존을 위한 삶의 영역에 국한되지 않으며, 체제 비판의 활동을 통해 자동적으로 넘어설 수 있는 것이 아님을 뜻한다. 비판적인 활동, 저항적인 운동 안에도

76. 강조는 인용자. 이후 모든 강조는 인용자의 강조다.

'존재자의 어긋남'이 있는 것이다.

여기서 존재자의 어긋남은 탈분(脫糞, 배변)과 관련된 유머러스한 분신의 형상을 취한다. 앞의 2편에서 거머리가 먹고사는 일로 인해 지렁이로부터 빠져나갔다면, 이번엔 반대로 먹고 싸는 일로 인해 '그놈'이 '나'로부터 빠져나간다. 스이타 사건, 조선전쟁에 사용될 무기를 운송하는 기차의 운행을 중지 내지 저지시키는 투쟁이다. 앞서 거머리가 되어 빠져나간 내가 일하던 곳, 조선전쟁에 사용될 폭탄을 만들던 '나'와 정반대 지점에 자리 잡은 곳이다. 거기서 '나'는 갑작스런 용변의 욕구 때문에 난감해한다. 목숨을 건 투쟁의 와중에 닥쳐온 용변이라는 피할 수 없는 신체적 욕구에서 그는 그렇게 자신의 불편함을 재빨리 배설해버리려는 욕망의 존재를 강하게 자각한다.[77] "일본에서 / 동포를 살육하는 / 포탄에 덤벼든 / 분격을 / 남몰래 / 더럽힌 / 소화불량의 / 노란 반점"(56), 그건 투쟁에 남을 더러운 오점 같은 것이다. 그렇지만 그것은 생존을 위한 식욕만큼이나 피할 수 없는 신체적 욕망이다. 그러니 그저 더럽다고 비난할 수만은 없는 욕망이다. 악덕으로 간주하여 떼어버릴 수 없는 '나'의 일부다. 그렇기에 그는 '나'의 분신이다. 똥은 그렇게 다시 존재자의 어긋남으로 '나'를 밀고 간다.

> 제대로
> 변을 싸고 싶다.
> 배설을 견디는 것은
> 한국에서 했던 것으로
> 충분하다!(53)

불편한 것을 배설하려는 욕망은 다른 이들, 심지어 지금 대면하고

77. 자전(自傳)에 따르면, 시인은 실제로 그 투쟁에 참가했는데, 와중에 배에 이상이 생겨 용변이 급했다고 한다(김시종, 『조선과 일본에 살다』, 윤여일 역, 돌베개, 2016, 256쪽). 나중에 이는 장결핵 때문이었음을 알게 된다.

있는 일본 경찰들이라고 다를 리 없다. "내 배변이 / 일본 경찰과의 / 더구나 / 동일한 옷차림을 한 / 적과의 / 대칭 속에서 / 상기되고 있"(50)는 것이다. 이는 어느새 "내가 / 일본에 있어야만 하는 / 이유 / 대부분은 / 배설물 / 방기소에 현혹된 / 혼 때문"(56) 아닌가 하는 생각으로 이어진다. 그런 배설 욕망이 "놈들에게 노출된 / 지점에서 / 이토록 / 핍박과 / 재촉을 해" 댄다는 사실이 더욱더 곤혹스럽다.

> 전쟁공범자인
> 일본에
> 있으면서
> 자신이
> 평온해지는
> 혈거만을
> 바라고 있는
> 이 장부(臟腑)의
> 추악함을 어찌하랴!(54)

배설이 이처럼 장기(臟器)들의 추악함으로 발전하게 되면서, 그와 다른 자신의 모습 또한 존재함을 역으로 보게 된다. "밤새 배설물을 / 간직한 채 / 요 근래 십년 / 직장경색에 시달리고 있는 것도 / 그놈이 / 앞서 나간 하사품이라 / 할 수 있지 않겠나?!"(52) 그리하여 "가까워진 / 배변을 위해 / 선두를 끊"는 '그놈'과 반대편에 "가득 차기만 하는 / 변비 때문에 / 발걸음이 느려지고 있"(52)는 자신을 보게 된다. 똥을 신체에 담고 견디려는 욕망과 얼른 싸버리려는 욕망이, 두 욕망 사이의 간극이 자신의 삶 속에 내재하고 있는 것이다.

발 빠르게 뱃속에 든 고통을 쉽게 배설해버리는 '그놈'과 오랫동안 싸지 못한 채 변을 뱃속에 담은 채 "망설이고만 있는 나", 이렇게 대비되는 양자는 사실 배설의 영역에 머물지 않는다. 그건 차라리 어떤 일이든 "앞질러가는 그놈과 자주 뒤처지는 나"의 대비다. 배설능력의 차이는 재빨리 세간에 적응해가는 나와 그러지 못하는 나, 세간의 시선에 발 빠르게 맞추어 사는 나와 그러지 못하고 자신의 시선에 우직한 나의 간극을 보여주는 제유(提喩)일 뿐이다. 그놈이 그리 재빠를 수 있는 것은 몸이 가볍기 때문이고, "몸이 가벼운 것은 / 이미 / 탈분을 마쳤기 때문이다."(49)

싫어도 쉽게 던져버릴 수 없는 오점이기에 이 분신은 어쩌면 시인 자신이 항상 안고 살아야 하는 어긋남의 형상이다. 지렁이와 거머리라는 존재자의 어긋남은 빨리 싸는 자와 그렇지 못하고 간직하는 자라는 존재자의 어긋남으로 변환되어 반복되고 있다. 이는 3부 3편에서 꾸밈이 실속인 세상에서 가장(假裝)하는 삶을 사는(161, 164) 그놈과 "매혹스런 / 자본주의에 / 영락해 초라해진 / 자신의 / 흔들림 없는 순혈도"(157)를 믿었던 '나'의 분신으로 다시 바뀌어 반복된다.

이런 '존재자의 어긋남'을 그저 시인에게 국한할 순 없다. 고용주 앞에서 생계의 무게로 고개를 숙인 노동자와 동료들과의 연대감으로 고개를 쳐든 노동자 사이, 생존을 위한 '전향'과 '전향'으로도 지울 수 없었던 조각난 신념 사이에서 경험하는 어긋남도 이런 것이다. 좀 더 느슨한 기준으로 보면 사실 존재자의 어긋남을 경험하는 것은 흔한 일이다. 모든 문제를 근본에서 다시 보려는 운동가와 조직의 대세에 따라가며 자신의 영향력을 확보하려는 운동가 사이에서, 의무에 충실한 규범적인 시민과 자기 욕망을 따라가며 권리를 행사하려는 시민 사이에서 누구나 이런 어긋남을 경험한다. 일제강점기였다면, 생존을 위해 눈치껏 순종하며 사는 제국의 신민과 자신이 선택한 대의에 따라 은밀한 저항의 길을 선택한 잠행자 사이의 어긋남 또한 많은 이들이 피할 수 없는 것이었다. 때론 하나에서 다른 하나로 동요하거나 이동하기도 하고, 때론 이것이냐 저것이냐의 선택지 앞에서 결단을 하기도 한다. 우리는 그렇게 상충되는 '나'의 규정을 통해 존재자의 어긋남을 산다.

'존재론적 어긋남'은 존재자의 어긋남이 아니다. 존재론적 어긋남은 존재자의 규정 사이에서 동요하거나 그런 어긋남을 안고 사는 게 아니라, 자신이 있다고 믿었던 '거기'에 언제나 내가 없다는 근본적인 깨달음으로 다가오는 것이고, 곤경을 피해 옮겨갈 다른 자리를 상실한 채 새카만 어둠 속으로, 존재의 심연으로 빠져드는 것이다. 해방이란 사건을 통해서든 식민주의에 대한 분노 때문에서든 '황국신민'이란 존재자에서 벗어나 '애국시민'으로 이동한 이들은 많았다. '해방된' 나라에서도 생존을 위해 눈치 빠르게 적응하는 나와 진실성을 좇는 나 사이를 오가며 사는 이도 많았을 것이다. 그러나 김시종처럼 자신이 살아온 황국소년의 삶 자체, 자신이 그렇게 서 있던 자리 자체를 상실하고 어둠 속으로 빠져 들어간 이는 많았을 것 같지 않다. 앞의 경우가 존재자의 어긋남을 사는 것이라면 뒤의 경우는 존재론적 어긋남을 사는 것이다. 누군가의 삶에 어떤 근본적인 '깊이'라는 게 있다면, 그것은 존재의 이 어두운 심연과 관련된 것이리라고 나는 믿는다. 그렇기에 진정 근본적인 문제는 존재자의 어긋남을 존재론적 어긋남으로까지 밀고 갈 수 있는가 하는 것이다.

그런데 앞서 언급한 지렁이와 거머리, 빨리 싸는 놈과 그렇지 못한 놈 간의 어긋남은 존재론적 어긋남으로 나아가기 쉽지 않다. 거머리나 빨리 싸는 놈은 떠밀려가며 선택한 것이기에 처음부터 동일화하기 힘든 저편에 있기 때문이다. '그놈'이란 표현은 이미 그 거리를 함축한다. 대비되는 '나'는 '여기'에 있다. 지렁이나 빨리 싸지 못하는 자가 있는 쪽에. 그놈이 있는 '거기'는 내가 있고 싶지 않은 곳이다. 그러니 '거기'에 내가 없다고 경악할 일은 일어나기 어렵다. 존재론적 어긋남으로 밀고 가는 분열이나 불화는 '내'가 있어야 한다고 믿는 '거기'에 내가 없음을 발견할 때 발생한다. 이는 내가 충실하게 믿고 있던 세계와 '나' 간의 어긋남이다. 이 시의 3부에서 보게 될 어긋남이 바로 이것이다. 반면 1부의 어긋남은 내가 선택한 '여기'로부터 '그놈'이 빠져나가는 것이기에, 그런 세계와 어떤 불화를 겪는다 해도 그것은 '거기에 내가 없다'고 느끼기 어렵다.

그럼에도 불구하고 존재자의 어긋남이 산출하는 이 분신의 드라마를 1부에서부터 이렇게 반복하여 펼쳐 보여준 것은 무엇 때문일까? 혹시 '그놈'을 '악'으로서 비난하며 잘라내는 통념적인 도덕적 이원성이 떠오른다면, 그놈이 잘라낼 수 없는 나의 일부라는 사실을 다시 상기하는 게 좋다. 여기서도 문제는 두 분신 사이의 거리를 포착하는 것이다. "일본 열도의 / 세로의 깊이에 / 망설이고만 있는 / 나와 / 그 깊이에 / 쑤욱 숨어 있는 / 그놈과의 / 거리를 / …… / 다시 포착하자."(58) 그 어긋남이 쉽게 사라질 수 없는 것이고, 그 거리가 쉽게 소멸할 수 없는 것이라면, 잘라내는 게 아니라 그 분열된 양자 모두를 안고 사는 법을 찾아야 한다. 그렇게 그 어긋남의 간극에서 빨리 달려가는 신체와 망설이며 간직하는 신체를 모두 떠안고, 확고해 보이는 것과 망설이게 하는 것 사이에서 보이지 않는 길을 찾고자 하는 것일 게다.

> 보장된
> 모든 것이
> 내게는
> 고통이다.
> 그것이 가령
> 조국이라 해도
> 자신이 더듬거리며 찾은
> 감촉이 없는 한
> 육체는 이미
> 믿을 수 없다.(58)

이를 위해 '나'는 다시 한 번 변신을 감행한다. 분열이나 분화 이전으로 거슬러 올라가는 변신을. 이는 지렁이로 되돌아가는 것이 아니다. 그건 곧바로 다시 거머리로 분열될 것이 분명하기에. 그 이전으로 거슬러 올라가야 한다.

1부 4편의 키워드는 번데기와 조약돌(小石)이다.[78] 번데기를 둘러싸고 번데기를 비단잉어의 먹이로 주는 '부인', 먹이 신세를 피하기 위해 스스로 '사육한' 주인인 '여자'가 등장하고, 조약돌과 짝하여 '아내'가 등장한다. 이들을 통해 새로운 길을 찾는 '나'는 간기(雁木)길로, 강을 나누는 분수(分水)의 길로, 그럼으로써 바다를 메우거나 도려내 지형을 바꾸는 길로 간다.

4편에서 '나'는 누에고치 속의 번데기가 된다. 번데기란 분화되기 이전이 상태다. 번데기가 된다 함은 분화된 유기체로부터 미분화된 알로 거슬러 올라가는 것이다. "미분화의 연체물"(67)을 향해가는 것이다. 분화된다는 것은 수정란이나 씨에 잠재된 것이 펼쳐져 나비가 되고 새가 되고 꽃이 되는 것이다. 자신이 "나비일 수 있음을 증명"(64)하는 것이다. 분화란 대개 '비취옥'처럼 빛나는 삶에 대한 꿈을 따라가는 것이지만, 그렇지 못한 현실 속에서 잘해야 '이미테이션'이 되고 마는 것이기도 하다(70). 또한 분화란 수정란의 어떤 부분이 머리가 되고 손이 되는 것이지만, 그렇기에 가슴이 될 수 없고 발이 될 수 없는 상태로 나아가는 것이다. 넘지 못할 분할의 상태로 나아가는 것이다. 남과 북으로의 분단도, '재일조선인'과 '재일한국인'의 분화도 그럴 것이다. 번데기가 된다는 것은 분화와 반대로 그런 분할 이전의 상태로 거슬러가는 것이다. 아직 분화되지 않은 잠재성의 상태로. 기관화된 상태에서 기관 이전의 상태로, '기관 없는 신체'(들뢰즈 · 가타리)로. 남북의 분단뿐만 아니라, 나비와 나방, 비취옥과 이미테이션, 혹은 지렁이와 거머리를 가르는 분할 이전으로 돌아가는 것이다.

78. 국역본에는 '자갈'로 되어 있으나(68, 72) 철근 콘크리트 속의 '자갈(砂利)'(71)과 구별되어야 한다고 보이기에 '조약돌'로 수정 번역하여 사용한다.

번데기로의
정체(停滯)만이
피아(彼我)의 가치를
하나로 할 수 있다.(60-61)

따라서 번데기가 된다 함은 현행의 규정성에서 벗어나 어떤 규정 이전의 상태로 돌아가는 것이다. 존재자 사이를 옮겨 다니는 게 아니라 규정된 존재자로부터 존재자의 존재를 향해, 미규정적 존재를 향해가는 것이다. 여기서 번데기는 하나의 규정된 대상이 아니다. 그 규정성에서 이탈해가는 지점을 표시한다. 한 존재자가 대상으로부터 존재를 향해 나아가는 운동의 방향을 표시한다.

분화 이전으로 거슬러 간다는 것은, 분열 없는 세계, 분열 이전의 낙원으로 돌아가리라는 순진한 몽상 같은 것이 결코 아니다. 분열 이전으로 되돌아가 계속 알에 머물고 미분화상태에 머물고자 한다면, 가능할 리도 없지만 가능하다 해도 자폐적인 퇴행에 불과하다. 그것은 분화된 세계를 넘어서는 게 아니라 그것에 지는 것이고 먹히는 것이다.

번데기로 거슬러 올라가는 것은 현행적인 세계로부터, 가령 분열이나 '분단'으로 귀착된 세계로부터 다른 세계로 가는 길을 찾기 위해서다. 그러나 번데기가 된 '나'는 먼저 비단잉어의 먹이가 되는 위험과 대면하게 된다. 먹이로서의 번데기는 미분화된 상태로 가는 길이 아니라 하나의 규정된 대상이다. '먹이'라는 대상이다. "번데기 / 대군(大群)을 / 겨드랑이에 끼고 / 부인은 / 매력 있게 싱긋 / 웃었다. / 봄은 아직 멀었어요."(61) 번데기를 먹는 비단잉어는 1편의 거머리처럼 다른 이의 생존가능성을 먹고 산다는 점에서 "조망받기만 하는 / 굴욕 속에서 / 빼끔거리고 있다"(62). 그것은 먹이가 되고 마는 번데기와 대칭적인 짝이다. "봄은 아직 멀었어요" 라며 웃으며 번데기를 갈아 비단잉어에게 주는 '부인'은 이런 관계를 매개하는 인물이다. 그러나 잉어밥이 되는 "번데기의 운명을 거부하는 것"과 "비단잉어를 끝까지 증오하는 것"(65)을 동일시해선 안 된다. 적을 증오하는 것이 제대로 된 삶의 증거는 아니기 때문이다. 먹이의 위험을 증오하며 분화 이전의 번데기가 되는 길을 포기해선 안 된다. 다른 길을, 번데기로 살아가는 다른 길을 찾아야 한다.

먹이를 주는 '부인' 대신, 번데기인 자신의 삶을 이끌어주는 '여자'를 새로이 사육하는 것은 어떨까. "그래! / 그 여자 자신을 / 사육하자!"(65) 그것이야말로 먹이로 사육되는 것을 철저하게 등지는 것이다. "모든 사육되는 것과의 / 연대에 [대한] 철저한 / 배덕이야말로 / 바람직한 것이다."(65) 하지만 이는 먹이의 위험을 피하려고 "인종(忍從)의 / 극치가 / 만들어내는 / 주종관계의 도착"(65-66)이다. "완전히 / 여자가 / 나를 지배할 때 / 처음으로 / 주인이 될 수 있는 / 내 날들이 약속된다"(66)는 착각. 잉어의 먹이로 주는 부인을 대체하기 위해 선택한 이 여자에게서, 자본이나 국가장치의 먹이가 되는 삶 대신에 거기서 벗어나기 위해 스스로 선택한 지도자나 조직을 떠올리게 되는 것은, 단지 시인의 삶을 시에 다시 투영해서만은 아니다. 20세기의 역사가 보여주듯이, 조직의 지도자란 바로 그 조직에 속한 이들이 자신을 위해 '사육한' 위대한 주인 아닌가!

애당초 번데기가 되었던 것은 분화된 선택지 대신 그 선택지로부터 물러나 근본에서 다시 길을 찾기 위한 것이었으니, 새로운 주인인 이 여자와의 관계는 필경 오래가지 못할 길이다. 결국 "알맹이의 변질을 걱정하는 / 여자의 / 귓전에서 / 번데기가 터졌다!"(66) 시인이 현실에서 그랬던 것과 유사하게, 『니이가타』의 '나' 역시 자신이 사육하던 주인으로부터 이탈한다. "여자의 상징을 / 대신하는 / 정체를 / 드러내 / 백일하에 / 뛰쳐나갔다!"(67) 이런 이탈은 흔히 그러하듯 배신이라고 비난받게 마련이다. "어머! 한 패네요!"(67) 결국 번데기가 되고 "미분화된 연체물"이 되어 다른 현행의 세계를 찾던 그는, 그렇게 "위로 던져 / 허공에서 굴절하는 / 원색의 / 날개"(67)가 되어 꺾어져버린다.

분화된 것, 분단된 것으로부터 물러서며 선택했던 번데기는 또 다른 두 개의 분화된 선택지로 떠밀려간 셈이다. '부인'의 손에서 비단잉어의 먹이가 되든가, 아니면 내가 사육한 '여자'를 따라 도착된 주종관계에 복속되든가 하는 선택지. 하지만 '나'는 '이것이야, 저것이냐'의 이 선택에서 벗어나, 다시 번데기를 향해 잠재화의 선을 따라 더 멀리 거슬러 올라간다. 번데기나 알, 혹은 유기체의 연체물 이전, 유기물과 무기물로의 분화 이전으로까지. 거기서 '나'는 이제 작은 돌이 된다. 먹이가 되지도 않고, 먹히지 않기 위해 싸우며 새로운 인종을 견딜 필요도 없는 어떤 것이 된다.

청렬(淸冽)한
급류에
실려
몸부림치며
안식은 조약돌이 돼
가라앉았다.(68)

6. 고향의 생물학, 귀향의 지질학

조약돌이 되어 가라앉은 '나'의 앞에 나타난 것은 아내다. 그런데 그 아내는 "고생대의 / 조용함 가운데서 / 서성이고 있다."(68) 그 고생대의 고요함 속으로 그를 부른다, 돌아오라고. 여기서 주목할 것은 아내가 돌아오라 부르는 곳이 '고생대'의 고요함 속이라는 점이다. 왜 갑자기 '고생대'를 말하는 것일까? 이후 지질학적 언어들이 전면에 등장하는 것을 보면, 어떤 '먼 상태'를 뜻하는 단순한 은유가 아니다.

아내는 "갇혀 있던 것은 / 나와야 하는 법"이라고 한다, 그건 구속을 하나하나 걷어차며 가고 있는 '나'로선 당연히 받아들일 말이다. 지질학 얘기가 나왔으니 그 말을 두고 갇혀 있던 천연가스가 나오며 공중으로 풀어져가는 모습을 떠올릴 수도 있겠다. 그처럼 "지반이 풀어지는"(69) 형상으로 해방의 이미지를 삼는 것은 흔한 일이니까. 그러나 아내는 그 반대로 가는 길을 제시한다.

> 당신이야말로
>
> 파묻히면 좋겠어요!(69)

고생대의 지층에 파묻히라는 말이다. 사실 '나'는 고백한다. 연소되어 올라가는 "일본 가스의 / 메탄올에 / 현혹돼 / 가라앉은 것은"(69) 바로 자신이었다고. 그래도 고생대의 지층 속에 돌아가 파묻히면 좋겠다는 그 말은 받아들이기 쉽지 않다. "그 무슨 무서운 말을."(69) 그렇기에 지질학적 분단을 뜻하는 "포사 마그나의 / 급류에 / 드러난 / …… / 네 / 사랑을 / 너는 / 너대로 / 배양해야 하는 것 아니냐?"(70)고 반문한다.[79]

고생대의 지층으로 돌아가 파묻히는 것을 '퇴행'이라 간주하고, '절망'이나 '허무주의'라고 비난하는 것은 얼마나 흔한 일인가? 그와 반대로 어긋남으로 드러난 실패를 딛고 얼른 새로운 '대안'을 찾아야 한다는 것은 변혁을 꿈꾸는 '좌파'들에겐 일종의 강박 같은 것이다. 분단이 만들어낸 급류 속에서 거꾸로 빛날 어떤 사랑을 위해 너는 너대로 다시 시작해야 하지 않느냐는 반문(70)은 이런 의미에서 던지는 것이었을 터이다. 실패한 자리에서 다시 쉽게 보이는 희망을 향해, "히메가와의 비취옥"(70)을 향해 나아가는 것 또한 흔한 일이다. 그렇게 우리는 존재자 사이를 옮겨 다닌다. 그러나 그것은 '사생아'고 '이미테이션'일 뿐임을 '나'는 잘 안다(70).

79. 포사 마그나(Fossa Magna)는 거대한 균열 내지 틈을 뜻한다. 동북 일본과 서남 일본을 둘로 가르는 지질학적 단층을 뜻한다. 그 단층의 한쪽 끝에 니이가타가 있다.

"나비일 수 있음의 증명"을 위해 "미친 듯이 춤을 추는 나방"(64)의 운명을 그는 이미 충분히 보았으니까. 그렇기에 조약돌로 가라앉아서 다시 빛나는 돌을 꿈꾸기보다는("비취옥으로의 / 변질에 / 희망을 건 / 치졸한 / 날들이여!"(73)) 차라리 고생대적 지층으로 돌아가 누구도 "당신을 구별하지 못"할 "대동강 / 고운 모래"(71)가 되길 권하는 아내의 말에 '부화'의 가능성을 건다. 그렇게 모든 현행적인 규정에서 벗어나, 나인지 그놈인지, 먹이인지 먹는 놈인지, 조약돌인지 비취인지 식별할 수 없는 지대 속으로 들어가, "블록이 되"거나 "철근 콘크리트의 자갈이 되"(71)어 다른 세계의 재료가 되어주는 아주 다른 종류의 부화 내지 부활을 향해 가고자 한다.

고생대의 고요함으로 돌아가는 것은 이런 맥락에서 생각한 것이다. 그러니 이도저도 할 수 없는 현실에 치어 떠밀려간 허무주의이나 현실로부터 도피하려는 퇴행과는 아무 상관이 없다. 그것은 하나의 존재자에서 다른 존재자로 옮겨가며 동요하는 것으로부터, 그 모든 존재자의 고생대적 '기원'으로 돌아가 다시 시작하려는 것이다. 고생대로, 나의 출생 이전의 기원으로. 내가 어떤 규정성도 갖기 이전의 기원으로. 이런 점에서 보면 고생대란 시간적인 기원이 자리를 차지한 어떤 시기나 그에 상응하는 탄생의 장소가 아니라, 존재자의 규정성 바로 이면에 있는 어떤 발생의 장소를 뜻한다. 번데기를 향해 갈 때도 그랬듯, 고생대적 기원으로 거슬러 간다 함은 현행의 규정성을 거슬러, 모든 규정성 이전으로 가는 것이다. 그 끝에 모든 현행적 규정이 지워진 무규정적 순수잠재성의 지대, 그런 만큼 무한한 규정가능성을 포함하는 잠재적 능력의 지대가 있다. 그것은 현재로부터 아주 먼 기원이지만, 지금의 내 신체 안에 있는 어떤 지대이기도 하다. 이것이 "완전히 식어버린 / 화석"이 된 '나'를 감싸고 다시 시작할 수 있게 해주는 '고동'을 크게 울리게 한다(71).

이런 공시적 접근과 달리 통시적으로 접근하여 '고생대'라는 단어 자체에 함축된 지질학적 의미를 강조할 수도 있다. 더구나 시인은 이 시집에서만 해도 실러캔스나 홍적세, 포사 마그나 같은 지질학적 개념들을 사용하고 있으며, 빈번하게 '화석'의 인근을 서성대며 시를 쓰고 있지 않은가! 이 경우 고생대란 탄생의 시간과 장소를 거슬러 거슬러 올라가 당도하게 되는 머나먼 기원 같은 것이다. 고생대로 돌아간다는 말은 태고의 지층, 출생 이전의 기원으로 돌아가는 것이다. 고생대란 지질학적 사유를 통해 불러낸 고향이고, 고생대로 돌아감은 그 고향을 찾아가는 귀향이다. 니이가타가 실제로 북한으로 고향을 찾아가던 귀국선이 떠나던 곳이고, '포사마그나'라는 지질학적 단층이 통과하는 장소며, 『니이가타』가 그 둘이 포개진 장소를 원점으로 삼아(75-76) 귀국운동을 근본에서 다시 사유하려 함을 안다면, 고생대를 귀향이란 주제와 연결하는 건 오히려 자명하다 싶기도 하다.

그런데 왜 하필이면 고생대일까? 다들 자신들이 떠나온 땅으로 돌아가려 하는데, 왜 그는 고생대로 돌아가려는 것일까? 여기엔 약간의 부연이 필요하다. 먼저, 그것은 머나먼 '기원'이란 점에서 분명 고향이지만, 흔히 생각하는 지리학적 고향이 아니라 지질학적 고향임을 강조해야 한다. 그것은 '조국'으로서의 고향이 아니라 조국 이전의 고향이다. 조국도, 국가도 생기기 이전, 나의 땅과 남의 땅도 없는, 그 모든 지리적 내지 정치적 규정성 이전의 '고향'이다. 그래서 그는 '조국'이란 말에 대비해 '모국'이라는 말을 사용한다. "조국이라기보다는 / 모국으로서의 / 온기가 / 마음을 / 소생시켰다."(71-72)

요컨대 그가 생각하는 귀국이란 '조국'을 찾아가는 지리학적 귀국이 아니라, 조국도 국가도 없는 '탄생' 그 자체의 장소로 돌아가는 것이다. 아내가 권하는 '젖가슴에 파묻힘'이다(71). 문법 때문에 어쩔 수 없이 붙여놓은 '국(國)'이란 말이 의미를 잃고 사라지는 생물학적 고향. 그런데 그 '젖가슴'이 어머니의 것이었다면, 우리는 또 다시 너무 익숙한 모성적 기원의 은유에 사로잡히고 말았을 것이다. 조국과 동일한 의미로 사용되는 '모국'으로 돌아가고 말았을 것이다. '모국'에 포함된 단어 '어머니'가 아니라 '아내'라는 인물을 등장시킨 것은 이를 생각하면 보기보다 훨씬 중요한 의미가 있다. '귀국'이나 돌아감이 어머니라는 수직적 발생의 선을 우회하여 아내라는 수평적인 결연의 선을 따라 다른 종류의 '기원'을 향해 가려는 운동으로 바뀌기 때문이다. 어머니의 '모국'을 대신하여 아내의 젖가슴, 그 '모국으로서의 온기'가 '나'의 마음을 소생시킨다.

김시종 시인이 귀국운동과 관련해 실제로 총련 조직 내에서 불화해야 했고 이로 인해 『니이가타』란 시집을 십년 이상 출판할 수 없었음은 잘 알려진 사실이다. 그런데 그 불화 속에서 그는 고향이나 귀향이란 관념을 부정하는 게 아니라 그대로 받아들이며, 그것을 더욱 '강하게', 더욱 먼 기원으로 밀고 올라간다. 고향이란 탄생지고, 귀향이란 탄생지를 찾아가는 것인데, 탄생지를 찾아가려면 제대로 찾아가야지 겨우 그 정도 갖고 되겠느냐면서. 그런 귀향이란 기껏해야 내가 태어난 곳, 혹은 부모가 태어난 곳을 찾아 짧은 시간을 거슬러 올라가는 것 아니냐면서. 그가 대면했던 '귀국운동'에서든, 아니면 하이데거를 평생 사로잡았던 '고향상실의 향수'에서든, 혹은 흔히들 말하는 일상적인 어법에서든, 고향의 관념은 그런 '짧은' 귀향에 머물러 있다. 사실 태어남이란 국경이나 지역 같은 지리적 분할 이전의 생물학적 사건이다. 갓난아이, 어린아이조차 국경이나 지역적 경계로 규정된 고향 이전에 있다. 그렇다면 지리적 고향을 진정한 '고향'이라 믿는 것은 어설프고 어리석은 것이다. 그런 고향으로 돌아가는 것은 매우 불철저한 귀향이다.

고향의 관념에 철저하고자 한다면, 생물학적 탄생지로 거슬러 올라가야 한다. 그렇다면 조국보다는 모국, 아니 '젖가슴'이야말로 고향이란 말에 값한다. 그러나 이 역시 불충분하다. 갓난아이의 탄생시점과 대응하는 고향일 뿐이기에. 나의 탄생이란 나의 탄생을 가능하게 한 생명체의 연속성을 따라 더 멀리 거슬러 올라가야 한다. '조국'이란 말에 포함된 아버지나 할아버지란 말이 바로 그래야 함을 보여주지 않는가? 그러나 왜 겨우 아버지, 할아버지란 말인가? 아버지의 아버지를 계속 거슬러 올라가야 한다. 그러길 거듭하다가 '신'이라고 바꾸어 써 놓는 것은 제대로 거슬러 올라가는 게 아니라 거슬러 올라가길 중단하는 것이다. 왜 하필이면 아버지의 아버지들인가? 그럼 어머니의 어머니, 그 어머니로 거슬러 가야 한다. 하지만 남성적 기원에 대해 비판하면서 그것을 어머니나 외할머니로 바꾼다고 제대로 거슬러 올라가는 것은 아니다. 진정 기원을 찾아 올라가려 한다면, 내 신체 이전의 신체적 기원을 찾아가는 것이고, 내게 진달된 생명의 기원을 찾아올라가야 한다. 현생인류가 탄생한 신생대의 플라이오세(世)나 유인원이 등장한 마이오세, 포유류가 등장한 중생대의 트라이아스기(期)로. 아니 그것도 불충분하다. 모든 생명의 기원인 박테리아가 처음 출현한 35억 년 전까지는 못 갈지언정, 최소한 현생 동물들의 '조상'이 폭발적으로 출현했던 5억7천만 년 전 고생대의 캄브리아기까지는[80] 거슬러 올라가야 하지 않을까? 생물학적 고향은 지질학적 고향이다. 태어남의 장소를 상징하는 젖가슴이기도 한 아내가 "고생대의 / 조용함 가운데서 / 서성이고 있다"고 했던 것은 이런 의미라고 나는 이해한다.

고향을 말하고 귀향을 시도하는 것은 얼마나 흔한 일인가. 따지고 보면 나의 기원을 찾아 아버지, 할아버지를 거쳐 신으로 거슬러 올라가는 형이상학적 발상도 이 흔한 귀향의 멘탈리티 안에 있는 것인지도 모른다. 그러나 고향을 찾아 고생대로 가는 이런 지질학적 귀향이란 얼마나 드물고 신선한 것인지! 고향이나 귀향에 대한 소망을 박차버리지 않으면서도, 이왕이면 더 멀리 가야하지 않겠냐고 하면서 지질학적 기원의 장대한 시간을 따라 거슬러 올라가는 이 사유를 통해 고향이나 귀향에 대한 모든 영토적인 관념은 아주 사소한 먼지가 되어 소멸해버리고 만다.

고향이나 귀향을 지리적 영토로부터 벗어나게 하는 이 멋진 사유는 분단을 지리적 분단이 아닌 포사 마그나의 지질학적 단층으로 끌고 내려가려 했기에 생각할 수 있었을 것이다. 포사 마그나의 단층 속에 가라앉은 조약돌의 '눈'에 보인 고향은 어쩌면 이보다 더 멀리 거슬러 올라가 있는

80. 스티븐 J. 굴드, 『생명, 그 경이로움에 대하여』, 김동광 역, 경문사, 2004.

지도 모른다. 조약돌의 고향, 그건 생명체 이전의 고향일 테니까. 그러나 여기서 '고생대' 이전의 다른 이름을 애써 찾을 필요는 없다. 그게 무엇이든 중요한 건 이 지질학적 고향이란 나라나 지역의 이름을 벗어나 거대한 탄생의 장이었던 지구 자체라는 사실이다. 지구 전체가 고향인 것이다! 그렇다면 따로 돌아갈 곳이 어디 있겠는가? 어디나 고향이다. 내가 발 딛고 서 있는 자리가 바로 고향이다. 어딘가 따로 돌아갈 고향을 찾고자 한다면, 선 자리 그 자리가 고향임을 몰라서 그런 것이다. 고생대로 돌아간다 함은, 선 채로 떠나 있는 그곳, 자신이 살고 있는 그 자리를 고향으로 만드는 귀향을 뜻한다. 고향으로 가기 위해 경계를, 분단의 위도를 바로 자신이 선 자리에서 넘는 것이다.

> 지층의 두께에서
> 울었던
> 숙명의 위도를
> 나는
> 이 나라에서 넘는 거다.(33)[81]

이는 "이 땅에서야말로 / 내 / 인간부활은 / 이루어지지 않으면 안 된다"(32)는 말이 뜻하는 바이기도 할 것이다.

7. 바다의 한숨

바다는 사건의 무덤이다. "망망한 / 물너울을 / 이겨내지 못했던 / 의지

81. "항상 / 고향이 / 바다 건너편에 / 있는 자에게 / 바다는 / 소원으로밖에 / 남지 않는다."(93)는 2부 2편의 첫 시구 역시 이런 맥락에서 이해되어야 한다.

가 / 내려와 쌓인 시대의 / 퇴적에 / 잠자고 있"(84)는. 징용의 노동에서 벗어나 고향으로 돌아가려던 배 우키시마마루가 폭발에 의해 침몰해버린 사건도, 미군정과 이승만 정부의 폭력에 저항하던 많은 주민들이 살해당해 바다 속에 던져졌던 4·3이란 사건도, 어느새 이미 바다 속에 가라앉는다. 잊혀지거나 지워져 보이지 않게 된다. 사건은 어쩌면 그렇게 덧없는 것이다. 그리하여 "우주공간의 / 정적에 / 바싹 말라버린 / 바다"(85)가 있다. 그렇게 "영원히 / 파묻히는 / 의지마저 있다."(84-85)

그러나 사건은 그저 사라져 없어진다기보다는 무덤 속에 가라앉는 것이다. 무덤 같은 바다 속에 침전된 채 잠들어 있는 것이다. 이런 의미에서 바다는 사건의 무덤이다. 가라앉아 매장된다는 말을 사건이란 지나고 나면 아무것도 아니라는 말로 이해해선 안 된다. 사건의 무덤 속에 있는 건 단지 사건의 시신뿐이라고 해선 안 된다. 그것은 바다 속에 녹아들며 무언가로 변성되고 있는 것이고, 그 변성 속으로 바다 속에 있던 다른 무언가를 끌어들이고 있는 것이다. 그 어두운 바다 속에서, 이전의 모든 규정들이 사라진 심연 속에서 새로운 어떤 것이 생성되고 있는 것이다. 무엇이 될지 알 수 없는 어떤 것들이. "숨을 쉬지 못하고 살아온 날들의 / 습관을 / 아가미로 바꿔 / ……자유자재로 변환할 수 있는 / 유영을 꿈꾸"(117)며.

바다는 '이겨내지 못한 의지'가, '사건'이 매장된 무덤이지만, 그저 무(無)를 뜻하는 '죽음'의 장소는 아니다. 가라앉은 사건은 죽음보다는 차라리 잠에 가까이 있다. 모든 것을 잊은 듯 잠들었지만, 언젠가 뜻밖의 사건으로 다시 솟아오를 것으로 잠들어 있다, 자유로운 변환의 유영을 꿈꾸며 익어가는 깊은 잠. 그리하여 사건은 반복된다. 다른 조건에서, 다른 양상으로. 이전의 어떤 사건을 상기하게 하는 사건으로 반복된다. 실패한 귀향의 시도도, 실패한 반역의 시도도 모두 그렇게 반복되어 왔고, 또한 반복될 것이다. 3부에서 다루고 있는 시도들, 즉 다시 배를 타고 분단의 위도를 건너려는 귀국운동의 시도도 그렇고, 그런 귀국에 불려 들어간 살아 있는 의지들 사이에서 지질학적 단층의 분단을 넘으려는 '나'의 시도도 그러하다.

그래서 정적에 말라버린 바다를 보았지만 시인은 "더 이상 / 무기물의 집적을 / 바다라 / 말하지 말라"(85)고 강하게 말한다. "바다를 건넌 / 배만이 내 사상의 / 증거는 아니"(86)라면서, 건너는데 실패하여 가라앉은 배(우키시마마루)를 자신의 사유 안에 껴안는다. "잠마저도 / 안식을 취하지 못하고 / 끊임없이 / 움직임을 / 반복하는 / 사고로" 그 "실현불가능한 / 명맥의 땅에" 무언가를 건져 올리고자 "포물선을 던진다."(85-86) 그 포물선을 그리는 사유에 의지를 실어 보내며, 건너지 못한 배가 가라앉은 바다 속으로, 심연 속으로 들어간다.

그 바다 속에서 시인은 본다. "다시 건너지 못한 채 / 난파했던 / 배"를. 그 배는 징용으로 당도한 땅에도, 건너서 도달하고자 했던 고향의 땅에도 없다. '대동아'의 화려한 빛으로 사람들을 전쟁으로 끌어 모으던 '거기'에도, 그리운 이들이 돌아올 자신을 기다리고 있는 '거기'에도. 폭파된 배의 흔적도, 폭파되어 침몰한 사람들도 '거기'에는 없다. 발 딛고 서 있을 '거기' 아닌, 발 디딜 데 없는 심연 속에 있다. 실패와 함께 가라앉은 바다 속, 어떤 빛도 들지 않는 깊은 바다 속에 있다. 이미 소멸되듯 지워져 그저 '있다'는 말밖엔 할 수 없는 어둠 속에 있다. '거기'가 아니라 그 '거기'마저 가라앉는 바다야말로 존재의 자리다. 고향에 가려고 우키시마마루에 승선했던 사람들도, 더는 참을 수 없는 억압에 저항해 봉기했던 제주도의 사람들도 '거기'에는 없다. 그 사건의 장소, 혹은 귀향의 꿈이 사람들을 모으고 저항의 시도가 목숨들을 모으던 곳, 그들이 마땅히 있어야 한다고 믿었던 '거기'에 그들은 없다. 그들 역시 죽음보다 깊은 망각 속에 묻혀, 사건이 가라앉은 침몰의 지대 속에 있다.

다시 건너지 못한 채

난파했던

배도 있다.

사람도 있다.

개인이 있다.(86)

여기서도 '있다'라는 단어가 단일한 술어로 독립되어 반복하여 사용되고 있음을 주목해야 한다. 배도, 사람도 존재의 빛이 드는 '거기'가 아니라, 모든 빛이 사라진 어둠 속의 바다 속에 '있다', 빛이 드는 '거기'가 아니라 빛이 안 드는 곳, '거기'마저 가라앉은 깊은 바다 속에 '있다'. 무규정적 잠재성 안에 '숨어' 우리가 사는 현실을, 지금 여기 구성하고 있는 것이다. "그것은 / 결코 / 어제의 일이 아니다."(84)

따라서 2부에서 우키시마마루나 4·3에 대해 쓴 시들은, 과거에 발생한 역사적 사건을 기록하거나 문학적으로 재현하려는 게 아니라, 어쩌면 사건을 과거에 묶는 모든 규정을 지우며 잠재성의 바다 속에 담가 보존하려는 것이라 해야 한다. 그 안에서 새로운 생성의 힘에 맡겨두려는 것이다. 빛나는 팔월에 다가왔던 '해방'이란 사건에서 그랬듯이, 폭발하는 섬광 속에 가라앉은 또 다른 팔월의 침몰에서도 시인은 사건을 따라가지 않으며, 그 "사건이 보내주는 존재"를[82] 받지 않으며, 그 존재의 빛이 드는 '거기'를 확인하지도 않는다. 반대로 바다 같은 어둠 속에 그 사건을 묻는다. 모든 빛이 사라지는 심연 속으로 사건을 안고 침수한다.

우키시마마루의 개체성도, 거기 탄 사람들의 개체성도, 그 개개인의 개체성도 소멸되며 잠겨드는 바다는 모든 존재자의 개체성이 소멸되며 하나로 녹아드는 존재의 장이다. 그것은 또한 모든 개체성이 출현하는 바탕이기도 하다. 모든 존재자가 '녹아' 들어가고 모든 존재자가 그로부터 출현하는 장, 모든 존재자의 신체를 떠받치는 질료의 흐름, 모든 존재자를

82. "'그것이 존재를 준다(Es gibt Sein)'고 할 때 주고 있는 그것은 사건(Ereignis)임이 입증됩니다."(하이데거, 「시간과 존재」, 신상희, 『시간과 존재의 빛』, 한길사, 179쪽. Ereignis의 번역어는 인용자가 수정.)

포괄하는 하나의 거대한 흐름이 바로 존재다. 존재자와 구별되는 존재란, 존재자의 존재와도 구별되는 존재 자체란 바로 이것이다. 파도나 물결 같은 개체적인 존재자가 그로부터 출현하고 또한 개체성을 잃으며 그 속으로 녹아들어가는 것으로서의 바다.[83]

각각의 존재자는 그때마다 대상으로서의 규정성을 갖는다. 존재자의 존재는 그 규정성으로 회수되지 않는 미규정성이고, 거기에 함축되어 있는 수많은 규정가능성이다. 존재자의 개체성이 소멸되고 또한 발원하는 존재 자체는 어떤 규정도 갖지 않기에 무규정적이다. 이때 무규정성의 '무'는 아무 규정 없이 텅 비어 있는 무, 공백으로서의 무가 아니라, 규정성을 잃은 수많은 것들이 뒤섞여 무엇이 될지 모르는 채, "자유자재로 변환할 수 있는" 요소가 되어 뒤섞이며 "유영"하고 있다는 점에서 수많은 규정가능성을 갖는 무라고 해야 할 것이다. 4·3의 바다(2부 2편) 또한 그러하다.

바다는 모든 존재자의 '고향'이다. 그러나 바다 건너에 고향을 두고 온 이가 많고, 따라서 고향을 찾아 바다를 건너가려는 이가 많다. 하지만

고향이
바다 건너편에
있는 자에게
어느새
바다는
소원으로 밖에

---

83. 개별 양태들 모두가 그로부터 연원하고 또한 그 속으로 사라져가는 스피노자의 실체 또한 이와 동일한 의미를 갖는다. 그 이전에 모든 존재자는 '하나'임을 강조하면서 둔스 스코투스 또한 개체성을 넘어선 존재 자체의 일원성을 주목한 바 있다. 들뢰즈는 여기에 니체의 영원회귀를 추가한다. 양태들에 의해 변화하는 실체로서, 모든 양태를 하나의 동일한 것으로 되돌아오게 하는 것으로서의 영원회귀(들뢰즈, 『차이와 반복』, 김상환 역, 민음사, 2004, 212쪽).

남지 않는다.(93)

이에 대해 다르지만 비슷한 얘기를 두 번 할 수 있다. 먼저, 소원이란 건너편으로 가고자 하는 마음이고 이쪽 편에 없는 것에 대한 향수(鄕愁)다. 이런 향수는 바다를 건너가면 도달할 수 있는 귀향을 꿈꾼다. 이런 귀향의 꿈이나 그것을 낳는 향수에 대해 시인은 적지 않은 위화감을 갖고 있다. "고향을 바다 건너편에 두는" 것과 반대로 여기서 시인은 고향이란 바다라고 말한다. 2부 1편의 마지막 시구다.

내
고향이
폭파된
팔월과 함께
지금도
남색
바다에
웅크린 채로 있다.(92-93)

고향이란 존재의 빛이 따사하게 비추어드는 편안한 땅, 그 땅에 있는 '숲속의 빈터(Lichtung)'가 아니라 실패한 꿈을 안고 죽은 듯 잠들어 있는 차갑고 어두운 바다 속에 있는 것이다. 그래서 소년은 해안가에 떠오른 아버지가 아니라 잠겨 있는 아버지가 있는 곳으로 내려간다.

다음으로, 소원이란 결여된 것에 대한 바람이고 그런 결여의 음각화다. 건너편에 있는 것을 얻고자하는 소원이란, 그런 결여를 드러내 줄뿐이다. 그것은 잘해야 소원이 바라는 자리를 찾아 하나의 자리에서 다른 자리로, 하나의 '거기'에서 다른 '거기'로 옮겨 다닐 뿐이다. 그런 옮겨 다님은 아무리 많이 반복해도 존재를 향해 한 발자국도 나아가도록 해주지 못한다.

존재자 사이를 옮겨 다닐 뿐이다. 존재 자체를 향해 간다는 것은 그런 결여의 대상을, '없는 것'의 대체물을 찾아가는 운동이 아니라, '있음'을 향해가는 것이다. 존재의 무규정성 속에서 생성되는 변환의 지대로 가는 것이며, 그것을 통해 '숨 쉬지 못하는' 세계와 다른 종류의 세계를 유영하는 것이다. 도달하는 데 실패한 '건너편' 대신 다른 건너편을 찾는 게 아니라, 실패의 심연 속으로 들어가는 것이다. 하나의 존재자에서 다른 존재자로 건너뛰는 게 아니라, 차라리 죽음이나 절망처럼 보이는 어둠 속으로 들어가는 것이다. 개체성이 사라진 존재 자체로 들어가는 것이다.

4·3의 소년이 그렇다. "줄줄이 묶여 / 결박된 / 백의의 무리"를 잡아먹고 "납죽 엎드려 / 웅크린 / 아버지 집단"(98)을 삼킨 것은, 우키시마마루처럼 역시 바다다. 바다는 건너려는 자들 뿐 아니라 봉기한 자들도 집어삼킨다. 모든 개체성을 집어삼킨다. 그런 소년에게 "밤의 / 장막에 에워싸여 / 세상은 / 이미 / 하나의 / 바다다."(100-101) 물론 이때 바다는 존재의 장이 아니라 한 세계다. 그 세계 안의 한 장소다. 사람들을 죽여 매장하는 세계, 죽은 이들의 흔적을 지워버리기 위해 그들을 매장해버리는 장소다. 어둠 또한 무규정성의 어둠이 아니라, 적대와 죽임, 은폐와 매장의 절망적 어둠이다. 세계의 일부인 바다와 존재의 장인 바다는 그렇게 다르다. 하지만 소년은 매장의 장소인 바다에서 그와 다른 바다를 본다. 무참한 시체들을 삼키고 조용해진 바다, 파도마다 다른 물결로 이는 바다.

석양빛에
서성대던
소년의
눈에
물밀 듯이
밀려들어
주옥(珠玉)과 줄지어 선 것은

이미 바다다.(94)

바다가 이리 다르게 보인다면, 이 바다에서 소년이 보는 어둠 또한 달라진다. 절망의 어둠을 더 밀고 들어갈 때 보이는 존재의 무규정적 어둠. 이는 차라리 절망마저 눈 돌리지 않고 직시할 수 있는 자만이 볼 수 있는 어둠이다. 아예 다른 종류의 어둠이다. 그렇게 바다는 "소년의 / 작은 가슴에서 / 부글부글 / 깊어져" 간다(95). 그 바다에서 떠올라 해변으로 밀려온 "불어터진 / 아버지를 / 소년은 / 믿지 않는다."(101) 그런 아버지를 비추는 빛에 현혹된 삶이란, 어둠조차 분노의 힘에 사로잡힌 원한으로 채색해버리거나, 두려움과 절망에 반사된 빛으로 지우려 하기 십상이다. 소년의 눈은 불어터진 아버지를 비추는 빛을 따라가는 대신, 그 아버지를 다시 바다 속에 묻는다. 그 아버지를 따라 바다 속으로 들어간다.

바닥에
웅크린
아버지의
소재(所在)에
바다와
융합된
밤이
고즈넉이
사다리를
내린다.(95)

그 밤의 어둠 속에서, 아버지는 시체와 같은 규정성을 벗고, 아버지를 죽인 사건과 더불어 잠재적인 것 속으로 녹아들어 간다. 소년도 그렇다. 죽인 몸뚱이를 "두 번 다시 / 질질 끌 수 없는 / 아버지의 / 소재로 / 소년은

/ 조용히 / 밤의 계단을 / 바다로 / 내려간다."(101-102)

2부의 1, 2편에서 시는 우키시마마루와 4·3이란 사건을 바다 속에 묻고, 스스로 그 바다 속으로 내려가는 존재론적 잠재화의 길을 따라간다. 사건의 규정성이 지워지는 그대로 바다 속에 묻고, 그 안에서 진행될 '변환'이 유영하도록 한다. 그래서일 텐데, 2부 1, 2편에선 '나'라는 대명사가 거의 등장하지 않는다. 시인 자신과 매우 인접해 있는 '소년'이 등장하지만, 1인칭 아닌 3인칭의 자리에 있다. '나'의 판단이나 행동보다는 '바다' 자체가, 존재 자체가 주연으로 등장하게 하고자 함이다. 이럼으로써 모든 존재자들, 그 개체성을 삼켜버린 바다, 모든 존재자의 규정성을 삼켜버린 존재 자체가 시의 중심이 된다.

2부의 3편과 4편에서도 중심은 여전히 바다다. 3편에서 '나'는 두어 번 나오지만 시적 서사의 중심은 아니며, 그나마 비판적 거리를 둔 서술대상이다. 4편에서는 '그'라는 인물이 서사의 중심에 있고, '나'는 그 인물의 말이나 생각을 표현하기 위해 등장할 뿐이다. 모두 전체 시를 끌고 가는 '나'와 먼 인물이다. 그마저도 우키시마마루를 고철로 팔아먹기 위한 인양으로 소란스러워진 바다를 묘사하기 위한 것이다.[84]

좀 더 중요한 차이는 3, 4편의 바다가 1, 2편에서 다룬 존재 자체로서의 바다, 존재의 일원성을 표시하는 바다와는 아주 다른 종류의 바다란 사실이다. 3, 4편의 바다는 생활의 장으로서의 바다 내지 계산적인 영유의 대상으로서의 바다, 결국은 그런 계산과 영유를 위해 세계 속으로 편입된 바다다.

84. 이렇게 끌어올려진 바다를 '타자의 부상'이라고 해석하는 경우도 있는데, 그렇게 인양되어 떠오른 것이 '타자'라면 그 타자는 생활과 계산의 장 속에서 규정된 대상에 불과하다고, 타자성을 잃은 대상이 되었다고 해야 한다. 즉 그런 '부상'으로 타자의 '타자성'은 떠오르지 않는다. 이 시는 이를 두고 오히려 죽음마저 빼앗는 것이라고 쓴다는 점에서 이처럼 인양을 두고 '타자의 부상'이라는 긍정적 의미를 부여하기는 어려워 보인다.

1, 2편의 바다가 세계 바깥의 어둠이라면, 3, 4편의 바다는 세계 속으로 들어간 바다, 세계로서의 바다다. 따라서 2부의 전반부와 후반부는 그 두 바다 사이의 간극에 대해 쓰고 있다 하겠다.

3편은 바다의 깊은 한숨에 대한 인상적인 시구로 시작한다.

> 바람은
> 바다의
> 깊은
> 한숨으로부터
> 새어나온다.(102)

그 뒤에 씌어진 3, 4편의 시는 그 한숨의 이유에 대한 것이다. 먼저 3편. 다시 바다다. 허나 4·3의 사람들이 가라앉은 바다가 아니라, 그들이 가라앉고 난 뒤의 바다다. 먹고살기 위한 생계의 장소가 된 바다. 1부에서도 그랬지만, 먹고사는 문제는 지렁이가 되어도, 가족들이 억울하게 죽어도 어쩔 수 없는 것이다. 4·3의 제주도 역시 그랬을 터이다. "제주해협은 / 이미 하나의 / 활어조(活魚槽)"(103)가 되었다. 생선을 잡아두는 곳, 혹은 생선을 잡아 올리는 곳. 그리고 그들을 다그쳐 얻어낸 "공출 / 생선과 함께 / 사육되는 / 생명이 있고", 고기를 낚는 바늘에 걸린 "동족의 산제물이 있다"(104). 매장된 시체의 "인육 / 먹이에 익숙해진 / 생선"(104)이 있고, 그런 생선을 먹는 인간이 있다. 그것들이 뒤섞인 세계가 바다의 인근에 수립된다. 그것은 더 이상 밤과 같은 존재의 장이 아니라 대낮의 불빛으로 쫓고 쫓기며 사는 '세계'다. 죽은 자들은 그렇게 장지마저 빼앗긴 것이다. 이를 아는 이들은 그렇게 "강탈당한" 죽은 자들의 "장지를 / 은밀히 / 활어조 속에"(105) 다시 만든다.

"봉우리마다 / 봉화를 / 뿜어 올려 / 잡아 찢겨진 / 조국"(109)의 신음소리를 지우고 단독정부 수립에 던져진 "죽음의 백표(白票)"(107)로 만들어진 조국 또한 그러하다. "자신과 / 조금도 / 상관없는 곳에서 / 소생했다고 하는 / 조국을 / 모두 / 어찌 / 그리 쉽게 / 믿었던 것인가?!"(111) 그런 식으로 바다도, 조국도 공출과 투표로 상징되는 생존의 세계 속으로 편입된다. 그렇게 우리는 "세계로 이어지는 / 바다에서 / 탈색되어 간다."(113) 그렇게 끌어올려진 세계 속에, 그 세계 속에 편입된 바다에 존재는 더 이상 없다. 존재의 바다는 더 깊숙이 심연 속으로 숨을 뿐이다. 이 두 바다의 간극에서 깊은 한숨이 바람이 되어 새어나온다. 2부의 제목 그대로 "바다울음(海鳴)"이 되어 나오고 있는 것이다. 폭풍의 전조 같은, 대지를 울리는 메아리가 되어 나오고 있는 것이다. 시인은 두 바다의 틈새에서 나오는 그 울음소리를 받아쓰고 있는 것이다.

4편의 바다는 다시 우키시마마루가 잠들어 있는 바다다. 조선전쟁으로 고철 값이 올라가면서, 가라앉아 있는 우키시마마루의 선체를 인양하는 작업으로 바다는 '세계' 속으로 끌어올려진다. "심연의 바다 속에 가라앉아 "자유자재로 변환할 수 있는 유영"의 꿈을 "이 무슨 안타까운 / 폐어의 유장함"이냐고 비난하며, "바다 그 자체의 영유야말로 / 내 간절한 바람이다!"(117)라고 하는 이들, 그들에 의해 바다는 돈과 계산이 지배하는 세계 속으로 편입된다. "실러캔스의 / 고립된 평안이 / 고요히 / 바다 속 깊은 곳으로 처박힌다."(116) 바다를 파괴하는 "올곧게 뻗은 직선"의 폭력이 고요한 바다 속에 머물러 있는 우키시마마루를 겨냥한다. 바다를 "사냥감이 있"는 사냥터로, "이미 광산으로 바뀐 / 고래의 거처"(119)로 바꾸어놓는다. 심지어 그렇게 인양된 고철이, 바다 건너 동족을 향한 포탄이 되어 날아간다고 해도 "바다 저 멀리 / 건너편의 일"(119)이니 무슨 상관이랴. "철로 된 관마저도 / 벗겨내는 / 생계의 어금니에"(122), 그들이 던져 넣은 다이너마이트에 "섬광 가운데 사라진 / 출항이 / 다시 만난 / 불의 번쩍임"(122)으로 다시 죽는다. 물속에서 퍼붓는 "기관총의 반향에", "궁지에 몰린 / 죽음의 항적"(123)마저 부서져 사라진다. 이렇게 분열된 바다, 그 분열의 간극에서 시인은 다시 깊은 한숨 소리를, 바다의 울음소리를 듣는다.

그래서였을까? 우키시마마루의 "떠오르지 않는 죽음을 / 확실한 / 고국의 / 고동을 향해 / 흩날"(124)리는 것에서, 그리고 "소리에 매료된 / 물고기떼처럼 / 위도를 넘는 / 배가 있는 곳으로"(123) 사람들이 몰려드는 것에서, 시인은 또 다른 사건의 반복을 예감한다. 바다 건너편에서 고향을 찾는 이들을 보는 "흐린 망막에 어른거리는 것은 / 삶과 죽임이 엮어낸 / 하나의 시체다."(124) 그 불길한 예감 속에서, 우키시마마루의 기억으로 "도려내진 / 흙과 깊은 곳을 / 더듬어 찾는 자신의 형상이 / 입을 벌린 채로 / 산란(散亂)하고 있다."(124) 이 "허공에 매달린 / 정체(正體) 없는 / 귀로"(125)를 기다리는 것과는 다른, 분단을 넘는 길을 찾고자 하는 것은 이 때문이었을 것이다.

8. 나와 세계의 어긋남

『니이가타』 3부 또한 1부에서처럼 존재자의 어긋남을 다룬다. 그러나 1부에서는 그 어긋남이 흔한 말로 '나'의 내면에서 발생한다면, 3부에서는 '나'의 내면과 외면 사이, 혹은 '나'와 세계 사이에서, 정확하게 말한다면, '나'와 타인 사이, 나를 보는 '나'의 시선과 타인의 시선 사이에서 발생한다. 1부에서 존재자의 어긋남은 '나'와 욕망의 간극으로 인해 발생했다면, 3부에서 그것은 나와 세계의 어긋남으로 인해 발생한다. 내가 속한다고 믿었던 세계로부터의 거절에서 발생한다. 그것은 '내'가 속한 두 세계의 어긋남이기도 하기에 '세계의 어긋남'이라고 명명해도 좋을 것이다. 이러한 어긋남은 '분단'을 존재론적 문제로 사유하게 한다. 이로써 분단을 넘는 것 또한 지리학은 물론 지질학을 넘어 존재론적 차원에서 사유해야 할 문제임이 드러날 것이다.

3부 1편은 귀국선을 둘러싼 세계를 매우 진중하게 서술한다. 귀향하려는 이들의 마음이 우수 어린 묵직한 문체로 묘사된다. 귀국선은 "어둠을

/ 밀어올리고 / 솟아오르는 위도를 / 넘어오는 배"(132)다. 일본에서의 "환영받은 적 없는 / 미천한 자로서의 날들이 / 흘수선에서 거품과 함께 산산이 흩어지"게 하리라는 어떤 희망을 품고 '강남'을 향해가는 꿈의 제유, 그게 귀국선이다. 거기에는 돌아갈 고향의 그리운 대기가 감돌고 있다.

버드나무 산들거림에도
머무는 노래를
고향이라고 하자.(138)

합일된 세상, 조화로운 삶의 소망을 담은 조국의 손짓이 있다.

자비에 기대
사는 삶이 아닌 나라를
조국이라고 부르자.(138-139)

"수확[이] / 말라죽기 전의 / 푸르름일 뿐"인 적대적인 세계에서 "네이팜탄에 숯불이 된 마을을 고치고"(135) 싶다는 전사의 욕망이 거기에 있다. 그 전사의 욕망을 부르는 건, "소곤거리는 단란함에 / 불을 붙이는 것은 / 장백산맥을 재빨리 빠져나간 / 빨치산의 / 불이다. / 칠흑 같은 어둠에 / 길을 제시했던 / 그분의 숨결"이다(139). 그 소망들을 당기는 힘은 "공화국의 / 밤을 점유하고 있는…… / 자기(磁氣)의 / 눈동자다."(140) 그런 것들이 모여 만들어진 귀국선은 "갇혀 있는 / 위도에 / 도전하는 침로"(140)를 표시한다. "가로막는 / 바다의 / 간격을 / 꿰뚫고 나간 / 사랑이 / ……펄럭대는 / 증거"와 같은 조국의 깃발을 달고 "배가 / 육박해온다."(142)

바다 건너에 고향을 둔 사람이나 귀국에 대한 앞서의 거리감을 생각하면 이는 의외의 시작이다. 왜 이렇게 시작하는 것일까? 북조선에 대한 동경으로 피어난 빨치산의 불을 아직 못 잊었기 때문일까? 하지만 이미 '총련'과의 갈등은 시집의 출판을 접어야 할 정도였고, 총련을 지도하는 공화국이 그저 빨치산의 그분을 보며 동경할 대상이 아님을 잘 알고 있지 않았던가? 아니면 귀국선을 타려는 이들의 안타까운 소망을 잘 알기 때문일까? "항상 고향이 바다 건너편에 있는 자"의 소원에 대한 거리감이 있었지만, 시인 자신 또한 살아야 했던 "환영 받은 적 없는 비천한 자의 '날들"을 안다면 이는 설득력이 있다. 그렇다면 3부 1편의 비감 어린 어조는 귀국선을 타는 이들의 심정을 누구보다 잘 알기에, 귀국운동에 대해서 공감하고 있는 이의 시점에서 쓰고 있는 것이라 하겠다. 귀국운동의 '세계'는 동포들의 세계, 또한 자신이 속해 있는 세계인 것이다. 뒤에 이어지는 내용은 모두 '내'가 속해 있는 이 세계 안에서 일어나는 일이다. 비록 그것이 갈등이나 분열의 양상으로 전개되긴 하지만, 그것조차 귀국운동을 바깥에서 보이는 대로 쉽게 던지는 비판이 아니라, 그 내부에서 스스로 따라간 궤적이라 해야 한다. 그 뒤에 제시되는 귀국운동 비판조차 공감과 거리감 속에서 진행되는 내재적 비판이라 해야 한다.

3부 2편은 그렇게 설정된 지평 안에, 아주 곤혹스런 에피소드를 끌어들인다. '나'는 길모퉁이를 돌면서 일본 형사에게 미행당하고 있음을 확인하게 된다. 곤경 속에서 '나'는 형사를 재일조선인 거주지로 유도한 뒤 거꾸로 동포들 앞에서 그의 정체를 폭로하곤 그를 공격한다. "개다!"(147) 그러나 그가 '개'임을 폭로한 대가로 '개장'이라도 얻어먹을 줄 알았으나("나는 당연한 / 보수를 기다리며 말했다. / '여름엔 역시 개장이지요."(147)), 옆에 있던 동포 아주머니의 대응은 썰렁하다. "아저씨, 이 녀석도 개라고!"(148) 심지어 나중에는 동포들에게 두들겨 맞으며 또 하나의 '개'가 되고 만다.

> "이 녀석은 빨갱이(赤狗) 중에서도 잔챙이네!"
> (중략)
> "이 개는 우선 그렇지"

잔챙이, 우선 그래, 잔챙이구먼……(150-151)

사태가 이리 반전되는 계기는 조선인들에게 사로잡힌 상황에서도 집요하게 신원을 묻고 '확인'하려는 그의 취조에 '내'가 했던 답변이다. "한국은 싫고 / 조선은 좋"(148)지만 "그렇다고 해서 / 지금 북선으로 가고 싶지는 않다. / 한국에서 / 홀어머니가 / 미라 상태로 기다리고 있기 때문이다. / ……심지어 / 나는 아직 / 순도 높은 공화국 공민으로 탈바꿈하지도 못했다~~"(149) 동포들 옆이기에 순순히 털어놓은 얘기였지만, 역으로 이 때문에 아저씨의 몽둥이는 취조하던 형사를 치다가 내 머리에 날아든다. "이놈은 빨갱이(赤狗) 중에서도 잔챙이야!"(150) 유창한 조선어를 구사하는 동포의 구두에 걷어차인다. 이걸 보고 그 형사는 서투른 조선어로 '나'에게 말한다. "내가 오히려 낫다"(151)고.

아주 유머러스한 문체로 씌어진 이 씁쓸한 이 이야기는 '내'가 속해 있음을 의심치 않은 동포들의 세계에서 당혹스럽게도 '내'가 일본 형사와 다르지 않은 '개'가 되는 사태를 요체로 한다. '나'를 충분히 잘 이해해줄 거라고 믿었기에 적을 끌고 들어갔던 동포들의 세계에서 '개'가 되어 적과 같이 두들겨 맞는 황당한 사태. 여기서 '나'는 자신이 속해 있던 세계로부터 쫓겨난다. 자신이 속해 있다고 확고하게 믿었던 세계로부터 거절당한다. '내'가 속한 세계와 '나'의 어긋남이 확연하게 드러난다. 이는 귀국심사를 받는 3편에서도 반복된다. "나야말로 / 틀림없는 / 북의 직계"(160)라고 믿고 있었지만, 거기서도 '나'는 귀국심사장으로 요약되는 세계로부터 거절당한다. 내가 속한 세계와 '나'의 어긋남.

이 어긋남은 단지 귀국심사하는 사람들이나 심사하는 국가인 북조선과의 어긋남만은 아니다. 그것은 3부 1편에서 진지하게 묘사했던 세계, 자신이 동의했고 자신이 속한다고 믿었던 귀국운동의 세계, 재일조선인의 세계와 자신의 어긋남이다. 이 시집을 두고 말하면, 3부 1편의 '세계'와 이 3부 3편의 어긋남이다. 이는 3부 1편과 3부 2편의 어긋남이 유사한 양상으로 반복된 것이기도 하다. 1편의 우수 어린 서정적 묘사와 2편, 3편의 블랙유머가 섞인 사건적인 서사 간의 문체적 대비는 이런 어긋남과 상응하는 표현형식이다.

사실 '종족검정'(2편)이나 '귀국심사'(3편)나 신원을 묻고 확인하는 절차란 점에선 전혀 다르지 않다. 신원을 묻고 따지는 타인의 눈을 통과할 것을 요구받는 자리다. 그들이 속한 세계와 '내'가 적절하게 합치할 수 있는지를 묻는 장이다. 종족검정의 자리와 마찬가지로 "가능한 한 보기 좋게 한 꾸밈만이 내 실속"(161)이 되는 장이다. 신원을 묻는 자가 일본인인지 북조선인인지는 그 점에서 보면 차라리 부차적이다. 본질적인 것은 그들이 속한 세계에 들어가기 위해 그들의 눈을 통과해야 한다는 사실이다. 그들의 심문은 '내'가 실제로 어떤 사람인지가 아니라 자신들이 요구하는 규정성에 '내'가 합치하는지를 묻는 것이다. 그것만이 그들의 관심사다. 따라서 그들의 눈에 '나'는 '개'가 아닌지 의심하며 관찰해야 할 대상일 뿐이다. 그렇기에 심사자의 시선은 권력을 함축하고 있다. 그들의 시선에 맞출 것을 요구하는 권력이. 그것은 맞지 않았을 때 거절하고 배제하는 절단의 힘을 행사한다. 그 거절의 가능성이 그들의 시선에 맞추려 하게 한다. 세계는 내게 이런 시선의 권력을, 자신이 요구하는 규정성에 '나'를 맞추도록 요구하는 권력을 갖고 있다. 이 점에서 종족검정과 귀국심사는 동형적이다.

귀국심사장에서 '나'는, 이전에 신원을 캐는 형사에게 답하던 것을 듣고 '개'로 기억하고 있던 한 동포의 폭로로 다시 '개'가 된다.

> 이놈!
> 개와 착각한
> 그 녀석 아니야!(159)

이처럼 반복되어 사용되는 '개'라는 말은 신원을 확인하려는 자의 눈에 비친 '나', 그들의 세계 안에서 '나'에게 붙는 거절의 딱지다. 그렇게 '나'는 내가 속해 있다고 믿었던 두 세계에서 반복하여 '개'가 되었다. 아니, 하나의 세계라고 해야 할까?

그렇다면 이런 시선은 동포들이나 내가 일본 형사를 보는 시선과 얼마나 다르다 해야 할까? '우리' 역시 그를 '개'가 아닌가 확인하려 하지 않는가? 그런 점에서 보면 형사의 신원을 재일조선인들 앞에서 폭로한 '나'의 시선 역시 '내'게 질문하던 형사의 시선과 다르지 않았던 것이다. 그렇기에 내가 그를 '개다'라고 했던 것과 동포들이 나를 '개다'라고 한 것은 사실 대칭적 동형성을 갖는다. 나 역시 그런 식으로 동포들의 세계로부터 그를 '종족검정'을 통해 축출하려던 것이었으니. 거기에 폭력마저 동반한 권력이 있었음도 다르지 않다.

물론 형사는 '개'란 말로 자신을 내친 재일조선인의 세계를 믿은 적이 없고, 그 세계 속에 들어갈 생각 또한 없었기에, '개'란 규정에 곤혹스러워하지 않는다. '나'는 그렇지 않다. 그래서 개가 된 '나'에게 말한다. "내가 오히려 더 낫다."(151) 그렇지만 그가 어떤 이유로 자신의 동포들에게 신원확인을 받아야 하게 되었을 때, 그 곤혹스런 '개'가 되는 처지를 언제나 면할 수 있을까? 자기와 세계 간의 어긋남을 언제까지 피해갈 수 있을까? 그는 그럴 수 있으리라 믿고 있을 것이다. '내'가 동포들에 대해 그랬던 것처럼. 다른 이들은 어떨까? 나를 두들겨 팼던 그 동포들은? 그들 또한 그럴 것이다. '내'가 동포들에 대해 그랬던 것처럼.

따라서 '개'란 세계가 나에게 부여하는 규정과 내가 보는 나 사이의 거리를 표시하는 말이기도 하다. 세계와 나의 어긋남, 타인들의 시선과 나 자신의 시선의 어긋남을 표시하는 말이기도 하다. 근본에서 본다면, 세계 안에서 타인들의 규정으로부터 거리를 느끼지 않을 수 있는 이가 있을 수 있을까? 모든 이에게 언제나 충분히 이해되는 삶을 사는 이가 있을까? 그럴 것 같지 않다. 아니, 다시 물어야 한다. 그런 규정, 그렇게 규정하는 세계와의 어긋남이 없음을 다행이라 여겨야 할까? 그것은 타인들의 눈, 세계가 요구하는 규정에 매여 살고 있음을 뜻하는 것인데? 물론 혼자 살 수 없는 일이니, 어떻게든 세계 속에서, 세계-내-존재가 되어 그들의 규정에 맞추어 사는 것은 피할 수 없다 하더라도 말이다.

그러나 이 시집에서 문제는 이른바 '소외론'을 떠올리게 하는 그런 일반적 어긋남이 아니다. 재일조선인에게 '개'라고 규정된 형사는 그것에 크게 개의치 않았듯이, '나' 또한 형사가 '개'라고 했어도 크게 개의치 않았을 것이다. 자신과 맞선 세계, 자신의 속하지 않은 세계로부터라면, '개'라는 규정은 별 문제가 되지 않는다. 거기서 발생하는 어긋남은 당혹이 아니라 대결의 이유가 된다. 반면 내가 속한 세계, 내가 속해 있다고 믿는 세계로부터 그런 규정을 받게 되면 아주 곤혹스럽고 때론 경악스럽다. 2편에서 동포에게 맞으며 개가 된 사태도, 귀국심사장에서 다시 개가 된 사태도 모두 그렇다.

자신이 속해 있다고 믿는 세계로부터 거절당할 때, 우리는 나와 세계의 어긋남을 경험한다. 이 역시 '나'라는 존재자를 둘러싼 어긋남이지만, 1부에서의 그것이 '나'의 욕망에 따라, 속하고 싶지 않은 세계로 끌려들어가며(거머리, 빨리 싸는 놈) 발생한 어긋남이라면, 여기 3부에서의 그것은 내가 속하고 싶은 세계가 나를 거절하며 발생한 어긋남이란 점에서 다르다. 전자가 '나'라는 존재자 안에서 발생한 어긋남이라면, 후자는 세계와 나 사이에서 발생한 어긋남이다.

'나'도 그 세계에 들어가려면 어떻게 해야 하는지 안다. '내'가 바라는 전리품을 교묘히 가로채기 위해선 "손쉽게 일본명을 꿰매고 / 은단 하나를 / 입에 물면" 된다(163). 그들이 요구하는 바에 맞도록 적절히 꾸미면 된다. '나'의 분신인 3부 3편의 '그놈'이 바로 그렇다. 적절한 '꾸밈만이 실속인' 삶을 살려는 욕망이 만들어낸 분신이다. 그러나 "금리의 귀신 / 월부조차 / 화려한 사랑을 알선"하고 "실체마저도 / 만들어서 / 레디메이드에 / 맞추는" 이 "위조품이 남아도는 나라"(162-163)에서 하던 짓을 계속할 순 없지 않는가! 그렇기에 귀국심사장에서 비슷한 처지인 것처럼 보이는, "울적한 듯이 올려다보기만 하는 / 소녀"를 보곤, 그놈 또한 "기를 쓰고 일어서"길 단념한다(162). 그놈 또한 타인들의 시선에 맞추어 "가장하는 날들을 괴로워"(164) 했었으니까.

자신이 속한 세계의 거절 앞에서 '나'는 그놈이 흔히 가던 길과 반대로 간다. 나에 대한 세계의 규정에 맞추어 그 안으로 다시 들어가지 않고, 그 세계에 등을 돌린다. 그들이 원하는 '대상'임을 증명하려 자신을 꾸미거나 과시하기보다는, '거기'에는 내가 없다고, '거기'에 나는 존재하지 않는다고 하며 그 어긋남을 받아들인다. 그 세계가 요구하는 '대상'이 되기를 중단하고, 거기 없는 나의 '존재'를 향해 세계로부터 빠져나간다.

이런 점에서 '나와 세계의 어긋남'은 '존재자의 어긋남'에 비해 존재론적 어긋남에 훨씬 가까이 있다. 존재자들의 세계로부터 존재 자체를 향해 눈을 돌려 자신의 삶을 바꾸어가려는 사유를 존재론이라고 한다면, 존재론이란 거절당한 자들의 것이다. 어떤 세계-안에-있는-자들이 아니라 세계-바깥에-사는-자들의 것이고, 자신이 속한 세계에서조차 거절당하는 자들의 것이다. 거절 속에서 드러난 어긋남을 긍정하며 그 어긋남 속으로 들어가는 자들의 것이다. 스스로 자신이 속한 세계 바깥에 살고자 하는 자들의 것이다.

1부가 존재자의 분열로부터 시작해 분화와 분열 이전으로, 번데기와 조약돌로 잠재화의 선을 따라 거슬러 갔다면, 3부는 소속해 있던 세계(1편)로부터 거절당하며(2편, 3편) 그 거절을 따라 더 멀리 내려간다. 심연 같은 존재를 향해 간다. "내가 나일 수 있는 방법"(166)을 찾아 간다. 그들의 시선을 먹으며 사는 '그놈'이 되어 세계 속으로 돌아가는 게 아니라, 나의 존재에 충실한 '나'를 따라 세계 바깥으로 나간다. 이는 '나=나'의 동어반복 속에서 그들이 보는 나(me)와 내가 보는 나(I)를 일치시키며 자신의 '정체성/동일성(identity)'을 찾아가는 길이 아니라, 그들이 보는 나와 내가 보는 나의 어긋남 속에서 그들이 보는 나를 던져버리고 나도 모르는 나의 존재를 향해 나를 밀고 가는 것이다. 정체성이 와해되며 나타나는 어둠 속으로 밀고 들어가는 것이다. "그 그놈에게 / 축하를 한다니! / 버려진 나를 / 버린다는 것인가?!"(164) 거절당해 버려진 '나'를 버리고, 세계-속의-나인 그놈이 되고자 한다면, 그것이야말로 '개'가 되는 길일 것이다. 멋진 개, 남들 눈에 쏙 들어가게 잘 차려입은 개가.

내가 나일 수 있는
방법은 하나.
생애를
표리관계로
결합돼
우쭐해 하는 놈의
철저한 부담이
나라고 하는 것.
놈보다 조금
내가 무겁고
웅크리지 않으면
안절부절못하는 높이에
버티고 있는 내가 있고
다른 사람들 반의 노동에
배나 되는 피곤함으로 구역질을 해대는
그러한 불손함을 잔뜩 몸에 익히는 것이다.(166-167)

이런 불손함을 통해 당신들이 보는 나, 당신들이 생각하는 규정 속에 나는 없다고, 당신들의 세계가 요구하는 나의 자리에 나는 없다고 말하려는 것이다. 거절 앞에서 당당한 그 불손함으로 그들을 불안하게 하는 '불온한 것'이 되는 것이다.

9. 존재론적 분단, 혹은 분단의 존재론

나와 세계와의 어긋남은 이렇게 존재론적 어긋남에 대한 자각으로 넘어간다. 그러나 사태가 언제나 이렇게 쉽지만은 않다. 자신의 존재와 세계와의 어긋남을 경험하는 경우는 많지만, 거기서 존재 자체에 눈을 돌리는 존재론적 어긋남의 자각으로 나아가는 경우는 많지 않다. 왜 그럴까? 좀 더 근본적인 문제는 이렇게 세계와 나 사이의 대립을 설정하는 순간, 세계-속의-나와 대비되는 '진정한 나'를 찾아가는 '소외론'의 드라마로 되고 마는 건 아닌가 하는, 네리다라면 필경 '현존의 형이상학'이나 '음성중심주의(phonocentrism)'라고 비판했을 함정이 기다리고 있다는 사실이다. '정체성'의 드라마와 더불어 가장 빈번하게 빠지는 함정이다. 하지만 이 시는 피했다 싶어도 어느새 다시 기다리고 있는 그 함정을 향해 가지 않는다. 그것은 세계-속의-나 반대편에 '진정한 나'가 아니라 캄캄한 심연이 있음을 잘 알기 때문이다. 존재는, 존재자의 존재 또한 진정한 나가 아니라 '나'마저 없는 어둠임을.

다시 3편, 귀국심사장이다. 자신을 "쓸 수 있는 세계", 자신을 필요로 하는 세계의 부름에 답하라는 요구, "여기[일본]에 / 네가 / 머무는 한"(154) 적들의 껍질에서 탈피했음을 증명할 수 없을 거라는 촉구에 응해 "의기양양한 얼굴의 / 그놈이 / 그래도 나를 / 빠져나간다."(154) 이는 단지 헛된 가상을 추구하는 삶은 아니다. 자신을 불러주는 세계 속으로 들어가려는 욕망은 '나' 자신의 욕망이기 때문이다. 그렇기에 그런 "출발이" 자신을 필요로 하는 요구에 "대답이 된다면 / 놈의 혼담(魂膽)도 / 하나의 결과"(154-155)일 거라고 믿어준다. 사실 그놈 아닌 '나' 역시 귀국이란 자신이 소중하게 여기는 "가치를 / 믿는 자들을 위[해] / 변혁"하는 것이고, 그런 만큼 자신이 가장 유창하게 일할 수 있는 '사회주의에 특기'를 제공하는 것이라고 믿고 있다.(155) 꾸밈조차 "허식이 아니라 / 풍족한 삶을 / 채색하는 것"이 되리라는 믿음이 "나를 계속해서 매혹하는 것이다."(155) 뿐만 아니라 "모조를 / 모조가 아니게 되는 / 창조"(156)적 능력에 대한 자부심도 있다. 소비로 유혹하는 "자본주의에서 / 영락하여 초라해진 / 자신의" 모습이야말로 사회주의적인 "흔들림 없는 순혈도(純血度)로 / 인정받아 마땅하다"(157)고 믿고 있다. 그런 점에서 귀국선을 타는 것이 "빛나는 개선"(156)이라는 확신은 그놈뿐만 아니라 '나'의 것이기도 하다.

여기서 드러나는 것은 그놈과 아주 인접해 있는 '나'의 세계다. 자신이 속한 세계, 필경 자신이 속하고자 하는 세계에 대한 확신이다. 이런 세계 속에서 살았기에, 조국이 자신을 필요로 한다는 말에 쉽게 응답하고자 했고, 그런 신념을 갖고 있기에 사회주의 사회인 조국에 돌아가는 데 아무런 문제가 없을 것이라고 믿었던 것이다. 그렇기에 "그저 / 문 하나인 / 관문에 / 기를 쓰고 분발하는 의지가 / 재어지는 것을 / 참을"(157) 수 없지만, 그들이 요구하는 '확인'에 대해 "확인이란 / 내 / 고동을 말하는 것인가 하고 / 가슴을 벌리고"(158) 선다.

그러나 심사자들에게 중요한 것은 가슴속의 고동치는 열정도 아니고, 사회주의적 신념도 아니며, 영락을 자랑삼는 순진한 영혼도, 창조적 능력도 아니었다. "개와 착각한 그 녀석 아니야!"라는 동포와의 만남으로 귀국이 실패하는 것을 보면, '북선으로 돌아가고 싶지 않아'라고 했던 말이나, '순도 높은 공화국 공민으로 탈바꿈하지 못했다'는 말이 결정적이었을 게다. "막다른 순간에 쑤셔대는 마음이 토로해 낸"(160) 말들이었는데……. 그로 인해 "나야말로 / 틀림없는 / 북의 직계다"라고 말하지만, 의심의 시선을 넘어서진 못한다. 북선에 사는 조부의 얘기를 하지만, 조부조차 충분히 알지 못하는 '나'의 삶을 그들이 알 리 없다. 대신 지렁이가 되어 배로 기어 다니다 얻은 복부의 상처와 흙먼지, '기생충덩어리' 같은 흠이나 얼룩들(158-159)이 그들의 눈에 걸린다.

앞서 귀국심사장에서 '나'와 '내'가 속하고자 하는 세계의 어긋남에 대해 썼지만, 여기서 문제되고 있는 것은 단지 '나'와 세계, 내면과 외면의 대립만은 아니다. 사실은 두 개의 세계가 충돌하고 있다. 내가 살고자 하는 세계와 내가 편입되어 들어가려는 세계가, 내가 믿는 신념 속의 세계와 '나'에게 오라고 부르는 세계가. 문제는 같은 것일 거라 믿었던 그 두 세계가 아주 다르다는 것이다. 귀국심사장에서 드러나고 있는 것은 바로 그 두 세계의 어긋남이다. "누구에게 허락을 받고 / 돌아가야 하는 나라인가"(174)라는 말이 심사자가 속한 세계와 '나'라는 존재자의 어긋남을 집약해준다면, "적체된 화물로 / 전락한 / 귀국"(175)이란 말은 내가 돌아가고자 했던 세계와 귀국선이 싣고 가는 세계라는 두 세계의 어긋남을 집약해준다.

그러나 이 양자를 얼마나 다르다고 해야 할까? '나'와 세계의 어긋남이란, 실은 신념이든 환상이든, 살아왔던 것이든 꿈꾸었던 것이든 언제나 '내'가 기대어 있는 세계와, 내게 다가오거나 내가 편입되어 들어가고자 하는 세계 간의 어긋남이라고 해야 하지 않을까? 후자가 사람과 사물이 연결되며 펼쳐져 있거나 복수의 사람들이 직조한 관계로 '실체화'되어 존재하는 반면, 전자는 '나'의 내면에 있는 것이어서 보이지 않는, 그렇기에 '나'라는 말로 쉽게 대체되어 대비되는 것일 뿐이다.

바깥에서 나를 보는 외적인 세계와 대비되는 나의 '내면', 진정한 나의 '실상' 같은 것은 없다. 과거와 현재, 미래가 섞이고, 신념과 환상이 혼합되어 만들어진 또 하나의 세계가 있을 뿐이다. 진정한 '나'의 내면으로 돌아간다고 해봐야 실제로 가는 것은 '내'가 그렇게 이것저것 섞어서 구축한 또 하나의 세계일뿐이다. 외부의 세계만큼이나 환상과 허상을 가득 포함하고 있을. 꾸밈조차 풍요를 채색하는 것이고 자본주의에서 영락한 삶을 순수함의 증거로 받아줄 것이라는 믿음뿐만 아니라, 3부 1편에서 진중하게 묘사했던, '내'가 믿고 있던 귀국운동의 세계 또한 그러하다. 진정한 '나'로, '나'의 내면으로 돌아간다는 것은 이런 점에서 하나의 세계에서 다른 하나의 세계로 이동하는 것일 뿐이다. 나와 세계의 어긋남에서 존재론적 어긋남으로 가는 대신, 다시 존재자 사이를 이동하게 되는 경우가 많은 것은,

다른 세계 사이를 옮겨 다니는 경우가 많은 것은 이 때문이다.

'나'의 존재로 돌아간다 함은 내가 '거기 있다'고 믿는 그 세계가 와해되고, '나'를 '나'라고 믿게 하는 모든 규정성이 사라질 때다. 어떤 신념이나 믿음도, 혹은 기대나 꿈마저 모두 소멸한 어둠 속으로 들어갈 때나 가능하다. 그러니 '나'의 존재로 돌아가기 위해선 무엇보다 '내'가 스스로 만든 그 세계가 무너져야 한다. 이는 쉽지 않다. 자신이 가진 모든 것이 와해되어 떠나게 될 것이기 때문이다. 존재자의 어긋남이나 나와 세계의 어긋남은 종종 보게 되는 것이지만, 그 어긋남에서 존재론적 어긋남으로 향해 나아가는 일이 희소한 것은 이 때문이다.

이 시에서 '나'는 두 세계의 어긋남으로부터 다시 '내'가 만든 세계로 돌아가지 않는다. 나를 '개'로 받아들인 동포들의 세계나 귀국심사장의 세계로부터 자신이 만든 '내면'의 세계로 돌아가지 않는다. 외면의 헛된 규정에서 내면의 진정한 본질로, '소외된 세계'에서 진정한 '나'를 찾아가는 흔한 길을 가지 않는다. 반대로 내가 진정성을 갖고 믿었던 세계가 와해되는 길로 간다. "누구에게 허락을 받고 / 돌아가야 하는 나라"와 "적체된 화물로 / 전락한 / 귀국" 앞에서, 귀국에 대한 "수요의 정도를 / 눈여겨보"곤 메기는 "귀국 짐삯"에 내비친, 사회주의 조국의 "희소가치의 인플레이션"(168) 앞에서 "마구 / 소리도 없이 / 블록으로 지은 / 성이 / 허물어진다. / 깎아지른 듯한 위도의 낭떠러지에서 / 굴러 떨어"(174-175)진다. 꿈도 희망도, 신념도 이념도 와해된다.

그리곤 그렇게 굴러 떨어진 채 "쌓여가는 나락의 날들을" 지렁이가 되어 빈모질의 꿈틀거림으로 구부러지며 기어간다(175). 광감세포를 지우고 온몸의 감촉으로 다시 만지는 암중모색을 시작한다. 다시 심연의 어둠 속으로 들어간다. 이미 지렁이와 번데기가 된 경험이 있던 '나'라도 자신이 수립한 하나의 세계가 무너지는 것은 고통스런 일이다. 그러나 나와 세계의 어긋남에서 존재의 심연으로 추락하는 것은 삶 전체를 건 필사적 비상(飛上)의 시도이기도 하다.

많은 거리의

많은 골목길에서

새 둥우리 상자 하나가

불러일으키는

가둬둔 창문의

날개소리를 아는가?!(171)

아마도 그들에게 그건 그저 새장 안의 날갯짓, 흔히 말해 '찻잔 속의 폭풍'이었을 게다. "내리꽂는 / 손가락의 / 말뚝에 가로막힌 / 그저 눈금 하나의 / 파장의 / 번민"(171)에 대체 어떤 심사자가 공명해줄 것인가. 그러나 그 거센 날개소리를 알지 못하고, 그 파장의 번민에 공명하려 하지 않는다면, 개인의 삶은 나와 세계의 분열을 넘지 못하고, 사람들의 삶은 세계와 세계의 간극을 넘어설 수 없을 것이다. 그 간극은 나와 세계의 소통을 차단하는 벽을 드러내준다. 다른 세계에 속한 자들을 분할하는 담을. 그러니, 서로에게 전하기 위한 빛과 공기의 진동을 발신하고 수신한다는 "지붕이라는 지붕[마다] / 내세운 / 말라비틀어진 소리의 / 흰 묘표(墓標)를 / 안테나라고 말하지 말아주시게."(172) 전기와 자기를 통과하며 만들어진 "부르짖음이 / 피터코일에 넘쳐나더라도" 그것은 그저 "나뉘어져 그어지는 / 대기의 충격"(172)일 뿐이다.

상이한 세계를 나누는 '분단'이란, 상이한 사람들을 가르는 '분단'이란 차라리 이것 아닐까? 남과 북을 가르고, 재일한국인과 재일조선인을 나누는 것이 아니라, 귀국하려는 마음을 누구보다 잘 알기에 망설임이 있었음에도 "북의 직계"임을 주장하며 귀국하려던 '나'와 북에서 온 이들을 가르는 것, 그들의 눈에 보이는 '개'와 쉽게 처신하려는 '그놈'조차 따라가지 못하는 '나'를 가르는 것, 자본주의에서 영락한 삶을 순혈이라 자긍하는 '나'의 세계와 귀국하려는 욕망이 크면 더 높은 짐삯을 붙이는 심사장의 세계를 가르는 것, 바로 그것이 분단 아닐까? 서로 어긋나 있는 세계, 그 세계로 분할된 사람들의 관계, 그것이 분단이다. 남북으로 갈라진 조국뿐만 아니라, 나를 개로 보는 동포들과 나 사이, 심지어 나와 그놈으로 분열된 개인의 내부에조차 분단은 있는 것이다. 이를 '존재론적 분단'이라고 하면 어떨까?

그렇다면 분단을 넘는다는 것은 그들의 허락을 받아 화물을 싣고 위도를 넘는 용이한(177) 행위가 아니라, 세계와 세계 사이에, 나와 세계 사이에, 아니 나 안에 있는 저 분할의 선을 넘는 것이라고 해야 한다. 그놈을 따라 쉽게 저쪽 세계로 넘어가는 것도, 그들이나 그놈을 욕하며 자신이 구축한 세계로 다시 돌아오는 것도 모두 분단을 넘는 게 아니라 분단된 세계 안에 갇히는 것이다. 분단도, 분단을 넘는 것도, 이제 시인에게는 모두 소위 '정치적인' 것이라기보다는 차라리 '존재론적인' 것이다. 아니, 그것은 존재론적이기에 언제나 정치적인 것이라고 해야 한다.

4부의 제목에서 "위도가 보인다"고 할 때 그가 보게 된 '위도'야말로 이런 분단의 개념에 짝한다. 위도는 분단의 선이다. 38이란 숫자를 붙여놓은 지도상의 직선이 위도라면, 해상에 그어놓은 인위적인 선이 위도라면, 혹은 땅 위에서 대치하고 있는 남북의 경계선이 위도라고 한다면, 그건 시인 아닌 누구의 눈에도 보이는 것이다. 그걸 보기 위해 굳이 니이가타에 갈 이유는 없다. 개개인마저 '재일조선인'과 '재일한국인'으로 분할해 놓은 그 위도 또한 오사카에서도, 도쿄에서도, 일본 어디에서도 이미 보이는 것 아니었던가? 그렇다면 시인이 니이가타에서 본 위도는 무엇인가? 차라리 그건 대지를 지질학적 깊이에서 분할하고 있는 포사 마그나의 단층 아니었던가?

지리학적 분단은 물론 지질학적 분단이라 해도 그것을 넘는 것은 그다지 어려운 일이 아니다. 진정 어려운 것은 있어도 보이지 않는, 하여 이제까지 보지 못했던 분단을 넘는 것이다. 세계를 가르고 사람들을 가르는 분단뿐 아니라, 나를 나 안에서 분할하는 분단을 넘는 것. 니이가타, 귀국센터의 심사장에서 그가 지울 수 없는 분명함으로 발견한 것은 분명히 존재론적 심층에 자리 잡은 바로 그 분단의 위도다. 따라서 분단을 넘는다는 것은 철망으로 그어놓은 국경을 우회하는 정치적 귀국도 아니고, 해상의 위도를 넘는 지리학적 귀국도 아니다. 지질학적 균열을 건너뛰는 상징적 행위? 그건 전혀 어울리지 않는 어린애 장난이다. 분단을 넘는다는 것은 차라리 포사 마그나의 지질학적 균열 속에 가라앉는 것이고, 그 균열을 안고 사는 것이다. 존재론적 어긋남을 사는 것이다. 그 모든 흔적을 신념으로 삼아, "도려낼 수 없는 회한을 / 말 속 깊숙이 숨기고 있"는 얼룩이[85] 되어 사는 것이다. 그 어긋남의 간극에서, 그 무규정적 어둠 속에서 새로운 길을 찾는 것이다. 현행의 세계를 벗어나 다른 세계로 가는 통로를 찾는 것이다. 그 길을 따라 "골목길 뒤편의 새둥우리 상자에 넘쳐나는"(177) 새로운 탄생을 향해가는 것이다.

그것은 어떤 것이든 필경 지금까지와 "너무나도 동떨어진 소생"(177)일 것이다.[86] 그것은 지리상의 위도를 넘는 용이함이 아니라, 차라리 그리로 가는 잔교를 흔드는 결별일 것이다. '나'는 "해구에서 기어 올라온 / 균열"(178) 앞에 멈춰 선다. 균열이 어디 거기만 있을 것인가? 균열이 있는 곳은 모두 분단의 장소다.

> 불길한 위도는
> 금강산 벼랑 끝에서 끊어져 있기에
> 이것은 아무도 모른다.(178)

분단은 어디에나 있다. 어디에서나 우리는 저 분단을, "나뉘어 그어지는 대기의 충격"을 어디서나 넘어야 하는 것이다. 많은 이들과 목소리를

85. 김시종, 「얼룩」, 『화석의 여름』(국역은 『경계의 시』, 158-159쪽).
86. "아무튼 떠나라. / 다다를 데 없는 그 지점에서 일어서라. / 그것이 소생이다."(「내일」, 『화석의 여름』; 『경계의 시』, 148.)

주고받는다는 안테나가 이 분단 앞에서 무슨 소용이 있을 것인가? 그는 차라리 거기 달라붙어 있는 벙어리매미가 되겠다고 한다.(172-173)

> 번데기를 꿈꿨던
> 지렁이의 입정(入定)이
> 한밤중.
> 매미 허물에 틀어박히기 시작한다.(176)

말하려는 의지를 접는 이 마지막 선택은 "해봐야 소용없다"는 손쉬운 허무주의나 남들의 이해를 포기하며 자기 안으로 도피하는 유아론적 개인주의와는 전혀 상관이 없다. 그것은 규정성에 가려 보이지 않는 미규정적 존재를 향해가는 것이고, 세계 속의 '거기'에 존재는 없음을 받아들이는 것이며, 그렇게 그 어긋남을 살아내려는 것이다. 그렇기에 이는 존재자에 대한 규정적인 언사들이 정작 보아야 할 것은 보지 못하게 한다는 깨달음, 때론 침묵이 말에 가려진 것에 이르는 길이라는 깨달음으로 이어진다. 『광주시편』의 다음 시구를 이런 깨달음과 이어도 좋을 것이다.

> 때로 말은
> 입을 다물고 색을 낼 때가 있다.
> 표시가 전달을 거부하기 때문이다.
> (중략)
> 의식이 눈여겨보는 것은
> 바야흐로 이때부터이다.[87]

존재론적 어긋남을 사는 것, 그것은 존재론적 깊이에서 분단을 넘는

87. 김시종, 「입 다문 말」, 『광주시편』, 41쪽.

것이다. 지질학적 균열 속에 조약돌이 되어 침잠하는 것이다. 그 분열 속에 담긴 "아우성"들을 그 돌 속에 "음각으로 새기는" 것이다. 돌이 되는 것이다. 화석이 되는 것이다. 돌 속에 "꽃잎 한 장" 같은 침묵이 되어 박히는 것이다. "그리하여 어느 날 참으로 뜻밖에" 누군가 그 "오랜 침묵을 한 방울의 목소리로 바꾸는 바람이라도 되"어 오리라는, 지질학적 시간을 버티는 아득한 소망과 함께. "생각해보면, 별인들 돌의 허상에 불과한 것."[88] 별의 반짝이는 빛 뒤의 어둠 속에 숨은, 단단한 돌이 되는 것이다.

『니이가타』의 마지막 시구.

> 나를 빠져나간
> 모든 것이 떠나갔다.
> 망망히 번지는 바다를
> 한 사내가
> 걷고 있다.(178)

나를 둘러싸고 있던 모든 것, 내가 속한 세계를 이루고 있던 모든 것이 떠나갔다. 뒤집어 말해 나는 그렇게 나를 둘러싼 모든 것을 떠나온 것이다. 세계가 와해된 그 지점에서 출현한 것은 바다다. 망망히 번지는 바다, 그 바다를 한 사내가 걷고 있다. 거듭 확인해 보았지만, 시인은 분명 '바닷가'가 아니라 '바다'를 걷고 있다고 썼다. 우리는 니이가타의 바닷가를 홀로 걷고 있는 서정적 풍경이 아니라, '바다를' 걷고 있는 불가능한 풍경을 본다. 그렇게 걷는다 할 때, 그가 걷는 바다란 알다시피 걸을 수 없는 곳이다. 내딛는 모든 발이 그저 무망하게 가라앉는 곳, 그게 바다다. 모든 것이 가라앉는 곳, 개체성마저 사라져 모든 것이 무규정적 잠재성 속에 가라앉는 심연, 존재 자체와 대면하게 될 지평 바깥의 어둠이

88. 이상은 모두 「화석의 여름」, 『경계의 시』, 160-161쪽.

다. 자신이 믿고 있던 세계, 자신이 속해 있다고 있던 세계가 모두 무너지며 가라앉은 곳, 그게 바다다. 모든 것이 그렇게 떠나간 뒤 그에게 남은 것, 그것은 확고한 것이라곤 아무것도 없는 바다뿐이다. 모든 규정성이 사라진 존재의 장, 그는 바로 그곳을 걷고 있다.

망망히 번지는 바다를 '한 사내가 걷고 있다.' 한 사내, 필경 이전에 하나의 이름으로 불렸고, 계속하여 '나'라는 인칭대명사로 동일하게 지칭되던 사내일 것이다. '나를 빠져나간'이라며 '나'라는 대명사를 바로 위에 썼음에도, 그 '나'와 같다고 보이는 인물을 왜 '나'라는 말 대신 '한 사내'라고 썼을까? '나'를 둘러싼 모든 것이 떠나가는 순간 '나'를 그 '나'로 규정하던 모든 것이 소멸했을 터이니, 더는 '나'라는 말로 동일하게 지칭할 수 없다는 생각에서일까? 그런 것 같다. 그 모든 것이 떠나는 순간, 그의 신체 안에 있던, '나'라고 불리던 누군가도 그때 죽었을 것이다. 내가 기대었던 세계의 몰락은 내 안에 있던 누군가의 이 '비인칭적 죽음'과 짝을 이룬다. 그러니 '한 사내'란 그 죽음 이후, 더는 예전의 이름으로 불릴 수 없고 더는 '나'라는 대명사도 사용할 수 없는 '어떤 한 사람'을 지칭하는 말이다. 이전의 모든 규정성이 사라져버린 신체 속의 '누군가'이다.

묵묵히 홀로 심연과 같은 바다를, 존재 자체를 걷는 이, 그 걸음에선 더없이 짙은 고독의 향연(香煙)이 피어오른다. 그걸 보는 이를, 그걸 알아보는 이들을 불러들이는 고독이다. 그 강밀한 고독이 멀리서 옷자락을 잡아당긴다. 바다에서, 바다 속에서.

제4장

없어도 있는 동네의, 아무것도 아닌 자들의 존재론
:『이카이노 시집』에서 긍정의 존재론과 감응의 다양체

이카이노(猪飼野), 오사카 이쿠노구(生野區)에 있는 재일조선인 집단거주지다. 일본에서는 오명(汚名)이 된 이름이라 거기 사는 주민 스스로 지워버려 지도에서 사라진 동네다. "있는 그대로 사라지고 있는 동네"다. 그러나 김시종은 '있어도 없는 동네'라고 하지 않는다. 그건 이카이노의 존재('있음')에 대해 판단할 자리를 '그들'에게, 있어도 보지 못하는 자들의 눈에게 넘겨주게 되기 때문이다. 사실 스스로 이름을 지워버린 것 또한 실은 '그들'의 눈으로, 이카이노를 더럽고 불편하게 여기는 '그들'의 시선으로 보았기 때문이다. 보기 싫어하는 눈에 맞춰, 보이지 않도록 지워버린 것이다.

김시종은 이 무능력한 시선에 자신을 맡기지 않는다. 확고하게 선언한다. 이카이노는 "없어도 있는 동네"라고. 보지 못해도, 없다고 해도, 지우고 없애버려도 여전히 그대로 존재하는 동네다. '그들'이 보든 말든 우리는 존재한다. 네가 없다고 간주해도 나는 여기 이렇게 있다. 내가 있음은 나의 존재에서 나오는 것이지 네 눈에서 나오는 것이 아니다. 우리의 존재는, 다른 이라면 몰라도 우리 자신은 안다. 우리는 살아 있기 때문이다. 아니, 죽어서도 곱게 사라지지 않을 것이다. 편히 눈감을 수 없는 땅에서, 곱게 눈감을 수 없는 삶을 살았기 때문이다. 있는 것도 보지 못하는 무능력한 시선이 나의 존재를 지울 순 없다. 바람마저 그냥 지나갈 수 없다. 내가 여기 '있기' 때문이다. 나의 존재를 마찰의 형태로라도 느끼지 않고선 바람도, 비도 그냥 지나갈 수 없다. 존재는 나의 힘이다. 내 힘의 최소치다. 그만큼만 드러났기에. 내 힘의 최대치다. 안 드러나고 숨어 있기에. 김시종에 따르면, 이것이 이카이노를 사는 이들의 '멘탈'이다. 『이카이노 시집』은 이런 멘탈을 갖고 사는 이들의 초상이다. 이런 이들의 모습과 섞여 들어간 시인의 자화상이다.

'없어도 있는 동네'에서 있음과 없음은 어긋나 있다. 그 어긋난 동네에서 없어도 있는 자들은 없다고 간주되는 만큼 보이지 않는 자들로, '아무것도 아닌 자'들로 살아간다. 그러나 이들은 '그들'에게 자신을 보아달라고 하지 않는다. '그들'이 보든 말든, 있다고 알든 말든 자신의 존재를 자긍(自矜)하는 자들이다. 자긍하는 자이기에 웃을 줄 안다. 차별과 적대에 분노하고 고통에 서러워하지만, 그래도 웃을 줄 안다. 이들은 웃으며 자신에게 부딪쳐 오는 것들에 대해 존재 자체의 힘으로 마찰을 일으키는 자들이다. 비록 그것이 미소한 에피소드에 지나지 않을지라도. 그렇기에 이들의 신체와 영혼은 멍들로 가득하다. 이들은 모두 표면의 깊이를 갖는 자들이다. 부딪치고 충돌한 흔적들이 새긴 피부의 깊이를 갖는 자들이다. 『이카이노 시집』은 그 멍들의 기록이다. 그 멍 속에는 다양한 감정들이 서로 섞이며 스며들어 있다. 슬퍼도 슬픔에 머물지 않고 열 받아도 열에 머물지 않는, 아파도 웃지만 웃음 속엔 슬픔이 배어 있는 감정이다. 어떤 감정 속에도 그렇게 아주 다른 감정들이 섞이며 이행하고 있다. 『이카이노 시집』은 그 이행하는 감정들의 다양체다. 감응의 연속적 다양체다.

1. '있어도 없는 것'과 '없어도 있는 것'

『이카이노 시집』은 1978년 간행된 김시종의 네 번째 시집이다. 아니, 중간에 조선총련에 의해 인쇄가 저지되어 없어져버린 시집(『일본풍토기 II』)이 하나 있으니 다섯 번째 시집이라 해야 할까? 애초에는 『니이가타』처럼 장편시로 기획되었으나, 잡지 『삼천리(三千里)』에 연재를 하면서, 3개월마다 나오는 잡지의 리듬을 따라 씌어지게 되었고, 그 결과 연작시 형태로 바뀌게 되었다고 한다.[89]

김시종 자신이 시집 모두(冒頭)에 붙인 주석에 따르면, 이카이노란 "오사카시 이쿠노구의 한 지역을 점하고 있었지만 1973년 2월 1일을 기해 없어진 조선인집단거주지의 예전 마을이름"이다. "옛날에는 이카이쓰(猪甘津)이라고 불렸지만, 5세기경 조선에서 집단 이주한 백제인이 개척했다고 하는 구다라쿄(百濟郷)의 후속이기도 하다. 다이쇼(大正) 말기 구다라가와(百濟川)를 정비하여 신히라노가와(新平野川) 운하가 만들어지게 되면서 거주지가 생겨나게 되었고, 하층노동자인 조선인이 셋방살이 등의 방법으로 자리잡고 살게 되면서 생겨난 동네"로서, "재일조선인의 대명사 같은 마을이다."

『이카이노 시집』은 그 이카이노가 있는 그대로 없어지던 순간에서 시작한다. 그러나 그렇게 없어져도 없어질 수 없는 것, 없어도 있는 동네임을 선언하며 시작한다. 시집의 첫째 시 '보이지 않는 동네'가 그것이다. 그 첫 부분은 다음과 같다.

> 없어도 있는 동네.
> 있는 그대로
> 사라지고 있는 동네.
> 전차는 되도록 먼 곳에서 달리고

89. 김시종, 「あとがき」, 『猪飼野詩集』, 岩波書店, 2013(초판은 1978), 213쪽.

화장터만은 바로 옆에
눌러앉아 있는 동네.
누구나 알고 있지만
지도에 없고
지도에 없으니
일본이 아니고
일본이 아니니
사라져버려도 괜찮고
어찌 되든 좋으니
제멋대로 한다네.

–「보이지 않는 동네」, 부분

첫 행부터 시인은 '있음'과 '없음'을, 말 그대로 '존재'의 문제를 시적 사유의 주제로 단번에 부상시키고 있다. 있는 것은 있는 것이고 없는 것은 없는 것이다. 이것이 실증적 차원에서 있음과 없음을 생각하는 통념이다. 그러나 보다시피 이 시는 그 통념을 깨는 역설로 시작한다. "없어도 있는 동네", 없음과 있음이 포개져 있다. 반대의 경우도 있을 터이다. "있어도 없는 동네." 비슷한 것처럼 보인다. 그래서인지 이 시는 바로 뒤에 이어서 "있는 그대로 사라지고 있는 동네"라고 쓴다. 사라지고 있음은 없음이 아니지만, 없음으로 귀착될 사태의 방향을 표시한다. 있음과 없음이 첫 행처럼 그대로 포개지진 않지만, '그대로'라는 부사로 인해 있음과 사라짐의 귀착점인 없음이 진행형의 형태로 포개지고 있다.

있음은 없음과 논리적으로 상충되지만, 있음과 없음이, 존재와 무가 그렇게 상충되지 않음은 여러 가지 방식으로 지적되어 왔다. 「형이상학 입문」에서 하이데거는 나를 둘러싼 모든 것들이 내게 등을 돌리는 사태를 '무'라고 명명하고, 그것이야말로 망각된 존재로 눈을 돌리게 한다고 하면서 존재와 무가 다르지 않음을 지적한다.[90] 『논리학』에서 헤겔은 그저 있음이란 규정만 가진 순수존재는 아무런 내용을 갖지 않기에 그 자체로 무임을 지적하곤, 존재가 곧 무란 점에서 생성으로 이어진다고 쓴다.[91] 논리학적 모순율의 규제가 없는 동양에서는 유와 무가 하나라는 생각이 노자의 『도덕경』 이래 다양하게 변형되며 이어져왔다.[92] 독자적인 논리학을 발전시켜 온 인도의 중관학에서는 모든 존재자의 근저에 '공'이 있음을 주장하면서 존재자의 존재와 공을, 즉 유와 무를 동시에 사유하는 중도(中道)의 사유를 심오하게 발전시켜왔다.[93]

그러나 여기서 시인이 말하는 있음과 없음은 그런 근원적 원리의 차원이나 '존재의 의미' 차원이 아니라, 특정한 '동네'라는 구체적 사실을 둘러싸고 있다. 잘 알려진 오사카의 조선인 거주지이지만 바로 그렇기에 '일본이 아니고', 그로 인해 그 이름만으로 땅값, 집값이 떨어져버리는 동네, 그래서 거기 사는 조선인들 스스로 그 이름을 지워버렸던 동네. "이름 따위 / 언제였던가. / 우르르 달려들어 지워버렸어." 그렇게 있는 그대로 지워지고 사라진 동네다. 따라서 여기서 있음과 없음은 이카이노라는 구체적 동네뿐 아니라 그 동네와 관련하여 벌어진 구체적 사태를 둘러싸고 있다. 여기서 있음과 없음은 존재론적 문제일 뿐 아니라, 구체적 사실을 둘러싼 감각의 문제이기도 하고, 구체적 사태를 둘러싼 정치적 문제이기도 하다.

주의할 것은 '없어도 있는 동네'에서 있음과 없음은 하이데거나 헤겔, 노자나 용수에서와 같은 포개짐이 아니라 '어긋남'이라는 사실이다. 헤겔 등에게서 존재는 곧 무고, 그런 점에서 있음과 없음은 '동일성' 속에 있으니, 포개지고 중첩된다. 헤겔을 그 포개짐을 통해 '생성'이란 말을 끄집어낸 것이다.[94] 그러나 이 시에서 있음과 없음은, 실질적으로는 여전히 있지만

90. 하이데거, 「형이상학이란 무엇인가」, 『이정표 1』, 신상희 역, 한길사, 2005.
91. 헤겔, 『대논리학』 1권, 임석진 역, 지학사, 1983.
92. 노자, 『도덕경』, 오강남 역, 현암사, 1995.
93. 나가르주나, 『중론』, 김성철 역, 경서원, 2001; 신상환 역, 도서출판 b, 2018.
94. 그러나 그 자체로 무인 유가 어떻게 생성이 될 수 있는지는 알 수 없다. 존재와

그 이름은 지워 없애버렸기에 '없다'고 간주되는 사태다. 즉 있음이 없음과 하나의 개념적 동일성을 갖는 게 아니라, '있으나 없다'고 하는 불일치 속에서 어긋나버린 것이다. '없어도 있다'고 해도 이는 다르지 않다. 있으나 보이지 않기에 없다고 간주되는 사태, 이 역시 있음과 없음이 어긋나버린 것이지 양자가 동일성 속에서 포개져 있는 게 아니다. 요컨대 『이카이노 시집』의 첫째 시인 「보이지 않는 동네」는 이 시집에서 펼쳐지는 시적 사유의 '무대'인 셈인데, 그 무대는 있음과 없음의 어긋남이라는 사태가 펼쳐지는 장이라 하겠다.

있음과 없음의 어긋남, 그것이 이 시집이 시작되는 지점이다. 그러나 이 시집은 그 어긋남이란 사태를 근본을 향해, 즉 존재 그 자체로 밀고 올라가기보다는, 그 어긋남 속에서 발생하는 삶으로, 그 어긋남 속에서 배태되고 숙성되어온 감각과 감정, 감응 같은 것으로 밀고 내려간다. 일단 '나날'로 명명되는 일상의 삶, '재일을 산다'고 시인이 명명했던 그 재일의 삶을 다루는 시가 각각 3편, 5편으로, 분량만으로 보면 시집 전체의 거의 절반을 차지하고 있다. 세 편의 '노래'도, 「이카이노 도깨비」도 그렇고, 다른 시들도 모두 이카이노라는 어긋남의 장소에서, 그 어긋남을 사는 사람들에 대한 시다.

그런데 첫째 시 「보이지 않는 동네」가 있음과 없음의 어긋남을 문제화하는 방식은 뜻밖이다. 있는 그대로 지워져 사라지고 있는 동네니, "있어도 없는 동네"라고 썼을 법하다. 그럼으로써 '있어도 보이지 않는 자'들과 관련된 철학적이고 정치학적인 물음을 던지는 것이 어쩌면 '자연스런' 사유의 궤적이다. 그러나 이 시는 반대로 "없어도 있는 동네"라고 쓰며 시작한다. 시에서 첫 문장이 갖는 중요성을 안다면, 그리고 이 시가 시집

••
무의 동일성이라는 단어가 야기하는 문법의 환상 덕분에 생성이란 말을 그 뒤에 쓸 수 있었던 것일 뿐이다.

전체의 무대를 이룰 뿐 아니라 시집 전체에 대해 일종의 서시로서 위치를 갖고 있음을 고려한다면, 이 문구는 시집 전체를 방향짓는 핵심적 문장임을 짐작할 수 있다. 그 방향은 저 '자연스런' 사유와 아주 다른 것이 될 것임을 예감하게 한다.

있어도 없는 동네란 있는 그대로 지도에서 지워진 동네다. "지도에 없기에 / 일본이 아니고, / 일본이 아니니 / 사라져도 괜찮"다 함은 '있어도 없음'이라는 사태에 포함된 부정적 함축이다. 이런 점에서 이카이노는 일본 안에 있지만 일본이 아닌 것으로 간주되는, '있어도 없는' 재일조선인들의 처지를 표현하는 환유이기도 하다. 무시당하는 자의 처지를 표현한다. 그런데 시는 그것을 다시 받아, "어찌 되든 좋으니 / 제멋대로 한다"면서 자신들이 제멋대로 사는 삶의 '근거'로 삼는다. 어찌 되든 좋은 동네를 제멋대로 사는 삶의 유쾌한 긍정으로 받아넘기는 것이다. 앞서 부정적 함축뿐이었다면, '있어도 없는 동네'라고 썼어야 한다. 그러나 이 유쾌한 긍정으로 받을 것이기에 '없어도 있는 동네'라고 쓴 것이다.

그런데 이렇게 뒤집어 쓴 문장이 얼마나 다른 것인지 알려면 이것만으론 부족하다. 이를 제대로 다루기 위해선 '있어도 없는 것'과 '없어도 있는 것'이 어떻게 다른지를 먼저 세심하게 생각해보아야 한다. 동네를 사람으로 바꾸어, '있어도 없는 자'라고 써보자. 이 말로 지칭되는 것은, 랑시에르의 정치철학을 굳이 거론할 것도 없이, 종종 '투명인간'이라고 명명되는 사람들이다. 있어도 보이지 않는 자, 보여도 없는 것으로 간주되는 자들. 이카이노의 재일조선인이 그렇고, 일본의 재일조선인이 그렇다. 비교하자면, 일할 사람이 부족해 수입하면서도 '산업연수생'이란 신분을 부여한 채 수입하였기에, 노동을 하지만 노동자로 보이지 않고, 연수생이라 하지만 누구에게도 학생으로 보이지 않는 이주노동자들 또한 그렇다. 보이지 않기에 어떠한 부당한 일이나 고통을 겪어도 시야에서 벗어나 있는 자들이다. '불법체류자'가 되어버린 자들도 그렇다. 체류가 불법이기에 있어선 안 되고, 있어선 안 되니 있다면 추방하여 '없게' 만들어버려야 한다고들

하는 사람들. 혹은 노동을 하지만 충분히 노동자가 되지 못해 노동자로 보이지 않는 다양한 형태의 비정규직 노동자들도 그렇다. 인간의 시야에선 보이지 않는 수많은 인간 아닌 존재자들도 마찬가지다. 이런저런 이유로 개발되는 산이나 강에 사는 수많은 생명체들은 있어도 보이지 않으며 죽어도 목숨의 숫자로 세어지지 않는다. 있어도 없는 것들이다.

'없어도 있는 것'이란 말로 지칭되는 것은 이와 아주 다른 것이다. 여기엔 두 개의 다른 상(像)이 있다. 유령들이 그 하나다. 죽어서 유령이 되어 나타난 것들, 분명히 죽어 없어졌지만 있는 것처럼 되돌아오는 것들이다. 『햄릿』의 첫 부분에 나오는 부왕의 유령이 그렇다. 그는 죽어 없지만, 유령이 되어 나타난다. 없지만 있는 자로 되돌아온다. 이는 현실 속에서도 약간 다른 양상으로 발견된다. 가령 광주사태 이후 서울의 거리나 대학캠퍼스에 떠돌던 죽은 광주시민들의 유령들이 그렇다. 청와대나 정부청사 역시 이들로부터 자유롭지 못했다. 그들은 죽어서 더 이상 '없지만' 여러 가지 방식으로 산 자들에게 되돌아와 산 자들보다 더 강한 힘을 행사하던 존재자들이었다. 이 시집의 뒷부분에 나오듯, 죽어서도 편히 눈감을 수 없는 자들은 이렇게 유령이 되어 현실 속으로 되돌아온다. 없어도 있는 자로 되돌아온다.

유령은 아니지만, 옆에 없어도 강한 존재감을 주는 이들 또한 '없어도 있는 것'에 속한다. '고양이는 사라지고 웃음만 남았다'고 루이스 캐럴이 썼을 때의 체셔고양이처럼, 사라져 없지만 마치 있는 양 강한 존재감을 남기는 것들. 예컨대 카프카나 보들레르, 혹은 맑스나 들뢰즈 같은 이들이 그렇다. 없어도 있는 자들이다. 그 이름으로 명명되는 예술작품이나 사유는 너무 강렬하기에 그들이 사라져도 그대로 남는다. 그것들은 그 이름으로 불리던 이들이 없어도 있다고 느끼게 만드는 어떤 힘을 갖는다. 이들이 유령과 다른 점은, 유령은 '원한'이나 분노, 불의가 있던 곳에 나타나며, 그것이 사라지면 그들 또한 사라지지만, 강한 존재감으로 인해 '없어도 있는 자'들은 존재감이 감지되는 곳이면, 그 존재감과 공명하여 그들을 불러내는 조건이 있다면 언제 어디서나 존재한다는 점이다. 이와 대비하며 말한다면, '있어도 없는 것'은 있어도 존재감을 주지 못하는 것이란 말이기도 하다.

이카이노 사람들은 어떨까? "그릇마저 입을 가지고 있"다 할 정도로 소리 높여 떠들고 "의기양양 호언장담 물러서지 않는다"고 하면서 '제멋대로'의 삶을 웃으며 말할 때(「보이지 않는 동네」), 그들은 뭐하는 사람인지, 이름이 뭔지 모르는데도 한 번 만난 것만으로도 인상이 지워지지 않는 사람들일 것 같다. 가령 '이카이노 도깨비'가 바로 그렇다(「이카이노 도깨비」). 반면 "뼈가 원망하는 화장터 같은 / 이카이노 막다른 생애"를 말하며 "제사 받는 밤을 모르리라"고 쓸 때, 그들은 죽어도 눈 감을 수 없어 되돌아오는 유령에 가까운 것 같다. 아마도 이카이노 사람들은 이 두 개의 극(極) 사이에 있을 것이다.

어느 극에 가까이 있든, '없어도 있는 자'는 존재감이 강한 자다. 존재감이란 감각적으로 감지되는 힘이다. 좀 더 정확하게 말하자면 하나의 감각을 벗어나 감지되는 힘이기에, 감각보다는 감응(affect)이라고 바꾸어 써야 한다. 보이지 않지만 있다고 느끼고 들리지 않지만 있다고 느끼게 하는 감응의 강도, 그것이 존재감이다. 존재감이란 감지가능성의 문턱을 넘는 강도로 응결된 감응이다. '있어도 없는 것'은 있어도 그것의 감응이 감지가능성의 문턱을 넘지 못하는 것이다. '없어도 있는 것'은 없어도 그것의 감응이 감지가능성의 문턱을 넘는 것이다. 전자가 '약한 것'이라면 후자는 '강한 것'이다. 이카이노는 의기양양한 기쁨도, 죽어도 눈 감을 수 없는 통한도, 있어도 없는 자의 약함이 아니라 없어도 있는 자의 강함과 짝지어 있는 것이다.

2. 존재의 긍정과 부정

'있어도 없는 동네'와 '없어도 있는 동네'는 결코 같지 않다. 재일의 공간, 재일을 사는 이들을 시인은 '이카이노'라는 동네 이름으로 불러낸다.

이카이노, "전차는 되도록 먼 곳에서 달리고 / 화장터만은 바로 옆에 / 눌러앉아 있는 동네"다. 일본 안에 있으나 일본이 아니기에, 일본으로 이어지는 길은 멀고 기피시설인 화장터는 바로 옆에 눌러앉아, 주변과 어느새 안 보이는 구획선이 그어진 동네다. 이를 두고 '있어도 없는 동네'라고 쓴다면, 있어도 보이지 않는 자들의 설움이나 분노를, 그들의 고통을 가시화하게 될 것이다. '없어도 있는 동네'라고 쓴다면, 남들이 없다고 간주하고 무시하거나, 없어져야 할 것이라고 핍박할 때조차, 남들의 시선을 개의치 않고 사는 모습을 가시화하게 될 것이다. 그렇게 사는 자신들의 삶의 방식을 자긍하며 쓰게 될 것이다. 다시 「보이지 않는 동네」를 보자.

> 거기서는 모두가 소리 높여 떠들고
> 사투리가 활개치고
> 그릇들마저 입을 가지고 있다.
> 위장 또한 대단해서
> 코끝부터 꼬리까지
> 심지어 발굽의 각질까지도
> 호르몬이라며 다 먹어치우곤
> 일본의 영양을 담당하고 있다며
> 의기양양 호언장담, 물러서지 않는다.
>
> —「보이지 않는 동네」, 부분

어쩌면 버림받은 동네라 하겠지만, 그 동네에서 사는 이들은 버림받은 이들의 위축된 감응과 반대로 목소리 크고 조선어 섞인 사투리가 활개를 치며 그릇들마저 입을 가지고 있다. 동네의 활기 넘치는 힘이 청각으로 밀려들어온다. 또한 '야만적'이라 할지 모르지만, 혹은 먹을 게 없다보니 그럴 거라 생각할지 모르지만, 내장에 발굽까지 먹어치우면서 일본의 영양을 담당하고 있다며 힘에 넘친다. 의기양양한 정서가 미각으로 밀려들어온다. 곱상한 청각과 미각을 휩쓸 듯 덮쳐 흘러넘치는 '야만적인' 힘이 고개를 빳빳하게 쳐들고 활보한다.

물론 버림받은 동네이고, 차별받는 이들이 사는 곳이니 삶은 필경 각박할 것이다. 경제적 궁핍의 조건이 동네를 에워싸고 있을 것이고, 번듯한 일자리 하나 얻는 것이 어려울 테니 남자들은 빈둥거리기 십상일 것이다. 그런 조건에서 살아가야 하니 여성들이 살림을 도맡아야 하는 경우가 많을 것이며, 그러니 여성들은 필경 억척스러울 것이다.

그래서인지
여자의 억척이 각별하다.
절구통 같은 골반에
아이들이 네댓씩 매달려 있고
하는 일 없이 먹고사는
사내 한 사람은 별도다.
바람을 피워 나가든 말든
떼쓰는 아이의 홍역마냥 내버려두고
그래도 돌아오는 게 사내라고
인지상정이라 생각하기 마련이다.

—「보이지 않는 동네」, 부분

사실 국가로부터 버림받고, 주변의 '국민'들로부터 차별받는 사람에 대해 쓰면서, 있어도 보이지 않는 설움을 토로하고, 핍박받고 무시당하는 삶을 한탄하거나 항의하는 길은 얼마나 넓은가. 레비나스의 '고통 받는 타자'의 윤리학이나,[95] '비가시적인 것의 가시화'를 요체로 하는 랑시에르의

95. 레비나스, 『존재와 다르게』, 김연숙 역, 인간사랑, 2010; 『전체성과 무한』, 김도형 외 역, 그린비, 2018.

정치철학은[96] 이 길을 가는 사람을 위해 멋진 개념들을 제공한다. '있어도 없는 자'의 고통을 개념적으로 가시화하면서 그것을 넘어서는 윤리학이나 정치학을 제공해준다. 약자의 삶이나 약자의 투쟁에 대한 연민과 공감은 듣는 이들마저 쉽게 고개를 끄덕이게 한다. 그것이 비록 스스로를 '약자'로서 포지셔닝하게 하는 대가를 요구하지만, 이는 잘 감지되지 않는다. 약자들의 고통에 공감하는 것, 약자들 편에서 강자들을 비난하는 것은 대개 도덕적 미덕으로 간주되기 때문이다. 그로 인해 고통 받는 타자의 윤리학이 존속하려면 고통 받는 타자들이 사라져선 안 된다는 아이러니는 과도한 논리적 비판으로 보이고, 그 윤리학 안에서 타자들이 할 수 있는 일이란 '주인'들의 환대를 요구하는 것 말고는 남지 않는다는 궁지는 공허한 이론적 트집으로 간주된다. 또한 보이지 않는 자의 정치학이 '가시성'의 형태로, 시선의 권력을 가진 자들의 '인정'을 요구하게 된다는 난점은 약자의 고통을 실감하지 못하는 자들의 철없는 비판으로 보이고, 그런 정치적 투쟁의 귀착점은 보이는 자로서 '그들' 내부에 안정적인 자리를 확보하는 것이 된다는 딜레마는[97] 손에 넣기도 전에 손에 넣은 뒤의 일을 고민하는 한가한 근심으로 보이게 된다.

그렇기에 소수자, 버림받은 동네를 '없어도 있는 것'으로 포착하는 것은, 별것 아닌 것처럼 보일지 모르지만, 실은 대단히 드물고 어려운 일이다. "없어도 있는 동네"라는 이 문구 하나만으로도 이 시는 시가 되기에 충분하다! 이후 씌어질 시구들, 이후 씌어질 시들 중 많은 것이 어쩌면 이 문구 안에 접혀 들어가 있다 해도 좋을 것 같다. 이 한 문구만으로 이 시는 소수자들을 둘러싸고 있는 '정당한' 통념과 '자연스런' 공통감각을 뒤집는다. 거기 사는 이들을 거기 그대로 둔 채 아주 다른 세계 속으로 밀어 넣는다. 약자를 자처하며 연민과 공감을 요구하고 환대와 인정을

96. 랑시에르, 『정치적인 것의 가장자리에서』, 양창렬 역, 길, 2013.
97. 가령 비정규직 노동자가 투쟁을 통해 정규직이 된 경우, 투쟁의 대열에 참여하려 하지 않으며 매우 보수화되는 경향이 있음은 잘 알려져 있다.

요구하는 대신, 스스로의 존재(있음)를 긍정하며, 그 존재 속에 있는 예측불가능한 힘을 믿고 그에 대한 자긍을 벗 삼아 밀고 나간다. 이런 자기긍정의 힘에서 시작하기에 고통이나 설움이 아무리 커도 스스로를 약자로서 포지셔닝하지 않는다. 여러 가지 감정과 정서가 드러나지만, 바탕이 되는 기본 정서는 「보이지 않는 동네」에서 보이는 자긍하는 자의 긍정적 감응이다. '그들'이 보든 말든, 속으로 욕을 하든 말든, 자기긍정의 힘으로 사는 이들에게 '그들'의 시선은 별 문제가 아니다. 남들이 뭐라 하든 자신의 삶의 방식에 대해 떳떳해하고 자랑스러워한다. 힘이나 의지의 양이 아니라 질에 따라 강함과 약함을 구별하고자 했던 니체라면, 이러한 자기 긍정의 힘이야말로 진정한 '강함'이라고, 강자의 본성이라고 말했을 것이다.[98] 동시에 들뢰즈가 강조했듯이, 약자들, 권력에 기대어 사는 자들의 공격으로부터 강자들을 보호해야 한다고 말했을 것이다.[99]

요란하고
숨김없고
걸핏하면 대접한다 판을 벌이고
음울한 건 딱 질색
자랑스러운 얼굴의 한 시대가
관습으로 살아남아
하찮은 것일수록
소중히 여겨지고
한 주에 열흘은 이어지는 제사

98. 들뢰즈, 『니체와 철학』, 이경신 역, 민음사, 2001, 109쪽. 번역은 수정. 니체에게 '강함'이란 힘의 차원에서는 '능동성'을, 의지(힘에의 의지)의 차원에서는 '긍정성'을 갖는다. 능동적이라 함은 시작할 수 있음을 뜻하고, 긍정적이라 함은 힘을, 하고자 하는 것을 하는 것이다.

99. 들뢰즈, 『들뢰즈의 니체』, 박찬국 역, 철학과현실사, 2007, 44쪽.

–「보이지 않는 동네」, 부분

오래된 관습, 일주일에 열 번도 넘을 듯 수많은 제사들, 심지어 미신이라고 비난하는 것, 이미 자신들이 떠나온 조선 땅에서도 살아남아 있지 않을 법한 것들이 오히려 끈질기게 살아남아 있다는 사실도 이 긍정의 힘과 상관적이다. 더구나 그런 이질적인 관습이나 풍습을 야만적인 것이라면서 자민족중심적(ethnocentric) 편견으로 깔보는 시선에 둘러싸여 있다면, 혹은 그런 전통이나 관습을 낡고 뒤떨어진 것으로 밀쳐내는 자본주의적 가치나 현대의 세련된 감각에 포위되어 있다면, 그런 자신의 존재를, 삶의 방식을 유지하고 지속하는 것은 그 자체만으로 그 부정적 힘들과 대결하는 긍정적 힘이 표현이다. 일부러라도 그 '낡고 뒤떨어진' 것을 고집스레 유지하는 것은 단지 '전통의 존중'이라는 아니라, 대세가 된 권력과 싸우고 차별과 편견에 대항하는 투쟁인 것이다. '그래, 우리는 이렇게 산다, 니들이 뭐라 하든 우리는 이렇게 사는 것이 좋다'며 스스로를 자긍하는 강력한 힘의 표현이다. 이처럼 자기를 긍정하는 강자들이기에 동정도 연민도, 섣부른 공감도, 애써 해주는 이해도 필요 없다.

의기양양한 재일(在日)에게
한 사람, 길들여질 수 없는 야인(野人)의 들판.
여기저기 무언가가 흘러넘치고
넘치지 않으면 시들어버리는
대접하기 좋아하는 조선의 동네.
일단 시작했다 하면
사흘 낮 사흘 밤
징소리 북소리 요란한 동네.
지금도 무당이 미쳐 춤추는
원색의 동네.

활짝 열려 있고
대범한 만큼
슬픔 따윈 언제나 흩어버리는 동네.

—「보이지 않는 동네」, 부분

'있어도 없는 자'가 보이는 것과 보이지 않는 것의 경계를 문제화하는 '감각의 정치학'으로[100] 이어진다면, '없어도 있는 자'는 무시하고 비난하는 것에 맞서 자신의 존재를 고집스레 지속하는 '거절당한 자들의 존재론'으로 이어진다. 이 존재론은 자신의 존재 그 자체를 삶의 거점으로 삼으며, 그 존재 자체를 긍정하는 힘으로 자신을 펼쳐간다. '그들'이 알지 못하는, 실은 자신도 잘 알지 못하는 자신의 힘을 믿고, 그들이 규정하는 시선을 벗어나 미규정성 속에 잠재된 새로운 규정가능성을 찾아가는 것, 그것이 이 존재론에 함축된 윤리학이고 정치학이다. 이것이, 없어도 있는 자들의 자긍이 갖는 철학적이고 정치적인 의미다.

이러한 자긍이 고집스러운 것은, 비난하고 차별하고 제거하려는 부정의 힘에 맞서며 자라난 것이기 때문이다. 그렇기에 이 자긍하는 신체에는 자신들을 포위하고 부정하려 했던 힘들의 흔적이, 멍든 자국들이 새겨져 있다. 또한 그렇기에 이 자긍의 감정에는 갇히고 버림받은 삶의 분노가, 조롱받고 핍박받던 삶의 설움이 깊이 스며들어 있다. 김치냄새로 상징되는 꺼림칙한 악취, 그래서 끝내 열지 못했던 도시락, 스트레스로 원형탈모증을 야기할 듯한 배타적 감정의 포위 같은 것이, 그 자긍심의 한 구석에, 어두운 그늘에 숨어 있다.

자네가 거부했던 무엇일 테니
꺼림칙한 악취에게나 물어보게나.

100. 랑시에르, 『감성의 분할』, 오윤성 역, 도서출판 b, 2008.

물크러진 책상은 지금도 여전할 거야.

끝내 열지 못했던 도시락도.

빛바랜 꾸러미 그대로

어딘가 틀어박혀 숨어 있을 거야.

알고 있을라나?

저 동전만큼 머리털 빠진 곳 같은 자리.

있는 목덜미가 보이지 않을 뿐이야.

어디로 갔냐고?

결국

이빨을 드러낸 거지.

그리고는 행방불명.

모두들 똑같이 거칠어져

아무도 그를 궁금해 하지 않아.

그때부터야.

안짱다리 여자가 길을 막고선

일본어 아닌 일본어로

고래고래 고함치는 거야.

어떤 일본도

이러면 자리 잡고 살 수 없지.

올(all) 니혼(日本)이 도망친 거지!

—「보이지 않는 동네」, 부분

물론 자긍의 힘은 그러한 설움과 핍박에 지지 않고 고함을 치며 자신이 살아갈 자리를 확보한다. 일본 안에 일본 아닌 곳을 만들어내고, 거기를 존재의 거점으로 바꾸어 버린다. 그러나 긍정한다 해도 포위는 포위다. 자긍한다 해도 포위된 곳에 갇혀 사는 자는 포로다. 포로적 생존에 갑갑함이 어찌 없을 것이며, 전망이 보이지 않는 생존에 암담함이 어찌 없을 것인가.

더구나 '일하지 않는 자는 먹지도 말라!'며 죽음 같은 궁핍을 만들고 '돈이면 사랑도 살 수 있어!'라며 돈을 욕망하게 만드는 자본주의 일본에서, 화려한 궁핍의 포위를 그저 자긍의 마음 하나로 살아낸다는 것은 결코 쉬운 일이 아니다. 자신들의 삶의 터전마저, 포위의 상징이 된 이름이라도 스스로 지워버리고 싶게 만드는 유혹을 뿌리치는 것은 결코 쉬운 일이 아니다. 김치냄새를 지우고, 유카타를 입고 은단을 씹으며 '그들' 속에 들어가 '일본인'이 되어 풍요와 안정을 누리는 꿈을 꿈꾸어보지 않은 이가 얼마나 있을 것인가. 그 몽상적 독백을 표시하기 위해서일까? 바로 위에 인용된 연 다음 연은 시구들 앞에 약간의 거리를 도입한다.

이카이노에 쫓겨
내가 도망친다.
포로의 고통
니혼(日本)이 도망친다.
구청에 부탁해
족쇄를 풀게 하고
후려친 가격에 사들인
이카이노에서 도망친다.
집이 팔려
모모타니(桃谷)다.
각시를 얻어
나카가와(中川)다.
이카이노에 있어도
스스럼없는
니혼이 총출동하여
내쫓는다.
김치 냄새를

동네를 통째 봉하고
유카타 차림 이카이노가
은단을 씹으며
나들이간다.

—「보이지 않는 동네」, 부분

'이카이노'라는 이름을 지우고 남은 공백일까? 공백들이 모여 기둥이 된다. 보이지 않는 동네를 떠받치는 보이지 않는 기둥 같다. 헛된 것일지 모르지만 버리기 힘든 꿈의 기둥이다. 이카이노는 내던지기 힘든 이 꿈이 지워버린 이름이다. "있는 그대로 / 사라지고 있는 동네"는 그렇게 존재를 부정당해 '없는' 것이 되어버린 동네다. 어쩌면 자긍과는 상반된다 해야 할 이러한 사태는 바로 그 자긍의 그림자다.

그러나 그렇게 이름을 지운 것으로 인해 '보이지 않는 동네'가 되었다고 해도, 그것은 동네의 존재를 포위한 사태에서 온 것이니, 존재 이전에 오는 것이 아니다. 이들은 포위당해서 거기 있게 된 게 아니라, 이들이 있는 곳을 그들이 포위한 것이다. 시인이 '없어도 있는 동네'를 첫 문장으로 쓴 것은, 서럽고 힘겹게 하는 시선과 궁핍으로 내모는 세계의 압박과 포위 속에서 스스로 그 이름을 지워버렸지만 그래도 없어지지 않는 것이 바로 자신들의 존재란 믿음 때문일 터이다. '없어도 있는 것'이 되도록 하는 존재의 힘이라는 믿음 때문일 터이다. 그렇기에 자신의 존재를 자긍하는 힘은 스스로의 이름을 지워 보이지 않게 한 것을 욱신거리는 마음으로, 사랑의 마음으로 되돌아보게 한다.

보이지 않는 날들의 어둠을
멀어지는 사랑이 틈새로 엿보는
엷어진 마음 뉘우침의 시작.
어딘가에 뒤섞여

외면할지라도

행방을 감춘

자신일지라도

시큼하게 고여

새어나오는

짜디짠 욱신거림은

감출 수 없다.

토착의 시간으로

내리누르며

유랑의 나날

뿌리내리게 해온

바래지 않는 가향(家鄕)을 지울 순 없다.

—「보이지 않는 동네」, 부분

3. 아무것도 아닌 자들의 힘

"있는 그대로 / 사라지고 있는 동네"에 사는 이들은 '그들' 눈에는 있어도 보이지 않는 자들이다. '아무것도 아닌 자'들이고, '별 볼 일 없는 자'들이며, 초라하고 '보잘 것 없는 자'들이다. 이런 이들이기에 이들이 그런 처지를 한탄하거나 그런 처지의 고통을 토로하는 것, 혹은 그런 고통에 대한 공감을 호소하는 것은 '그들'이 보기엔 이해하기 쉬운 일이다. 의당 그래야 마땅한 일이다. 그러나 "없어도 있는 동네"에 사는 이들이라면 그렇게 하지 않을 것이다. '그들' 눈에 어떻게 보이든, '그들'이 인정하든 말든 스스로의 존재를 자긍하는 이들이기에. 이들은, 시구를 약간 바꾸어 말하면, '일본인이 아니니 / 사라져버려도 괜찮고 / 어찌 되어도 좋으니 / 제멋대로' 사는 이들이다. 이들은 '제멋대로 하는 자'인 것이다. '그들'은 여전히 아무것도 아닌 자, '별 볼 일 없는 자'로 간주하겠지만, 그런 생각마저 이렇게 받을 것이다. '그래, 나는 아무것도 아닌 자야. 그러니 내가 뭘 어떻게 하든 상관하지 마!' '별 볼 일 없고 보잘 것 없다고? 그래, 근데 그게 어쨌다는 거야?'라고 고개를 빳빳이 들고 반문할 것이다.

'아무것도 아닌 자'란 규정에 대한 이 당당한 긍정, 대개 '그들'에겐 '뻔뻔스런' 것으로 느껴질 이런 자긍처럼 자신이 이해할 수 없는 행위를 '제멋대로 한다'는 말로 비난하는 이들을 난감하게 하는 것은 없다. 해봐야 손해만 볼 뿐 어떤 이득도 없을 게 분명한데, 드러내놓고 꼴통짓을 하며 머리를 들이밀고 들어가 '제멋대로' 하는 이들. 고상한 척하는 이들을 골탕 먹이고, 목에 힘주며 잘난 체하는 이들에게 공연히 시비를 붙어 낄낄대면서 멋지고 깔끔한 모습에 분탕질을 하는 이들. 혹은 평소엔 조용히 지내지만 거대한 명분이나 거창한 권위나 자신에게 닥쳐오는 순간 카랑카랑한 목소리로 대거리하며 그 명분이나 권위를 뒤엎어버리는 이들.[101] 아무것도 아닌 자의 힘은 없어도 있는 자의 자긍에서, 자신의 존재에 대한 자긍에서 나온다.

『이카이노 시집』에는 '아무것도 아닌 자'들이 여럿 등장한다. 먼저 「노래 하나」에 나오는 '한 사내'가 그런 인물이다. 이카이노 닭장집에서 뛰쳐나가 돌아다녔지만, 어딜 가도 '조센진' 딱지가 달라붙어 결국 싸움질을 하며 상해 전과를 쌓길 반복하다가 "어차피 못 숨길 조센이라면 / 통째로 까놓고 / 심통을 부리"는 인물이다. 일찍이 일본인 국적을 얻어 악전(惡錢)으로 부자가 된 숙부를 찾아간다. 숙모를 내쫓고 일본 신부와 결혼했을 뿐 아니라, 조선전쟁으로 도망쳐온 사촌형까지 경찰에 넘겨버린 사람이다.

• •

101. 나는 이처럼 초라하고 보잘 것 없는 자들의 거리낌 없는 당당함 앞에서 '그들'이 느끼는 기분을 '불온성'이란 말로 정의한 바 있다. 거대한 명분이나 거창한 질서 앞에서 '왜 그래야 하는데?'라며 반문하듯이 당당하게 거기서 벗어난다는 비난을 웃어넘기며 자기 하고 싶은 짓을 하는 자들이야말로 '불온한 것들'이다(『불온한 것들의 존재론』, 휴머니스트, 2011, 21-24쪽).

"씨발! / 조센 그만둔 건 그때였지. / 생각만 해도 / 울화통이 치밀어." 일본 부인이 내 준 찻잔에 담배 꽂아 세워놓곤 숙부 파친코에 내려가 일곱 대를 때려 부순다. 결국

이
위험한 사내
출입국관리령에 의해
강제 송환.
  내 나라야, 가주겠어!
오무라(大村) 수용소로
끌려가는 동안
그가 부른 것은
  아리랑 도라지.
아무리 불러도
노래는 하나
  아리랑 도라지 말고는
나오지 않는다.
  아리랑 아라리요
  도라지이 아라리요
사내의 노래는
파도 위
현해탄에 흔들리고 끊어지고
  도라지이 도라지이
  아리랑 도라지요오

—「노래 하나」, 부분

이를 두고 '파친코 몇 대 부순다고 그 사람이 얼마나 달라지겠어?'라든가

'그것 몇 대 부수고 자기는 추방당한 거 아냐?'라며 목적이나 수단의 합리성을 묻는 비판은 아무 의미가 없다. 그걸 몰라서 그렇게 한 게 아니라, 그럼에도 불구하고 한 것이니까. 어쨌거나 자신이 할 수 있는 것을 한 것이니까. 비록 그것이 '아무것도 아닌 일'이라고들 할지라도.

사실 목적이나 결과에 대한 합리적 계산은 아무것도 아닌 자를 정말 '아무것도 아닌 자'로 만들어버린다. 계산하면 할수록 무력하고 보잘것없는 자가 되어버린다. 거꾸로 그런 계산이나 계산적인 행동이 더 이상 통하지 않는 어떤 지점을 보여주는 것이야말로 아무것도 아닌 자의 힘이다. 제멋대로 한다 함은 '자기 뜻대로 한다'가 아니라, 계산과 예측에서 벗어난 짓을 한다 함이다. 계산하지 않음이 제멋대로 하는 자의 힘이다. '견적이 나오지 않아도' 참을 수 없는 악행이나 허세를 참지 않는 누군가가 '있음'을 보여주는 것, 세상의 요구를, 권력이 요구하는 것을 받아들이지 않고 빗나가버리는 누군가가 '있음'을 보여주는 것, 계산이나 예측을 벗어난 어떤 힘이나 행동이 '있음'을 보여주는 것, 바로 그것이 제멋대로 하는 행동의 이유고 의미다. 그것은 아무것도 아닌 행동이 아니라 불의나 부당함을 참지 못하는 누군가 '있음'을 보여주는 행동이다. '있음'의 힘을 보여주는 행동이다. 아무것도 가진 게 없고, 아무것도 아닌 자들이 자신의 존재의미를 드러내는 방법이다. 이는 존재 자체에서 나오는, 아무것 없는 최소한의 존재에서 나오는 의미란 점에서 '존재의 최소의미'다. 아무것도 갖지 못한 자, 존재 말고는 가진 게 없는 자의 힘은 바로 이 '존재의 최소의미'에서 나온다. 존재자의 존재로부터 나온다.

「노래 하나」의 저 사내는 그렇게 자기 존재의 최소의미를 드러내기 위해 자신의 삶을 걸었다. 일본에서의 삶 전체를 판돈으로 걸었다. '아무것도 아닌 자'이기에 '아무것도 아닌 일'에 자신을 걸 수 있었던 것이리라. 탁월한 자는 아무것도 아닌 일에 자신을 걸지 않는다. 위대한 자는 위대한 일에만 자신을 건다. '아무것도 아닌 일'을 위해 걸었기에 거기에는 시원함과 더불어 허탈함 또한 없지 않다. '아리랑, 도리지이', 저지에도 불구하고 계속했을 그 노래, 오직 '하나'인 그 노래는 아무것도 아닌 자의 고집스런 존재를 표현한다. 또한 그것 말고는 그가 가진 것이 없음을 보여준다. 자기 마음을 준 노래라곤 그것 하나임을. 거기에는 외곬스런 행동에 배인 어찌할 수 없는 고독이, 존재의 '최소치'를 거는 자의 쓸쓸함이 배어 있다. 그래도 끌려가는 내내 그렇게 노래를 불렀던 것은 허탈하고 고독하지만 스스로 좋아서 했던 것임을 드러낸다. 자기가 가진 것 모두를 걸고서 했던 것이었음을.

'이카이노 도깨비'라고 불리는 사내는 이렇게 꼴통처럼 머리 들이밀고는 한탕으로 끝내는 인물이 아니라, 능청스럽고 장난스럽게 잘난 척하는 이들을 반복하여 골탕 먹이는 '상습범'이다. 그 역시 공갈, 상해죄로 전과가 쌓인 인물이다. 「이카이노 도깨비」는 기나가시 같은 일본식 옷을 입고 돌아다니다간 길 한복판에서 알몸이 될 테니 조심하라는 충고로 시작한다.

스치듯 지나가자마자
어느새 띠는 끌러졌다고 봐도 돼.
빙빙 도는
팽이처럼
자세를 바로잡았을 땐
몸에 지닌 것을
몽땅 털린 상태일 걸.
그건 필경
니혼 행세하는
조선이란 말이니
길에선 모두가
박수갈채!
그 작지도 않은 콧구멍을
벌름거리며

이 벽창호

이카이노 도깨비

호기심 많은 구경꾼 거느리고

보고 드리는 순서가 되지.

—「이카이노 도깨비」, 부분

경범죄로 걸려들 것을 피해 그렇게 빼앗은 옷은 '유실물'이라며 파출소에 갖다 준다. 멋대로 주워왔느니 하는 순경의 비난을 얌전히 듣곤 유카타는 털어서 자선함에 갖다 넣는다. "고세이 다리 파출소에는 / 듣자니 이번 여름만 해도 / 여든여덟 장이나 모였"다는데, 크리스마스 선물로는 백장 정도가 더 필요하다고 했다는 둥 너스레를 떤다. 이 정도는 가벼운 장난이라 할 만하다. 제멋대로인 자들에게 두드러진 타깃이 되는 것은 잽싸게 일본인이 되어 지저분하게 돈을 모으고 고상한 척하는 사장님이다. 더구나 예복이 초라할 것이라며 이웃사람들의 결혼식 참석마저 거절한 경우라면 말할 것도 없다.

풍채도 좋지 않은 주제에

종일 골프를 즐기고

번지르르 상류를 자처하는

사장일가.

우에하라 산업의 재난이었다.

큰딸의 혼례라며

급조한 가문(家紋)

자랑스레 새기고

신부의 의상부터 하오리까지

합계 250만 엔이라고 떠벌린다.

그러던 끝에

하필이면 예복이 없으니 라며
이웃 사람들
예식 참가를 거절한 것이다!

—「이카이노 도깨비」, 부분

열 받은 도깨비는 결혼식 전날 밤 몰래 혼례용 옷이 가득한 옷방에 들어가 마늘 세 통을 전기 곤로에 올려놓고 스위치를 켠다. 모든 섬유에 배인 마늘냄새에 사장 부부는 환장하고, 황급히 웨딩드레스를 애써 새로 구해왔지만 지울 수 없는 냄새에 하객들이 모두 떠나가 버렸단다. 역 플랫폼에서 우신 들고 골프 치는 포즈를 취하던 샐러리맨 우산에 스스로 몸을 부딪쳐놓곤 50만 엔 상해로 소송을 건 일도 있다.

이카이노 도깨비는 이렇게 꼴같잖은 이들에게 시비를 걸고 범죄의 경계선에서 심술궂은 장난을 부리는 사람이지만, 그런 장난이나 심술의 바탕에 있는 것은, 있어도 보지 못하는 자, 고상한 척하며 허세를 부리는 자에 대한 경멸, 그리고 자신이 옳다고 믿는 것에 대한 서슴없는 자긍심이다. 시 마지막에 나오는 에피소드를 말하며 시인은 이렇게 쓴다. "이카이노 도깨비 / 심술쟁이. / 이것만은 / 알고 있어야지. / 어젯밤 막차에서의 / 주먹다짐도 / 나만은 이유를 안다." 한 여자가 술주정꾼의 애먼 시비에 걸려 난처해하건만 주변에선 모두 못 본 척하자, 참다못한 도깨비가 드잡아 밀치곤 한 방 먹인 것이다. 정의감이니 뭐니 떠들 것도 없이, 부당하다 싶은 건 그냥 보아 넘기지 못하는 태도가 이카이노 도깨비의 그 모든 시비와 심술, 상해와 공갈의 이유인 것이다. 제멋대로 하는 모든 행동의 이유인 것이다.

이카이노 도깨비 또한 「노래 하나」의 사내처럼 아무것도 아닌 자고 제멋대로 하는 자다. 도깨비가 사내와 다른 것은 그 사내처럼 맺힌 것이 없어 보이고, 비장하지 않으며, 유머가 있다는 점이다. 「노래 하나」의 사내는 꼴사나운 숙부에게 맺힌 미움이 있었고, 그것을 언젠가 처단하리라는 생각이 그의 마음 한쪽에 깊이 새겨져 있었다. 그런 비장함으로 그는 자신의 존재를 드러내는 뜻밖의 '한 방'을 먹인 것이다. 이와 달리 이카이노 도깨비는 꼴사나운 우에하라 사장에게조차 언젠가 크게 '한 방'을 먹여주겠다는 비장한 결심 같은 것이 없다. 꼴사나움의 크기만큼 크게 맘먹고 골탕을 먹여줄 뿐이다. 그렇게 골탕을 먹여줄 때에도 장난기 어린 유머감각을 잊지 않는다.

비장한 결심은 비극적 결과를 감수하더라도 결정적 한 방을 날려주겠다는 마음으로 이어지게 마련이다. 비장함은 그렇기에 '한 방'의 비극으로 끝나기 십상이다. '목숨 걸고', 혹은 '명운을 걸고' 날릴 한 방의 결정타를 결심했기에 비장한 것이다. 비극을 향해 자신을 던지는 비장함에는 자신이 아무것도 아닌 자가 아님을 보여주겠다는 마음이 강하게 자리 잡고 있다. 사내의 '제멋대로'가 한 번으로 끝나고 마는 것은 이 때문이다. 반면 이카이노 도깨비는 그런 한 방보다 자신의 존재가, 그것의 지속이 더 소중함을 안다. 그는 한 방에 만족하지 않는다. 반복하고 반복하여 남들을 골탕 먹이는 제멋대로의 행동을 한다. 그러기 위해선 가벼워져야 한다. 미움이나 원한에 사로잡혀 자신을 던지는 무거움이 아니라, 아무리 열 받아도 모든 상황, 모든 사람을 거리를 두고 볼 수 있고, 그 거리에서 웃음을 끄집어낼 수 있는 유머감각이 그와 짝한다. 자신이 아무것도 아닌 자가 아님을 '보여주겠다'는 마음 같은 것도 없다. 아무것도 아닌 자로 계속 '존재하겠다'는 마음이 있을 뿐이다. 그것이 아무것도 아닌 자의 힘임을 잘 아는 것일 터이다. 이것이 아무것도 아닌 자로서 존재하는, 그런 존재를 지속하는 좀 더 긍정적인 길은 아닐까?

4. 수직의 힘과 수평의 힘

'없어도 있는 자', 아무것도 아닌 자의 힘을 보여주는 또 하나의 흥미로운 인물은 「나날의 깊이에서 2」에 나오는 영지할머니다. 이 시는 우선 갑자기 벽을 뚫고 들어온 드릴에 대해 말하면서 함께 '구국선언' 지원대회에서 팔을 치켜든 이웃이나 동료라 해도 벽을 걷어치우면, 그 거리를 제거해버리면 안 된다는 깨달음을 길게 적는다. 그런 경계가 없다면 의도와 무관하게, 자신에게 무심코 밀고 들어온 이웃의 드릴에 치명상을 입을 수 있다는 말이다. 이는 사실 반대로 자신이 이웃에게 그러할 수 있음을 말하려는 것이기도 하다. 자신이 별 생각 없이 이웃인 영지할머니가 떡을 싸서 보내준 그날 아침의 〈조선신보〉—조선총련 기관지—를 보고 흘린 말이 그에게 드릴처럼 밀고 들어갔고, 그로 인해 일단 "떠들기 시작하면 / 어찌 해볼 도리가 없다"는 영지할머니의 반격을 받았던 에피소드가 그것이다.

일의 시작이 된 반사(反射)의 경우도
평소의 경모(敬慕)가 분출된 것일 뿐
절대로 영지할머니
싹싹함을 비난하려는 건
결코 아니었다.
그런데 봐라.
비록 심부름 왔던 며느리가
놀라서 일러바쳤다 할지라도 말이다,
쑥떡을 보내준
친절한 후의(厚意)까지 욕을 얻어먹었다고.
그것은 본의(本意)가 아니다.
아무리 친해도 그렇지,
설마 막 배포한 조선신보(朝鮮新報)가
떡을 싼 채 돌아오다니, 기막힐 노릇 아닌가!
그래서 그만
그것도 아내를 응시하면서

아니 내 자신의 주체사상을 향해

고함친 것이다!

　무례하구만!

　위대하신 수령님께 무례하구만!

이것이 오늘 아침

소동이 일어나게 된 전말이다.

사태를 추려보자면, '나'의 이웃인 영지할머니가 '나'에게 떡을 보내주었는데 막 배포한 조선총련 기관지 〈조선신보〉를 읽지 않고 떡을 싸는데 사용한 것이다. 그걸 보고 '나'는 기겁을 하여 "위대하신 수령님께 무례하다"고 무심코 말을 했고, 그 얘기를 떡 심부름 왔던 그 집 며느리가 듣고 영지할머니에게 전한 것이다. 그러자 영지할머니는 떡을 보내준 후의를 무시했다면서 찾아와 '떠들기 시작'하여 한바탕 소동을 겪었다는 얘기다. 영지할머니가 했다는 말은 다음과 같다.

경애하느은,

경애하느은,

경애하는 경애하는

경애하느으으은

이것으로 됐나

앞으로 10만 일(日) 동안 말해 두노니

경애하느은이다!

경애하는

경애하는

한 분밖에 실리지 않는 신문

안 읽어도

읽어도

긴닛세잖아!![102]

—「나날의 깊이에서 2」, 부분

한 분밖에 실리지 않고, 실리는 얘기도 허구한 날 다를 게 없으니 읽으나 안 읽으나 다를 게 뭐가 있냐는 말이다. '나'는 이 말이 정곡을 찌른 말이라고 생각한다.

이야
의외지만 이건 사실이다!
'김일성 원수님'을 빼버리면
아무것도 남지 않는다!
아무것도 남지 않을 만큼
그분이 조선인 것이다!
조선이 그분을
보도하기 때문에
수령님만의
신문이 되는 것이다!
이건 대단한 일이다.
영지할머니도
나도
틀리지 않았음이 증명되었다!

—「나날의 깊이에서 2」, 부분

영지할머니가 일단 입을 열면 어찌해볼 수 없다고 했는데, 그건 단지

102. 긴닛세는 김일성(金日成)의 일본식 발음이다. 원문에서 한자 표시 없이 가타카나로 표기되어 있다.

목소리가 크고 막무가내여서 그런 게 아니라 '나'처럼 진지하고 성실한 사람조차 생각지 못한 뜻밖의 진실을 정확히 포착하고 있기 때문이었던 것이다. 또한 영지할머니는 그런 사실을 입 밖에 내는 데 두려움이 없다. 눈치를 보지 않고 스스로 포착한 세상의 진실을 '제멋대로' 말하는 것이다. 영지할머니, 평소 친하게 지내는 이웃이지만, 정치 같은 거창한 일에 아무 생각이 없으리라고 믿었던 인물이다. 또 다른 의미에서 '아무것도 아닌 자'였던 셈이다. 그런 이의 입에서 정치적 활동가조차 잊고 있는 중요한 진실을 듣게 된 것이다. 이는 그 운동에서 '아무것도 아닌 자'가 아니었기에 생각하지 못했던 진실이고, 생각했다 해도 '제멋대로인 자'가 아니어서 함부로 말하지 못했던 진실이다. 영지할머니가 그것을 볼 수 있었던 것은 그가 아무것도 아닌 자였기 때문이고, 그가 그것을 말할 수 있었던 것은 그가 제멋대로인 자였기 때문이다. 이것이 아무것도 아닌 자의 힘이다.

하지만 시의 화자인 '나'는 신중하다. '나'는 영지할머니의 말이 틀리지 않다고 인정하지만, 자신 또한 그렇게 생각할 이유가 있다고 생각한다. 그렇기에 영지할머니도, 나도 틀리지 않았다고 생각한다. "아무도 남지 않을 만큼 / 그분이 조선"이기에, "'김일성 원수님'을 빼면 / 아무것도 남지 않는다"고. 그러니 그분을 보도한 당일 신문으로 떡을 싸 보낸 것에 분개할 이유가 있다고. 물론 반어와 풍자를 위한 것이라 해도. 문제는 그렇게 각자의 옳음이 있지만, 자신이 옳다고 믿는 바를 다른 이들 또한 그리 믿어야 한다고 생각했던 것, 그걸 무심코 말해버린 것이 문제였다고 정리한다. 앞서 나에게 뚫고 들어온 드릴과 벽 얘기로 다시 돌아간다.

> 역시 문제가 되었던 건 오직
> 격의 없는 무분별이었다!
> 이제부터는
> 조심하자.

명확히 주체(主體)를 주시하고
이웃과의 교제에도 선을 지키자.

—「나날의 깊이에서 2」, 부분

이웃과의 관계에서 선을 지키자는 말은 앞서 드릴의 얘기가 있으니 이 말을 그저 반어적 농담이라고 하긴 어렵지만, 과장마저 섞어 너무 명시적으로 말하기에 그 반어적 색조를 놓치기 어렵다. 이 반어적 색조는 이웃 간의 벽에 대한 생각을 잠식한다기보다는 영지할머니와의 관계에서 생겨난 거리를 잠식하는 것으로 보인다. 이는 조금 뒤에 아내와 자신의 살림 얘기를 하면서 자신들을 "집째 회전시키는 세로의 힘"과 대비되는 "수평회전", 즉 가로의 힘과 연결된다.

설령 내가
반 마력의 회전을 멈추어 본들
집째 회전시키는 세로의 힘에는
거스를 길이 없다.
알다시피
우리의 벌이는
녹로(轆轤)라든가
연마기라든가
수평 회전으로부터 짜내는 것뿐이다.
그런데 주어지는 생활비로 말하자면
세로를 세로로 연결하고
그 연결을 횡(橫)으로
옆으로 넘겨주어야 하는 구조 밖에선
돌아(廻)오지 않는다.

—「나날의 깊이에서 2」, 부분

수직의 힘이란 자신들의 삶을 지배하는 자본주의적 구조의 힘뿐 아니라 자신들의 활동을 지배하는 수직적인 조직의 힘이다. 수평회전이란 자신들이 일을 하며 직접 회전시키는 것이다. 그것은 세로의 힘에 대비되는 가로의 힘인데, 이웃 간의 연대 또한 이 가로의 힘에 속한다. 생활비는 세로를 세로로 연결하는 힘을 옆에서 옆으로 넘겨주어야 하는 구조 속에서만 내게 돌아온다. 이웃 또한 그럴 것이다. 각자가 속한 세로의 힘들이 각자를 사로잡고 있는 것이니, 이웃관계란 그런 세로의 힘들이 횡으로 연결되는 관계인 셈이다. 그런 구조를 벗어날 수 없으니 이웃관계 또한 순수하게 수평적 관계가 아니다. '내'가 영지할머니와 충돌했던 것도 실은 이렇듯 '나'를 사로잡은 수직의 힘과 영지할머니가 충돌한 것이다. 이웃 간에 분별이 있어야 하고, 교제의 선을 지켜야 한다는 말을 고지식하게 해석한다면, 이런 충돌이 발생하지 않도록 조심해야 한다는 의미일 것이다.

영지할머니는 숙부의 파친코를 때려 부순 사내처럼 비장하거나 거칠지 않다. 그렇다고 이카이노 도깨비처럼 짓궂거나 장난스럽지 않다. 이 에피소드에서 웃음은 거대한 수직의 힘에 가려 보지 못하는 진실을 솔직하게 보고 직설적으로 말하는 영지할머니의 언행과 거기서 의외의 진실을 보고 받아들이는 '나'의 태도에서 나온다. 영지할머니의 언행은 무겁고 거창한 자들은 감히 말하지 못할 것을 '제멋대로' 말하는, 아무것도 아닌 자의 언행이다. '나'는 그 제멋대로의 언행을, 자신과 이어진 수직의 힘으로 걷어차는 대신, 그 수평의 회전이 만들어낸 힘을 받아 자신을 누르는 수직의 힘에 대해 다시 생각하고 벗겨남으로써 최대치의 긍정적 힘으로 증폭시킨다. '나' 자신이 그 수직의 힘에 대해 항의하는 소란스런 비명으로 천장을 부수며 올라가고자 한다.

벽 너머에서
저놈이 뾰족해지고

땅을 울리며
못다 이룬 사회주의가
프레스를 두들겨댄다!
집은 드럼!
나는 심벌즈!
치고 또 치고
소란을 피우고
소란에 뒤섞여
내가 사라진다.
장중한 파이프오르간
내게 알맞은
빠져나갈 구멍 속.
선율은
별만큼이나
기도를 장식하고
제 각각
원통의 어둠 속을 빠져나갈 테지만
언젠가 내 비명이
천창을 부수었다고 상상해주지 않겠나?!
  드르륵 벌러덩
    빙글빙글 끼익
익숙함이 뒤엉키고
연마기가 돈다.
한껏 큰 소리로 욕을 퍼부으며
닿지 않는 외침이
나를 넘어간다.

–「나날의 깊이에서 2」, 부분

집을 통째로 회전시키고 집을 드럼 삼아 두들기는 힘에 대해, 나는 심벌즈가 되어 소란을 피우고 그 소란을 따라 장중한 파이프오르간, 소리를 증폭시키는 파이프 구멍을 타고 올라가 천장을 부수고 싶다고 한다. 연마기가 도는 수평회전의 힘을 따라 이웃 간의 익숙함이 뒤엉키며 소란스러워진다. 크게 욕을 퍼붓지만 욕하려는 대상에겐 가닿지 않을 외침일 게다. 그러나 그 외침은 나를 휘감고 나를 타고 넘어간다. 서로 뒤섞여 천장을 향한 '아우성'이 되어. 수직의 힘에 짓눌린 '신음'소리를 지우며("우리 직종에는 / 신음과 아우성 / 두 가지가 있다고 이전에도 말했다."). 아무것도 아닌 자의 힘, 그것은 때론 친한 이웃조차 수직의 힘을 거슬러 상승하는 운동으로 밀어 넣고, 수직의 힘에서 벗어나게 한다. 제멋대로 하는 자의 힘, 그것은 다른 이들로 하여금 제멋대로 하게 하는 힘이기도 한 것이다. 이것이 영지할머니가 앞서의 다른 이들과 다른 점이다.

이 '아무것도 아닌 자'에 하나만 더 간단히 추가하자면, 〈조신신보〉와 〈조선와보〉에 나오는, 특정되지도 않는 인물들이 그들이다. 영지할머니와 다투게 했던 〈조선신보〉를 접어서 종이비행기로 날리는 이카이노의 꼬마들, 그리고 평소 아주 엄숙하고 근엄하여 누구의 손길도 닿지 않던 수령님의 사진에 손을 대 볼에 얼룩을 내고 코밑에 수염을 갖게 하여 비로소 "사람 중 하나"로 만든 누군가의 손. 이름은 물론 개체성마저 얻지 못했다는 점에서 이들은 누구보다 더 '아무것도 아닌 자'라 하겠다. 이들 또한 제멋대로 하는 자다. 감히 수령님 기사가 실린 조선총련 기관지를 비행기로 접어 날리고, 감히 손댈 수 없는 수령님의 사진에 손때 묻히는 자들이다. 그러니 이들이 제멋대로인 것은 앞서와 달리 무구성 때문이다. 아무 의도도 없고 아무 생각도 없이 그저 무구하기에, 더없이 엄숙한 권위, 더없이 강력한 수직의 힘을 유희의 세계로 불러들이고 있는 것이다. 무구성 또한 아무것도 아닌 자의 힘을 가동시키는 중요한 성분이다.

5. 감응의 다양체

있어도 없는 자는 서럽다. 있어도 보이지 않기에 서럽고, 보이지 않기에 죽어도 목숨으로 세어지지 않으니 슬프다. 이러한 부정의 사태 속에서는 '있음'마저 서러워할 이유가 된다. 무시와 부정의 대상이 바로 그 '있음'이기 때문이다. 고통 받는 타자의 윤리학은, 보이지 않는 것을 보이게 하는 감각의 정치학은 이 설움의 감정, 슬픔의 감정에 기반한다. 그것을 '근본기분'으로 한다. 조건에 따라, 사정에 따라 여러 가지 감정들이 있을 수 있겠지만, 있어도 없는 자로 설정되는 순간, 그 모든 감정은 이 설움의 감정, 슬픔의 감정으로 채색된다. 다른 감정은 있어도 보이지 않게 된다.

슬프기만 한 삶이 어디 있을까만, 보이지 않는 자의 감정이 전면에 나서는 순간, 다른 감정들은 한없이 작은 것으로 축소되어 설움의 감정에 흡수되고 설 곳을 잃은 채 슬픔 속으로 녹아들어가 버린다. 보이지 않는 자들 또한 기쁨의 감정이나 웃음이 없을 리 없지만, 보지 못하는 '그들'을 비판하고 그들의 인정을 받아내야 하기에, 웃음이나 기쁨은 있어도 감추어야 한다. 고통 받는 타자가 고통스런 얼굴을 짓고 있지 않다면 그는 이미 고통 받는 타자이기를 그치게 되고, 있어도 보이지 않는 자가 웃고 떠든다면 보이지 않는 자의 자리를 벗어나야 할 이유를 말하기 어렵기 때문이다. 중요한 것은 설움과 분노를 표현하는 것이다. 타자의 윤리학이나 보이지 않는 자의 정치학에 기쁨이나 웃음이, 유머 감각이 들어설 자리가 없음은 이 때문이다.

없어도 있는 자의 심적 상태는 무시해도 사라지지 않고, 없애려 해도 없어지지 않는 자신의 존재에 대한 자긍에 기반한다. 이러한 자긍은 남들의 시선에 개의치 않을 수 있는 거리를, 때론 남들의 비난조차 익살로 받아넘길 수 있는 여유를 갖고 있다. 「보이지 않는 동네」의 어조가 바로 그렇다. 스스로 이름을 지우고 김치냄새를 봉했던 것을 말할 때조차 익살스런 어조로 쓴다. 물론 없어도 있는 자를 자처한다 해도 설움이나 통한이 없을 리 없다. 분노나 슬픔도 있을 것이고, 답답함이나 회한 또한 있을 것이다. 자긍심을 가진 자이기에 어쩌면 차별이나 무시에 훨씬 더 민감할 것이고, 거기서 느끼는 고통이나 분노 또한 더 클 것이다. 자긍한다고는 했지만, 없어도 있는 자의 처지를 스스로 선택했을 리 없다. 있음과 없음이 어긋나버린 포지션이란 스스로 좋아서 선택하여 서게 된 게 아니라 떠밀리고 갇히며 서게 된 것이기 마련이다. 그런 어긋남이란 자신이 속한 세계의 배신, 자신과 인접한 이들의 거절로 인해 시작된 것이기 때문이다.

그러나 없어도 있는 자가 있어도 없는 자와 다른 점은, 분노나 슬픔의 감정만으로 자신의 삶을 채색하지 않는다는 것이다. 슬픔의 계열에 속하는 많은 감정들이 있지만, 자신을 긍정하는 자들이기에 심지어 무시하고 보지 못하는 자를 웃어줄 줄 아는 거리와 여유를 갖고 있다. 그래서 그들에게 슬픔은 결코 일차적이지 않다. 그들이 무시한다고 나의 존재가 없다 할 수 있겠느냐며, 코를 틀어막고 인상을 찌푸리며 비난의 눈총을 던지는 경우에조차 웃으며 받아넘기거나, 한술 더 뜨기도 한다. '허허, 냄새가 좀 나지? 삶의 냄새라네. 냄새 안 나는 삶이란 뻥 아니면 폼 아니겠나?', 이런 식으로. 그래서 슬픔을 표현할 때조차 그것은 여유 있는 웃음과 더불어 나타나는 경우가 많고, 회한을 드러낼 때조차 그것은 연민이나 공감을 구하는 어조가 아니라 아득한 소망 속에 스스로를 묻으며 추스르는 경우가 많다. 이들의 분노는 '그들'에 대한 앙심으로 침전되지 않으며 이들의 설움은 '그들'의 인정을 구하지 않는다. 그것은 스스로의 삶을 있는 그대로 긍정하듯 있는 그대로 드러내고 표현할 뿐이다.

물론 때로는 슬픔과 설움이 배어나오기도 하고, 분노가 직접적으로 표출되기도 하며, 답답하여 도망치려는 감정이 드러나기도 하지만, 슬픔과 다른 계열의 감정들이 일차적이기에 그 상이한 감정들이 서로 섞이고 공존하며 이행하는 양상으로 나타난다. '있어도 없는 자'의 시가 다양한 감정들을 슬픔이나 분노라는 '하나의' 감정으로 귀속시킨다면, '없어도 있는 자'의 시는 슬픔이나 분노마저 다양한 감정들의 연속체 속에 녹여 넣는다. 전자에서 감응은 특정한 색채의 감정으로 회수된다면, 후자에서는 상이한 감정들이 감응 속에서 섞이고 이행한다.

자기를 긍정하는 자의 긍정적 감정과 부정당하는 처지에서 오는 부정적 감정이 때론 뒤섞이고, 때론 하나가 다른 것으로 이행하며 표현된다. 다양한 감정들이 그렇게 섞이고 이행하며 어떤 '연속적 다양체'(베르그손)를 형성한다.[103] 이렇게 혼합과 이행의 상태 속에 있는 감정의 다양체를 감응의 연속체라고 정의해도 좋을 것이다. 이러한 감응의 연속체를, 하나의 지배적 감정으로 다른 감정들이 귀속되는 '감정'과 대비하여 '감응(affect)'이라고 줄여서 사용해도 좋을 것이다.[104] 상이한 감정들이 베르그손이 말하는 '순수 지속'에서 그러하듯, 서로 섞이고 이행하는 감정들의 연속체로서의 감응.

이러한 연속체 안에서는 직선적으로 드러나는 하나의 감정조차 그 연속적 다양체가 보여주는 한 단면 내지 하나의 상태라고 해야 한다. 여기서는 여러 가지 감정들이 슬픔 내지 분노와 같은 하나의 거대한 감정으로 귀속되거나 포섭되지 않는다. 이 점에서 상이한 감정들의 연속체로서의 감응은 하나의 유기적 통일체가 된 감정과 대비된다. 기쁨도 단순하지 않아, 쓸쓸함이나 서러움이 밴 웃음으로 나오기도 하고, 분노가 스며든 익살로 표현되기도 하다. 그래서 때로는 감정들의 흐름 전체가 밝은 감응으로 나타나기도 하고 때로는 어둡고 슬픈 감응으로 나타나기도 하지만, 애처로운 웃음, 허탈한 웃음, 쓸쓸한 웃음, 어이없는 웃음, 허허로운 웃음 같은 다른 색조의 웃음이 있고 회한 어린 슬픔, 결연한 슬픔, 체념적 슬픔, 웃음이 밴 슬픔, 따뜻한 슬픔 같은 상이한 슬픔들이 있다. 여기서 중요한 것은 웃음이나 슬픔이 아니라 오히려 그 속에 배인 다른 감정들이다.

103. 베르그손, 『의식에 직접 주어진 것에 대한 시론』, 최화 역, 아카넷, 2001, 97쪽 이하.

104. 들뢰즈·가타리, 『철학이란 무엇인가』, 이정임 외 역, 현대미학사, 1995, 249쪽.

있어도 없는 자들의 감정 또한 사실은 다양한 상태들로 이행하며 섞여 있을 테지만, 그 모든 것은 슬픔이나 분노라는 하나의 감정 속으로 귀속되거나 흡수된다는 점에서 하나의 통일체다. 다양성을 잃은 다양체다.

다른 시집도 그렇지만 『이카이노 시집』에서는 아주 상반되는 감정들이 공존하며 섞이는 연속성을 여러 가지 양상으로 보여준다. 먼저 지금까지 본 것처럼 「보이지 않은 동네」가 무엇보다 그렇다. 전차마저 되도록 멀리 달리고 화장터는 얼른 눌러앉은 동네이고, 지도에 없으니 일본이 아니고 일본이 아니니 사라져버리든 말든 상관없겠지만, 그걸 한탄하는 게 아니라 "어찌 되든 좋으니 / 제멋대로 한다"며 웃으며 받아들인다. 시끄럽다고 비난할 것에 대해선 그릇마저 입을 갖고 있다며 활기를 즐거워하고, 걸핏하면 대접한다 판을 벌인다 자랑하며 "음울한 건 딱 질색"이라며 당당하다. 악취를 꺼리던 그들, 그래서 끝내 열지 못한 도시락은 잊혀지지 않지만 그런 시선을 자신의 내면으로 돌려 침전시키기보다는 고래고래 소리쳐 맞받아친다. 포로 같은 고통과 경제적 계산에 스스로 동네 이름을 지우고 김치냄새를 봉해버리기도 하지만, 그렇게 외면하는 자신에게서 느끼는 욱신거림을 감추진 못한다. 그렇게 이카이노는 "한숨을 통하게 하는 메탄가스"지만, 동시에 "뒤엉켜 휘감기는 / 암반의 뿌리"다. 소리고 대접이고 언제나 흘러넘치는 동네, 길들여지지 않는 야성이 살아 있는 동네. 이처럼 상반되기조차 하는 여러 감정들이 마구 뒤엉켜 섞여 있고, 때론 이 감정이 나서고 때론 저 감정이 고개를 들지만, 기본적으로는 자긍하는 자의 활기차고 익살스런 감정이 주조를 이루는 감응의 다양체를 우리는 이 시에서 발견한다.

「보이지 않는 동네」 뒤에 이어지는 세 편의 시 「노래 하나」, 「노래 둘」, 「노래 또 하나」는 이카이노의 조선인들의 이러한 감정과 감응을 '노래'를 빌미로 묘사한다. 「노래 하나」에서는 '아리랑'과 '도라지'라는 조선 노래, 「노래 둘」에서는 '만수산 민주도시'라는 북한 노래가 그것이다. 「노래 또 하나」는 이렇게 명시되는 노래가 아니라, '두들겨준다 / 두들겨준다'는 반복구를 통해 시 자체 안에서 만들어지는 노래인데, 이 시는 그

'노래'를 통해 상이한 감정들 사이를 가로지르며 감응의 다양체를 창조한다. 먼저 「노래 하나」는 앞서 본 것처럼, 못된 숙부에게 한 방을 먹여주려고 결심한 사내의 비장한 마음이 바탕에 깔려 있지만, 시는 그것을 표면에 드러내지 않는다.

> 기억이 난다.
> 전쟁 후 난리통.
> 더러운 물 줄줄 흐르는
> 닭장집.
> 그중에서도 더러웠던 건
> 몹시도 두꺼운
> 입술의 숙부.
> 번지르르
> 일본 신부 단장시켜
> 끝내
> 내 숙모를 내쫓았을 뿐 아니라
> 조선전쟁으로 도망쳐온
> 사촌형까지
> 넘겨버렸다.
> 씨발!
> 조센 그만둔 건 그때였지.
> 생각만 해도
> 울화통이 치밀어!

숙부의 못된 과거를 서술하며 그에 대한 사내의 분노를 드러내지만, 비장함을 드러내기엔 과단성 있는 행동의 속도가 너무 빠르다. 욕설 섞인 직설적 문장은 감정의 깊이 속으로 파고들어가는 대신 표면으로 뱉어낸다.

인칭대명사도, 이름이나 별명도 쓰지 않고 그저 '사내'라고 쓰기에 그의 행적과 행동에 대한 서술은 객관적인데, '뺑을 치는 듯한' 느낌의 과장스러운 어법으로 인해 약간 웃음기마저 느끼게 한다. "갑자기 층계참에서 / 마주친 사람은 사장 부인. / 삶은 달걀 같은 얼굴로 / 당신 누구우?! / 고 뭐고 어디 있어!! / 조센 있나아! / 라며 주저앉아 / 내어준 찻잔에 / 담배 꽂아 세워 / 두고 나서 / 구석의 대걸레자루 / 들쳐 메고 내려갔다."

그러다가 숙부의 파친코 기계를 때려 부순 뒤 경찰에 잡혀 추방의 길로 들어선 뒤에야 그의 비장함은 '내 나라야, 가주겠어!'라는 말로 뒤늦게 드러난다. 그리고 수용소로 끌려가는 동안 그가 부르는 노래를 통해 그의 감정은 표면으로 떠오른다. "아무리 불러도 / 노래는 하나", 그 하나의 노래로부터 오랜 세월을 잊지 않고 버티어온 고집스런 감정과 결과를 계산하지 않고 머리부터 들이밀며 치고 들어가는 '무뎃포'의 감정, 가진 거라곤 노래 하나밖에 없는 자의 무력함과 홀로 고립되어 추방당하는 자의 외로움, '내가 추방당하는 한이 있어도' 뭔가 보여주겠다는 비장함이 섞인 어떤 감응이 배어나온다. "사내의 노래는 / 파도 위 / 현해탄에 흔들리고 끊어지"듯이 그의 마음 역시 흔들리고 끊어지고 있을 터이다. 그렇게 흔들리고 끊어지면서도 미련스레 그의 결심을 버티어왔던 것이리라. 이 시는 이처럼 살짝 웃음기가 밴 행적의 서술에서 시작해, 괴팍한 행동의 약간은 과장스런 묘사를 거쳐, '노래 하나'로 응결된 여러 감정들이 아주 빠른 속도로 이행하며 하나의 감정적 연속체를 형성한다.

「노래 둘」은 이카이노를 떠나고 싶어 하는 하루코의 궤적을 따라간다. 그는 이카이노가 "이것저것 툭하면 간섭하는 것 같고 / 지저분하고 / 거칠"어서 싫다. 없어도 있는 동네라며 자긍하는 시인과는 반대편에 있는 셈이다. 생계에 쫓기며 바쁘지만, 그런 걸 바꿔볼 생각 없이 어머니는 느긋하다. 그런 하루코가 그런 어머니와 다투는 것은 피하기 어렵다. 그렇게 다툴 때면 하루코의 마음은 위축되고 이카이노에서 더 멀어진다. "멀리 저 너머 / 또 그 너머의 먼 동네를" 상상한다. "조만간 이카이노를 빠져나가자며 / 반대를 무릅쓰고" 결혼했던 남편은, 자립했다 싶은 순간 사고로 죽어버렸다. 하루코는 오랜만에 찾아온 친구와 신칸센을 타고 이카이노를 벗어나 여행을 한다. 한바탕 떠든 뒤의 썰렁함을 견디지 못해 불러 젖히는 노래는 롤러를 밀며 배운 "금수산 민주수도". 아는 이는 민망해하지만, 아는지 모르는지 다른 손님들은 흥이 난다. 이카이노를 벗어나려는 마음을 따라간 여행이지만, 그의 행동은 이카이노 식이다! 썰렁함을 참지 못해 어느새 목청 높여 노래하는 흥과 활기, 남들의 시선이나 아는 이의 민망함에 아랑곳하지 않는 두꺼운 신경줄……. "신칸센은 쾌적했지만 / 가는 데마다 / 아무리 멀리 가도 / 낯익은 이카이노 아가씨는 거기에 있었다." 사실 이것이 하루코의 힘이다. 이카이노를 벗어나게 해줄 배를 기다리지만, 어디를 가도 여전히 거기 있을 낯익은 이카이노를 어찌 떨구어버릴 수 있을 것인가. 거칠고 지저분한 이카이노가 싫어 떠나기를 소망하지만, 그런 하루코조차 어느새 흥과 활기를 따라 행동하고 마는 이카이노 식 감응이 몸에 배어 있는 것이다.

"두들겨준다 / 두들겨준다"는 반복구를 조금씩 바꾸어가는 말의 리듬이 어느새 혀에 감겨들고 몸에 감겨드는 시 「노래 또 하나」는 구두수선으로 먹고사는 이카이노 조선인의 독백조로 펼쳐진다. "열 켤레 두들겨 / 사십 엔", "일당 오천 엔 / 벌이"의 힘겨운 노동이지만 한탄하는 대신 "한가한 놈은 계산해 봐!"라며 슬그머니 웃음을 담은 말로 희미하게 배인 자조의 색조를 지워버린다. "분주함만이 / 밥의 희망"이라며 시작한 '두들겨준다'는 어느새 비약해 "온 일본의 구두 밑창 / 때리고 두들겨 / 밥으로 삼는"다면서 과장된 말로 '별 볼 일 없다'할 처지를 부풀려 자랑하듯 익살 섞인 어조로 날아오른다.

> 두들기고 나르고
> 쌓아 올리고
> 온 가족이 달려들어 살아간다.

온 일본의 구두 밑창
때리고 두들겨
밥으로 삼는다.

두들기고 두들기고
두들겨댄다.
있으면서 없는 우리
도망치는 계절에
이 시름 두들기고
두들겨댄다.

(중략)

두들기고 두들기고
두들겨댄다
석유 벼락부자 살찌운
정치라는 걸 두들겨 박는다!

(중략)

두들기고 더듬고
두들겨댄다.
원통한 아버지를
두들겨댄다.

날아오른 김에 그 두들기는 힘을 더 밀고가 "시름을 두들기고", "정치라는 걸 두들겨 박는다." 그러다가는 방향을 확 틀어서 "뼈가 운다고 / 어머니가 울고 / 아버지는 묵묵히 / 불단 위에" 있다며 가족사에 배인 가슴 아픈 감정을 향해 곧장 날아간다. 두들겨대면 한 맺힌 '뼈의 심사'가 풀어지지 않으려나 싶어 "원통한 아버지를 / 두들겨댄다." 그렇게 두들기는 마음을 따라, 돈이 되니까 고향보다 좋다며 일본을 찾아오는 이들에게, 또한 그렇게 찌끄레기 낙수에나 매달리는 나라에게 "뒈져버려라!"며 직설적인 욕을 퍼붓는다. 그리곤 그렇게 찾아오는 이들을 타고 거슬러 올라가, 두고 떠나온 고향으로, 고향에 대한 그리움으로 옮겨간다.

수도 없이 방향을 트는 이 감정의 이행 끝에, 시는 다시 "격자에 사로잡힌 삶"으로 되돌아온다. "푸념할 틈도 없다. / 울지도 않는다"면서 두들겨대는 삶으로 되돌아온다. 이렇듯 시는 자조(自嘲)마저 지워버리는 웃음과 과장으로 빚은 익살에서 원통한 울분과 눈물 나는 슬픔으로 옮겨갔다가, 직설적인 욕에서 그리움으로, 그리곤 묵묵한 일상의 감정으로 매우 빠르게 이행한다. 인접한 감정들을 따라 진행되는 환유적 여행이다. 이렇게 횡단하는 감정의 변화를 따라 이 상이한 감정들은 뒤섞인다. '두들겨준다 / 두들겨준다'라는 반복구는 이 상이한 감정의 사태들을 두들겨주면서 상이한 감정들을 하나로 묶고 넘나들며 하나에서 다른 하나로 옮겨 다니도록 해준다. 이 말을 통해 그렇게 두들긴 감정들은 하나의 연속체로 이어지고 섞여든다. 이행하는 감정들이 섞이며 만들어지는 탁월한 감응의 다양체가 이 '두들겨준다'는 반복구의 리듬 속에서, 그 리듬을 통해 만들어지는 노래 속에서 탄생한다.

물론 이 시집에 활기찬 웃음이나 고통의 감정을 뒤집어 거리를 만드는 반어, 익살스런 여유의 색조가 뚜렷한 작품만 있는 것은 아니고, 여러 감정 사이를 옮겨 다니며 뒤섞는 작품만 있는 것도 아니다. 「겨울숭어」에서는 술만 먹으면 울며 장탄식하는 사내의 슬픔이 명료하고, 「젖은 연기가 나다」에서는 오싹할 정도로 아름다운 불로 불법적인 산업폐기물을 태워 먹고사는 '화장터지기'와, 출구를 찾지 못해 제대로 타지 못한 채 매운 연기만 내는 그의 욕망이 답답하다. 「그래도 그날이 / 모든 날」은 일하는

데도 항상 걸림돌이 되건만, "하나도 없는데 / 두 개가 있"는 '고국' 사이에서 자식마저 조선으로 만들어버린 이의 얘기다. "우리끼리 함께 섞여들어 / 돌아갈 수 있는 나라"가 오리라는, "나날이 둔감해져 희미해지고 있는" 희망이 아련하고 아득하다. 「일본살이」 또한 그렇다. 가족이나 친족끼리 "도와도 도움이 되지 않는 / 그러한 도움"을 버팀목 삼아 살아왔지만, 그런 "일본살이가 한스럽다고 / 멍해진 상을 두드리며" 우는, "이카이노 그대로" 일본살이를 하는 숙부는 화자 자신의 모습이기도 하다.

그러나 이 시들에서조차 감정은 단순하지 않다. 「일본살이」에는 "도와도 도움이 되지 않는 / 그런 도움이 우리의 버팀목"이라는 긍지가 있고, 술 마시고 우는 숙부 또한 그런 식으로 "일본을 살아도 원단 그대로"란 점에서 존경의 대상이다. 「그래도 그날이 / 모든 날」에서 '그날이 오리라'는 막연한 희망은, "친해졌다 싶으면 밀려나오"기에 "눌러 살기엔 너무 힘들"지만, 또 "일하는 데도 / 조선은 항상 걸림돌"임을 잘 알지만, 그래도 조선을 고집하며 '엄마', '아빠'란 말을 고수하는 자긍심의 표현이다. 「젖은 연기가 나다」의 화장터지기는 "이따위 일이라면 / 언제든 얻을 수 있는" 더러운 일을 하지만 "돈만 내면 어려울 게 없는 잘나가는 분"이나 "내버리면 깔끔해지는 / 시민님들보다" 이 "고생을 무릅쓰고 받아들이는 / 나의 이 / 의지가 훨씬 더 제대로 된 것"이라는 믿음이 있다. 자신이 피우는 불에서 "오싹할 정도로 아름"다움을 보며 자신의 화염이 제 색깔을 내며 타오를 날을 젖은 연기 속에서 찾는다. 「겨울 숭어」의 울보 '나카오리' 아저씨는 평소엔 "입을 꾹 다물어 듬직한" 인물이고, "한국에서 오는 생선은 뭐든" 자기 것이라 우기며 자신이 하는 일을 자긍하는 사람이다. 어느 것이든 그저 슬픔만은 아니게 하는 다른 감정들이 섞여 있다.

또 하나 잊지 말아야 할 것은, 이 시들은 앞서 언급한 시들, 그리고 「조선신보」나 「조선와보」, 「이카이노 도깨비」처럼 밝은 색조를 갖는 시들과 함께, 애초에 하나의 장편시로 구상되었던[105] 이 시집을 직조하는 작품으로 읽어야 한다는 점이다. 슬픔이든 활기든, 답답함이든 익살이든, 시마다 색조를 달리하며 맞물리고 이어지며 시집 전체를 하나의 연속적 감정의 다양체로 만드는 작품으로, 즉 하나의 감정을 명백히 드러낼 때조차 그것은 이 감정의 연속체 안에서 어떤 한 지점, 어떤 한 상태라고 보아야 한다. 이 연속체에서 가장 앞에 있으며, '이카이노'라는 동네 전체의 상을 그리고 있는 「보이지 않는 동네」는, 앞부분에 배치된 「노래」와 더불어 이 연속체의 색조 전체를 규정하는 일종의 밑색을 칠해준다고 하겠다. 그러면서도 「겨울 숭어」와 어두운 색조의 「나날의 깊이에서 1」 뒤에 유머감각이 빛나는 「나날의 깊이에서 2」와 「조선신보」, 「조선와보」를 배치하고 가장 익살스런 시 「이카이노 도깨비」로 그것을 상승시켰다가 쿨한 색조의 「나날의 깊이에서 3」으로 받기에, 감응의 색조는 상이한 감정 사이를 오가며 단순함에서 벗어난다.

「재일의 끝에서」가 그 뒤에 5편 연이어 있는데, 「재일의 끝에서 1」은 스타가 된 재일의 배구선수와 시인 자신의, 닮았지만 먼, "서로 모르는 사이인데 / 서로 알고 있는 사이"의 거리 사이에서 씌어지는데, 그렇기에 감정은 매우 절제되어 있다. 자신과 멀지만 아주 닮은 재일인의 성공에서 느끼는 기쁨과 한국으로 귀화하려 한다는 소문에서 느끼는 우려와 불편함이, 동질감과 위화감이 혼합된 새로운 감정이 절제된 언어 속에서 모습을 드러낸다. 어쩌면 가장 격한 분노나 원통함을 담고 있을 법한 시 「재일의 끝에서 2」는 조국이라고 찾아갔다가 간첩으로 몰린 한국유학생들의 불행을 다루지만, 사태를 서술하는 방식이 반어적이어서 쉬운 '공감'을 불러내지 않으며, 번번히 "조국니임 / 너무 냉혹해요!", "대통령니임!! / 겁나 끔찍해요오!"와 같은 비명 같은 항의에 조롱과 익살을 섞는 과장된 어법을 통해 분노를 분루(忿漏)의 감정에서 꺼내 놓는다. 「재일의 끝에서 4」는 아버지의 죽음의 순간을, 아내와 아이를 낳고자 아내를 안고 있던 시간과 겹쳐놓음으로써, 더없이 안타까운 비통함과 아이의 탄생에 함축된 기쁨을

105. 김시종, 「猪飼野詩集 後記」, 『猪飼野詩集』, 岩波書店, 213쪽.

섞어 아주 낯선 감정을 생산한다. 기쁨도 슬픔, 동질감도 위화감 사이에서 그 어느 것도 아니면서 그 모두이기도 한 새로운 감정들이, 이처럼 섞이는 감정들의 새로운 혼합에 따라 표면에 떠오른다.

어두운 색조의 감정이 가장 강해지는 것은 「젖은 연기가 난다」로부터 「일본살이」와 「밤」에 이르는 마지막 부분이다. 「이카이노 도깨비」가 익살스런 감정의 산마루였다면, 이 부분은 가장 깊고 어두운 계곡이라 하겠다. 하지만 그 뒤에 '가로막는' 것을 '사이에 두고' 하나의 풍경을 형성하는 것으로 보고, 그런 마을을 '멀리 두고' 시가지가 펼쳐지는 것으로 보면서, 그 모든 의미를 동시에 품고 있는 하나의 단어('隔てる', 가로막다)를 통해 경계를 넘나들며 멋진 '풍경의 다양체'를 만들어내는 시 「가로막힌 풍경」이 이어지면서 어두운 감정의 색조는 중성화된 톤으로 변화된다.

그 뒤에 있는 마지막 시 「아침까지의 얼굴」의 첫 문장은 이렇다. "그녀의 강함의 정체는 어지간히 수수께끼다. 그것은 몸 상태와는 동떨어진 각별한 생활력이기에." 「없어도 있는 동네」의 목소리 크고 대접하기 좋아하며 대범하고 의기양양함에서 시작한 시집이, 과로로 병들었지만 몸 상태와 동떨어진 강함의 정체를 묻는 시로 끝나고 있는 것이다. 그 강함은 뿌리박기 힘든 단단한 암반 위에서 살아야 했기에, 거기 뿌리박아야 했기에 생겨난 것이다. 하지만 이 「아침까지의 얼굴」은 단순히 강함만을 부각시키지 않는다. 이 각별한 생활력에서 보이는 강함은 할머니, 어머니, 딸로 이어지지만, 그들 간에도 서로를 이해하기 힘든 벽이 사이에 있다. 그러면서도 태어나지도 않은 곳인 어머니의 고향을, 어머니의 기억과 이야기가 스며든 장소를 자신의 고향으로 삼는 딸을 통해 "통에 갇히지 않고선 싹틔울 수 없는 삶"에 대해, 다시 말해 통에 갇힘으로써 새로운 싹을 틔우는 삶에 대해, 그 삶의 미묘한 색조에 대해 시인은 쓴다. 생물학적으로 이어지고 지성적으로 끊어지면서 감성적 거리 속에서 다시 이어지는 복잡하고 미묘한 연계의 선이 '그녀의 강함'을 둘러싸고 있는 것이다. 이 시의 마지막 문장은 처음에 던진 '강함의 정체'를 객관적인 어조로 서술하면서, 바람처럼 다가왔다 멀어져가는 여운 속에서 그 강함에 스며들어 있는 '고향의 떨림'을 슬며시 섞는다.

> 암반 위의 삶이 강한 것은 무엇 때문인지, 그녀에게 별다른 이유가 있는 건 아니다. 단지 뿌리박기 힘든 이향의 단단함 위에도, 털썩 눌러앉을 곳이 있음을 알고 있을 뿐.
>
> 벌거벗은 뿌리를 거꾸로 치켜들고, 수선대는 바람이 건너는 희미한 어둠을 쳐다보는 것이, 설마 그녀를 싸안은 고향의 떨림일 줄 아직 누구도 알 턱이 없으리라.
>
> ―「아침까지의 얼굴」, 부분

6. 재일의 끝, 재일의 경계

이카이노, 이름이 지워져 "있는 그대로 사라지고 있는 동네"다. 그렇게 지워져 없어지지만 없다고 할 수 없는 동네라 하는데, 그렇기에 그 동네는 경계를 가질 것이다. 표지판은 없어도 동네가 주위와 다르기에 구별되는 경계를 가질 것은 분명하다. 이름과 함께 명칭상의 경계는 지워졌겠지만 그래도 다른 곳과 구별되는 경계를 가질 것이다. 그러나 경계를 단지 행정적 구획이나 지리적 표상으로 생각한다면 "없어도 있는 동네"란 말을 아직 제대로 이해하지 못한 것이다. 이름과 함께 행정적 구획선은 사라져버렸고 지리적 경계는 의미가 없게 되어버렸지만, 그래도 이카이노는 존재한다. 특정한 장소에서 벗어났기에 오히려 어디에나 존재한다고 해야 한다. 하루코가 친구와 여행을 할 때, "아무리 멀리 가도 / 낯익은 이카이노 아가씨는 거기에 있었다"고 하지 않았던가(「노래 둘」). 그렇다고 아무데나 다 이카이노라고 할 순 없다. "더듬더듬 찾아"야 하는 곳이고, "코가 좋지 않으면 찾아오기 힘든" 곳이니(「보이지 않는 동네」). 어디에나 있지만,

아무데나 있는 것은 아니다. 장소를 갖지 않지만 경계가 없는 건 아니란 말이다. 이름을 지워버림으로써 "있는 그대로 사라지고 있는 동네"가 되었지만, 이는 역으로 '사라지고 있지만 여전히 있는 동네', 장소로부터 벗어났지만 어느 장소에든 있는 동네가 되었음을 의미하기도 한다. 재일의 삶을 뜻하는, 탈장소화된 동네, 그것이 이카이노다.

어떤 것의 경계란 그것이 다른 것과 만나는 지점이다. 넘어가면 다른 곳이 되는 곳이다. 무언가의 끝이다. 이카이노는 재일의 영토다. 그 영토성이 드러나는 것은 모두 이카이노다. 이카이노의 경계는 재일의 끝이다. 이카이노에서의 삶, 재일의 삶이 그와 다른 삶의 영역과 접하는 곳이다. '재일을 산다'는 말이 유의미하게 되는 끝자락이다. 재일의 끝이다. 다섯 편이나 되는 동일한 제목의 시를 통해 재일의 끝에 대해 쓰는 것은 곧 이카이노의 경계에 대해서 쓰는 것이다. 「재일의 끝에서」라는 시 다섯 편을 통해 시인은 재일의 경계선을 외연적이지 않은 방식으로 묘사하려는 것이다. 끝에 이른[106] 것들을 통해 재일의 윤곽선을, 이카이노의 경계선을 그리려는 것이다.

「재일의 끝에서 1」에서 직접적인 소재가 된 것은 1976년 몬트리올 올림픽 배구 우승의 주역 '시라이 다카코'라는 재일 한국인이다. 1972년 뮌헨올림픽 결승전에서 맹활약을 하여 세계적인 스트라이커로 떠오른 선수인데, 일본 국적을 취득하기 전의 이름은 윤정순이었다고 한다. 시인은 그가 소속된 배구팀 "히타치무사시는 / 머나먼 곳"이라고 하면서도 "시라이의 / 연인"을 자처한 것을 보면, 재일 한국인인 이 선수의 활약에 열광했던 것 같다. 그런데 뮌헨 올림픽 이후 여러 가지 이유로 일본 대표선수에서 은퇴하여 아버지 고향인 한국으로 귀화하리라는 소문이 있었다고 하는데, 그래서인지 시인은 '정순이'라고 호명하면서 이렇게 말한다. "여기에 있으

106. 「재일의 끝에서」란 제목의 원문은 「果てる在日」이다. 果てる는 '끝나다', '죽다'를 뜻하는 말이니 직역하면 「끝나는 재일」, 「끝에 이른 재일」이 되는데, 시적인 어감을 위해 「재일의 끝에서」로 번역했다.

라. / 일본에 갈지언정 / 둘러싼 바다를 건너선 안 됩니다." 바다를 건너선 안 된다 함은 바다 건너 한국으로 귀화해선 안 된다는 말이다. 오해하지 말 것은 시인이 남한에 대해 반감을 갖고 있어서 이렇게 말하는 게 아니란 점이다. 무엇보다 그것은 일본선수이기에 "모여든 응원을 부수"는 것이 될 터이고, 그렇게 되면 "외떨어진 당신이 / 당신에게 무참하"리라는 생각에서다. 그가 한국으로 귀화하려는 것은 시인이 '시소오(志操, 지조)'라고 명명했던 '민족의식' 같은 것 때문에 그러려는 것일 텐데, 그 점에서 '시소오(思想, 사상)' 때문에 조선 국적을 유지하고 있는 자신과 동형적이라고 시인은 생각한다.

나에게는 그것이 사상이지만
당신에게는 양보할 수 없는
지조일 뿐이다.
지조와
사상.
어느 것도 하나를
가리키고 있고
따로 따로
완전히
같은 것을 서로 주장하고 있다.

–「재일의 끝에서 1」, 부분

"당신은 타인. / 또 한 명의 / 나"라고 쓰면서 시를 시작한 것도, 5연 첫 행에서 "나는 당신. / 당신 속의 / 끊어진 두 사람"이라고 다시 쓰는 것도 이런 이유에서다. 두 사람 모두 "끝없이 증거를 표명하기 위해 / 같은 심(芯)을 서로 깎고 있다"는 것이다. 물론 둘은 같지 않다. "내가 조선이고 / 너는 한국"이란 점에서 다르고, "돼먹지 않은 2세가 나라면

/ 너는 필경 / 됨됨이 좋은 복제의 니혼일 것"이란 점에서 다르다. 그런데 그런 네가 "꾸미지 않는 표본을 나에게서 본다고" 하며, 지조를 이유로 한국 국적을 얻고자 한다는 것은 나로선 "애달픈 이야기다". 왜냐하면 네가 살아야 할 이곳에선 "어디를 보아도 / 니혼인데", 그 일본에서의 모든 성과를 무로 돌리고 외떨어진 무참한 처지가 되려하는 것이기 때문이다. 그런 선택은 역으로 '나' 같은 이가 "원초성을 자랑삼아 내보이며 / 의당 조선이라도 / 되리라고" 하는 것이니, "너마저 나의 변색을 기대하고 있"음을 뜻한다. 시인은 비록 조선적이긴 하지만 "한국이 아니지만 / 조선도 아닌" 그런 "재일을 살고" 있으며, '고국'이니 '조국'이니 하지만 자신이 꿈꾸는 나라는 "어차피 가닿지 못한 세계이기에 / 나는 여기서 / 분만하겠"다는 의지가 분명하기에 하는 말이다.

요컨대 사상을 이유로 일본에 살면서도 조선적을 갖고 있는 '나'와, 지조를 이유로 일본에서의 성공에도 불구하고 한국적을 갖고자 하는 '너'(정순)는 대칭적 동형성을 갖고 있다. 둘 다 모두 자신이 사는 재일의 현실 저편에 '고국'을 가진 사람이다. 그러나 외적인 동형성에도 불구하고 '나'는 실제 삶의 현장을 떠나 한국이나 조선으로 넘어가선 안 된다고, 삶의 장소인 '여기'에서 조선도, 한국도 아닌 '재일'을 살아야 한다고 믿는다. 그런 관점에서 '나'는 일본에 갈지언정 바다를 건너가선 안 된다고 한 것이다. 그처럼 재일의 여기를 떠나 '고국'으로 돌아간다면, "올리지도 않는데 / 내리꽂히고 / 누구랄 것도 없는 한 사람의 / 재일이 끝나고 만다". 재일의 경계를 넘어가게 된다. 뒤집어 말해 그렇게 넘어가면 끝나고 마는 재일의 경계가 거기 있다는 말이다. 재일의 경계선 중 하나가 이렇게 재일이 끝나버리는 지점을 통해 그려진다. 이는 이 시를 쓰는 시인이나 이 시에서 씌어지는 인물 뿐 아니라 재일을 살아야 하는 이라면 누구나 대면하고 고심하게 되는 경계일 것이다.

「재일의 끝에서 2」는 "조국이라고 / 부모가 돌아가지 못한 / 조상의 땅이라고 / ……서툰 말로 더듬어 찾아갔"으나 간첩이 되어 감옥으로, 죽음으로 내몰린 사람들에 대해서 쓴다. 1이 일본과 고국 사이의 경계에서 재일이 끝나는 지점을 다룬다면, 2는 남한과 북한의 경계에서 재일이 끝나는 지점을 다루는 셈이다. 재일의 삶, 재일의 공간을 규정하는 또 하나의 구획선이다. 남한과 북한의 구획은 '자유주의'와 '사회주의'라는 체제의 구획이기도 하고, 서로를 빌미로 독재를 유지하려는 체제의 구획이기도 하다. 그래서 그 구획은 더없이 뚜렷하고 더없이 가혹하다. 모호함은 허용되지 않는다. 뚜렷하게 구분되고 절단되어야 한다. 넘나드는 자가 있다면 간첩임이 틀림없다. 그런데 재일을 사는 이들은 남과 북의 분할 이전에 존재했다. 그 날카로운 구획선은 이들의 존재를 나중에 덮쳐왔고, 이들의 존재를 하나의 규정이나 선택에 따라 확연하게 가르고자 했다. 그러나 그 구획 이전에 이들은 하나의 가족이고, 이웃이며, 동료이거나 친구였다. 그러니

> 이곳에선 누구나
> 뒤얽힌 삶을 살고 있다.
> 제사 때도 장례 때도
> 한 집안에서도
> 북과 남이
> 얽히는 일은 자주 있다오.
> 축하할 일이라면
> 원탁을 둘러싸고
> 마시는 일도 드물지 않다오.
>
> —「재일의 끝에서 2」, 부분

그들의 삶은, 그들의 존재는 이처럼 구획이나 규정을 가로지르고 있다. 이념이나 조국은 그들의 존재 다음에 온 것이다. 그러니 서로가 속한 '조국' 때문에 싸우더라도 재일을 사는 한 섞이고 얽히는 게 당연한 일이다.

그런데 "바다 저쪽에서 / 자기 나라 찾아내 / 고국에서의 공부가 중요하다고" 찾아갔던 이들이, 체제의 구획, 이념의 구별이 중요하다고 내세우는 조국의 칼에 죽음을 맞게 된다. 자신의 애정 때문에 애정하는 조국에 의해 죽게 되는 아이러니. 시인은 묻는다. 조국에 대한 '빈곤한 꿈'을 벌해야 할까? '고국의 변한 모습을 잘못 알았던' 순진함 탓일까? 분명한 것은 남과 북의 경계는 '고국'에 대한 꿈마저 죽음에 이르는 길로 바꾸는 환영이며, 재일의 삶이 끝나는 구획선이란 점이다.

「재일의 끝에서 2」가 전쟁으로 격화된 남과 북 간의 적대적 경계를 다룬다면, 「재일의 끝에서 3」은 자본주의라는 체제 안에서 일상적으로 벌어지는 전쟁을 다룬다. 여기서 '나'는 조금 전 경쟁자를 비정하게 물리치고 '열한 번째 쪼가리'를 공장에 집어넣었다. 열한 번째 분신이 되어 취직한 나는 "여기 이렇게 / 13시간 내내 앉아 / 이 전근대적인 메이드 인 재팬에 / 내 분신 하나하나를 집어넣"고 있다. 나로 인해 일자리를 얻지 못한 '망령'들이 거리를 메우고 있다. 물론 "나는 결코 특정한 인간을 겨냥하진 않는다. / 그저 부순다". 이 전쟁은 또한 반공국가들이 사회주의 국가들에 대항해 벌이는 체제 경쟁이기도 하다. 동남아와 대만, 한국으로 이어지는 '활모양의 힘 접점'에서 벌어지는 전쟁. "내 드라이버 하나가 / 반공국가들의 신의를 / 영세한 동포기업의 흙탕 속에서 잇고 있다." 일하지 않는 자는 먹지도 말라는 자본주의의 규칙은 그렇게 목숨을 담보로 사람들을 "빠져나올 여지마저 없애버린 채 / 가장 단단한 서양 상자에 가둬버린다."

> 오오 내 분신이여!
> 도달할 곳 어디인지 묻지 말고
> 이 핸들을 잡는 모든 인간을 없애버려라!
> 그 후진성을 비웃는 인텔리도
> 같이 죽여라!
>
> —「재일의 끝에서 3」, 부분

이 전쟁은 그것을 깊이 들여다볼 눈을 갖지 않은 이들에게, 경쟁에서 승리한 자의 "자신감과 명예를 보장"해준다. 그런데 그렇게 깔끔하게 승리자의 자신감에 취해 있을 때, 다른 누군가에 의해 '내'가 죽을 수도 있는 전쟁이다. "바로 그때! / 녀석의 놀라운 변신은 / 덤프차를 몰고 와서 / 앗 / 하는 사이에 / 나를 승천시켰다." 그렇다고 그걸로 끝나는 것도 아니다. '나'는 다시 누군가를 죽이며 다음 번 분신을 작업장에 밀어 넣는다. "그리하여 / 열두 번째 쪼가리가 / 나를 대신하여 / 그 조립장 작업대에 / 들어앉게 된다."

이러한 전쟁은 재일 조선인이든, 재일 한국인이든, 재일이든 일본인이든 모든 사람 사이에서 벌어지는 전쟁이다. 아니, 같은 재일인들 사이에서 더욱 치열하게 벌어지는 전쟁이다. 정치경제적 차별로 인해 유리한 지위를 쉽게 차지하는 일본인보다는 같은 지위의 재일인 사이에서 훨씬 더 빈번하고 치열하게 벌어지는 전쟁이다. 일본인은 저기 멀리 있고, 재일인은 여기 가까이 있다. 이것은 재일인 사이에서 죽느냐 사느냐를 다투는 치명적 경쟁의 경계선이다. 재일을 살려는 한 지울 수 없는 경계선이다.

「재일의 끝에서 4」에서는 아버지와 나, 나의 아이가 죽음과 탄생으로 이어지고 끊어지는 세대의 경계가 그려지고 있다. 여기에는 떠나온 뒤 죽음의 순간까지 끝내 다시 찾아가보지 못한 아버지에 대한 개인적인 가책의 마음이, 그 죽음을 지키고 이후 미라처럼 살다 죽은 어머니에 대한 미안함의 마음이 배어 있다. 아버지의 죽음을 알지 못한 채, 그 시간에 아내를 안고 있었다는 자책, 어머니의 외침을 듣지 못한 채 아기 침대 얘기를 했다는 고백은 이런 마음이 거꾸로 소급되며 쓰게 된 것일 터이다.

당신이
생명의 종점에서

몸부림치실 무렵.

그렇습니다.

그 무렵.

우리는 서로 안고 있었습니다.

—「재일의 끝에서 4」, 부분

그런데 시인은 이 안타까운 죽음의 시간에 아내를 안고 있었다는 사실을 단지 가책만으로 귀결시키지 않는다. "상쾌한 / 오전의 / 일요일 / 나는 그런 일 / 꿈에도 모른다"는 안쓰러운 사실은 "아기 침대를 갖고 싶다"는 아내의 말로 이어지며 그저 가책할 수만은 없는 것이 되고, 내가 당연히 떠맡아야 했을 부모의 생사는 자신과 아내 또한 부모가 된다는 사실과 이어지며 가책의 회로에서 벗어난다. 부모의 죽음이 자식의 탄생이라는 불가피하고 자연스런 생존의 연속성으로 연결됨으로써, 개인적 감정을 넘어선 불가피한 현실에 대한 진술로 넘어간다. 안타까움의 심정을 놓치지 않은 채 끌고 가면서. "해지는 날의 / 회전목마여 / 이제 곧 나도 / 아버지가 된다 / 이제 곧 아내도 / 어머니가 된다." 부모는 사라지고 아이는 아이로서의 자신의 생존을 사는 것, 그렇게 아이는 다시 아이를 낳아 아버지가 되는 것. 생명의 해가 지는 시간, 반복하여 돌고 도는 회전목마처럼 생명은 그렇게 돌고 돌며 반복된다. 거기서 부모의 죽음은 세대의 경계선을 긋고, 부모에서 아이로 이어지는 생명의 연속성은 그 경계선을 넘어간다. 그렇게 시인이 아버지의 한스러운 죽음도 알지 못했고, 어머니의 비명 같은 외침조차 듣지 못했듯이, 그 죽음의 순간에 만들어진 아이들 또한 부모의 목소리에서 독립된 삶을 살게 될 것이다. 바다 저쪽에 부모의 생애가 있고, 바다 저쪽에 두고 온 부모의 땅이 있지만, "정처 없는 나날의 / 정처 없는 / 일본에서 / 아이가 아이가" 될 것이다. 부모는, 부모의 삶은 아이의 삶 저편으로 사라져갈 것이다. 이는 재일의 삶을 둘러싼 또 하나의 경계다.

마지막으로 역병으로 죽은 자의 상여 행렬로 시작하는 시 「재일의 끝에서 5」는 죽어도 편히 눈감지 못하는 죽음에 대해 쓴다. 이 죽음은 "골육상쟁의 불길"을 피우며 생존의 거처를 짓밟은 점령군으로 이어진다. 누구일까? 미군일까? 가장된 해방과 역병을 동시에 몰고 온 자라고 하니 그렇다고 해야 할 것 같다. 그러나 그것뿐이라면 이 시는 재일의 끝에 대한 시라고 하기 어렵다. 오히려 시의 후반부에서 쓰이지고 있는 것을 보면, 죽음마저 해방이 되지 못하게 하는 것에 대한 거라고 해야 할 듯하다. "죽음이 / 평온은 아니더라도 / 하나의 / 해방이기는 해야 한다." 억압이나 빈곤, 차별이나 배제의 현실로부터 떠나는 것이니, 해방이어야 한다. 그러나 "바라지 않는 죽음을 / 강요받은 / 사자에게 / 편히 눈감을 날은 / 영원히 / 오지 않을 것"이라면서 "고형물의 무리가 / 상복에 싸여 / 끝없이 / 안저(眼底)를 / 스쳐지나간다"고 쓸 때, 시인의 눈에 들어온 것은 죽어도 편치 못한 죽음이다. 죽은 이마저 웅크리게 만드는, 흘러넘치는 초록일랑 바랄 수 없는 "이렇게 겹겹이 탄화된" 지층이다. 죽어도 제대로 죽을 수 없는 죽음, 그것이 재일의 또 다른 끝이라고 말하려는 것일까? 죽었으나 아직 묻지 못한, 어쩌면 끝내 묻지 못할 어머니, 그것은 죽어도 죽지 못하는 죽음의 형상이다. 이 시의 마지막 부분이다.

염천(炎天)의 계절
아직 묻지 못한
어머니가
두 겹의 상(像)으로
포개어져 온다.
살아야만 하는
토양과
편히 눈감을 수 있는 지층의
두께 사이에서
나는 아직 죽지 않겠다고

마른 가슴의
죽음을 풀어헤치고
육박해온다.

–「재일의 끝에서 5」, 부분

그 어머니의 형상은 재일의 삶 끝에서 죽을, 그러나 아직 죽지 않겠다고 다짐하는 시인 자신의 모습이기도 하다. 편히 눈감을 수 있는 지층에까지는 이르지 못했지만, 살아야만 하는 토양이기에 죽지 않고 살겠다는 다짐. 이는 재일을 사는, 그 어긋남을 살아야 하는 재일인 모두의 모습이기도 하다. 그들이 살아야만 하는 토양은 사실 죽어서도 편치 않은 토양이다. 그렇기에 여기 씌어진 재일의 끝은 죽어서도 편치 않은 땅과 편히 눈감을 수 있는 땅 사이, 두 가지 죽음 사이에 있는 경계선을 표시한다. 이는 편치 않은 삶과 편한 삶 사이, 편하게 살 수 없는 땅과 편하게 살 수 있는 땅 사이의 경계선이기도 할 것이다. 그 두 가지 땅, 그 두 가지 삶 사이에서 "나는 아직 죽지 않겠다"는 것이다. 그렇게 재일을 살아내겠다는 것이다. 편하지 않은 어긋남의 삶을 살아내겠다는 것이다.

7. 나날의 깊이와 멍

1) 멍과 상처

『이카이노 시집』은 웃으면서 쓴 멍들의 기록이다. 웃으면서? 이렇게 써도 좋을까? 확실히 그저 속 편한 웃음은 아니다. 그래도 '웃으면서'라고 쓰고 싶은 것은 이미 앞서 말했듯 자긍하는 자의 여유가 배인 웃음이 여러 감정들과 어울려 있는 특이한 감응을 표시하기 위함이다. 멍이란 살면서 좋든 싫든 부딪쳐야 했던 것들, 그 부딪침에 의해 살 위에, 신체의 표면에 새겨진 기록이다. 재일의 삶을 살면서 부딪쳐야 했던 것들이 신체의 표면에 새겨진 기록, 그것이 『이카이노 시집』이다. 그 부딪침의 강도에 따라 다른 깊이, 다른 색깔의 멍이 든다. '강도'나 '깊이'란 말조차 어쩌면 불충분할 수 있는데, 멍의 강도나 깊이란 단지 양적인 크기로 비교할 수 있는 게 아니기 때문이다. 무엇이 어떻게 부딪쳤는지, 부딪치는 신체의 활력이 어떠했는지에 따라 다른 질을 가질 것이다. 멍은 그런 점에서 그렇게 부딪치며 타인들과 살아온 삶의 흔적이고, 자신을 둘러싼 세계, 어쩌면 '포위한'이라 해야 적절할 그런 세계 속에서 충돌하며 지나간 삶의 기록이다. 멍에는 그 세계들이 들어와 앉아 있는 것이다.

그러나 멍은 상처와 다르다. 멍에 대해선 웃으면서 말할 수 있지만, 상처에 대해선 웃으면서 말할 수 없다. 사실 상처도 있을 것이다. 그러나 그것을 웃으면서 쓰고 말할 수 있을 때, 그것은 더 이상 상처가 아니라 멍이다. 멍이라고 해서 아프지 않은 것은 아니다. 상처보다 아픔의 강도가 작은 것도 아니다. 신체를 돌파하는 부딪침은 때론 피로 터져 나오고 신체를 찢기도 한다. 이 역시 부딪침의 흔적이란 점에서 멍에 속한다. 멍과 상처의 차이는 강도에 있지 않다. 멍과 상처의 차이는 마음과의 관계에 있다. 상처는 마음에 달라붙어 떨어지지 않는 것이고, 멍은 마음에 달라붙지 않은 것이다. 상처가 마음에 달라붙은 충격이라면, 멍은 신체에 스며든 충돌이다. 상처는 감정이나 마음을 끌어당기곤 놓아주지 않는다. 자신의 마음도, 타인의 마음도. 프로이트가 말해준 것처럼, 자신의 상처에 붙들릴 때 마음의 움직임은 그 상처에 고착된다. 고착된 마음은 증상적 행위를 낳는다.

상처에 대해선 진지하게, 공감하고 안타까워하고 연민하고 분노하며 말해야 한다. 상처 난 마음에 다가가며, 혹은 끌려가며 말해야 한다. 다가가지 않으며 '객관적으로' 말하면 상처를 이해하지 못한 것이다. 그건 상처를 그저 멍으로 보는 것이 된다. 웃음은 상처를 가볍게 여기거나 조롱하는 것으로 간주된다. 반대로 자신의 상처에 대해 웃으며 말할 수 있다면, 그는 이미 그 상처에서 벗어난 것이다. 그렇게 벗어나 거리를 둘 수 있게 될 때, 상처는 더 이상 상처가 아니라 멍이 된다.

슬픔의 감정 속에서, 스스로를 고통 받는 타자로서 표상하는 이들에게 부딪침이란 대부분 상처가 될 것이다. '그들'이 내게 와서 가한 억압과 폭력의 기록이고, 그로 인해 겪었던 고통과 슬픔의 기록일 것이다. 그러나 스스로를 '없어도 있는 자'로 생각하고, 웃으며 그 부딪침을 볼 수 있는 이들에게 그 기록이란 부딪치며 새겨진 멍이지 마음이 고착된 상처는 아니다. 상처란 외부와의 부딪침이나 충돌을 '그들'이 내게 가한 '가해'로만 표상하는 피해자의 언어고, 그 부딪침 속에서 자신을 언제나 일방적으로 '피해'의 신체적 무력성 속에 가두는 감정의 기억이다.

사실 부딪침은 상이한 개체가 만날 때면 언제나 발생한다. 그가 내게 부딪쳐온 것만큼 나도 그에게 부딪친다. 물리학적 방식으로 "작용과 반작용의 크기가 같다"고 주장할 수는 없겠지만, 즉 부딪치는 것들 간의 비대칭성이 있음은 분명하지만, 그것을 상처로 보는 눈은, 그저 피해로만 표상하는 언어는 말하면 할수록 스스로를 무력한 자로 만든다. 스스로가 갖고 있는 힘을, 그렇게 덮쳐오는 자와 마찰하여 그를 저지하며, 종종 놀라게까지 하는 자신의 존재를 보지 못하게 한다.

자신의 존재는 스스로에게서 거리를 두고 볼 수 있는 여유가 없으면 보이지 않는다. 상처받은 마음은 상처에 달라붙어 있기에 자신의 존재를 보지 못한다. '없어도 있는 자'로서 자신을 보지 못한다. 있어도 보이지 않는 고통만을 본다. 그 고통의 장소인 상처만을, 자신이 달라붙어 있는 상처만을 본다. 자신의 존재를 자신의 눈으로 보지 않고, 나를 보는 '그들'의 눈으로 본다. 나를 보지 못하는 '그들'의 눈으로 본다. 나를 보지 못하는 그들을 비판하고, 보이지 않는 나를 보아달라고 말한다. 공감과 연민, 동정을 요구한다. 스스로를 동정과 연민의 대상으로 만드는 만큼 스스로의 삶을 '그들'의 손에 맡겨버리게 된다.

동정의 윤리학은 원한(ressentiment)의 감정을 짝으로 한다. 동정의 감정이 원한의 감정과 결합하게 될 때, 더없이 가혹한 복수의 정치학이 탄생한다. 자신의 존재이유조차 악한 적들 탓으로[107] 귀속시키는 부정적 존재론이 그 밑바닥에 있다. "일본인에 대해서가 아니면 / 조선이 아닌 / 그런 조선이 / 조선을 산다!"(「나날의 깊이에서 1」)라고 시인이 썼던 것은 조금만 약해지면 어느새 고개를 드는 이런 태도를 빈번히 보았기 때문일 것이다.

그러나 태우고 싶어도 잘 타지 않고 눈물 뽑는 젖은 연기만 피워 올리는 재일의 삶(「젖은 연기가 난다」)에서, "뼈를 원망하는 화장터 같은 / 이카이노 막다른 생애"에서 어찌 미움이 없을 수 있을 것이며, 어찌 통한이 없을 것인가. 뼈에까지 스며든 아픔이 어찌 상처가 되지 않을 수 있으랴. 아마도 이카이노에서의 삶은 그렇게 상처로 가득할 것이다. 시인이 아무리 원한이나 미움과 거리를 두고자 한들, 바로 옆에 실존하는 그 상처들을 어찌 못 볼 수 있을 것이며, 어찌 못 본 척 할 수 있을 것인가. 아무리 거리를 두고 웃음을 잊지 않으려 한들, 어찌 그 상처들 앞에서 웃을 수 있을 것인가.

하지만 꽉 막혀버린 삶에 대한 통한이나 신체를 포위한 차별에 대한 통탄이 곧 '그들'에 대한 원한은 아니며, 부당한 억압과 불의에 대한 분노나 미움이 '그들'에 대한 증오나 앙심은 아니다. 그것은 아주 가까이 있어서 사실 아무리 주의해도 어느새 다른 것으로 넘어가버리곤 하지만, 그래도 그것은 다른 것이다. 상처와 멍이 다르듯이, 상처가 마음에 달라붙듯이 원한이나 증오는 대상에 달라붙는다. 대상이 명백히 있고, 그 대상에 대해 경계할 때조차 대상에 달라붙지 않을 때, 원한 없는 통한과 증오 없는 분노를 말할 수 있다. 원한과 증오는 대상에 달라붙는 만큼 나 자신에게도 달라붙는다. 대상과 나, '그들'과 내가 상이한 관계 속에서 다시 만날 가능성을 극소화하고, 나의 존재이유를 '그들'의 부정과 동일시하게 한다.

통한의 아픔이 있고 열 받는 분노가 넘치는 곳에서는 자긍하는 자조차

107. 니체, 「도덕의 계보」, 『니체전집 14권: 선악의 저편·도덕의 계보』, 김정현 역, 책세상, 2002, 367쪽 이하.

원귀의 유혹을 받게 마련이다. 그렇기에 중요한 것은 통한에 공감할 때조차 그것이 원한이 되지 않도록 '그들'과 우리 사이에 어떤 거리를 만들어내는 것이고, 분노가 치밀어오를 때조차 그것이 증오가 되지 않도록 대상과 나 사이에 자긍의 영혼을 끼워 넣는 것이다. 그럼으로써 대상에 내 마음이 달라붙지 않도록 하는 것이다. 멍이 상처가 되지 않게 하는 것이다.

이 시집이 「겨울 숭어」의 나카오리 아저씨, 그 슬픔에 대해 쓸 때조차 연민에 호소하지 않고 "웃음거리"로 거리를 두는 것도, 또한 "한국에서 오는 생선은 뭐든 / 자기 꺼라 우겨대"는 기이한 자긍의 단면을 드러내는 것도 이와 무관하지 않을 것이다. 「재일의 끝에서 2」처럼 고국을 찾아갔다 간첩으로 몰려 죽은 이들에 대해서 쓸 때조차, 목소리 높여 항의하는 분노의 시를 쓸 때조차, '그들'에 대한 증오를 드러내기보다는 서로 섞여 살 수밖에 없는 재일의 삶을 들어 '그들'의 무지에 대한 비판과 조롱의 언사로 바꾸고, 원한의 감정으로 '그들'을 비난하기보다는 어렵사리 '고국'을 찾아갔던 유학생들의 마음을 펼쳐줌으로써 '그들'을 비천한 난쟁이로 만들어버린다.

"미움만이 이렇게 많고 / 이(齒)를 갈며 / 뼈항아리에 수습되어 / 원한은 없는가"라고 스스로 묻는 시 「여름이 온다」에서조차, 그 미움과 원한은 어떤 대상을 겨냥하지 않는다. "한 줄기 선향(線香) 가늘게" 태워줄 누군가가 있다면 하던 작은 소망과 더불어 "별일 없이" 오는 여름의 하얀 하늘에 흩어버린다. 미움의 마음은 "삼십 년 후"일지 언제일지, 그래도 누군가 오겠지 하는 기다림의 막연함을 타고 아득히 멀어져 간다. 혹은 그것을 허전함이 되어버린 안타까움 속에 담아 둔다. 일본살이가 한스럽다며 술 마시고 우는 숙부의 둘 곳 없는 마음을 안쓰러워 하지만(「일본살이」) 이 시선은 오히려 거기서 "일본을 살아도 원단 그대로"임을 보는 경의로 이어지고, 그 경의는 자신 또한 "이카이노 그대로"인 2세라는 자긍의 마음으로 옮겨간다. "제사 받는 밤을 모르리라"면서 "잠들지 못하는 밤의 / 이카이노", "화장터 같은 이카이노 막다른 생애"를 말할 때조차(「밤」),

통한의 마음은 슬픔의 최대치를 찾는 대신, "앳된 상주의 / 졸음 같은", 아무것도 모르기에 더욱 가슴 아픈 아이의 무구성을 찾아간다. "이카이노의 / 바다로 돌려보낸 기도" 또한 "아이가 엮은 / 나뭇잎 배"가 되어 흘러간다. 이 점에서 『이카이노 시집』은 원한의 정신을 이카이노의 한스런 마음으로부터 훌훌 날려 보내는 해원(解冤)의 시집이다. 부정할 수 없도록 실존하는 상처들마저 멍으로 바꾸는 '치유'의 시집이다.[108]

2) 나날의 깊이에 있는 것들

이 시집이 원한의 정신에서 벗어나 있음을 잘 보여주는 시는 「나날의 깊이에서 1」이다. 원한은 대체로 과거에 발생한 사태에 대한 원망 어린 마음이다. 이를 니체는 '과거에 대한 원한'이라고 명명한 바 있다.[109] 과거에 있었던 어떤 일에 대해, '왜 그런 일이 내게 일어났던가?', '그때 그 일이 없었더라면!'이라고 하는 생각이 바로 그 과거에 대한 원한의 심정을 그대로 드러낸다. 더불어 과거를 바꿀 수 없다는 사실 또한 원한의 이유가 된다. 모든 원한은 과거에 대한 원한이다. 대상에 대한 원한은 과거에 대한 원한의 일부일 뿐이다. 모든 상처는 과거에 대한 원한으로 사람의 마음에 달라붙는다. 이런 원한의 마음이 있는 한, 과거의 사태는 삶을 바꾸어 놓은 '사건(événement)'으로 긍정되지 않는다. 없었으면 좋았을 '사고(accident)'로 부정된다. 반대로 현행의 삶에 대한 긍정은 사고를 사건으

108. 그렇지 않은 시가 어디 있느냐고 한다면, 김시종의 시집 『광주시편』 2부 마지막의 시 「명복을 빌지 말라」를 보면 좋을 것 같다. 이 시에서 시인은 "눈감을 수 없는 죽음은 / 떠돌고 있어야 위협이 된다"면서 죽은 이의 명복을 빌지 말라고 한다. "원귀가 되어 나라를 넘치"자고 한다. '그들'에게 달라붙어 떨어지지 말자고, 너무 쉽게 떨어져 잊고 있는 건 아니냐고 한다. 통한을 원한으로 바꾸려는 시인 셈이다. 그래서 이 시집에는 웃음기가 없다. 풍자의 어조로 「미친 우의(愚意)」에 대해 쓸 때조차 분노가 웃음기를 지운다. 귀신에 홀려서 살아본 사람은 안다. 이 시들은 김시종이 광주에서 죽은 원귀들에게 홀려 쓴 것이다.

109. 니체, 『차라투스트라는 이렇게 말했다』, 정동호 역, 책세상, 2000, 236-237쪽,

로 바꾸어놓는다. 이를 니체는 '과거의 구원'이라고 명명한 바 있다.[110]

「나날의 깊이에서 1」에서, '나'는 갑자기 "잃어버린 기억의 관"처럼 "쓸쓸하게 묻혀 있"던 "어둠의 누름돌"을 보게 된다. 그것은 "비스듬히 구획된 저쪽에서" '나'를 "응시하고 있던 과거"다. 그렇게 "시간 깊숙한 곳에서 돌아온 그에겐" 가족이 밥상을 둘러싸고 있는 것마저 낯설다. "내 뼈아픈 물증"인 그것으로 인해 "어제 그대로가 오늘"인 삶으로부터 그는 벗어나버린다. 묻혀 있던 과거가, 과거의 어떤 시간이 갑자기 눈에 들어오면서 현재의 일상적 삶을 낯선 것으로 다시 보게 되는 이런 경험은 다른 삶을 향해 문을 연다. '뼈아픈 물증'이라고 한 만큼 누군가에겐 상처로 남을 수 있을 과거에 대해, '나'는 '왜 그 일이 내게!'라는 식의 원한을 갖지 않는다. 오히려 그 기억으로 인해 자신의 현재를 묻고 다른 삶을 여는 계기로 삼는다. 과거에 대한 원한이 아니라 과거로 인한 '구원'이라고 해야 할 사건으로 오는 것이다. 그런데 이는 단지 일회적인 것만은 아니다. 사실은 그로 인해 나날의 삶이 서서히 바뀌어왔음을, 그 덕분에 팽이 같은 삶에서 벗어나, 어제 그대로가 오늘인 삶을 살지 않았을 수 있었음을 안다.

> 필경 그 놈은
> 내가 모르는 어딘가에 계속 눌러 앉아
> 서서히 나를 바꿔갔음에 틀림없다.
> 스스로 자신을 알아채지 못할 만큼
> 나날의 삶에 녹아들어간 것이다.
> 그렇기에 나는
> 바뀌었을 터인 내가

• •

110. 같은 책, 237쪽. 들뢰즈는 이러한 전환을 사고에서 사건으로의 전환으로 재정의한다. 가령 총상으로 움직일 수 없게 되었던 조에 부스케가 작가로서의 삶을 살게 되면서 사고를 사건으로 긍정할 수 있게 된 경우가 그렇다(들뢰즈, 『의미의 논리』, 이정우 역, 한길사, 1999, 259쪽 이하).

어디서 바뀌었는지 알지 못한다.
원으로 환원된
직선처럼
같은 곳을 끝없이 맴돌고 있는 게 나라면
이것은 어떻게 보아도 팽이의 삶이다.

―「나날이 깊이에서 1」, 부분

'나'를 돌아본 과거가 가벼운 것이었다고 한다면 크게 오해하는 게 될 것이다. 그것은 '나'의 삶을 "발돋움한 끝자락에서 어둠"으로 만들었던 것이고, "관 / 관 / 관!"이라고 외치도록 만드는 죽음 같은 사건이었다. 문제는 그 과거를, 사태를 원한으로 부정하는가, 뻔한 삶으로부터의 '구원'으로 긍정하는가의 차이다. 모든 원한은 과거에 대한 원한이다. 따라서 과거에 대한 원한이 없다면, 고통이나 슬픔의 언사를 말하는 경우에조차 실은 원한의 감정에서 벗어나 있다고 보아도 좋다. '재일을 산다' 함은, 재일을 살아야 할 조건으로 긍정함이다. 이는 재일이라는 그 힘겹고 고통스런 조건 속으로 밀어 넣은 과거에 대해, 혹은 그런 조건의 현재에 대해 원한이나 앙심을 갖고선 불가능하다. 반대로 그로 인해 자신이 삶이 저 팽이 같은 삶, 어제 그대로 오늘인 삶에서 벗어날 수 있었다고 긍정하는 자만이 진정 '재일을 산다'. 고통과 슬픔의 감정이 곳곳에 배어 있음에도 불구하고, 『이카이노 시집』이 원한이나 증오에서 벗어나 있다고 할 수 있는 것은 바로 이 때문이다.

멍에 대해 쓰는 것은 상처에 대해 쓰는 것이 아니다. 충돌의 기록은 피해의 기록이 아니다. 스스로를 긍정하는 자가 어찌 자신을 그저 무력한 피해자로만 생각할 수 있을 것인가. 일방적으로 행사된 권력에 의한 것이든, 피할 여지없이 덮쳐온 것에 의한 것이든, 멍은 단지 일방적으로 받은 상처가 아니다. 그것은 내가 없었다면 있을 수 없는, 나의 존재가 그들에게 부딪쳐 간 사건의 흔적이기도 하다. 멍은 그렇게 덮쳐온 것에 대해 나 또한 부딪쳐내고 그 힘을 버티어내고 그럼으로써 그 힘에 대해 어떤 마찰력을, 의도가 있든 없든 어떤 저항의 힘을 행사한 결과다. 그런 저항의 힘이 없다면 부딪침도 없고 멍도 없다. 멍은 그들이 내게 밀고 들어온 힘의 흔적이지만 동시에 내가 그들에게 부딪치고 버티어낸, 혹은 치고 들어간 힘의 흔적이다. 이는 단지 '이카이노 도깨비'나 「노래 하나」의 사내 같이 자신이 적극 선택하여 밀고 들어가는 경우로 국한되지 않는다. 「아침까지의 얼굴」에서 연이 엄마도, 「노래 또 하나」의 구두쟁이도, 「그래도 그날이 / 모든 날」에서 불이익을 감수하며 조선인으로 살기를 지속하던 부모도 모두 그렇다. 그들의 살에 든 멍들은 모두 밀고 들어온 것에 부딪치며 버티어낸 힘의 흔적이다. 그들, 그 존재자들의 존재 자체에 스며든 힘의 흔적이다.

이 시집이 멍들을 웃으며 기록할 수 있었던 것은, 아무리 크고 거대한 것이어도 그것이 나의 존재를 지워버릴 수 없으며, 내가 존재하는 한 제거할 수 없는 마찰과 저항을 제거할 수 없다는 자긍의 영혼이 거기 있었기 때문이다. 내리깔며 오는 그들의 시선이나 문명의 세련된 언사로 조롱하는 말들에 대해서 '그래. 사실 지금도 무당이 미쳐 날뛰는, 징소리 북소리 요란한 동네지'라고 받아들이고, 그렇게 "여기저기 넘치지 않으면 시들어버리는 / 대접하기 좋아하는 조선의 동네"라며, "활짝 열려 있고 / 대범한 만큼 / 슬픔 따윈 언제나 흩어버리는 동네."라며 힘차게 뭉개버릴 수 있는 것은 이 자긍하는 영혼의 강함 없이는 결코 생각할 수 없는 일이다.

8. 표면의 깊이와 심층

멍을 상처로 오인할 때 또 하나 놓치기 쉬운 것은 이웃이다. 이때 이웃이란 손 내미는 이웃, 충돌하는 이웃 모두다. 상처받은 자는 피해자다.

상처는 외부로부터 자신을 방어하려는 자아를 짝으로 한다. 자아에 의해 멍에 달라붙은 마음이 만든 것이 상처다. 그렇기에 상처받은 자는 자신의 외부를 '자신'의 편 아니면 (잠재적) 가해자 둘 중 하나로 본다. 그래서 손을 내미는 자를 찾지만, 명백하게 편드는 자 아니면 모두 가해자고 잠재적 적이다. "친구와 적을 구별하는 문제"로[111] 모든 사태를 보는 적대의 정치학이 거기 있다. 그렇기에 이웃이 내미는 손조차 의심의 눈길로 본다. "네 이웃을 조심하라!" 그가 손을 내밀 때조차! 상처는 고립 속에 있다. 고독으로 오해되는 고립 속에. 언제나 이웃들로 둘러싸여 있지만 본질적으로 고립되어 있다는 의미에서 '근본적 고립'이다. 지금은 홀로 있지만 언젠가 도래할 사람들로 붐비게 될 고독과 반대로.

우리는 이웃에 너무도 쉽게 하나의 색을 칠한다. 그리고 하나의 플래카드를 내건다. "네 이웃을 사랑하라!" "네 이웃을 조심하라!" 그러나 다른 것도 그렇지만, 이웃 또한 하나의 색을 갖지 않는다. 이웃은 상반되는 방향에 있다. 이웃이란 나의 동료지만, 동시에 나와 빈번하게 부딪치는 이들이다. 많은 경우 손을 잡고 함께 하지만, 그에 못지않게 경쟁하고 충돌하며 부딪치는 것 또한 이웃이다. 호의로 손 내밀고 다가올 때조차 충돌은 쉽게 발생한다. 이웃과의 충돌을 피할 수 없음을 알지 못하면, 오히려 우연히 발생한 충돌조차 상처를 주는 공격으로 받아들이게 된다. 피해를 야기하는 가해로 받아들이게 된다. '호의'조차 믿을 수 없는 적이 된다. 충돌이란 이웃관계에서, 의도와 무관하게 발생할 수 있음을 알 때, 이웃은 제대로 이웃이 된다.

물론 「노래 하나」에서 사내의 숙부나 「이카이노 도깨비」에서 우레하라 씨처럼 얼른 일본인의 눈에 맞추어 살며 성공하여 돈도 많이 번 이웃도 있겠지만, 이들은 누구보다 먼저 이카이노를 '떠나간' 사람이다. 이카이노에 있어도 이카이노를 벗어나버린 이들이니, 이웃이라 하기 어렵다. 오히려

111. 칼 슈미트, 『정치적인 것의 개념』, 김효전 역, 법문사, 1992, 31쪽.

「노래 둘」의 하루코처럼 이카이노를 벗어나려 하지만 끝내 벗어나지 못하는 이들이야말로 이웃이다. 「아침까지의 얼굴」에서 연이 엄마처럼 굳이 벗어날 생각 없이 단단한 암반에 애써 뿌리박고 생활해가는 이들, 이카이노 도깨비나 「젖은 연기가 난다」의 산업폐기물 처리자, 「나날의 깊이에서 2」에서 같이 집회에도 나가지만 드릴로 다치게 할 뻔한 사람, 영지 할머니처럼 평소에 친했으나 뜻밖의 일로 정면충돌하기도 하는 사람, 〈조선신보〉를 비행기 접어 날리는 아이들, 혹은 생존을 위해 '첨단'을 차지하려 하거나 생존을 위한 취업경쟁을 하며 사는 이들이 모두 이웃이다. 그러니 『이카이노 시집』은 이카이노의 이웃들에 대한 시집이기도 하다. 그 이웃들에게 바쳐진 시집이다. 수많은 이웃들의 초상이다.

내가 나의 이웃 옆에 존재하듯, 이웃 또한 내 옆에 존재한다. 더구나 이카이노라면 서로 비슷한 처지이기에 보이는 자와 보이지 않는 자의 대립을 벗어나 존재한다. 있으면 있는 대로 없으면 없는 대로 존재한다. 사람에 따라, 경우에 따라 적지 않은 편차를 갖고 흔히 말하는 성공과 실패 사이에, 기쁨과 슬픔 사이에 넓게 펼쳐져 존재한다. 그런데 피해자와 가해자, 보이는 자와 보이지 않는 자라는 범주가 부각되게 되면, 이 이웃들은 그 대쌍의 두 범주로 분할되어 둘 중 하나가 되고 만다. 아마도 이카이노 사람들이라면 국가와 민족, 역사 등에 의해 상처받은 피해자가 되기 십상일 것이다. 있어도 보이지 않는 자의 설움을 공유하는 이들이 될 것이다. 이렇게 되면 '이웃'이란 말은 더 이상 독자적인 의미를 갖지 못한다. '피해자'라는 집합의 원소들이 된다. 있어도 보이지 않는 자들 중 하나가 된다.

흔히들 말한다. 민족 간의 대립, 체제 간의 대립, 계급간의 대립, 국가와 개인 간의 대립, 다수자(majority)와 소수자(minority) 간의 대립 등이 표면에 존재하는 삶의 양상들을 규정하는 심층적 '본질'을 형성한다고. 일상적인 삶은 그와 대비되는 '표면'을 형성한다. 사실 일상의 삶은 많은 경우 사회의 심층에 있는 그 본질적 대립이나 모순에 의해 크게 좌우되고 규정된다. 이 때문에 우리는 대개 일상적 삶에서 발생하는 여러 가지 문제를 그 심층에서의 대립이나 모순에 귀속시켜 이해하려 한다.

그러나 이런 생각이 표면에 존재하는 실질적인 관계의 복합성이나 표면에서 진행되는 삶의 다양성을 단순화하는 경향이 있음 또한 자주 지적되는 것이다. 표면에서의 사태를 심층으로 환원하려는 태도를 반박하기 위해 인용되는 발레리의 다음 문장을 본 적이 있을 것이다. "가장 깊은 곳은 피부다." 이는 들뢰즈가 표면효과를 다루는 책 『의미의 논리』 뒤표지에 적어두어 더 잘 알려진 문장이기도 하다. 이웃관계에서 발생한 멍들을 심층에 존재하는 저 거대 모순으로 환원하려는 태도에 대해 이 문장은 적절한 거리를 유지하도록 해준다. 표면이 심층과 무관하지 않다고 해도, 표면에서 발생하는 사건은 일차적으로 표면에 속하는 '논리'나 '법칙'에 따라 발생한다. 들뢰즈 또한 신체의 심층에서 작용하는 인과성과 다른 표면의 인과성이 있음을 지적한 바 있다.[112] 심층의 힘과 무관하다고는 할 수 없지만, 그저 심층의 힘이 와서 휘저어 놓기에 피부는 너무 멀고, 표면은 너무 '깊다'. 심층의 힘으로부터 가장 멀리 떨어져 있다.

그러나 표면에 대한 사유를 표면의 예찬으로, '깊이'의 부정으로 이해한다면 표면적인 것을 피상적인 것과 동일시하게 된다. 가장 깊은 것은 피부라고 할 때, 이 말을 하는 주어는 깊이를 부정하려는 자가 아니라, 가장 깊은 것을 보려는 자다. 가장 깊은 것을 보려면 표면을 보아야 한다는 말이고, 뒤집어서 표면에서 정작 보아야 할 것은 깊이, '가장 깊은 것'이란 말이다. 따라서 표면의 사유에서 중요한 것은 표면과 심층의 관계, 아니 표면과 깊이의 관계를 바꾸는 것이지, 심층에 반하여 표면의 손을 들어주는 것이 아니다. 그저 '표면'만 본다면, 눈에 보이는 것만 본다면, 그것은 표면적인 것이 아니라 피상적인 것이다. 표면에서 눈에 보이는 것만 본다면, 그건 안목이 없는 것이다. 표면에서 눈에 보이지 않는 것을 볼 때, 우리는 안목이 있다고 한다. 표면에서 깊이를 본다 함은 표면의 사건을

112. 들뢰즈, 『의미의 논리』, 180쪽 이하.

계급이나 민족 같은 '심층적 본질'로 환원하는 게 아니라, 표면 자체에 새겨진 깊이를 읽어내는 것이다. 깊이를 표시하는 강도를, 그 강도들을 만들어낸 만남이나 충돌을, 그 강도만큼 살에 들어가 앉아 있는 것을 읽어내는 것이다. 그것이 표면의 깊이다. 표면에 존재하는 깊이다.

멍은 표면에 존재하는 깊이를 표현한다. 멍은 그 색깔과 강도에 따라 다른 깊이를 갖는다. 멍을 읽는다는 것은 피부를 읽는 것이다. 피부에 새겨진 어떤 것을 읽어내는 것이다. 지금 표면에선 보이지 않지만 그 표면에 와서 부딪쳐 살 속으로 밀려들어간 힘을 읽어내는 것이다. 살의 표면에 새겨진 깊이를 읽어내는 것이다. 멍에 새겨진 것을 본다 함은 지금은 눈앞에 없지만 피부를 검푸르게 물들인 어떤 것을 포착하는 것이다. 민족과 국가, 체제 등에 결부된 잘 알려진 심층적 본질을 멍든 자리에 써넣는 게 아니라, 표면에 존재하는 어둠을 보는 것이고, 멍의 그 어두운 자국 속에 스며들어 있는 어떤 외부를 감지하는 것이다.

거기에는 물론 심층적 본질 또한 포함될 것이다. 그러나 안목이 없어도 관념이나 이론만 조금 있다면, 그것이야말로 가장 발견하기 쉬운 것이다. 더구나 그런 것은 명확히 잘 보이기에, 희미하고 모호하여 잘 보이지 않는 것을 가리기 십상이다. 그것이 '중요하다'는 믿음만큼 '중요하지 않은 것'이나 '사소한 것'들을 간과하거나 무시하기 십상이다. 그래서 본질적이고 중요한 것일수록 사용하기 어렵다. 그런 것일수록 오히려 부차적이고 사소한 자리에 밀어둘 줄 알 때 비로소 유효하게 쓰인다. 그 거창한 개념은, 이름만큼 큰 힘이 아니라 이름에 반비례하는 작은 힘으로 쓸 수 있을 때, 지워질 수 있을 만큼 작은 힘의 미묘함을 얻게 될 때, 비로소 적절하게 사용될 수 있다. 그것이 표면의 본질이 아니라 표면의 일부가 될 때, 아주 작은 일부가 되려할 때, 그것은 비로소 표면의 깊이를 가리지 않을 수 있고, 표면의 깊이를 이루는 것으로 포착될 수 있다.

김시종은 민족이나 체제의 대립을 잘 알고, 자본주의나 국가의 강력한 힘도, 소수자의 고통도 아주 잘 안다. 그리고 그것이 사람들의 피부에 어떤 멍을 만들어왔는지도 잘 안다. 그렇지만, 아니 그렇기에라고 해야 할 텐데, 김시종은 그런 거대한 이유들로 멍을 채색하지 않는다. 그러한 대립이나 힘들을 멍 속에서 읽어내고 쓰지만, 멍들의 다양한 양상과 이웃의 다기한 형상을 그런 것들로 환원하지 않는다. 징용으로 야기된 나카오리 아저씨의 멍이야 틀림없이 식민국가 일본에 의해 야기된 것이다(「겨울 숭어」). 그것은 그것대로 포착한다. 그래도 그 슬픔 속에 스며든 다른 무언가가 있음을 본다. 그가 친 그물을, 그 그물에 걸려든 무언가가 있음을 본다. 그런 국가나 민족의 대립이 지배적일 듯 보이는 「재일의 끝에서」 연작에서조차 멍들은 그런 대립으로 환원되지 않는다. 물론 남한 정부의 국가적 폭력 때문에 든 재일의 멍 또한 그것대로 포착한다(「재일의 끝에서 2」). 어찌 그러지 않을 수 있으랴. 그러면서도 그 멍 속에 남과 북이 한데 얽혀 있는 재일의 일상, 그런 가운데서도 "자기 나라 찾아내" 고국을 찾아가려는 마음을 본다. 어쩌면 거대한 권력의 왜소함과 무력한 마음의 거대함, 이 중 어떤 것이 죽음으로 끌려간 멍 가운데 더 큰 것이라 해야 할까 묻고 있는 것 아닐까? 『재일의 끝에서 1」에서는 모여든 응원을 스스로 부수어 고립될 위험을 걱정하며 일본 국적을 유지하라고, "니혼에만 / 틀어박혀 있으라"고 권함은, 민족 간의 대립이라는 거대한 관념을 빗겨나 그가 보았고 또 보게 될 어떤 멍 때문일 것이다. 「재일의 끝에서 3」에서는 일자리를 둘러싼 전쟁 같은 경쟁에서 이웃과 충돌하며 생긴 멍들이 기록되어 있다. 「재일의 끝에서 4」는 돌아갈 수 없도록 절단하는 체제와 국가권력에 멍든 부자(父子)가 등장하지만, 동시에 죽음과 삶이 교차하며 만나는 지점에서 또 다른 멍이 그 이상으로 중요하게 다루어진다. 「노래 하나」의 사내와 숙부처럼 개인적인 충돌과 거대 대립에 사로잡힌 충돌이 포개지면 멍은 더욱 미묘하게 깊어진다. 그러나 그 사내가 조선전쟁으로 도망 온 사촌형을 체포한 일본 경찰이 아니라 그를 넘겨버린 숙부에게 더 열 받았던 것은, 심층의 힘보다 더 강하게 멍들게 했던 것이 있었음을 시사한다. 가장 가까이 있는 가족이기에 가장 강하게 부딪치고 가장 깊이 멍들게 했던 것이 있었음을.

9. 상자 속의 삶과 이웃의 존재론

『이카이노 시집』은 이카이노 인근에서 멍든 이들을 찾아내고, 그들의 피부에 새겨진 멍들을 기록하며, 그 멍 속에 스며든 것들을 읽어낸다. 시인 자신의 것이기도 한 그 표면의 깊이를 읽어낸다. 이카이노라는 삶의 표면에 존재하는 멍 깊숙이 남다른 감각의 눈과 귀를, 코를 집어넣는다. 그 멍 속에는 물론 조선인과 일본인의 대립, 남한과 북한의 대립, 자본과 노동의 대립 같은 심층적 대립이 크게 새겨져 있다. 하지만 그것이라면 시인보다는 역사가나 사회학자가 훨씬 더 정확하게 포착했을 것이다. 시인은 그와 다른 것을 본다. 시인이란 다른 감각을 갖고 흔히 보이지 않는 것을 보고 잘 들리지 않는 것을 듣는 이이기 때문이다.

멍은 단지 가해자나 국가, 민족 같은 거대한 대립들로부터만 오지 않는다. 피해자/가해자, 보이지 않는 자/보이는 자 같은 절단선도 마찬가지다. 그런 대립이나 절단선을 가로질러, 비슷해 보이는 이웃 간에 발생하는 만남과 충돌에서도 온다. 가까이 있기에 더욱 빈번하게 충돌하고, 가까이 있기에 더 깊이 멍들 수 있는 것이 이웃이다. 가족 또한 그렇지 않은가. 가족과 이웃이 함께 직조하는 '나날'의 일상이 그것이다. 그 속에서 가족이나 이웃들과 부딪쳐 드는 멍은, 명확한 대립이나 절단선과 다르기에 오히려 다양한 방향에서 들고 다양한 색깔로 든다. 그래서일까? '나날'이란 말로 표시되는 일상의 깊이를 다루는 세 편의 장시 「나날의 깊이에서」는 이웃관계를, 이웃과의 사이에서 들게 되는 멍에게 바쳐진다. 나날의 깊이란 표면의 깊이다. 먼저 이 시집에서 가장 긴 시 「나날의 깊이에서 2」는 가까운 이웃과의 충돌로 인해 발생하는 멍을 직접 다루고 있다.

바이트를 너무 깎아버린 순간
돌연 아픔은 송곳처럼 뾰족해져
저 너머로 뚫고 나가버렸다.
아찔해진 눈(眼)으로선
격분한 그라인더로부터
뒤틀린 위장을 잘도 지켜낸 셈이지만
이것도 내 의지의 작용은 아니다.
너무나 노골적인
적의(敵意) 때문에
고꾸라질 뻔했는데
고꾸라지기 직전 간신히 멈추었단 말이다.
하마터면
정말로 멱살에
바람구멍이 날 듯한 사태였다.
어쨌든 30센티 드릴이
난데없이 벽 저편에서
연기 나는 칼끝으로 찔러 온 것이다.
하필이면
바로 나를 향해서!

—「나날의 깊이에서 2」, 부분

여기서 충돌은 바로 옆의 이웃, 함께 집회에 나가던 동료와의 사이에서 발생한다. 그 충돌은 아주 격해서 드릴이 벽 저편에서 찔러오는 것처럼 느껴질 정도다. 그 때문인지, 그와 별개로인지 나 또한 바로 옆의 그 이웃을 향해 노골적인 적의를 드러낸다. 마찬가지로 그에게 송곳처럼 뾰족해진 반감이 벽을 뚫고 들어간다. 표면의 멍 정도를 지나서 살을 헤집어 놓을 수도 있을 타격이 이웃 간에 오고간다. 그것은 "내 의지의 작용은 아니"지만, 어느새 내 몸짓을 대신하여 그렇게 반응한 것이고, 그렇게 이빨을 드러낸 순간 "내 앞에는 벽만 남고 말았다". 여기서 시인은 중요한 깨달음을 얻는다. "그렇기에 우리는 / 벽을 서로 보존해두는 것이다. / 선불리 뚫고 들어가는 것만은 / 그만두기로 한 것이다." 이러한 충돌은 앞에서 보았듯이 영지 할머니와의 관계에서도 마찬가지로 반복된다. 그때에도 아주 친하고 가깝기에 오히려 그 충돌은 강했고, 멍 또한 깊었다.

그런데 그렇게 격하게 충돌을 했어도 평소의 나와 그로 되돌아가면 다시 떡을 주고받고, 집회에 나란히 나가는 사이가 이웃이다. 멍은 상처와 달라서, 서로가 싸우고 충돌한 흔적이지만, 그렇다고 끝내 찢어놓고 분열시키지는 않는다. 멍들었지만, 그 멍을 그대로 둔 채 평소의 관계로 돌아갈 수 있다. 이를 위해서도 이웃 사이에는 적절한 벽이, 충분한 거리가 필요하다. 그 벽이야말로 이웃과 함께 살고 이웃과 무언가를 함께 할 수 있게 해준다. 이웃으로 살면서 부딪침을 피할 수 없는 만큼 멍 또한 피할 수 없다 해도, 그 멍이 살을 뚫는 과도함을 갖지 않도록, 마음에 스며들어 상처가 되지 않도록 해준다.

머지않아 저놈도
나와는 별도로
아무튼 행사장으로 갈 터이다.
같은 것을 도모하고 있어도
우리가 같아지는 것은
등을 맞대고 떠날 때뿐이다.
숙명 따위
거창한 말은 하지 않을 것이다.
늘 마주하고 있어도
벽인 것이기에
어딘가에서

혼잡을 스쳐 지나가는
그와 내가
지나가는 사람들의
낯섦 속에 있으면 된다.

―「나날의 깊이에서 2」, 부분

그러나 이것만으로는 이웃관계를 개인주의적 거리두기로 오해할까 싶었던 것일까? 「나날의 깊이에서 3」에서는 어쩌면 이와 상반된다 싶은 생각을 표명한다. 이 시에서 가장 중심적인 단어는 '상자'다. 삶의 상자, 나날의 삶이 담긴 일상의 상자. 이웃과 분리된 삶의 은유이기도 하다.

그것은 상자다.
조각난 나날의
헛간이며
밀어 넣어진 삶이
뒤얽혀 떠드는
그것은 껍데기뿐인
상자다.

―「나날의 깊이에서 3」, 부분

일상의 삶이란 "상자 속에서 / 상자를 펴고 / 하루 종일 상자를 묶고는 / 상자에 파묻"히는 것이다. 그것은 매일매일의 독촉 속에서 쫓기듯 펴고 묶고 거기 파묻히지만, 그것은 어떤 충만함도 주지 않는 텅 빈 "공동(空洞)"일 뿐이다. "다그쳐져 한숨 나오는 / 텅 빈 세상살이의 / 격자"일 뿐이다. 그러니 그것이 자기를 보호해줄 공간이라고, 자기만의 공간이라고 믿고 거기 안주하거나 숨는 것은 어리석은 짓이다. 사실 "입방체로 구획되어 있는 것"이 생활이고, 얇은 벽을 사이에 두고 나란히 방들이 늘어선 싸구려

"나가야(長屋)째 격자로 재단되"어 있는 것이 상자 같은 삶, 상자 속의 삶이다. 자기만의 공간이란 다그치고 독촉하는 세상이 만들어놓은 격자의 한 칸일 뿐이다. 인접한 이웃과 끊어져 그 안에 숨는 것은 그 세상이 짜놓은 격자 속에 갇히는 것이다. "그래도 해치우지 않으면 / 피 말리는 달이 현관을 뒤덮기에" 부지런히 완성하며 상자를 포개어 지붕을, 삶의 무게를 버틴다. 상자 없이는 무너지는 게 삶이니, 상자에 기대고 상자 속에서 무언가를 기다리고 기대하며 살게 마련이다. "상자는 / 끈질기게 숨어 기다리는 / 정처 없는 기대의 기다림"이다. 비록 그것이 "기초도 없이 / 외막대기로 서 있는 / 상자"라고 해도, "눈부신 벼락부자"를 향한 정처 없는 기다림 속에서 자신을 가두게 되는 것이 바로 삶의 상자다. 상자 속의 삶이다.

벽이 이렇게 상자 같은 것이 되고 만다면 "상자는 타인을 받아들이지 않는 / 완고한 / 빗장"이 되어버린다. 시인은 이웃이 함께 살기 위해선 벽이 필요하다고, 벽을 없애선 안 된다고 했지만, 그가 말하려는 것은 이처럼 이웃으로부터 끊어져 자신만의 꿈으로 상자의 공허를 채우는 그런 벽은 절대 아니다. 오히려 그것은 "북적거리는 손(手)이 / 우연한 마주침에 / 뒤얽히고 끊어지고 하는" 그런 거리(距離) 같은 것이다. "처마 하나를 나누고 있는 / 가로막지 않는 가로막힘의 / 오가는 이어짐"이 거기에 있다. 벽이란 가로막는 것이고, 가까이 있는 것을 떼어놓는 것이지만, 역으로 그 떼어진 거리를 통해 오가고 이어지도록 해주는 것이다. 방들이 나란히 붙어 있는 싸구려 나가야도 그렇다. 벽이 없으면 이웃과 함께 산다는 것은 아주 힘들고 고통스러운 일이다. 벽 없는 침대 하나 달랑 주는, 서로의 언행 하나하나가 자칫하면 충돌이나 불편함의 이유가 되는 최악의 합숙소 같은 게 되어버릴 테니.

벽은 이웃을 떼어놓고 분리하기에 오히려 그렇게 붙어서 살 수 있게 해준다. 나가야의 벽마저 긍정하는 이런 발상을 시인은 '가로막다', '떨어지다', '사이에 두다'를 동시에 의미하는 일본어 동사 헤다테루(へだてる)를 빌어 표현한다. 앞서 '가로막지 않는 가로막힘'의 원문은 헤다테나이 헤다타리(へだてない へだたり)인데, 헤다타리는 헤다테루의 자동사형 헤다타루에서 파생된 명사로 간격, 거리를 뜻하기에 '가로막지 않는 간격'이라 번역할 수 있다. 하지만 여기선 두 말을 일부러 역설적으로 겹쳐서 사용하려는 것이기에 가로막지 않는 가로막힘이라 번역하는 것이 더 적절해 보인다. 가로막기에 가로막지 않는다는 것, 그것이 바로 벽의 역설적 기능이다. '헤다테루'란 말에 함축된 벽의 역설은 이 시집 말미에 있는 「가로막는 풍경」에서 다시 보게 된다. 제목부터 '가로막는(へだてる) 풍경'인 이 시는 이렇게 시작한다.

> 개천은
> 삶을 잇고
> 삶은
> 개천을 가로막는다(へだてる).
> 개천을 사이에 두고(へだてて)
> 마을이 있고
> 마을과 떨어져(へだてて)
> 시가지가 펼쳐진다.

이카이노의 풍경을 묘사한 이 시는 이카이노라는 동네 자체가 바로 이 '헤다테루'라는 말로 요약되는 형상을 취하고 있음을 보여준다. 이카이노의 한가운데에는 과거 구다라가와(百濟川)였지만 운하로 정비되어 신히라노가와(新平野川)라고 불리는 개천이 흐르고 있다. 이 개천은 포장되어 운하가 되었지만, 남쪽으로 내려가다가 나가이코엔거리(長居公園通り) 인근에서 '가로막혀' 끊어져버린다. 이카이노는 그 개천을 사이에 두고 모모타니와 나카가와라는 두 지역으로 나뉘어 있으니 개천을 '사이에 두고' 이카이노라는 마을이 있는 것이다. 그 마을과 '떨어져'(혹은 그 마을을

'사이에 두고') 시가지가 펼쳐진다. 이카이노는 그 풍경 또한 벽의 역설 속에서 함께 사는 마을인 것이다(시의 제목 또한 저 다의적 말에 따라 다르게 번역될 수 있을 것이다).

이웃이란 벽의 역설 속에서 끊어지면서 이어지고, 가로막기에 가로막히지 않는 관계를 뜻한다. 벽이란 이웃이 공동(共動)으로 행하고 공동(共動)으로 살 수 있게 해주는 거리다. 반면 타인을 받아들이려 하지 않는 상자란 "끊어지기 전부터 끊어져 있기에" 끊어질 것도 없는 공동(空洞)이다. 자신의 생업에 이어져 있는 것이 무엇인지조차 "알 수 없을 만큼 / 이어지는 것으로부터 끊어져 있다." 그럴 것 같으면 철저하게 끊어져보는 것은 어떨까? "주의(主義)로부터 끊어지고 / 속내로부터 끊어지고 / 자족한 셈 치고 있는 / 생계로부터도 끊어져" 보라고, 그러면 "한잠도 못자고 / 희어지고 있는 것을" 보게 되리라고, "오들오들 떨고 있는 / 가는 뿌리의 얽힘. / 암반에 달라붙은 / 이국을 사는 굴레"가 드러날 것이라고. 고립마저 끝까지 밀고 갈 줄 안다면, 그 끝에서 얽혀 있는 뿌리와 굴레가, 누구도 모면할 수 없는 이어짐이 드러나리라는 말일 게다.[113]

벽이 그렇듯이 '가로막는다'는 것은 '거리'를 두고 '떼어놓는' 것이다. 이로 인해 벽을 '사이에 두고' 같이 있을 수 있다. 다시 말해 멍이 들어도 과도하게 들지 않도록 떼어놓는 거리가 바로 김시종이 말하는 벽이다. 멍과 더불어 이 역설적인 벽이야말로 나와 이웃이 서로의 이웃으로서 존재하는 양상을 보여준다는 점에서 이웃에 대한 존재론적 사유의 단서를 던져준다. '헤다테루'를 통해 끊어지고 이어지는 이러한 관계는 '네 이웃을 사랑하라', '네 이웃을 조심하라'라는 상반되는 두 가지 이웃의 개념을 뛰어넘는 새로운 이웃의 존재론을 가능하게 해줄 것이다. 헤다테루의 존재론.

113. 「나날의 깊이에서 1」은 앞서 잠시 보았듯이 시간의 어긋남을 통해 일상의 깊이를 통찰하는 시인데, 이는 시간을 다루는 제7장에서 다시 다룰 것이다.

10. 그늘진 여름, 어긋남의 감각

1) 두 가지 어둠, 두 가지 깊이

겉에 드러난 것만 표면은 아니다. 표면에는 깊이가 있다. 그냥은 보이지 않는 것들이 표면에 있다. 있어도 있는 줄 모르는 것들이다. 없다고들 하지만 있는 것이다. 그런 점에서 표면은, 멍은 있음과 없음이 어긋나버리는 어긋남의 장소다. 안목 있는 눈은 그 깊이를 본다. 그런데 표면의 깊이와 다른 깊이가 있다. 표면의 어둠과 다른 심층의 어둠이 있다. 모든 것의 본질이어서 모든 것을 설명해주는 심층이 아니라, 무엇이 있는지 알 수 없고 말할 수 없는 근본적인 어둠이 있다. 표면에 빛을 보내주는 심층이 아니라 모든 빛이 사라진 어둠의 심층이다. 표면에서 벌어지는 일들의 의미를 정연하게 해명해주는 심층이 아니라, 모든 의미를 삼켜버리는 심층이다. 표면의 어둠과 다른 심연의 어둠이다.

이 깊은 어둠은 표면의 어둠과 달리 직접 보고 읽어낼 수 없다. 그것은 표면의 의미를 밝히며 오는 게 아니라 표면의 의미를 지우며 온다. 표면에 있는 세계에 어둠을 드리우는 그늘로 온다. 표면의 어둠 속을 들여다보는 일은 드물지 않지만, 이 심연의 어둠 속에 들어가는 일은 결코 흔하지 않다. 멜빌이 그랬다던가? 바다 속에 사는 생물은 많지만 빛이 전혀 들어오지 않는 만 미터 심연의 바다 속에까지 들어가 본 것은 그 막대한 수압을 견딜 수 있는 거대한 고래밖에는 없다고. 그 깊은 심연에 들어가 본 눈과 그렇지 못한 눈이 어찌 같을 수 있을 것인가. 그래서 멜빌은 물었을 게다. 만 미터 심연을 보고 온 고래의 눈을 본 적 있느냐고.

심연에 들어가 보았던 자가 보는 도시가 우리가 보는 도시와 같을 리 없다. 그가 보는 자연이 우리가 보는 자연과 같을 리 없으며, 그에게 오는 여름이 우리에게 오는 여름과 같을 리 없다.

그늘지는 여름을 모르리라.

빛으로 바림질된

희뿌연 여름을.

눈부시게 빛나고

아른거리기도 했던

햇살 속

그늘의 방사를.

누렇게 바랜 여름

기억의

하얌을.

—「그림자에 그늘지다」, 1연

여기서 그늘이란 심층에 존재하는 어둠이 세계 속에 배어나와 드리워진 것이다. 어둠의 잔영이다. 빛의 세계에서 빛의 조명을 지우는 잔영이고, 의미의 세계에서 의미를 지우는 잔영이다. 그러나 그것이 반드시 시커먼 어둠의 형상을 하고 있으리라고 믿는다면 너무 소박한 생각이다. 시커먼 어둠으로 그늘지기도 하겠지만, 반대로 모든 형상을 지우는 할레이션의 빛처럼 눈뜰 수 없는 빛으로 오기도 한다. 너무나 강해서 내가 알던 의미 모두를 지우는 과도한 빛으로. 그 강렬한 빛으로 바림질된 여름이 있었다면, 그것은 시간이 흘러도 그저 흘러가버리지 않고 남을 것이다. 오래된 사진처럼 누렇게 바랜 기억으로, 눈이 부셔 아무것도 볼 수 없었던 그 하얀 빛으로, 모든 것을 지우며 시야를 채우던 하얀 빛의 기억으로 남을 것이다.

그것이 그늘진 여름이다. 방사되는 그늘로 오는 어둠의 여름이다. 어둠의 심연, 마음속 깊은 곳에 잠들어 있는 여름이다. 그러나 여름이기에 아마도 여름이 올 때면 슬며시 눈을 뜰 것이다. 눈앞에 다가오진 않아도,

오려는 듯 움직이는 기척이 느껴지기도 할 것이다. 그럴 때면 묻게 될 것이다. '그늘지는 여름을 아느냐'고. 모를 것이다. "눈으로 보는 세월"만을 보는 한 "기억은 언제나" 자신이 알고 있는 잔상 속에서 본다. 그렇기에 "역광의 끝에서 번쩍이는 것까지" 모두 우리가 알고 있는 자연이다. "자네에게 익숙지 않은 / 자연은 없다." 우리가 원하는 자연이기도 하고, 우리의 욕망이 만들어낸 자연이기도 하다. 그러나 "태고의 영역"에 속한 자연이 그런 것일 리 없다. 태고의 자연이란 우리가 있기 훨씬 이전의 자연, 우리가 알지 못하는 자연, 우리가 아는 것과 아주 다른 자연이다. 눈에 보이는 것만, 즉 익숙한 것만 보려는 눈으로는 결코 볼 수 없는 자연일 것이다. 깊은 어둠 속의 자연일 것이다. 반면 닳고 닳아서 "보풀 이는 반짝임 속에서라면" 그것은 우리가 아는 빛으로 조명되고 우리가 아는 대로 의미화된 자연에 불과할 것이다. 그것은 자연에 드리운 어둠의 그늘 모두를 빛으로 비추고 표백시켜 얻은 상이다. "표백되는 / 그늘이다." 거기서 자연은, 어둠은 "엷어지고 / 사라지는 것이다." "머지않아 시간표나 / 뒤적이"며 손쉬운 여행이나 하고 있을 것이다. 보고 싶은 것만 보고 다니는 여행.

그러나 심연의 어둠 속에 들어간 적이 있다면, 매년 오는 여름에서 그늘을 볼 것이다. 그늘진 여름을 볼 것이다. 눈에 보이지 않는 여름을 볼 것이다. 그것은 시야를 새하얗게 가리던 빛의 그늘이 드리워지던 그 순간에 고정되어버린 여름일 것이다. 누렇게 바랜 기억으로 되돌아오는 여름일 것이다.

> 그 여름이 그늘진다.
> 내 반신(半身)에서 그늘진다.
> 마침 엿본 아침이
> 정오였기에
> 밤과 낮이

드디어 대낮 속에
고정되고 만 것이다.
터져 나오는 시간을 다 빠져나가지 못한 채
어디를 어떻게 향하고 있어도
내 삶은 내 그림자에서만
숨 쉬게 되어 있다.

—「그림자에 그늘지다」, 부분

심연의 어둠을 본 사람이 어디든 어둠으로 눈을 돌리고 어둠 속에 어른거리는 것에 민감해지는 것은, 그림자로서의 삶을 살게 되는 것은 이 때문일까? 그럴 것이다. 그에게는 자신이 존재하는 한낮도, 그런 자신의 존재 자체도 모두 어둠이 존재한다는 사실의 증명일 뿐이다. "내가 있으면서 / 한낮이고 / 내가 한낮의 증명인 / 어둠(陰)인 것이다." 존재란 세계로부터 오는 게 아니라 세계 밖으로부터, 세계 밖의 어둠으로부터 오는 것이다. 그 깊은 어둠의 그림자가 나의 존재, 존재자의 존재다. 그렇게 그는 "어둠 속에서 / 시간을 알고 / 밤으로 녹아들어 / 시간을 상실한다."

때문에 낮의 그늘(翳)을 알아챌 수 있다.
바야흐로 한창인 염천 속에서
원경 저쪽에서 다가오는 것이
내 그늘진 여름임을 알 수 있다.

—「그림자에 그늘지다」, 부분

한낮이어서 보이지 않는 것은 빛이 환해서 보이지 않는 것이다. 그 한낮에 그늘이 드리울 때, 그 한낮의 그늘을 알아볼 때, 한낮이어서 안 보이는 것을 볼 수 있다. 어둠 속에서도 그렇다. 어둠 속에 존재하는 강도의 차이를 본다면, 정확히 식별할 순 없어도 무언가 있음을 알아챌 수 있다. 어둠 속에 무언가가 있음을 알 수 있다면 그건 이 때문이다. 깊은 어둠 속에 들어가 보았다면, 어둠 속의 삶을 살았다면 이렇게 다른 감각을 가질 수 있다. 통상의 감각으로는 감지할 수 없는 것을 감지해야 하기 때문이다. 보이는 모든 것을 지우며 오는 어둠의 '빛', 그 그늘의 방사 속에서 눈이, 귀가, 감각이 달라졌기 때문이다. 빛과 어둠이 뒤집히고, 의미와 무의미, 존재와 부재가 어긋나버리는 사태, 흐르는 시간과 멈춘 시간이 교착되게 하는 사태는 그것을 겪은 이들의 감각기관을 바꾸어놓는다. 다음 문장은 이러한 사태를 매우 아름답게 표현한다.

> 아무런 전조도 없이
> 회천(回天)은 태양 사이에서 내려온 것이었다.
> 돌연 맞은 열풍에
> 그만 눈이 아찔해지고 만 밤의 사내다.
> 내 망막에는 그때 이후 새가 깃들었다.
> 매일 초록의 날개를 펴고
> 깊숙이 빛나는 여름을 그늘지게 한다.
>
> —「그림자에 그늘지다」, 부분

아무런 전조도 없이 덮쳐온 사태, 존재의 어긋남을 드러내는 사태는 그 열풍에 눈이 아찔해지고 마는 감각의 어긋남으로 이어진다. 망막 속에 깃들게 된 새, 그 새의 날갯짓 속에서 보이는 그늘은 그의 눈을 다른 눈으로 바꾸어버린다. 보이던 것이 보이지 않게 되고, 안 보이던 것이 보이게 되는 감각의 어긋남. 이러한 어긋남은 필경 어긋남을 보는 감각으로 이어지게 될 것이다. 밝은 섬광의 여름과 그늘진 여름의 어긋남, 오는 여름과 오지 않는 여름의 어긋남, 의미 있는 것과 의미 없는 것의 어긋남, 있음과 없음의 어긋남을 보고 감지하는 감각으로.

2) 어긋남의 감각

그림자는 빛과 자신 사이에 있는 '그것' 또한 자신이라고 믿지만, 빛의 세계를 사는 이들은 그림자가 자신이라고 생각하지 않는다. 그림자가 빛을 보려면 자신과 빛 사이에 있는 '그것'을 보아야 하지만, '그것'이 빛을 보려면 그림자를 외면해야 한다! 그렇기에 그림자의 세계는 빛의 세계를 결코 잊을 수 없지만, 빛의 세계는 그림자의 세계를 잊거나 외면하기 마련이다. 그늘 속에 사는 자는 자신이 속한 세계와 더불어 빛의 세계를 보게 되지만, 빛의 세계에 사는 자는 어둠의 세계를 보기 어렵다. 그래서 시인은 보이지 않는 동네를 소개하며 이렇게 썼을 것이다.

> 어때, 와보지 않을 텐가?
> 물론 표지판 같은 건 없어.
> 더듬더듬 찾아오는 게 조건이지.
> 이름 따위
> 언제였던가.
> 우르르 달려들어 지워버렸어.
> 그래서 〈猪飼野[이카이노]〉는 마음속이야.
> 쫓겨나 갖게 된 원망도 아니고
> 지워져 고집하는 호칭도 아니야.
> 바꿔 부르든 덧칠해 감추든
> 猪飼野는
> 이카이노지
> 코가 좋지 않으면 찾아오기 힘들어.
>
> —「보이지 않는 동네」, 부분

그러나 그림자 같은 이들이 모두 어둠을 보는 데 능숙하리라고 할 수는 없다. 그림자 같은 삶에서 벗어나 빛의 세계 안에 자리 잡고자 하는 한, 자신과 광원 사이에 있는 '그들'을 보지만, '그들'처럼 빛을 따라서 보려고 하기 마련이기에. 「노래 하나」에 나오는 사내의 숙부나 「이카이노 도깨비」에 등장하는 우에하라 씨만 그런 것은 아니다. 그럴 듯한 삶을 욕망하는 이라면, 또한 막다른 곳에서의 삶에서 빠져나가고자 하는 이라면, 그 욕망을 따라 빛의 시선을 타고자 한다. 그 시선으로 세상을 보고 자신을 본다.

표면의 깊이를 보기 위해선 다른 감각이 필요하다. 그것은 단지 '공감'을 통해 작동하는 감각과 다른 것이다. 그것은 물론 공감과 더불어 작동하지만, 때로는 공감 없이도, 어쩌면 공감 바깥에서 작동한다고 해야 한다. 다른 감각이란 공감과 짝하는 공통감각(common sense)에서 벗어난 감각이다. 공감을 통해 작동하는 감각은 내가 공감할 수 있는 것만을 본다. 그래서 그것은 종종 공감의 공동체로, 대개는 감정적 공감이 유도하는 유사한 감각 속으로, 감각적 단일성 속으로, 익숙한 '서정' 속으로 우리를 끌고 간다. 거기서는 대개 다들 보는 것만 보인다. 쉽게 공감할 수 있는 것만 포착된다. 쉽게 공감할 수 없는 것은 쉽게 공감할 수 있는 것으로 바뀌며 그 공감의 공동체에 들어간다.

어둠 속에 스며든 것을 보기 위해선, 멍 속의 농담(濃淡)을, 번져나간 색의 미묘함을 보기 위해선 어둠에 길든 눈이 있어야 한다. 어둠 속을 더듬던 감각이 있어야 한다. 빛이 있는 곳에서 빛을 보고 어둠이 있는 곳에서 어둠을 보는 감각이 아니라, 빛이 있는 곳에서 어둠을 보고, 어둠 속에서 어둠 자체의 강도적 차이를 감지하는 감각이 있어야 한다. 보이지 않고 들리지 않지만 희미한 기척만으로 "거기 누구 있습니까?" 묻는 감각이 있어야 한다. 누군지 알 수 없어도, 있다는 느낌이 허상으로 판명되더라도 누구 거기 있느냐고 묻기를 중단하지 않는 끈기가 있어야 한다. 보이지 않는 어떤 낌새를 향해 다가가 귀 기울이고 냄새 맡고 더듬을 수 있는 우직함이 있어야 한다. 공통의 감각이나 공감에서 어긋나 있는 것을 포착하는 '어긋남의 감각'이 있어야 한다. 「그림자에 그늘지다」는 그 어긋남의 감각이 어디서 생겨나는지를, 적어도 그 하나의 경로를 짐작하게 해준다. 어긋남의 경험에서, 어긋남을 통해 빠져들어 갔던 어둠 속에서 생겨나는 어긋남의 감각이 있음을 알려준다. 아니, 어긋남을 살아야 했던 사람은 어긋남의 감각을 가질 수밖에 없음을 알려준다.

시인은 어긋남의 감각을 갖고 있다. 그는 어긋남의 감각을 가진 다른 누군가를 찾는다. 자신처럼 다른 여름이 옴을 감지하고, 그 여름 속에 누군가 있음을 알아볼 누군가를. '터져 나온 여름날의 저 아우성'이 허공 속으로 사라진 지 오래이건만, 여름이 올 때마다 오지 않는 그 여름을 기다림은 이 때문이다.

이대로 다시 여름이 오고
여름은 다시 마른 기억으로 하얗게 빛나고
터져 나온 거리를 곶 끄트머리로 빠져나갈 것인가.
염천에 쉬어버린 목소리의 소재 따위
거기서는 그저 찌는 광장의 이명(耳鳴)이며
십자로 울리는 배기음(排氣音)이 되기도 하고
선글라스가 바라보는
할레이션의 오후
지나가는 광경에 불과한 것인가.

—「여름이 온다」, 부분

매년 오듯이, 이대로 다시 여름이 온다. 그리고 필경 '별일 없이' 시간을 따라 가버릴 것이다. 그런데 잊을 수 없는 여름이 있다면, 여름이 올 때마다 되돌아오는 마른 기억이 있는 사람이라면, 오는 여름을 그저 '별일 없이', 아무 생각 없이 바라볼 수만은 없을 터이다. 혹시라도 염천의 하늘에 울리던 아우성을 다시 듣게 되지 않을까, 새하얗게 빛나던 할레이션의 오후를 다시 볼 수 있을까 묻게 될 것이다. 비록 그럴 일 없을 것임을,

여름은 또 언제나 그러하듯 '별일 없이' 가버릴 것임을 잘 알고 있다 해도, 그리 묻지 않을 수 없을 것이다. 이 시는 묻는다. '빠져나갈 것인가', '불과한 것인가' 같은 말로 묻는 것을 보면 그 답이 어떠할지 알고 있음이 분명하지만, 그래도 혹시 '그렇지 않다'고 누군가 말해주길 바라는 마음이 그 의문문 끝에 매달려 있다. 그러니 이런 기억을 가진 이에겐 두 개의 여름이 있는 셈이다. 별일 없이 오는 여름과 마른 기억으로 하얗게 빛나는 여름이, 빛으로 새하얘진 할레이션의 여름과 지나가는 광경에 불과한 여름이. 이 두 여름은 뒤에서도 약간 다른 모습으로 반복되어 등장한다. 아우성 끊어지고 열기는 사라져버린 여름이 그 하나라면, 마른 기억을 침묵 속에 묻고 사는 벙어리매미의 여름, 그 벙어리매미를 위해 향불 하나 피워놓은 소망의 여름이 다른 하나다.

> 허공에 아우성 끊어지고
> 북적거리던 열기도
> 아지랑이에 불과한 여름
> 벙어리매미가 있고,
> 개미가 꼬여드는
> 벙어리매미가 있고,
> 되쏘는 햇살의
> 아픔 속에서
> 한 줄기 선향(線香)이
> 가늘게 타는
> 소망일뿐인
> 여름이 온다.

별일 없는 여름과 잃어버린 여름 사이에서, 매년 되돌아오는 두 여름의 어긋남 속에서 이 시는 묻는다. 그렇게 매년 오는 여름 속에 "무엇이 남아" 있는 것인지, 그 여름은 대체 "무엇을 건네며" 오는 것인지. 그 여름 속에 그래도 누군가 있는 것인지. 그러한 물음 속에서 "염열에 일그러진 / 사내가 온다. / 한 걸음 / 한 걸음 / 시간을 거슬러." 여기에 도달하는 것은 "아마 삼십 년 후일 것이다." 아니 오십 년이면 또 어떻고 백년이면 또 어떠랴. 그때 "아직도 누군가 / 알고 있는 그를 알 일이 있을 것인가." 모를 일이다. 쉽지 않을 것이다. 그래도 기다릴 것이다. 기다릴 수밖에 없다. 여름마다, 두 여름의 어긋남 사이로 한 걸음 한 걸음 오고 있는 그가 보이기 때문이고, 그런 그가 있기 때문이다.

두 여름의 어긋남을 사는 자는 그 어긋남 속에서, 그 어긋남으로 인해 저 사내를 본다. 보이지 않는 자를 본다. 그것은 어쩌면 자기 자신일지도 모른다. 그러나 그것은 별일 없는 여름처럼 별일 없이 지금 여기 있는 자신과 동일한 자가 아니다. 그것은 마른 기억 속에 있는 자, 할레이션의 여름 속에서 하얗게 되어버린 자고, 현행의 시간에서 빠져나가버린 자다. 잃어버린 시간의 어둠 속에 존재하는 자다. 기척이나 낌새만으로 있는 자, 멍 속의 어둠 속에 존재하는 자다. 이미 충분히 타인이 되어버린 자다. 그는 아무에게나 보이지 않는다. 그런 자에게 말려들 줄 아는 자만에게만 오고, 약간의 기척이나 낌새만으로 알아채고 '거기 누구 있느냐'고 물을 수 있는 자에게만 보인다. 뒤집어 말해도 좋을 것이다. 그처럼 알아채고 물을 수 있다면 어둠 속의 그 사내를, 멍 속에 존재하는 누군가를 알아볼 수 있을 거라고.

멍 속에 누군가가 있다. 누군가 한 걸음 한 걸음 다가오고 있다. 어긋남을 살아낸 사람, 어긋남의 감각을 가진 사람은 알아볼 것이다. 멍 속을 들여다보고, 멍의 깊이를 읽어낼 줄 아는 사람은 알아볼 것이다. 돌 속에 숨은 아우성의 편린을, 그 미세한 진동을 알아채는 바람처럼 말이다. 시커먼 체념 속의 한 장 꽃잎 같은 소망이면 충분하다. 시인은 그걸 알아볼 누군가를 기다린다. 또 하나의 누군가를 기다리며 운모 조각 같은 그 소망을 돌 속 깊숙이 묻는다. 여름마다 "한 줄기 선향이 / 가늘게 타는 / 소망"을 여름마다 반복하는 것은, 그런 누군가를, 그 사내를 알아볼 누군가를 시인 또한 기다리기 때문이다. 광장의 이명 속에서 염천에 쉬어버린 목소리를 들을 줄 아는 누군가를. 이 시의 마지막 문장은 바로 그 물음이다. "아직도 누군가 / 알고 있는 그를 알 일이 있을 것인가." 그를 스쳐지나가는 바람들을 향해 시인은 묻고 있는 것이다. 그를 알아볼 누군가가 있을 것인가. 그 바람들을 향해 말을 건네고 있는 것이다. 이 작은 소망을 알아볼 누군가가 있을 것인가.

제5장

사건적 어긋남과 바래진 시간
:『광주시편(光州詩片)』에서 사건과 세계의 사유

1. 『광주시편』과 '광주사태'

김시종의 시집 『광주시편』은 제목에서 보이듯, 김시종 시인의 명명을 빌면, '광주민중의거'란 사건을 다루고 있는 시집이다. 그 사건은 지금 '광주민주화운동'이라고 불리지만, 당시에는 '광주사태'라고 명명되었는데, 그 반대편에는 '문제적인 어떤 것임'을 함축하는 '사태'라는 명명을 거부하면서 '광주항쟁'이라는 이름으로 부른 이들도 있었다. 명명 자체가 하나의 정치적 행위가 되었기에, 이후에는 공수부대를 몰아내고 해방구를 만든 사건을 강조하고자 '광주코뮨'이라고 명명하자던 이들도 있었고, 그 시기에 광주의 거리에서 탄생한, 서로 알지 못하는 이들이 알지 못한 채 만든 공동체를 '절대적 공동체'라고 명명한 이도 있었다. 초기엔 거리에서, 나중엔 도청에서 시민들을 죽인 군대의 진압을 염두에 두고 '광주학살'이라고 명명한 이도 있었다. 반면 북한이 파견한 간첩이 선동하여 일어난 '폭동'이라고 명명되기도 했고, 체제를 전복하고 국가권력을 장악하려던

'내란'이라고 명명되기도 했다. 이것이 다라고 할 수도 없다. 그 사건은 그렇게 많은 이름을 갖고 있었다. 이름만큼 많은 얼굴을 갖고 있었다. 『광주시편』은 이 많은 얼굴을 갖는 사건에 대한 하나의 초상이다.

그런데 이 시집이 이 '사건'을 다루는 방식은 매우 특이하다. 우선 이 시집에서 흔히 말하는 의미의 사건으로서 '광주'를 구성하는 요소들은 별로 등장하지 않는다. 5월 17일의 쿠데타와 계엄령, 5월 18일의 전남대 앞의 학생 시위, 시민항쟁으로 확대된 가두시위, 버스기사의 투쟁, 시장 소상인들의 음식공동체, 부상자를 위한 헌혈운동, 광주 MBC 방화, 공수부대의 끔찍한 살육, 그들을 도청에서 몰아낸 광주시민들의 투쟁, 그 모두와 결부된 '전두환'이란 이름, 5월 21일 이후 도청에 등장한 '수습위원회', 심지어 5월 27일의 참혹한 무력진압…… 그 어떤 것도 시집에 등장하지 않는다. 더욱 놀라운 것은 3부로 된 이 시집의 1부인데, '광주사태'에 대한 것은 물론 '광주'라는 말조차 한 번도 나오지 않는다. 그것만 따로 떼어놓고 읽어본다면, 광주사태에 대한 시라고 알아볼 수 없을 정도다.

사건의 사실적 요소들을 이토록 지워버리고, 사건의 장소로부터 멀리 벗어나 대체 어떻게 사건을 다룰 수 있을까? 시라면 가능할지는 몰라도, 시 아니라면 확실히 불가능한 일이다. 확실히 이 점에서 이 시집은 사건을 다루는, 시에게만 가능한 어떤 방법을 보여줌이 틀림없다. 그렇다면 그렇게 다루어지는 사건이란 대체 어떤 사건일까? 그런 식으로 다루어지는 광주-사건이란 대체 어떤 것일까?

2. 사건 이전의 사건

'실존적' 차원에서 '사건'이란 그 이전과 이후가 결코 동일할 수 없게 해주는 어떤 분기점을 뜻한다. "그건 저에게 하나의 사건이었어요!" 존재론적 차원에서 보면, 사건은 그것이 발생한 세계와 발생하지 않은 세계가 결코 같을 수 없는 분기점이다. 그 일이 사건으로 존재하는 세계와 존재하지 않는 세계가 결코 같을 수 없는 분기점이다. 그렇게 다른 세계를 만들어내는 단절과 비약의 지점이다. 그렇기에 사건들은 많지만, 이런 의미의 사건은 많지 않다. 아니, 아주 희소하다. 뉴스에서 접하는 그 많은 사건들이 그렇다. 사람들이 죽고 다치고 해도 그것들은 사건이 되지 못하고 흘러가버린다. 지나가는 사건들, 무심하게 흘려보내는 사건들은 그게 무엇을 의미하는지 한눈에 알 수 있는 사건들이다. 이런 것들은 대충 보아도 포착되기에 쉽게 포착되고 그만큼 대충 보게 된다. 이때 사건의 '의미'란 더 이상 생각하거나 들여다보지 않을 이유가 되고, 내게 다가오는 의미가 아니라 내게 겉도는 의미가 된다. 내가 속한 세계 속에 자리를 주지 않을 이유다. 아무리 크다고 해도 크다고 할 수 없는 의미들이다.

내 시선을 빼앗고 내 눈 깊숙이 들어오는 사건은 차라리 '이해할 수 없는 것'으로 온다. 쉽게 알아채던 의미들을 부수는 것으로 온다. '이건 대체 뭐지?'라는 물음으로 밀고 들어온다. 이 물음에 휘말리면, 지금까지 내가 속해 있던 세계로부터 벗어나 다른 세계로 가게 된다. 그 사건이 없던 세계에서 그 사건이 있는 세계로 말려들어간다.

니체는 말한다. "위대한 사건과 사상은 가장 늦게 이해된다. 동시대의 세대는 그러한 사건을 경험하지 못한다. 그들은 그것을 스쳐지나가며 살아간다."[114] 다시 말하면, 어떤 사건이 뜻하는 바가 아주 빨리 이해되었다면, 그것은 '위대한 사건'이 되지 못한 것이다. 어떤 사건이 충분히 이해되었다면 그 사건은 내게 제대로 사건이 되지 못했음을 뜻한다. 어떤 사건이 대체 무엇을 뜻하는지 이해할 수 없을 때, 그러면서도 그것이 나를 잡아끄는 힘을 갖고 있을 때, 나는 그것에 말려들어간다. 그렇게 내가 무언가에 휘말려 들어갈 때 사건은 진정한 사건이 되어 온다. 진정한 사건은 의미를 상기시키며 오는 게 아니라 지우며 오고, 의미를 주면서 오는 게 아니라

114. 니체, 『선악의 저편』, 284절.

빼앗으며 온다. '위대한 사건'이란 세인의 주목을 받거나 '역사에 남는' 거대한 사건이 아니라, 알 수 없지만 강력한 '휘말림'의 힘을 갖는 이런 사건이다.

'이해한다'는 것은 이미 갖고 있는 인식의 범주들로 쉽게 분류됨을 뜻한다. 그 범주의 격자 안에 들어가버림을 뜻한다. 그렇게 분류되고 이해된 것은 더 이상이 생각할 이유를 갖지 않는다. 기억이란 형식으로 분류된 채 보존될 뿐이다. 이해되지 않았지만 떨쳐낼 수 없는 것만이 생각을 하게 한다. 매혹이란 이해될 수 없는 것이 내게 달라붙어 당기는 힘이다. 매혹은 블랑쇼 말대로 "우리에게서 의미를 부여하는 능력을 앗아가버린다."[115] 잘 안다고 생각했던 것이 이해할 수 없는 것이 될 때, 그것은 역으로 매혹의 힘을 방사한다. 그것은 내가 아는 사건을 떠나게 하고, 내가 안다고 믿었기에 결코 들어가 보지 못했던 사건 속으로 들어가게 한다. 이 매혹의 힘이 삶의 궤적을 바꿀 만큼 강할 때, 우리는 그것에 '휘말렸다'고 말한다.

따라서 어떤 사건이 진정 중요하다고 믿는다면, 사건을 그것이 이해되고 있는 것으로부터 분리해야 한다. 그 사건에 부여된 의미들을 지울 수 있어야 한다. 모든 의미, 모든 이해로부터 분리된 '고독' 속에 밀어 넣을 수 있어야 한다. 그 고독 속에서 다시금 우리를 잡아채 자신의 내부로 끌어당기는 매혹의 힘이 모든 방향을 향해 방사되게 해야 한다. 그러기 위해선 사건에 대한 명확한 규정성을 지우고 어떤 규정 이전의 불확실한 것으로, 가능하다면 미규정적인 것으로까지 밀고 올라가는 것이 필요하다. 사건 이전의 사건으로, 의미화하는 익숙한 조명들을 꺼서 알아볼 수 없는 어둠 속에 밀어 넣는 것이 필요하다. 그것이, 니체의 말을 뒤집어 말하면, 사건을 '위대한 사건'으로 만드는 길이다. 사건을 강력한 매혹의 힘을 갖는 진정한 사건으로 만드는 일이다. 우리로 하여금 사건의 내부, 그

115. 블랑쇼, 『문학의 공간』, 34쪽.

깊은 어둠 속으로 들어갈 수 있게 해줄 길을 내는 일이다.

김시종이 『광주시편』에서 '광주'로부터 흔히 광주-사건을 구성하는 사실들을 최대한 분리해낸 것은, 그 시집의 1부에 아예 '광주'라는 단어 하나도 들어가지 않도록 많은 것을 지워버린 것은 이런 이유 아니었을까? '광주사태' 이후 3년이 지난 시점에, "거기에는 언제나 내가 없다"면서 사건의 장소와 어긋난 곳으로 광주사태를 끌고 들어가는 것은 이런 이유 아니었을까? 1부만 그런 것도 아니다. 광주를 사건화하는 2부의 시들에서도 사건의 의미는 명확하게 규정되지 않는다. 다만 시인이 포착한 몇몇 단편적 요소들만이 강렬하게 응축되어 편편(片片)이 간결하게 제시되어 있을 뿐이다.

그는 이렇게 사건으로부터 거리를 만들어내고, 그 거리를 통해 그 사건에 달라붙은 이런저런 의미들을 지운다. 잘 알려진 의미들을 최대한 지우고 그렇게 의미화하도록 하는 사실들마저 지워 '대체 뭐지?' 싶은 물음만 남은 곳으로 밀고 올라간다. 어떤 사건인지 말할 수 없는 지점으로까지 밀고 올라가보지 않고서 어찌 그 사건을 진정 사건으로 다룰 수 있겠느냐고 물으려는 것일까? 거기서 시작해 다시 광주를 사건화해야 한다고 말하려는 것일까? 그렇게 의미들이 떨어져나간 광주를 우리 눈앞에 세워주며, 시를 읽는 이 각자에게 사건화해보라고, 자신의 삶에 하나의 사건으로 만들어달라고 하려는 것 같다.

이를 나는 이렇게 다시 말하고 싶다. 그것은 사건에 의미가 달라붙도록 해주는 '이다'라는 말을 지워, 어떤 의미도 없이 그저 '있다' 내지 '있었다'라고만 할 수 있는 것으로 밀고 올라가려는 것이라고. 어떤 의미부여 없이, 그저 '있음' 그 자체만으로, 그 사건이 있는 세계와 없는 세계가 다른 선을 그리며 분기되어 나갈 것임을 보여주려는 것이라고. 따라서 이 시집에서 김시종이 '광주'를 사건으로 다루는 방식은 명확히 존재론적이다. '~이다'라고 서술되는 모든 규정성을 지우고, 규정이 없으니 무언지 알 수 없는 어떤 것으로 만들어, 그 알 수 없는 무언가가 '있다'는 사실만 남겨두려는 것, 그리곤 그 있음 안에 있는, 아직 펼쳐지지 않은 규정가능성들에 우리가 시선을 던지도록 하려는 것이란 점에서. 이처럼 사건에 대한 모든 규정성을 지워 미규정적 존재 자체로 거슬러 올라가는 것을, 현상학자들이 말했던 '현상학적 환원'과 대비하여 '존재론적 환원'이라 명명하고 싶다.[116]

이 존재론적 환원을 통해 도달하게 되는 것은 '사건 이전의 사건'이다. 어떤 의미도 없기에 '사건'이라고 말할 수도 없는 것. 이를 사건과 구별하여 '사태'라고 부르자. 사태란 뭐라 규정할 수 없는, 다만 '있었다'고만 할 수 있는 어떤 것이다. 어떤 규정도 없는 '있음'이다. 같은 말이지만 미규정적 존재다. 그러나 아주 이질적이고 다른 규정가능성들이 함축되어 있는 '있음'이다. 새로운 사건화의 선들이 접혀 들어가 있는 '있음'이다. '어떤 규정도 없는'이란 말에 표명된 '없음'은 텅 빈 없음이 아니라 다른 규정가능성들로 가득 찬 없음이다.

사태란 사건화되기 이전의 사건이고, 모든 사건화의 '기원'이 되는 사건이다. 거기에는 스스로를 드러내려는 원초적 의미도, 근원적 의미도 없다. 그것은 모든 사건화의 선들에게 열려 있는 '기원'이다. 『광주시편』은 광주를 사건 아닌 사태로 밀고 올라가는 것으로 시작하는 존재론적 시집이다. 김시종은 사건화된 광주를 미규정적 사태로 밀고 올라감으로써 이해될 수 없는 사건으로, '진정한 사건'으로 만들려는 것이다.

116. 현상학적 환원은 '형상적 환원'이든 '생활세계적 환원'이든 모두 그 자체론 아무 의미 없는 것이 지향성의 작용에 의해 의미를 갖게 되는 양상을 드러내고자 한다. 의미를 형성하는 지향성을 드러내려 한다. 존재자는 이 지향성의 작용에 의해 '이다'라는 계사로 이어질 어떤 의미를 갖는 대상이 된다. 의식의 작용보다는 존재의 '작용'을 강조하고자 하이데거가 끌어들이는 해석학적 방법 역시 역사적 지평 속에서 주어지는 의미를 존재의 목소리로 간주한다는 점에서 다르지 않다. 우리가 말하는 '존재론적 환원'은 모든 의미나 형상을 추상하는 탈형상적 환원이고 생활세계가 부여하는 의미의 작용을 지우는 탈세계적 환원이며, 모든 해석적 지평에서 벗어나는 탈해석적 환원이다.

3. 사태, 시인의 눈이 가 닿는 곳

'광주'라는 말로 불려나오는 것, 그것은 '폭동'이니 '항쟁'이니 하는 사건 이전에, 하나의 사태였다. 광주에서 발생한, 뭐라 말할 수 없는 사태. 이런 의미는 아니었지만, 군사정권 자신이 그것을 '광주사태'라고 명명했다는 것은 매우 의미심장하다. 나중에 '폭동'이나 '내란' 같은 말로 명확히 규정하기 전에, 그들 스스로도 뭐라 불러야 할지 몰랐기에, 그저 광주에서 발생한 일을 지칭하기 위해 '광주사태'라고 명명했던 것이다. 여기에서 우리는 벌어진 일을 명확하게 명명할 수 없었던 무능력과 당혹을 본다. 이 말에는 일상적이지 않고 평범하지 않은, 무언가 문제가 있는 것이란 비난이, 그런 비난을 통해 자신들이 자행한 군사적 폭력의 이유를 제시하려는 정당화의 시도가 담겨 있지만, 동시에 통상적인 시위진압을 무참하게 초과해버려 전쟁에 근접해버린 폭력으로 인해, 그 폭력의 대상은 적이 아닌 자국민이었고 그들의 요구는 소박할 정도의 '민주화'였다는 사실로 인해, 비난도 정당화도 갈 길을 못 찾게 되어버린 곤혹스런 '사태'가 흔적으로 남아 있다. 하지만 좀 더 근본적인 층위에서 이 말은 당시에는 당사자들 자신도 충분히 이해될 수 없었던 사건의 징표를 담고 있다. 이것이야말로 '위대한 사건'의 징표였다.

'그들'이 강한 비난의 의미를 싣고자 했으나 채 싣지 못한 채 발화했던 이 '광주사태'란 말처럼 '사태'가 무엇인지를 잘 보여주는 것은 없다. 사건 이전의 사태, 그것은 말할 수 없는 것이다. 그것은 명확한 규정도 갖지 않는다. 다만 '문제가 있는' 어떤 분위기를 갖는 말이다. 사태의 미규정성은 너무 다른 규정들에 열려 있다. 아주 상반되는 의미와 이름들마저 허용하는 미규정성이다. 그 미규정성은 사태의 존재를 아는 이들을 불러들인다. 그걸 밝히기 위해 각자의 불을 켜며 모여들게 만드는 어둠의 어트랙션이 거기 있다.

광주사태란 말 이전에, 미규정적 공백이 수많은 규정가능성들로 가득 차 있음을 보여주었던 것은 광주 관련 기사를 검열로 삭제한 공백을 그대로 내보냈던 〈동아일보〉의 텅 빈 지면이었다. 그것은 한편으론 그 공백 뒤에 있는 것을, 기사를 지워버린 권력의 존재를 가시화해주는 공백이었지만, 다른 한편으론 '유언비어'로 떠돌던 광주에 대한 이야기들, 그 수많은 의미들이 뒤섞여 들어앉은 공백이었다. 기사화된 사건을 지운 자리에 남은 것은 사태의 '존재'였다. 무언가 지워진 사태가, 규정되지 않은 어떤 사태가 '있다'는 사실이었다. 그것은 지워져 비어 있었지만, 그것은 텅 빈 공백의 지면은 결코 아니었다. 지워진 글자들, 채워져야 할 문장들이 거기엔 가득 차 있었고, 비명과 환호, 신음과 아우성, 울음과 웃음, 분노와 애정, 냉소와 열정, 한탄과 결의, 피와 눈물 등으로 가득 채워져 있었다. 그것들이 섞이며 탄생할 수많은 규정성들이 알아볼 수 없도록 뒤섞인 채 거기 있었다.

'사태'의 미규정성은 이렇게 수많은 규정가능성을 이미 갖고 있다. 사건이란 그 많은 규정가능성 가운데 어떤 것이 사태의 표면으로 떠오를 때 포착되는 것이다. 여러 방향, 상반되는 방향으로 열린 미규정성에 수많은 규정성의 빛이 모여든다. 군사정권은 군사정권대로 '폭동'이나 '내란' 같은 의미의 빛을 쏘고, 그러한 규정에 분노한 이들은 그들대로 다른 방향의 빛을 쏘며 사태를 사건화한다. 하지만 이때에도 누구는 탱크와 장갑차로 무장한 군사적 폭력을 맨 손으로 시작한 시민의 항쟁으로 몰아낸 '혁명'이나 '항쟁'의 빛을 비추지만, 누구는 더 이상 죽어선 안 될 참혹한 학살, 숭고하지만 다시는 반복되어선 안 될 비극의 빛을 비춘다. 빛을 방사하는 방향이, 사태를 사건화하는 방식이 너무도 다르기에, 하나의 사태를 둘러싸고 대결과 투쟁이 벌어진다. 「오월의 노래」 가사처럼 "오월 그날이 다시 오면", 아니 1980년대 내내 반복되었던 그 격렬한 투쟁은, 돌이켜 보면 그 사태에 붙일 이름을 두고 싸웠던 것이었다. 그것은 그 사태를 어떻게 사건화할 것인가를 두고 벌어진 투쟁이었다. '사태'란 말은

1980년 5월 광주를 지칭하는 하나의 이름이었지만, 어떤 이름으로 명명할까를 둘러싸고 벌어지던 그 투쟁의 장을 지칭하는 이름이기도 하다. 즉 사태란 이름 이전의 이름이고, 사건 이전의 사건이다. 사건이란 이 사태를 사건화함으로써 사후에 도래하는 과거다. 역으로 사태란 사건화되기 이전의 사건의 신체성을 표현한다. 지워도 지워지지 않는 사건의 '물질성'을 표현한다.[117] 사태란 사건의 말 없는 신체다.

이름을 둘러싼 이 투쟁의 장에서 『광주시편』이 선택한 길은 시이기에 가능한 경로다. 상이한 이름 간의 대결 속에 또 하나의 이름을 끼워 넣는 게 아니라 이름을 지우며 올라가는 길. 상이한 사건화 방식의 투쟁 속에 또 하나의 사건화 방식을 들고 치고 들어가는 게 아니라 사건 이전으로 거슬러 올라가 사건의 저 말없는 신체를 드러내는 길. 막연하고 모호하기 그지없는 어떤 느낌과 감응만을 남겨두고 모든 이름, 모든 의미를 지우는 길. 그리고 그렇게 도달한 사태로부터, 사건의 말없는 내부로터 최소한으로만 펼쳐진 사건화의 선을 그리고자 한다.

이는 사실 시의 '본성'에 부합하는 길이라고 해야 한다. 시란 공유된 의미를 펼쳐가는 언어가 아니라 공유된 의미로부터 빠져나가는 언어이기에, 의미의 소통을 장악하려는 시도들과 반대로 소통의 언어로부터 빠져나가며 사건을 사건에 부여된 자리에서 빠져나가게 한다. 모든 의미를 지우며 그저 사람들을 잡아끄는 모호한 감응의 힘만을 남겨두고, 투사된 모든 빛을 피해 사건의 어둠에, 어둠 속의 사건에 이르고자 한다. 그렇게 시를 따라 의미와 소통에서 빠져나감으로써 사건은 사태가 된다. 그러니 여기서

117. 들뢰즈는 사건이란 비물질적인 것이라고, 물질적인 신체의 표면에서 발생하는 '표면효과'라고 말한다(들뢰즈, 『의미의 논리』, 이정우 역, 한길사, 1999). 그렇지만 그 또한 지적하듯이, 그러한 사건이란 사건화의 선들이 그려질 신체 없이는 존재할 수 없다. 그렇기에 사건화의 표면은 신체를 갖는다. 그 신체는 때론 사물일 수도 있고 말 그대로 '물질'일 수도 있지만, 근본적으로는 어떤 것이 '있었음' 내지 '있음'이라는 사실 자체다. 지워도 흔적 없이는 지울 수 없는 어떤 것의 '있음'이다. 존재자의 존재, 사태의 존재다.

사태는 사건과 다시 자리를 바꾼다. 즉 사건의 존재로 거슬러가는 이 사태화의 길에서 사태는 사건 이전에 있지만 사건 이후에 온다. 시를 따라 사건 이후에 온다. 사태란 '사건'이 시인에게 보낸 편지가 먼 곳을 돌고 돌아 그 신체에 달라붙은 의미들을 충분히 떨구었을 때 시인의 손에 도달한 전언이다. 이렇게 바꿔 말해도 좋을 것이다: 사태란 사건 이후에 시인이 사건에 다가갔을 때 대면하게 되는 사건의 검은 얼굴이다.[118]

4. 다짐, 마음속에 다져넣음

『광주시편』은 3부로 나뉘어져 있다. 「바람」에서 시작해 「벼랑」에서 끝나는 1부는 사건화되기 이전의 광주사태에 대한 시들이다. 대체로 "바람에 나부끼는 것이" 무엇인지 "알지 못한 채", 그저 "바람이 가로질러가는 공허한 틈새만을" 느끼게 하는, 어떤 모호한 사태가 보내는 전언들이다. 수신자 없이 바람에 씻기며 지워지며 공중을 떠도는 편지들이다. 다음, "거기에는 언제나 내가 없다"는 문장으로 시작되는 시 「바래지는 시간 속」에서 시작해 「명복을 빌지 말라」로 끝나는 2부는 앞서 '어긋남'이란 말로 명명했던 시인의 포지션에서 사건화되는 광주를 다룬다. 사태가 보내는 전언에 대한 시인의 응답이다. 그 다음, "지금은 별일 없는 때의 광주이다"라는 문장으로 끝나는 시 「그리하여 지금」에서 시작해 「날들이

118. 이 점에서 시인은 역사가와 다르다. 역사가는 아무리 '실증적 자료'를 강조할 때에도 사태 자체로 올라가지 않는다. 사후의 시간 속에서, 그 사태로 인해 그려진 사건들의 연속적 궤적을 통해 그 사태를 최대한 '정확하게' 사건화하고자 한다. '누구나' 동의할 명확한 의미를 부여하고자 한다. 그렇기에 그들은 동시대의 사건, 혹은 인접한 과거의 사건들을 잘 다루지 않는다. 아직은 의미를 확정하기에 충분하지 않기 때문이고, 다른 의미의 사건화를 충분히 반박하기 어렵기 때문이다. '역사'란 말이 '현재'나 '당대'와 대비되는 과거를 뜻하는 건 이와 무관하지 않을 것이다. 역사가들이 논란을 벌이고 논쟁을 하는 것 또한 정확히 이런 맥락에서다.

여, 저 박정한 내장안(內障眼)의 어둠이여」로 끝나는 3부는 광주사태가 사건으로 충분히 개입하지 못한 세계와 그런 세계에 대한 시인의 시선 사이에 걸려 있다. 광주사태가 사건으로 존재하지 않는 세계에 대해 새로운 사건화를 호소하는 것이라 하겠다.

그런데 이 시들 이전에, 아니 '시집'이 시작되기 이전에 짧은 문장이 씌어져 있다. 헌사인지, 서문인지 모를 짧은 시구 같은 문장이.

> 나는 잊지 않겠다.
> 세계가 잊는다 해도
> 나는, 나로부터는 결코 잊지 않게 하겠다.[119]

비수 같은 문장이다. 시인이 '사태'로 되돌려 놓은 시들보다도 앞서, '시집'에 앞서 씌어진 이 문장은 망각의 문 앞으로, 망각의 대기에 둘러싸인 사태 앞으로 우리를 불러들인다. 이 시들은 광주사태가 발생하고 3년이 지난 뒤에 씌어지고 출판되었다. 3년, 죽은 이를 떠나보내는 애도기간의 최대치가 다한 시점이다. 그러나 통상의 사자(死者)라면 3년상과 함께 떠나보낼 수 있지만, 망각 속에 묻기 위해 지우려 하던 사태라면 그렇게 떠나보낼 수 없을 것이다. 그래서일까? 시인은 3년이 지난 시점에, 망각의 문 앞으로 그 사태를 불러낸다. 잊지 않겠다는 다짐으로, 세계가 다 잊는다 해도 자신은 결코 잊지 않겠다는 다짐으로.

1980년 5월, 광주사태가 발생한 거기에 시인은 없었으나, 그 사태가 발생했음을 몰랐을 리 없다. 그렇다면 그때 광주사태에 대한 분노와 항의, 혹은 공명과 애도의 시를 쓸 수 있었을 것이다. 그러나 시인은 그때가 아니라 3년이 지난 시점에 시를 쓴다. 왜 사건이 발생했을 때 쓰지 않고

119. 김시종, 『광주시편』, 김정례 역, 푸른역사, 11쪽. 이후 이 시집의 인용은 시 제목만으로 표시한다. 그런데 어떤 부분은 때론 정확함을 위해, 때론 글의 맥락에 맞추어 일부 수정 번역하기도 할 것이다.

3년이 지나서야 시를 쓰게 되었을까? 분노와 항의의 시라면 그때 더 격하고 분명하게 쓸 수 있었을 텐데. 한국에 거주하지 않았으니, 예상되는 탄압 때문은 분명 아니다. 어디선가 말했듯, 말로 되어 나온 것이 보잘것 없게 만드는 사태의 강도 때문이었을까?

사건의 '거기'에 시의 자리는 없다. 사건의 '거기'에 노래의 자리는 있다. 그러나 그것은 시의 자리가 아니다. 사건은 언제나 뜻밖의 것으로 온다. 예측된 것은 사건이 되지 못한다. 뜻밖의 것이기에 어떤 의미를 가진 것인지 알지 못한 채 온다. 알지 못하지만 행해야 하기에 사건의 거기에 필요한 것은 노래다. 거기 모인 개개인을 하나의 '대중'으로 만들어주는 리듬이고, 그들을 집합적 신체로 만들어주는 공통감각이다. 여러 개의 입이 동시에 외치고 여러 개의 머리가 동시에 사고할 수 있게 해주는 공동의 단어들이다. 사건의 의미를 알려는 의지를 연결하고 그것들이 소통하게 해주는 소통의 단어들이고, 분리된 신체들이 하나처럼 움직이게 해주는 공통의 리듬이다. 사건 안에서 대중이 '하나처럼' 움직이기 위해 해주는 것은 노래다. 사건의 현장에서 시가 낭독되는 일이 많지만, 그때 그것은 공감의 힘을 가동시키는 노래나 호소문이다.[120] 사건에 대한 시적인 '송가'조차 사건의 장소에서는 씌어지지 않는다. 적지 않은 시간이 흐른 뒤에야 비로소 씌어진다. 사건의 거기에 아직 시는 들어서지 못한다. 사태의 거기에 시인이 있었다 해도, 그가 쓰고 그가 말하는 것은 노래일 수밖에 없다. 그의 말은 아직 시가 되어 나오지 못한다.

사태는 시인에게 시를 보낸다. 그러나 그것은 아직 시가 되지 못한

120. 내가 아는 한 시인 얘기인데, 2011년 한진중공업 크레인 위에서 농성하던 김진숙과 함께 하겠다고 '희망버스'를 타고 부산역에 모여든 사람들 앞에서 시를 써서 낭독해줄 것을 부탁받아, 시를 써서 들고 갔다고 한다. 그러나 청탁을 했던, 시인이기도 한 주최 측의 선배는 "이걸 집회에서 읽을라구? 안 돼, 다시 써줘"라고 했고, 그 자리에서 급히 다시 써야 했다고 한다. 그가 다시 쓴 건 필경 시라기보다는 노래라고 해야 할 것이다.

시다. 무언지 알아볼 수 없는 편지다. 그저 묵살된 비명이나 부수어진 감정들, 바람에 흩날리는 감각들의 조각들이 소멸할 듯 명멸하는 침묵의 전언이다. 사태에 휘말려든 시인이라면, 분명 그것을 받을 것이다. 시가 되는 삶의 전언들이 그러하듯, 사태의 전언은 먼 곳을 돌아서 온다. 뒤늦게 온다. 한참의 시간이 지난 후에야, "그리하여 마침내 어느 날 뜻밖에"(「화석의 여름」) 시가 되어 나온다.

그러나 김시종은 광주사태의 알려진 의미들을 따라가지 않고, 그와 구별되는 또 하나의 명확한 의미를 더하는 방식으로 시를 쓰지 않는다. 사태로 거슬러가며, 그 의미들을 지우며 쓴다. 의미들을 지우고 사태에 대해 말하려 할 때, 무엇을 할 수 있을까? 그 사태는 '~이다'라는 규정을 포기하거나 지워버렸을 때, 그 사태에 대해 말할 수 있는 것은 그 사태가 있었다는 것뿐이다. 그 사태의 존재를 쓰는 것이다. 그런 방식으로 쓰고자 할 때, 시인이 할 수 있는 것은 그 존재를 증언하는 것, 그 사태가 있었음을 기억하고 상기시키는 것 아닐까? 그 사태를 잊지 않겠다는 다짐을 시집의 문 앞에 적어둔 것은 그래서가 아닐까?

이 다짐은 이중적이다. 첫 문장은 스스로 '잊지 않겠다(忘れない)'는 능동형의 다짐이다. 다음 두 행으로 이루어진 문장에서 시인은 수동의 사역형을 써서 다시 말한다. '잊혀지게 하지 않겠다(忘れさせない)'고. 세상 모두가 다 잊어버린다 해도 말이다. 잊는다는 것은 사실 능동적인 것이 아니다. 잊지 않겠다고 결심하지만, 결심하고 다짐해도 잊혀져가고 마는 일이 얼마나 빈번한가? 그래서 반복했을 것이다. 잊지 않게 하겠다고, 잊혀지게 하지 않겠다고. '세계가 잊는다 해도'라 했지만, 그것은 사실 잊어버린 세계 속에 그것을 밀어 넣겠다는 다짐일 것이다.

다짐이란 그저 속으로 외치는 혼잣말이 아니다. 그것은 사태가 잊혀지지 않도록 벼리어내겠다는 결의다. 사태를 지워버리는 세계, 사태가 사건화되는 것을 저지하고 거부하여 들어갈 곳을 찾지 못한 채 겉돌고 있을 뿐인 현행의 세계를, 그 무심하고 둔감한 피막을 뚫고 들어갈 날카로움을 벼리어내겠다는 결심이다. 이후의 시간 속에서 명멸하는, 그대로 두면 소멸해버리고 말 것들을, 그렇게 허공을 떠도는 것들을 사건의 입자들로 불러 모아 어딘가에 단단하게 다져넣으려는 것이다. 그 입자들을 응결시켜 예리한 첨점을 만들고, 그 날선 감수성으로 사람들의 감각을 불러 모으고, 그 감각을 응축시켜 반들대는 피막에 작은 균열을 만들어내려는 것이다. 일상의 대기에 둘러싸여 차츰 망각해가는 세계에 바람의 틈새를 만들어두려는 것이다. 미친 돌멩이 하나가 날아와서 부딪치며 만들어질 작은 파열을 기다리려는 것이다.

5. 사태의 전언들

앞서 말했듯이 『광주시편』 1부에는 광주사태에 대한 언급이 단 하나도 없다. '오열'이나 '만장', '상사(喪事)', '비명' 같이, 광주사태로 인해 야기되었을 감정을 표시하는 말들이 있고, 슬픔과 통한, 분노의 감응을 전하는 문장들이 있지만, 그 어디에도 광주사태를 직접적으로 지칭하는 단어는 없다. 광주사태에 대한 한 마디 언급 없이 씌어진 1부의 시들 또한 분명 광주사태가 보낸 어떤 전언을 시인이 받아 적은 것이다. 그런데 왜 이렇게 받아 적었을까?

다른 방식으로 묻자. 어떤 사태에 대해 흔히들 말하는 통상적인 의미들을 벗겨나서, 조각난 채 바람에 흩날리며 온 저 사태의 전언들을 받아 적는다면 어떻게 될까? 그건 필경 이 시집의 1부처럼 되리라고 해야 하지 않을까? 그래서일까? 1부의 시 제목(원문)은 「아직도 있다면」 하나를 빼면 모두 한 단어, 그것도 가능하면 한 글자의 한자로 표시되는 짧은 말로 되어 있다. 風(바람), ほつれ(흐트러져), 遠雷(먼 천둥), まだあるとすれば(아직도 있다면), 火(불), 崖(벼랑). 의미가 채 달라붙기 전의 최소 의미만을 표시하기 위해서일까? 아니면 최소한의 말로 감응을 응축하기 위해서일

까? 어쨌건 1부에서 수신된 말들은 멀리서 바람에 실려 온 어떤 슬픔이나 분노, 욱신거림, 혹은 비명소리나 천둥소리, 정적과 현기증 같은 것이다.

1부의 첫 번째 시는 「바람」이다. "둥그런 들쥐의 눈을 스치고 / 강변 모래밭을 바람이 건너간다." 가장 먼저 온 것이 바람이어서일까? 기억에서 배제되고 현행의 '사건'들 속에도 들어가지 못한 사태가 벌판이나 모래밭을 스치는 바람에 날려 흩어져 사라져버릴까 안타까웠던 것일까?

> 말이 이미 말이 아닐 때
> 그곳이 어디인지 묻는 일도 없으리.
> 치켜든 손 틈에시조차
> 바람은 손가락을 물들이고 있다.
>
> —「바람」, 부분

말을 얻지 못한 것은 그렇게 바람결에 사라져가기 마련이다. 말을 얻지 못한 사태는, 비록 비명과 환호, 신음과 아우성으로 가득 찬 것이었다 해도, 물음의 장소마저 남기지 못한 채 사라져간다. 치켜든 손마저 바람처럼 무심히 스쳐지나간다. 말은 사태를 말에 담긴 하나의 의미에 가두지만, 그마저 없다면 사태는 아무것도 아닌 듯 어느새 바람 따라 흘러가버리고 말 것이다. 말할 수 없는 것은 그래서 전체이지만 또한 무의 절벽 앞에 선 전체다. 그렇기에 거꾸로 그렇게 그저 사라져버리길 거부하는 어떤 것이 그 바람 속에서, 소멸의 힘을 견디며 버티어내고 있다. 죽음보다 서러운 망각 앞에서, 어찌 그냥 그렇게 스러져 사라질 수 있으랴! 빛의 입자마저 튕겨내고 쓸어가는 그 바람 속에서 죽은 해골들이 망각과 소멸의 힘을 견디며 날개를 세워 퍼덕이고 있다.

> 웅크리고 있는 과거의 키보다도 낮게
> 바람이, 휘어진 그림자를 되돌려서 틀어박혀 있다.

그곳에서는 빛도 바람결에 튕겨나가고
사해(死骸)도 날개를 곤두세우고 퍼덕이고 있다.

―「바람」, 부분

바람이 그저 그것을 소멸을 향해 실어 나르는 무정한 사자(使者)인 것만은 아니다. 빛의 대기 속에 들어가지 못한 저 그림자를 되돌리려는 힘을 실어 나르는 사자이기도 하다. 그런 점에서 "바람은 끝없는 상(喪)의 사제다." 상이란 죽은 자를 떠나보내는 의례다. 동시에 떠난 자를 잊지 않겠다는 마음의 표현이다. 바람은 그 마음을 전하는 사제다. 끝없이 불어오는.

멀리 지평을 뒤흔들어
비업(非業)의 때를 덧그리고 있는 것도
그 바람이다.

―「바람」, 부분

'비업'이란 과거의 '업'에서 벗어남을 뜻한다. 운명처럼 현재를 결정하는 업의 힘을 벗어난 힘을 표시한다, '비명(非命)'이라는 말로 대체되기도 하는 말이다. '비명의 죽음'이란 말이 그렇듯 비명, 비업이란 뜻밖의 시간에 도래한 어떤 단절적인 '사건'을 표현한다. 무어라 명명할 여지도 없이 도래한 사태의 시간, 그것이 '비업의 때'이고 비명의 순간이다. 바람은 그렇게 스쳐지나갈 뿐 아니라 비업의 때를, 비명의 순간에 벌어진 사태를 덧그리고 있다. 그 사태에 달라붙어 무언가를 덧대고 있는 것이다. 그렇게 사태를, 사태의 전언을 전하는 것 역시 바람이다.

바람은 그렇게 비업의 시간을 '먼 곳'으로 실어간다. 그 '멀다'는 말은 공간상의 거리도, 시간상의 거리도 아니다. 그것은 사태의 인근을 벗어나, 무언가 다시 감지되고 다시 사색되고 되새겨져 어떤 형상이 그려질 수 있는 여백이다. 사태는 바람을 타고 그렇게 먼 곳을 돌아, 어떤 사건의 형상이 되어 되돌아올 것이다. '지평을 뒤흔드는' 사건이 되어 되돌아올 수도 있을 것이다. "풀잎 한 줄기의 살랑거림"을 알아챌 수 있다면 "바람에 긁히는 마음의 주름을 알아챌 수 있"으련만 그런 이가 많지는 않을 것이다. 그렇기에 아직은 "서로 손을 잡고 있어도/ 오열은 오물거리는 바람에 지나지 않는다." 바람은 사태의 전언을 실어오지만, 그것은 오물거리는 바람에 지나지 않기에 사람들은 그것을 알아채지 못한다. 그래도 그 바람으로 감지되는 허전함은, 무언가 공허한 틈새는 느낄 것이다.

> 계절을 환기시키는 바람이 바람 속을 휘감고 있어서
> 바람에 나부끼는 것이 어느 계절인지 사람들은 모른다.
> 단지 바람이 가로질러가는
> 공허한 틈새만을 느낄 뿐이다.
>
> –「바람」, 부분

사태의 전언은 계절과 함께 지나가는 바람과 섞여, 아무것도 없는 공허한 틈새로 온다. 아무것도 적혀 있지 않은 편지로 온다. 광주라는 말이 적혀 있지 않은 채 무언가를 전하는 1부의 이 시들도 그렇다. 사람들은 그래서 사태의 전언을 듣지 못한다. 그러나 바람이 심상치 않음을 아는 이들은 있을 것이다. 바람 속에서 소리 없는 비명을 듣는 이도 있을 것이다. 말하지 못한 채 울고 있는 누군가가 있음을 느끼는 이, 말이 되지 못한 채 터져 나온 고요한 비명소리가 그 틈새에 숨어 있음을 감지하는 이도 있을 것이다.

> 바람은
> 몰아치는 바람의 틈새에서 비명을 지른다.
>
> –「바람」, 부분

두 번째 시 「흐트러져」[121]는 바람에 날려 흐트러지는 슬픔과 분노에 대한 시이다. "언제 끝날지 모르는 슬픔과 분노의 욱신거림을 / 천공(天空)에 빛바래며 펄럭이고 있다." 또한 시간이 지남에 따라 흐트러져가는 기억, 그 기억의 떨림에 대한 시이다. "날이 갈수록 눈 저 안쪽에서 / 흐트러져 있는 것은 기억의 떨림이다." 이는 또한 시간이 지남에 따라 바람에 나부끼며 망각 속으로 흐트러져 갈 세상에 대한 것이기도 하다. "시간이 얼마나 더 흘러가고 나면 / 세상은 바람에 나부껴 갈 것인가." 이런 식으로 말할 수 없는 어둠의 깊이를 가진 사태가, 흩어져가는 시간 속에서 풀어져 흩어져 간다.

다다를 수 없는 거리의 깊이를
시간이, 시간이, 머리를 풀어헤치고 나부껴 간다.

–「흐트러져」, 부분

이는 바람에 나부끼며 흩어져가는 사태의 전언과 다르지 않다. 흐트러져 가지만 흐트러져가는 줄도 모르는 채 흐트러져 갈 것이다. 흐트러져가는 기억이나 분노는 보이지 않은 채 잊혀져간다. 하지만 그렇게 흐트러져가는 것들이 안타깝고 슬퍼서였을까? 흐트러져가는 것들을 잊지 않도록 기념(紀念)하려는 듯 누군가 "하이얀 만장 하나"를 올려 세운다.

이제 무엇 하나 보아낼 것 없는 눈에
누가 올렸는가 만장 하나
팽팽 펄럭펄럭

121. 국역본에는 「흐트러져 펄럭이는」으로 되어 있는데, 앞서 쓴 것처럼 한 단어로 쓴 것이 과묵함을 표현하기에 적절하다고 보아 「흐트러져」로 정정한다.

하늘 끝 한 점을 뒤틀리며 펄럭이고 있다.

—「흐트러져」, 부분

그 만장이 펄럭이고 있다. 흩트리며 나부끼는 바람을 따라. “하이얀 만장이 한 줄기 / 스산한 구름 가득한 하늘을 휘저으며 울리고 있다.” 흩트리는 바람이 세차면 세찬 만큼, 약하면 약한 만큼, 그걸 따라 흩어져가는 것이 있음을 가시화하며 펄럭이고 있다. “펄럭펄럭 몸을 비틀고서는 / 중천을 팽팽 치달으며 / 쥐어짜는 목소리 다하도록 몸부림치고 있다.”

만장, 그것은 하나의 기념비다. 죽음에 인접한 감정들이 있음을 표시하는 깃발이다. 죽음을 잊지 않도록 하려는 하나의 표지다. 그렇기에 그것은 ‘잊지 않겠다’, ‘잊혀지지 않게 하겠다’는 다짐의 표현이다. 죽음처럼 사라져는, 그러나 결코 잊혀지지 않게 하고 싶은 어떤 것의 기념비다. 잊을 수 없는 어떤 사태가 있었음을 증거하는 기념비고, 흥분과 분노, 치솟는 결기와 감겨오는 두려움, 뜨거운 함성과 단말마의 비명 등의 감정이, 그것들이 뒤섞인 감응이 응결된 기념물이다. 시 또한 기념비다. 시인은 시로써 무어라 한 마디로 말할 수 없으나, 그것이 ‘있었음’만은 증거할 수 있는 기념비를 세운다. 언젠가 누군가 보고 말려들기를 기다리는, 미래의 시제를 갖는 기념비를.

세 번째 시는 「먼 천둥」이다. 앞서 두 시는 사태의 전언을 발신하는 쪽에서 씌어졌다면, 이 시는 반대로 그걸 수신하는 쪽에서 씌어졌다. 저편, 멀리서 울리는 천둥소리를 듣는 이편, 누군가 쪽에서. 이 경우에도 그것이 사태의 전언인 만큼 전언은 읽을 수 없는 편지, 아무것도 적히지 않은 편지일 것이다. 그것이 정말 울리고 있는지조차 분명히는 말할 수 없는. 그러나 결코 한 번으로 끝나지 않고 반복되어 다가오는 전언이다.

그 한밤중에 또

멀리 천둥소리가 울리고 있습니다.
들었다는 건 아닙니다.
하얗게 허공을 가르고 떨어져 간
소리를 보았습니다.

–「먼 천둥」, 부분

들었는지 듣지 못했는지조차 분명하지 않은 채 사라져가는 소리, 들었어도 무언지 알 수 없는 하얀 백지 같은 소리, 그러나 명확치 않지만 신체에 스며드는 어떤 것으로 인해 있다고 감지되는, 혹은 추측되는 소리다. 아마도 스며든 울림만은 신체 전체를 흔드는 것이기에, 천둥의 크기를 가질 것이라 짐작되는 소리다. 천둥소리에 호응이라도 하듯 "창가에는 어느새 비가 모여들고 / 끝없는 중얼거림이 / 역시 하얗게 엉켜들고 있었습니다." 여기서 '모여들고(たかり)'나 '엉켜들고(もつれて)'란 말은 앞의 두 번째 시를 요약하는 단어 '흐트러지고(ほつれ)'와 대쌍을 이루는 말이다. 모여든 것들에서는 알아들을 수 없는 소리가 난다. 무언가 큰 소리다. 그 천둥소리는 하얗게 사라져 간다. "어찌된 일인지 사라져가는 것은 / 하얀 소리를 내며 빨려 들어갑니다. / 지난여름이 / 망막에서 하얗듯이." 그러나 그 모호하지만 울림을 갖는 것이기에, 그것은 보이지 않는 공명을 야기한다. 공명하며 모여들게 한다. 모여드는 것 역시 무슨 말인지 알 수 없는 중얼거림일 뿐이기에 '하얗게' 모여들어 엉켜든다.

알 수 없는 소리, 들리지 않지만 감지되는 소리, 그것은 어쩌면 침묵에 더 가까운 것인지도 모른다. 예전에 일본으로 도망칠 아들을 위해 말없이, 코만 훌쩍거리며 볶은 콩을 담던 어머니의 과묵함처럼. 이 무거운 과묵함은, "분명 생사가 갈렸던 그 밤에" 어머니께 속옷을 받았을 "죽음을 각오한 젊은이"와 이어지며, 떠나던 그날 밤 자신이 그랬듯 그 청년에게 다가왔을 천둥으로 이어진다. "그 한밤중에도 또 / 먼 천둥은 끊임없이 번개 치고 있었습니다." 물론 그 역시 명확한 건 아니며, 뚜렷하게 남은 기억도 아니다. "누군가의 가슴에 새겼다는 건 아닙니다. / 살아남았다 해도 / 사라질 건 벌써 사라져 갔습니다."

한밤중, 모두 잠들었을 시간, 아무것도 보이지 않는 그 시간에, 이렇듯 먼 천둥소리를 듣는 이들이 있다. 그 천둥소리에 공명하며 이어지는 마음들이 있다. 어딘가 알 수 없는 곳에 있을, 그 소리를 듣고 공명했을 마음을 상상하며 움직이는 마음이 있는 것이다.

그 한밤중에도
먼 천둥은 묵직하게 울렁이고 있었습니다.
봤다는 건 아닙니다.
하얗게 떨궈진 섬광이 꿰뚫었던
하얀 마음이 들었던 겁니다.

—「먼 천둥」, 부분

하얀 소리는 그걸 듣고 공명하는 마음 또한 '하얗게' 바꾸어놓는다. 알 수 없는 소리에 반응하는 알 수 없는 마음, 새하얗게 비어 있기에 오는 소리를 오는 그대로 들을 수 있는 마음으로. 그 마음은 한밤중의 과묵한 어머니의 작은 행동에서 들었던 천둥소리를, "휑하니 텅 빈 광장에 웅크려 앉은 / 한 어머니의 / 기침소리"에서 다시 듣는다.

6. 사태의 존재론

「아직도 있다면」, 네 번째 시의 제목이다. 의미가 달라붙기 어렵게 하는, 그러나 역으로 여러 의미가 달라붙을 수 있는 한 글자, 한 단어 제목의 고독 가운데, 유일하게 풀어진 문장으로 제목을 단 것은 리듬적 변화를 위한 언어적인 고려에 따른 것이겠지만,[122] 또한 그것이 말 없는 사태의 단편들 속에서 유일하게 말을 '붙이는' 시이기 때문일 것이다. 물음을 던지며 말을 거는 시이기 때문이다. 아무것도 씌어 있지 않은 하얀 편지에서 시인이 읽은 것, 멀리서 울리는 하얀 천둥소리에서 시인이 들은 것이 거기 있다. 아니, 읽어낸 것이라고 해야 하고, 들어낸 것이라고 해야 한다. 읽어내고 들어내는 방식으로 그가 사태의 전언들에 '덧그린' 말들이라고 해야 더 정확할 지도 모른다. '아직도 있다면' 대답해달라는 외침일 수도 있다. 대답 없는 침묵에서 그가 들은 것일 수도 있고, 그렇게 그 하얀 종이에 그가 써 넣은 것일 수도 있다.

> 아직도 살아가고 있는 것이 있다면
> 견디어 낸 시대보다도
> 더욱 참혹한, 부서진 기억.
> 그것을 돌이켜보는 눈동자인지도 모른다.
>
> —「아직도 있다면」, 부분

그 참혹한, 부서진 기억 말고 대체 무엇이 살아남았단 말이냐는 비명일까? 아니면 죽어도 죽지 못한 채 들어달라고 소리치며 사태의 흔적을 전하는 기억만은 계속 살아남아 있다는 중얼거림일까? 둘 다일 것이다. 이는 다시 고조되며 다음 연으로 이어진다.

> 이 스산한 날에
> 아직도 죽지 않고 있는 것이 있다면
> 박탈당한 복종보다도
> 더욱 원통한, 창백한 인종(忍從).

122. 원문은 「まだあるとすれば」, 직역하면 「아직도 있다고 한다면」이다. 번역된 제목보다 좀 더 풀어진 문장이다.

탄피가 녹슬어 있는 산딸기의
붉은 복수인지도 모른다.

—「아직도 있다면」, 부분

참혹한 기억 말고는 살아남을 수 없는 거기에서 아직도 누군가 죽지 않고 있다면, 그건 복종을 견디어내야 했던 인종의 모욕을 대가로 했을 게다. 복종해야 한다는 사실보다 그렇게 복종하며 살고자 하는 자신이, 그런 자신의 인종이 더욱 원통했을 게다. 그러나 살아남기 위한 그 인종을, 원통함을 품에 안은 채 목숨을 부지해야 하는 그 창백한 인종을 누가 탓할 수 있으랴. 아직도 죽지 않고 '있다'는 것은 죽음만큼이나 모욕적인 그 인종의 고통을 견디며 계속 존재하는 것이다. 그러나 그 인종은 원통함을 안고 있는 것이기에, 미루어진 죽음을 향해 그저 시간을 따라가지만은 않을 것이다. 그 원통함에 배인 눈물은 어느새 슬그머니 스며들어 탄피를 녹슬게 하는 산딸기의 습기보다 결코 옅을 리 없다.

다음 연은 관형어를 늘려가던 '살아 있는 것이 있다면'의 점층성을 반전시켜, 모든 관형어를 떼고 '있다면' 하나로 시작한다.

아직도 있다면
그것은 피로 물든 돌의 침묵.
아니 돌보다 진한 의식의 응고물.
양지바른 곳에서 녹기 시작한
그 빈모의 점액인지도 모른다.

—「아직도 있다면」, 부분

참혹한 기억의 조각난 비명도, 원통한 인종의 말없는 복수도 어쩌면 그 하얀 전언에 억지로 덧붙인 것인지도 모른다고 말하려는 것일까? 살아 있는 것을 굳이 찾아내고 그 흔적을 읽어내려는 것이 구차하다 싶었던 것일까? '아직도 있다면'. 기억도 원한도 없고 의미나 이름도 없는 거기엔 무엇이 남아 있을까? 무언(無言)의 하얀 소리, 사태가 보낸 그 백색의 편지지 속엔 대체 무엇이 남아 있을까? 침묵, 피로 물든 돌의 침묵만이 남아 있다. 혹은 돌처럼 응결된, 돌마다 진한 의식의 응고물이. 약간의 햇빛으로 그것이 녹아 흐르는, 아직은 생명의 싹을 틔워 올리지 못한 빈모의 점액이.

침묵의 전언, 거기 실려 온 사태의 파동, 그것은 글자 한 자 없고 아무 소리도 들리지 않지만, 그렇다고 아무것도 없다고 할 순 없을 것이다. 결코 그럴 수 없을 것이다! 너무 많은 소리들이 엉켜들어 어느 하나의 소리도 들리지 않는 백색소음처럼, 너무 많은 글자들이 뒤섞여 어느 하나의 전언도 전할 수 없게 된 문자들이 있는 것이다. 어느 하나의 형상을 잃은 어떤 무형의 형상이 있는 것이다. 어떤 형태도 없는, 물처럼 파인 곳을 따라 흐르는 흐름만이 있다. 그곳은 그렇게 점액이 되어 흐르면서 언젠가 하나하나 싹을 틔워내고 소리를 내게 할 것이다.

모든 '살아 있는 것'들을 지우고 오직 하나, 존재를 표현하는 동사로 묻는 이 물음에서, 나는 존재에 대한 놀라운 사유를 본다. '있음'이란 살아 있는 것을 하나로 모으는 범주가 아니며, 살아 있는 것들이 공통으로 갖고 있는 어떤 본성이 아니라, 차라리 살아 있는 것을 모두 제거해도 남는 어떤 것 아니냐는 생각이 이 물음의 밑바닥에 깔려 있는 듯 보이기 때문이다. 이 시의 바로 이 3연은 생명체도, 기억도, 감정도 모두 삭제한 채 '아직도 있다면, 그게 무엇이냐'는 물음과 그에 대한 답이다. 돌의 침묵, 의식의 응고물, 그리고 흐르고 유동하기 시작한 점액. 모두 생명이 제거된 뒤 남은 것이다. 참혹한 기억과 원통한 인종의 생명을 제거한 뒤에도 결코 사라지지 않을, '있었다'고 해야 할 어떤 사실의 흔적이, 그 모든 흔적을 지운다 해도 결코 '없다'고 말하지 못하게 하는 것으로서의 '있음'이 거기에 있다. '있다'는 것이 힘겹고 두려워 무력을 써서라도 지우려는 자들이 있고, 그저 '있다'는 사실 하나를 말하기 위해 흔적을 지우려는 자들과 싸우려는 자들이 있다. 그걸 지우지 않고선 어떤 일이 일어날지 몰라 떠는 똑똑한 불안이 있고, 모든 것이 사라진 뒤에도 '있다'고 한다면, 아직도 있다고 한다면 무언가 도래하는 것이 있을 거라고 믿는 미련한 느낌이 있는 것이다. 사태의 존재란 '있음' 자체만으로 도래할 무언가를 불러들이는 힘이다.

살아 있는 것들이 모두 지워져도 남는 것이 '있다'. 시인은 거기에 아무것도 없는 게 아님을 안다. "그래서 더욱 / 목이 탄다. / 형태가 없어지고 나서야 알게 되는 / 첫사랑의 형상이다." 형태가 지워져야 비로소 보이는 것, 그것이 '있음'이다. 이를 알기에 목이 타는 것이다. "그렇기에 봄은 / 내 깊은 잠 밑바닥에서도 어른거리고(かげろうて) 있다." 보이지 않게 다가와 슬그머니 대기를 흔들며 퍼져가는 아지랑이(かげろう)처럼. 형태 없는 형상의, 보이지 않는 방식으로 보이는 아지랑이처럼.

"해는 변함없이 총구 끝에서 빛나고 있"기에 해 아래의 삶은 총구 아래 있지만, 그래도 "바다는 일렁이고 / 구름은 흐르"게 마련이다. 그래도 풀리지 않은 회한이 있다면, 그것은 "그날, 솟구쳐 오른 채 / 새파란 하늘에 파묻힌 / 나의 겨자." 구름이 흐르는 하늘, 일렁이는 바다 속에 파묻혀 보이지 않는 겨자 같이 작은 조각. 그러나 그것은 또한 겨자처럼 매운 조각이고, 그 매운 기운을 응결시킨 단단한 씨앗이기도 하다. 피의 침묵 속에서 녹아 흐르기 시작한 점액에 작은 촉발이 되어줄 작은 응고물이다.

다섯 번째 시는 「불」이다.[123] 불을 켜는 것에 대한 문장이 연마다 반복된다. 불 켜는 이를 기다리는 시일까? 그러나 불 아닌 어둠 속에서 그림자로 살던 시인이, 어둠 아닌 불을 기다린다 함은 약간 의아하지 않은가? 이런 식의 불 켜는 이의 이미지란, '계몽'이라는 오래된 단어부터 시작해 불을

123. 국역본에선 '점화'라고 되어 있는데, 이는 일부러 한 자로 썼다는 해석을 고려하지 않는다 해도, 불을 켜는 것에 대한 통념으로 끌고 가는 듯하여 원제목 그대로 '불'이라고 수정하여 인용한다.

켜서 세상을 밝히는 아주 익숙한 통념에 너무 충실한 것 아닌가? 비극적 사태의 어둠 속에서 불을 기다린다는 것은 이렇게 이중의 의미에서 주저하게 만든다. 그게 아니라면 불로 대체 무슨 말을 하려는 것일까? 무슨 말을 할 수 있을까?

시는 가장 먼저 "누구입니까?" 묻는 것으로 시작한다.

> 누구입니까?
> 우두커니 앉아 있는 것은.
> 눈꺼풀 뒤에서 격자창에 매달려 있는 것은 누구입니까?
>
> –「불」, 부분

누군가 있는 것 같아서일 게다. 그런데 눈꺼풀 뒤다. 내 눈 안의 어둠 속에 우두커니 앉아 있는 것이다. 귀신이라도 본 것일까? 그 뒤에 이어지는 시구도 모두 그렇다. "그 땅거미 지는 어둠 속을 / 희뿌연 그림자가 빠져나갔습니다. / 짐작 못할 어둠 속으로 헤집고 들어가듯이 / 숲길 어둠 속으로 녹아들어 갔습니다." 어둠과 어둠 사이로 그림자가 움직이고 있다. 시인은 어둠 속을, 어둠 속의 그림자를 보고 있는 것이다. 어쩌면 자기 눈 속에서, 어쩌면 땅거미 지는 숲길 어둠 속에서. 어둠 속에 있는 그림자. 보일 리 없다. 그러나 어둠이라고 다 같은 색은 아니니, 무언가 있는 기척, 누군가 움직이는 기척은 느낄 수 있다. 그래서 누구인가 찾으려 불을 켜보지만, 불을 켜는 순간 사라지는 것이 그림자 아닌가? 찾고 싶지만 찾을 수 없는 것, 그게 어둠 속의 그림자일 게다. 그래도 찾으려는 의지로, 찾을 수 있으리라는 막연한 희망으로 불을 켠다. 목이 메던 선지피 속에서도, 죽음 같은 절망 속에서도 혹시나 하고 버리지 못한 게 그런 등불이었을 것이다.

어둠 속의 그림자가 있다면, 빛 속에서 켜지는 등불도 있다. 어둠 속의 어둠이 있고, 빛 속의 빛이 있는 것이다. 대낮의 일상 속에서, 혹은 생존을 위한 생활 속에서 반복하여 켜게 되는 등불 같은 것이 있다.

> 당신은 불을 켜던 참이었지요.
> 목이 메던 그 선지피 속에서도
> 사람들 입술마다 켜졌던 것은 그 불이었으니까
> 산더미 같은 생활이 흐트러진 곳에서
> 등불은 다만, 약간 솟아오른 어둠이겠지요.
>
> —「불」, 부분

"산더미 같은 생활이 흐트러진 곳"이란 먹고사느라, 또한 산만하게 이것저것에 끌려 다니느라 정신없는 우리네 일상이다. 그 일상 속에 밤이 오고, 밤이 오면 등불을 켠다. 그렇게 켜지는 불은 흐트러진 시선을 모으는 중심이 되어 흐트러진 삶을 잠시 잊게 할 것이다. 그러니 그 등불은 그때마다 우리를 잡아끄는 작은 희망 같은 것이기도 하다. 그렇다고 해도 그것은 흐트러진 생활의 일부일 뿐이다. 밤의 어둠 속에서 약간 솟아오른 어둠, 낮의 흐트러진 빛 속에서 약간 밝게 빛나는 빛일 것이다. 그러나 그것은 또 살아야 하는 한 피할 수 없는 것이다. 피 흐르는 상황 속에서도 지나가고 또 기다리게 마련인 등불이다. 이는 군인들이라고 해도 다르지 않을 것이다. 그들 또한 매일의 일상이 있고, 그 일상 속에서 켜게 되는 작은 등불들이 있을 테니까. 그래서인지 위 시구 바로 다음에 이렇게 이어진다.

> 군인들에게도 잠시 짬은 있어서
> 따분하지 않아도 불은 켜지는 것입니다.
>
> —「불」, 부분

분노가 솟구치고 피가 터져 나오는 상황에서도 우리는 살고자 하고 살아야 하기에 눈과 입, 귀와 코, 위장과 방광, 대장과 항문이 원하는,

제 각각의 방향으로 흐트러지는 욕망과 생활을 정지할 수 없다. 죽음이 코앞에 닥쳐왔다고 해도 지금 먹어야 할 밥을 먹지 않을 수 없고, 눈앞에 총탄이 날아도 내 몸의 생존에 희망을 품지 않을 수 없으며, 사람을 죽이는 것처럼 내키지 않는 일이라 해도 명령이라면 따라야 한다. 그게 삶이고, 그게 생활이다. 우리는 그런 생활을 인도하는 수많은 등불들을 갖고 산다. 언제 어떤 조건이든 등불을 켠다. 사람마다, 조건마다 그 크기와 강도는 다르더라도.

> 그래도 켜지는 것입니까?
> 강건한 육체가 서로를 괴롭히는 이 나라에서
> 무엇을 걱정해서 아침저녁 차려놓는 밥상입니까?
> 응시하는 벽이 물드는 겁니까?
>
> –「불」, 부분

켜지는 불, 그것은 적대가 지배하는 세상에서 아침저녁 차려놓는 밥상이다. 그런 생활, 그런 세상을 응시하는 벽마저 물들이는 소박하고 소소한 희망이다. 생활에서 나온 것이기에 그 생활과 다른 출구가 결코 되어줄 수 없는 부질없는 희망이고, 제대로 된 출구를 찾을 생각마저 차단하는 희망이다. 돈을 벌고 취직을 하고 결혼을 하고 집을 사고…… "구렁으로 잠이 떨어지"도록 하는 희망들, 아니면 "어딘가의 기관총이 겨눈 / 위도상의 어느 별" 대신, 총이 겨누지 않은 곳으로 눈을 돌려 찾은 작은 희망들. 어둠을 보지 않게 해주고, 절망을 직시하지 않도록 해주는 것으로서의 희망, 어쩌면 그게 아침저녁 밥상을 차리는 생활을 밝히는 등불인지도 모른다. 그 때문일 게다.

> 어둔 밤의 틈새에서 아낙네가 흐느껴 웁니다.
> 소리도 없이 공기의 심(芯)을 흔들고 있습니다.

이 무명(無明)의 시간을
그래도 등불은 켜지는 것입니까?

—「불」, 부분

불을 쫓고 불을 켜서 무언가를 찾으려는 한, 어둠 속에 있는 것은, 어둠 속에 숨은 그림자는 보이지 않는다. 그것을 향해 눈을 주기도 한다. 그래서 그 어둔 밤의 틈새에 있는 이는 울고 있다. 소리는 없지만 공기의 심(芯)을, 연필심처럼 공기 한가운데 박혀 있는 심을 흔드는 울음이다. 누군가 들었을지 모른다. 그래서 그 무명의 어둠을 향해 눈을 돌린다. 이 시의 처음에 그랬듯이. 그렇게 "등불은 켜지는 것"이다. 그러나 그런다고 보일 리 없다.

보이지는 않을 겁니다.
인간의 내부에서 숨이 끊어진 것은.
등불의 심지를 돋우어도
보이지는 않을 겁니다.

—「불」, 부분

사태 또한 그러할 것이다. 아직 의미를 얻지도 못한 채, 말해질 공간을 빼앗겨 어둠 속을 떠돌고 있는 사태의 전언 또한 불을 켜도 보이지 않을 것이다. 어둠의 틈새에서 우는 아낙네의 울음처럼, 소리 없는 공기의 흔들림처럼. 그래도 누군가 대낮의 흐르는 빛 속에서 성냥불을 켜는 자가 있다. 사태의 전언을 감지한 어떤 누구일까? 도래할 무엇을 기다리는 자일까?

누구입니까?
지금 성냥불을 켠 이는?

하루를 출발시킬 뿐인 정거장에서
누군가를 기다리는 얼굴로 거리를 들여다보던 이는 누구입니까?
올 것은 왔습니까?

–「불」, 부분

그러나 그리 쉽게 알아볼 리 없고, 그리 쉽게 올 리 없다. 그 작은 불빛으로는 "흐르는 빛 속에서 분별해 낼 수" 없기 때문이다. 등불보다 미약한 성냥불이야 말할 것도 없다. 생활의 빛 속에 있는 수많은 희망들 사이에, 생활의 시간보다 뒤처진 저 서툰 불빛이라니! 도래할 누군가를 기다리고, 거리에서 일어날 무언가를 기다리는 저 무망한 눈빛이라니! 그것은 분명 서툴고 가망 없는 짓이지만, 바로 그렇기에 시인의 눈에 걸린다. 어둠 속의 그림자를 감지하는 눈이 있듯이, 환한 빛 속의 서툰 불빛을 감지하는 눈도 있는 것이다. 물론 그것으로 사람들을 불러 모을 수도 없고, 사건들을 촉발할 수도 없다. 그래도 반가웠을 것이다. 그 불빛에서 억지로 읽어낸 희망이 반가웠던 게 아니라, 무망한 짓을 하는 누군가가 저기 또 있다는 사실이 반가웠을 것이다. 하여 "올 것은 왔습니까? / 흐르는 빛 속에서 분별해낼 수 있는 무엇"입니까 묻지만, 그럴 거라 믿진 않았을 것이다.

그 희뿌연 그림자는 아직 돌아오지 않았습니다.
백열전구 아래서는
그림자조차도 숨죽이고 있어야 해서
어쩌면 저 무성한 덤불 속
웅크린 등불 아래서 그늘져 있는 것이겠지요.

–「불」, 부분

아직은 빛 속으로 들어갈 시간이 아닌 것이다. 백열전구 같은 빛 아래 자신을 드러낼 수 있는 시간이 아닌 것이다. 저 환한 빛은 누군가를 드러내주는 빛이지만, 또한 그것을 찾아내는 탐조의 빛이기도 하다. 그런 불 아래에선 있어도 숨죽여 숨어야 한다. 그리하여 등불마저 움츠린 무성한 덤불 속, 그늘져 보이지 않는 곳에 숨어 있는 것이다.

그래서 섣부른 희망보다는 차라리 절망 쪽에 서려는 것 같다. 낙숫물방울이 바위를 뚫는다는 말로 손쉬운 위안을 찾기보단 반대로 "물보라"로 오지 않느냐고, "이름 없는 비석에 흥건히 젖는 / 안개물방울"이 아니라 그저 한 방울 한 방울 무력하게 떨어지는 공동수도의 물방울로 오느냐고 반문한다. 젖어서 제대로 타지 않아 그저 눈물을 빼는 매운 연기만 피워 올리는, 시커멓게 그을리기만 하는 그런 불로 오겠느냐고. 그건 아마 자꾸 빛으로만 눈을 돌리면 어둠 속에 숨은 것을 볼 시력을 빼앗기기 때문이다. 있지도 않은 곳에 쉽게 희망의 깃발을 꽂을까 저어함이다. 절망할 때 절망할 줄 모르는 것, 어설픈 희망으로 시커먼 절망을 가리는 것이야말로 가장 절망적인 것임을 알기 때문일 터이다.

그래도 사태가 보내는 침묵의 편지를 읽을 줄 아는 시인이라면 안다. 그것은 이미 다가와 있는 것이다. 빛 아닌 어둠 속에, 움츠린 등불 아래 뿌연 그림자로. 그것은 아직 오지 않았지만 거기 있는 것이다. 어둠 속에 숨은 채. 그래서 처음부터 물었던 것일 게다. "누구입니까? / 우두커니 앉아 있는 것은……" 응답 없는 거기, 아무것도 없는 게 아니라 침묵이 있는 것이다. 저기 그늘진 거기는 그저 어두운 게 아니다. 거기엔 어둠이 있는 것이다. 어둠 속에 숨은 어두운 그림자가 있는 것이다. 그것이 누구인지는 알 수 없다. 그러나 알 수 없다고 해서 '없다'고 해선 안 된다. 거기 누군가 있는 것이다. 하여 이 시의 마지막은, 시의 첫머리에서 던졌던 '이다'의 '인식론적' 질문을 '있다'의 존재론적 질문으로 바꾸어 다시 묻는다.

누구입니까?

그 어둠 속을 다가오는 이는?
누군가 거기에
당신은 있습니까?

—「불」, 부분

'당신'을 시를 읽는 독자를 겨냥한 대명사로 읽어야 할까? 그럴 수도 있을 것이다. 어느새 내게 스며든 낯익은 문장, 통념적 어구들은, 이 시구를 있음을 묻는 질문에 주어를 독자로 바꿈으로써 어느새 독자를 거기에 있는 자로 바꾸는 문장으로, 그렇게 독자를 '호명'하는 문장으로 읽도록 유혹한다. 어둠 속의 누군가를 대신해 답하고 일어서게 하려는 호명으로. 순식간의 이런 치환은 매우 교묘하고 능란하다. 그러나 그렇기에 오히려 어둠 속의 그림자를 향해 '누구입니까?'를 묻고, 환한 대낮에 거리에서 성냥불을 켜는 어눌하고 서툰 앞서의 장면들과 어울리지 않는다. 더구나 이 시는 누군가를 빨리 불러내려는 게 아니라 누구인지 알 수 없고 있는지 알기 어려운 무언가를 향해 더듬거리고 있기에, 이리 발 빠른 치환은 시 전체의 리듬과 충돌한다. 그렇기에 나는 '당신'이란 그저 '거기에 있습니까?'에 필요한 주어, 있을 것이라는 추측 속에서 있을 것이라 믿는 사태를 지칭하는 주어일 거라고 믿기로 한다.

누군가 거기에 '있느냐'는 질문, 이는 누구인가를 물었을 때 이미 물어진 것 아닌가 반문할 수도 있다. 그러나 누구인지를 묻는 질문은 누구인지를 알 수 없을 때, 그 알 수 없는 것이 오직 침묵으로 대응할 때 쉽게 중단된다. 그것은 누군가 있음을 전제하는 질문이기에 식별할 수 있는 대답의 부재를 물을 대상의 부재로, '없음'으로 간주하기 때문이다. 그렇기에 더불어 누군가 있는가를 묻는 질문도 사라지게 마련이다. 또한 이 인식론적 질문은 그에 대한 답이 '명료하고 뚜렷하지' 않을 때, 받아든 답조차 믿지 못하고 '기각'한다. 그러나 누군가 거기 있느냐는 질문은 있는 게 누구인지를 묻는 것 '이전'의 질문이다. 답에 대해서도 누구라고 '명료하고 뚜렷하게'

식별할 수 있는지 문제 삼지 않는다. 그저 있음을 확인하는 것만으로도, 있으리라는 느낌이나 짐작만으로도 충족되는 질문이다. 응답이 없어도, 모호한 기척이 느껴질 때마다 다시 던져진다. 사실 명확히 확인되는 '기척'이 있다면 던질 필요가 없는 질문 아닌가. 그땐 누구냐고 묻게 될 것이다.

'누구인가'를 묻는 질문은 명확함을 향해 가지만, '있는가'를 묻는 질문은 모호함을 안고 간다. 전자는 응답 없는 것에선 눈을 돌려버리지만, 후자는 응답 없는 것을 향해 눈을 돌린다. 침묵은 '누구인지'에 대한 응답의 거부일 순 있지만, 있는지에 대한 응답의 거부는 아니다. 존재는 침묵과 상충되지 않는다. 오히려 침묵 속에 있는 것이 존재라고 해야 한다. 얼마나 많은 것들이 말없이 존재하는가! '누구인지', '무엇인지'를 묻는 이들은, 말없이 존재하는 그것들에게 묻는 자의 생각으로 대신 답한다. "그것은 나무"이고, "그것은 훌륭한 목재"라고. 그것이 거기 있다는 것만으론 만족하지 못하는 질문이다. 반면 '있느냐'를 묻는 질문은 침묵의 응답에 자신의 생각을 투영하지 않는다. 그렇기에 '있느냐'는 질문은 대답이 없다 해도 중단되지 않는다. '이다'를 묻는 것은 명료한 답을 얻기 위해 불을 켜는 것이다. '이다'로 듣는 답은 자신이 든 불빛이 반사되어 나온 빛을 보는 것이다.[124] '있다'로 묻는 질문은 불을 켜지 않는다. 기척이 있는 듯한 어둠 속의 모호함으로, 눈을 돌리지 않았던 곳을 향해 눈을 돌리면 충분한 것이다. 무언가가 '있다'는 느낌이면 충분한 것이다.

존재론이란 '(무엇)인가?'를 묻는 질문으로 환원되지 않는 물음이 있음을 알아채며 시작되는 사유의 장이다. '이다'라는 말로 연결될 '대상'으로 환원되지 않는 '존재'를 묻는 사유고, '있다'는 사실 자체가 갖는 힘을 믿는 사유다. 무규정성이 갖는 수많은 규정가능성을, 규정을 벗어난 무엇이 될 수 있는 잠재성을 향한 사유다. 사건에 대해서도 유사하게 말할 수 있다. 사건의 존재론, 그것은 사건화의 표면 밑에 있는, 지워도 그냥은

124. 이 또한 이 시가 '점화'로, 불을 켜는 것으로 번역되면 안 되는 이유다.

지워지지 않는 '있음' 내지 '있었음'의 힘을 믿는 사유고, 아무 규정 없이 '있기'에 수많은 사건적 규정성을 향해 열려 있는 '말없는 신체'를 향한 사유다. 사태, 즉 사건의 저 말없는 신체가 갖는 잠재성을 향한 사유다. 사태는 '무엇인지' 알 수 없지만, 알 수 없는 상태로 우리에게 오는 어떤 것이다. 무엇인지 몰라도 그저 '있다'는 사실 자체만으로 충분한 어떤 것의 존재다. 그렇기에 사태에 대한 질문은 이처럼 '인식론적'인 것이 아니라 존재론적인 것으로 던져져야 한다.

사태와 연루된 사람에 대한 질문도 그럴 것이다. 사태만큼이나 사건화의 빛에 들어설 수 없어서 무규정적 어둠, 보이지 않는 어둠 속의 그림자로 숨은 이들에게 '누구인가'를 묻는 것은 신원을 묻고 정체를 묻는 질문과 본질적으로 다르지 않다. 그들은 그 질문을 피해 숨어버린 것이니, 그것은 답을 얻을 수 없는 질문이다. 어둠 속에서 누군가를, 자신처럼 먼 천둥소리를 들은 이나 그 천둥소리 속에 간신히 살아남은 청년으로 존재하는 누군가를 향한 질문은 '누구인가'가 아니라 '있는가'로 던져져야 한다. 어둠 속에 존재하는 모호하게 다른 어둠의 존재만으로도, 그 희미한 기척만으로도 응답을 얻을 수 있는 그런 질문으로 던져져야 한다. 그렇지 않으면 옆에 다가와 있어도 보지 못하고 놓쳐버리게 된다.

1부의 마지막인 여섯 번째 시는 「벼랑」이다. 모든 것을 스치고 지우며 지나가는 바람, 그 바람 속에 펄럭이는 만장에 휘말려든 시선이 먼 천둥소리를 듣고 어둠 속 그림자의 기척에 다가갔다가 급기야 도달하는 곳은 바로 벼랑이다. 추락의 장소, 그 의미를 말할 순 없지만, 결코 보지 않을 수 없고 결코 지울 수도 없는 죽음의 장소다.

그 장소에 이르러, 해도 바다도 낙하로 인도하는 그 추락의 아찔함 앞에서 "절규는 눈이 돌아 뒤집혀 있다." 추락에 대한 공포 때문일까? 추락을 향해 앞서 달려가는 절규의 속도 때문일까? 그로부터 오는 떨림이 "너무나도 미세"하다 함은 추락으로 당기는 힘이 막무가내가 아님을 뜻한다. 그 힘의 작용이 만드는 어떤 모호한 '예감'으로 인해 그렇게 미세한 떨림이 있는 것이리라. 그러나 '죽음으로-미리-달려 가보는' 영웅적 결단과 달리, 예감 앞에서 움츠러들어 마치 예감하지 않은 듯, 그저 물러서서 바라보기만 하려 했던 것이라고 스스로 달래려는 마음 때문이 미세하게 떨리는 것이리라. 추락으로 잡아당기는 힘을 감지하지만 어느새 뒤로 물러선 마음 또한 감지하기에, 앞으로도 가지 못하고 뒤로도 가지 못하는 마음의 움직임은, 어떤 움직임도 없고 아무 소리도 없는 정적의 대기를 불러낸다. 그 정적의 대기로 인해 움직이지 못하게 된 것이라 믿고 싶은 것이리라.

> 미세한 떨림 때문에
> 사람들에겐 그저 자욱이 끼는 정적이 죄어들 뿐이다.
>
> —「벼랑」, 부분

그러니 어떤 "울림의 비말(飛沫)이 / 공기의 중심에서 터지고 있으리라고는 / 사려 깊은 누구라고 해도 고실(鼓室)에 모여드는 것을 짐작할 수" 없을 게다. 보이지 않게 모여들며 생성되고 있는 어떤 걸 알기는 쉽지 않다. "그리하여 추락하고 있는 것이다." 몸을 던지지 않지만, 아무것도 보이지 않는 어둠 앞에서, 그 어둠 속으로 추락하는 것이다. "창틀에 어렴풋이 시간을 멈춰놓고 / 지각의 공동(空洞)을" 울리는 "비명의 껍데기가" 무력하게 흐트러져 "먼지로 떨어지"는 것이다.

또 다른 추락이 있다. "숨통에서 찢어진 소리", "곧바로 중천을 꿰뚫어버렸기"에 한 장 꽃잎처럼 "무변의 정적을 흩날려가는" 소리의 추락이 그것이다. 비명소리와 함께 하는 죽음으로의 추락일 것이다. 학살과 항의가 충돌하던 거리에서의 죽음.

> 꽃잎처럼 금남로에 흩어진 너의 붉은 피

두부처럼 잘리워진 어여쁜 너의 젖가슴[125]

죽음으로-미리-달려 가보는 '고독한 결단'이 있었던 것도 아니지만, 그렇다고 그저 두려워 도망치며 무참히 죽은 것만도 아닌 죽음이다. 무장한 군대를 밀쳐낸 놀라운 항의와 함께 했지만, 목숨을 거는 결단을 했던 건 아니었으니 뜻하지 않았던, 미안함과 두려움에 떨었을 죽음이었으리라. 누가 이를 '영웅의 죽음'이라 할 것인가. 그러나 누가 이를 '개죽음'이라 할 것인가! 이들의 죽음이 '고독'하다고 한다면, 이는 홀로, 실존적 단독자로서 죽음과 대면해서가 아니라 어떤 짝도 없이 아주 다른 방향에서의 죽음 모두로 열려 있기 때문이다. '무엇이다' 하나로 규정할 수 없는 죽음이, 죽음들이 거기 있는 것이다.

이루지 못한 꿈이 애통해서인지, 다하지 못한 삶이 원통해서인지, "끝없는 집착에 떨고 있는 / 자기 자신의 깊은 나락"으로 떨어지는 추락. 그들은 그렇게 일상을 살던 매일의 시간을, "나날의 바닥을 빠져나갔"을 것이다. "죽음 말곤 잃을 어떤 것도 없었던 영혼들"이 자기 자신과 결별하고 떠나가는 곳 또한 그 밑바닥이다. 그렇게 추락할 줄 아는 자는 아름답다. 벼랑 앞의 두려움, 추락의 공포 앞에서 "쭈뼛쭈뼛 / 훔쳐보고는 뒷걸음치는 삶" 앞에서, 그 모든 것을 마치 풍경을 보듯 하는 눈들 앞에서 시인은 소리친다. "추락하라! / 저녁노을만이 아름다운 그 나라에서라면 / 풍경과 함께 저물어서 추락하라!"고.

사태는 벼랑이다. 공기를 조용히 흔드는 울림도 보이지 않고, 고실(鼓室)에 모여드는 어떤 것들 또한 보여주지 않은 채, 대면하는 이에게 죽음이나 추락의 예감이 주는 두려움 앞에서 멈칫대게 하는 벼랑, 동시에 누구도 권하지 않지만 자신의 몸이 너무도 미세하게 떨림을 감지하지 않을 수

125. 〈님을 위한 행진곡〉과 더불어 광주사태 이후 거리에서 가장 많이 불려진 노래 중 하나인 〈오월의 노래〉 가사의 첫 부분.

없는 벼랑이다. 어둠을 향해, 나락을 향해, 저무는 풍경과 함께 추락하라고 유혹하는 벼랑. "나락도 구름도 / 그늘진 그대로의 먼 벼랑"이다.

7. 멈춘 시간, 바래지는 사건

『광주시편』 1부에서 어떤 이름도 없고, 어떤 내용도 없이 오열 같고 비명 같고 만장 같고 벼랑 같은 사태로 다루어지던 '광주사태'는 2부의 첫째 시 「바래지는 시간 속」에서 처음으로 '광주'라는 이름으로 등장한다. "광주는 진달래로 타오르는 우렁찬 피의 절규이다." 이렇게 시작되는 2부는 이제 광주사태를 사건화한다. 이렇게 사건화되지 않는 한, 사태는 어둠 속에서 그림자로 떠도는 말 없는 사태일 뿐이고, 의미를 알 수 없는 오열이나 비명일 뿐이다. 끊임없이 부는 바람에 날려 사라질 수도 있는.

사건화를 통해 사태는 사건이 된다. 그런데 사건화를 위해선 사태를 불러낼 포지션(position)이 있어야 한다. 사건화란 사태의 인근에 있는 요소들과 사태를 이으며 이루어지지만, 아무것이나 잇고 연결하는 것이 아니라 어떤 일관성을 갖도록 연결하는 것이다. 의미나 해석을 가능하게 해주는 그 일관성은 무엇보다 우선 사태와 포지션의 관계에서 나온다. 이 시집에서의 사건화 역시 마찬가지다. 사건화하려는 사태 앞에서, 어느 하나의 포지션에 서지 않고선 일관된 사건화는 불가능하다. 사태가 불려나오는 포지션이 달라지면 사태는 다른 사건이 된다.

김시종은 여기서도 또 하나 특이한 사건화의 방식을 창조한다. 이미 언급한 것처럼 「바래지는 시간 속」에서 시인은 사건과 자신의 어긋남을 드러내는 방식으로 자신이 서 있는 지점을 드러낸다. "거기에는 언제나 내가 없다." 사건과의 어긋남을 사건화의 출발점으로 삼아야 하는 딜레마, 이것이 그가 선택했던 사건화의 포지션이다. 이는 '일부러' 선택한 것이다. 왜냐하면 꼭 이래야만 하는 건 아니기 때문이다. 특히 문학적 사건화는 사건의 '거기'에 없었어도 마치 거기에 있는 것처럼, 있었던 것처럼 쓰면서 진행되기 십상이다. '있음직한 허구'라는 정의가 그것을 가능하게 해준다. 가령 옛날 갑오년의 봉기에 거기 없었던 신동엽이 서사시 『금강』을 썼던 것도, 광주사태의 거기에 없었던 황석영이 『죽음을 넘어, 시대의 어둠을 넘어』를 썼던 것도 마치 거기에 있는 것처럼 사건화함으로써 가능했던 것이다. 그것은 사실 문학자가 사건을 다룰 때 가장 빈번하게 선택하는 방법이기도 하다. 황석영이 쓴 것은 심지어 소설 아닌 르포 아니었던가!

그런데 김시종은 사건의 '거기'에서 어긋난 포지션을 선택한다. 사태가 발생하고 3년 뒤에 쓰는 것이니, 시의 자리가 없어서 그렇다고도 할 수도 없다. 거기에는 언제나 내가 없다면서, 자신이 거기에 없던 사건에 대해서 시를 쓴다. 반면 그는 자신이 '거기에 있던' 사건에 대해선 쓰지 않고 침묵했다. 4·3이 바로 그것이다. 김시종은 4·3봉기에 깊이 관여했고 그로 인해 밀항으로 조선을 떠나야 했던 이른바 '당사자'였다.[126] 그러나 그는 4·3에 대한 작품을 따로 쓰지 않았고, 그의 작품에서 거의 언급하지 않는다.[127] 이러한 대조는 김석범과 김시종이라는 두 작가의 대조적 행적에서 다시 발견된다. 『왜 계속 써왔는가 왜 계속 침묵했는가』라는 대담집 제목이 잘 보여주듯이, 4·3 당시 '거기'에 있지 않았던 김석범은 평생을 4·3 인근의 제주도에 대한 작품을 써왔던 반면, 깊이 관여했던 '당사자' 김시종은 4·3이나 제주도에 대해 거의 쓰지 않았다. 그때 거기 사건의 장소에 있었던 사람은 쓰지 않았고, 없었던 사람은 계속하여 써온 것은 아이러니한 대칭성을 보여준다. 이를 그저 우연이라 할 수 있을까? 왜 4·3에 대해 쓰지 않았느냐는 물음의 답 가운데 그는 이렇게 말한다.

> 언어라고 하는 것은 압도하는 사실 앞에서는 완전히 무력한 것입니

126. 김시종, 『조선과 일본에 살다』 참조.
127. 예외라고 한다면 『니이가타』 2부인데, 거기에서도 그 시집의 전체 이야기를 끌어가는 '나'가 사라지고, '소년'에 대한 3인칭의 얘기로 언급된다.

> 다. 언어가 문자로 나오는 것도, 기억이 뜨거울 동안은 좀처럼 말로 만들어지지 않잖아요. 식기를 기다리지 않으면 안 될 것 같은, 그런 딜레마에 계속 빠져 있었습니다. 기억이라고 하는 것이 한 가닥 실과 같은 것이라면 끌어당겨 감아갈 수 있을 텐데, 생각해내려고 하면 덩어리째 욱하고 치밀어 올라 말로 되지 않았습니다.[128]

김시종이 김석범의 작품에 대해 하는 말도 이와 동일한 맥락에서 이해된다. "석범이 형이 쓰신 4·3사건에 관련된 것은 거의 읽었는데, 문학, 창작된 것과 실제 체험 사이에는 언제나 어딘가 거리가 있어서 가장 친한 선배의 작품인데도 어딘가 걸맞지 않아요……. 압도하는 사실이 기억이 되어 버티고 있는 사람에게는, 창작 작품 그 자체가 뭔가 조작같이 보여버리는 겁니다."[129] 압도하는 사건의 무게는 작품을 쓰는 것도, 그에 대한 작품을 읽는 것도 할 수 없게 만드는 것이다.[130]

'사건'의 압도적 힘이 요구하는 것은 예술이 아니라 '기록'이다.[131] 사건의

128. 김석범·김시종, 『왜 계속 써왔는가 왜 계속 침묵했는가?』, 157쪽.
129. 김석범·김시종, 앞의 책, 158쪽.
130. 이런 얘기는 다른 작가들에서도 들을 수 있다. 가령 '세월호 사건'이 났을 때, 그 사건에 깊이 공감하고 분노했던 수많은 작가들이 있었는데, 거의 모든 이들이 한결같이 말한 바 있다. 도저히 작품을 쓸 수가 없다고. 심지어 세월호에 대한 게 아닌 작품조차도. 세월호 희생자를 기리는 낭독회를 조직하는 첫 번째 회의 자리에서 시인 심보선은 이렇게 말했다고 한다. "'세월호'가 전하는 무게감이 너무나 크고 강렬하여 아무리 그에 대해 세련되게 표현하려 노력한다 하더라도 결국엔 '허접하게 느껴질 것'이라고."(양경언, 「눈먼 자들의 귀 열기」, 『창작과비평』, 2015년 봄호) 그래서 작품을 쓰지 못하겠다고.
131. 소설가 황석영이 광주사태에 대해 소설 아닌 르포를 썼던 것은 이 때문일 게다(황석영, 『죽음을 넘어, 시대의 어둠을 넘어』, 전남사회운동협의회 편, 황석영 기록, 풀빛, 1985; 이는 이후 개정되어 재출간되었다. 황석영·이재의·전용호, 『죽음을 넘어, 시대의 어둠을 넘어』, 창비, 2017). 사실을, 있는 그대로의 진실을 전하는 '기록'을 남겨야 한다는 생각.

무게가 강력하게 남아 있는 곳에서 씌어지는 예술작품들이 지극히 재현적인 것이 되는 것은 이 때문이다. 더구나 사건을 둘러싼 죽음의 무게는 웃음도, 거리(距離)도, 변형도 허용하지 않는다.[132] 그러나 재현적인 문학도, 대중들이 쉽게 공감하는 노래도 김시종의 시와는 거리가 멀다.[133] 광주사태, 그 사건 속에 들어가 자리를 잡고(positioning) 혁명적 분기와 진압의 잠상을 전하는 서사적인 시를 쓰는 것도, 혁명적 열정이나 죽음 앞에서의 슬픔을 '노래하는' 시를 김시종에게 기대할 순 없다. 그 자리는 김시종이 설 자리가 아닌 것이다. 그렇기에 그는 적지 않은 시간이 지난 후 시를 쓸 수 있게 되었을 때조차, 재현의 중력을 벗어나기 위해 사건과의 거리를 일부러 벌려놓고 시작했던 것 아니었을까? 사건과의 어긋남 속에 자신을 포지셔닝하려는 것 아니었을까?

「바래지는 시간 속」으로 돌아가자. 시의 모두는 이렇다.

> 거기에는 언제나 내가 없다.
> 있어도 상관없을 만큼
> 주위는 나를 감싸고 평온하다.
> 일은 정한 듯 내가 없는 사이 사건으로 터지고(出来事としておこり)

132. 세월호 관련 퍼포먼스를 하던 가까운 아티스트가 경험한 것인데, 손피켓을 들고 자연스레 몸의 움직임에 따라 춤이 되는 동작조차 옆에 있던 이들의 저지를 받았다고 한다. '죽은 아이들을 앞에 두고 어떻게 춤을 출 수 있어요?'

133. 김시종이 친밀한 서정에 기대선 안 되며 반대로 그것을 비판하고 끊어야 한다는 신념을 갖고 있었음은 잘 알려진 사실이다. 1986년 한 권에 6,500엔이나 하는 집성시집 『原野の詩』를 출판했을 때, 이쿠노의 아저씨 형님 격의 사람들이 200부를 사주면서 "그래도 조금은 우리들도 알 수 있게" 시를 써달라고 했다고 한다. 그는 "어떻게든 노력하겠습니다"라고 웃으며 대답했지만 내심으로는 이 희망에 부합할 수 없을 거라 여겼다고 한다. 사람들이 쉽게 공감하고 읽을 수 있는 정감으로부터 멀어져야 한다고, "가장 가까운 관계일수록 끊어야 하는 게 있다"는 생각에서였다(김시종·쓰루미 슌스케, 「전후문학과 재일문학」, 『오늘의문예비평』, 102호, 2016년 가을). 김시종에게 시란 '소통에서 빠져나가는 언어'임을 잘 보여주는 얘기다.

나는 나 자신이어야 할 때를 그저 헛되이 보내고 있다.

—「바래지는 시간 속」, 부분

자신이 사건과 어긋나 있음을 첫 행부터 명확히 표명한 시는, 사건의 '거기'와 반대로 자신이 있는 '여기'는 평온하다고 대비한다. 없음과 있음의 간극을 이렇게 벌려놓은 뒤, 사건화의 선을 그리기 시작한다. 그것은 당연히 어긋나는 선이다. 누가 일부러라도 그러는 양 "내가 없는 사이 사건으로 터"진다고. 여기서 시인이 '사건으로 터진다'고 쓰고 있음을 다시 강조해두자. 국역본이 그러하듯 '사건으로서'는 빼도 될 문장인데, '사건으로서'를 굳이 넣은 것은, 이제 '일'을 '사건'으로 다루겠다는 의지를 명확히 표명하는 것이라 하겠다. 이후에 오는 5행의 문장들도 모두 사건과의 어긋남을 부연하는 문장들이다. 굳이 대비하자면, 앞의 문장이 공간적 어긋남에 가깝다면, 이는 시간적인 어긋남을 표시한다.

누군가 속인다는 것도 아니다.
잠깐 눈을 돌린 순간
시곗바늘은 째깍 소리도 없이 미끄러져 버렸다.
그 내리깐 시선의 괘종시계의
시치미 뗀 초침 소리 속에서 말이다.

—「바래지는 시간 속」, 부분

공간적인 어긋남이 거기 있었던 것 같은 포지셔닝을 통해 넘어설 수 있다면, 시간적인 어긋남은 과거를 돌아보며 서술하는 과거 내지 현재 시제의 문장으로 넘어설 수 있다. 그러나 그러려면 이런 어긋남은 말하지 않는 게 통상적이다. 그 경우 과거시제로 쓸 때조차, 보고 온 사실을 최대한 재현하는 스타일로 쓰게 된다. 반면 여기선 시간적인 어긋남을 통해 통한(痛恨) 어린 안타까움을 표현한다. 이는 사건이 없는 '여기'의 평온함과 대비되며 더욱 거리를 확장한다. 즉 자신이 있는 '여기'에서 "밤은 탁한 늪이다. / 웅크리는 것만이 안식인 듯한 / 실러캔스의 선잠이다." 그렇게 "잠들어 버리면 시대도 끝나"버릴 것이다. 이런 대비를 통해 그는 평온에 머물지 못하고, 어긋남을 무릅쓰며 자신이 없는 사건의 '거기'로 넘어가는 동력을 만들어낸다.

이는 이후의 문장들을 시인 자신의 현재 속에서 언표되도록 제약한다. 있었던 사건에 대한 묘사가 아니라 사건에 대한 시인의 감응을 묘사하게 한다. 시인의 그 현재 속에서 사건은, 시인이나 그가 사는 세계 속으로 과거의 신발을 신고 나와 걷지 못하고 시인에게 등 돌린 채 과거의 빛바랜 시간 속으로 들어간다. 사건의 과거로부터 현행의 시간으로 나오는 대신 시인의 현재로부터 손닿지 않는 과거 속으로 멀어져 간다. "유백색 어둠을 드리우고 / 단숨에 시간이 바래져 간다." 이것이 이 시집에서 사태를 사건화하는 일차적인 방향을 규정한다.

현재로 불려나온 과거는 지나가버린 것이다. 현재 없는 것의 재현이다. 그러나 바래진 과거 속에 들어간 것은 멈춘 시간과 더불어 멈추어 선 채 거기 있다. 바래진 시간 속에 갇혀, 지나가지 않고 거기 있다. 거기서 그 멈춘 시간과 대면하는 시인을 부른다. 반복하여 시인을 그 바래진 시간 속으로 불러들인다. 시인은 그렇게 불려 들어가며 그 멈추어선 사건과 섞인다. 그것은 그 멈추어선 사건을 시인의 현재 속으로 불러들이는 것이기도 하다. 그렇게 멈추어선 사건과 시인은 섞여 들어간다. 사건의 바래진 시간과 시인의 현행적 시간은, 마치 상이한 소리들이 서로 섞여들며 하나의 선율을 이루듯 섞여 들어간다.

현재로 불려나와 재현된 과거는 그 현재가 흘러감에 따라 다시 흘러가버린다. 문자나 텍스트로 남아도 그것은 이미 흘러가버린 것의 재현에 불과하다. 과거에 있었던 일의 '기록' 같은 것으로 남을 뿐이다. 그러나 바래진 시간 속으로 들어간 사건의 감응은 멈춘 시간 속에 응결되어 거기 있다. 시인이나 독자의 현재를 불러들이는 과거로서, 그런 불러들임을 통해 우리의 현재 속으로 스며드는 과거로서 거기 있다. 상이한 시점에 속한 것이 이렇듯 하나로 섞여들 때, 우리는 베르그손이 말한 '순수지속'을 본다.[134] 그가 '순수시간'이라고 했던 것이 바로 이것이다. 그렇다면 '하나의 시간 속에 있다'는 말은, 하나의 시계적인 시간에 병존하는 것이 아니라 이처럼 상이한 시점에 속한 것이 하나의 연속체로 섞여들며 혼합되는 것이다. 그런 혼합을 통해 멈춘 과거는 시인이나 독자의 현행적 삶 속으로 스며든다. 그 현행적 삶의 현재 속에 스며든다.

시인이 사건을 그에 대한 감응과 더불어 바래진 시간 속에 넣어 봉인하는 것은 이런 이유 때문일 터이다. 사건을 흘러가는 시간 속에서 지나가버리지 않도록, 현재 속에 언제나 섞여 들어오는 것으로 만들기 위해서다. '바래지는 시간 속'이란 제목의 시로 사건화를 시작하는 것은 이런 이유에서 매우 중요하다. 나중에 보겠지만, 김시종에게 바래진 시간 속에 봉인된 채 동결된 사건들, 그렇게 멈추어선 시간은 자주 반복되어 등장한다. '녹스는 시간'(『잃어버린 계절』) 같은 표현 역시 이 바래진 시간과 같은 맥락에서 이해할 수 있다. 그의 삶을 아는 이라면, 그에게 이처럼 바래고 녹슬어 멈추어버린 사건들이 적지 않으며, 그것이 그의 시를 방향짓고, 그의 삶에 언제나 스며들고 있음을 안다. 곤혹스런 해방의 순간, 4·3봉기 와중에 죽은 동료들의 모습, 떠나온 집, 신세지던 이웃들의 작업장을 부수어야 했던 반전투쟁 등등. 이 시는 여기에 광주사태 또한 추가되어야 함을 보여준다. "터져 나왔던 여름의 내가 없다 / 정해진 듯 그곳에 나는 언제나 없다. / ……36년을 거듭하고서도 / 아직도 나의 시간은 나를 두고 간다."

바래지는 시간 속에 묻어둔 사건은, 그걸 묻어둔 이의 삶에 유령이 되어 나타난다. 유령 또한 멈춘 시간 속에 갇혀 있다. 죽은 이의 유령은 아무리 많은 시간이 흘러도 죽은 때의 모습으로 나타난다. 유령의 출현은

134. 베르그손, 『의식에 직접 주어진 것에 대한 시론』, 최화 역, 아카넷, 2001.

바래진 시간 속의 사건이 되돌아오는 것이다. 역으로 시인이 감응이 실린 어떤 사건을 멈춘 시간 속에 봉인하는 것은, 자신의 삶 속에 유령으로 반복하여 불러들이기 위해서이다. '거기에는 언제나 내가 없다'함은, 그렇게 불러들이기 위해, 더없이 강한 힘으로 불려나올 수 있도록 '거기에 없음'의 안타까움과 통한, 있고자 하려는 의지 등을 최대한 응축시키기 위함이다. 사건을 어긋남을 통해 바래진 과거 속에 밀어 넣음으로써 최대한 강하게 현재 속으로 밀려나오게 하는 역설적 사건화, 이것이 '거기에 없는' 시인이 선택한 사건화의 방향이다.

그렇게 응결된 사건은 불려나올 때마다, 불려나오게 될 현재에 따라 다르게 불려나올 것이다. 그렇기에 그것은 사태로부터 사건화되어야 함에도, 충분히 현행화된 형상으로 펼쳐지지 않아야 한다. 최대한 접혀져 잠재화된 채 사건화되어야 한다. 그 사건에 담긴 세계는 나비나 나방, 매미나 개구리가 보는 세계가 아니라, 올챙이나 번데기가 보는 세계, 발도 날개도 모두 배 안으로 접어 넣은 그런 세계가 되어야 한다. 나올 때마다 다른 형상으로 펼쳐질 수 있는 것이 되도록 접어 넣어야 한다.

> 왠지 그것만 보인다.
> 번데기가 보는 저 빛바랜 세계가 배어나온다.[135]

빛바랜 세계란 그렇게 바래져간 시간 속에서 동결된 사건이다. 그것은 그저 '기억'이란 말로 되돌아오는, 지나간 시간 속의 오래된 사진 같은 게 아니다. 동결된 시간 속에 응축된 어떤 힘이다. '사태'에 최대한 가깝게 접혀 들어간, 그렇기에 어떤 현재로도, 어떤 미래로도 불려 들어와 펼쳐질 수 있는 '주름'이다. 유령이 되어 '없는' 여기로 되돌아올 사태의 영혼이다.

135. 미분화상태의 번데기로 거슬러 올라가는 이런 방법은 이미 『니이가타』에서 본 것이기도 하다.

'번데기 속에 감추어진, 다른 세계의 문이다.

8. 시간을 지우며 묻다

『광주시편』은 시간적 및 공간적 어긋남을 최대치로 벌려놓고, 그 어긋남 속에 스스로를 포지셔닝하며 사건화를 시도한다. 사건 이전의 사태로 다룰 때도 그렇지만, 사건화를 진행하는 이후의 시들에서도 사건이 충분한 서사로 펼쳐지지 않으며 사건을 구성하는 수많은 실증적 사실들이 사건화에서 제외되는 것은 이와 무관하지 않다. 사건을 펼치기보다는 어긋남의 공간, 바래짐의 시간 속에 사건을 최대한 접어 넣으며 사건을 최소화하여 단단한 감응으로 응결시킨다. 「바래지는 시간 속」은 이런 사건화의 응축기(condenser)다.

가능한 다른 사건화의 길들이 있었다. 군사정권의 부정적인 사건화 방식을 반박하는 사건화, '혁명'이나 '항쟁' 같은 긍정적인 사건화, 그 이전의 격렬한 충돌과 대결 속에서 펼쳐지는 사건화, 항쟁의 순간에 잠시 드러난 다른 세계를 불러내는 사건화 등등. 그러나 김시종은 이처럼 하나의 지향점을 갖고 펼쳐지는 사건화의 길을 가지 않는다. 어긋남의 순간에 솟아오른 감응 속으로 팔과 다리마저 뱃속으로 집어넣어 번데기로 만드는 사건화, 멈춘 시간 속에 바래진 장면으로 시간을 봉인하는 사건화, 그렇게 겨자씨처럼 맵고 단단하게 응축된 최소 사건화의 길을 간다. 이런 사건화를 들뢰즈라면 주름(pli)을 안으로 접어 넣는 '함축적(implicative) 사건화'라고 할 수도 있을 듯하다.[136] 이는 사건 이전의 사태로 거슬러 올라갔던 사건화의 방식과 강한 연속성을 갖는다. 동시에 '별일 없는 때의 광주'라는 말로

136. 이와 반대로 사태 안에 접힌 주름을 밖으로 펼치는 사건화는 '설명적(explicative) 사건화'라고 할 수 있을 것이다. 서사시나 재현적 서사를 따라 진행되는 많은 사건화가 이런 사건화의 선을 따라간다.

요약되는, 3부에서 묘사되는 세계와, 광주사태가 사건으로 개입해 들어가지 못한 세계와 짝을 이룬다.

바래지는 시간 속에 사건을 접어 넣기 위해 먼저 시인은 현재의 시간을 묻는다(埋). 그 현재 속에 미래를 묻는다. 그런 물음을 던지며 현행의 현재를 지우고, 그 현재에서 이어진 미래를 지운다. 그렇게 지워지는 시간 속에 말려들어와 있는 과거를 지운다. 과거도, 미래도 지워질 때, 남는 것은 물음이다. 현재에 대해 던지는 과거와 미래에 대한 물음. 2부의 두 번째 시 「이 깊은 하늘의 바닥을」이 반복하여 묻는(問) 것이 바로 이것이다.

> 올 날이 온 것인가
> 올 날이 간 것인가
>
> —「이 깊은 하늘의 바닥을」, 부분

이 물음은 약간, 미세하게 달라지며 반복된다.

> 올 날은 올 것인가[137]
> 올 날이 간 것인가

다음 연에서는 '올 날'을 '끝'으로 대체하여 다시 묻는다.

> 끝(終り)이 온 것인가
> 시작되는 끝인가

137. 국역본은 두 번째 질문의 앞 문장을 첫째 질문 '올 날이 온 것인가'와 똑같이 번역되어 있는데, 원문은 来る日は来るのか로, '올 날은 올 것인가'이다.

그리고 다음 연에서 다시 약간 바뀐 물음이 반복된다.

> 올 날은 올 것인가
> 올 날에 간 것인가?[138]

이 모든 물음은 현행의 세계에 대해 던져진 것이다. 첫째 물음은 "도시에는 얼룩무늬 군복이 넘쳐나고 / 거리에는 사람 그림자도 없"는, 광주사태 이후 모든 '소란'이 잠재워진 세상에 대해 묻는 것이다. 두 줄의 이 물음에서 '올 날'의 의미는 상반된다. 이런 세상을 두고 '올 날이 온 것인가?'를 묻는 것은, 봉기가 진압되고 싸우던 시민들을 군인들이 대체한 날이 결국 다시 온 것인가를 묻는 것이다. 봉기는 끝나게 마련이고 통치는 되돌아오기 마련이라는, 패배감과 절망이 짙게 배인 통념을 묻는 것이다. 반면 이에 대해 '올 날이 간 것인가?'를 물을 때 '올 날'은 봉기한 시민들이 꿈꾸었던 날이다. 거리에 넘쳐나는 군인들과 더불어 올 날이 가버린 것인지 묻고 있다. 요컨대 두 행의 시에서 '올 날'이라는 미래에 대한 상반되는 생각이 현행의 현재를 두고 던져지고 있는 것이다.

둘째 물음은 과거의 '그날'에 대해 던져진다. 그날은 "바람이 건너가고라도 있는" 듯 지워져버린 날들이다.

> 아무도 보지 않았으리라.
> 도시가 통째로 멈춘 바람의 끝은.
> 푸른 이파리 그대로 시들어 있는
> 나무의 신음은 들을 수 없었으리라.
>
> —「이 깊은 하늘의 바닥을」, 부분

138. 여기 두 행도 번역 수정.

'보다', '듣다'라는 동사를 따라 대칭상(大稱狀)으로 배열된 이 네 줄의 시구에 대해, "올 날은 올 것인가? / 올 날이 간 것인가?"를 물을 때, 올 날은 모두 봉기한 시민이 꿈꾸었던 날로 동일하다. 앞의 물음은 이렇게 지워져버렸음에도 이후 다시 '올 날은 올 것인가'를 묻는다면, 뒤의 물음은 지워져버린 날들과 함께 올 날이 가버린 것인가를 묻는다. 절망적인 사태 앞에서 그래도 희망을 갖고 싶은 이와 그렇지 않은 이의 질문이라 대비할 수도 있겠지만, 둘 다 그에 대한 의구심으로 바꾸어 해석할 수도 있다. 실은 모두 그 사태 앞에서 좌절한 이들, 그러면서도 간신히 희망 같은 걸 남겨둘 수 있는지를 묻는 대칭적인 물음이다. 그걸 확인하기라도 하듯, 다음 연에서는 총검으로 닫힌 교문과 덩굴풀로 뒤덮인 창문 앞에서 결국 끝이 온 것인지를 묻는다. 그래도 포기할 수 없었을까? 그 끝이 무언가가 시작되는 끝인가를 묻는 물음을 거기 덧붙인다.

그러나 절망의 깊이는 만만치 않다. 다음 연에서도 "나라를 통째로 묻어"버리고 "시신이 눈을 치뜨"고 있지만 아무에게도 보이지 않으리라 쓴다. 삭제된 풍경, 삭제된 시간이다. 그에 대해 "올 날은 올 것인가 / 올 날에 간 것인가"라고 고쳐 묻는다. 여기서 달라진 건 뒤의 물음이다. 올 날에 대한 시민들의 꿈을 지우며, 올 거라고 기대했던 날에 올 날이 가버린 것인가를 묻는다. 여기선 이 물음에 그치지 않고 이어 다시 묻는다.

> 그날이 무엇이었는지 알게 되는 날이 있을까?

이 물음은 바로 앞의 두 물음뿐 아니라 지워진 날에 대해, 그 지워진 자리를 채우고 있는 현재의 날들 모두에게 던져진 물음 모두를 모으는 물음이다. 그 물음들은 모두 그날이 무엇이었는지 묻는 것이었던 게다. '올 날'이라는 미래의 형식으로 던져진 것이었지만, 동시에 '그날', 지워진 채 가버린 과거의 날들에 대해 던져진 것이기도 하다. 그처럼 지워져버렸기에, 그날이 무엇이었는지 알게 될 날이 과연 있을까 묻는 것이다. 그토록 참혹했고 그토록 열광했으며 그토록 소란했고 그토록 거대했으나, 마치 아무 일도 없었던 양 조용하게 지워져버린 것 앞에서, 그날이 무엇이었는지 알게 할 수 있을까 싶은 의문이 조용히 던지는 물음이다. 그 의문을 따라 그날의 의미에 대한 많은 규정들을 지워버리는 물음이다. 의문부호 속으로 그 모든 규정들을 접어 넣는 물음이다.

그러니 앞 또한 보이지 않으리라. "바라볼 시계(視界) 따위 없는 골목", 기와마저 젖어 있는 막다른 거기에서 시인은 어설프게 지워진 것을 복구하려 애를 쓰지 않는다. 이미 그날 거대한 함성을 지워버리는 막대한 삭제의 권력 앞에서, '그래, 지워버리자'고 하며 그날, 그 사태에 주어진 모든 규정들을 지워버린다. 그들과는 아주 다른 이유에서. 부정적인 것이든, 긍정적인 것이든. '그렇게 지워버리면 어떻게 되는지 보자'는 것처럼. 시인은 그렇게 지워지는 것을 따라 더 멀리 간다. 모든 것이 가라앉는 심연으로까지.

> 거리가 온통 잠겨서 가라앉아 있다면
> 어디가 바다고 지평이 어디인가?
>
> —「이 깊은 하늘의 바닥을」, 부분

이렇게 물으며 "이 깊은 하늘의 바닥"까지 가자고 한다. 끝을 알 수 없는 하늘의 바닥, 그것은 심연이다. 거리가 가라앉아 바다와 땅이 구별되지 않는 심연, 깊은 하늘의 바닥, 아래로 위로 모두 심연이다. 그래, 가라앉아야 한다면 끝까지 가라앉자. 지우려 한다면 모두 지우라고 하자. 그러나 그래도 지워지지 않는 것이 있다.

> 이 깊은 하늘의 바닥을
> 무엇이, 무엇이, 끝내 숨지 못한 무엇이
> 이다지도 비바람치고 욱신거리는가.

–「이 깊은 하늘의 바닥을」, 부분

거기서 시작하는 것이다. 모두 지워버려도 지울 수 없는 어떤 것, 바래진 시간 속에 지워지지 않은 채 숨어 있는 것, 어둠 속의 그림자, 그 모두를 이끄는 응결된 감응. 아마도 그것은 "꽃잎 / 하나"같이 작고 미소한 어떤 것일 게다. 지울수록 응축되어 작아진, 그러나 그만큼 선명한 빨간빛 꽃잎일 게다. 그것을 사로잡은 거미줄을 "짙은 회색의 눈에 늦은 아침을 물들여서 / 흔들린달 것도 없이 휘어져"버리게 하는 어떤 힘이 시작되는 작은 점일 게다.

9. 함축적 사건화

사건화한다 함은 사태의 이웃들을 찾아주는 것이다. 그 이웃관계 속에서 사태가 사건이 되도록 해주는 것이다. 그 이웃들과의 관계 속에서 사태는 언어와 의미, 개념과 사유의 영역으로 들어온다. 그런 점에서 사건화란 사태라는 말없는 신체에게 말을 찾아주는 것이고, 사태라는 신체에게 '영혼'을 찾아주는 것이다. 얼굴을 잃고 그저 묵묵히 있는 머리에 얼굴을 찾아주는 것이다. 이목구비를 그려주는 것이다. 얼굴을 그려줄 이웃들을 모아주는 것이고, 그 이웃들의 손으로 사태에 얼굴을 그려 넣는 것이다.

『광주시편』에서 2부에서 김시종이 택한 사태의 이웃들은 「뼈」, 「창」, 「입 다문 말」, 「수(囚)」, 「엷은 밤샘」 등이다. 이는 사람의 형상으로 바꾸어 쓸 수 있다. 「뼈」는 죽은 자고, 「창」은 살아남은 자다. 「입 다문 말」은 거절하는 자로, 직접적으로는 광주사태로 투옥된 이후 단식투쟁을 하다 옥사한 박관현을 지칭한다. 「수」는 갇힌 자, 그리고 「엷은 밤샘」은 상을 치르는 자와 묘지에 묻힌 자들이다. 이 모두를 확 줄여 간단히 말하면, 산 자와 죽은 자라고 요약할 수도 있겠다. 물론 「입 다문 말」이 단적으로 보여주듯, 그 각각 또한 그 자체로 나름의 사건화를 함축하고 있다. 상이하게 사건화되는 삶과 죽음들을. 2부에서의 광주사태는 이런 사건들이 계열화되며 사건화된다. 사건들의 사건인 셈이다. 2부의 마지막 시 「명복을 빌지 말라」는 이러한 이웃항들을 '사태'와 하나로 모아 첨점으로 응집한다. 산 자와 죽은 자를 둘러싸고 있는 '지금'의 세상 속에서, 그리고 그 지금과 이어진 이웃들과의 관계 속에서 시인이 시도한 사건화가 겨냥하는 바를 표시한다. 3부에서 보게 되는 세상과 만나는 방식을 표시한다.

먼저 「뼈」. 이 시도 "날이 간다 / ……날이 온다"고 하며 시작하지만, 그건 앞의 '올 날'이 아니다. 뒤에 "쾅 하고 판자가 떨어지고 / 밧줄이 삐끗거리면서 / 5월이 끝난다"고 하니, 그날은 끝나는 날, 죽음의 날이다. 죽는 자의 독백이 이어진다. "이보게, / 바람이야 / 바람, / 살아가는 것조차 / 나부끼고 있는 것이지." 살아가는 것도 죽는 것도 바람처럼 나부끼며 사라져간다는 말이다. 그렇게 죽음을 받아들이는 것이다. 2연 역시 "날은 간다"며 시작하는데, 그날은 1연처럼 죽음의 날이다. 그러나 죽음은 "꽉 막힌 폐기(肺氣)가 / 늘어진 직장을 똥이 되어 내리고 / 검시의는 유유히 절명을 고한다."고 함으로써 검시의의 눈에 비친 죽음으로 묘사된다. 그런 죽음과 더불어 "항쟁은 사라진다." 그리고 "범죄는 남는다." 바람에 실려 사라지는 1연의 죽음은 여기 2연의 사라지지 않고 남는 죽음의 범죄와 대비된다. 상반되는 죽음이 사라져가는 것과 남는 것의 대비로 치환된다.

이 두 연의 대비되는 죽음은 다음 두 연으로 이어지며 또 다른 죽음의 대비로 다시 치환된다. "쾅 하고 판자가 떨어지"는 사건의 흔적을 지워버리려는 죽음이다. 그러나 흔적은 지워도 지워지지 않고 남는 것이다. 뼈가 그렇다. '뼈'는 "똥이 되어 내리"는 그런 죽음 뒤에 남는 것이다. 사태가 사건의 물질성을 표현한다면, 뼈는 죽음의 물질성을 표현한다. 육신과 함께 썩어가겠지만 그 썩어가는 시간을 버티며 그 죽음의 존재를 상기시키는 징표다. 지워도 지워지지 않은 채 남는 사건의 흔적이다.

나락의 어둠을 빠져나가는 바람에
짙은 갈색으로 썩어가는 늑골이 보인다.

—「뼈」, 부분

필경 누군가, "시퍼렇게 멍든 광주의 청춘이 / 철창 너머로 그것을 보고 있"을 것이다. "흔들리고 있다"고 반복하며 3연에서 앞의 두 연을 받는 것은 이 때문이다. 지웠지만 지워지지 않는 흔적은 남아서 흔들림이 된다. 그러나 흔적이 흔적일 뿐이라면 아무것도 아닐 수 있으며, 흔들림이 흔들림일 뿐이라면 고개 숙인 삶 속에서의 동요에 지나지 않을 것이다. 흔드는 것이 되지 못하고 그저 흔들릴 뿐이라면 "죽는 일까지도 / 바람에 실려 가고 있는 것"일 뿐이다(4연). '바람에 실려 가고 있'다는 말로 동일하게 표현되지만, 이는 앞서의 그것과 다른 것이다. 1연의 그것이 "투명한 햇살 그 빛 속"에 있다면, 4연의 그것은 "고개 들어 쳐다볼 수 없는 햇빛" 속에 있다. 고개를 못 드는 것은 미안해서일까? 아니면 묵종의 징표일까? 둘 다일 것이다. 이렇게 지움과 지워짐, 지워짐과 지워지지 않음, 흔듦과 흔들림 등에서부터 그 죽음 사이의 동요까지, 광주는 보이지 않는 소란으로 가득 차 있다. 죽음을 지우고 어둠의 흔적을 지우려는 빛으로 아무것도 보이지 않을 듯한 암흑이다.

광주는, 왁자지껄한
빛의
암흑이다.

「뼈」가 죽음 내지 죽은 자를 두고 교차되는 상이한 시선을 보여준다면, 「창」은 창을 앞에 두고 있는 두 가지 살아남은 자를, 그들의 시선을 보여준다. 하나는 "창문을 조금 열어 하늘을 올려다보고 / 남아 있는 별을 다시금 우러러보며 / 가스밸브를 트"는 자다. 가스밸브로 상징되는 먹고사는 삶의 장 안에 있지만, 그래도 남아 있는 희망을 향해 시선을 던지는 자다. 비록 전에부터 보던 뻔한 희망일지라도. 다른 하나는 철창 안에 갇혀 살아남은 자다. 거대하고 참혹한 죽음을 지켜보고 갇힌 자들이기에 쉽게 희망을 가질 수 없는 자들이다. 별을 볼 수 없는 자다. 아니 별을 보지 않는 게 아니다. 별이 그들을 보지 않는 것이다.

> 철창 안에서는 별이 안 보인다.
> 서서 머리를 묶고 있는 사람을
> 별은 보지 않는다.
>
> ―「창」, 부분

별이 외면해버린 곳에서 턱없는 희망을 찾는 대신 그들은 자신의 눈빛 속에서 별빛 아닌 불빛을 피운다.

> 그래도 푸른 불꽃은
> 외곬으로 시간을 들끓게 하여
> 조용한 눈빛 속에 타오르고 있다.
>
> ―「창」, 부분

가스밸브를 틀며 별을 보는 자와 별이 보이지 않는 자, 이 양자는 서로를 알지 못한다. 서로로부터 차단되어 있다. 서로에게 기대는 쉬운 희망 같은 것이 있을 리 없다. 그러나 "인생의 막간에는 나누지 않는 인사도 인사인 것이다." 그래, 서로 알지 못하지만 그렇다고 모를 리 없다. 안에는 눈에 파란 불빛을 태우는 이들이 있음을, 밖에는 생활의 등불 사이로 남아 있는 별을 우러러보는 이들이 있음을. 다만 모르는 체하는 것일 게다. 그렇게 서로 "모르는 체하는 얼굴의 / 희미한 밝음

속"에서 시인은 "채 밝지도 않은 이른 아침"을 본다. 그것이 창 안에 번져 창에 쳐진 격자를 지우는 것을.

'박관현에게'라는 부제를 단 「입 다문 말」은 국가권력과의 모든 타협을 거절한 자, 삶의 모든 것을 거절한 자에게 바치는 시다. 이 시는 말하는 것마저 거절하는 거절의 언어에 대한 것으로 시작한다.

> 때로 말은
> 입을 다물고 색을 낼 때가 있다.
> 표시가 전달을 거부하기 때문이다.
>
> —「입 다문 말」, 부분

말은 그것이 표시하는 의미로 인해 그 말에 실려 보내진 어조나 음색을 듣지 못하는 경우가 많다. 때론 기표(signifiant)의 명시적 의미보다 거기 실려 온 어조가 더 중요한 경우가 많은데도. 반대로 침묵은 명시된 어떤 의미도 없기에, 보통은 기표나 발성에 가려 들리지 않는 것을 거꾸로 들리게 한다. 단호하고 맹렬한 침묵이라면 더욱 그러할 터이다.

환한 햇빛이 손에 든 등불들을 빼앗듯, 주어진 의미로 가득 찬 말들은 다른 의미의 여지를 모두 빼앗는다. 말할 수 있도록 허용된 의미만을 나누어 줄 뿐이다. 말들의 세계에 들어간다는 것은 기호들에 달라붙은 그런 의미의 세계에 포섭됨을 뜻하고, 기호들을 장악한 자들에게 모든 사상(事象)을 빼앗김을 뜻한다. 말을 하며 포섭되고 말을 하며 빼앗기는 것이다. 그 모든 말들을, 그 모든 기호를 거절하는 것은 이런 세계와 대결함이다. 단호하고 무거운 침묵으로. 그때 "말은 이미 빼앗긴 사상(事象)에서조차 멀어져 있고 / 의미는 원래의 말에서 완전히 박리(剝離)된다." 이럼으로써 습관적으로 익숙한 말들을 따라다니던 의식은 그 모든 익숙한 말들에서 멀어진다. 익숙한 의미 속에 가려 안 보이던 것으로 눈을 돌리게 된다.

의식이 눈여겨보는 것은
바야흐로 이때부터이다.

—「입 다문 말」, 부분

"끊을수록 / 선명해져가는" "새로운 단면"이 나타나기 때문이다. 아마도 광주사태 보도기사 삭제를 요구한 검열관의 요구에, 백지로 하얗게 지워진 지면을 내보냈던, 어떤 말보다 많은 것을 말해주던 그 백색 침묵의 기사(記事)가 이와 같았을 터이다. 혹은 광주에 대한 수많은 비난의 언사들이 난무할 때, 그저 침묵을 실은 시선으로 응하던 많은 이들의 응대 또한 이와 같았을 터이다.

그러나 말의 통로를 빼앗긴 공간에서는 말을 끊는 것조차 불가능하다. 말해도 들리지 않는 그곳에서 말하지 않음은 아무것도 아닌 게 되기 때문이다. 감옥, 그곳은 침묵과 거절의 언어마저 빼앗긴 공간인 것이다. 그런 공간에서 침묵을 다시 얻기 위해, 침묵을 단호한 거절의 언어로 바꾸기 위해 "살아 있는 몸을 / 의지로 바꾼 남자"는 말뿐 아니라 모든 것을 끊어버린다. "벽 속의 평온을 끊었다. / 음식을 끊고 / 협박을 끊고 / 거짓을 끊고 / 생명을 끊었다." 그것은 "시들어가는 죽음이 아니라" 그런 "죽음을 거부하는 죽음"이다. 그렇게 "밤을 향해 조용히 입술을 맞춤"으로써 그 밤은 그 "원통한 마지막 숨을 거둔 검은 휘장"이 된다. 그렇게 밤에 어둠의 깊이가 더해진다. 그처럼 모든 빛이 사라진 깊은 밤 속으로 들어감으로써, 대낮의 빛 속에서 "통째로 어둠"인 나라에서, 어둠의 공간인 감옥은 거꾸로 "스며 나오는 빛의 상자"가 된다. 침묵을 위해 자신의 모든 것과 바꾼 그 죽음은, 말과 말 없음을 뒤집고, 삶과 죽음을 뒤집고, 빛과 어둠을 뒤집어버린다. 그렇다면 그것은 어쩌면 세상을 뒤집어버리는 죽음일 수도 있지 않을까?

「수(囚)」는 갇힌 수인을 곤혹스럽게 하는 두 개의 힘을 통해, 대의와 명분으로 버티는 수인의 번뇌를, “갈기갈기 찌든 허세를 찢어 제치고” 드러낸다. 하나는 그 처절한 항쟁의 기억 속에서 견디어내는 감옥에도 여지없이 찾아오는 꿈이다. 죽은 이들의 시선을 생각하면 무참할 정도로 부끄럽게 하는 욕망이다.

> 어김없이 국부가 비대해지는 꿈이 온다.
> 죽은 이들의 어두운 응시에 꽂힌 채
> 미끈미끈한 성욕이
> 무참히도 콘크리트 잠자리를 기어 다닌다.
>
> –「수」, 부분

살아 있다면, 감옥 아니라 지옥에까지도 찾아오는 성욕 아닌가! 이는 죽은 이들, 목숨을 걸었던 항쟁을 생각하면 견디기 힘든 욕망이다. 사는 것을 “무섭다”고 느끼게 하는 욕망이다. 그것이 무참한 것은 성적인 욕망을 수치심 섞어 표상하게 만든 관습 때문만은 아니다. 그것은 그 욕망이 본질적으로 씨를 남겨 죽음 이후에도 생명을 지속하려는 욕망이기 때문이다. 죽어서도 살고 싶다는 욕망이다. 죽음을 무릅쓴 강한 의지나 결코 저버릴 수 없는 대의로도 제거할 수 없는 생명의 본능이고 의식으로는 어떻게 해볼 수 없는 신체의 욕망이다.

또 하나는 “사는 것만큼 무서운 푸른 잠”이다. “감금된 푸른 / 패욕(敗辱)”으로 물든 잠이다. “거대한 깔때기가 어둠을 쏟아 붓는 곳”, 바람마저 뒤틀려 “밤을 몸부림치게 하고 / 잠을 뒤틀리게 하”는 곳에 찾아오는, 그 어둠만큼이나 무거운 패배감과 치욕에 멍든 잠이다. 그것은 날고 싶었던 청춘의 신체를 향해 “격자에 날개를 휘감은 채 / 벽을 떨어져오는” 잠이다. 날아오르려는 욕망이 꺾여 추락하는 신체를 덮치는 감정이고, 그렇기에 “아릿한 찔레꽃 꽃술에 취해” “얼룩진 파계”로 유혹하기도 하는 “붉은 혓바닥”이다.

이는 갇힌 자의 삶을 '욕되게' 하는 두 가지 힘, 갇힌 자를 흔드는 두 개의 힘이다. 그러나 그것은 사실 하나의 힘이다. 삶을 지속하고 싶다는 생명의 힘을 신체가 모든 '허세'를 찢고 드러내는 게 성욕이라면, 고양을 향해 나아가기 마련인 생명력, 좀 더 높은 곳을 향해 비상하기 마련인 그 생명력이 폭력 앞에서 두려움에 꺾여 추락할 때 나타나는 것이 그 패욕의 푸른 잠일 테니까. 그렇기에 우리는 패욕의 깊이에서 목숨을 걸었던 비상(飛上)의 강도를 역산할 수 있는 것처럼, 어김없이 찾아오는 그 미끈미끈한 성욕의 강도에서 그 패욕의 깊이를 역산할 수 있다. 생각해보면, 그 멍든 생명력이야말로 애초에 목숨을 걸고 싸우게 만든 삶의 추동력 아니었던가. 그 멍의 깊이만큼 강한 성욕으로, 삶을 지속하려는 욕망으로 패욕과 굴종 속에서도 삶을 견디어내는 힘이다. 이 시의 마지막 행들은 이런 의미로 읽어야 하지 않을까?

> 바람이여, 송곳을 세워서 소리치는 바람이여,
> 갇힌 이 울결(鬱結)을 묻지 말라.
> 감금된 푸른
> 패욕 속의.
>
> ―「수」, 부분

다음은 「엳은 밤샘」. 상을 치르는 자들이 시가 직접 묘사하는 대상이다. 상이란 산 자들이 죽은 자를 떠나보내는 의례다. 그러나 종종 떠나보내는 방식으로 죽은 자들이 산 자들의 삶 속으로 몰려 들어온다. 이 시가 바로 그렇다. 먼저 장례를 치르는 자는 하얀색의 대열을 이루고 있다. 삶을 물들이는 여러 가지 색들을 모두 지우고 남은 흰색, 그것은 눈에 띄지 않는 배경 같은 색이지만, 하나의 대열을 이룬다면 흔히 죽음을 상징하는 검은 색만큼이나 두드러져 보이는 색이다. 소복(素服). 지긋이 다문 입으로 그저 묵묵히 쳐다보는 침묵의 색이다. 하지만 검정색과 달리 가라앉는 무거운 색이 아니라 바람 따라 흔들리고 꿈틀대는 가벼운 색이다. 가볍게 요동치고 구불거리며 인근의 곳곳으로 흩어져가는 색이다. 그렇게 "소리도 없이 / 하얀 꿈틀거림이 소용돌이쳐" 가며, 죽은 자들의 "저 셀 수 없는 그림자 휘감아서" "도시의 배후에 / 흰 저주를 / 구불거려 놓는다."

이 대열이 향해가는 묘지는 "도시의 울림이 흐릿해지는 / 산기슭 건너편"이다. "늪의 밑바닥 같은 / 잠잠함에" 지쳐 "새들도 벌써 날아가 버린 곳"이다. 그렇게 "엄청난 / 침묵이 불어 제치"는 곳이지만, 거기 누운 사자(死者)들은 "안와(安窩)에 오로지 / 땅의 물을 가득 채우고 / 잠시 졸 틈도 없이 / 우리를 걱정하여 / 귀를 쫑긋 세운다." 장례란 산 자들이 죽은 자를 떠나보내는 절차일 뿐 아니라, 죽은 자들이 산 자들을 걱정하여 그들을 감싸며 다가오게 하는 절차이기도 한 것이다. '광주'에서 이렇게 산 자와 죽은 자는 함께 산다. 함께 삶을 만들어간다. 이런 삶에선 죽음조차 삶의 일부다.

「명복을 빌지 말라」 또한 산 자와 죽은 자의 관계를 다루지만, 여기서 산 자는 「열은 밤샘」에서 죽은 자와 만나는 산 자가 아니다. 죽은 자들과 함께하는 산 자가 아니라, 죽은 자들과 거리가 먼 산 자들이다. 대립이나 억압, 외면이나 망각이라는 관계 속에 있는 산 자들이다. 앞의 세 연은 유사한 반복구로 시작하며, 이런 대비를 잠언화하여 일반성마저 부여한다.

비명(非命)의 죽음이 가려지고만 있다면[139]
대지는 이제 조국이 아니다.

–「명복을 빌지 말라」, 1연 부분

날이 지나도 그저 꽃만 놓여 있다면

139. 국역본에는 "원통한 죽음……"으로 되어 있으나, 원문은 "非業の死……"이기에 '때 아닌 죽음', '비명의 죽음'으로 번역하는 게 적절할 것이다.

애도는 이제 그저 꽃에 지나지 않는다.

-「명복을 빌지 말라」, 2연 부분

평온함만이 질서라면

질서란 이제 위축에 지나지 않는다.

-「명복을 빌지 말라」, 3연 부분

여기서 산 자들이란 "전투복을 숨기고" 난데없는 죽음을 가리는 자들, "어둠에다 눈을 두고 / 풍경이랄 것도 없는 계절을 보고 있는" 어머니의 마음 없이 꽃을 갖다 놓고 잊는 자들이고, "땅을 울리는 무한궤도에 눈을 돌"릴 줄 모르는 채 그저 평온하게 사는 자들이다. 이와 대비되는 죽은 자들은 흙더미 아래 찌부러져 있는 "도려내진 목구멍"이고, 구더기가 끓고 있는 "갈라진 뱃속 태아의 두개골"이고, "땅을 기고 있는 억지로 가둬진 신음"이다. 이처럼 "세상에 죽음은 많고 생도 많"지만, "그저 삶이 허용된(生かされた)[140] 것만으로 생이라 한다면 / 강요된 죽음 또한 삶이 허용된(生かされた) 생이다." 삶이 허용된 삶이란 사역(使役)의 수동형으로 표현되는 삶이니, '그들'의 손에 여탈권을 넘겨준 삶이다. 그들 뜻에 맞는 삶이다. 강요된 죽음과 같은 손에 쥐어진 삶이다. 그러나 '강요된 죽음'은 또 다른 뉘앙스를 갖는다. 그것은 그들 뜻을 거슬러 얻은 죽음이다. 삶의 허용 여부를 '그들'에게 넘겨주지 않고 스스로 떠맡은 삶의 이면이다. 자신이 스스로에게 허용한 삶의 방식이다. 그 죽음은 "버림받은 자유의 시체인 것이다."

살아 있음이 이와 같다면, 쉽게 안도(安堵)해선 안 된다. 그것은 수동적이

140. 번역본에는 '목숨을 부지해서'로 의역되어 있다. 직역하면, いかされる는 살다(生きる)의 사역형(生かせる, 살게 하다)의 수동형(生かされる)이다.

지 않은 삶에서 멀어지는 방법이기 때문이다. 죽음이 이와 같다면, 쉽게 명복(冥福)을 빌어선 안 된다. 그것은 죽은 자를 쉽게 잊는 법이기에. 그것은 산 자들이 죽은 자들과 관계를 맺는 방법이 아니라 관계를 끊는 방법이다. 관계를 이어가기 위해선 쉽게 애도해선 안 된다. 애도는 안도하기 위해 산 자들이 죽은 자를 보내는 것이니. 관계를 제대로 이어가려면 쉽게 명복을 빌어선 안 된다. 죽은 자들이 명부(冥府)로 가버리게 해선 안 된다. 차라리 붙잡아 이승을, 산 자들의 도시 속을 떠돌게 해야 한다. 산 자들의 안도를 교란하고, 산 자들에게 잊을 수 없는 위협으로 존재하게 해야 한다. 지워질 수 없는 기억이 되어야 한다. 그리하여 죽은 자를 땅이 아니라 가슴속에 묻히도록 만들어야 한다. 죽어서도 산 자들 사이에 계속 존재하게 해야 한다.

> 눈 감을 수 없는 죽음은
> 떠돌고 있어야 위협이 된다.
> 움푹 팬 눈구멍에 둥지를 튼 한(恨)
> 원귀가 되어 나라를 넘치라.
> 기억되는 기억이 있는 한
> 아아 기억이 있는 한
> 뒤집을 수 없는 반증은 깊은 기억 속의 것.
> 감을 눈이 없는 사자의 죽음이다.
> 땅에 묻지 말라.
> 사람들아,
> 명복을 빌지 말라.
>
> —「명복을 빌지 말라」, 부분

광주사태를 사건화한다는 것은 그 관계를 끊지 않고 지속하기 위함이다. 새로운 관계를 만들어가기 위함이다. 죽은 자들로 인해 산 자들이 새로운 삶을 살아가야 한다. 그럼으로써 죽은 자들은 산 자들의 삶 속에 계속 살아 있게 될 것이다. 산 자도, 죽은 자도 '살도록 허용된' 삶이 아닌 '사는' 삶, 혹은 '살아내는' 삶을 살기 위한 것이다.

산 자와 죽은 자, 어쩌면 이는 광주사태를 사건화하려는 2부 전체를 관통하는 두 개의 축이다. 이런저런 산 자, 이런저런 죽은 자들과 사태를 계열화하며 시들이 씌어진다. 사건화된다. 그 사건화의 매듭은 이처럼 명복을 빌지 말고 죽은 자를 명계로 떠나보내지 말자는 것이다. 감히 원귀가 되어 떠돌게 하자는 것이다. '산 자'들이 활보하는 이 도시 속을 떠돌게 하여, 그들로 하여금 잊을 수 없게 하고, 그럼으로써 망각의 평온한 질서를 끊임없이 위협하는, 나라에 넘쳐나며 떠도는 대기가 되게 하라, 그것만이 원한을 제대로 풀어주는 방법이고, 죽은 자를 제대로 떠나보내는 방법이란 말이다. 죽음 인근의 모호하지만 강밀한 감응에서 시작하여 도시 속을 떠도는 원귀들로 이어지는 이러한 사건화를 '원귀적 사건화'라고 하면 어떨까? 혹시 이 말이 불편하다면, '유령'이라는 데리다의 개념을[141] 끌어들여 '유령적 사건화'라고 해도 좋을 것 같다.

10. 별일 없는 세계와 어둠의 특이점

시인은 죽은 자들의 명복을 빌지 말라고 하며, 눈 감을 수 없는 죽음이 원귀가 되어 나라에 넘치기를 바라고 뒤집을 수 없는 반증을 깊은 기억 속에 침전시켜 두고자 한다. 그것은 사건을 잠재성의 세계 속에 묻어두는 것이다. 이후 무엇으로 현행화될지 알지 못하는 사건화의 힘을 현실의 대기 속에 묻어두는 것이다. 그러나 통상적인 눈에, 현행화되지 않은 사건이란 보이지 않고, 보이지 않는 것은 없는 것과 다르지 않다. 한편에서

141. 데리다, 『마르크스의 유령들』, 진태원 역, 그린비, 2014.

그것은 잊혀지고 다른 한편에서 그것은 지워진다. 아무 일 없었던 것처럼 세상은 흘러간다. 사태가 사건으로 개입하지 못한 세계, 사건이 충분히 사건화되지 못한 세계, 이 시집의 3부는 그것을 주로 다룬다.

3부의 첫째 시 「그리하여 지금」이 다루는 것은, 마지막 행에서 명시하듯, "별일 없는 때의 광주"다. 시의 1연은 노동조합이나 연대위원회 같은 운동단체들, 필경 광주사태에 관한 투쟁을 하던 이들마저 투쟁을 멈추고 쉬는 시간에 대해 쓴다. 그 뒤의 연에서는 미군병사, 집단농장의 소녀가 등장한다. 모두 그 처절한 사건이 언제 있었느냐 싶은 시간 속에 있다. "그리하여 세계는 / 지금이 낮이다."(4연) 이는 진압한 자들도 마찬가지다. "그리하여 전차도 경찰봉도 / 쉬는 때가 있는 것이다."(6연) "그 유명한 공수부대 병사들에게도 / 남겨진 시간의 / 한국의 해질녘은 슬픈 것이다."(7연) 그렇게 "한국이라면 어디든 똑같이 / 5월의 하루가 콘크리트 담 중간에서 뉘엿뉘엿 저물어간다." 그렇게 "지금은 별일 없는 때의 광주다."

다음 시 「3년」은 제목을 받으며 이렇게 시작한다.

> 잊기에는, 좋은 해이다.
> 탈상도 했고
> 상장도 뗐다.
>
> —「3년」, 부분

이 시집의 시들은 광주사태 3년 뒤에 씌어진 것이다. 잊기 좋은 시간이 흐른 뒤, 다들 잊어가기 시작한 시기에 쓴 것이다. 마치 자신의 망각에 대해 싸우기라도 하려는 듯. 하지만 어찌됐든 삶이란 그렇게 흘러가는 것이고, 모든 것은 그렇게 흘러가며 변해가는 것이다. "수도 없이 잊어가고 / 사랑했단 사실조차 잃어버렸다." 죽은 이들 또한 잊혀졌을 것이다. 의례적으로 갖다 놓던 꽃마저 끊어졌을지 모른다. 향을 피우지만 그것은 죽음에 맺힌 한을 풀어줄 수 없다. "하늘히 타오르는 향불 한 줄기 / 풀길 없는 죽음에 깃들지 않는다." 그렇게 사건은 잊혀져간다.

> 시절과 함께
> 잊은, 5월.
> 알고서는 잊어버린
> 붉은, 잔조(殘照).
>
> —「3년」, 부분

「3년」이 시간적인 간격에 대한 것이라면 「거리(距離)」는 공간적인 간격에 대한 것이다. "간격은 어디에서든 나를 멀어지게 해준다." 그러나 이 시는 단지 앞에 나온 「3년」을 공간으로 짝지어 다시 쓴 시가 아니다. 오히려 이 시는 거리의 간격이 갖는 상반되는 힘을 주목한다. 멈춰 서 있음조차 그저 정지나 중단이 아니라 새로운 관계를 만들어내 주기 때문이다.

> 멈춰 서 있음이 연결인 것처럼
> 거리는 어디로든 불러내주는, 줄어들지 않는 관심이다.
>
> —「거리」, 부분

눈앞에 있는 것만 보는 이가 그것밖엔 보지 못하고, 무언가에 집착하듯 달라붙어 있는 이가 다른 것에 눈 돌리지 못하는 것을 안다면, 간격을 사이에 둔 거리란 다른 데 눈을 돌릴 수 있는 여유고, 다른 것이 섞여 들어올 수 있는 여백이라 할 수 있을 게다. 그러니 거리를 두었을 때, "어느 것 하나 너의 시야에 들어오지 않는 것은 없"다. 이전에 없던 것들이 그 거리 사이로 끼어들어 오는 것은 새로운 무언가가 생성되는 것이다. "전선을 먹어드는 녹"도, "움팬 벽에서 빛나는 / 물이끼의 광채"도 그렇다. 그렇게 무언가가 끼어드는 것, 그것은 관여하는 것이고 개입하는 것이다.

무언가가 끼어들며 개입하듯, 다른 누군가가 끼어들고 관여할 수 있도록 해주는 여백, 그것이 거리다.[142]

> 우선 관여하는 것이 무엇보다 중요하다고 중얼거리며
> 거리는 바다보다도 더 먼
> 흐릿한 수평선에 은비늘을 틔우고
> 구름을 달리게 한다.
>
> —「거리」, 부분

그 거리는 유익(遊弋) 중인 미드웨이 항모마저 떨어진 "그 정도의 거리로 해서 저 멀리 밀어버리고/성조기를 세 장이나 붉게 물들여 태워 보이기도 한다." 비어 있는 공간이란 아무것도 없지만 그렇기에 어떤 것도 들어설 수 있는 공간이다. 사건과의 거리는 사건과 나, 사건과 지금 여기 사이의 여백이다. 사건의 새로운 이웃들을 불러들일 수 있는 여백이다. 그것은 그 자체로 무(無)지만, 새로운 사건화를 가능하게 해주는 생성의 공간이다. 명시적으로 사건화하지 않았어도 사건화가 끝없이 가능하게 해주는 공간이다. 그렇기에 사건이 지워지거나 잊혀진다고 해도, 사태가 있었다는 사실 하나만 남아 있다면, 혹은 무언가에 눌려 겨자씨처럼 조그맣게 압축된 작은 씨앗만 하나 남아 있다면, 사건은 언젠가, 그리고 반복하여 되돌아올 것이다. 사건과의 저 거리를 통해.

거리의 공백은 단지 무(無)가 아니고 거리는 그저 멀어짐이 아니다.

142. 거리에 대한 이러한 생각은, 서로를 거리를 두도록 하기에 서로가 이웃으로서 함께 생활할 수 있게 해준다는, 「나날의 깊이에서 2」(『이카이노 시집』)에서의 생각과 잇닿아 있다. 이는 또한 그저 속편하게 이어지려고 할 때, 이어질 그 누구도 거기에 없다는, 「이어지다」(『잃어버린 계절』)의 생각과도 잇닿아 있다. '가로막다'와 '사이에 두다', '끊어지다'를 뜻하는 일본어 헤다테루(へだてる)라는 말(「가로막는 풍경」, 『이카이노 시집』)로 표현되는 '이웃의 존재론'이 이러한 생각을 일관되게 관통하고 있음을 볼 수 있다.

공백은 관여의 공간이고 생성의 공간이며 거리는 개입의 공간이고 관계의 공간이다. 수많은 잠재적 관계들로 가득 찬 공간이다. 뿐만 아니라 나로부터 나 스스로 거리를 둘 수 있게 될 때, '모든 것'이라고 믿으며 아등바등 매달렸던 나 자신마저 멀리 두고 바라볼 수 있게 된다. "나는 곰곰이 거리를 바라보고 / 거리는 일순간 나를 작게 해서 / 보도교 위의 점경으로" 삼아 지나간다. 이런 거리의 공백을 시간에 대해선 말할 수 없을까? 사건을 공백으로 만드는 잊혀짐 내지 지워버림의 시간을 이처럼 새로운 것이 생성되고 끼어드는 관여의 시간으로, 두려움과 공포를 잊고 상처를 지워 새로 무언가를 시작할 수 있는 시간으로 만드는 것은 불가능할까? 이 시집의 마지막 시 「날들이여, 박정한 저 내장안(內障眼)의 어둠이여」가 바로 이런 물음 속에서 나온 시라 하겠다. 이는 조금 뒤에 보기로 하자.

「미친 우의(寓意)」는 참혹한 사건 뒤에 필경 퍼지게 마련인, 흔히 '유언비어'의 형태로 퍼지고 떠도는 우의(allegory) 같은 어떤 소문을 소재로 쓴 시다. 그 내용은 광주사태 진압군이었던 공수부대 사단의 각 부대마다 군인들이 방아쇠를 당긴 손가락의 손톱이 까만 까마귀 손톱으로 변했다는 것, 끝이 흰머리독수리 부리처럼 뾰족한데, 매일 3센티는 자라기에 매일 손톱을 깎지 않고선 아침점호도 끝나지 않는다는 것이다. 덕분에 공수부대는 까마귀 손톱이라는 별명마저 갖게 되었다는 것인데, 시인은 이 웃기는 "우의를 믿는다"고 말한다. 입에서 입으로 전해지는 "하나의 전승(傳承)을 믿는다. / 전승에 북돋아지는 우의의 일상을 믿는다"고 한다. 정부는 이런 우의를 대개 '유언비어'라는 비난으로 묻어버리려 하지만, 그것은 또 다른 우화를 낳으며 전승된다. "한국의 모든 군영에서 / 아침이라도 되면 거울이 하나도 남김없이 깨진다는 그 이야기다." 그뿐 아니다. 그 까마귀 손톱을 한 "그들의 손이 닿는 것은 모두 / 그날 이후, 녹슬어서 가루로 뒤덮였다"는 얘기도 떠돈다.

이 우의는 우습고도 섬뜩하다. 참혹한 학살에 가담한 자들 모두를 겨냥한 원귀의 저주처럼 읽힌다. 무참하게 지워진 사태의 진실들이 원귀처럼 군인들의 신체를 비집고 나오는 것 같다. 사건이 사건으로 받아들여지지 못한 세계, 사건의 자리가 주어지지 않은 세계 속에 사건의 원혼들은 이런 식으로 떠돌며 위협하며 찾아오리라는 것일까? 원귀들의 자리, 사건의 자리가 주어지지 않은 세계에서, 원귀들은 이처럼 입에서 입으로 전승되는 우의 속에서 자기 자리를 찾는다. 그것은 지워지고 삭제된 사건의 원혼들이 사라지지 않고 어딘가 존재함을 상기시키는 소문이다. 사건이 사건으로 끼어들지 못한 세계 안에 사건이 존재하는 방식이 아마도 이럴 것이다.

언로가 막히고 사건이 지워지는 세계에서 감추어진 진실은 이처럼 우의가 되어 비집고 나와 유령처럼 떠돈다. 소문이 되어 떠돌고 유언비어가 되어 전승된다. 그것은 소문이고 우의인 이상 액면 그대로 사실은 아니겠지만, 그렇다고 그저 거짓이라고만은 할 수 없는 어떤 진실을 담고 있다. 어쩌면 사실 이상의 진실을 담고 있다고 해야 할지도 모른다. 표백된 사실들이 '사실'이란 이름으로 진실을 가리우는 곳에서, 우의나 소문은 그 '사실'들로부터 지워져나가 대기 속을 떠돌던 진실의 입자들이 어딘가에서 응결되어 만들어진 '허구'일 것이기 때문이다. 그 우의의 허구는 허구지만 거짓이 아니며, 문학적 허구만큼이나 진실의 표현이다. 그것은 표백된 사실들에 대한 반문이고, 그런 사실들로 참혹한 진실을 지운 자들에 대한 의문이다. 우의적으로 변형되어 증폭된 사건의 한 단면이다. 독재자들이, 폭력적인 억압자들이 '유언비어'에 히스테리컬하게 반응하는 것은 이런 이유에서가 아닐까? 그것이 자신들에 대해 던지는 고약한 반문이며, 자신들에 대한 근본적 불신임을 잘 알기 때문 아닐까? 그렇기에 시인은 반복하여 말한다. 자신은 "우의를 믿는다"고. "마땅히 있어야 할 우의의 반문(反問)을 믿는다"고. 그것은 믿을 만한 충분한 이유가 있는 것이다.

「돌고 돌아서」는 이 모든 사태의 주범인 한 장군에 대해 쓴다. 낮은 계급 하나 올라가는 데도 1년 이상 걸리고 별 하나 다는 데는 엄청나게 많은 시간이 필요하다는데, 반년 만에 대장이 되곤 40년 걸려서 된 대장이라고 생각하라고 한다. "자넨 참 의리가 있군 / 은혜를 잊지 않고 / 유지를 계승하여 흔들림 없이 나아가고 있다니"라며 상찬한다. 이전에 부하의 총탄에 죽은 대통령의 유지일 것이고, 그의 은혜일 것이다. 장군을 '자네'라고 부르는 동료의 시점에서 쓴 이 말은 '돌고 돌아서' 독자에겐 "유신의 우두머리"가 된 자에 대한 반어적 비난이 되어 도착한다. '의리가 있다'는 세상의 평판을 동료의 입에서 흘러가게 하여, 거대한 악행과 수많은 악덕을 너무 쉽게 지워주는 '의리'를 그에게 되돌려주며 조롱거리로 만든다. 지워진 사건의 참상 반대편에 있는 잔인한 세계의 뻔뻔함을, 참혹함을 지우는 유들거리는 스타일의 어조로, 반어(反語)의 가스로 부풀려 띄워 올린다.

다음 시 「마음에게」는 그 다음 시와 더불어 이렇게 '별일 없는 때'가 되어버린 세상의 두껍고 반질반질한 껍데기를 향해 던지는 시적인 돌팔매질이다. 그 단단해 보이는 껍데기를 깨서 사건이 틈입할 수 있는 균열과 틈새를 만들려는 시적인 투석(投石)이다. 먼저, 「마음에게」에서는 같은 계열의 문구들이 시 전체를 장악하고 있다. '배신의 깃발', '지뢰가 옥죄는 황토', '무심한 날들의 시간', 그리고 "높은 벽과 / 강철 바퀴와 / 총구에 뒤틀린 거리(街)" 같은 단어들이 시 전체를 떠돌며 시의 대기를 형성하고 있다. 마치 그 말들로 표시된 사물들이 광주를, 혹은 세상을 장악하고 있는 것처럼. '별일 없는 세상'이란 그런 것에 의해 포획된 세상이다. 그 말들로 직조된 시는, 그런 세상을 용인하는 '마음에게', 그런 세상을 버티어주는 '마음에게', 결국 그런 세상을 함께 만들고 있는 '마음에게' 부치는 편지일 것이다.

다음에 올 시를 염두에 두고 있는 것인지, '주조(主調)'라고 할 만큼 시 전체를 관통하고 있는 것은 시간의 언어다. 시는 대부분 시간과 결부된 말들로 씌어져 있다.

> 그것은 그냥 펄럭임에 지나지 않으리.
> 스쳐 지나가는 시간이 몸부림칠 뿐인

허공을 뒤집어쓴 깃발인 것이리.

–「마음에게」, 부분

그렇게 "무심한 날들의 시간 속을 / 그래도 통곡은 흐르는 것"이다. "넘쳐서 지금을 가득 넘쳐나게 하지 않으면 / 자비도 용기도 뒤엉킬 뿐이다." 그렇게 넘쳐흐르지 못한 채 "지금의 지금"에 머물러 있는 것이란 "시간을 훔쳐서 펄럭이고 있는 것. / 멈추지 않는 시간을 울고 웃는 / 많은 생명과 같은 순간을 흘러가고 있는 것"이다. 총구에 뒤틀린 거리에서는 "끊임없는 시간의 끊임없는 시선에 움츠러"들어 "애석하게 여겨줄 그 누구도 너에겐 없으리." 사건을 지우고 세상을 장악한다는 것은 그렇게 사건의 시간을 훔치곤, 거기에 다른 그림을 그려 깃발로 펄럭이게 하는 것이다. 그러나 그것은 또한 바로 그렇게 지워진 "시간의 몸부림"일 것이다. 다시 말하는 게 되겠지만, '무심한 날들의 시간 속을 그래도 흐르는 통곡'인 것이다.

그렇기에 그 별일 없는 시간, 배신의 깃발은 "흩뜨린 언어 조각의 평화"고 "요란한 풍압이 쓰러뜨린 / 풀숲의 화해"일 뿐이다. 시인은 이처럼 '별일 없는' 듯 지워진 채 그저 스쳐 지나갈 뿐인 시간을, 그 밑에 있는 어떤 힘이 넘쳐흐르길 고대한다. 벽과 강철 바퀴에 포위된 도시, 그 끊임없는 시선의 압력에 숨어 보이지 않지만 결코 없다고는 할 수 없는 어떤 힘을 불러내고자 한다. 무엇보다 우선 자신의 마음속을 시간과 더불어 흘러가는 통곡을, 뒤엉켜 맴돌고 있는 자비와 용기를. 그렇게 "내가 나를 넘쳐나지 않는 한 / 마음은 마음을 고갈시켜 가리라"고 하며.

3부의 마지막 시이자 시집 전체의 마지막 시 「날들이여, 박정한 저 내장안의 어둠이여」는 지워지고 사라져버린 사건을, 사건화하는 시간을 우리 눈 안의 어둠 속으로 불러들이고자 하는 시이다. 사건이 매장된 그 어둠 속으로 우리를 불러들이려는 시이다. 섣불리 깃발을 치켜드는 게 아니라, 조용히 우리 눈 속 깊이 어둠을 채워 넣자고, 어둠을 눈여겨보자고 한다. 그럼으로써 오늘을 포개며 흘러가는 시간, 사건이 야기한 어떤 근본적 단절도 '익숙함'의 배반 속에 잊고 지나가는 시간에게, 저 사건의 시간을, 그 어둠의 존재를 그저 그런 식으로 계속 견딜 수 있겠느냐 묻는다. "철창에서 시드는 젊음"과 "화상에 짓무른 신음"을 죽음에 인접한 어둠 속에 단단하게 응결시켜 접어 넣은 사건(2부)을, 잊기에 좋은 시간마저 이미 지난 "별일 없는 때의" 세계(3부) 속으로 조용히 불러내며, 이런 세계가 저 사건을 정녕 견딜 수 있을 것인가를 묻는다. 사건과의 어긋남을 떠안음으로써 시작된 사건화가 사건의 어둠과 빛의 망각을 거쳐 도달하는 물음이다.

이 시가 겨냥하고 있는 것은 '시간'이다. "언제나 지나가는 날"로서의 오늘(4연), 그런 오늘을 포개고 누적하여 오는, 오늘의 연속인 내일을 이어주는 연속선으로서의 시간이 그것이다.

> 아직도 꿈을 꾸라는 겁니까?
> 내일은 끝도 없이 오늘을 포개서 내일인데
> 내일이 아직 오늘이 아닌 빛으로 넘치기라도 한다는 겁니까?
> ―「날들이여, 박정한 저 내장안의 어둠이여」, 1연 부분

그런 시간은 "너무나 많은 것을 놓치고" 가는 시간이다(4연). 그 시간은 「바래지는 시간 속」에서 말했던, "잠깐 눈을 돌린 순간…… 소리도 없이 미끄러져 버린" 시간이고 "내리깐 시선의 괘종시계의 / 시치미 뗀 초침 소리 속에서" 지나가버리는 시간이기도 하다. 나와 사건을 어긋나게 해버린 시간. 이런 시간에 반하여 그가 불러들이려는 시간은 오늘과 다른 오늘로 이어졌을 어떤 단절적 사건의 어제다.

> 영특한 자기만족에 얽혀서 사라진
> 오늘이 아닌 오늘의 어제를 눈여겨보십시오.

그것이 당신이 안고 있는 어둠입니다.

–「날들이여, 박정한 저 내장안의 어둠이여」, 1연 부분

그것은 '어둠'이다. 오늘을 반복하여 잇는 시간의 빛에 가려 잊혀지고 지워져버렸기 때문이다. 시간을 실어 나르는 빛의 입자가 가 닿지 못한 곳에 있기 때문이다. 시는 그런 '어제'만 상기시키지 않는다. 오늘 또한 오늘로서 보고 오늘로서 살아야 하지 않는가 묻는다. 다들, 어떤 식으로든 오늘을 살고 있으니까.

무엇입니까?

오늘이 오늘이었던 어떤 증거가 당신의 오늘에 있었다는 겁니까?

–「날들이여, 박정한 저 내장안의 어둠이여」, 6연 부분

"오늘이 오늘이었던 어떤 증거"를 갖는 오늘이란 어제나 내일과 구별되지 않은 채 이어지는 오늘, 다른 많은 오늘들과 그게 그거인 오늘이 아니라, 그런 날들과 달리 '오늘'이라고 말할 수 있는 오늘이다. 오늘을 단일하게(singularly) '오늘'이도록 해주는 날, 다른 날과 다른 특이한(singular) 날로서의 오늘이다. 시간의 선이 끊어지거나 꺾어지게 만드는 특이점(singular point)으로서의 오늘이다.

그러나 이는 흔히들 말하는, "살아갈 실마리를 내일에서 찾았던" 오늘을 뜻하지 않는다.

분명히 있기는 했습니다. 타오르던 열기에 일렁이던 날이.

살아갈 실마리를 내일에서 찾았던

오늘이라는 오늘도 있기도 했습니다.

–「날들이여, 박정한 저 내장안의 어둠이여」, 3연 부분

그러나 이런 날이란 헛된 희망을 뜻하는 "먼 신기루의 날"이고, "언제랄 것도 없이 배반당해 간 나날 속의 하얀 시간"이다. 무심한 시간, 저 "닫힌 마음에 꽂히는 아침"은 그런 식의 내일, 그런 식의 오늘과 더불어 "올 리 없"다(3연). 그보다는 오히려 매끄럽게 이어지는 시간의 선 저편에, 묵묵히 버티고 있는, 그렇게 '그저 있을' 뿐인 어둠을 눈여겨보자고 한다. 내 눈 속의 어둠을 채우자고 한다.

> 그런데 흔들리는 겁니다. 차가운 가슴에 녹색 불빛이 푸르게, 찢긴 상처 깊숙한 곳을 일렁이기 시작합니다.
>
> 눈여겨봅시다. 지금은 조용히 내장안(內障眼)의 어둠을 채울 때입니다.
>
> 어쩌면 보복당해야 할 것에, 순일(純一)하지 못했던 조국이 있는지도 모릅니다.
>
> 눈여겨봅시다. 눈여겨봅시다. 껴안은 어둠의 들끓는 불길로.
>
> ―「날들이여, 박정한 저 내장안의 어둠이여」, 7연 부분

그 어둠이 당기는 힘에 내 시선의 힘을, 우리의 시선들을 더해주자는 말일 게다. 그러면 그 당기는 힘이 커져서 직선으로 뻗어나가는 저 흘러가는 시간의 선을 잡아당겨 휘어지게 할 수 있지 않을까? 그렇게 그 어둠의 인력을 저 시간의 선이 견딜 수 있는지 보자는 말 아닐까? 행성이, 중력의 질점들이 당기는 힘에 직선으로 나아가는 빛조차 끌려와 휘어진 측지선을 그리게 되듯이, 시간의 선이 결국은 저 어둠의 사건에 의해 휘어지게 되리라고 믿는 것일까? 모를 일이다. 하지만 내일의 빛으로 비추는 오늘의 밝음이 아니라, 그 자체가 하나의 특이점(singular point)이 되는 오늘, 특이적 단절(singular rupture)을 만드는 사건의 어제, 미분불가능하다는 점에서 수학적 어둠이라 할 이 특이점의[143] 힘들이야말로 다른 세계를 여는 출구가 되리라고 나는 믿는다.

11. 사건과 세계의 어긋남

사건화한다는 것은 '세계' 속으로 사태를 불러내는 것이다. 아니, 어떤 사태를 불러냄으로써 기존의 세계에서 벗어나는 것이다. 그 사태를 통해 다른 세계를 창안하는 것이다. '폭동'이나 '항쟁' 같은 익숙한 사건화는 익숙한 세계 속으로 사태를 불러낸다. 새로운 종류의 사건화는 새로운 양상으로 사태를 불러내며 그 사태 인근에 하나의 새로운 세계를 창안한다. 새로운 사건화는 하나의 새로운 세계를 불러내는 것이라 하겠다. 사태에 붙일 이름을 두고 투쟁하는 것은, 그 사태를 어떤 세계 속으로 불러낼까를 두고 투쟁하는 것이며, 그 사건들로 불려나올 세계를 두고 투쟁하는 것이다. 충돌하는 이름은 상충하는 상이한 세계의 첨예한 접점이다.

앞서 썼듯이 이 시집의 2부는 그 사건을 사람들이 쉽게 이해할 수 있을 여러 가지 의미들을 향해, 그 의미들이 교차하며 만들어질 새로운 의미의 지평을 향해 펼쳐내며 사건화하지 않고, 최소한의 이웃들을 통해 최대한 강밀하게 감응을 응축시켜 폭을 좁혀 사건화한다. 얼핏 보고서 흔히 '학살'이나 군사정권의 만행을, 그에 따른 피해를 부각시키려는 사건화라고 할지도 모른다. 그러나 2부의 어느 시에도 '학살'이나 '만행'을 사건화하기에 적절한 것들이 거의 등장하지 않는다. 사형 장면을 담은 「뼈」조차 죽은 자와 산 자의 관계를 다루며, 죽음 또한 죽이는 자보다는 죽는 자의 소리 없는 말들, 어찌 보면 달관한 자들처럼 죽음을 받아들이는 감응을 보여준다. 「입 다문 말」에서처럼 은폐된 진실을 말하고 항의를 표명하기보다는 말하길 거부하는 침묵이 시집 2부에서 이루어지는 사건화

143. 별들은 중력의 물리적 특이점이다. 블랙홀 또한 물리적 특이점이다. 수학적으로 특이점은 미분불가능한 점이며, 물리적 특이점(질점)은 수학적으로 서술불가능한 점이다. '블랙'홀이란 말이 보여주듯 물리적 어둠의 장소다.

와 훨씬 가깝다. 명복조차 빌지 말고 가슴속에 칼 같은 '원한'으로 묻어두고자 한다. 사건화의 요소들을 그렇게 최대한 접고 응축하여 우리의 눈을, 우리의 마음을 잡아당기는 어둠의 특이점들을 만들어낸다. 그 특이점들을 흩어서 어둠의 중력장을 만들어낸다. 어둠의 자기장이라고 해도 좋겠다.

이러한 사건화 방식은 이 시집 3부에서 묘사되는 세계와 짝을 이루며, 정확히 그것을 겨냥한 것이기도 하다. 이미 본 것처럼, 3부의 시들은 전체적으로 하나의 세계를 이루고 있다. "별일 없을 때의 광주"(「그리하여 지금」), 광주사태가 사건으로서 충분히 침투해 들어가지 못한 세계다. 있었으나 없는 듯 무심하게 옆으로 밀쳐둔 세계다. 2부에서 최소감응만 남겨둔 채 응축해 놓은 사건을 시인은 그 별일 없는 세계 속으로 불러낸다. 사태에 여전히 아주 근접해 있는 최소크기로 응축된 사건을 어쩌면 당시 사람들이 일상적 삶 속에서 익숙해져 어느새 당연스레 받아들이고 있을 세계 속으로 불러낸다.

반대로 말하는 게 더 나을 수도 있겠다. 저 별일 없는 세계를 응축된 힘들로 당기는 어둠의 특이점들 사이로, 어둠의 중력장 속으로 불러내는 것이라고. 그럼으로써 시인은 사건에 실려 온 그 어둠의 힘을 그 세계가 견딜 수 있는지 묻는다. 사건에 거기 감추어져 있는 돌처럼 응결된 비명과 칼처럼 응축된 원한을 별일 없어 보이는 그 세계가 견디어낼 수 있는지 묻는다. 저 원귀들의 비명소리를 그 세계가 견디어낼 수 있는지 묻는 것이다.[144] 아무 일 없는 듯한 평화로운 세계란 사실 그것을 감추고 억누르며 유지되는 것임을 드러내는 것이다. 어쩌면 유령 같고 어쩌면 돌 같은 사태의 무게로 안정된 의미의 지평을 깨고, 단호하고 맹렬한 침묵으로 쉽게 만들어진 평안을 깨는 것이다.

요컨대 시집 『광주시편』에서 김시종은 안으로 접어 넣는 방식으로,

144. 앞서 말했던 2부에서의 '유령적 사건화'는 3부의 「미친 우의」를 거쳐 「명복을 빌지 말라」로 이어지며 독자적으로 완결된다.

사건에서 사태로 거슬러 올라가는 양상으로 '광주'를 사건화한다. 이는 최소한의 이웃들만을 가진 '최소 사건'으로 거슬러 올라가며 어둠의 특이점들이 만드는 어둠의 중력장을 형성한다. 이는 이 시집 1부에서 보았던, 사건에서 사태로 거슬러 올라가려는 시인의 사건화와 밀접하게 잇닿아 있다. 이렇게 안으로 접어 넣는 사건화는 사건과 자신의 어긋남을 통해 가능했다. 그는 그렇게 사건의 '거기'에 없었다고 하면서, 그 사건에 대해 섣불리 의미를 부여하고 이름을 붙일 수 없는 포지션에 자신을 위치짓는다. 그 사건의 현재나 미래를 떠맡는 '주체'가 될 수 없는 자리이다. '내일'의 이름으로 광주에 대해 말할 수도 없고, 오늘의 전장(戰場)에서 광주에 대해 말할 수도 없는 자리다. 그렇기에 사건을 서사로 펼칠 수도 없고, 사건의 어떤 장면을 재현할 수도 없는 난감한 자리다. 그 난감함을 통해 역으로 서사적 서술이나 재현적 묘사의 가능성을 내쳐버리고, 기존의 투쟁이나 쉽게 불러낼 미래를 가능한 시적 세계의 바깥으로 밀쳐내 버린다. 쉽고 익숙한 가능성들이 사라져버린 벽 앞에서, 그는 이런저런 규정들을 사건으로부터 지우거나 사건 안에 접어 넣으며 그 벽을 타고 오른다. 사건 이전의 사태, 이름도 붙일 수 없는 사태의 존재 자체로까지 기어오른다. 무언가 있었다고만 말할 수 있을 뿐인 그 사태에서, 그 사태를 결코 잊지 않겠다는 말 속에 '다져넣는' 것에서 시작한다.

이런 의미에서 '나'와 사건의 어긋남은 명시하며 시작하는 그의 포지셔닝과 사건 이전의 사건으로까지 거슬러 올라가는 사태의 존재론과 결코 무관하다 할 수 없다. 사건과의 어긋남을 통해 그는 사태의 존재 그 자체를 향해 갈 수 있었고, 그 사태의 주위를 바람 따라 흩어지고 맴돌며 모이기도 하는 감응들을 의미 없는 모호성 속에서 감지할 수 있었을 터이다. 그 감응들이 세워 올린 만장을 보고, 달라붙을 자리를 잃고 떠도는 그 감응들이 모이며 만들어진 구름을, 그 구름이 멀리서 보내는 천둥소리를 듣는다. 벼랑 같은 아득한 단절의 지점이 있음을 본다.

사태와 사건에 대한 이러한 사유에서 사건은 '존재'와 대비되는 어떤 공백이 아니다. 그것은 그저 자신의 말없는 신체인 사태로서 존재론적 위상을 가지며, 사태의 존재로 거슬러 올라가며 다루어져야 하기에 존재론적인 방식으로 다루어져야 한다. 바디우는 "존재론은 사건에 대해 어떤 말해줄 것도 갖고 있지 않다"고 한 적이 있지만,[145] 김시종의 사유에 따르면 사건에 대해 적절하게 말할 방법은 존재론밖에 없다고 해야 할 것 같다. 또 사건에 대한 김시종의 시적 사유 속에서 사건은 기존의 의미들 속에 있지 않고 그 의미들을 떨구어내며 있지만, 그것은 그 사건이 유례없는 '단독성(singularity)'을 갖기 때문이 아니라, 펼쳐진 의미화의 선들을 안으로 접어 넣음으로써 잠재적인 다의성 속으로 사건을 응축시키기 때문이며, 어떤 이웃한 항들과도 절연된 단독자의 절대적 '명명불가능성' 때문이 아니라, 수많은 이웃들을 향해 열린 다의성 때문이며, 그 다의성으로 인해 하나의 이름으로 불릴 수 없는 특이점(singular point)의 무수한 규정가능성 때문이다. 또한 김시종이 이미 지나가버린 과거의 사건을 시로써 불러내는 것은, 유례없는 사건을 통해 '진리'의 경계들을 지워 새로운 진리의 영역을 열기 위한 충실성 때문이 아니라, 반대로 반복가능한 사건이기에 이후 언젠가 도래할 사건을, 다른 반복가능성 속에서 '기다리고자' 하기 위함이다. 김시종이 사건과 자신의 어긋남을 안타까이 통탄하며 사건화하는 것은, 사건이란 언제나 예측하고 기다리는 것과 다르게 오기 마련이지만, 그렇게 '기다리지' 않는 자에게는 제대로 오지 않는 것, 그저 지나가버리는 것일 수 있음을 알기 때문이다.

그는 이 어긋남의 장소, 단절의 지점에서 광주의 이름을 불러낸다. 그리고 그렇게 불러낸 '광주' 바로 인근에 죽음의 지울 수 없는 흔적을, 맹렬한 거부의 침묵을, 삶의 욕망을 감춘 푸른 패욕의 깊이를, 그리고 갇힌 자와 갇히지 않은 자, 죽은 자와 산 자들이 알지 못한 채 나누는 인사들을 응축된 힘의 특이점으로 불러낸다. 그리고 그렇게 묵묵히 그저

145. Alain Badiou, *L'étre et l'événement*, Seuil, 1988, 211쪽.

존재할 뿐인 그 어둠의 특이점들 사이로, 별일 없는 세계를 불러낸다. 혹은 별일 없는 만큼 별로 긴장할 일 없는 세계 속으로, 어제와 오늘, 내일을 무심하게 직선으로 잇는 시간 속으로 그 특이점들로 이루어진 '광주'라는 사건을 불러낸다. 거기서 사건과 세계는 아주 크게 어긋나 있다. 시집 2부와 3부의 대비되는 색조는 이 어긋남을 표현하는 하나의 지표 같은 것이다. 사태로 거슬러가며 접혀지고 응축되던 사건과 나의 어긋남은 3부를 거치며 이렇게 사건과 세계의 어긋남으로 펼쳐진다. 하지만 이 펼쳐짐은 통상적인 사건화와 달리 의미를 펼치고 확장하는 것이 아니라 세계와 사건 사이에 있는 어긋남의 간극을 펼치고 확장한다. 그 어긋남은 사건의 어둠에 응축된 힘을 세계가 견뎌낼 수 있는가를 묻는 질문을 통해 세계 안에 존재하는 잠재적 어긋남으로 변환된다. 어둠 속에 갇힌 사건 앞에서 세계는 그 자체로 이렇듯 어긋난 채 존재하는 것이다.

제6장

얼룩이 되어, 화석이 되어
:『화석의 여름』에서 어긋남의 공간과 화석의 시간

1. 존재론과 어긋남

존재론은 거절당한 자들의 사유다. 거절당했으나 떠날 수 없는 자들이, 그 거절과 떠날 수 없음의 간극의 곤혹 속에서, 그 곤혹을 견디며 존재해야 하는 곳에서 떠안게 되는 사유다. 거절의 거리를 두고 보는 타인들의 시선에 대해 '알려지지 않은 자'로서의[146] 자신을 보는 시선이고, 그들의 시선이 빚어내는 '대상'과 그 시선이 보지 못하는 자신의 '존재' 사이의 간극을 보는 시선이다. 거절하는 세계의 빛과 떠날 수 없는 어둠의 간극에 끼인 신체에서 습기 먹은 곰팡이처럼, 얄궂은 웃음의 얼룩처럼 피어나는 사유다. 이러한 간극들로 표현되는 어떤 근본적인 어긋남에서 불거져 나오는 사유다. 따라서 벗어날 수 없는 어긋남의 공간이야말로 존재론의

146. 마세도니오 페르난데스, 『계속되는 무』, 엄지영 역, 워크룸프레스, 2014, 102쪽 이하.

장소다.

철학적 존재론이 실패하는 것은 이를 이해하지 못하기 때문이다. 이는 어쩌면 플라톤 이래 빛이 환히 비추는 넓은 길을 걸어온 철학의 과거에 내장된 뿌리 깊은 관성 때문인지도 모른다. 불완전하고 불확실함으로 가득 찬 현실의 저편을 찾고, 오염되고 망가진 세계를 인도하려는 의지의 선함에 대한 자-신(自-信)이나, 불화와 불일치의 고통을 넘어서 조화롭고 합치된 세계를 꿈꾸는 미적 이상에게 어긋남이나 불일치의 간극이란 벗어나고 '극복'해야 할 부정의 대상일 뿐이기에. 그래서 그들은 그 합치와 조화의 희망을 '존재'라는 개념에 역투사하여 존재 자체를 재정의한다. 그리고 그러한 합치와 조화를 발견할 수 있는 곳을 존재론의 장소로 설정한다. 오염된 세계와 불화의 세계 속에서 '간혹' 발견되는 그런 합치와 조화의 장소로 우리를 인도하고자 한다. 세계를 하나로 모아들이는 그 합치와 조화를 지키는 자로서 사는 사명을 존재론의 이름으로 우리에게 부여하려 한다.

가령 하이데거가 그랬다. 「건축함, 거주함, 사유함」이라는 글에서 하이데거는 다리라는 하나의 사물을 들어 장소와 공간에 대한 존재론적인 서술을 시도한 적이 있다. 가령 다리를 통해 강가 양쪽은 서로 대조되지만 다리를 통해 하나로 모여든다. 그렇듯 풍경의 이곳저것을, 하늘과 땅을 다리는 하나로 결집하며 모아들인다(sammeln). 또한 다리는 흘러갈 수로를 허용하고, 죽을 자, 즉 인간들로 하여금 강변 양쪽을 오고갈 수 있도록 길을 마련해준다. 그처럼 강물과 협곡을 가로지르며 삶과 죽음을 연결하는 이행의 통로가 되어 죽을 자들을, 하늘과 땅을 신적인 것들 앞으로 모아들인다. 이런 점에서 다리는 하이데거가 사방(四方, Gevierte)이라고 명명했던 대지, 하늘, 신들 및 죽을 자(인간)를 하나로 결집(Versammlung)시켜주는 사물이다.[147] 이런 식으로 다리라는 장소는 사방이 그 안으로 들어오도록

147. 하이데거, 「건축함, 거주함, 사유함」, 『강연과 논문』, 이기상 외 역, 이학사, 2008,

마련된 공간을 허락해준다. 그렇게 하나의 터전이 되어 넷을 하나로 모으는 근원적인 통일성을 제공하는 존재론적 장소이다. 다리를 만든다는 것은 사방이 서로를 돌보는 장소를 '건립함'이고, 그럼으로써 본래 '거주함'을 뜻하는 존재의 터전을 만드는 것이다.

하이데거는 이런 식의 존재론적 분석을 신에게 바쳐지는 헌주(獻酒)에 대해서 유사하게 반복한 바 있다. 같은 포도주라도, 술집에서 떠들며 마시는 포도주와 달리 헌주로 바쳐지는 포도주만이 하늘과 땅과 신들과 죽을 자들을 모아주는 진정한 '사물'이라고, 사물은 그렇게 사방을 하나로 모아들이고 결집하는 한에서만 사물은 비로소 '사물'이 된다.[148] 모든 사물이 존재론적 사물이 아니듯이, 모든 장소가 이런 거주함과 건립함을 존재함에 연결하는 존재론적 장소가 아니다. 사방을 하나로 모아들이고 결집하는 장소, 사방이 모여들 공간을 허락하는 장소만이 존재론적 장소이다. 모아들임을 가능하게 하는 결집과 합치의 장소만이 존재론적 장소이다. 그 장소만이 존재론적 공간을 제공한다.

그러나 술집에서 마시는 포도주에도 하이데거가 인용했던 릴케의 시처럼 하늘에서 내린 비가, 머금은 빗물을 정화시켜주는 대지의 손길이, 그것이 빚어낸 바위틈의 샘물이 스며들어 있다. 노숙자 손에 들린 소주병에도 시방삼세의 세계가 깃들어 있다. 힘겨운 삶으로부터 벗어나도록 해주는 망아(忘我)의 힘이 배어 있으며, 그걸 마시며 빛의 벽들을 넘어서는 '죽을 자'들의 취기가 흘러넘치고 있다. 존재론의 장소 또한 그러하다. 그가 쓴 멋들어진 서술이 굳이 다리에만 한정될 이유는 없다. 가령 기차들이 모여들고 또 떠나는 역(驛)은 자동차나 사람의 흐름을 끊는 철로를 통해 역 인근의 세상을 이편과 저편을 분리하고 대조하며 하나로 모아들인다. 또한 그 역까지 이어진 철로와 그로부터 뻗어나갈 철로를 분리하며 연결하

194-196쪽.

148. 하이데거, 「사물」, 앞의 책, 222-224쪽.

여 준다. 역이 발 딛고 있는 대지의 단단함과 텅 비어 열린 하늘은 역사(驛舍)를 둘러싼 풍경을 이루며 역으로 모여든다. '죽을 자'라고 불리는 인간들 또한 역으로 모여들고 또한 그로부터 흩어진다. 이전에 있던 곳에서 다음에 있을 곳으로 이행하는 죽을 자들의 운동을 연결함으로써 역은 탄생과 죽음을 잇는 이행의 선들을 하나의 장소로, 신들 앞으로 모아들인다. 심지어 역사를 상징하는 하나의 이미지마저 모아들인다. 역만 그러할까?

하이데거가 선호하는 특별한 장소나 사물에 대한 애착을 떼버리면, 이런 식의 존재론적 '해석'은 어느 사물, 어느 장소에 대해서도 적용할 수 있다. 기계가 윙윙 돌아가는 공장이나 매운 냄새 풍기는 화학실험실에 대해서조차. 맘먹고 보려하면 모아들임의 기능을 하지 않는 '합치'의 장소 아닌 곳은 없다는 말이다. 문제는 어디나 그런 합치의 장소이고 존재론적 터전인데, 그런 장소들은 어떤 것도 존재에 대해 물음을 던지도록 하지 않는다는 점이다. 사람들은 존재를 망각한 채 다리를 건너거나 역사(驛舍)를 드나든다. 다리가 멋지게 자리 잡은 그림을 그릴 때에도, 기차가 들어오는 역을 그릴 때도, 또 헌주를 바치는 장엄한 제사에 참여해서도, 우리는 존재에 대해 묻지 않고 존재의 목소리에 귀를 기울이지 않는다. 이런 점에서 이는 존재론적 장소라고 하기 어렵다.

왜 묻지 않을까? 바로 그곳이 모두 사방을 모아들이고 결집하는 '합치'의 공간이기 때문 아닐까? 인간은 자신이 불편하거나 '불안'하지 않으면, 혹은 어떤 큰 고통이 없으면 자신의 존재에 대해, 자신의 삶에 대해 묻지 않는다. 물속의 물고기는 물의 존재에 대해 묻지 않으며, 깨끗한 대기를 숨 쉬는 인간은 대기에 감사하지 않는다. 고향에 대한 간구(懇求)는 고향을 떠난 사람만이 가지며 자유를 갈구하는 자는 대개 자유를 잃은 사람이다. 그렇기에 모아들임과 결집이 행해지는 합치의 공간에서, 사방의 통일에 눈 돌리고 그런 세계 속에서 존재한다는 것의 의미를 묻는 일은 일어나지 않는다. 그러니 반대로 말해야 한다. 존재에 대한 물음은 그런 모아들임이 실패하는 곳, '합치'를 아무리 원해도 합치가 불가능하거나 실패하는 곳에서 던져지게 된다고.

조화와 합치 속에서 슬픈 분노나 불화를 보고, 방금 피어난 꽃 속에서조차 죽음의 냄새를 맡고, 환한 빛 속에서도 어둠을 보려 하며, 자명한 것들 속에 숨은 불확실성을 포착하는 문학이 철학보다 훨씬 더 존재론적 사유에 가깝다고 보이는 것은 이 때문이다. 또한 '어긋남'이, 근본적인 어긋남이 존재론에서 중요한 것은 바로 이 때문이다. 존재의 어긋남이든 세계의 어긋남이든, 혹은 존재론적 어긋남이든 어긋남은 단지 일시적인 불화나 불일치가 아니며, 결여의 형태로 감지하게 되는 조화로운 세계의 음각화가 아니다. 어긋남이란 합치나 모아들임의 근본적인 불가능성을 뜻한다. 어긋남은 불편함이나 고통을 야기한다. 합치의 불가능성이란 어긋남의 해소불가능성이고, 그 고통이나 불편의 해결불가능성이다. 그 불가능성의 고통 속에서 우리는 물음을 던지게 된다. 대체 이 어긋남의 고통을 견디며 내가 여기 계속 존재해야 하는지, 이 고통을 견디며 여기 계속 존재한다는 것은 무엇을 뜻함인지, 이 고통스런 어긋남 속에서 삶을 산다는 것은 어떤 것인지…… 여기에서 어긋남에 놀라 존재가 보내는 목소리를 듣고 합치된 세계를 지키는 파수(把守)의 사명을 사는 그런 일은 기대하지 않는 게 좋다.

어긋남 속에서 던져지는 존재론적 물음에 대해 말했지만, 사실 어긋남이 야기하는 이런 고통이 꼭 존재론적 물음으로 이어지는 것은 아니다. 그 고통이 경악스런 것으로 온 경우에조차도. 문학도 그렇다. 가령 고통스런 어긋남을 보았던 햄릿조차 그랬다. 알다시피 햄릿은 부왕의 유령을 만남으로써 불편하고 고통스런 어긋남 속으로 들어간다. 현상적으로 보면 이 어긋남은 두 세계의 어긋남이다. 부왕이 죽은 세계와 부왕이 죽지 않은 세계의 어긋남, 부왕이 죽음과 더불어 사라져 없는 세계와 부왕의 유령과 함께 되돌아온 세계가 중첩되며 나타난 어긋남. 이는 햄릿이 지금 속한 세계와 햄릿이 마땅히 속해야 한다고 믿는 세계의 어긋남이다. 햄릿은 이를 왕을 죽인 불의가 지배하는 세계와 그런 불의가 없는 정의의 세계 사이의 어긋남으로 받아들였을 것이다.

부왕의 유령은 그 두 세계가 갈라지는 지점에 멈추어 있다. 그 분기점을 표시하며, 두 세계의 어긋남을 드러내며 거기에 있다. 유령들이 대개 그렇듯 부왕의 유령도 멈춘 시간 속에 있다. 자신이 죽던 그 순간, 자신이 죽던 그 모습에 멈추어 있다. 그는 자신을 남겨두고 흘러가는 시간을 따라가지 않는다. 거기서 부왕의 시간은 시간의 이음매에서 벗어나 있다. 두 세계의 중첩을 통해 어긋난 틈새, 거기를 관통하는 '뒤틀린 시간' 속에 있다. '이음매에서 벗어난 시간(time out of joint)' 속에 있다. 햄릿의 유명한 탄식은 이로부터 나온다.

> 뒤틀린 세월이여(Time is out of joint, 시간이 이음매에서 벗어나 있도다).
> 오 저주스런 악의로다.
> 이를 교정하기 위해 태어나다니.

들뢰즈는 이음매에서 벗어난 시간, 빗장 풀린 시간을 "자신의 내용을 이루던 시간들에서 해방된 시간"으로 이해한다. 자신을 채우고 있던 지나간 기억들에서 해방된 시간, 그것들을 비워버리는 시간이다.[149] 이는 "태양을 폭파하기, 화산 속으로 뛰어들기, 신이나 아버지를 죽이기"를 뜻한다.[150] 햄릿에게 이는 부왕으로부터 벗어나는 것이고, 죽어서 다시 나타난 부왕에게서 벗어나는 것이다. 이는 햄릿 안에 있는, 스스로 '나'라고 부르던 누군가가, 과거의 기억 속에서 형성된 그의 자아가 죽을 때에만 가능하다.[151]

149. 들뢰즈, 『차이와 반복』, 김상환 역, 민음사, 2004, 208쪽.
150. 같은 책, 210쪽.
151. 들뢰즈는 텅 빈 시간의 형식을 뜻하는 '이음매에서 벗어난 시간'을 이렇게 블랑쇼의 비인칭적 죽음과 연결한다(같은 책, 254-256쪽). 이는 미래의 진정한 긍정이란 점에서 니체의 영원회귀와 이어진다(259쪽). 이것이 들뢰즈가 말하는 시간의 세 번째 종합의

그러나 햄릿은 그렇게 하지 못한다. 이음매에서 벗어난 시간을 다시 교정하고 뒤틀린 세월을 바로 잡기 위해, 부왕의 요청을 따라 복수를 하고자 한다. 과거에 맞추어 탈구된 시간을 바로잡고자 한다. 그는 그것이 저주받은 운명이라고 탄식하지만, 결국 시간의 어긋남을 받아들이지 못하고, 그 어긋남을 교정하고자 한다. 뒤틀리기 이전의 시간으로 돌아가고자 한다.

부왕의 유령이 햄릿에게 요구하는 것은 복수다. 그것은 '불의'를 뜻하기도 하는 '뒤틀린 시간/시대'를 교정하는 것이란 점에서 '정의'로 간주된다. 복수란 '형벌'이라는 이름으로 손해와 고통, 죄와 고통의 등가관계 속에서, 죄의 대가 자리를 차지한다. 애초에 정의는 채권-채무관계를 뜻하는 이 등가성 속에서 기원한 것임을 일찍이 니체는 지적한 바 있다.[152] 그런데 뒤틀린 시간, 탈구된 시간은 어떻게 교정될 수 있을까? 이음매에서 벗어난 것을 다시 이음매에 연결함으로써? 그러나 탈구된 시간을 이음매에 연결한다고 유령이 된 부왕이 인간으로 되돌아올 수는 없다. 정의란 벗어난 시간을 다시 이음매에 연결하는 것이 될 수 없다. 그렇다면 정의란 대체 무엇인가? 그것은 어쩌면 근본적으로 불가능한 것은 아닌가? 정의가 복수를 기원으로 한다고 해도,[153] 복수가 정의가 될 수 없음은 이 때문일 터이다. 부왕의 살해자를 죽인다고 해도 부왕이 죽지 않은 세계로 부왕을 되돌아오게 할 수는 없는 일이다.[154]

● ●

실질적 내용이다.

152. 니체, 「도덕의 계보」, 김정현 역, 『도덕의 계보·선악의 저편』, 책세상, 2002, 413쪽. 그러나 정의란 복수라는 뒤링의 주장을 비판하며 니체는 정의는 복수심이라는 반동적 감정마저 평정해버린다고 뒤집어 말하지만, 이는 공동체가 강한 힘을 갖게 되었을 때라는 조건 위에서만 그러하다(416-417쪽).

153. 정의를 뜻하는 그리스어 Dike는 '법'이나 '징벌'로도 번역되는데, 원래 '복수'를 뜻하는 말이다.

154. 데리다는 여기서 역으로 정의가 복수적 기원에서 벗어난 것이 될 가능성을 보고자 한다. 복수와 같은 것을 통해서는 결코 복원될 수 없는 어긋남이 바로 정의의

하지만 불의를 야기한 자를 징치하는 것이 불의를 제거하는 것이라고 믿는 것, 어긋나버린 세계를 어긋나게 한 행위를 징치함으로써 다시 합치하도록 이을 수 있으리라고 믿는 것, 그렇게 탈구된 시간을 다시 이음매에 연결하는 것이 정의라고 믿는 것은, 그 통념의 폭만큼 강고하게 세계와 강하게 맞물려 있어서 벗어나기 어렵다. 햄릿도 그랬다. 그는 두 세계의 어긋남을 어긋남으로 받아들이지 않는다. 자신이 지금 살고 있는 세계와 자신이 지금 살고 있지 않은 세계, 부왕이 죽은 세계와 부왕이 '죽지 않은' 세계, 다시 말해 숙부가 왕으로 존재하는 세계와 숙부가 왕으로 존재하지 않는 세계 사이에서 하나를 선택할 뿐이다. 알다시피 햄릿은 '존재할 것인가 존재하지 않을 것인가, 그것이 문제로다(To be or not to be, that is the question)'라고 스스로 묻는다. 그 제거할 수 없는 어긋남을 견디며 존재할 것인지 자신의 존재를 걸고 그 어긋남을 제거할 것인지를 묻는 물음이다. 가혹한 운명의 화살을 맞은 고통을 참고 견디며 계속 생존할 것인지, 아니면 죽음을 각오하고 그 고통의 물결을 두 손으로 막아 물리칠 것인지를 묻는 물음이다. 하지만 이는 부왕이 죽은 세계 속에서 그 고통을 견디며 살 것인지, 그 세계를 부정하여 어긋난 시간을 교정할 것인지를 묻는 물음이다. 그에게 이음매에서 벗어난 시간이 '교정'되어야 할 불의이듯이, 두 세계의 어긋남이란 공존할 수 없는 적대를 뜻할 뿐이다. 그가 고심하는 정의란 이음매를 이어 합치시켜야 할 대상을 뜻할 뿐이다.

• •

장소가 되리라는 것이다(데리다, 『마르크스의 유령들』, 진태원 역, 이제이북스, 2007, 57-58쪽). 이런 이유에서 그는 정의를 조화롭게 모아들이도록 허여하는 일치(Versamm lung, 결집)나, 이음매(Fug)의 정당성(Fug)에 연결하는 하이데거를 비판한다(62쪽 및 69-71쪽). 데리다는 햄릿이 탈구된 시간을 교정하기 위해 태어났다면서 자신의 운명을 '탄식'한다는 점에서 햄릿이 이음매를 다시 일치시키려는 정의와 거리를 두고 있다고 본다(56-58쪽). 그러나 이 탄식 이후 햄릿의 행동은 복수를 통해 뒤틀린 시간을 바로잡으려는 것이었다는 점에서, 이러한 거리가 이음매를 교정하는 것과 정말 다른 것이었는지는 의문이다.

두 세계의 어긋남을 받아들인다 함은 두 세계 모두 쉽게 내던질 수 없는 자신의 일부임을 받아들임을 뜻한다. 혹은 반대로 두 세계 어느 것도 쉽게 수락할 수 없는 곤혹을 받아들임을 뜻한다. 그렇기에 어느 세계 하나를 선택하고 다른 하나를 버리는 것으로 쉽게 해소될 수 없다. 어긋남은 도처에 있지만, 어긋남에 대한 존재론적 사유는 그렇지 않다. 그 사유란 그 어긋남을 견디며 존재하려는 자의 사유다. 그 어긋남을 자신의 존재 자체에 대한 사유로 바꾸어 묻는 사유다. 흔히 햄릿을 동요와 연결하지만, 그는 근본에서는 동요하지 않는다. 그는 부왕의 유령으로 이어진 세계를 선택했고, 그 세계의 연속선상에서 부왕이 유령으로만 존재하는 세계, 삼촌이 왕이자 어머니의 남편인 세계를 징치해야 한다고 믿는다. 그것이 그가 행하고자 하는 '교정'이다. 다만 그는 주저할 뿐이다. 여기에 어긋남의 존재론적 공간은 없다. 세계의 어긋남은 둘 중 어느 하나에 다른 하나를 맞추는 것을 통해 해소되어야 한다. 성공하느냐 실패하느냐의 문제가 남지만 이는 어긋난 것을 하나로 통합하느냐 못하느냐의 문제일 뿐이다.

2. 틈새

내가 눌러앉은 곳은
머나먼 이국도 가까운 본국도 아닌
목소리 움츠러들고 소망은 어딘가 흩어져버리는 곳
기어올라도 시야는 열리지 않고
빠져나가도 지상이라고는 내려서지 못할 곳
그런데 어떻게든 그날그날 살 수 있고
살 수 있다면 그것이 삶이라고
한 해를 한데 묶어 일 년이 다가오는 곳

—「여기보다 멀리」, 『화석의 여름』, 부분[155]

김시종은 4·3항쟁으로 도망쳐 일본으로 숨어들어간 밀항자, 그렇기에 본국이 아무리 가까워도 돌아갈 수 없는 사람이다. 일본은 머나먼 이국이다. 지리적으론 멀지 않지만 식민지의 과거나 재일의 현재를 생각하면 거리 이상으로 머나먼 이국이다. 그러나 김시종에게 사실 일본은 '머나먼 이국'이 아니다. 어쩌면 '본국'보다도 더 가까이 있던 나라, 어린 시절의 일본어와 노래, 그리고 서정시들로 인해 조선보다 더 가까이 있던 나라다.[156] 남들에게 '해방'이었던 8·15를 그가 빛이 사라지며 어둠 속으로 추락해버리는 사태로 경험했음을 안다면, 그에게 일본은 결코 머나먼 이국이 아니다. 차라리 자신도 모르게 이미 멀리 떠나버렸던 본국 조선보다 더 가까운 나라다. 8·15 이후 애써 찾았던 생소한 '본국'에서 도망쳐 '되돌아간' 나라다. 그렇기에 오히려 친숙하게 기댈 수는 없는 나라다. 뒤집어 겪은 8·15때문만도 아닐 것이다. 밀항자로서의 자신을 숨겨야 하고, 재일조선인이라는 소수자로서 차별과 억압 속에서 살아야 하기에, 목소리는 으레 움츠러들기 마련이고 어떠한 소망도 흩어지기만 하는 곳이다. 그러니 아무리 높이 기어 올라가도 시야는 열리지 않고, 삶이 벽과 장애물에 부딪쳐 끊임없이 요동치고 구부러지는 곳이다. 그런 벽과 장애를 빠져나가도 어디 한 군데 편안하게 발 딛고 설 땅이 없는 곳이다. 그래도 매일의 일상을 통과하는 시간이 지나가는 곳이다. 떠날 수 없는 일상을 살아내야 하는 곳이다.

재일을 살아야 하는 김시종에게 일본은 '어긋남의 공간'이다. 거주의 장소이지만 소속을 기꺼워하지 않는 나라, 그렇다고 싫다며 떠날 수도 없는 나라, 생존의 거처로 삼아야 하는 나라다. 언제나 반쯤 거절당한 채 살아야 하는 나라다. 또한 식민지 시대의 친숙함으로 인해 더더욱 위화감 없이는 속할 수 없는 나라다. 언제나 반쯤 거절한 채 살아야 하는

155. 金時鐘, 『化石の夏』, 海風社, 1998. 이하 이 시집의 인용은 시 제목만을 표시한다. 다른 시집의 인용은 필요한 한에서 시집 제목을 표기한다.
156. 김시종, 『조선과 일본에 살다』, 윤여일 역, 돌베개, 2016.

나라다. 어떤 식으로든 눌러앉아야 하지만 결코 편안히 자리 잡을 수 없고, 불편함과 고통, 거절과 위화감을 감내하면서 그대로 살아내야 하는 곳이다. 내가 발 딛고 있는 세계와 나 사이의 간의 어긋남을 견디어내며 살아야 하는 곳이다.

이를 두고 김시종 한 사람의 이야기라고 말할 수 있을까? 위화감과 거절의 거리를 안고 살아야 하는 재일을 운명처럼 받아들여야 하는 재일조선인이라면, 정도와 양상의 차이가 있을 뿐 다르다고 할 수 없을 터이다. 재일조선인만도 아니다. 내려서야 하지만 편하게 발 딛고 살기 힘든 곳, 그래서 어딘가 목소리 움츠러들고 소망은 흩어져버리는 곳에 사는 이라면 누구에게나 해당되는 이야기다. 『이카이노 시집』에 실린 시 「그래도 그날이 / 모든 날」에서는 시인 자신이 아닌, 재일을 사는 어떤 누구의 이야기로 이를 다시 말한다.

일하는 데도
조선은 항상 걸림돌이었다.
그것을 알면서
아빠는 나를 조선으로 만들었다.
덕분에 나는
이 나이가 되도록 하루살이야.
나를 달래며 엄마는 늙었지.
이제 싹이 튼다, 바람도 분다.
그런 날이 있을 때가 있다.
있을 리 없다고는 나도 하지 않는다.
본명을 견디며 아이들도 자라고 있다.
눈에 띄겠지만 그게 징표야.
숨기고 닮아가며 넘어가서야
찾아올 날이 면목이 없지.

머지않아 올 거야, 보람 있는 날이.

일본을 산 우리의 날이 말이야.

—「그래도 그날이 / 모든 날」, 부분

어긋남의 공간, 어긋남을 살아내야 하는 공간이다. 이 어긋남의 공간을 그는 '틈새'라고 명명한다.

애당초 눌러앉은 곳이 틈새였다

깎아지른 절벽과 나락의 갈라진 틈

똑같은 지층이 똑같이 푹 패여 서로를 돋우고

단층을 드러내고 땅의 갈라짐이 깊어진다

그것을 국경이라고도 장벽이라고도 한다

보이지 않기에 평온한 벽이라고도 한다

거기에서는 우선 아는 말이 통하지 않고

촉각의 꺼림칙한 낌새만이 눈과 귀가 된다

—「여기보다 멀리」, 부분

틈새라고 하지만 단지 대지의 갈라진 틈 같은 것은 아니다. 깎아지른 절벽과 나락 사이의 틈새고, 지층 자체가 단층을 드러내며 갈라진 곳이며, 갈라진 지층이 싸우며 서로를 돋우어 건너기 힘든 거리를 만드는 곳이다. 건너기 힘들다는 점에서 국경이나 장벽 같은 것이다. 갈 수 없는 고국과 떠나고 싶어도 떠날 수 없는 일본, 결코 편히 발 디딜 수 없는 그 두 나라 사이의 공간이다.

고국과 일본

나와의 얽힘이라면

거리는 모두 똑같다면 좋으리라

그리움과 견딤
사랑이 같다면
견뎌야만 하는 나라 또한
똑같은 거리에 있으리라

—「똑같다면」, 부분

여기서 똑같다는 말은 얽힌 정도를 뜻하지만, 또한 불편함의 거리가 똑같다는 말이기도 하다. 양쪽 모두 똑같은 장벽을 세워두고 있다는 말이다. 그러나 그가 견디어야 하는 거리는 단지 고국과 일본만도 아니다. '고국'이라 하지만 그 고국은 다시 '조선'과 '한국'으로, 즉 북한과 남한으로 분열되어 있다. '재일조선인'이라고 해야 할지 '재일한국인'이라고 해야 할지를 미리 정하지 않으면 신분이나 소속을 말할 수 없고, 둘 중 어느 하나를 말하는 순간 북한이나 남한 둘 중 하나를 지지하는 입장에 떠밀려 들어가는 정치적 양자택일이 일상적으로 강제되는 상황이 거기 있다.

하나도 없는데
두 개나 있고,
조선이라 부르면
핀잔을 듣고
한국도 나라인데
반공이라고, 조선이 아니라고
그래도 애들에겐 하나를 말하지.

—「그래도 그날이 / 모든 날」, 부분

그러나 '순도 높은 공화국 공민으로 탈바꿈하지도 못했'기에[157] '오직 한 사람을 빼면 아무것도 남지 않는 공화국'을[158] 선택할 수도 없고, "조국이라고…… 서툰 말투로 더듬어 찾아간 이들"을 간첩으로 만들어 죽이고 감옥에 가두는 냉혹한 나라를[159] 지지할 수도 없는 이에게, 이 양자택일은 대체 무엇일까? 그것은 선택할 수 없는 선택지고, 발 디딜 수 없는 두 개의 갈라진 땅이다. 서로 죽일 듯 적대하고 있는 두 개의 나라, 절벽과 나락만을 사이에 두고 있는 그런 두 개의 나라를 '고국'으로 갖는 이에게 가능한 것은 불가능한 두 선택지 사이의 간극을 견디며 사는 것이다. 두 선택지 사이의 틈새에서, 그 틈새 자체를 자신의 삶의 장소로 받아들이고 사는 것이다. 비록 그것이 일본이라는, 역시 발 디딜 데 없고 시야가 열리지 않는 곳이기에 쉽게 발 딛지 않고 살아내야 하는 또 하나의 틈새라고 해도 말이다. 이중의 어긋남, 이중의 틈새다. 북한도 아니고 남한도 아니며, 또한 일본이라고도 할 수 없는 이런 거주의 장소를 김시종은 '재일'이라 명명한다. 김시종이 일찍부터 강조했던 '재일을 산다'는 말은 결국 어딘가를 선택할 때까지의 잠정적인 장소에서 살아감을 뜻하지 않는다. 북도 남도 아니고 고국도 일본도 아닌 거리 속에서, 그 어디도 아니기에 새로운 삶이 가능한 삶의 장소로 만들어내는 것, 그것이 재일을 산다는 것이다. 재일의 어긋남을 '조국'으로 삼아 사는 것이다.

> 우리끼리 함께 섞여들어
> 돌아갈 수 있는 나라로 만들면 되지.
> 머지않아 올 날은 오고말 거야.
> 신세졌다고 웃을 수 있는 날 말이야.
> 그날을 산다.
> 일본을 산다.

157. 김시종, 『니이가타』, 곽형덕 역, 글누림, 2014, 149쪽.
158. 김시종, 「나날의 깊이에서 2」, 『이카이노 시집』(『猪飼野詩集』, 岩波書店, 2013, 75쪽).
159. 김시종, 「재일의 끝에서 2」, 『이카이노 시집』(『猪飼野詩集』, 131-132쪽).

우리가 조선을
만들며 산다.

―「그래도 그날이 / 모든 날」, 부분

김시종은 어긋남을 벗어나 편안하고 안정된 어느 하나의 세계를 선택하지 않는다. 하나를 척도 삼아 어긋나버린 다른 세계들을 사적으로, 혹은 집단적으로 거부하거나 비판하지도 않는다. 이중적인 그 어긋남의 공간을 '눌러앉을' 삶의 공간으로 받아들이고, 그 어긋남의 삶을 살고자 한다. 그것은 "말이 통하지 않기에 / 촉각의 꺼림칙한 낌새만이 눈과 귀가 되는"(「여기보다 멀리」) 공간이지만, 그렇기에 남들에겐 없는 새로운 감각이 생성되는 곳이다. 눈과 귀, 입을 닫고서 "지렁이가 되어"(『니이가타』) 그저 온몸으로 살아내야 하는 곳이 바로 틈새라고 명명된 어긋남의 공간이다.[160] 거기서 필요한 것은 "낯선 땅에 뿌리를 내려 고향으로 만드는" 법이다(「똑같다면」). 비록 "거기선 모든 것이 너울져 떠들어대고" 나 또한 "여전히 흔들리고 있"지만, 그렇게 "흔들리고 또 흔들며" 자라나는 나, 흔들림 없는 곳에선 결코 자라날 수 없는 "나를 기다리며" 사는 것이다(「여기보다 멀리」).

틈새란 어긋남의 공간이다. 상충되는 지층 사이의 공간이고, 상충되는 힘들 사이에 끼인 공간이다. 끌려가고 싶지 않은 인력들과 밀려나고 싶지 않은 척력들의 꼬임에 의해 그 안에 있는 것들이 비틀리고 뒤틀리는 공간이다. 물론 이는 스스로 사유하길 중단하고 적절히 어느 하나에 기대길 선택한다면 어렵지 않게 벗어날 수 있는 공간이기도 하다. '이것이냐 저것이냐'의 결단에 따라 하나를 선택하는 타협이 가능한 공간이다. 그러나 그렇지 못한 사람에게는 안주할 수도 없지만 벗어날 수도 없는 공간이다.

160. 틈새로서의 재일, 그것은 어긋남을 긍정하는 이에겐 새로운 감각과 사유가 시작되는 생성의 공간이다. 김시종의 책 『재일의 틈새에서』(윤여일 역, 돌베개, 2017)는 어긋남의 공간인 틈새가 새로운 사유의 생성지가 됨을 보여준다.

갇힘의 공간이다. 우리 안에 갇힌 호랑이처럼 "단 한 번도 송곳니를 드러낸 적 없는 남자가 / 김빠진 방에서 늘어진 다리를 비벼대고 있"는[161] 공간이다.

틈새는 갇힌 자들을 비트는 힘들에 따라 뜻하지 않은 신체가 되어, 뜻하지 않은 삶을 살게 되는 공간이다. 그렇기에 틈새는 그 어긋남의 힘으로 인해 신체와 감각이 뒤틀리며 섞여드는 곳이다. 뒤틀리며 핏물 드는 곳이다. 그 핏물은 피할 수 없는 상처지만 또한 겉도는 삶과 다른 종류의 삶이, 다가오는 사건들과 섞여드는 삶이, 진한 촉감적 삶이 시작되는 곳이다. 또한 틈새는 상충되는 힘들로 인해 양식이 와해되는 공간이고, 명료한 시야가 비틀려버린 곳이고, 의미와 해석의 격자가 깨져나가는 곳이다. 상충되는 힘들이 통념을 무력화시키는 역설의 공간이다. 명료한 규정들이 부수어지며 무규정성의 어둠에 자리를 내주는 공간이다. 짙은 어둠이 드리운 그늘이다. 의미들이 와해되었기에 새로이 의미를 만들며 가야 하는 곳이다. 그렇기에 그것은 피하지 않고 수긍하려 한다면, 주어진 세계들로부터 벗어나 다른 세계를 창조할 수 있는 공간이다. 건너뛰는 방식의 벗어남이 아니라 창조하고 창안하는 방식의 벗어남이 가능한 곳이다. 무규정성의 어둠 속에서 새로운 규정가능성이 탄생하는 곳이다. 무규정적 존재의 공간이다. 존재론적 공간이다.

3. 응고

틈새는 선택하지 않은 선택지다. 틈새를 스스로 좋아서 선택하는 일은 일어나지 않는다. 대개는 몰려서 밀려가는 곳이 틈새다. 틈새는 벌어진 사이를 찾아들어가게 되는 곳이 아니라 가야할 길을 가다 더 이상 갈 데 없는 절벽과 대면하게 되는 곳이다. 어쩌면 절벽이 기다리고 있을

161. 김시종, 「호랑이의 풍경」, 『화석의 여름』.

것임을 뻔히 알면서도 갈 수밖에 없는 행보의 도달점이다. 그렇다고 되돌아올 수도 없는 곳, 아니 어딘가 다른 출구를 찾다가도 결국 되돌아갈 수밖에 없는 출발지 같은 것이다. 『화석의 여름』에서 '다다를 수 없는 여행'이라는 중간제목으로 묶인 3편의 시 가운데 첫째 시인 「절벽」에서 김시종은 이렇게 쓴다.

> 길을 잃은 것도 아니기에
> 절벽은 납득할 만한 종지부였다
> 내가 다다르고 되돌아올 수밖에 없는 곳에 내가 온 것이다
> 정처 없는 함성 그 울림이
> 방향을 바꾼 것도 아마 여기였을 듯
> 거기서 또다시 등을 돌려야 하는
> 그저 되돌아올 뿐인 나였다

길을 잃은 것도 아니다. 아마도 그곳은 불편하고 고통스런 곳이었기에 벗어날 출구를 찾았을 테지만 결국 되돌아올 수밖에 없는 곳이다. 그 고통을 호소하고 불의와 대결하는 저항의 함성이 있었겠지만, 그 울림마저 다른 출구를 찾아 방향을 바꾸었다. 아마도 덜 나쁜 곳을 찾아, 다른 지층, 다른 지반을 찾아갔을 것이다. 그러나 시인은, 아마도 시인이었기에 그 정처를 찾는 울림을 따라가지 않고 등을 돌려 그 출구 없는 절벽과 대면한다. 그렇게 밀려들어간 곳을 애써 모면하려 하지 않고 묵묵히 받아들이며, 그것을 눌러앉아 살 자신의 정처로 삼는다. 피할 수 없음을 피하지 않음이다. '다다를 수 없는 여행'은 그렇게 시작하여 그렇게 끝난다. 아니 바로 거기가 다다를 수 없는 여행이 지속될 장소다.

어긋남의 공간을 산다는 것은 말은 좋지만 결코 쉽지 않다. 어긋남을 산다는 것은, 어느 쪽에서도 감지하기 힘들고 관심을 갖기 어려운 행보를 지속하는 것이기에, 집단이 제공해주는 안정성도, 동료들이 제공해주는

도움도 얻기 어렵다. 이웃 속에서의 고립, 혹은 동료나 친구 속에서의 고립조차 피하기 어려운 '먼 곳', 아무리 가까이 있어도 '먼 곳'이다.

틈새에서 산다는 것, 어긋남을 산다는 것은 나를 가둔 틈새의 양편에 대해, 나를 밀쳐냈다고 비난하거나 원망하는 것이 아니다. 그것은 어긋남을 어떻게든 벗어나고 부정해야 할 것으로 대하는 방식에 지나지 않는다. 반대로 가시로 둘러싸여, 틈새가 요구하는 예민함으로, 가시 틈새로 지켜보는 것이다.

> 가시나무에 둥지 튼 새처럼
> 가시에 둘러싸여 숨 돌리고
> 시선을 모으며 오로지 기척에 예민해진다
> 그런 날들을 나도 가시 틈새로 지켜보리라
>
> —「넋두리는 영영」, 부분

틈새의 어긋남을 긍정한다 함은 나의 신체와 감각을 비트는 틈새 속의 힘들을 나 자신에 대한 물음으로, 나 자신의 존재에 대한 물음으로 바꾸는 것이다. 그런 물음 속에서 '말'을 하는 것이다. 그러나 그 말은 막힌 곳이기에, 모이고 고여 응고된 어떤 덩어리이기 십상이다. 고국의 말인지 일본의 말인지, 남한의 말인지 북한의 말인지 구별할 수 없이 섞여 응어리진 말, 말을 해도 알아듣는 이 별로 없을, 그렇기에 차라리 침묵을 선택하게 될 말이다.

> 나는 분명 누구로부터도 먼 곳으로 와버렸다
> 이대로 몸을 온통 산개미에게 털린다 해도
> 필경 자신에 대한 물음에 지나지 않는 그것이 말(言)임을 알았다
> 돌아보니 참새 떼가 덩어리진 소리처럼 넘실대고 있다
> 말(馬)에게 아마 저 소란이 가닿았으리라

같은 모습 같은 고요함 속에서도

고향이, 타향이 분별할 수 없는 침묵을 끊임없이 불러내고 있었다

–「절벽」, 부분

그런 이들의 눈에는 거꾸로 그처럼 외면당한 이들의 곤경이 자신의 일로 다가온다. 그것은 자신이 겪은 곤경이 있기에 예민하게 작동하는 어떤 예감일 수 있다. 『화석의 여름』 첫 번째 시인 「예감」의 첫 부분이 그렇다.

밤의 정적을 깨고 전화가 울린다

누군가 긴급함을 알리는데도

거리의 창문은 입을 다물고 있다

그럴 때면 그런 거리, 그 어긋남의 공간을 모르는 채 쉽게 빠져나가는 이들이 부러워 보일 수도 있을 게다. 그러지 못한 자신의 완고함이나 고지식함이 스스로 답답해 보일 수도 있을 게다.

바로 어제

그 거리를 빠져나가는 나비를 보았다

혼잡 속을 꽃잎처럼 누비며

바짝 깎은 가로수 드러난 목덜미를

망설이듯 넘어간다

상충되는 힘의 벡터들에 뒤틀리는 것을 감당한다는 것은 결코 쉬운 일이 아니다. 그래서 그것을 기꺼이 받아들이고 '긍정'하는 것은 '어렵고도 드물다'. 차라리 덜 나쁜 어느 한쪽을 선택하는 것이 훨씬 쉽다. 그렇게 선택한 것은 사고와 감각을 떠받쳐주고, 말이나 행동에 의미와 해석을

부여해주는 반면, 어긋남의 공간은 사고와 감각, 의미와 행동이 모두 어긋나버려 방향을 잃기 십상이기 때문이다. '시야가 열리지 않는다'는 말은 무엇보다 이런 의미로 이해되어야 한다. 그러니 말해도 들리지 않고 설명해도 이해받기 힘들다. 강요된 침묵보다 더 근본적인 침묵을 감내해야 한다.

한낮이 한창일 때도
목소리는 도처에서 막혀 있을 뿐
그것이 단숨에 오그라들어
목소리는 오히려 지워지고 말았다
말해도 말해도 결국엔 입을 다물 수밖에 없는
환한 빛 속의 침묵이었다

—「예감」, 부분

소수자의 삶이 대개는 이러하다. 일본에서 '재일'로서 산다는 것은 이처럼 말해도 들리지 않는 침묵 속의 삶을 사는 것이다. 목소리는 막혀 있기에 어느새 오그라든다. 목소리가 되어 나가지 못한 말들은 그렇게 오그라들며 신체 안에 쌓이고 응고된다. '쉽게 싸지 못하는 놈'(『니이가타』)의 대장 속 변비처럼 단단하게 응고된다. 마치 신체의 일부가 되기라도 하려는 듯. 이런 점에서 틈새란 오그라듦의 공간이고 응고의 공간이다.

그러나 어긋남을 어긋남으로서 감당한다는 것, 틈새를 쉽게 빠져나갈 수 없음마저 '운명'으로 받아들인다는 것은 이런 세계를 낙타처럼 묵수(墨隨)하는 것이 아니다. 그것은 심지어 말이 되지 못한 말을 외치고, 목소리가 되어 나오지 못한 의지를, 비록 헛된 것이 될지라도 힘껏 휘젓는 것이다.

그것은 분명
새하얀 의지의 꽃잎이었으리라

힘껏 휘저을 수밖에 없던 자의 전율
눈(眼) 속을 아직 지나가지 못한 채 떨고 있다

—「예감」, 부분

틈새를 사는 시인에게라면 그렇게 휘저으며 싸우는 이의 몸짓이 동작과 더불어 사라질 리 없다. 잔상으로 남을 것이며, 휘저은 이가 사라진 뒤에서 그 잔상은 오랫동안 지워지지 않고 남을 것이다. 눈 속에 새겨진 채 지속될 것이다. 지울 수 없는 상으로 응고되어 남을 것이다. 그 응고된 것 안에서 소멸의 시간은 멈출 것이다. 아니, 그렇게 응고시키는 곳, 어긋남의 공간에 선 시간이 흐르길 멈추어버린 것이다. 더 나아갈 수 없이 막힌 곳이기에 생각도, 시간도 흐르길 중단해버리는 것이다.[162]

내가 눌러앉아버린 곳은
백년이 그대로 생각을 멈춘 곳
백년을 살아도 생각에 잠기는 날은 아직
어제인 채로 저무는 곳

—「여기보다 멀리」, 부분

멈춘 시간은 막힌 공간의 짝이다. 응고된 것은 출구를 찾지 못한 의지와 욕망들이고 입 밖으로 말해지지 못한 말들이 응결된 것이다. 칸트 식으로 말해, 멈춘 시간과 막힌 공간은 응고된 사유의 선험적 형식이라고 하면 어떨까? 그것은 또한 응고를 야기하는 틈새 안에서 진행되는 사고와

162. 시간이 멈추어버린다는 것은 흘러가는 것을 따라가지 않는 것들이 침전됨을 뜻한다. 이 '침전된 시간'이 갖는 의미는 『화석의 여름』보다 앞선 「바래지는 시간 속」(『광주시편』)을 다루면서 '바래진 시간'을 통해 살펴본 바 있는데(이 책의 제5장), 『화석의 여름』 이후 씌어진 『잃어버린 계절』(金時鐘, 『失くした季節』, 藤原書店, 2010)에서 좀 더 중요하게 다루어질 주제다.

표상, 욕망과 행동의 '선험적 형식'이기도 하다. 아무리 가까이 있는 것도 멀게 만들지만, 저 멀리 있는 것을 결코 멀다고 할 수 없는 것을 현행의 시간과 공간 속으로 반복하여 불러들이는 형식이다. 어떤 것도 충분히 멀지만 어떤 것도 아주 멀지는 않은, 틈새라는 공간을 채우고 있는 대기 같은 것이다.

> 고국에서 멀리 이향(異鄕)에서 멀리
> 그렇다고 그렇게는 떨어져 있지도 않은
> 되돌아오기만 하는 지금 있는 곳
> 여기보다 멀리, 좀 더 여기에 가까이
>
> -「여기보다 멀리」, 부분

4. 얼룩

틈새를 둘 사이의 갈라진 틈을 표상하는 말로 읽는다면 외적 형태를 지칭하는 말에, 그 말에 포함된 '문법의 환상'에 사로잡히는 것이다. 나락 같은 절벽과 마주한 곳이라고 할 때조차 우리는 이 문법의 환상에서 벗어나기 힘들다. 어긋남의 공간으로서의 틈새는 그런 공간적 형태로 표상되는 물리적 내지 지리적 장소가 아니다. 어디를 가도 발 디딜 수 없고, 어디를 가도 시야가 열리지 않는 곳, 그것은 시인이 사는 곳 어디에나 있다. 어디를 가도 있다. 틈새를 산다는 것은 어디를 가도 사라지지 않는 그 어긋남을 사는 것이다. 재일의 틈새가 '이카이노' 같은 '재일조선인'들의 거주지에 머물 리 없다. 도쿄도, 오사카도, 후쿠오카도, 멀리 오키나와의 나하나 홋카이도의 삿포로에 가도 '재일'을 사는 한 그가 서 있는 곳은 틈새다.

그렇기에 틈새에서의 삶은 지리적인 장소에 모여 사는 이들의 삶의 방식 이상으로 일본이라는 떠날 수 없는 장소에서 재일을 사는 이들이 사는 방식의 특이성 같은 것이라 해야 한다. 김시종의 시 「얼룩」(『화석의 여름』)은 그런 틈새를 받아들이고 살아가는 삶의 특이성을 멋지게 표현해 주는 말이다. 일본인이 되기를 거절한 채 재일을 사는 사람은 어디를 가도 결국은 표가 나게 마련인 얼룩이다. 깨끗하신 분들, 주류적인 삶의 안정성을 가진 분들로서는 어떤 불편함의 거리를 느끼게 되고, 그런 만큼 자신을 둘러싼 사람이나 환경에 대해 불리함이나 위화감을 피할 수 없는 존재자, 그것이 얼룩이다.

얼룩이란 깨끗한 전체를 흐려버리는 '더러운' 자국이고, 무언가가 있었던 흔적이다. 아니, 좀 더 강하게 말해야 한다. 얼룩은 틈새를 사는 신체가, 자신을 비트는 힘들에 의해 자신을 둘러싼 것들과 섞이며 흘린 핏물자국이다. 그렇게 핏물 든 삶의 흔적이다. 그렇기에 그것은 또한 어떤 지나간 사건의 흔적이거나 도래할 사건의 징후다. 조짐의 징표다. 사람들은 언제나 그것을 지워 깨끗하게 하려 하지만, 대개의 얼룩은 지워도 지워지지 않는다. 마치 자신의 '더러움'으로 그 자리를 명확하게 표시하고 드러내려는 듯.

얼룩은
조짐의 징표
어디에서건
일단 스며들면
한 점 명확한 의지로 자리를 차지한다

얼룩은
꾸밈을 좋아하지 않는다
그 자체 오점(汚點) 같은 처우에
얼룩 자신의 내력이 동조하지 않음이다

얼룩은 흔적이 압축된 신념
오로지 배어든 표상에 집착하고
거렁뱅이의 개선을 비웃으며 산다
강조는 이렇게 말없는 것이기도 하다

―「얼룩」, 부분

얼룩으로서 존재한다 함은 그런 불리함이나 '더러움', '지저분함'을 지우거나 깨끗한 척 꾸미는 것과 반대방향으로 가는 것이다. 더러운 흔적을 지우는 것은 자신의 존재 자체를 지워져야 할 것으로 부정하는 것이다. 스스로를 사라져야 할 오점으로 부정하는 것이다. 그런 식의 부정은 얼룩 자신의 내력이, 즉 자신이 그렇게 존재하게 된 이유가 동조하지 못한다. "이제까지 대체 어떻게 살아왔는데!" 또한 자신에게 주어진 불리함을 경제적 내지 정치적인 이런저런 '개선'을 통해 극복하려는 것도 받아들이지 못한다. "됐어! 그냥 이대로 살래!" 그런 식의 개선이란 자신을 불리하고 불편하게 하는 '척도'나 관점, 혹은 지반은 그대로 받아들인 채, 그 척도에 비추어 자신에게 없는 것을 좀 더 얻고자 하는 것이란 점에서 '거렁뱅이의 개선'이다.

시인은 차라리 말없이, 그러나 결코 지우거나 꾸미지 않은 채 더러운 모습 그대로 거기 있고자 한다. "더럽다구? 그래 내가 좀 더럽지."라며 그들의 비난을 웃으며 받아 안는 것이다. 더러움을 수긍하면서 더러운 것으로서 존재하길 지속하는 것이다. "여기 이렇게 더러워진 것이 있어!"라며. 더러운 얼룩은 더럽힌 어떤 것 때문에 만들어진다. 얼룩의 존재는 더럽힌 어떤 것의 존재를 드러내는 징표다. 얼룩으로서의 자신을 수긍할 때 그렇게 스스로의 더러움을 드러냄으로써, 자신을 더럽힌 것의 존재를 드러내게 된다. 그것이 얼룩의 힘이다. 얼룩이 얼룩으로서 '거기 존재한다'는 사실 자체에서 나오는 '존재론적' 힘이다. 더러워진 것의 존재 그 자체가 갖는 힘이다. 그러니 깨끗해져선 안 된다. 지워져선 안 된다. 그것은 더럽히는 것들을 보이지 않게 만든다. 더럽게 만든 것들에게, 그 더러움을 되돌려주지 않는 한, 더럽히는 자들은 자신이 더럽히는 줄도 모른다. 자신의 더러움을 드러내고 고집하는 것은 더럽히는 것에 대한 저항이고, 더럽히는 것을 저지하는 마찰이다. 얼룩으로서 살겠다는 의지는 그런 사건들의 흔적이 압축되고 응고되어 만들어진 신념이다.

그러니 얼룩은 남들이 얻고자 경쟁하는 것을 따라가지 않는다. 남들이 선망하는 깨끗함을 선망하지도 않는다. 그렇다고 더러움을 긍정한다는 것이 단지 남들과 반대하는 부정성의 가치를 자신의 척도로 삼는 것도 아니다. 더러움을 유지하고 고집하는 것은 더러움을 자신의 가치로 추구해서가 아니라 그들의 더러움을 드러내는 저항이다. 그렇게 더러움을 드러내며 저항하는 것은 그들이 흔히들 추구하는 것과는 다른 삶을 추구하기 때문이고, 깨끗함/더러움에 대해 다른 가치척도를 갖고 있기 때문이다. 얼룩은 더러움을 고집하지만, 더러움을 향해 가지 않는다. 더러움을 고수하는 것은 더럽혀진 것보다 더 더러운 것, 더럽히는 것과 대결하고 그것이 와해되거나 제거되기를 바라기 때문이다. 그 더럽히는 것과는 아주 다른, 그렇다고 그들이 깨끗하다고 간주하는 것과도 아주 다른 삶을 향해가는 것이다. 얼룩은 더럽히는 것에 음(陰)의 부호를 붙여 반대방향으로 가지 않는다. 얼룩은 자기 나름의 방향을 갖고 있다. 더러움을 지속하며 자신의 방향을 향해가는 것이다. 자신이 지향하는 방향을 향해 상승해간다. 남들이 올라갈 때, 기꺼이 아래로 내려가지만 그런 방식으로 자기 자신의 척도에 따라 올라가며 고조(高調)되어가는 종유석처럼.

깨끗함과 더러움, 상승과 하강 밖에는 보지 못하는 눈에 기꺼이 내려감을 자처함은 그들의 상승에 반하는 하강으로밖에 안 보일 것이다. 하강하는 상승, 다른 상승임이 보이지 않을 것이다. 얼룩은 그렇게 미친 듯 솟아올라가지만 사실상 굳어가며 괴사해가는 도시와 아주 다른 감각을 갖고 산다. 또한 얼룩은 정상성의 규범이나 선악을 가르는 가치척도에서 벗어난 존재자다. 얼룩의 정상성을 재발명하고 선악을 넘어선 선악의 가치를 재창조한다. 그렇기에 선명한 선이라는 유혹에도, 악이라는 비난에도 아무 말 하지 않고 그저 얼룩임을 긍정하며 거기 존재할 뿐이다. 후회나 회한 같은 것조차 그 침묵 속의 지속 안에, 말없는 언어 밑바닥 깊숙이 가라앉을 존재의 무게를, 삶의 강도(强度)를 만들고 있을 뿐이다.

다투어 치솟는 집들 사이에서라면
결국 종유(鍾乳)의 물방울이라도 되리라
어쩌다 거꾸로 읍기하고
도시의 괴사(壞死)에는 통각(痛覺)조차 가닿지 않는다

얼룩은
규범에 들러붙은
이단(異端)
선악의 구분에도 자신을 말하지 않고
도려낼 수 없는 후회를
언어의 밑바닥에 가라앉히고 있다

—「얼룩」, 부분

'얼룩'이 더럽다고 간주되는 처지마저 수긍하며 그대로 눌러앉아 더러움이 존재함을 드러내고 자신이 공간 자체를 더러움의 공간으로 만들어버리는 존재방식이라면, '뱀'은 마을이 부서지고 마음이 허기진 친구가 미쳐버린 날, 책상 귀퉁이에서 정리해고를 견디어야 할 때, "번득이는 눈알로 어딜 주시하고 / 빨간 혓바닥으로 어떤 낌새를 뒤지"는 날선 어긋남의 형상이다. "수많은 뱀을 품어 안아 / 물린 대지의 독은 없는가"라며 산에게 묻는 고독한 존재자의 형상이다(「산」, 『화석의 여름』). '화신'은 얼룩이나 뱀이란 말로 표현된 삶의 특이성을 다른 방식으로 드러내준다.

설령 번데기에서 벗어나지 못한 나비가 있어
잔가지에 그대로 말라가고 있다 하여도
날개는 점차 반신(半身)인 채 바람과 뒤섞여
주변에 비상(飛翔)을 꽃가루처럼 흩뿌리며
이파리 뒷면에서 스러지고 있으리라

—「화신」, 부분

번데기는 나비가 성체로 성장하는 과정을 담은 신체지만, 겉으로만 보면 막힌 공간, 멈춘 시간과 유사해 보인다. 화사하고 자유로운 나비와 반대로 움직이는 것도 쉽지 않은 흉한 신체를 갖고 있다. 그렇기에 마치 나비를 가둔 신체처럼 보이기도 한다. "좀 슬며 떠안는 소생(蘇生)"의 신체다(「넋두리는 영영」). 그런 점에서 그것은 틈새라는 어긋남의 공간과 유사한 신체다. 거기서 벗어나지 못한 나비는 틈새에 '갇혀' 사는 자와 다르지 않다. 거기 먹힌 공간에 갇힌 채 말라버려 바람에 섞여 스러지는 자, 멋지게 날아보지도 못한 채 아무것도 아닌 것으로 사라져가는 자, 그것은 아마 틈새에 눌러앉아 살겠다고 했을 때의 시인 자신의 모습이라 하겠다.

그리하여 나비의 부스러기는
이미 나비이기를 바라지 않는다
춤도 치장도 모두 스스로 놓아버리고
흔들리는 대로 그 자리에 눌러앉아
오로지 자신의 입정(入定)을 응시할 뿐

위용(偉容) 있는 표본의 진열로부터도
아이가 치켜든 곤충채집망 정서(情緖)로부터도
비상의 화신은 고집스레 입을 다물고

그저 나비일 수 있었다는 것만으로 말라간다
소리 하나 떨리지 않는
허물 그대로

—「화신」, 부분

그렇게 부스러져 사라져가지만, 그는 나비이기를, 멋지게 부화되어 자유롭게 날 수 있는 나비이기조차 바라지 않는다. 그렇게 꿈도 치장도 놓아버리고, 그저 막힌 공간, 멈춘 시간 속에서 침묵한 채 앉아 있는 수행자처럼 고요한 입정에 만족한다. 자신의 허물조차 벗어던지지 않고, '허물 그대로'. 그 허물 속에 있는 것이 무엇이었는지를, 고집스레 말하지 않고. 나비가 되어 나는 데는 성공하지 못했어도, 나비일 수 있었다는 사실만으로 충분했다고, 그렇게 최선을 다했다면 충분하다고 만족하면서 말라간다.

그러나 멈추어 있음이 단지 멈추어 있음만은 아니다. 그것은 외부자의 눈에만 그리 보일 뿐이다. 막힌 공간에서 움직이지 못하기에, 움직임의 힘을 안으로 되돌려 얻어지는 강도(强度)로 틈새에서의 삶을 응고시키고 있는 것이다. 누구에게 보여주고자 하는 것도 아니고, 성공으로 보상받고자 하는 것도 아닌 자신의 꽃을, 비밀스런 꽃을 피우고 있는 것이다. 이는 어쩌면 쉽게 발 딛고 사는 이들, 어렵지 않게 얻을 수 있기에 다들 사로잡히는 뻔한 목표를 따라가고 시야에 명확히 들어오기에 추구하게 되는 가치들로 채워지는 꿈을 대단한 꿈이라고 믿는 이들과는 아주 다른 꿈을 꾸는 것이다. 꿈마저 현실의 연장으로 만들어버리는 이들과 달리 현실마저 꿈의 연장으로 살고자 한다. 언제나 냉기 속에서 살아야 하지만, 그렇기에 역으로 얼어붙을 듯한 냉기마저 뚫고 피어나는 꽃을 피우려는 것이다.

메말라 있다
꿈에서마저 일상이 넘쳐나서는

굳이 눈뜰 것도 없는 나날이다

차라리 잠일랑 내팽개쳐 두고
꿈은 눈뜬 채 꾸기로 하자
서서히 다리가 길어져
촉수처럼 흰 뿌리가 그 끝에서 내려오는
겨울 양귀비다

얼어붙은 냉기에도 아랑곳 하지 않고
어둠을 깨고 꽃받침을 세워
밤보다 짙은 화관(花冠)을 이슥한 밤에 새긴다

―「불면」, 부분

막힌 곳에서 살아야 한다면 막힌 채 움직일 수 없음을 받아들여 그 자리에서 부동의 삶을 사는 식물이 되어 살면 되지 않을까. 움직임에 필요했던 다리를 새로운 감각의 촉수로 바꾸며 자신의 꽃을 피우는 다른 양상의 삶을 살 수 있지 않을까. 이렇게 시인은 이제 식물이 된다. 식물적 삶으로 자신의 몸과 마음을 옮겨놓는다. 냉기를 이겨내고 어둠을 깨며 꽃을 피우고자 하지만, 그것은 남들에게 인정받는 성공을 추구함도 아니고 누구에게 보이기 위함도 아니다. 어쩌면 아무도 이해할 수 없고 아무도 주목하지 않을, 어긋남의 공간 속에서 새로이 피어나는 꽃이다. 비틀림의 힘을 견디고 흡수하며 창발되는 새로운 삶의 형상이다. 틈새, 그 어긋남의 공간을 사는 '나'의 삶 속에서 형성된 가치와 감각이, 그런 삶의 일관성을 버티어주는 신체와 힘이 빚어내는 꽃이다. 그렇게 '나'를 던져 떠안았던 삶의 진실성, 그에 대한 스스로의 자긍심을 이 시에서는 '나의 지조'라고 명명한다.

누구에게 보일 것도 아닌 꽃이 핀다
아득한 나의 지조 속에서 피는 것이다
하다못해 그저 굴거리나무만큼의 삶은 되고 싶었지만
주의도 사상도 완고한 의지도
모노크롬으로 한층 선명할 뿐이다

–「불면」, 부분

물론 그것은 새해를 축하할 때 쓰는 굴거리나무 정도는 되었으면 싶은 소망 정도는 갖고 자라나기 시작했겠지만, 틈새 안에서 피어난 꽃이 빛으로 가득 찬 세계의 화사함과 쉽게 조화될 리 없다. 그것도 꽃이니 화관을 갖겠지만, 밤보다 짙은 어둠의 화관일 것이고, 세계의 화사함과 대조되는 단색의 꽃일 것이다. 거꾸로 단색이어서 두드러지는 지조일 터이다. 하지만 화사한 색의 향연 속에서, 흑백의 모노크롬을 '색의 부재'로 평가하고 그에 따라 낮은 지위를 부여하는 세계 안에서, 단색의 지조를 흔들림 없이 굳건하게 견지하고 자긍하는 것은 얼마나 어려운 일인가.

눈을 떠도 어둠인 삶을 살아왔기에, 어둠을 지우며 오는 빛을 그저 새로운 시작을 뜻하는 '아침'이라 믿지 않으며, 냉기를 이기며 꽃을 피워왔기에. 얼어붙은 뿌리가 교목을 키웠다 해도 놀라지 않겠지만, 모노크롬으로 바랜 삶은 빈번하게 메마른 황량함으로, 후회스런 무위(無爲)의 공전(空轉)으로 다가올 터이다. 그럴 때면 흘려보낸 꿈들이 어느새 옆에 다가와 나를 보고 있을 것이고, 나의 지조가 피워낸 꽃들은 내 안에서 흔들리며 밤새 내 안에서 반목하던 목소리들을 전할 것이다. '인광(燐光)'이, 불이 꺼진 뒤에도 남는 빛의 잔상이 말똥말똥한 내 눈 속에서 껌벅이고 있을 것이다.

역시 메말랐다
꿈이 메말라 그리 주름진 게 나이(齡)
그리하여 후회는 밤눈에도 하얗고 푸르스름하다

이제 빛이 아침일 까닭은 내게 없다
얼어붙은 뿌리가 설령 교목(喬木)을 키웠다 해도
내게 신기함은 되살아나지 않는다
바람이 밤새 달리고 나무들은 목청껏 소리를 지른다
소리 없이 꽃술을 흩고 색깔 없는 꽃이 내 안에서 흔들린다

반목(反目)은 잠 못 이루게 하는 인광(燐光)
나무 밑동에 주저앉아 눈을 껌뻑이고 있는 건 바로 나다
흘려보낸 꿈이 밤의 심지에서 말똥말똥 보고 있다

—「불면」, 부분

지조의 진실성이란 흔들림 없는 굳건함이나 영웅적 견결함 같은 것이 아니다. 그런 굳건함은 어긋남을 사는 자들의 것이 아니라, 어긋난 것 가운데 '정의로운' 하나를 선택하는 자들의 것이다. 비극적 결말이기에 더욱더 영웅적인 것이 되도록 만드는 고전적인 빛의 세계가 비추어주는 견결함이다. 그림자마저 지우는 중첩된 조명이 만들어낸 환상이다. 사실 영웅적인 견결함이란 그런 이들이 간신히 이겨내고는, 이겨낸 뒤 애써 얻은 침착함으로 힘껏 지워버려 보이지 않게 된 흔들림의 역상(逆像) 아닐까? 틈새를 사는 자, 어긋남을 어긋난 채 사는 자에게 이런 굳건함이나 견결함처럼 어울리지 않는 것은 없다. 그것처럼 어긋남의 존재를 사는 이의 진실성과 거리가 먼 것은 없다.

오래된 유교적 선비나 식민지 시대의 민족지사, 혹은 전향을 거부한 채 정치적 신념을 고수하는 장기수의 지조와, 끝없는 동요와 분노, 후회와 슬픔, 반목의 인광 속에서 견지되는 어긋남의 지조는 결코 동일할 수 없다. 상충되는 힘들 속에서의 동요, 화사함에 비교되며 실추되는 모노크롬의 가치에 대한 의구심, 항상 조여들기에 익숙해졌다고 해도 결코 잊을

수 없도록 반복하여 다가오는 불안정하고 고통스런 삶에 대한 탄식, 꿈속에서마저 사라지지 않으며 내면을 휘젓는 저 어긋난 세계의 반목, 이 모든 것들로 인해 잠 못 이루는 불면의 밤, 이것이야말로 어긋남을 사는 이들의 '운명' 같은 것이다. 이것이 없는 '지조'란 고집스런 일관성이란 점에서는 비슷하지만, 자신이 알고 있는 것에 대한 외곬수의 지식의 단단함이나 자신의 시야 바깥은 볼 줄 모름에서 나오는 사고의 완고함, 혹은 고난에도 굴하지 않는 신념의 확고부동함 같은 것에 가깝다 할 것이다. 어떤 것도 어긋남의 공간을 사는 이의 진실성과는 거리가 멀다 해야 하지 않을까?

비록 '얼룩'으로서의 자기 처지를 있는 그대로 받아들여주고, 끝내 나비가 되지 못한 채 부스러지면서도 나비가 되고자 했던 '화신'의 삶을 묵묵히 수긍하면서 막힌 공간, 멈춘 시간을 응고시킬 때, 그것은 단지 낙타의 인내나 부정적 저항이 아니라 어둠의 꽃을 피우는 긍정이다. 이는 오히려 그 피할 수 없는 이 동요와 불면의 밤 때문이다. 그 모든 반목과 동요, 후회와 불안을 떠안으면서도 그것에 잡아먹히지 않으며 어긋남을 살아내는 힘, 바로 그것이 틈새에서, 어긋남의 공간에서 선명한 모노크롬의 새로운 가치를 창조하는 작용인(efficient effect)이라 해야 한다.

불면의 밤, 그것은 눈뜬 채 꿈꾸는 밤이다. 꿈마저 일상이 된 세상에서 일상 자체를 꿈으로 바꾸는 시간이다. 그것은 멈춘 시간 속을 맴도는 시간이다. 막힌 공간 속에서 빚어지는 몽상적인 세계다. 어쩌면 그것은 불면을 먹고 자라는 절망이라 하겠지만, 절망마저 잊은 채 오직 하나의 꿈을 찾아 그저 위로만 치솟는 괴사의 도시에서 그것마저 없다면 대체 무슨 희망이 있다 할 것인가.

5. 화석

막혀 있기에 흐르지 못하는 것들, 그러나 솟아나고 터져 나옴을 막을 수 없는 것들이 있다. 불면의 밤들이 쌓이고, 모이며 자라나는 종유석 같은 것이 있다. 그것은 막혀 있는 만큼 부풀어 오르는 커다란 아우성이지만, 외쳐도 들리지 않기에 소리가 되지 못한 아우성이고, 간신히 들려도 충분히 가닿지 못하기에 헛되이 맴도는 아우성이다. 그래도 이유가 있기에 다시 터져 나오길 반복하는 아우성이다.

이 아우성은 응고되고 단단해져 돌이 된다. 돌을 두고 생명이 없다거나 아무 생각이 없다고 하는 것은 돌에 대해 아무것도 모르고 하는 소리다. 말이 되지 못한 소리들, 터져 나온 아우성을 속에서 삭여 응고시켜본 사람이라면 안다. "돌조차 마음속에선 꿈을 꾼다"는 것을. 돌이란 응고된 꿈이고, 집적된 아우성이며, 응결된 삶이란 것을. 그것은 돌이 되어 던져지고 돌이 되어 부딪쳤으나 헛되이 부서지고 말았던, 흩어진 세월의 작은 조각들이다. 그래서일 것이다. 『화석의 여름』의 시들 전체를 연결하고 모아주는 시 「화석의 여름」은 돌 속에 있는 마음과 내 마음 안에 있는 돌의 대칭성을 통해 자신을 돌과 포개면서 시작한다.

> 돌인들 마음속에선 꿈을 꾼다.
> 사실 내 가슴 깊은 곳에는
> 여름날 터져 나온 저 아우성
> 운모 조각처럼 응어리져 있다.
> 돌이 된 의지가 부서진 세월이다.

화석이란 막힌 곳에서 쌓이고 모인 것들이 응고되어 만들어진 돌이다. 눌려서 압축된 신념이고, 터져 나와 외쳐지던 사건의 흔적이며, 말하지 못한 것들이 응결된 덩어리고, 눈뜬 채 꾼 꿈들의 집적이다. 헛되이 스러진 소망들이 숨은 듯 새겨진 삶의 기록이다. 날아오르던 새의 비상이 돌 속에 남은 것이, 거대한 매머드가 멋진 어금니 사이로 입을 벌린 채 돌이 된 것이 모두 그렇지 않은가. 그것은 막힌 곳에 갇혀 지층의 무게를 받아내며 응고된 것이지만, 그것이 없었다면 오파비니아처럼 다섯 개의 눈을 가진 동물이 있었음을 어찌 알았을 것이고, 수많은 동물들이 출현했던 캄브리아기의 대폭발이 있었음을 어찌 알았을 것이며, 다섯 번의 멸종이 있었음을 어찌 알았을 것인가. 돌이라 해도 마음속으로 꿈을 꾼다면서, 자기 마음속 깊은 곳에 돌이 있다고 쓴 시구가 양치식물이나 곤충의 화석으로 이어짐은 이 때문이다.

양치식물이 음각을 새긴 것은
돌이 품어 안은 고생대의 일이다
군사경계선처럼 잘록한 지층에는
지금도 양치식물이 태고의 모습으로 휘감겨 있다.
꿈마저도 거기에서는
화석 속 곤충처럼 잠들어 있다.

—「화석의 여름」, 부분

멈춘 시간의 영원성 같은 것이 혹시라도 있다면, 플라톤이 꿈꾼 이데아의 세계가 아니라 차라리 돌로 응고된 이 멈춘 시간 속에 있다고 해야 한다. 그것은 그리스인들이 꿈꾼 영웅들의 불멸의 위업이 아니라 어쩌면 저 멀리 홀로 묵묵히 서 있는 나무 한 그루, 막힌 공간을 붉게 물들이며 지는 석양을 아쉬워하는 사람들의 조용한 만남 같은 것에 더 가까이 있다고 해야 한다. 「화석의 여름」 2연의 앞부분이다.

가장 멀리 서 있는 한 그루 나무에
하루는 소리 없이 꼬리를 끌며 사라져갔다.
새가 영원의 비상을 화석으로 바꾼 날도
그처럼 저물어 덮히었으리라.
몇 만 날이나 되는 태양의 그늘에서

만날 수 없는 손(手)이 아쉬운 석양을 사투리로 가리우고
말더듬는 자의 등 뒤에서
바다는 하늘과 가만히 만났다.

그렇기에 시인은 터져 나온 아우성을 허공에 흩어지는 헛된 외침으로 바꾸기보다는 차라리 가슴속에, 막힌 공간에 갇힌 자신의 가슴속에 묻어두고자 한다. 작고 보잘 것 없어 보이는 운모 조각으로 남겨두고자 한다. 그렇게 부서진 세월을, 부서진 그대로 멈춘 시간 속에 담아두고자 한다. 상충되는 힘들, 반목하는 의지와 신념들이 충돌하고 교차하고 뒤엉키는 어긋남의 삶이었기에, 필경 그 반목을 넘어보려고 했을 것이다. 반목이 사라진 고요한 입멸의 시간을 꿈꾸며 살았을 것이다. 그 반목이 사라질 순 없다 해도 엷어지고 열어지는 것을 꿈꾸었을 터이다. 그러나 그것은 결코 성공하지 못했을 것이고, 그렇게 많은 시간이 막힌 공간의 멈춘 시간 속에 담기게 되었기에 아마도 절망하거나 체념하게 되었을 것이다. 그 체념 또한, 아니 바로 그 체념이야말로 돌이 되어 응고되었을 것이다. 그러나 막힌 공간, 어긋남을 떠날 수 없는 삶의 장소로 만들고자 했다면, 터져 나오는 아우성을 필경 거듭했을 터이고, 이유가 있다면 다시 그 아우성을 반복하게 될 것이다. 그렇기에 시커먼 체념 속에서도 아우성을 반복하게 했던 소망은 결코 소멸하지 않은 채 아주 작은 불씨처럼 남아 있을 것이다.

더 이상 입멸(入滅)의 때를 우리는 갖지 않는다.
일체의 반목이 불에 타올라
연홍색으로 엷어지는 어둠의 침잠을 우리는 알지 못한다.
체념은 시커멓게 돌로 돌아가
바로 그 돌에 소망은
한 장 꽃잎으로 들어가 박혀야 한다.

—「화석의 여름」, 부분

돌이 된 세월, 운모 조각으로 남은 아우성이 시가 될 수 있었던 것은, 시커먼 체념 속에 박힌 한 장 꽃잎 같은 이 작은 소망 때문이다. 체념이 체념일 뿐이라면, 그걸 굳이 남기고자 할 이유도 없고, 시로 쓸 이유도 없을 것이다. 내 가슴속에 돌이 된 아우성이 있다고, 돌이 된 의지가 부서진 세월이 있다고 말하지 않았을 것이다. 화석이 된 한 장 꽃잎처럼 별게 아닌 것이지만 바로 그것이 그 헛된 아우성이나 체념으로 귀착된 힘겨운 삶을 기록하게 해주고 남기도록 해준다. 그것이 남몰래 가슴의 운모 조각을 돌로 묻으러 가는 이유다.

> 생각해보면 별인들 돌의 가상(假想)에 불과한 것.
> 화구호(火口湖)처럼 내려선 하늘 깊숙이
> 홀로 남몰래 가슴의 운모를 묻으러 간다.

—「화석의 여름」, 마지막 부분

다들 빛나는 별을 찾아 하늘로 하늘로 올라가고자 하지만, 태양계의 별들이 그러하듯 별이란 사실 돌에 반사된 빛이 만들어낸 가상 아닌가. 하지만 이 멋진 반전의 말을, 돌을 빛의 숨은 진실로 만들어 빛의 진실을 알려주려는 말로 읽을 순 없다. 별이 상징하는 쉬운 희망이나 빛을 찾아 올라가는 흔한 욕망의 헛됨을 알려주려는 것도 아니다. 그것은 어디에도 가닿지 못한 채 돌이 된 것들이야말로 정말 살 만한 삶이었음을 아스라이 자긍하는 말이다. 작은 소망을 끝내 지워버리지 않는다면, 시커멓게 돌이 된 체념마저도, 체념으로 귀착된 아우성마저도 삶을 걸 만한 것이었음을 에둘러 자긍하는 말이다. 그렇기에 그는 어쩌면 절망이라 할지도 모를 그 운모 조각을 하늘 깊숙이 홀로 묻으러 간다. 누가 알아주길 바라고 한 것이 아니었으니, 그저 깊숙이, 돌 속 깊숙이, 마음속 깊숙이, 홀로 묻으러 간다. 그래도 한 장 꽃잎으로 남겨둔 소망이 있기에, 결코 버릴 수 없는 것이 있기에 묻어두려는 것이다. 깊이, 깊이만큼 소중히. 언젠가, 화석이 될 만큼 긴 지질학적 시간이 흐른 뒤에, 혹시 누군가 바람처럼 스쳐지나가다 알아듣는 이가 있을지 모른다는 아득한 희망으로. 그렇게 스쳐가는 바람을 타고 그늘진 계절, 체념에 둘러싸인 작은 소망이 번져나가기를, 그 아득한 시간을 기다리겠다면서. 화석 속 곤충처럼 잠들어 있는 작은 꿈으로.

> 그 돌에도 스치는 바람은 스쳐간다.
> 그리하여 어느 날 그야말로 뜻밖에
> 탄화한 씨앗이 싹틔운 가시연꽃의 살랑거림이 되어
> 오랜 침묵을 한 방울 목소리로 바꾸는 바람이 된다.
> 그늘진 계절은 그렇게
> 바람 속에서 번져나간다.
>
> ―「화석의 여름」, 부분

돌로, 화석으로 응고된 것, 그것은 그의 삶이지만, 또한 시인 자신이라고 해야 한다. 마음속에선 꿈을 꾸는 돌과 가슴속에 돌을 품은 시인은 분명한 시적 동형성을 갖고 있다. 이 시의 첫 행에 나오는 꿈을 꾸는 돌은 이 시의 마지막에 나오는 시인, 운모를 묻으러 가는 시인 자신이다. 시를 여는, 그렇게 묻어 응고된 돌은 시를 닫는, 돌이 된 시인과 이어지며, 시 전체가 하나의 원환을 형성한다. 아우성이 돌이 되고 돌 속의 소망이 바람을 끌어당기며, 그 돌의 아우성이 스치는 바람을 타고 번져나가고, 그렇게 번져나간 것을 알아듣고 감염되며, 감염된 이들이 다시 아우성의 소망을 먹고, 그것이 다시 시커먼 돌이 되는, 그리고 다시 그 돌에 바람이 스치는…… 원환적인 반복의 과정이, 화석이 된 시인과 아우성 조각을 담은 돌이 맞잡은 손을 회로로 삼아 천천히 순환의 흐름을 완성한다.

하지만 이 원환을 그저 헛되이 같은 자리를 맴돌고 있는 갇힌 다람쥐의 운동 같은 것이라고 생각한다면 큰 오산이다. 반복되어 되돌아오는 것이 체념일지라도, 그것은 같은 체념일 리 없으며, 그 체념 안에 남은 한 장 꽃잎 같은 소망 또한 같은 소망일 리 없다. 돌이 되어 응고되기를 반복하는 아우성이고 삶이지만, 그 아우성이나 삶이 같은 것일 리도 없다. 시커멓게 응고된 체념임에도 귀를 기울이게 되고 그 안에 숨은 소망을 읽어내게 되며 거기에 감염되어 돌이 될 과정을 시작하는 것은, 차라리 체념으로 귀착될지라도 이것을 하겠다는 의지, 그렇기에 이미 처음부터 '자, 다시 한 번!'의 반복을 포함하는 의지다. 영원한 실패마저 새로운 시작의 영원성을 뜻하는 것으로 수긍하는 의지다. 어긋남의 공간이 산출하는, 언제나 다르게 감겨오는 상충되는 불화의 힘들을 멈출 수 없는 반복의 이유로 삼는 긍정의 영혼을 우리는 거기서 본다.

제7장

녹스는 풍경과 어긋남의 시간
:『잃어버린 계절』에서 '때 아닌 시간'의 종합

1. 어긋난 시간에서 어긋남의 시간으로

김시종은 틈새, 그 어긋남의 공간을 어긋난 그대로 산다. 동시에 그 막힌 공간에서 멈춘 시간을 산다. 김시종에게 멈춘 시간을 산다는 것은 '상처'와도 같은 멈추어버린 과거의 기억에 사로잡혀 사는 것도 아니고, 멈추어 선 과거 어느 시점에 얻은 감각이나 생각 속에 머물러 사는 것도 아니다. 그것은 멈춘 시간을 통해 통상적인 시간과 다른 시간을 사는 것이다. 멈춘 시간을 통해서, 자신을 둘러싼 세간—세계들—의 시간과 다른 시간을, 다른 속도 다른 리듬의 시간을 사는 것이다. 어긋남의 공간 속에서 만들어지는 '어긋남의 시간'을.

어긋남의 시간이란 세상에 흘러넘치는 시간, 세상 어디에서나 쉽게 동시성을 갖고 소통되는 시간, 지배적인 흐름을 형성하는 시간, 그런 점에서 '시대정신(Zeitgeist)'을 자처하는 시간과 다른 시간이다. 이는 그 시간의 흐름 한 가운데에 있지만 그 시간과 동떨어진 시간이다. 니체식으로 바꾸어 말하면, 그것은 '때 아닌(untimely)' 시간, '반시대적(unzeitlich)' 시간이다. 세상에 흘러넘치는 시간이란 '시대정신'이란 말이 문법의 환상을 통해 쉽게 표상하도록 하는 무슨 거창한 시간은 아니다. 그것은 어쩌면 흘러가는 시간, 흘러넘치는 시간임을 의식하지 못한 채 흘러가는 시간이고, 의식 못할 만큼 익숙해져 있어서 그저 자명함의 감각을 형성하는 시간이다. 시대가 공유한 그 익숙함과 자명함의 감각을 통해 통상의 삶을 형성하는 시간이다. 그것은 일상의 시간이고, 일상의 삶을 지배하는 시간이고, 일상 속으로 흘러가버리고 마는 시간이다. '때 아닌 시간'은 그 일상에 섞여 들어가지 못하는 시간이고, 그 일상 속에서 자명함이나 편안함 대신 위화감이나 불편함을 느끼게 하는 시간이다. 그렇기에 '시대'라는 말로 포위해오는 삶의 방식에 반하는 언행을 촉발하는 시간이고, 그런 시대감각으로부터 이탈해버리는 감각으로 이끄는 시간이다.

멈추어선 시간은 그것이 세계시간을 따라 흘러가길 거부하고 멈추어 있다는 점에서, '시대정신'에서 이탈해, '때 아닌' 시간으로 어긋남의 시간을 밀고 간다. 특히 김시종의 경우 '때 아닌' 시간, 반시대적 시간은 멈추어선 채 바래버린 시간의 고집스런 힘을 통해 탄생한다. 그러나 그것은 멈추어선 시간에서 흔히들 표상하는 상처(Trauma)나 증상적 시간이 아니다. 증상적 시간이란 멈추어선 시간을 통해 어긋남의 시간을 구성하는 새로운 종합이 아니라, 상처로 되돌리고 상처에 달라붙게 하는 시간이다. 그것은 프로이트의 환자들처럼 과거의 상처에 '고착'되어 증상적 삶을 살게 한다. 반면 어긋남의 시간이란 멈춘 시간을 통해 현재를 '시대정신'과 다르게 직조하는 시간이고, 현행의 지배적인 삶에서 이탈한 '다른 삶'의 시간이다.

어긋남의 시간은 복수의 어긋난 시간이 섞이며 생성되는 새로운 시간이다. 어긋남의 시간을 산다는 것은 그 상이한 시간들 사이에서 생성되는 다른 종류의 삶을 사는 것이다. 어긋남이 존재하는 곳, 틈새라고 명명되는 공간으로 밀려들어가는 것은 자신의 의지에 따른 것이 아니지만, 그 공간에서 어긋남의 시간을 사는 것은 자신의 의지에 따른 것이다. 그것은 신체를 파고들며 비틀어대는 힘들을 받아내며 '자기화(自己化)'하려는, 자기 삶으로 받아들이고 긍정하려는 강한 의지 없이는 불가능하다. 그렇기에 틈새에 밀려들어간 이들은 많지만, 거기서 어긋남의 시간을 사는 이는 드물다. 어긋난 것의 어느 하나를 선택하거나, 어긋남을 한탄하고, 신체를 비트는 힘들에 분노하며, 그런 삶 속에 떠밀어 넣은 시간—'역사'—을 원망하고, 원한의 감정을 반사하여 공박이나 공격의 부정적 힘으로 표출하는 길은 얼마나 넓은지…….

'재일'이란 조건을 생존조건 상의 결여나 조국으로부터 격리라는 부정성이 아니라 새로운 삶의 가능조건으로 받아들인다는 것, 재일의 일본어를 어설픈 일본어나 '쪽바리 조선어'가 아니라 새로운 언어감각의 생성조건으로 받아들인다는 것, 그리하여 '일본어에 대한 복수'마저 일본어에 없는 것을 창조하여 일본어에 되돌려주는 것으로 사유할 수 있는 경이로운 긍정의 정신은 그렇기에 더더욱 희소한 것이다. 이는 절대로 쉽지 않았을 것이다. 자신을 거절하는 생존의 거처보다, 자신과 척을 진 '조국'보다, 그렇다고 미래의 시간을 맡길 수 없는 또 하나의 '조국'보다 더 고통스러웠던 것은 아마도 자신과 함께 세상을 바꾸어보자며 글을 쓰고 운동을 하던 동료들로부터 받아야 했던 비난이었을 것이다. '배신'의 오명을 감수하면서, 그들과 일본, 그들과 한국 사이에서, 어디에도 기대지 않은 채 신체를 비트는 저 힘들을 견디어낸다는 것은 얼마나 힘겨운 일인가. "뒤돌아보면 정말 미치지 않고 잘도 살아왔구나 싶은 생각이 듭니다." 어디서 보았는가는 잊을 수 있어도, 그 말만은 결코 잊을 수 없는 문장이다.

김시종에게 멈춘 시간을 산다는 것은 상처에 사로잡힌 자의 수동적 선택이 아니라 일상의 시간에 머물 수 없는 자의 능동적 선택이다. 펼쳐진 대지의 영토들을 이리저리 옮겨 다니는 자의 수평적 선택이 아니라, 체념마저 망실되어버릴 만큼 끝까지 내려가 보거나 한 조각 소망마저 위태로울 만큼 끝까지 올라가 보려는 자의 수직적 선택이다. 「불면」(『화석의 여름』)

에서 보이듯, 꿈마저 일상이 되어버린 세계를 떠나 일상 자체를 꿈으로, '다른 삶'의 가능성을 '온몸으로' 묻는 물음의 장으로 바꾸어버리려는 적극적 선택이다. 비록 거기서 피어날 것이 '누구에게 보일 것도 아닌 꽃'의 '밤보다 짙은 화관'일지라도.

이런 식의 꿈에 실제로 도달할 길은 필경 없을 것이다. 어쩌면 많은 시간이 지나고 나이가 먹어도, 조금이나마 가까워졌다는 생각조차 하기 어려울 것이다. 그러니 그 힘겨운 날들을 불가능해 보이는 꿈에 걸고 살아온 삶이 후회로 다가올 때가 어찌 없을 것인가. 그럴 때마다 회한의 시간이 찾아왔을 것이다. 그렇다고 해도 일상의 시간 속으로, 쉽게 흘러가는 시간 속으로 돌아갈 수 없는 것이 어긋남을 어긋남으로 사는 자의 '운명' 같은 것이다. 이 불가능한 꿈 또한 후회 속에서 흘려보내보려 하지만, 혹은 흘려보냈다고 생각하지만, 멈춘 시간처럼 흘러가지 않은 채 저기 남아서 그런 자신을 말똥말똥 보고 있다. 눈에서 지워버려도 지워지지 않은 채 살아남아 그 눈을 쳐다보고 있는 반-목(反-目)의 꿈이다. 틈새를 에워싼 반목 이상으로 나를 잠 못 이루게 하는 '반목(反目)'의 인광이다. 흘러가는 시간과 타협하지 못하고 때 아닌 시간, 반시대적 시간을 살게 하는 멈춘 시간이다.

멈춘 시간을 산다는 것은 그것을 현행의 시간 속으로 불러들이는 것이다. 어긋남의 시간을 구성하는 시간의 종합 속으로 불러들이는 것이다. 그럼으로써 우리는 멈춘 시간을 산다. 그것이 충분히 사건이 되게 하는 방식으로 산다. 김시종에게 멈춘 시간은 흘러가는 시간에서 빠져나와 바래지는 시간이지만, 그럴수록 현행의 컬러풀한 시간과 대비되는 것으로 남아서 두드러지는 시간이다. 그는 그것이 시간의 흐름 따라 사라져버리지 않도록 돌로, 화석으로 응고시켜 두고자 한다. 자신의 가슴속에 운모 조각으로 묻어두고자 한다. 메말라가는 꿈에 종종 후회가 밤새 하얗게 피어나기도 하지만, 그럼에도 그렇게 멈춘 시간 속에 사는 것을 축복이라 함은 이 때문이다. 장롱 속에, 책상 위에 쌓인 멈춘 시간 밑에서 잠들어 있는 것이 자신의 축복이라 함은 이 때문이다.

> 썩은 낙엽 밑에서 쉬는 대지처럼
> 수북이 쌓인 연하장 아래 잠들어 있는 것은 나의 축복이다
> 떠밀려 숨어 있는 모어(母語)이며
> 두고 온 말을 향한 은밀한 나의 회귀이기도 하다
>
> 얼어붙은 나무껍질 뜨거운 숨결은
> 거품 낀 말로는 도저히 말할 수 없다
>
> —「축복」, 『화석의 여름』, 부분

2. 돌아가리라, 멈춘 시간 속으로

이 멈춘 시간의 봉인을 풀어 흘러가는 시간과 다시 만나게 하려는, 결코 작다고 할 수 없는 어떤 전환 같은 게 엿보이는 시가 『화석의 여름』 종반에 하나 등장한다. 「돌아가다」가 그것이다. 이 시의 전반부는 멈추어 선 것, 내게서 도망쳤지만 사라지지 않은 채 원경(遠景)이 되어 매달려 있는 것에 대해 쓴다. 그렇게 멈춘 시간이, 자신이 두고 떠나와야 했던 고향, 그렇기에 떠나올 때 그 기억에 멈추어선 그곳에서 그대로 바래지고 있을 것이라고.

> 풍토마저 세월에게 못 이기는 것일까
> 줄곧 울던 솔바람마저 이미 성황당에서 속삭임을 그쳤다
> 내게서 도망친 세월은
> 그래도 원경(遠景)이 되어 매달려 있지만
> 그걸 알기에 망향(望鄕)으로 쑤시는 나처럼 말이다

그렇게 모든 것은 시야에서 사그라졌다

역시 나가봐야겠어
누렇게 퇴색된 기억마저 뒤엉켜
어쩌면 지금도 거기서 그대로 바래고 있을지 몰라

—「돌아가다」, 부분

그렇게 멈추어선 시간 속에서 바래지고 있는 것은, 알다시피 4·3봉기 때의 상황이다. 미군정과 이승만 정권의 억압으로 인해 고통 받던 이들이 목쉰 바람이 되어 산속으로, 숲속으로 들어갔고, 그 숨죽인 호흡을 향해 군대와 경찰이 퍼부은 무참한 공격이 사람들을 쓰러뜨렸지만 그렇게 당한 얘기마저 말할 수 없어 공중에 흩어져버린 기억. 그런데 세월은, 무심하게 흘러가는 시간은 그 모두를, 그 엄청난 상실의 시간/시대를 흔적도 없이 싣고 가버렸다.

숲은 목쉰 바람의 바다
숨죽인 호흡을 엄습해
기관총이 쓰러뜨린 광장 그 절규마저 흩뜨리고
시대는 흔적도 없이 그 엄청난 상실을 싣고 갔다
세월이 세월에게 버림받듯
시대 또한 시대를 돌아보지 않는다

—「돌아가다」, 부분

그러니 무심하게 흘러가는 시간을 어찌 그대로 수긍할 수 있으랴. 그 상실의 시간, 흩어지려는 기억을 애써 붙잡아 떠나지 못하도록 응고시켜 두고자 했을 것이다. 도망친 세월의 한 조각 붙잡아둔 풍경이 되어, 그러나 가볼 수도 없는 국경 저편 고향의 머나먼 풍경이 되어 남겨두었을 것이다.

나와 눈이 마주칠 때면 나를 그곳으로 부르는 망향의 정념이 되어 왔을 것이다. 그럴 때마다 궁금했을 것이다.

> 아득한 시공이 두고 간 향토여
> 남은 무엇이 내게 있고 돌아갈 무엇이 거기에 있는 걸까
> 산사나무는 여전히 우물가에서 열매를 맺고
> 총탄에 뚫린 문짝은 어느 누가 어찌 고쳐
> 어딘가 흙더미 속에서 아버지, 어머니는 흙 묻은 뼈를 삭히고 계실까
> 예정에 없던 음화(陰畵) 흰 그림자여
>
> -「돌아가다」, 부분

갈 수 없어서 더 강한 힘으로 나를 불렀을 것이고, 확인할 수 없어서 더욱 강렬한 잔상이 되어 남았을 것이다. 그 강한 힘은 어긋난 공간의 한쪽 대기를 채우며 나의 신체를 조이는 힘이 되었을 것이다. 결코 그냥 흘려보낼 수 없는 기억이고, 결코 쉽게 잊을 수 없는 풍경이었을 것이다. 그 멈춘 시간이 시인이 살아야 했던 시간을 칡넝쿨처럼 휘감고 있었을 것이다. 그냥 흘러가는 대로 따라갈 수 없게 했을 것이다. 그리고 바로 그것이, '공화국'에 대한 지지를 일찍부터 접었음에도 불구하고, 남북의 적대를 우회하여 고향으로 쉽게 돌아갈 수 있는 선택지를 고집스레 거절하도록 했을 것이다.

그런데 이 시는 이런 선택의 전환점에서 씌어진 것 같다. 1998년 김시종은 김대중 정부가 들어서면서 처음으로 한국을 방문했는데, 이 시집은 1999년 출간되었으니, 그 전환의 시간이 이 시집 안에 담겨 있다 하겠다. 아마도 김대중 정부가 들어선 이후 한국방문을 제안 받았을 것이고, 그 제안에 대해 고심하면서 '돌아가다'라는 제목의 시를 썼을 것이다. 박정희나 전두환 같은 군사정부는 아니지만, 1987년 시민항쟁의 승리가 있었다 해도 그 뒤에 들어선 노태우 정부 역시 그와 별로 다를 바 없었고, 그

뒤의 김영삼 정부는 노태우 정부의 여당에 들어가 집권한 것이었으니, 그들이 손을 내밀었다 해도 저 강렬한 멈춘 시간을, 반시대적 시간을 살던 시인이 그것을 받아들이긴 어려웠음이 틀림없다. 개인적으로 들은 얘기이기도 한데, 귀향을 제안한 것이 김대중 정부였기에 비로소 가볼 생각을 할 수 있었다 한다. 김대중은 1970년 대통령 출마 이래 박정희 정부의 핍박을 받으며 사회운동과 함께 투쟁했고 망명과 납치를 겪다, 광주사태를 배후조종했다며 '내란음모' 혐의로 사형선고마저 받았던 인물이니 그저 한 사람의 '대통령'만은 아니었을 것이다. 그리하여 고심했을 것이고, 고심 끝에 썼을 것이다. '돌아가리라'고, 그 멈춘 시간의 장소로 돌아가 보리라고.

어쨌든 돌아가 보는 거다
인적 끊어진 지 오래인 우리 집에도
울타리의 국화 정도는 씨가 이어져 흐드러져 있으리라

비어 있던 집 빗장을 풀고
꼼짝 않는 창문을 달래어 열면
갇혀 있던 밤의 한구석도 무너져
내게도 계절은 바람을 물들이며 오리라
모든 것이 텅 빈 세월의 우리(檻)에서
내려앉는 것이 켜켜이 쌓인 이유임도 알게 되겠지

모든 것이 거부당하고 찢겨버린
백일몽의 끝 그 시작으로부터
괜찮은 과거 따위 있을 리 없다
길들어 친숙해진 재일에 눌러앉은 자족으로부터
이방인 내가 나를 벗고서

가닿은 나라의 대립 사이를 거슬러 갔다 오기로 하자

멈춘 시간 속으로 돌아간다는 것은 그렇게 멈추어버리게 한 시간과, 모든 것을 데리고 흘러가버리는 시간과 '화해'하는 것이다. 아니, '화해'까지는 아니라 해도, 이제까지와 다른 방식으로 만나는 것을 뜻한다. 멈춘 시간과 흘러가는 시간의 다른 관계가 시작되는 것이다. 비어 있는 집의 빗장을 열고, 꼼짝 않고 닫혀만 있던 집 창문을 열면, 주위와 절단되어 있던 그 막힌 공간에 바람이, 계절을 실은 바람이 불어올 것이다. 그러면 거기 갇힌 채 그 공간을 지키던 어둠도, 빛의 세계와의 타협을 거절한 채 그 안에 눌러앉아 있던 밤의 한구석도 조금씩 무너지며 계절의 바람을 타고 흘러갈 수 있게 될 것이다.

그러나 그것이 동결된 기억을 없던 것처럼 날려 보내고 멈춘 시간의 과거를 현행의 흘러가는 시간 속에 그저 흩어버리는 것이 될 수는 없다. 모든 것을 거부당하고 찢겨버린 꿈이 그저 없었던 것이 되어도 좋은 그런 관계의 '시작', 그런 돌아감의 시작 같은 것은 있을 리 없다. 그렇게 해도 좋을 "괜찮은 과거 따위 있을 리 없다." 그러니 '화해'라는 말은 너무 하기 쉬운 말이고 너무 오해되기 좋은 말이다. 이를 염려하였음인지, 이 시인은 시집을 이 시로 끝내지 않고, 바로 뒤에 "쌓인 낙엽 밑에서 쉬는 대지처럼" 쌓인 연하장 아래 잠든 자신의 시간을 축복이라고 하는, 앞서 인용한 시 「축복」을 배치한다. 그 다음에 있는 『화석의 아침』의 마지막 시 「이 아침에」도 그렇다. "살며시 창을 열어 / 무거운 발걸음의 신년을 맞아들"인다고 하면서도 "정적 밑바닥 그 목소리 아닌 목소리의 숨돌림"을 위해 기도한다고 한다.

그래도 '돌아가리라' 한다. 그렇다면 그 돌아감은 어디로 돌아감인가? 무엇을 시작함인가? 알 수 없다. 알지 못하지만, 그래도 돌아가 보리라고 시인은 생각한다. 그 고집스런 거절 또한 어쩌면 길들어 친숙해진 재일에 눌러앉는 자족은 아닌가 하는 물음 속에서, 어차피 고향에 대해 이방인이 되어버린 내가, 귀향을 가로막았던 남과 북의 대립을 가로질러 멈춘 시간 속으로 돌아가 보려 한다. 앞을 알 수 없는 시간, 새로운 시간 속으로 들어가 보려는 것이다. 멈춘 시간, 닫히고 막히어 텅 빈 공간이지만, 인적 끊어진 그곳에서 울타리의 국화 정도는 계절의 바람을 따라 피고지고 했을 터이다. 거기에도 흘러가는 시간은 오고가며 흘러갔을 터이다. 그렇게 흘러가는 계절의 시간을, 막힌 벽을 넘어 멈춘 시간 속으로 불러들이자는 것일 게다.

3. 계절의 시간 속

1999년 출간된 『화석의 여름』 이후 11년 뒤인 2010년 김시종은 시집 『잃어버린 계절』을 발간한다. 시집 후기에 '김시종 서정시집'이란 부제를 붙이려다 민망하여 그만두었다고 쓰면서, 자신의 심정을 담아 자연을 찬미하는 일본의 자연주의적 서정과의 거리를 다시 한 번 말하지만, '김시종 사시시집(四時詩集)'이란 부제는 계절의 형태로 표현되는 '자연주의적' 서정으로 우리를 다시 불러들이는 듯하다. "일본식 서정감으로부터 내가 제대로 탈출할 수 있었는지"에 대한 의견을 구하는 말은 일본적 정감과 다른 서정시를 쓰려고 했던 것처럼 느껴지게 한다.[163] 또 다른 자연주의적 서정? 그는 자신이 떠나온 곳 인근으로 돌아가려는 것일까?

하지만 그가 '사시'라는 부제로 계절에 대한 시집을 낸 것은 앞서 말한 시간에 대한 문제의식 속에서 이해해야 한다는 생각이다. 그는 서정시로 돌아가려 한 게 아니라, 저 멈춘 시간 속으로 돌아가려 한 것이라고 보아야 한다는 것이다. 문의 빗장을 열고 꼭꼭 닫힌 창문을 열어 계절의 시간을 그 막힌 공간 속으로 불러들이고자 했던 「돌아가다」에서의 전환이, 흘러가

163. 金時鐘, 『失くした季節』, 藤原書店, 2010, 175-176쪽.

는 시간으로서 계절의 시간에 대해 다시 생각하게 하지 않았을까 싶어서다. 멈춘 시간 속으로 돌아가리라는 생각 속에서, 잊을 수 없는 것마저 싣고 가며 허공중에 흩어버리는, 그렇게 멈춘 시간을 흘러가는 시간 속에 얹어보려 했기에, 역으로 그렇게 흘러가는 시간, 계절의 시간에 대해 다시 사유하게 되었기에 그런 '시간'에 대해 쓰게 된 것이 아닐까 싶다. 그러면서도 그것이 그저 계절이 아니라 '잃어버린' 계절인 것은, 흘러가는 시간과 만나게 되었지만 그저 흘려보내는 시간으로는 만날 수 없었기에, 역으로 '자연의' 시간, '자연주의적' 시간과도 다른 것으로서 만나게 되었음을 뜻하는 게 아닐까? 요컨대 그는 『잃어버린 계절』을 통해 어린 시절 자신의 정감을 이루었던 것과 다른 또 하나의 자연주의적 서정으로 돌아가려는 게 아니라, 멈춘 시간과 다른 관계 속에 들어간 계절의 시간으로, 그 잃어버린 계절의 시간으로 돌아가려는 것이다. 이런 점에서 『잃어버린 계절』은 시간에 대한 시집이라고, 여기서 읽어야 할 것은 시간에 대한 그의 사유라고 나는 믿는다.

먼저 『화석의 여름』의 「돌아가다」에서 시인이 조심스레 던졌던 생각에 호응하며 답하는 시를 읽으며 시작해야 할 것 같다. 『잃어버린 계절』의 가을 편 마지막 시인 「여름 그 후」가 그것이다. 이 시는 크게 두 부분으로 나누어진다. 전반부는 바람처럼 지나가버리는 계절의 시간 속에서 아직도 사라지지 않은 채 기다리고 있을 '누군가'에 대해, 그 기다림을 놓아버릴 수 없도록 하는 불면의 '꺼림칙한 반평생'에 대해 쓴다.

> 겨울이 온다.
> 어김없이 오는 너로 드디어 안다.
> 여름은 역시 백일몽이었다고.
> 또 다시 들떠 봄은 오고
> 그렇게 1년이 60년이나 되었던 거라고.

밤새 오는 비에 더없이 투명해진
감잎의 희미한 방전.

내 끝없는 꿈의 대지를
함성은 길모퉁이를 돌아 사라져버리고
건너오는 바람에 기척 하나 전해오지 않는다.

기다리든 말든
너는 오고 지나간다.
기다릴 이유가 없을 때도 너는 와서
오래 눌러앉는다.

기다리고 기다리는 누가 아직
지금도 그곳에서 살아 있을지.
쑤시는 고통마저 희미해져버린
저 석양만이 아름다운 나라에서.

밤이 깊어가는 것은
별들도 감회에 젖기 때문이다.
내가 때로 밤하늘을 쳐다보는 것도
꺼림칙한 반평생이 밤이면 눈을 깜박이기 때문이다.

―「여름 그 후」, 부분

후반부는 이렇게 살아온 60년에 대한 것이다. 여기서 우리는 시인이 반평생, 아니 그간의 생을 일관되게 밀고 왔던 것에 대한 사고의 전환을 본다. 그간의 불행은 모두 외부에서 온 것이었지만, 그에 대해 정의를 자처하며 타자를 그 척도에 따라 '단정'해버리던 것, 그 입장에 여백을 제공했을 ‘관용’조차 자신의 우월을 과시하는 것이라며 역으로 ‘수줍음’과 ‘겸손’을 말하고 ‘양보’를 말한다. “마침내 알게 된 어리석은 나의 60년”에 대해 말한다.

60년 동안
내게 불행은, 아니 나와 얽힌 동포의 불운은
모두 외부에서 온 것이었다.
타자를 판결하고 정의를 자처했다.

관용이란 결국
우월한 자신의 과시.
성실 또한 겸손한 자신이 있을 때 얘기다.
그래, 잊고 있었던 거다.
수줍음은 부끄러움을 타는 우리 동족 고래(古來)의 꽃이었다.

주의(主義)를 앞세우고 주의에 빠져
이래저래 펴마시고 시절에 분노하고
아아 이런 매몰이라니.
훨씬 이전에 소생했을 나라가
지금도 어두운 건 내 탓이다.
먼 함성을 막연히 기다리는
내 속 깊이 드리운 여름의 그늘이다.

어김없이 겨울이 온다.
따로 기다려야 할 봄의 겨울이 온다.
기다리고 지나가고 또 다시 늘어지고
누군가 돌연 주변에서 사라지고

그래도 기다리는 사람들의 나라여.
겸손하지 않으면 견딜 수도 없다.
둔해지지 말고 썩지 말고 늘어지지 말고
소박하게 보듬으며 앞을 양보하자.
이제야 알게 된 어리석은 나의 60년이다.

이 시를 보면, 멈춘 시간 속으로 돌아가리라는 결심은 단지 정치적 조건의 변화에 따라 갈 수 없던 '그곳'에 가보겠다는 실용적 판단이나 삶의 공간적 외연을 바꾸는 외면적인 것이 아니라 그간 살아온 자신의 삶을 근본에서 다시 생각하도록 한 근본적인 '내면적' 전환으로 보인다. 자신을 거절하는 이들, 자신이 거절하려는 이들과 부대끼며 살기 위해 고집스레 견지해오던 것들이 '매몰'이었음을 자각하면서 수줍음과 겸손, 양보 같은 덕목에 대해 쓴 것을 두고, 손쉬운 '포기'나 '전향'이라 한다면, 자신이 아는 것 말고는 다른 누군가를 이해할 수 있는 눈이 없다고 해야 하고, 고집스런 지조 말고는 '좋은' 삶에 대해 아무것도 모른다 해야 한다. 시를 글보다 삶으로 이해하고 시를 살고자 했던 시인이[164] 이렇게 시를 썼을 때, 이러한 전환의 진정성을 우리는 좀 더 진지하게 사유해야 한다. 여름, 해방 아닌 심연으로 시인을 덮쳐왔던 계절이었고 이후에도 반복하여 터져 나왔던 숱한 함성과 아우성의 시간을, 멈춘 시간을 시인은 '그 후'라는 말로 바람에 실어 보내려는 것일까? 마침내 그럴 수 있게 된 것일까?

하지만 김시종에게 '바람'이란 무심하게 흘러가버리는 것이지만 동시에 만장이나 깃발을 펄럭이게 해주는 것이고(『광주시편』), 화석 속에 들어앉은 시커먼 체념을 세상으로 실어다주는 것(「화석의 여름」)임을 안다면, 바람의 시간에 실어 보내는 이 시의 전언을 단순하게 '이것에서 저것으로'

164. 김시종, 「시는 현실인식의 혁명」, 『제주작가』, 60호(2018년 봄호).

라는 택일의 선택지로 이해해선 안 된다. 그것은 어쩌면 틈새의 삶을 버티게 해준 자신의 고집이 그 대가로 지불해야 했던, 세상에 대한 고형화된 상을 다시 볼 수 있게 된 또 다른 '거리'가 그의 사유 안에 들어오게 된 것 아닐까? "먼 함성을 막연히 기다리는" 삶에 액체적 유연성과 가변성의 여백을 불러들이려는 시도 같은 것은 아닐까? "길들어 친숙해진 재일에 눌러앉은 자족"(「돌아가다」)에서 벗어나, 고정된 경계선들을 벗어나 횡단할 수 있는 여유란, 노화—이는 경화와 고체화를 동반한다—에 따른 무력한 사유가 아니라, 수용할 수 있는 이질성의 폭이 증가하는 능력(capacity)—이는 액체적 유연성과 인접해 있다—과 잇닿아 있는 것이기 때문이다. 하지만 좀 더 천천히 가자. 어느 것이 신실인지는 그가 『잃어버린 계절』에서 시간과 계절에 대해 펼치는 시적 사유를 보고 판단하는 게 좋을 것이기에.

4. 멈춘 시간의 출구

표면적으로는 확연해 보이는 이러한 전환을 보고 김시종이 쉽게 '멈춘 시간에서 흘러가는 시간으로' 넘어가는 모습을 상상했다면, 그를 너무 모르는 것이고, 시를 너무 모르는 것이라 하겠다. 반대로 그는 계절의 시간, 자연의 시간 안에조차 그간 자신이 잠겨 있던 것 같은 침묵의 시간, 어쩌면 정적 속에 묻혀 멈추었다 해야 할 깊이의 시간이 존재함을 본다. 『잃어버린 계절』의 첫 번째 시인 「마을」이 바로 그렇다.

> 자연은 마음을 편하게 해준다
> 라는 당신의 말은 수정되어야 한다.
> 정적에 묻혀본 적 있는 사람이라면
> 얼마나 무거운 게 자연인지 안다.

나일강 반사된 햇빛에 마르면서도
여전히 침묵에 잠겨 있는 스핑크스처럼
누구도 밀쳐낼 수 없는
깊은 우수로 덮쳐온다.
들러붙은 정적에는 자연 또한 포로이다.

(중략)

떠들썩한 날들을 살아본 사람이라면
안다 정적의 끝이 얼마나 멀리 있는지.
왜 도마뱀은 일직선으로 벽을 오르고
왜 매미는 천년의 이명(耳鳴)을 울리는지도.
모두들 떠난 마을
이제 정적이 어둠보다 깊다.

—「마을」, 부분[165]

이 시에서 시인은 자연으로 '돌아가리라'는 사람들의 흔한 통념, 즉 '자연은 마음을 편하게 해준다'든지, '자연은 아름답다'든지 하는 통념 속의 자연으로 돌아가지 않는다. 차라리 그 반대편으로 간다. 침묵 속에 잠겨 살아야 했던 삶을 잘 알기에, 그는 정적 속에 존재하는 것들의 우수나 고독을 잘 안다. "거기 살고 싶어도 살 수 없었던 사람과 / 거기 아니면 이어갈 수도 없는 목숨 사이", 즉 틈새라고 명명했던 거기에서의 삶을 산 사람에게는 자연의 과묵함조차 빛이 있어도 와 닿지 않는 그늘이나 틈새 속에 깃든 것임을 안다. 시에 없지만 살 곳을 잃어 사람이 세운

165. 이하에서 『잃어버린 계절』의 인용은 시 제목만 표시한다. 다른 시집의 시도 출전을 알 수 없는 경우에만 시집 제목을 표기한다.

벽을 타는 도마뱀이나 천년의 침묵을 사는 매미를 빌미로 상상을 덧붙여보자면, 거기, 자연 아니면 이어갈 수 없는 목숨이지만, 살고 싶어도 살 수 없게 되어버린 것들, 그리하여 멸종의 숙명을 벗어나지 못한 것들의 침묵이 바로 그렇다.

바로 다음 시 「하늘」에서 시인은 아득한 이 정적과 침묵을 아득한 채 두자고 한다. 등 돌린 세월, 멈춘 시간은 그렇게 아득해도 좋은 것이라고. 그렇게 멈춘 시간의 침묵 속에 가라앉아 있는, 그러나 흘러가버리지 않고 오히려 삶의 방향을 삼도록 해준 오래된 이정표마저 그대로 두자고 한다. 그러니 "이제야 알게 된 어리석은 나의 60년"이란 말조차 쉬운 '방향전환'에 연결한다면 매우 경솔한 것이라 하겠다. 그것은 새로운 자각에 동반되기 마련인 하나의 '후회'라 하겠지만, 그런 후회는 "주의도 사상도 완고한 의지도 / 모노크롬으로 한층 선명"(「불면」)하던 불면의 밤, 그 60년의 시간 동안 메마르도록 반복되어온 것 아닌가. 오히려 그것은 49년 만에 가능해진 귀향에 대해서조차, 구경삼아 가선 안 된다, 더럽힐 맨몸으론 가선 안 된다는 다짐, 그보다는 차라리 무덤도, 고향도, 등 돌린 세월도 아득한 채 방치해두는 게 나으리라는 생각이다. "떨어져 있는 나라"는 "아득해서 좋은 것"이라고.

> 구경삼아 가지 마라.
> 오래된 길에 이정표 하나
> 천년의 침묵에 가라앉아 있다.
> 가서 더럽힐 맨몸으로는 가지 마라.
>
> 아득하여 좋은 것이다.
> 방치된 무덤과
> 희미해진 가향(家鄕)
> 함께 등 돌린 세월은

그것대로 아득해도 좋은 것이다.

–「하늘」, 부분

시인은 자연 안에서조차 정적의 시간을 본다. 그런데 이 정적의 시간과 대비하여 자연에는 흘러가는 시간이 있다. '돌아가리라' 하면서 시인은 흘러가는 계절의 시간으로 돌아가지만, 시인에게는 그 계절의 시간조차 통상적인 시간과 다르다. 『잃어버린 계절』의 사시는 여름에서 시작하여 봄으로 끝난다는 점에서 봄 여름 가을 겨울로 배열된 시간과 다르다.[166]

여름은 계절의 시작이다.
어떤 색도 바래지고 마는
터질듯이 하얀 할레이션의 계절.

–「여름」, 부분

왜 그에게 계절의 시간은 여름에서 시작하는가? 그것은 여름이 그에게 '멈춘 시간'의 계절이기 때문이다. 시작이란 끝없는 연속체 상에 어떤 불연속이 있어야만 말할 수 있다. 즉 계절은 단절을 표시하는 멈춘 시간에서 시작한다. 김시종에게 멈춘 시간은 여름이다. 그가 더없는 단절로 체험했던 8·15가 그랬다. 하지만 그것만은 아닌 듯하다. 그가 4·3봉기의 제주도를

● ●

166. 계절의 시간에 대한 김시종의 시적 사유는 단지 계절의 순서를 바꾸는 것으로 국한되지 않는다. 우카이 사토시는 김시종이 일본의 단가적 서정을 부정하기 위해 계절과 관련된 말들을 뒤집어버리고 전도시키며, 이는 '공감의 공동체'로서 일본에 대한 저항이며, 이를 통해 재일의 시간은 만들어졌음을 지적한다. "김시종에 의한 단가적 서정의 부정은 일본어의 키고(季語)[계절어]를 뒤집어버리고 전도시키는 투철한 다수의 작업들에서 시작된다⋯⋯. 김시종의 사계절은 일본어에 배어들어 있는, 아직도 단가나 하이쿠(俳句)의 '국민'적 융성을 지탱하는 '공감의 공동체'를 거스르고 있다. 그에게 재일(在日)의 시간은 이러한 모습으로밖엔 일본어 속에서 조형될 수 없는 것이었다."(鵜飼哲, 『應答する力』, 靑土社, 2003, 218-219쪽.)

떠나 밀항선을 탄 게 5월이었으니, 그가 일본생활을 본격적으로 시작한 것도 그에겐 여름이었다 하겠다. 아버지를 빌어 "밀항선에 숨었을 때 / 찜통 같은 그 어둠 속 더위"(「잃어버린 계절」)라고 표현된 여름이었을 것이다. 한국전쟁에 반대하는 투쟁으로, 『니이가타』에서도 다루었던 스이타 투쟁도 1952년 여름(6월)이었다. 조선총련으로부터 조직적 비판을 받으면서 자신의 동료들과 결별해야 했던 것도 1957년 여름(8월)이었다. 김일성의 유일사상을 받아들이는 '통일시범'을 거부한 것(1964년 7월)도, 그로 인해 조선총련과의 모든 관계가 끊어진 것(1965년 6월도 여름이었다. 어느 것이든 이전의 삶과 단절되고 새로운 삶을 시작해야 했던 계절이었다. 그렇기에 그에게 여름은 다음과 같은 계절이다.

소리 없이
소리 내야 할 목소리
밑바닥에서 배어나오는 계절.

생각할수록 눈앞이 아찔하여
조용히 눈감아야 하는
마음의 밑바닥 계절.

누구인지 입에 올리지 않고
남몰래 가슴에 품는
추모의 계절.

소망하기보다는 소망을 감추어
기다리다 말라버린
가뭄의 계절.

―「여름」, 부분

그가 틈새라는 어긋남의 공간에서 체험했던 멈춘 시간과 흘러가는 시간을 계절의 시간 속에서, 자연 속에서 그대로 재발견하는 것이라고 해야 할까? 그렇다면 삶이나 운동, 이념이나 주의(主義)에서 결코 작지 않다고 할 변화와 연결된 「돌아가다」의 전환은 아무것도 아닌 게 되지 않는가? 오히려 그가 틈새에서 산 시간을 자연으로 확장하고 있는 게 되지 않는가? 이 또한 시를 온몸으로 살아내는 시인의 감각과 사유를 과소평가하는 것이다. 동일한 사고방식을 대상을 바꾸거나 외연을 확대하여 적용하는 태도란 너무 안이한 것이기 때문이다.

여기서 먼저 주목할 것은 정적의 시간과 흘러가는 시간이 만나고 분기하는 지점이, 혹은 그 이중의 시간이 존재하는 장소-이미지가 달라진다는 점이다. 이전에 그것은 절벽 사이의 틈새라는 막힌 공간의 이미지로 표현되었다. 『잃어버린 계절』에서 그것은 가령 벗어나고 빠져나온 몽구스나 송곳니, 혹은 그 으르릉 소리를 감춘 어금니의 이미지로 표현된다.

> 벗어난 놈은
> 몽구스가 된다.
> 몽구스는
> 버려진 것의 변신.
>
> 통제와 규제의 균형에서
> 크게 쉽게 벗어난 삶.
> 벗어나면 황야다.
> 갈 곳 없는 삶은
> 손톱을 세워
> 저주하듯
> 희미한 시선 어둠 속에서 번득인다.

—「어금니」, 부분

틈새에 갇혀 있는 자에서, 벗어나 '갈 곳 없는' 황야로 나가버린 것이다. 갈 곳 없다는 점에서는 다르지 않다 하겠지만, 갇혀서 눌러앉은 것과 황야를 헤매고 다니는 것은 아주 다르다. 돌아갈 수 없던 곳이 돌아갈 수 있게 되었을 때, 갇힌 상황을 표현하던 말은 더 이상 시인 자신에게 설득력을 갖지 못한다고 생각했던 것일까? 그렇다고 해도 이 변화는 갇힌 자에게 도래한 '해방' 같은 것은 아니다. 한편으로 틈새란 그가 떠밀려 간 곳이지만 또한 그가 선택하여 눌러앉았던 곳이기에, 또 한편으론 그렇게 벗어나 나가본들 그가 잠을 포기하며 꾸었던 꿈들은 여전히 아득히 멀리 있기에 그렇다. 그러니 벗어난 그에겐 갈 곳이 없고, 그에게 다가온 한낮은 여전히 어둠의 그늘이다. 살이 오른 것조차 부도덕하게 느끼지만, 그 몸 또한 습격당할 순간을 기다리는 맨 몸일 뿐이다. 뾰족해져서 빠져나갔지만, 안정된 삶, 균형 잡힌 곳은 없다. 그러니 으르릉 소리를 감춘 어금니가 되어 산다.

한낮의 그늘에서
헐떡이는
어금니여.
지금 나는
부도덕할 만큼 살찐 놈이다.
습격당할 순간을 기다리는
떨고 있는 맨몸이다.
균형의 질서 깊숙이
천천히 겁먹기 시작한 나의 사상.

벗어난 놈

송곳니는 뾰족해진다.
균형에서 빠져나온 것은 모두
으르릉 소리를 감춘
어금니가 된다.

—「어금니」, 부분

이 새로운 위치는 "장맛비에 흐릿하게 보이는 / 바깥에 내놓은 의자"로 표현되기도 한다. 밖에 내놓았지만 잊어버린 채 버려두어, 오는 장맛비를 그대로 맞고 있을 수밖에 없는 의자. 그것은

나에게서 벗어난 나의 거처 같고
있다는 것조차 잃어버린
풍화 속 뼈 같기도 하다.
아마 그것은 거기서 기다릴 수밖에 없는 무엇이다.
결코 떠났다고 할 수 없는
거기서 물보라 피워 올리며
누구 것도 아닌 목소리가 웅얼대고 있다.

—「빗속에서」, 부분

이 새로운 자리에서 두 가지 시간이 만나고 분기하는 양상의 차이를 보여주는 것은 이와 상관적인 또 하나의 이미지다. 이 시집에서 여러 번 반복되어 나타나는 이 이미지는 나뭇잎이 모두 떨어진 나무 끝에 매달린 새빨간 감 하나다.

벌거벗은 나무 끄트머리
감이 하나 빨갛게 선명하다.
모든 것이 바뀌어도

해마다 누군가 또 같은 광경을 본다.

—「희미한 전언」, 부분

허공에 쓸쓸하게 홀로 매달리듯 남은 자의 고독, 혹은 그렇게 홀로 남겨두고 어디론가 다 사라져버린 세상의 허전함이 배어 있는 이미지다. 그러나 그것이 쓸쓸한 건 단지 주변에 사람이 없어서가 아니다. 사람은 없지 않았을 것이고 어쩌면 북적대고 있었을지도 모른다. 그런데도 고독한 것은 소리를 높여 외쳐도 들리지 않는 목소리가 입 안에 맴돌고 있고, 말해도 전해지지 않는 어떤 말들이, 어떤 '외침'이 가슴속에 응어리져 있기 때문일 것이다. 나무 수변의 사정이 달라지고 심지어 모든 것이 바뀌어도 해마다 반복되는 장면, 아니 언제나 반복되고 있는 장면이다. 꿈마저 일상의 연속인 사람들, 통념들에 충실한 사람들, 평균적인 감각을 가진 사람들에게 그 외침은 가 닿지 않는다는 점에서 이는 분명 '높은' 외침이다. 석양에 물들고 종소리에 섞이며 길 안내 하는 표지판을 울리지만, 이미 귀에 들어올 것만을 듣는 사람에겐 들리지 않는다.

그것이 얼마나 높은 외침인지
사람의 귀에는 와 닿지 않는다.
석양에 물들고 종소리에 스며들어
풋돌을 울릴 뿐이다.

—「희미한 전언」, 부분

차라투스트라가 말하는 '버림받음'이 이러하다. 사람들 속에 있고, '이해한다'고 말들 하지만, 실은 전혀 이해받지 못하는 것. 그래도 차라투스트라가 세상 속으로 반복하여 들어가듯, 시인 역시 반복하여 말한다. 비록 "석양에 물들고 종소리에 스며들어 / 풋돌을 울릴 뿐"인 '희미한 전언'이라고 해도, 고독을 아는 자는 그것으로도 만족할 줄 알 터이다. 그 이정표에 부딪쳐 되돌아온 노을이, 그 이정표가 보내는 응답이 따뜻함을 알기에.

잘라내어진 노을만이
원풍경을 남기는 거리에서
양손으로 감싸
한줄기의 고동을 가슴에 전한다.

–「희미한 전언」, 부분

나뭇가지 끝에 매달린 하나의 감, 거기에도 흘러가는 계절의 시간은 흘러갈 것이다. 감을 익히며 흘러갈 것이다. 그렇지만 앞서 보았던 정적과 침묵 속의 멈춘 시간이 거기 있다. 그것은 고독의 시간이기도 하다. 하지만 고독한 감은 막힌 곳에서 응고되어 흐르지 못하게 된 틈새의 시간과 달리, 자신의 출구를 갖는다.

어디를 어떻게 헤매었는지
거의 남지 않은 산감(山柿)
붉은 과실 밑에
소라껍질 하나
위를 보며 구르고 있다
하늘 끝 추위에 떨고 있는
붉은 외침과
찢겨진 하늘을 마냥 우러르고 있는
헛된 외침이
열리지 않는 나무문
녹슨 지도리 한쪽에서
멈춘 시간을 견디고 있다

감도 곧 떨어져
스스로 시간의 출구가 되겠지
거기서 메말라가고 있는 것이
거기서 그대로 메마르게 한 시간을 부수고 있겠지

—「녹스는 풍경」, 부분

마른 나뭇가지 끝의 산감의 붉은 외침은 그래도 그걸 마냥 우러러보고 있는 소라껍질의 헛된 외침을 짝으로 갖고 있다. 이들은 열리지 않는 문의 녹슨 지도리 한쪽에서 멈춘 시간을 견디고 있다. 즉 그것은 틈새를 살던 시인과 마찬가지로 멈춘 시간 속에 있다. 그러나 그 감은 곧 떨어질 것이고, 그럼으로써 시간의 출구가 될 것이라고 한다. 멈춘 시간이 흘러나가는 출구가 될 터이고, 이제 멈춘 시간은 흘러가는 시간을 따라가게 될 것이다.

이는 멈춘 시간을 그저 단단하게 응고시키기만 하던 이전과 다른 점이다. 벗어난 자의 황야가 갇혀 있던 이전의 틈새와 다른 공간적 이미지라면, 벌거벗은 나뭇가지 끝에 매달린 감 하나를 관통하는 시간, 멈추어 있지만 감이 떨어지면서 흘러가게 될 시간은 공간 안에 응고된 멈춘 시간과 다른 시간의 이미지다. 이를 두고 매달려 있던 감을 떨구는 '자연적' 시간을 따라 흘러가는 것이라 해선 안 된다. 그 경우 멈춘 시간을 말하는 것은 허구이거나 오해가 되고 만다. 시에 적은 그대로 "메말라가고 있는 것이 / 메마르게 한 시간을 부수"는 방식으로 멈춘 시간은 자신의 출구를 찾을 것이다.

5. 메마르게 한 시간을 부수며

그렇다면 메말라가고 있는 것은 무엇이며 메마르게 한 시간은 어떤 시간일까? 메마르게 한 것이란 침묵과 고독 속에 가둔 시간이고 필경 외면과 오해의 시간일 것이다. 그러나 그 외면이나 오해는 의도적인 것도 아니고 무지에 따른 것도 아니다. 그것은 반대로 사물을 지각하는 확실한 시야, 세상일을 생각하는 '정상적인' 방법에 따른 것이다. 그렇기에 눈을 돌리지 않아도 발생하는 외면이고, 통상적인 '이해' 속에서 발생하는 오해다. 이해한다고들 믿지만 이해받지 못하는 '버림받음'이고, 바로 옆에 떠들썩하게 있어도 홀로 있는 고독함이다. 그런 점에서 끄트머리란 지평 안에 있는 나뭇가지에 매달려 있지만 지평 바깥, 지평의 담벼락 바깥에 있는 자리다. 『잃어버린 계절』 가을 편의 처음 두 시 「여행」과 「창공의 중심에서」는 이 메마르게 하는 것과 그로 인해 메말라가는 것에 대한 시다. 먼저 「여행」은 마음의 지평 안에서 보이는 것들에 대한 시다.

> 마음의 지평에서는
> 간극은 시냇물 정도
> 세월은 흔들리는 나뭇잎 같고
> 시공(時空)은 시계의 문자판 정도이다.
> 나날은 두툼한 시간표로 철(綴)이 되어 있고
> 예정은 항상 공항 대합실에 늘어져 있다.
>
> ―「여행」, 부분

지평이란 의미의 이해와 해석을 가능하게 해주는 지반이고, 내 눈이 볼 수 있는 것을 열어주는 시야다. 그 안에도 갈등이나 간극 같은 것이 있고 또한 보이겠지만, 그것은 가볍게 건널 수 있는 시냇물 정도고, 시간이란 나뭇잎을 흔들며 시곗바늘을 따라 흘러가는 세월 정도일 것이다. 또한 지평 안에서는 "조상의 땅과 제주도가 / 재일과 섞여 녹아 말갛다." 거기에는 제주도 인민의 항의에 살육으로 답한 조선도 없고, 고국이라고 찾아간 재일한국인을 간첩으로 몰아 가두고 죽인 조국도 없다. 살육은 그저 옛이야기에 나오는 대숲 속 소문일 뿐이다. "난폭한 모든 것이 덮쳐 들끓어도 / 마음의 지평에서는 모든 것이 고요하다." 그렇기에

마음의 지평에서는
거리는 개미굴이며
나라는 신기루이고
세월은 잔물결처럼 스쳐지나간다.

—「여행」, 부분

넘을 수 없는 간극을 사는 자, 시야 바깥에 있는 자, 살육의 기억을 지울 수 없는 자, 멈춘 시간 속에 있는 자들은 그 지평에선 보아도 보이지 않고 말해도 들리지 않는다. 그 안에서 그들의 생각은 이해될 수 없고, 그들의 행동은 받아들여지기 힘들다. 그래서 안타까움과 고독이 운명처럼 달라붙어 있는 곳이다. 거기에 시간은 멈추어 있다. 바래진 장면 속에 응결된 것과 다른, 또 다른 멈춘 시간이 거기 있다.

멈춘 시간, 거기에는 정적의 시간이 그러하듯 무거운 침묵이 있다. 말해도 들리지 않는 말들이 고여 있고, 무심하게 방치되어 오는 비를 맞고 있어야 하는 바깥에 머물러 있기 때문이다. 어쩌면 역으로 이런 위치에 있기에, 계절의 시간으로 되돌아갔을 때에도 자연조차 마음 편하게 받아들일 수 없었던 것이고, 자연의 아름다움 같은 것이 여행자의 피상적 눈에 비친 것이라 했던 것일 게다.

저는 목소리가 없어요.
소리를 지를 만한 의지처가
제겐 없어요.
그저 중얼거릴 뿐
목소리는 제 귓속에서만 울리고 있어요.

(중략)

채 하지 못한 말
무수한 눈에 둘러싸여
더듬거리고 있어요.
아직 저는 고백을 모르고
소원을 이루어주는 말 또한
아직 알지 못합니다.

—「창공의 중심에서」, 부분

이는 이전에 틈새에서 시인이 느껴야 했던 것과 다르지 않다. 하지 못한 말이 귀속에서 울리고 있고 입안에서 맴돌고 있다. 침묵이란 그렇게 많은 말들이 응고된 것이다. 말이 되지 못한 말들이 말이 되기 직전의 소리가 되어 입의 경계에서 머뭇거리고 있고 종종 더듬거리는 소리가 되어 나오기도 한다. 그러나 그것은 뜻한 바를 이룰 수 있는 말도, 뜻한 바를 전할 수 있는 말도 아니다. 그런데 예전처럼 그 침묵을 그대로 고집스레 안고, 말없이 얼룩이 되어 거기 존재하기를 계속하려 하는 대신, 이 시에서는 언젠가 그 소리들이 귀를 찢는 굉음이 되어 터져 나오리라고 쓴다. 마치 그것을 위한 것인 양 원인과 결과를 뒤집어 멀구 같은 목소리, '해충' 같은 목소리들이 모여들고 있다고 쓴다. 그렇게 말해지지 못한 말들이 눈처럼 내리고 쌓이는 소리에 귀를 기울이고 있다고, 결국 하늘의 중심에서 터져 나올 것이라고. 그렇게 메마른 것들이 메마르게 한 시간을 부수리라고. 그럼으로써 멈춘 시간은 흘러가기 시작할 것이라고.

귀를 찢는 굉음이 터져 나오고
목소리가 공중에서 멀구처럼 모여들고 있어요.
곧바로 참새가 떼 지어
하늘을 쓸어주고

겨울이 올 겁니다.

말이 여기저기 내리고 쌓입니다.
귀를 기울이며
제가 있습니다.
하늘의 중심에서 터지고 있는
무언가가 분명 있는 거예요.
변하지 못하는 저를
사랑해주세요.

—「청공의 중심에서」, 부분

감이 떨어지며 멈춘 시간이 흘러가리라 한다면, 홀로 매달린 감에서 멈춘 시간을 볼 이유도 없다. 시간이 흘러감에 따라 주위의 감이 떨어지며 홀로 된 것이고, 시간이 흘러감에 따라 그 역시 떨어진 것일 뿐이다. 홀로 가지 끝에, 바깥이 되어버린 끄트머리에 매달려 있는 것은 차라리 흘러가는 시간 따라 곱게 떨어지길 거절하는 것이고, 그런 식으로 시간을 멈추어두려는 것이다. 그 멈춘 시간 속에서 그처럼 어딘가 끄트머리에 매달려 내고 있을 다른 소리가 있지 않은지, 눈처럼 소리 없이 내리고 쌓이는 그 소리들이 있지 않은지 귀 기울이는 것이다. 그런 소리들이 모여들기를 기다리는 것이고, 그 소리들이 모여들 장소를 만들고 유지하려는 것이다. 그런 소리들이 모이고 응결되어 그 무게로 인해 떨어질 수 있기를 기다리려는 것이다. 흘러가는 시간의 힘에 의해 버티지 못하고 떨어질 때까지. 그렇게 떨어지면서 자신이 떨어지는 소리에 누군가 귀 기울여주리라고, 그렇게 떨어지는 소리가 어딘가에 모여 터져 나올 수 있기를 소망하는 것이다. 멸구처럼 모여드는 소리의 작은 일부가 되려는 것이다. 그런 식으로 떨어짐이 하나의 시작이 되기를 바라는 것이다. 비록 매년 헛되이 끝나버릴지라도, 흘러가는 시간 앞에서 체념을 반복할지라도, 끝내 버릴 수 없는 한 장 꽃잎 같은 소망일 것이다. 그런 점에서 그는 여전히 '변하지 못하는' 자신에 머물러 있는 셈이다.

가을 뒤끝에서, 혹은 겨울을 부르며 떨어지는 나뭇잎 한 장을 마치 처음 보는 양 새삼스레 들여다보는 것은, 끝나지 않은 채 끝나버리는 나뭇잎의 일생을 도중에서 애써 멈추어두고 싶어 하는 것은, 그런 집착과도 같은 멈춤 속에서 '시작'을 보려는 것은 이 때문일 터이다. 떨어진 나뭇잎들이 그저 그렇게 끝나 흘러가는 시간 따라 흙으로 돌아갈 순 없다며, 쌓인 시간의 무게로부터 벗어나려고 몸을 흔들고 있다고 느끼는 것도, 그런 몸짓으로 바람을 일으켜 언젠가 거리의 하늘 가득 참새 떼를 소생시킬지도 모르리라는 기대 속에서 나뭇잎을 쥐고 소리를 지르는 것도 이 때문일 터이다.

> 한 장의 잎을 주워
> 처음인 듯 들여다본다.
> 반쯤 물든 채
> 잎은 끝내 이루지 못한 모습으로 떨어져 있고
> 그래도 이것이 일생이라고
> 어렴풋이 바람의 내음을 풍기고 있다.
> 생각해보면 도중은 과정의 한가운데이고
> 끝은 항상 끝나지 않은 채 끝나버리는
> 도중의 집착이기도 하다.
> 그리하여 그 멈춤은
> 본래로 돌아가는 시작이기도 하다.
>
> 흙으로는 도저히 돌아갈 수 없는 수많은 잎이
> 가로수 아래 뭉개지고 뒤틀려
> 뛰쳐나가고 싶어 몸을 흔들고 있다.

이제 바람을 일으켜
거리의 하늘 가득
사라져버린 참새 떼를 소생시킬지도 모른다.
나는 새삼스레 나무 껍데기를 어루만지며
스스로 떨어져나간 다른 잎을 쥐고 소리를 질렀다.

–「나뭇잎 한 장」, 부분

6. 가라앉는 시간과 가라앉게 하는 시간

누렇게 바래진 기억, 그 멈춘 시간으로부터 계절의 시간 속으로 '돌아갔지만', 거기에도 역시 정적과 침묵 속의 멈춘 시간이 흘러가는 시간과 어긋난 채 존재함을 시인은 본다. 가지 끝에 매달린 감 하나 같은 곳에서 두 시간은 어긋나며 교차한다. 거기서 메말라가는 것은 메마르게 하는 시간을 부수며 다시 흘러가기 시작할 것이다. 그렇게 멸구처럼 모여드는 소리를 부르며 그 소리들이 굉음이 되어 폭발하기를 기다리지만, 그런 시간이 도래하는 일은 결코 흔치 않고 쉽지 않다. 그 기다림 속에서 시간은 멈추어 있다. 여름날 아우성과 공명하는 듯한 그 시간은 일상의 시간과 어긋난 채 멀리 떨어져 있는 시간이다. 그런 식으로 잃어버린 시간, 잃어버린 계절이다.

우리의 계절은 이미 잃어버린 지 오래다.
있는 건 마치코바 무더위에 지친 가네모토 요시오
깡마른 목덜미를 스치고 다시 불어오는
업무용 선풍기의 힘찬 울림,
혹은 직업소개소 대기실 지친 비정규직
이마에 미끈대는 외분비선(腺) 기름기뿐이다.

(중략)

술렁이던 여름 그 회천(回天)의 기억은
이슬만큼도 누구에게 전해진 흔적이 없다.
자국 없는 여름이 그저, 지금을 소란스레 번쩍이고 있을 뿐이다.

―「잃어버린 계절」, 부분

술렁이던 여름 그 회천의 기억은 그렇게 잃어버렸고, 노동이나 일상의 시간만 남은 것처럼 보이지만, 이전에 틈새의 멈춘 시간이 그랬듯이 그 기억 또한 결코 없어지지 않는다. 흘러가길 거부한 채 흐르는 시간 저편 어딘가에 계속하여 존속한다. 흘러가는 일상의 시간 어느 한 구석에 멈추어 녹슨 채 가라앉아 있다. 녹슨 풍경이 되어, 바래진 시간이 되어 어딘가에 존속하기를 계속한다. "열리지 않는 나무문 / 녹슨 지도리 한쪽에서 / 멈춘 시간을 견디고 있다"(「녹스는 풍경」).

녹슨 채 멈춘 시간을 견디고 있는 것, 그것은 여름날 터져 나와 공중에 흩어진 헛된 외침, 소리 없이 날리며 눈처럼 조용히 내려앉는, 말이 되지 못한 소리들이다. 그것들은 흘러가는 시간을 따라가길 거절하고 움직이지 않는 문에 달라붙어 녹슨 풍경으로 남아 있다. 멈춘 시간은 녹슨 시간이다. 오랫동안 쓰지 않아 녹슨 지도리처럼 "녹슬고 있는 나의 / 시간"이다. 빗속의 의자처럼 방치된 채 녹슬고 있는 세월이다.

설령 네 눈에 이슬 되어 흐르고 있어도
세월은 역시 거기 방치된 채 녹슬고 있다.
모두 다 굽이치고 나부끼며
그렇게 잊어간 세월을
그래도 우리는 여전히 안고 사는 것이다.

―「언젠가 누군가 또」, 부분

그렇게 잊혀진 것들을 '우리는', 시인은 여전히 안고 사는 것이다. 그래서 그것은 일상의 시간 속에서 보이지 않지만 없어지지 않고 남아 있는 것이다. 이를 안고 산다는 것은 역으로 그 곰팡이 같은 시간의 녹에 잠식되어 사는 것이기도 하다.

> 물건에 곰팡이가 피고 있다.
> 장마가 싫다.
> 축축하고 소금기 없이 늘어진 시간
> 전선(電線)까지 녹이 파고 들어가
> 왕래의 울림마저 벽에 젖어 온다.
>
> –「시퍼런 테러리스트」, 부분

"테러도 만날 수 없어" 그냥 죽는 것이 안타까워, "주림보다 훨씬 부도덕한 비만"과 이득의 계산 속에서 사는 일상의 삶에 대한 울분으로, 종이에 적은 폭탄 같은 글자들을 들고 '그냥 죽는' 이들을, 그들의 죽은 삶을 죽이고자 하지만 그것도 여의치 않다. 그가 들고 다니는 폭탄은 알아보는 눈과 들을 줄 아는 귀가 없다면 폭발하지 않는 종이폭탄이기 때문이다. 안목 있는 이가 드문 세상에서, 그런 폭탄은 공연한 소리를 적어 놓은 찌라시로 보일 뿐이다.

> 시가지도(市街地圖)를 뒤지며 건넌 나의 폭탄이
> 골목 그늘에서 젖어 있다.
> 젖고 젖어 찢겨간다.
> 가서 만나면 꼭 세상을 뒤집을 나의 울분이
> 어떤 반응 하나도 없이
> 버려진 찌라시처럼 무시당하고 만다.
>
> –「시퍼런 테러리스트」, 부분

그래서 "튀어 오르던 청춘도, 기둥이었던 사회주의도 / 당사자 본인이 부순지 오래"지만, 그래도 "여름이 번쩍이는 일은 이제 없을 거라며 / 온통 투명해진 시절이기에 / 더구나 두근거릴 일일랑 여름에 더 없을 거라며" 무구한 얼굴로 엿보는 말에, "지울 수 없는 여름도 있는 것"이라며 "계속되는 기다림의 끝 그 안간힘"으로 버틴다. "아직도 여름은 욱신거림 속에 있는 거"라면서 이렇게 쓴다.

그럴 만큼 깊은 기억 때문에
희미해진 기억만이 남았기에
빛나던 여름날의 밑바닥에서
여름은 산산조각 나버렸기에
여름은 파편 박힌 기억이다.
주춤할 틈도 없이 여름은 밝아져서
겨우 잠든 아내의 숨결에
나도 함께 눈을 깜박이며
헛기침을 섞어가며
이유 없이 치미는 것을 삼켜 누르고는
새벽에 하얗게 희미해진 눈으로
그래, 여름은 아직 목이 메어 있는 거라고
외면하고 있는 그에게 거듭 되돌려준다.

-「기다릴 것도 없는 팔월이라며」, 부분

이처럼 멈춘 시간은 여전히 욱신거리는 풍경이 되어, 파편이 되어 박힌 목 메인 기억이 되어 어딘가에 계속하여 존재하고 있다. 흘러가는 시간을 따라 사라지지도 않고, 그것을 거스르지도 않으며, 녹슨 쇠와 같은 무게로 시간의 강물 아래 가라앉아 있다. 이를 알기에 시인은 시간이 흐른다는 생각에 대해서조차 쉽게 동의하지 못한다.

> 시간이 흐른다는 것은
> 자전에 동일화하려는 자의 착각
> 묵묵히 있는 것의 깊은 바닥에서
> 사실은 가장 많은 시간을 시간이 가라앉히고 있다
>
> –「녹스는 풍경」, 부분

흔히 시간이 흐른다 함은 지구의 자전에 맞추어 날짜와 시간을 산정함을 뜻한다. 이는 달력과 시계로 상징되는, 동상적인 감각 안에서의 시간, 보이는 것을 보는 통상적인 지평 안에서의 시간이다. 이런 시간이란 어떤 사건도 없이 그저 어제에서 오늘로, 오늘에서 내일로 이어지는, 지구의 회전에 따른 물리적 연속체다. 이런 시간 안에서 오늘이란 다가올 어제고, 내일은 다가올 오늘일 뿐이다. 이런 시간에 대한 위화감은 가령 "익숙해진 나날의 오늘일 뿐"이라고 비판하던 『이카이노 시집』에서 이미 명시된 바 있다.

> 미루어지는 나날만이
> 오늘인 이에게
> 오늘만큼 내일 없는 나날도 없다.
> 어제가 그대로 오늘이므로
> 벌써 오늘은
> 기운 위도의 등에서
> 내일인 것이다.
>
> –「나날의 깊이에서 1」, 『이카이노 시집』, 부분

이처럼 "지나가는 날 속에 있"을 뿐인 오늘에 대한 위화감은 『광주시

편』에서도 이미 본 바 있다. "내일은 끝도 없이 포개서 내일인데 / 내일이 아직 오늘 아닌 빛으로 넘치기라도 한다는 겁니까?" "내일이 그대로 오는 것이어서는 / 다가오는 내일이 엉망입니다."(「날들이여, 박정한 내장안의 어둠이여」, 『광주시편』)

시계적 시간이 본질적인 의미에서의 시간이 아님을 지적한 것은 베르그손이었다. 시계적인 시간이란 원주상에 표시된 숫자와 시곗바늘이 움직인 각도라는 공간적인 성분에 의해 대체된 시간이란 점에서 '공간화된 시간'이며 시간의 본질과 거리가 먼 시간이다.[167] 순수시간이란 순수지속인데, 그것은 잉크가 떨어져 한참 퍼져가는 와중에 있는 액체처럼 상이한 성분이 섞여 상호 침투되는 것처럼, 동질적인 부분들로 결코 분할할 수 없는 질적 다양체다. 가령 음악의 선율은 상이한 소리들이 분할할 수 없게 혼합된 복합물(다양체)이다. 선율을 분할하여 부분으로 나누는 것은 불가능하다. 그렇게 나뉘는 순간 선율은 더 이상 선율이 되지 못한다. 반면 그 선율에 대해서도 각각의 소리의 지속시간을 측정할 수도 있고 길이를 비교할 수도 있다. 그러나 부분적인 소리의 지속시간은 그 선율에 대해 아무것도 알려주지 않는다. 그저 시계로 측정되는 길이를 알려줄 뿐이다. 시계적 시간이란 분할할 수 없는 순수지속을, 모든 부분이 동질적이라고 가정한 뒤 일정하게 분할하여 양화된 시간이다.

화살처럼 한쪽을 향해, 미래를 향해 날아가는 시간의 화살로 표시되는 이러한 시간의 관념을 '착각'이라고 하면서 시인은 녹슬어 수직으로 가라앉는 시간의 선이 존재한다고 주장한다. 묵묵히 있는 것의 깊은 바닥에서 시간을 가라앉게 하는 시간이 존재한다고. 김시종이 시계의 문자판이나 시간표에 대해 쓴 부분을 읽을 때, 시계적 시간에 대한 베르그손의 비판을 떠올리는 것은 쉬운 일이다. 그런데 베르그손이 시계적 시간이나 양화된

167. 베르그손, 『의식에 직접 주어진 것에 대한 시론』, 최화 역, 아카넷, 2001, 97쪽 이하.

시간에 대해 그렇게 비판하며 순수지속, 순수시간을 말할 때 그 시간은 흐르는 시간이다. 분할할 수 없게 상호 침투되어 흘러가는 다양체가 순수지속이다. 이런 순수지속의 시간조차, 비록 동질적인 것은 아니라 해도, 수평적으로 흘러가는 것이란 생각에서 그리 자유롭지 않다. 그렇기에 시계적 시간에 대한 비판을 공유한다고 해도, 김시종이 「녹스는 풍경」에서 말한 수직으로 가라앉는 시간을 순수지속으로서의 시간 개념과 같다고는 할 수 없다.

> 이제야 수직으로
> 지금껏 누구 한 사람도 들은 일 없던
> 침묵덩어리가 추락한다.
> 녹슬고 있는 나의
> 시간 속을
>
> —「녹스는 풍경」, 부분

누구 하나 들은 적 없는 침묵덩어리, 그것은 앞서 반복하여 언급했듯이 정지된 말이고 들은 자로부터, 또한 말한 이로부터도 분리된 말이다. 말이기를 중단한 말일 것이다. 흘러가지 못하고 정지된 말들, 그렇게 응고된 말들이다. "기억의 바닥에" 있는 "정지된 그림"이라고 해도 좋다. "빛을 등지고 로프의 삐걱거림을 보던 저 새도 / 가지에 머문 채 꿈쩍도 하지 않는다."(「조어(鳥語)의 가을」) 혹은 "쓸쓸하게 묻혀 있는…… 잃어버린 기억의 관"(「나날의 깊이에서 1」, 『이카이노 시집』)이라고 해도 좋다. 어느 것이나 정지된 시간 속에 응고되어 있다. 정지된 채 녹슬고 있는 기억들, 해봐야 듣는 이 없어서 하지 않은 채 그저 침묵으로 응고된 녹슨 말들이다. 그것들이 수직으로 추락하여 녹슨 시간 속으로 들어간다. 그것이 '가라앉는 시간'이다. 그렇게 가라앉는 녹슨 시간들은 녹슨 채 고립되어 흩어져 있을 수도 있겠고, 어떤 관련성을 갖는 것들은 모여서 좀 더 크게 응결될 수도 있겠다. 이들이 수직으로 '가라앉는 시간'이다.

사실 시간에 대해 사유하면서 '가라앉는' 시간에 대해 말했던 이가 없었던 건 아니다. 에드문트 후설은 선율에 대해 설명하면서, 과거 속으로 기억이 가라앉고 그것들을 모아 동시성 속에서 배열하는 방식으로 구성되는 것이라고 말한 바 있다.[168] 다음의 도식은 이를 설명하기 위한 것이다.

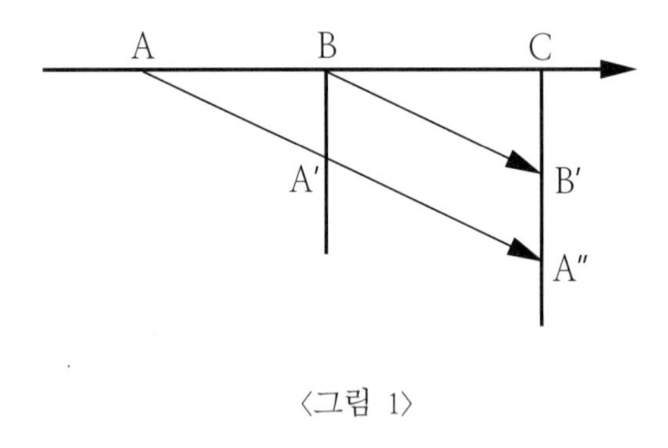

〈그림 1〉

A, B, C는 선율을 구성하는 소리들이다. 그것을 잇는 수평선은 '흐르는 시간'을 표시한다. 과거(A)에서 현재(C)를 거쳐 미래로 흘러가는 시간의 화살이다. C의 시점에서 보면 A, B는 이미 지나간 시간에 속한다. 즉 C의 시점에서는 부재하는 소리다. 그러나 선율이란 A-B-C가 연결되어 하나처럼 들리는 현상이다. 그러나 C의 시점에 귀의 고막을 울리는 소리는 오직 C 하나뿐이다. 그렇다면 그것은 선율이 되지 못한다. 그러나 우리는 C의 시점에서도 A-B-C의 연이어지는 선율을 듣는다. 그것이 어떻게 가능한가?

후설에 따르면, B의 시점에 이미 A는 과거 속으로 '가라앉는다.' A′이 그것이다. C의 시점에서는 A도 B도 모두 가라앉아 A″과 B′이 된다. C의 시점에 세 소리를 선율로 듣는다는 것은 이렇게 가라앉은 것을 동시에,

168. 후설, 『시간의식』, 이종훈 역, 한길사, 1996, 90, 93쪽.

A″-B′-C로 배열된 소리로 인지함을 뜻한다. 이는 과거 속에 가라앉은 A″과 B′을 '지금'이라고 부르는 현재를 향해 '떠오르게 하는' 작용에 의한 것이다. 이는 그가 '시간의식'이라고 명명했던 지향성이다. 시간을 만드는 시간이다. 가라앉은 기억, 가라앉은 시간을 떠오르게 하는 시간이, $\overrightarrow{A''C}$가 현재의 시점에 듣는 선율을, 그 선율의 시간을 구성하는 것이다.

이는 김시종이 말하는 '가라앉는 시간'이나 '가라앉게 하는 시간'과 명확하게 대비된다. 먼저 후설이 말하는 '가라앉음'은 수직의 가라앉음이 아니라 사선의 가라앉음이다. 이 '사선'이란 말에서 중요한 것은 그게 단지 기울어진 기하학적 형태를 그린다는 점이 아니다. 나중에 '수직방향의 지향성'을 통해 하나로 묶여 떠오르기 위해, 차례로 그 수직선에 달라붙는 궤적을 그리며 가라앉는다는 점이다. 반면 김시종의 시에서 가라앉는 시간은 수직으로 곧장 가라앉는다.

후설의 도식 속에서 사선으로 가라앉는 시간들은 매번의 현재를 향해 떠오르게 하는 시간에 의해 결합되며 '현재'를 표시하는 시간의 한 점으로 떠오른다. 그럼으로써 흘러가는 시간의 일부가 되고, 현재를 사는 우리 삶 속으로 매순간 스며든다. 가라앉는 것은 이 떠오르게 하는 시간의 작용에 의해 흘러가는 시간의 표면으로 부상하며 그 흐르는 시간의 일부로 포섭된다. 반면 「녹스는 풍경」에서 김시종은 많은 시간을 시간이 가라앉게 한다고 쓴다. 즉 가라앉는 시간은 '가라앉게 하는 시간'의 작용에 의해 가라앉는다. 그것은 그렇게 그저 가라앉을 뿐이다. 그렇다면 무엇이 가라앉게 하는가? 가라앉게 하는 시간이란 무엇인가? '다들 잊어버린 세월을 안고 사는 것'이, '지울 수 없는 여름도 있다며 기다리는 안간힘'이, '파편이 된 기억에서 아직도 욱신거림을 느끼며 목매이게 하는 무언가'가 녹슨 풍경을 흘러가지 않고 가라앉게 한다. 지나간 것을 현행의 순간에 종합하는 지향성과 다른 종류의 시간이다. 현재로 종합되지 않는 시간이다.

현행적 종합을 포기한 채 그저 가라앉게 하는 이런 '시간의식' 속에서 가라앉은 시간은 흐르는 시간 속으로, 시간의 표면 속으로 떠오르지 못한

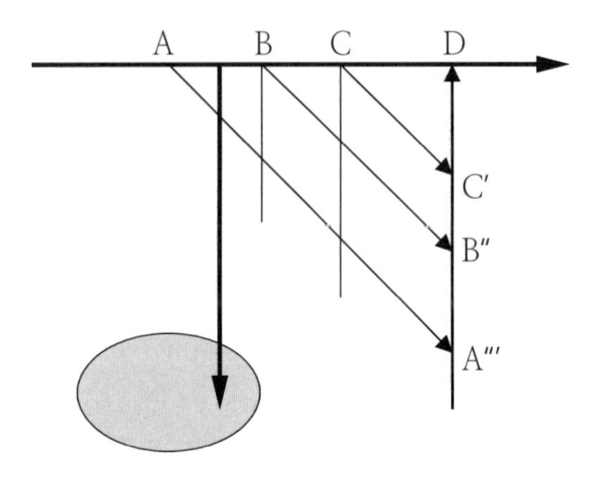

〈그림 2〉

다. 여기에는 '떠오르게 하는 시간'이 없다. 그래서 수평선을 그리는 저 흐르는 시간 속에 '적절하게' 자리 잡지 못한다. 떠오르지 않은 채 녹슨 시간 속에 잠들어 있다. 흐르는 시간과 결합되지 않은 채, '기억의 바닥 속에 정지된 그림'처럼, '잃어버린 기억의 관'처럼 쓸쓸하게 묻혀 있다. 아주 다른 시간으로 어긋나버린다. 시간의 어긋남을 본다.

흐르는 시간을 '착각'이라 하지만, 시인에게도 흐르는 시간은 분명 있을 것이다. 흔들리는 나뭇잎 같은 세월, 시계의 문자판 같은 시공, 철이 되어 묶여 있는 시간표들 같은 나날이 그에게라고 없을 리 없다. 이에 대해 김시종은 '착각'이란 말로 가라앉는 시간, 가라앉히는 시간을 보지 못하는 눈들에 대해 거리감을 표시하고 있다. 눈에 보이는, 표면의 시간이 아니라 눈을 감고 더듬어야 알 수 있는 보이지 않는 시간, 유려하게 흘러가는 현재들의 연속이 아니라 언제나 침묵으로 응고된 녹슨 풍경 속의 시간, 그것이 김시종이 말하는 가라앉은 시간이다. 그렇게 그는 기억의 바닥 깊숙이 묻혀버린, 저 방치된 시간의 목쉰 소리에 귀 기울이고 있는 것이다.

7. 어긋남의 시간

녹슨 시간은 가라앉는다. 떠오르지 못한다. 아니, 떠오르지 않는다. 떠오르려 하지 않는다. 왜 가라앉고 마는가? 왜 떠오르려 하지 않는가? 다시 떠오른다는 것은 현행의 현재 속으로 순차적으로 불려나오는 것이다. 흐르는 시간의 현재 속으로 흘러간 순서대로 섞여드는 것이고, 그 현행의 시간을 따라 흘러가는 것이다. 베르그손이나 후설이 공들여 분석한 선율의 경우에조차, 들리지 않아야 할 소리는 현행의 현재 속으로 떠올라도 선율을 구성하지 못한다. 선율을 흐리는 소음이 되거나 삭제되어야 할 잡음이 된다. 이질적인 것을 섞는 순수지속도, 지나간 것을 순차적으로 다시-당기는 시간의식도 이런 점에서 '마음의 지평' 안에 있다. 지평 바깥에 있는 것은 있어도 없는 것으로 지우거나 안 들리는 것으로 흘려보낸다. 선율 속으로 들어가지 못한다. 소음이나 잡음 같은 이 소리들에게 흘러가는 시간은 흘려보내는 시간일 뿐이다. 자신들의 존재를 알지 못하거나 외면하는 소멸의 힘에 불과하다. 흘러가는 시간 속으로 쉽게 떠오르면 그것을 따라 쉽게 흘려보내지고 만다. 쉽게 삭제되고 만다.

이런 소리들이 자신의 존재를 드러내기 위해선 선율을 망치는 소리가 되거나, 귀를 찢는 굉음의 아우성이 되어야 한다. 그러나 시간은 쉽지 않은 아우성마저 또 얼마나 쉽게 흘려보내고 마는가! 흘러가는 시간 속에 들어가면 아우성조차 그렇게 흘러가며 소멸되고 말지 않는가. 허무나 냉소로 귀착될 그 무력함이 그 소멸의 시간 속에서 떠오른다. 가라앉는 것은 그처럼 아무것도 아닌 것이 되어 흘러가고 소멸하는 것에 대한 소리 없는 저항이다. 흘러가며 소멸하기보다는 차라리 흘러가길 거부하며 그대로 가라앉는 것이다. 들리지 않는 소리의 '운명'을 그대로 받아들이며, 들리지 않는 채 존재를 고집하려는 것이다. 순수지속의 바깥에서, 섞여 들어가지 못한 채 그저 들리지 않는 존재를 지속하려는 것이다. 시간의식의 바깥에서 가라앉은 그대로 존재하기를 지속하려는 것이다. 현행의 현재 속에 들어가길 포기한 채, 도래할 미래 속에 끼어들길 포기한 채, 그저 과거 속으로, '순수 과거' 속으로 가라앉는 것이다.

그렇다면 가라앉은 시간을, 억압되어 의식의 표면에서 지워진 상처에, 이른바 '트라우마'라는 정신분석학의 개념에 귀속시켜야 할까? 그렇게 보일 수도 있다. 트라우마란 의식이 닿지 못하는, 기억으로 불러나올 수 없게 된 깊은 심층에 매장된 기억이고, 그렇게 잊혀지고 지워졌으나 사라지거나 소멸하기를 거부한 채 의식 바깥에 남아 고집스레 지속하는 기억이기에. 그러나 양자의 인접성을 하나로 묶으려면 오히려 반대로 해야 한다. 즉 트라우마란 기억의 바닥에 가라앉은 시간의 일종이라고, 녹슨 시간의 일종이라고.

하지만 양자의 유사성 이상으로 중요한 차이가 있다. 즉 트라우마가 의식이 알지 못하고 의지를 벗어난 채 숨은 것이라면, 녹슨 시간은 의식이나 의지의 산물만은 아니지만 의식이나 의지와 전적으로 무관한 것도 아니다. '나로부터 잊혀지게 하지 않겠다'는 의지에 의해 좀 더 깊이 가라앉기도 하고, 의식에 의해 종종 포착되어 의식 속으로 밀려들어오는 시간이다. 전자가 자신의 뜻대로 할 수 없는 무능력의 지대(地帶)에 있다면 후자는 의식과 의지를 통해 작용하는 능력의 지대에 있다. 그렇기에 트라우마는 충분히 가라앉지 못한 채 흘러가는 시간 속으로 빈번하게 떠오른다. 다만 '증상'이라는 변형된 형태로 현행의 표면에 떠오른다. 증상은 그렇게 떠오르게 하는 지향성의 작용에서 벗어나 있지 않으며, 피할 수 없이 현행의 현재에 항상 끼어드는 시간의 작용에 포획되어 있다. 반면 녹슨 시간은 떠오르길 거부하고 흘러가길 거부한 채, 그저 가라앉은 채 거기 있다.

지울 수 없는 과거라는 점에서 가라앉은 시간을 '상처'와 연결시킨다고 해도 그것은 트라우마처럼 의식에서 사라져 어둠 속에 묻혀버리고 만 '한 때'의 과거가 아니다. 그것은 세계와의 어긋남을 피할 수 없는 한, 소수자의 삶을 사는 한, 혹은 세계의 '거부'나 '배신' 속에서 존재론적 어긋남을 사는 한, 잊을만하면 다시 겪게 되는 사태고, 잊을 수 없도록 반복되는 현재에 속한다. 현재의 세계가 달라지지 않는 한 이후에도 반복되어 도래할 미래를 갖는다고 해야 한다. 그것은 의식이 가닿을 수 없는 무의식의 심층에 숨어 있는 게 아니라, 거부하고 배신한 세계로 인해 결코 모를 수 없고 잊을 수 없도록 드러나 있고, 번번이 목소리를 높이고 손을 내젓지만 선율 속으로 끼어들어가지 못하기에 다시 가라앉아 버리는 시간이다.

그렇다면 그렇게 가라앉아 떠오르지 않는 시간은 대체 어떤 존재의미를 가질까? 일상의 삶을 관통하는 시간과 그저 어긋난 채 있을 뿐이라면, 굳이 그렇게 가라앉혀 두고 애써 존재를 지속할 이유가 어디 있을까? 혹시 증상적 형태로 떠오르지도 못한 채 스스로를 가라앉게 하여 그저 존재하기만을 지속하며 녹슬고 있는 시간이란 니체가 '과거에 대한 앙심'이라고 말했던 르상티망(ressentiment)의 일종 아닌가? 그러나 일본어에 대한 '복수'조차 그에게 없는 것을 끼워 넣어 되돌려주는 방식으로 하고자 했던 긍정의 영혼에게 그런 반동적 감정만큼이나 어울리지 않는 것은 없다.

녹슨 시간은 가라앉은 채 거기 있다. 가라앉게 한 자기 자신을 바라보며 거기 있다. 시인과 같은 처지의 '누군가'가 걸려들기를 기다리며 우리를 향해 항상 입 벌리고 있다. 「녹스는 풍경」의 마지막 연이다. 가라앉은 시간, 그런

> 나의 시간도 아마
> 타고 넘어온 어딘가
> 그늘에서 입을 크게 벌리고 있었으리라
> 거기에는 아직 사물에 익숙해지지 못한 시간
> 그 풋풋한 모습이 있었을 터이다
>
> –「녹스는 풍경」, 부분

물론 우리는 대체로 저렇게 입 벌리고 있는 저 시간을 보지 못한다. 우리의 눈은 흘러가는 시간을 채우는 것들, 표면에서 빛을 받아 반짝이는 것들, 유려하고 멋진 시간들을 따라가고 있기 때문이다. 가라앉은 시간은 그 빛나는 시간의 그늘에서 입을 벌린 채 존재를 지속하고 있다. 필경 가라앉힌 자를 지켜보고 있을 것이다. 그렇다고 특별한 목적이나 기대를 갖고 지켜보는 것은 아니다. 거기 존재하면서 그저 지켜보고 있는 것이다. 가라앉혀둔 자의 시선과 마주칠 '언젠가'를 기다리며 입을 크게 벌리고.

그렇게 지켜보는 시간 속에는 분명 사물에 익숙해지지 못한 시간이 있을 것이다. 실패로 귀착되었다 해도 무언가를 시도했던 때의 풋풋함이, 흘러가는 시간과 결별하며 무언가를 새로 시작한 어떤 시작이 거기 있을 것이다. 언제든 다시 시작하려는 마음이, 그 시작을 위해 무언가를 불러들이려는 마음이 거기 있을 것이다. 자기를 둘러싼 세계로부터, 매일 반복되는 일상의 시간에서 빠져나갈 출구를 찾는 마음이라면 필경 어느새 감지하여 끌려가게 될 어떤 어트랙터(attractor)가 거기 있을 것이다.

그것은 기다리고 있다. 언젠가 무심코 돌아보던 '나'의 눈과 마주치게 될 때를 기다리고 있다. 그렇게 마주친 눈이 멈춘 시간 속으로 휘말려들기를 기다리고 있다. 소리를 낼 수 없어 검게 되어버린, 빛 속에 살지만 검게 녹슬어 가라앉은 어둠에, 그 어둠의 불길함에 휘말려들기를 기다리고 있다.

> 묵묵히 있을 뿐인 새를 올려다보니
> 검은 그림자가 그날 그대로
> 무심결에 나를 보고 있다.
> 목소리를 낼 수 없는 사람은 언제나
> 빛 속에서 검어진다.
>
> ―「조어의 가을」, 부분

죽음 같은 정지된 시간 속에 있는, "불길한 죽음과 자리를 함께 하게 되어서 / 완전히 까맣게 된" 새가, 그 까만 그림자가 "그날 그대로", 멈추어 선 시간 속에서 무심결에 나를 보고 있다. 불길한 어둠은 가라앉은 시간에 말려들어가길 주저하게 하는 또 하나의 벽이다. 김시종이 자주 말하듯 '시를 사는 자'로서의 시인이란 그 까만 새의 무심한 시선을 피하지 않고 거기 말려들어갈 줄 아는 자다. 그것에게 말없는 시선을 주고, 가라앉아 있는 목쉰 소리에 귀기울여주는 자다. 그것에게 말을 건네주는 자다. 그럼으로써 "사물에 익숙해지지 못한 시간의 / 풋풋한 모습"을 보게 되는 자다. 그렇게 말을 주고받으며 시인은 점점 새가 되어 간다. 어둠의 새, 가라앉은 시간의 새가 되어 간다. 그렇게 가라앉은 어둠은 시인의 몸에 스며든다.

> 고향도 연고도 잃은 새가
> 　쓰레기밖에 주을 게 없는 일본에서
> 나의 말을 모이로 살아가고 있다.
> 나는 점점 까악까악 외칠 수밖에 없는
> 　새가 되어가고 있다.
> 곧 입술이 붉게 물들 것이다.
>
> ―「조어의 가을」, 부분

이러한 상황은 굳이 계절의 시간이나 잃어버린 계절을 주목하기 이전에도 다르지 않았다. 시간의 시작이 되어주는 멈춘 시간이 존재하는 한, 흘러가는 시간에 흘려보낼 수 없는 것들이 있어 시간의 흐름 밑바닥에 가라앉게 한 마음이 존재하는 한 이는 유사하게 반복될 것이기에. 예를 들면 『이카이노 시집』에 실린 시 「나날의 깊이에서 1」은 그렇게 조각조각 찢어진 채 가라앉은 시간과 눈이 마주친 '나'의 생각을 따라간다. "익숙해진 나날의 오늘"만을 살고 있던 '나'가 그 생각의 주어다.

그런 그가 부주의하게도

응시하고 있는 과거를 보고 만 것이다.

조각난 나날이

부업의 부피가 되어 방을 밀어올리고 있을 때

바짝 마른 형광등으로

비스듬히 구획된 저쪽에서 뒤돌아본 것이다.

눈부신 반사에 녹아들어 있는 듯

언제라 할 수 없는 계절의

그것은 투명한 그림자놀이 같기도 하고

어둠을 사이에 두고 입을 삐끔대는

두절된 세월의 변명 같기도 했다.

—「나날의 깊이에서 1」, 부분

「조어의 가을」에서처럼 여기서도 응시하고 있는 것은 가라앉은 과거다. 그것이 저쪽에서 부업으로 일하고 있던 그를 뒤돌아본 것이다. 그것은 거기서 그저 계속 보고 있었을 것이다. 그것은 우리를 계속 응시하지만, '응시하다'의 능동적 동사를 사용할 때조차 발견되지 않으면 어쩔 수 없는 근본적 수동성 속에 있다. 나날의 삶 속에서, 직업이든 부업이든 먹고살기 위한 나날의 생활 속에서 잊혀진 채 묻혀 있는 것이다. 잊고 일하던 '그'가 뒤돌아보듯 그것과 눈이 마주친 것일 게다.

나를 응시하던 과거와 '부주의하게' 눈을 마주치게 되었을 때, 그는 다시금 "같은 시간을 역행하여" 어둠의 세계로 들어가게 된다. 가라앉은 채 잊고 있던, 기억이라곤 없던 그곳에 쓸쓸하게 묻혀 있는 기억의 관을 보게 된다. 원래 시간의 문이 드나들어야 마땅한 두껍닫이가 닫혀 더는 드나들 수 없게 되었음을 보게 된다.

그는 다시금
가사(袈裟)를 걸치고 어둠의 세계로 들어가고 말았다.
같은 시간을 다시 역행하여
그 앞이
열리지 않는 두껍닫이임을 더듬더듬 알아냈는데
도무지 기억이 없는 곳에 그것은 있었다.
그러나 그는 쓸쓸하게 묻혀 있는 것이
잃어버린 기억의 관임을 이내 알았다.

–「나날의 깊이에서 1」, 부분

그것은 기억이 없는 곳에 있었지만, 실은 잃어버린 기억의 관, 나의 삶의 일부였으며 지금 또한 일부였어야 할 기억의 매장물이다. 어쩌면 애써 보지 않으려고, 애써 잊고자 했던 것이었을 게다. 삶이 편한 자라면 아무 생각 없이 잊어버릴 수 있었겠지만, 삶이 결코 편할 수 없었을 소수자들이라면 애써 잊지 않고는 보지 않을 수 없는 것일 게다. 그렇게 그들은 잊고 싶고 잃어버리고 싶은 어둠에 둘러싸여 매일의 나날을 살고 있다. 그 어둠의 포위 속에서도 작은 단란함을 얻고자 애써 그 어둠을 잊으려 했을 것이다. 그러다가 잠시 '부주의하게도' 눈을 돌렸다가 어둠의 누름돌을, 그 자체 눌려 있는 어둠을 다시 보게 된 것이다.

턱없는 어둠에 짓눌려
우리는 애써 작은 단란(團欒)을 만들고 있는 것인데
그게 바로 저 안에 진좌(鎭座)하고 계시던 어둠의 누름돌인 것이다.

–「나날의 깊이에서 1」, 부분

가라앉은 시간의 어둠을 본다는 것은 가라앉은 시간과 흘러가는 시간의 어긋남을 보게 됨을 뜻한다. 이는 어둠의 세계와 그것을 애써 외면하고 잊으려는 단란함의 욕망 간의 간극이 눈에 들어오게 됨을 뜻한다(〈그림 3〉). 그 간극 사이에서 가라앉은 시간(B)과 마주친 나의 시선은 거기서 튕겨 올라가 단란함의 욕망으로, 흘러가는 시간의 표면으로 올라간다. 그러나 떠오르게 하며 순차적으로 종합하는 시간의식의 지향성과 달리, 부딪쳐 떠오르게 된 시간은 흘러가는 시간에 섞여들며 현행의 삶을 구성하는 게 아니라 그 흐르는 시간 위에 붕 떠 있는 단란함의 욕망(C)에 부딪쳐 되돌아온다. 그 단란함의 욕망이 단호하여 움직일 줄 모른다면 그 시선은 필경 거기 반사되어 다시 가라앉아 있는 시간 속으로 말없이 되돌아올 것이다. 애써 잊으려던 마음을 되새기며 어둠의 누름돌로 다시 그것을 눌러놓게 될 것이다. 그러나 가라앉은 시간에 부딪쳐 튕겨 올라간 시선에 단란함의 욕망이 흔들리거나 수직의 반사각을 빗겨나면 거기서 반사된 시선은 '내'가 있는 곳으로 되돌아온다. 나의 삶 속에, 나의 일상을 관통하는 시간 속으로 끼어든다.

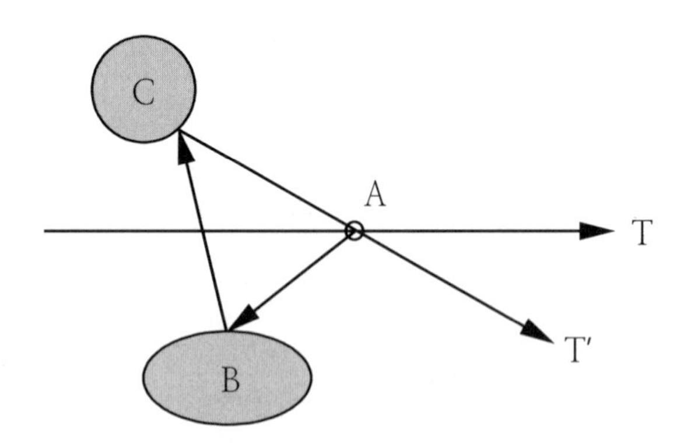

〈그림 3〉

흘러가는 시간과 다른 각도를 갖는 이 시선은, 그 시선에 실려 온 가라앉은 과거의 시간은 흘러가는 시간(T)의 선에서 벗어나는 시간의 선(T')을 그리게 한다. 두 개의 시간의 어긋남은 가라앉은 시간의 응시에 휘말려 들어간 시선의 움직임을 따라가며 어긋난 시간의 선을 만들어낸다. 후설이나 베르그손이 말한 흐르는 시간의 '정상적' 종합과 다른 방식으로 가라앉은 과거의 시간은 이렇게 흐르는 시간의 현재 속으로 끼어들며 '때 아닌' 시간의 종합을 가동시킨다. 익숙한 것들을 낯설게 만들고, 일상의 시간 속에서 시들해진 것들에 '시작'을 표시하는 멈춘 시간의 풋풋함이 스며든다. 과거의 시작이었을 그것은 필경 현재를 새로이 시작하게 할 것이다. 이로써 세간의 빛을 쫓는 것에서 벗어나는 탈주선이 그려질 것이다. 흐르는 시간과 '틈'을 두고 갈라진 시간의 선이 그려진다.

가라앉은 과거와 마주쳐 휘말려 들어간 자는 서로 다른 방향을 향한 이 두 개의 선 사이, 어긋난 시간의 사이에서 살게 될 것이다. 어긋난 시간의 선이 교차하는 각도 안에서 어긋남을 사는 삶의 가능지대가 생겨난다. 흘러가는 시간에 실려 가는 삶이 아니라, 흘러가는 시간과 '때 아닌 시간'의 만남이 만들어내는 다른 시간, 다른 리듬을 갖는 시간이 생겨난다. 시대를 지배하는 시간에서 벗어난 시간, 어긋남의 시간이 생겨난다.

8. 시간의 세 가지 종합

흐르는 시간과 가라앉는 시간, 두 가지 시간의 어긋남은 거기에 말려드는 이들을 어긋남의 시간으로 끌고 가며 그 어긋남의 시간을 살게 한다. 어긋남의 시간은 저기서 나를 응시하던 가라앉은 시간에 우연히 가 닿은 내 시선이 흘러가는 시간의 표면 위로 떠오르면서, 일상의 삶, 일상의 욕망을 낯설게 만드는 어떤 감각을 발생시킬 때 작동한다. 흘러가는 물 위를 떠가는 것이면서도 확실한 미래를 갖고 있다는 오인 속에서 매일의 삶을 끌어들이는 그 욕망을 낯설게 하는 반사된 시선을 따라 흘러가는 시간에서 이탈하는 선이, 어긋난 시간의 선이 그려진다. 흘러가는 시간의 선과 어긋나 이탈한 시간의 선 사이에서 발생하는 간극이, 그 간극에서 출현하는 다른 삶의 가능성이 어긋남의 시간을 생성한다. 이는 순차적 시간의 종합이 아니라 어긋난 두 시간의 혼합 속에서 일상의 삶을 벗어나 일상을 살게 하는 낯선 시간의 종합이다.

이 또한 시간의 종합 가운데 하나다. 그러나 이는 베르그손이나 후설이 다루는 '정상적 종합'도 아니고 프로이트가 말하는 '증상적 종합'도 아닌, "오늘 아닌 오늘의 어제"가 '때 아닌' 방식으로 시간의 흐름에 끼어들며 어긋남의 시간을 만들어내는 '때 아닌 종합'이다. 이는 나 안에 존재하는 선험적인 지향성도 아니고, 나의 이해나 해석을 가능하게 해주는 해석적 지평의 내적 형식도 아니다. 그것은 흘러가는 시간, 지평 안의 시간에 따라 소멸의 운명 속으로 흘려보내길 거부한 녹슨 기억이 우연한 마주침을 통해 나의 일상 속으로 되돌아오며 충분히 이해되고 있던 것들 바깥으로 내 시선을 밀고나가는 힘과 내가 떠날 수 없는 세계의 힘이 비틀리며 섞이는 종합이다. 어긋난 시간이 그 흘러가는 시간 속에 끼어들어가며 그 시간을 비틀고 교란시키는 종합이다. 시대정신(Zeitgeist)이 아니라 시대착오(anachronism)라 간주될 어떤 것을 산출하는 종합이고, 그런 식으로 현재의 시간 속에서 다른 시간을 살게 하는 종합이다. 연대기(chronicle)의 흐르는 시간을 만드는 크로노스의 신화적 시간 속에 허수를 표시하는 문자를 끼워 넣은 아나키로니즘적(anach*i* ronisitic) 종합이다. 멈춘 과거 속으로 되돌아가는 듯 보이지만, 실은 멈춘 과거를 통해 현재를 다른 시간으로 바꾸는 종합이고, 그런 식으로 현재의 관성을 벗어나 다른 미래를 만드는 종합이다.

이러한 종합이 정상적 종합이나 증상적 종합과 어떻게 다른지를 도식을 이용해 대비하여 정리해보는 것도 좋을 듯하다. 여기에는 기억과 현행적 현재의 종합을 다룬 베르그손의 유명한 역원뿔도식이 유용할 것 같다.[169]

169. 베르그손, 『물질과 기억』, 박종원 역, 아카넷, 2005, 260쪽.

다만 과거의 기억을 김시종의 표현에 따라 '가라앉는' 시간으로 다루었기에 거꾸로 선 원뿔을 바로 세우고, 베르그손의 용법과는 약간 다르게 변용하여 사용하는 것이 더 나을 것 같다(〈그림 4〉).

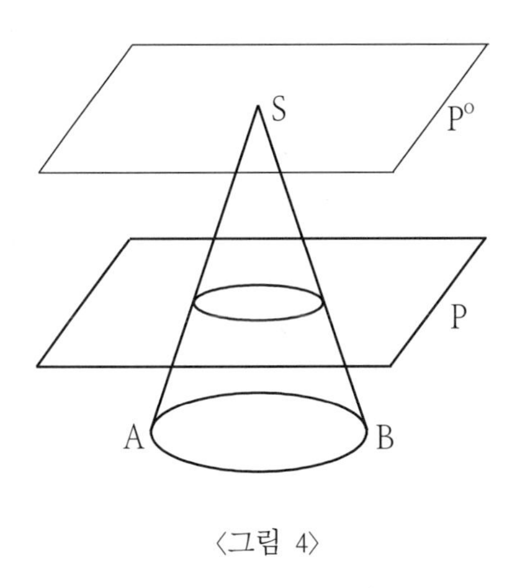

〈그림 4〉

베르그손의 도식에서 원뿔 SAB는 개개의 기억들(souvenirs)이 집적되어 만들어진 전체로서의 기억(Mémoire)이다. 원뿔의 밑바닥인 AB는 기억의 심층을 형성하는 '기억의 밑바닥'이다. 꼭짓점 S는 현행의 신체가 작용하는 지점이다. 이는 현행의 감각이 발생하는 지점이지만 그 감각은 기억을 통해 구성되는 것이란 점에서 기억의 원뿔 상의 한 꼭짓점이기도 하다. 이는 내가 살아가는 현행의 현재에 속하지만, 동시에 기억이 수축되어 집중되는 작용점이다. 그렇기에 이 점은 현재와 과거가 만나는 점이고, 과거를 포함하는 현재를 표시한다. "모든 지각은 이미 기억이다……. [따라서] 우리는 실제로 과거만을 지각한다"[170] 평면 P는 "우주에 대한 나의 현실적 표상이 움직이는 평면"이고, 우리의 '일반관념'이 형성되는

170. 같은 책, 257쪽.

단면이다.[171] 이 평면이 점 S와 접하는 곳에서 우리의 현행적 신체이미지가 형성되고, 이것이 우리의 행동양상을 규정한다.

그런데 일반관념이나 표상은 단지 현행의 신체적 운동에만 고정되어 있지 않다. S와의 접점을 벗어나 과거의 시간 속을 끊임없이 이동한다. 그렇게 이동하며 평면 P가 기억의 원뿔과 만나 형성되는 절단면이 그때마다 우리의 표상이나 관념이 된다. 그것은 평면 P의 시간인 현재와 원뿔의 시간인 그때마다의 과거가 만나며 만들어지는 이미지이다. 순간적인 지각조차 과거의 기억들 없이는 발생하지 않는 만큼 기억은 언제나 현재 형성된 지각이나 표상의 일부를 이룬다. 이 평면 P는 기억의 원뿔을 따라 수직으로 오르내린다. 과거의 어떤 일을 기억해내는 것은 그 기억이 있는 지점으로 평면 P를 끌고 내려가는 것이다. 그 기억이 있는 자리에서 현행의 신체적 조건과 과거의 기억을 섞어 어떤 관념이나 이미지—절단면—를 만드는 것이다. 기억에 잠겨 사는 이, 과거에 사는 이가 현재 S로부터 멀어져 깊은 기억 속에 머물러 있다면, 현재의 감각적 충동에 따라 사는 이는 꼭짓점 근처를 떠나지 않고 산다. 시간의 정상적 종합이란 기억의 바닥인 AB와 현재인 꼭짓점 S 사이를 자유롭게 오가며 그때마다 적절한 세계의 상을, 절단면을 만드는 것을 뜻한다.

프로이트가 말하는 **증상적 종합**은 트라우마라고 부르는 과거 기억의 어느 한 점에 고착된 시간의 종합이다. 그 기억이 억압되어 의식의 표면에 떠오르지 않는다는 것은 신체가 활동하는 현재의 꼭짓점으로 그 기억을 불러낼 수 없음을 뜻한다. 그런 점에서 그것은 '의도적 망각'이지만, 사실 사라지지 않았을 뿐 아니라 '증상적으로' 변형되어 알아차릴 수 없는 형태로 현재에 항상 끼어드는 기억이다. 욕망의 흐름을 끌어당겨 고착시키기에, 현행의 리비도가 어디로 흐르든 그 기억이 있는 지점을 통과하지 않고는 흐르지 못한다. 즉 욕망과 리비도가 그 점에 '매여 있다'. 따라서

171. 같은 책, 260, 274-275쪽.

현실세계에 대한 표상 또한 그 점 T에 붙들려 있다. 평면 P 또한 그 점에 고착된 채 매여 있을 수밖에 없다. 이를 위 도식을 써서 다시 말하자면, 평면 P가 원뿔을 수직으로 이동하지만 언제나 한 점이 트라우마가 발생한 지점 T에 고착된 채 이동함을 뜻한다. 이로 인해 평면의 이동은 평면을 휘어지게 만들고, 원뿔과 P가 교차하는 절단면은 왜상을 만드는 곡면이 된다. 즉 표상의 형태로 불려나오는 기억은 있는 그대로의 모습이 아니라 곡면화된 절단면에 따라 왜곡된 상으로 불려나온다. 이렇게 변형되고 왜곡된 표상이나 이미지, 그와 결부된 행동들이 바로 '증상'이다. 증상적 종합이란 현재의 시간 속에서 움직이는 평면 P가 트라우마의 지점 T에 고착된 채 움직이며 기억의 절단면을 형성하며 왜곡된 표상이나 이미지를 형성하는 시간의 종합이다(〈그림 5〉).

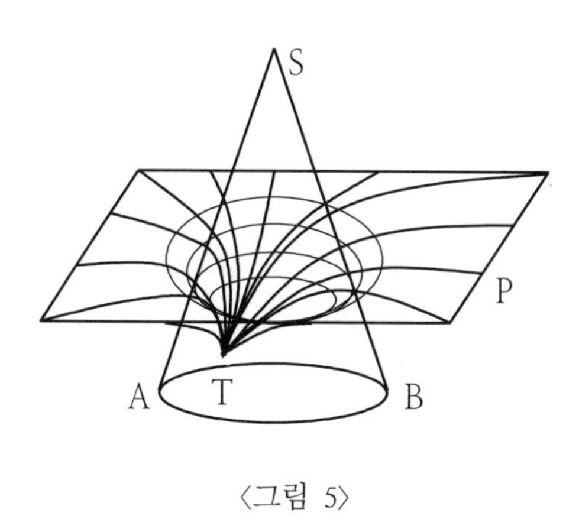

〈그림 5〉

고착된 지점에 달라붙어 리비도가 흘러가도 제대로 흘러가지 못한 채 언제나 붙들린 곳으로 되돌아가는 시간의 종합, 그렇기에 트라우마 주변을 맴돌며 증상적 절단을 반복하는 기억의 왜상적(歪像的) 종합, 겉으로는 드러나지 않지만 모든 절단면에 과거의 고착된 지점이 변형된 형태로 항상 끼어드는 항상적 종합, 그것이 증상적 종합이다. 그렇기에 증상적 종합이 만드는 다양한 형태의 '증상'들은 사실 트라우마에 고착된 욕망이 만드는 상들의 연속체일 뿐이고, 그렇기에 사실은 '오직 하나의' 의미만 갖는다.

프로이트는 이 증상적 형태의 왜상들을 '해석'함으로써 애초에 트라우마가 발생한 지점 T를 찾고자 한다. 평면 P를 점 T가 있는 지점으로 이동시켜 왜곡되지 않은 기억의 표상을 형성하고자 한다. 그럼으로써 그는 평면 P의 정상적인 운동을 회복할 수 있으리라고 믿었지만, 나중에 알게 된 것은 환자들이 그 증상적인 왜상들을, 그로 인한 자신의 '고통'을 즐기고 있었다는 사실이다. 시간의 증상적 종합을 정상적 종합으로 되돌리는 것에 환자 자신이 저항하고 있었던 것이다.

녹슨 기억의 때 아닌 종합은 그 가라앉은 기억이 외면이나 억압 같은 것에 의해 지워지거나 망각된 것이란 점에서 증상적 종합의 트라우마와 비슷해 보이지만, 증상적 종합이 스스로를 감추면서도 변형된 형태로 항상 현재에 개입하는 것과 달리, 감추려 하지 않건만 현재 속으로 개입해 들어가지 못한 채 그저 응시하고 있을 뿐인 말없는 수동성 속에 있다는 점에서 그와 다르다. 또한 그것은 현재 속으로 불려나가길 거부하지 않지만 '정상적인' 경우에는 불려나가지 못하고 외면된다는 점에서 증상적 종합과 상반된다. 망각의 기도 속에 떠밀려간 사건이나 말하지 못한 것 등 수직으로 가라앉은 것들이 모여 응결된 녹슨 기억은 베르그손의 원뿔 속에 댕그마니 따로 자리 잡고 가라앉아 있는 또 하나의 원뿔을 추가하는 방식으로 표현해야 할 듯하다. 평면 P의 절단면에 들어가지 않은 채 그저 묵묵히 가라앉은 채 남아 있는 기억이다(〈그림 6〉).

그렇게 그저 거기 있다가 갑자기 돌아본 눈과 만나 그 시선을 끌어당길 수 있게 되면 두 시선의 접점인 R로 평면 P를 잡아당겨 기울어지게 하고, 경사진 절단면을 통해 현행의 현재를 그 가라앉은 시간 속으로 끌어들인다. 그러나 일상의 시간 속에서 작동하는 현행의 시간이 만들어내는 절단면은 P'과 다른 '정상적' 절단면이다. 점 R에서 교차하는 상이한 두 절단면의

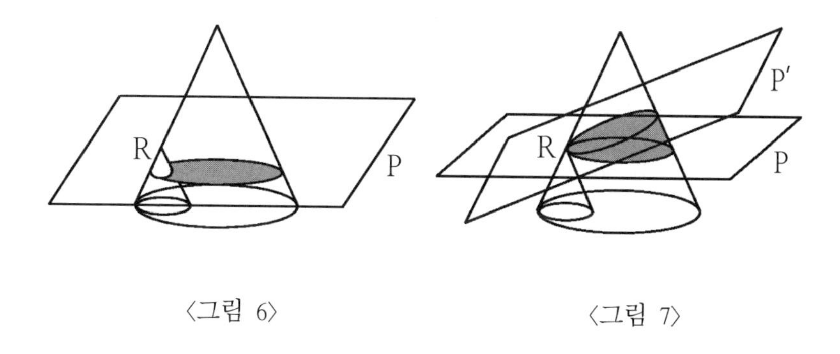

〈그림 6〉 〈그림 7〉

어긋남이 발생하고, 그 어긋난 두 시간의 평면 사이에서 흘러가는 시간과 가라앉은 시간이 섞이며 만들어지는 가능지대가 만들어진다(〈그림 7〉). 과거와 현재의 정상적 종합이 제공하는 것과 다른 시간-이미지가 형성된다. 상이한 시간이 섞이는 아나키적이고 아나키로니즘적인 종합이 형성한 표상이나 이미지는 현실에 대한 다른 이미지를 형성한다. 이 이미지가 원뿔의 꼭짓점으로 떠오르며 애초에 S가 제공하던 것과 다른 행동-이미지를 형성한다. 이 종합은 '정상적' 종합의 축을 와해시켜 '정상적' 가치나 '정상적' 습관에서 벗어난 엉뚱한 탈주선을 그리게 한다. 고착된 어느 지점으로 묶는 게 아니라, 삶을 고착시키는 가치들을 와해시키는 종합이다.

「사람은 흩어지고, 쌓인다」는 두 개의 절단면 사이에서 발생하는 녹슨 기억의 때 아닌 종합이 어떤 것인지를 예시하라고 씌어진 시처럼 읽힌다. 이 시의 1연, 2연은 어긋난 두 절단면이 만나는 지점을 보여주려는 듯 거의 같은 문장으로 시작하여 유사한 종류의 두 장면을 나란히 묘사한다. 그래서 두 장면은 위 도식의 점 R을 통과하는 경첩 같은 하나의 선에서 만나며 갈라진다.

갑자기 날이 저물고
어딘가 먼 곳에서 구급차가 발을 구른다.
몇 겹이나 되는 구름을 재빨리 건너가는 바람.

서서히 물들어가는 거리의 등불.
사람들은 귀로의 계단을 다투어내려오고
능선을 그리는 최후의 햇빛 한 줄기
해 뒤로 도시를 끌고 간다.

갑자기 저문다.
밤마다 동네에서는
그리운 얼굴이 흩어지고, 쌓인다.
잠 속에서도 소리 없이 웃음 지으며
기억의 흔적을 흩뿌리며 온다.
하나하나가 불면의 덩어리다.
이 시커먼 백년을 앞에 두고는
어느 누구든 자신의 후회를 곱씹지 않을 수 없다.

집들 사이로 바람이 흐느낀다.
잔상마저 남기지 않고 해는 저문다.
남겨진 생애처럼
떨어질 듯 과실 하나 높은 가지 끝에서 떨고 있다.
집집마다 슬그머니
돌아가는 시간을 멈추어 두고
거리의 황야에 흩어지고, 쌓이는
아아 그리운 사람들.
희미하게 등 뒤에서 희미해져가는
아아 돌아갈 곳 보이지 않는
가느다란 그림자.

—「사람은 흩어지고, 쌓인다」, 전문

두 연의 첫 문장을 구성하는 '갑자기'와 '저물다'는 보통은 같이 결합되는 단어가 아니다. 날이 저무는 것은 서서히 연속적으로 진행되기 때문이다. '갑자기 저문다'는 것은 저무는 날의 연속성이 깨지며, 저물었음이 갑자기 눈에 들어오게 되었음을 뜻한다. 갑자기 어떤 풍경이 눈에 들어온 것이다. 그렇게 갑자기 눈에 들어온 장면은 늘상 진행되는 일상의 시간에서 문득 벗어난 시간 속에서 다가온다. 그런데 첫째 연은 현행의 현재 속에서 시인의 눈에 비친 한 장면이라면, 둘째 연은 그리움과 기억, 불면과 후회가 직조하는, 과거에 깊숙이 밀려들어간 다른 각도의 장면이다. 다른 종류의 시간, 다른 종류의 절단면이, '갑자기 저문다'라는, 의도적으로 골라 쓴 동일한 두 문장을 경첩으로 삼아 교차하며 어긋나고 있는 것이다.

1연에서는 구급차가 서둘며 가고 바람이 불고 사람들은 집으로 돌아간다. 해는 저물어 어둠 속에 도시는 잠긴다. 흔히 볼 수 있는 저녁풍경이다. '갑자기 저문다'로 반복하며 시작하는 2연은 서술어는 모두 현재 시제로 씌어져 있지만, "하나하나가 불면의 덩어리"인 기억이다. 웃음, 그리움, 후회 같은 감정들이 뒤섞인 "기억의 흔적"이다. 체념의 색깔인 "시커먼 백년", 그것은 후회를 곱씹게 하는, 덩어리져 가라앉아 있던 시간이다. 가라앉아 있던 시간이, 시커먼 백년이 갑자기 떠올라 내게 되돌아온 것이다.

동일한 문장으로 인해 맞물렸지만 다른 시간의 각도로 인해 어긋난 두 절단면은 모두 기억의 원뿔을 자르는 절단면이다. 베르그손이 지적했듯이 현행의 현재에 기억의 언어가 등장하지 않아도 지각은 그 자체가 기억의 개입 없이는 있을 수 없기 때문이다. 상이한 종류의 두 평면을 '갑자기' 눈에 들어온 유사한 장면으로 병치한 것이다. 그렇게 상이한 두 절단면은 '갑자기 저문다'에서 만나고 교차하면서 어긋난다. 3연으로 넘어가면, 그렇게 어긋난 두 절단면 사이에서, 상이한 두 시간의 '종합'이 이루어진다. 집들 사이로 부는 바람과 잔상마저 남기지 않고 무심히 저무는 해, 그 아래 높은 가지에 떨어질 듯 홀로 매달린 과실 주위로 "돌아가는 시간을 멈추어 두고" 거리에 흩어지고 쌓이는 그리운 사람들이 모여든다. 모여든다는 말없이 모여든다. 기억은 그렇게 멈춘 시간을 지는 해의 흘러가는 시간과 섞으며, 가지 끝에 매달린 듯 떨고 있는 사람의 대기 속에 어떤 감응을 풀어놓는다. 삶의 행로를 비틀어 흘러가는 시간에서 이탈하게 하는 파토스다.

기억의 흔적을 흩뿌리며 오는 그리운 사람들, 그들은 떠오르지 않을 때조차, 멈춘 시간 속에서 '내' 인근을 떠나지 않고 맴돌던 '나'의 행성들이다. '나'와 더불어 하나의 '세계'를 만들던 사람들이다. '내'가 살아가는 현행의 세계 속으로 그저 편입되어 들어가길 거절하고, 그 세계 안에서조차 세계-외-존재로 살아가게 했던 어트랙션(attraction)의 힘, 그 세계 안에서 다른 세계를 만들며 살아가게 했던 힘이다. 이 경우 '그리움'이란 통상적인 하나의 감정이라기보다는 바로 그 어트랙션의 인력을 표현하는 말 아닐까? 그들은 그렇게 나를 당기고, 나 또한 그렇게 그들을 당긴다. 그래서 그들도, 나도 '돌아갈 곳' 보이지 않는 가느다란 그림자를 갖는다. 시대를 지배하는 시간 속으로도, 삶을 규정하는 세계 속으로도 순진하게 돌아갈 수 없는 이들이고, 그렇게 돌아갈 수 없게 하는 이들이다. "귀로의 계단을 다투어내려"오는 사람들과 달리 '귀로'를 잃은 사람들이다. 잃어버린 계절과 함께, 다들 돌아가는, 돌아갈 어떤 곳을 잃어버린 사람들, 멈춘 시간과 함께 일상의 시간을 따라 돌아갈 길을 잃어버린 사람들이 어긋난 시간, 저 두 절단면 사이에서 나와 내게 다가오고 있는 것이다. 저 멈춘 시간이 내게 다가올 때면, 그리움과 함께 다가오는 사람들. 그들 또한 그런 그리움을 아는 이들일 것이다. 시커먼 체념에도 불구하고 포기할 수 없었던 한 장 꽃잎 같은 소망에 반복하여 사로잡히게 되는 사람들일 것이다. 돌 속에 묻어버린 저 들리지 않는 소리에 귀기울여줄 자들일 것이다. 두 절단면 사이에서 어긋남의 시간이 출현할 때마다 살아 있는 한 '영원히' 반복하여 되돌아올 다른 삶의 그림자일 것이다.

때 아닌 시간의 종합의 도식에 딱 맞는 이 시는 사실 예외에 속한다.

때 아닌 종합이 이렇게 도식에 맞게 진행되는 일은 극히 희소하다. 그러나 어긋난 시간 사이에서 발생하는 새로운 종합은 멈춘 시간과 흐르는 시간이 병존하거나 섞여드는 모든 시들에서 작동하고 있다. 가령 『이카이노 시집』의 경우만 해도, 한구석에 묻혀 있던 멈춘 시간과 내 눈이 만나며 씌어진 「나날의 깊이에서 1」이나 매년 오는 '별일 없는 여름'과 마른 기억의 여름이 교차하는 선 위에서 씌어진 「여름이 온다」, 그늘진 여름과 그림자마저 태우는 섬광 사이에서 기억마저 다른 각도로 경사져 있음을 보는 「그림자에 그늘지다」 모두가 이 때 아닌 시간의 종합을 표면에 드러내는 시다. 『광주시편』에서 「바래지는 시간 속」도 그렇다. 『화석의 여름』에서는 회전무대의 장식 같은 계절과 우주의 구멍에서 새어나온 바람인 세월의 간극에서 던져진 「자문(自問)」이나 과거에 묻어버린 시간과 소리 없이 사라져가는 '하루'가 섞여드는 「화석의 여름」이 얼른 눈에 들어온다. 시간의 어긋남을 다루는 『잃어버린 계절』이라면 말할 것도 없다. 두근거릴 일 없는 여름과 지워질 수 없는 여름 사이에서 잠든 아내 옆에서 마른 헛기침으로 치미는 것을 누르는 「기다릴 것도 없는 팔월이라면서」를 비롯해, 「잃어버린 계절」이나 「조어(鳥語)의 가을」, 「녹스는 풍경」, 「4월이여, 먼 날이여」 등 많은 시들이 이 때 아닌 종합 속에서 탄생한 것이다. 멈춘 시간이 있는 한, 시간의 때 아닌 종합은 어디서든 나타날 것이라고 해야 한다.

9. 세계의 시간과 존재론적 어긋남

일상의 시간, 그것은 세계의 시간이기도 하다. 하나의 지평 안에서 사람들을 이어주고 묶어주는 시간이다. 그 시간 안에서 사람들은 소통하고 관계를 맺으며 살아간다. 그 속에서 공통감각이라는 비슷한 감각과 양식이나 통념 같은 유사한 생각으로 하나로 묶이고 결합된다. 하나의 '덩어리'를 뜻하는 대중(mass)이 된다. 시란 그런 소통에서 벗어나는 말이고, 시인이란 그렇게 묶어주는 감각과 통념에서 이탈하는 사람이다. 그렇기에 대중 속에 있어도 대중이 되지 못하고, 사람들의 관심사 속에서 살아도 그 관심사에 익숙해지지 못한다.

더구나 자신이 사는 세계와 의미의 지평을 공유하지 못하고 자신의 '고국'과도 적지 않은 거리를 둔 채 틈새에서, 어긋남의 공간에서 살아야 했던 시인이라면, 그 벗어남과 이탈은 이중의 두께를 가질 것이 틀림없다. 이는 '고국'으로 '돌아가리라'고 해도 다르지 않을 것이다. 그것은 나이브하게 말해 일종의 '화해'의 시도를 포함하지만, 그렇게 돌아갈 고국 역시, 비록 이전의 멀었던 '정치적' 거리가 줄어든다고 해도, 공통감각과 양식 속에서 사람이 하나로 이어지고 그 안에서 관계 맺고 소통하는 세계인 한, 그가 대중의 하나가 되어 능숙하게 살아갈 가능성은 없을 것이기에. 흘러가는 시간 속에 자신의 과거를, 고집스레 멈추어 세워둔 것들을, 시간의 흐름 밑에 가라앉혀둔 것들을 속편하게 흘려보낼 수 없는 한, 어떤 '고국'도 궁극의 귀향처가 될 순 없을 것이기에.

김시종은 사람들이 이어지는 데는 속성이 있고 관계를 맺는 데는 그만큼의 이유가 있음을 알고, 자신 또한 그렇게 이어지고 싶은 욕망을 갖고 있음을 안다. 그렇게 그런 세계와 타협하며 살아가지만, 그럴수록 거기에는 진정 이어져야 할 그 누구도 없음을 안다.

> 사람은 이어진다.
> 연고와 이어지고 일과 이어지며
> 세속에 녹아들어 대중이 된다.
> 이브가 무화과와 이어진 덕분에
> 여기저기서 한창 설레는 가슴이 만나며 간다.
> 주름진 손과 손이
> 언덕배기 중간에서 가늘게 이어진다.

관계는 그물의 매듭 같은 것이다.
대부분은 거기에서 빠져나와
가로쓰기 문자만이 나날이 득세하는
디딤돌이 9조와 만난다.
아무래도 정착하기 어려운 나라의 말이
일본어의 보도(步道)에서 '한류'와 만난다.
이어지고 싶은 나도 욘사마를 예찬하고
적당한 웃음으로 엘리베이터를 탄다.

어려움 없이 누구와도 이어지고
이어질 그 누구도
거기에는 없다.

–「이어지다」, 부분

그 이어짐이란, 마치 엔카와 서정처럼, 비슷한 것들이 같은 것이라도 되는 양 섞이고 하나가 되는 속성을 갖고 있다. 의원들이 야스쿠니 신사에 참배를 하는 것에도 다 나름의 이유가 있다. 이를 위해 벌이는 제사 속에서 시간은 '역사'라고 불리는 과거 속으로 '되돌아간다'. 흘려보낼 수 없는 과거를 멈추어두고 사는 이들과 비슷해 보이지만, 시인은 현실적인 이유로 과거로 되돌아가는 이런 의례적 제사에 대해 꽃가루 알레르기가 뱉어내는 심한 재채기만큼이나 강한 위화감을 갖고 있다. 이렇게 '현실적인' 이유로 불려나오는 과거는 현행의 현실을 바꾸는 과거가 아니라 그것을 강화하고 보존하는 과거다. 김시종처럼 멈춘 시간을 가진 이들은 이와 반대로 '과거적인' 이유로 인해 현실로 돌아올 수 없는 이들이다. 멈춘 과거로 인해 현실을 살아도 다른 현실을 살 수 밖에 없는 이들이다. 멈춘 시간은 그렇게 현재를 바꾸는 과거고, 현실을 바꾸는 방식으로 끼어드는 과거다.

세속적인 이유로 서로 간에 섞여들고 과거조차 현실적인 이유로 찾아가며, 유행이나 대세가 된 것을 따라가면서 서로 엮여 들어가는 것이 사람들의 이어짐이다. 시인 자신 또한 남들과 관계 맺고 살아야 하기에 사람들과 이어지고 싶어 한다. 그래서 그리 오래 살았건만 여전히 정착하기 어려운 나라의 길거리에서 '한류'와 만났을 땐 '욘사마'를 예찬하며 웃으며 같은 엘리베이터를 탄다. 그런 식으로라면 처음 보는 사람과도 어려움 없이 이어질 수 있을 것이다. 그러나 그런 이어짐에서 진정 이어져야 할 사람을 만나긴 어려울 것이다. 그렇기에 말한다. "이어질 그 누구도 / 거기에는 없다"고.

여기서 우리는 다시 '거기에-있음'과 반대되는 '거기에-없음'을 본다. "거기에는 언제나 내가 없다"고 했던 존재론적 문장을 다시 만난다. 이어짐의 거기에는 있어야 할 것이 없다. 진정 이어져야 할 사람만 없는 것이 아니다. 존재자로서의 자신이 거기 있지만 자신의 '존재'라고 불러야 할 것이 거기에는 없다. 나와 내 존재의 어긋남, 존재론적 어긋남이라고 해야 할 존재자와 존재의 어긋남을 우리는 여기서 다시 보게 된다. 이어짐의 시간, 사람들을 하나로 이어주는 세계의 시간 속에 나의 존재는 없다. 흘러가는 일상의 시간 속에 나의 존재는 없다. 김시종에게 자연스레 흘러가는 시간이란 위화감 없이는 흘려보낼 수 없는 시간이고 본질적으로 어긋난 시간의 한 변이지 존재를 담고 있는 시간이 아닌 것이다.

그렇다면 나의 존재는 어디 있는가? 흘려보내길 거부하여 바닥에 가라앉은 시간, 그렇게 가라앉히는 시간 속에 있다. 이어짐과 연관에서 끊어져 미규정의 어둠 속에 묻혀 있는 시간 속에. 거기 있어야 마땅하지만 있을 수 없어서 버려두고 온 시간, 그렇기에 아무리 시간이 흘러도 결코 흘려보낼 수 없는 시간 속에. 존재론적 어긋남을 구성하는 또 하나의 시간적 성분이다. 4·3항쟁의 기억을 다루는, 『잃어버린 계절』의 끝에서 두 번째 시 「4월이여, 먼 날이여」는 다시 이 기억을 다룬다.

영원히 다른 이름이 된 너와
산자락 끝에서 좌우로 갈려 바람에 날려간 뒤
4월은 새벽의 봉화가 되어 솟아올랐다.
짓밟힌 진달래 저편에서 마을이 불타고
바람에 흩날려
군경 트럭의 흙먼지가 너울거린다.
초록 잎 아로새긴 먹구슬나무 밑동
손을 뒤로 묶인 네가 뭉개진 얼굴로 쓰러져 있던 날도
흙먼지는 뿌옇게 살구꽃 사이에서 일고 있었다.

새벽녘 희미하게 안개가 끼고
봄은 그저 기다릴 것도 없이 꽃을 피우며
그래도 거기에 계속 있던 사람과 나무, 한 마리의 새.
내리쬐는 햇빛에도 소리를 내지 않고
계속 내리는 비에 가라앉아
오로지 기다림만을 거기 남겨둔
나무와 목숨과 잎 사이의 바람.

희미해진다.
옛사랑이 피를 쏟아낸
저 길목, 저 모퉁이,
저 구덩이.
거기에 있었을 나는 넘치도록 나이를 먹고
개나리도 살구도 함께 흐드러지는 일본에서,
삐딱하게 살고,
화창하게 해는 비추어,
사월은 다시 시계(視界)를 물들이며 돌아나간다.

―「4월이여, 먼 날이여」, 부분

죽은 자와 산 자를 가르는 경계 저편으로 넘어가 영원히 다른 이름이 된 너, 4월 새벽의 봉화, 불타는 마을과 군경트럭이 일으킨 흙먼지 속에서 손을 묶인 채 얼굴이 뭉개져 쓰러져 죽은 그날도 살구꽃의 봄은 어김없이 찾아왔고 또 너를 싣고 흘러갔다. 그렇게 봄은 기다릴 것도 없이 꽃을 피우고 또 피우지만, 그래도 거기 계속 있던 사람과 나무, 새를, 오직 기다림만을 거기 남겨둔 것들을 그렇게 오고가는 봄에 실어 그저 흘려보낼 순 없었을 것이다.

나비가 오지 않는 암술에 호박벌이 날아와
날개 소리를 내며 4월이 홍역같이 싹트고 있다.
나무가 죽기를 못내 기다리듯
까마귀 한 마리
갈라진 가지 끝에서 꼼짝도 하지 않는다.

거기서 그대로
나무의 옹이라도 되었으리라.
세기(世紀)는 이미 바뀌었다는데
눈을 감지 않으면 안 보이는 새가
아직도 기억을 쪼아 먹으며 살고 있다.

―「4월이여, 먼 날이여」, 부분

흘려보내지 못한 것이 거기에 있다. 가지 끝, 멈춘 시간의 자리에 앉아 꼼짝도 않고 있는 까마귀 한 마리, 그것은 흘러가길 중단한 기억 속에 있던 사람이나 새였을까? 아니면 흘려보낼 수 없어서 끝내 부여안고 살아온 시인 자신이었을까? 어쩌면 둘 다라고 해야 할지도 모를 이 검은 새는 나무가 죽을 때까지 움직이지 않을 듯 버티고 있다. 나무의 옹이라도 되려는 듯 꼼짝 않고 거기에 있다. 내가 있었을 거기에 있는 것이다. 나의 존재는 그렇게 거기에 있다. 아직도 멈춘 기억을 쪼아 먹으며. 흘러가는 시간은 이미 세기를 바꾸어버렸는데, 눈만 감으면 보이는 새가, 일상의 세계에서 눈을 돌려야 보이는 새가 거기에 그렇게 있다. 꼼짝 않고 무심히 나를 쳐다보면서, 내가 눈을 돌려 바라볼 때를 기다리며, 내가 까악까악 외치며 까만 새가 되어가는 것(「조어의 가을」)을 지켜보면서.

반면 거기에 있었을 나는 거기를 떠나 여기 일본에서 넘치도록 나이를 먹으며 살고 있다. 내가 없는 거기는 내가 있었을 곳이고, 내가 있는 여기는 내가 있을 곳이 아니라는 어긋남의 감각에서, 개나리도 살구도 마찬가지로 흐드러지는 일본에서 삐딱하게 살고 있다. 그 어긋남의 힘으로, 어긋남의 시간 속에서 일상의 세계를 관통하는 시간과 다른 시간을 살고 있는 것이다. 어긋남의 시간을, 존재론적 어긋남의 시간을. 그렇게 살고 있는 '나'의 시계(視界)를 4월은 다시 물들이며 돌아나간다. 이전에도 그렇게 반복하여 나의 시야를 물들이며, 그저 익숙해져서 편히 살 수 없는 시간의 색으로 되돌아왔던 것이리라. 반복하여 어긋남의 시간을 살도록, 때 아닌 삶을 살도록 되돌아왔을 것이며, 또한 다시 또 되돌아올 것이다.

이곳이 시인이 이 시집에서 펼쳐진 시간의 사유를 통해 '돌아간' 곳일 게다. 닫힌 집 안으로 바람을, 멈춘 시간 속으로 흘러가는 계절의 시간을 불러들이고자 '돌아가리라'고 했던 마음이, 친숙해진 재일을 떠나 '돌아가리라'고 했던 마음이 되돌아간 곳일 게다. 틈새를 벗어나 가지 끝에 매달린 감 하나처럼 고독하게 매달린 끄트머리로 옮겨갔지만, 멈춘 시간이 흘러가게 되는 새로운 장소를 찾았지만, 그래도 그가 되돌아간 곳은 이 존재론적 어긋남의 시간 속이다. 멈춘 시간도, 흘러가는 현행의 시간도 아닌, 반복하여 되돌아오는 어긋남의 시간들. 그때마다 다른 계기로, 다른 조건에서 다른 색으로 물든 시계(視界)들, 그 어긋남의 시야들로 반복하여 되돌아갔던 것이리라. 바로 여기가 그의 시들이 탄생한 장소이고, 그의 존재론적 사유가 솟아나는 '기원'이다. 그가 떠나온 곳이다. 그의 '고향'이다. 거기, 그 존재론적 어긋남의 시간 속을 "한 사내가 걷고 있다."(『니이가타』, 178) 한 사내가 거기에 있다.

▶이 진 경

서울대 사회학과를 졸업했고, 같은 대학 대학원에서 「서구의 근대적 주거공간에 관한 공간사회학적 연구」라는 논문으로 박사학위를 받았다. 2019년 현재 연구자들의 코뮤넷 <수유너머 104>에서 활동하고 있으며, 박태호라는 이름으로 서울산업대 기초교양학부 교수로 강의하고 있다. 전태일의 유령, 광주시민의 유령과 더불어 공부하고 전투하며 1980년대를 보내던 중 이진경이란 필명으로 『사회구성체론과 사회과학방법론』을 썼고 그 책이 허명을 얻은 덕분에 본명은 잃어버렸다. 사회주의 붕괴 이후 근대성에 대한 비판적 연구를 시작해 그 첫 결과물로 『철학과 굴뚝청소부』를 발표했다. 이후 자본주의와 근대성에 대한 이중의 혁명을 꿈꾸며 쓴 책들이 『맑스주의와 근대성』, 『근대적 시·공간의 탄생』, 『수학의 몽상』, 『철학의 모험』, 『근대적 주거공간의 탄생』, 『필로시네마, 혹은 탈주의 철학에 대한 10편의 영화』 등이다. 사회주의 붕괴 이후 새로운 혁명의 꿈속에서 맑스, 푸코, 들뢰즈·가타리 등과 함께 사유하며 『노마디즘』, 『철학의 외부』, 『자본을 넘어선 자본』, 『미-래의 맑스주의』, 『외부, 사유의 정치학』, 『역사의 공간』 등을 썼다. 『코뮨주의』, 『불온한 것들의 존재론』, 『뻔뻔한 시대, 한 줌의 정치』, 『만국의 프레카리아트여, 공모하라!』(공편) 등을 쓰면서 지금 여기에서의 삶을 바닥 없는 심연 속으로 끌고 들어가고 있다.

트랜스필 총서 01

김시종, 어긋남의 존재론

초판 1쇄 발행 | 2019년 8월 5일

지은이 이진경 | 펴낸이 조기조 | 펴낸곳 도서출판 b
등록 2003년 2월 24일(제2006-000054호)
주소 08772 서울특별시 관악구 난곡로 288 남진빌딩 302호
전화 02-6293-7070(대) | 팩시밀리 02-6293-8080
홈페이지 b-book.co.kr | 이메일 bbooks@naver.com
ISBN 979-11-889898-08-3 93160
값 26,000원